本书为国家社科基金重大项目"我国网络文学评价体系的理论与实践研究"结项成果，项目号：16ZDA193

网络文学评价体系论

欧阳友权 著

中国社会科学出版社

图书在版编目(CIP)数据

网络文学评价体系论/欧阳友权著. —北京:中国社会科学出版社,2024.4

(网络文学评价研究丛书)

ISBN 978-7-5227-3198-8

Ⅰ.①网… Ⅱ.①欧… Ⅲ.①网络文学—文学评论—研究—中国 Ⅳ.①I207.999

中国国家版本馆 CIP 数据核字(2024)第 049656 号

出 版 人	赵剑英
责任编辑	郭晓鸿
特约编辑	杜若佳
责任校对	师敏革
责任印制	戴 宽

出 版	中国社会科学出版社
社 址	北京鼓楼西大街甲 158 号
邮 编	100720
网 址	http://www.csspw.cn
发 行 部	010-84083685
门 市 部	010-84029450
经 销	新华书店及其他书店

印 刷	北京明恒达印务有限公司
装 订	廊坊市广阳区广增装订厂
版 次	2024 年 4 月第 1 版
印 次	2024 年 4 月第 1 次印刷

开 本	710×1000 1/16
印 张	32.5
插 页	2
字 数	471 千字
定 价	179.00 元

凡购买中国社会科学出版社图书,如有质量问题请与本社营销中心联系调换
电话:010-84083683
版权所有 侵权必究

总序　寻找那条"阿里阿尼彩线"

我国网络文学的"横空出世"出乎所有人的预料，也让解读这一现象成为一个"现象级"热门话题——网络文学"长"得太猛，1991年汉语文学才开始"联姻"网络，不经意间便以燎原之势覆盖赛博空间，从写手阵容到作品数量，从受众族群到市场反响，无不姿貌卓荦，让人惊异连连，迅速成为当代文坛的"风信子"和"弄潮儿"。与此同时，网络文学又因起于"山野草根"、不着文学"道南正脉"而言人人殊，臧否无定——"网生一族"视它为"杀时间"的利器和自娱式消费的"精神快餐"，而在"正统"的文学观念中，这些"野路子"文学可以"来快钱"，但能不能称为"文学"似可存疑，或许，它们离真正的文学还"隔着好几条街"！

网络文学算不算"文学"，什么样的网络文学才是好的网络文学，这里的"好"与"不好"的标准是什么？是基于传统文学的持论之评，还是源于网络文学自身价值的独立判断……诸如此类的疑点很多，而支撑这些疑问背后的观念逻辑其实是一个批评标准和评价体系的问题，这些年我们面对网络文学的许多质疑和争论，往往与之相关。比如，网络作家大多比较年轻，"Z世代"已渐成主力，人生阅历的短暂和生命沉淀的有限性并未阻遏他们迸发出天马行空的想象力，许多高产写手动辄数千万字的创作体量，不仅突破了"捻须"行文的写作方式，也不时颠覆我们对"作家"职业的身份界定。再如，网络类型小说大多形制超长、桥段密集，读起来常常欲罢不能却又营养稀释，其

"废柴逆袭""扮猪吃虎""金手指""玛丽苏"之类的套路叙事，究竟是文化资本在巧设"藏局"还是文学赋魅的艺术探新？抑或是，网络小说的大众化与可读性是古代通俗文学传统、港台武侠言情小说或西幻故事的网络复兴，还是人类文学在21世纪宿命般的复归"劳者歌其事、饥者歌其食"生命本原，而所谓"纯文学"不过是人类社会分工期的阶段性"异化"？如果此说能够成立，能有文艺美学为其提供充分的理论佐证么？再从文学功能上看，网络文学试图摆脱"经邦治国"或"寓教于乐"的"工具论"樏模，致力于打造"读-写"适配的快乐帝国，建立以"爽感"为基石、以消费市场为标的的功能范式，这究竟是"数码环境"的必然产物或"读者中心"的绩效之选，还是文学向"新民间文学"历史回望中对其自身娱乐本根的坚守和对其商业元素的技术开发？

如果我们追溯上述变数与质疑的根源，无不取决于我们对网络文学的认知及其理论观念的构建，特别是评价标准与价值体系的建立。如果说基础理论构建是开启网络文学"问题之门"的锁钥，那么，批评标准与评价体系的建立将是引领我们走出网络文学迷宫的那条"阿里阿尼彩线"。[①]

历史给了我们探索这一问题的理论机遇。2015年，国家社科规划办征集重大招标项目选题，此时恰值我完成国家社科基金重点项目的空框期，便申报了"我国网络文学评价体系的理论与实践研究"的选题一试，竟然成功被列入年度招标选题，然后在团队成员的积极支持与协助下，作为首席专家参与了2016年度的国家社科基金重大项目的该选题竞标，并侥幸中标，经过项目组同人五年多的不懈努力，终以110多万字的篇幅，完成了这套"网络文学评价研究丛书"（1套4本）。项目于2022年深秋顺利结项，评审鉴定专家给予成果"优秀"

[①] 阿里阿尼彩线（The Thread of Ariadne）源自希腊神话：克瑞忒国王米诺斯设了一个让人难以找到出口的迷宫，欲加害于阿提刻王子忒修斯。但米诺斯之女阿里阿尼公主爱上了忒修斯而偷偷给了他一团彩线，让他在进入迷宫时把线的一端拴在迷宫入口，终于引导忒修斯安全走出迷宫。后常用来比喻为引路的线索、认识和解决复杂问题的方法。

评价，给了我莫大的鼓励。

这套丛书拟探讨和回答的是四个方面的问题。

其一，《网络文学评价体系论》，试图从基础学理上构建网络文学的评价体系与批评标准。首先切入网络文学现场，提出建立网络文学评价标准的必要与可能，然后在揭示网络文学评价的艺术哲学前提、主体身份、建构原则、关联要素、维度选择、对象区隔的基础上，正面阐释了网络文学评价体系的逻辑层级、指标体系和要素倚重，原创性提出了网络文学"评价树"构想，进而对网络作家、网络作品、文学网站平台给出了系统且具有针对性的评价体系和批评标准。

其二，《网络作家作品评价实践》，在阐明网络作家作品评价理论原则的基础上，分别评介了 8 名知名网络作家（沧月、蒋胜男、管平潮、阿菩、蒋离子、天下霸唱、曹三公子、流潋紫）、8 部网络作品名篇（《翻译官》《大清首富》《浩荡》《诡秘之主》《长宁帝军》《无缝地带》《老妈有喜》《鬼吹灯》），并对 5 位知名网络作家（蒋离子、管平潮、阿菩、何常在、六六）做了创作访谈。

其三，《文学网站评价研究报告》，对网络文学网站平台的产生发展过程进行历史描述，分析了文学网站的文化属性、文学属性、传媒属性和企业属性，对文学网站的评价维度、评价标准、指标体系、评价模型做了有针对性的阐发，并对起点中文网、晋江文学城、潇湘书院等 10 个不同类型文学网站的现状进行了梳理和评价。

其四，《中国网络文学十大批评家》，采取"以人带史、以史引论"的方式，选取国内 10 位最具代表性的网络文学理论批评家（黄鸣奋、欧阳友权、陈定家、单小曦、周志雄、马季、邵燕君、夏烈、许苗苗、肖惊鸿），对他们的网络文学理论批评成果进行梳理和分析，展现其学术贡献，由点到线、由线到面地阐明我国网络文学理论批评的发展脉络和学术成就，揭示了 30 年来我国网络文学理论批评的历程、基本面貌和重要意义。

四部著述即重大项目的四个子课题，分别由欧阳友权、周志雄、陈定家、禹建湘负责完成。其中提出的网络文学评价体系"树状"结构、网络作家作品评价标准与实操过程、以"价值网"为目标的文学网站平台的"双效合一"评价指标,以及评价体系和批评标准面对不同对象时的适恰性倚重等,均属学界首次提出,它们是不是那根带人走出迷宫的"阿里阿尼彩线"不敢断言,但至少可以算作筚路蓝缕后的"抛砖"之举吧!

痞子蔡曾形容初创期的网络文学就像是一个山野间"赤脚奔跑的孩子",动作不怎么雅观,却速度很快、活力满满。是的,对于这样一个不确定性与可成长性并存的研究对象,任何试图用某种固定模式(标准、体系)去定格和评价它的企图,都将是一次历险,甚或是一种徒劳,但这并不意味着所有的探赜均无以认知、不可方物。只要我们对未知的领域始终保持一份好奇心和探索欲,并一直向着那个"真问题"的方向持续发力,"真理的颗粒"就有可能在那座学术的"奥林匹斯山"淬炼涅槃,彰显出自己的天光姿彩。我们这些永远"在路上"的学人纵然做不了一个真理的"盗火者",也不妨让自己成为一名学术的探路人,用无限的追求去追求那个无限的可能,让主观的合目的性与客观的合规律性产生"量子纠缠",并最终抓住那条"阿里阿尼彩线"的线头!

欧阳友权

2022年12月18日于三亚海滨

目 录

导论　网络文学亟待建立自己的评价体系和标准 ……………（1）
　第一节　评价宰制下的"标准焦虑" ……………………………（1）
　第二节　评价体系构建的两大"基座" ……………………………（5）
　第三节　我们需要怎样的体系和标准 ……………………………（15）

第一章　网络文学评价的艺术哲学前提 ……………………（28）
　第一节　网络文学的意义承载 ……………………………………（28）
　第二节　创作自由的艺术规约 ……………………………………（44）
　第三节　虚拟审美的娱乐边界 ……………………………………（64）

第二章　网络文学评价的主体身份 …………………………（78）
　第一节　评价主体身份的三元鼎立 ………………………………（79）
　第二节　博弈：话语权争夺及其效应 ……………………………（101）
　第三节　评价的殊途与旨归 ………………………………………（120）

第三章　网络文学评价体系的建构原则 ……………………（129）
　第一节　美学律令与历史逻辑的统一 ……………………………（129）
　第二节　"应时通变"与"守常不辍" ……………………………（142）
　第三节　对冲与博弈：网络文学评价的"共同体意识" ………（162）

第四章　网络文学评价体系构建的关联要素 (196)
第一节　政府规制的刚性约束 (196)
第二节　文化资本的市场化掣肘 (205)
第三节　文学传统：资源还是限度 (217)
第四节　网络文学评价的媒介因素 (228)

第五章　网络文学评价的维度选择与对象区隔 (236)
第一节　网络文学评价的维度选择 (236)
第二节　网络文学评价的对象区隔 (258)

第六章　网络文学评价体系的逻辑层级 (273)
第一节　评价体系的核心层：思想性与艺术性 (273)
第二节　评价体系的中间层：网生性与产业性 (287)
第三节　评价体系的外围层：影响力评价 (301)

第七章　网络文学评价的指标体系与要素倚重 (324)
第一节　评价体系构建的方法选择 (324)
第二节　指标体系及权重设计 (334)
第三节　评价体系模型及其要素的适恰性倚重 (348)

第八章　网络作家评价标准 (356)
第一节　社会责任与道德自律 (356)
第二节　文学创新与文化传承 (370)
第三节　网络作家的影响力评价 (384)

第九章　网络文学作品评价 (404)
第一节　评价网络文学作品的思想性标准 (404)
第二节　评判网络文学作品的艺术性标准 (420)
第三节　网络作品商业性评价标准 (439)

第十章　文学网站平台评价 …………………………………… （452）
　　第一节　社会效益评价：以培育"好作品"为逻辑靶向 ……… （453）
　　第二节　经济效益评价：以建构"价值网"为绩效目标 ……… （470）
　　第三节　建立文学"双效合一"综合评价模型 ……………… （492）

后记 ………………………………………………………………… （509）

导论　网络文学亟待建立自己的评价体系和标准

网络文学评价理论包括评价体系、批评标准、评价原则和方法等，其核心则是评价体系和批评标准。当下有关网络文学的热点话题很多，评价体系和标准构建是最受关注的话题之一。其原因在于这是网络文学前行中的一个"枢纽性"问题：一方面圈外人觉得网络文学犹如一个"文化牛仔"，无拘无束，信马由缰，在无边的虚拟空间恣意撒欢，似乎没有合适的评判尺度可以评价或规制它；另一方面，行业内似乎没有形成统一的创作规范和评价标准，大神有大神的"吸睛"套路，新手有新手的创意招数，昨天还流行"无限流""赘婿文"，今天又刮起"破圈风"，倡导"现实梗"，阅读市场的偏好似乎没个准头，网上与线下的评价也常常大异其趣。这表明，构建符合文学规律又具有网络特点的评价理论，建立网络文学的评价体系和批评标准，事关这一文学的价值判断和历史合法性认证，绝不是一件可有可无的小事，不仅十分必要，且刻不容缓。

第一节　评价宰制下的"标准焦虑"

网络文学批评日渐活跃，但人们的持论尺度却各有不同，以至于热议这一话题时不免隐含着某种"标准焦虑"。风评网络文学短长的成果很多，观点也不少，但在网络文学实际评论场域常常是在线批评、离线批评各说自话，专业批评、传媒批评自设圈层，社会评价、行业评价众说纷纭，这使得对一些网络文学作品、文学问题的看法仁智互见，难有定评，让人无所适从。

比如，有网文"垃圾说"。认为网络文学创作、发表太随意也太过容易，缺少把关人，因而所谓的"网络文学"不过是网上冗余的"文字垃圾"。这类声音现在仍有，早期更多，如网络创作就是"乱贴大字报"，"网络就像马路边的一块木板，谁都可以上去信手涂鸦"，还有更尖锐的甚至说"网络就像摆在那里的痰盂，谁都能去吐上一口"；等等。还有一些对网络文学阅读不多，对这一行业不大了解的人，评价起来常常以偏概全，放大网络文学的毛病，认为它不过是"靠情色暴力引诱读者"，属于"三俗""扫黄"对象云云。

另有"品质低下说"。这种观点承认网络文学属于"文学"，但属于质量不高、品相低下的文学，所谓"量大质不优""星多月不明""有高原无高峰"是比较理性的说法，而戴着有色眼镜、揣着媒介偏见看网文的也大有人在。如有人认为网络文学都是"地摊货"，没有好作品，"玩票玩出来的东西能是文学么？""是好作品谁还会发到网上？"云云。

还有"通俗文学说"。这种评判最为普遍，评论家中不乏其人，网络作家也乐意认可。如有评论家就曾明确提出："对网络文学的前世今生大致有了共识——它就是通俗文学，其基本形态就是类型小说。"[①] 网文作家中也有许多人主动认同自己创作的就是通俗文学，如唐家三少说，他的小说就是要吸引8—22岁的青少年，采用浅显易懂的文风和便于理解的情节，就是为了抓住这些人，让他们转化为自己的忠实读者。天蚕土豆对于自己小说的读者的定位是：内容适合初、高中生，甚至小学高年级也能看懂。阿菩在一个论坛上理直气壮地承认，文学有"风雅之别"，网络文学就是秉承古代"国风"传统的"俗文学"。他说："不管高居文学殿堂的评判者心里怎么想，我们也

[①] 李敬泽：《网络文学：文学自觉与文化自觉》，《人民日报》2014年7月5日第24版。

必须承认，以网络文学为代表的俗文学，就是给老百姓看的，给庶民们看的，给中国占据人口绝大部分的人民群众看的。"[1]

对网络文学的不同评价和定位实际上是一种"评价宰制"，因为中国的网络文学尚处于起步期，具有极大的不确定性与可变化性，各家之说也就是"一说"，是否评判得当需另当别论。比如"垃圾说""品质低下说"显然就不切实际，并且有贬低网络文学之嫌；即使是"通俗文学说"，也未必是终极评价的不刊之论。实际上任何一种"断言"式评价，都只把握了网络文学的某一部分或某个侧面，用其勘定整个网络文学都将是一次冒险或一种宰制。且不说主体立场、文学眼界和行业稔熟度的差异会让不同人的评价差别很大，纵然是个中方家，仅以一隅一时之象窥千时万端之变，这对于网络文学评价，都或将难中肯綮或靶的失准。其原因无它，只在于这一新兴的、尚未定型的文学形态还没有建立起能被大家认同的评价标准，亦即无论在线还是离线、专家还是传媒、圈外还是业内，对于用什么样的标准来评价网络文学，都还处于摸索抑或试错、容错、纠错阶段。这一现实或可表明评价标准的构建为何会成为焦点话题，而对标准缺失的认知正体现了人们试图化解"标准焦虑"的积极心态。

近年来，有关建立网络文学评价体系和批评标准的呼声一直很高，例如，陈崎嵘2013年就在《人民日报》撰文提出："如何逐步建立符合文学本质、具有网络特点的网络文学评价体系，成为摆在我们面前的一大课题"，提出要从"思想价值取向和审美趣味取向"两方面构建网络文学评价标准。[2] 王国平也在《光明日报》撰文说："没有规

---

[1] 阿菩：《对网络文学观念要再来一次解放思想与改革开放——在2019年中国网络文学论坛（成都）上的发言》，阿菩对此还有这样的表述："网络文学从一开始就有草根性、民间性、大众性、人民性的特征，无论是它的情感、它的需求、它的读者，都是这样的。它未来的征途，不是诺贝尔文学奖，而是用更真诚的故事，来与全中国的人民群众，乃至全世界的人民群众产生呼应。网络文学的历史责任也不是去征服西方的知识分子群体，而是要以受世界人民喜闻乐见的形式出海，去与承载了西方价值观的好莱坞大片抗衡。"中国作家网，http://www.chinawriter.com.cn/GB/n1/2019/0906/c404024-31340238.html。2021年11月25日查询。

[2] 陈崎嵘：《呼吁建立网络文学评价体系》，《人民日报》2013年7月19日第24版。

矩，不成方圆；没有跑道，无法起飞。这就意味着网络文学用以批评自己的'指标体系'亟待确立。"①而对于建立什么样的评价标准，更是理论批评界的一个热门话题。如单小曦曾在《文学评论》发表论文，在分析了"普遍文学标准说""通俗文学标准说""综合多维标准说"等各家之说后，提出了"媒介存在论网络文学评价标准"，认为该标准"由网络生成性尺度、技术性—艺术性—商业性融合尺度、跨媒介及跨艺类尺度、'虚拟世界'开拓尺度、主体网络间性与合作生产尺度、'数字此在'对存在意义领悟尺度等多尺度系统整体构成"②。类似为网络文学批评标准或评价体系把脉建言的观点还有很多，如陈定家、周志雄、禹建湘、庄庸、李朝全、康桥、夏烈、张柠、欧阳友权、孙美娟、李玉萍、张立、欧阳婷、何晶等，都发表过这方面的专题成果。③ 经查询《网络文学研究成果集成》、《网络文学批评理论与实践》、《中国网络文学年鉴》（2016—2021）④ 等资料，这些年我国有关网络文学评价和批评标准方面的论文已达数百篇。如此多的学人聚焦这一话题，足见"标准热点"该换词为"标准焦虑"才适于称谓这一问题的分量。

---

① 王国平：《网络文学亟待确立批评"指标体系"》，《光明日报》2012年7月3日第5版。
② 单小曦：《网络文学评价标准问题反思及新探》，《文学评论》2017年第2期。
③ 这些成果分别是：陈定家《试论新媒体文化的批评标准与叙事逻辑》；周志雄《中国网络文学评价体系的维度及构建路径》，《中国文艺评论》2017年第1期；禹建湘《空间转向：建立网络文学批评新范式》，《探索与争鸣》2010年第11期；庄庸、王秀庭《如何构建网络文学评价体系》，《光明日报》2017年12月25日；李朝全《建立客观公正的网络文学评价体系》，《河北日报》2014年12月5日；康桥《网络文学批评标准刍议》，《光明日报》2013年9月3日；夏烈《网络文学批评的三个学理支柱》，《光明日报》2016年9月3日；张柠《网络小说的文学性和新标准》，《文学教育》（上）2015年第2期；欧阳友权《建立网络文学评价标准的必要与可能》，《学术研究》2019年第3期；孙美娟《构建网络文学评价体系》，《中国社会科学报》2019年3月19日；李玉萍《构建新时代网络文学评论体系》，《中国社会科学报》2019年12月9日；张立等《网络文学发展现状及其评价体系研究》，中国书籍出版社2016年版；欧阳婷《网络文学评价体系构建刻不容缓》，《中国艺术报》2016年8月29日；何晶《网络文学评论标准体系如何建立？》，《文学报》2014年5月29日。
④ 欧阳友权主编：《网络文学研究成果集成》，中国文联出版社2015年版；《网络文学批评理论与实践》，中国社会科学出版社2019年版；《中国网络文学年鉴》（2016—2021）新华出版社每年新版。

第二节　评价体系构建的两大"基座"

构建网络文学评价理论、探析其评价体系和标准，一方面源于强劲的现实诉求，同时还需要依托于富含文学观念的理论资源，它们构成评价体系的两大逻辑依凭。网文现场对批评标准的热切期待，以及基于特定文学观念的理论边界，形成了历史实践与理论逻辑的双线并立，网络文学的评价体系就建基于这两大"基座"之上，这便是我们持论的学源和学理。

一　现实之基：创作实践的迫切需要

中国的网络文学以疾驰的步履奔涌前行，走过了 30 年风雨历程，开始迈向转型升级、提质进阶的历史风口。凭着品类丰富的作品、泛娱乐消费和跨文化传播的强劲影响力，网络文学浮出历史地表的速度和形貌超出人们的意料，已经成为当代文坛最受关注的文学新锐。此时，构建网络文学的评价体系已是这一文学创作实践的迫切需要。

我们知道，伴随互联网在中国的快速普及，网络文学已成长为一个文学"大个子"，其所创造的"海量"作品，以通俗性、娱乐化特色覆盖大众文化市场，对文学阅读特别是青少年成长产生了广泛影响。网络文学连年亮眼的数据不断刷新高位极值，让全社会为之侧目。2021 年 9 月 15 日发布的《第 48 次中国互联网络发展状况统计报告》表明，截至 2021 年 6 月底，我国网民规模达 10.11 亿人，互联网普及率为 71.6%，手机网民为 10.07 亿，而网络文学用户为 4.61 亿，占网民总数的 45.6%。[①] 第五届中国"网络文学+"大会发布的数据显示，2020 年我国各文学网站平台贮藏的原创作品达 2905.9 万部，网文创作者累计超 2130 万人，日均活跃用户约 757.75 万人，网络文学市场

[①] 中国互联网络信息中心：《第 48 次中国互联网络发展状况统计报告》，2021 年 9 月 15 日发布，http://www.cnnic.net.cn/hlwfzyj/hlwxzbg/hlwtjbg/202109/t20210915_71543.htm，2021 年 11 月 26 日查询。

规模达到249.8亿元。① 无论就规模、体量，还是覆盖面和影响力，网络文学都堪称"时代现象级"的文学现象，其世所罕见、中国仅有的横空出世，打造了"世界网络文学的中国时代"。特别是内容生产上，每天超过1.5亿汉字原创作品的巨大增量，在满足大众阅读市场的同时，也让评论家们读不过来，更无从评说。我们看一个具体数据：截至2021年11月26日，仅起点中文网就贮藏玄幻、奇幻、武侠、仙侠、都市、现实、军事、历史、游戏、体育、科幻、悬疑、女生网、轻小说等14个主要类型的原创小说2933994部②。如此浩瀚的作品静潜网海，待价而沽，它们经历了网民粉丝的线上消费，极少数头部作品以优质IP方式，通过媒介转换延伸至泛娱乐市场，实现二次或N次传播，但这都只是文化消费意义上的经济变现，而非人文审美意义上的价值筛淘，因为批评的缺席或"失语"，使得网络文学事实上成为一个"自生性"市场，而不是价值干预的"自主性"市场。网络文学已巍然耸立，可支撑这一文学"大厦"的"基座"却不明觉厉，这个"基座"就是我们认知、评判网络文学的评价标准。

切入网络文学现场你会发现，评价标准虽不能包治百病，但网络文学发展过程中的许多问题，确实都与批评标准有关。譬如，网络文学从"野蛮生长"步入"品质化创作"的转型升级阶段后，众口一词期待网络文学"高质量发展"，那么高质量的标准是什么？或曰怎样品相、哪些内涵的作品才算"高质量"？是传统文学标准下的"高质量"还是要符合网络文学标准的才算"高质量"？是"学院派"认可的"高质量"还是线上粉丝口中的"高质量"？再比如，近年来大力倡导网络现实题材创作，富有烟火气、时代味、民族风的作品大量涌现，改变了"玄幻满屏，一家独大"的套路惯习，但一些现实题材作

---

① 裘晋奕：《〈2020中国网络文学发展报告〉在京发布：国内市场规模已达近250亿元》，上游新闻，https：//www.sohu.com/a/494157158_120388781，2021年11月26日查询。

② 这14类小说分别是：玄幻721722部，奇幻159241部，武侠45378部，仙侠236460部，都市374244部，现实43492部，军事20623部，历史77225部，游戏108311部，体育9109部，科幻157333部，悬疑66996部，女生网800370部，轻小说113490部。起点中文网，https：//www.qidian.com/，2021年11月26日查询。

品主流叫好、读者不叫座的"落地尴尬"表明，怎样把现实题材写得好看，把题材优势转化为文学胜势，并未得到很好的解决，现实题材创作与现实主义精神不匹配、不兼容、不同步，已成为时下网络现实题材作品的一大"软肋"。那么，现实题材创作有没有规律可循，如何评判现实题材作品，现实题材与现实主义精神之间具有怎样的关联？用什么标准来衡量一个网络作品是不是现实主义文学？再往前看，人工智能、大数据、区块链，还有"元宇宙"等新兴智能科技对文艺的渗透越来越快，从早期的"猎户星写诗软件""稻香老农作诗机""宋词自动创作系统"，到后来的"微软小冰"、AI诗人"乐府"App、IP机器诗人"小封"，以及外国人发明的"布鲁特斯Ⅰ型"（Brutus Ⅰ）的人工智能系统、IBM公司的作诗软件"偶得"等，我们当如何看待这些"拟主体"创作的作品，又该如何评价它们的价值？如此等等。所有这一切问题的解决无不有待于批评标准或评价体系的科学构建，无不彰显新媒体文艺发展对批评标准构建的强烈诉求。丰富的创作实践呼唤文学批评和有针对性的批评标准，而批评和批评标准对网文实践的回应正是孕育网络文学批评标准呱呱坠地的现实"基座"。

二　理论之镜：传统学术资源的观念积淀

网络文学评价体系构建的另一学源性"基座"是其所依托的富含滋养的观念积淀和理论范式，它们提供了评价体系构建的学术背景。如果说现实的文学实践是建构评价体系和标准的历史实践基础，那么，廓清观念资源，找到其艺术哲学支点则是它的理论逻辑。我们从网络文学观念语境出发，将可以疏瀹出支撑其评价体系建构的三大理论资源。

一是传承和借鉴中国古代文论批评资源，让网络文学评价体系构建成为赓续文学传统、吸纳民族优秀文化的学术契机。网络文学肇始于数字媒介时代，但它基因有自，并非从零开始，而是濡染着千年文学传统的人文气质，流淌着民族文化的"精神血脉"，代代传承下来的文化基因是网络文学批评标准和评价体系构建的"观念脐带"。例如，孔子论诗以"思无邪"为诗则，以"温柔敦厚"为诗教。孟子以

"知人论世""以意逆志"评诗,"故说诗者,不以文害词,不以词害志"①,强调"文""词""志"的统一。后来,《诗大序》提出抒情言志的诗论观和"风雅颂、赋比兴"的"三体三用"说。刘勰在《文心雕龙》中以"知音"论诗,主张"圆照之象,务先博观""操千曲而后晓声,观千剑而后识器",然后方能"平理若衡,照辞如镜",并据此提出"将阅文情,先标六观"②的评价标准。此后,唐代刘知几的《史通》、司空图的《诗品》、宋代严羽的《沧浪诗话》,再到明清时期李贽的"童心说"、公安派的"性灵说"、王国维的"境界论"等,均涉及文学批评标准的理论与观念,它们持论角度不同却无不名理通达,是一笔丰厚的理论财富,应该汲取其中的思想精华,使其对网络文学批评理论构建提供"真理的颗粒"。特别是古代文论美学中的那些理论范畴,如"比兴""意象""文气""形神""滋味""气韵""虚实""意境""神思""妙悟""兴观群怨""文以载道""澄怀味象""乘物游心""迁想妙得""目击道存""意在笔先""得意忘言",以及"外师造化,中得心源""韵外之致,味外之旨""羚羊挂角,无迹可求""不涉理路,不落言筌"等,它们虽然不是专为文学批评标准或体系问题设论,但其中蕴含的许多精神主旨、价值取向和学理逻辑,无疑会对网络文学批评建设具有观念蓄势和理论启迪作用。

二是汲取现代人文思想资源,让网络文学评价体系构建与现代性思想建立起必要的关联,以便在丰富的观念滋养中勘定学术边界,探寻理论的可能性。这主要包括现代艺术哲学资源、文化研究和文艺理论批评资源,以及现代媒介文化和传播学资源。对于这样一个涵盖面极广的大话题,我们不妨选点说明之。

现代艺术哲学可以从康德的"艺术自律论"找到现代文艺审美源头。康德是开启现代艺术之门的"守门人",其哲学思想试图调和并扬弃柏拉图、黑格尔一脉的理性论和博克、荷加斯等人的经验论,为

---

① 《荀子·万章》。
② 刘勰提出的"六观"评诗标准是:"一观体位,二观置辞,三观通变,四观奇正,五观事义,六观宫商。斯术既形,则优劣见矣。"见刘勰《文心雕龙·知音》。

寻求自然与自由的统一，找到超感性根据，把对艺术和审美经验的考察嵌入先验哲学的问题框架，提出"无利害的愉悦""无目的的合目的性"等命题，旨在把审美判断力确定为与知性和理性平行的先天立法能力，从先验角度论述艺术审美活动的一般特性，引导人们以"人是目的"的正当性在主体哲学框架内确证艺术审美的自律性，这就赋予了任何一种艺术创新的独立地位与审美价值，对网络文学及其批评活动认证自身提供了艺术哲学基石。康德之后，黑格尔完成了古典美学的终结，接替现代哲学"铁帽子王"的是海德格尔。海德格尔的现象学哲学超越审美主体、审美客体二元分立的思维定式，另辟蹊径，从人的存在状态出发来探索美和艺术的根本问题，从"此在的存在方式"探讨美和艺术作品的本源，以现象学方法对艺术和艺术作品进行分析，认为"艺术是艺术品和艺术家的本源"。接着，海德格尔从"世界"和"大地"来阐述对"艺术"的理解，认为艺术是对"大地"去蔽，对"世界"敞亮，构成本真的存在。艺术是显现真理的最佳方式，美是真理在场的标志，真理和美让艺术通向自由，人据此实现"诗意的栖居"。在笔者看来，海德格尔给予网络文学研究与批评的启示主要体现在现象学的哲学方法论上，笔者在撰写《网络文学本体论》时曾借鉴"回到事物本身"的现象学方法和"存在先于本质"的本体论追问模式，聚焦网络文学"如何存在"又"为何存在"的提问方式，选择从"存在方式"进入"存在本质"的思维路径，"从现象学探索其存在方式，从价值论探索其存在本质，即由现象本体探询其价值本体，解答网络文学的存在形态和意义生成问题"，并分别将存在方式称为"显性存在"，将存在价值称为"隐性存在"，最后借鉴现象学方法回到事物本身反思其"何以存在"问题，以图从理论逻辑的"正题"与"反题"走向"合题"，"将网络文学本体分析从'形态'与'价值'层面延伸至艺术可能性层面，思考其本体的审美建构与艺术导向，完成网络之于这种文学的艺术哲学命名"。① 这样的艺术

---

① 欧阳友权：《网络文学本体论》，中国文联出版社2004年版，第1—2页。

哲学思路对网络文学批评理论和批评标准构建有方法论意义。

　　文化研究和文艺理论批评资源是网络文学评价体系建设需要关注的另一种理论给养。文化研究被誉为"目前国际学术界最有活力、最富创造力的学术思潮之一"①，网络文学是网络文化的重要内容，也是社会大众文化的重要组成部分，网络文学与大众文化之间具有"嵌套"关系，网络文学评价就包含了文化影响力批评。20世纪中后期，文化研究成为学术主潮之一。例如，以M.霍克海默、T.W.阿多诺、H.马尔库塞、J.哈贝马斯为代表的法兰克福学派对资本主义文化工业和大众文化批判，为认识社会现实提供了一种系统的分析眼光和方法，用霍克海默的话来说，他们的社会批判理论的意义在于"防止人类在现存社会组织慢慢灌输给它的成员的观点和行为中迷失方向，必须让人类看到他的行为与其结果间的联系，看到他的特殊的存在和一般社会生活间的联系，看到他的日常谋划和他所承认的伟大思想间的联系"②，这对于我们以批判的眼光认识网络文学与社会的复杂关联，认识网络文学批评与日常生活、与大众娱乐文化消费之间的互渗和互证，开启了新的思维空间。随后，英国的伯明翰学派开启了另一个文化研究新阵地，霍加特的《识字的用途》（1957），威廉斯的《文化与社会》（1958）、《漫长的革命》（1961），汤普逊的《英国工人阶级的形成》（1963）等，把研究对象从高雅文化或传统文学经典中解放出来，注重通俗文化、大众传媒文化研究，把理论目光聚焦于工人阶级文化、青年文化、女性文化、后殖民文化、日常生活文化，乃至同性恋文化等。伯明翰学派对电视、电影、广播、报刊、广告、畅销书、儿童漫画、流行歌曲，乃至室内装修、休闲方式等世俗生活的文化研究，聚焦于"大众文化转向"，这与网络文学充满市井烟火气的大众阅读、通俗消费，有着很高的相似度，其许多研究成果都可以为网络文学评价及其批评标准构建提供新的思维角度、研究方法和理论观念上的借

---

① 罗钢、刘象愚：《文化研究读本》编者前言，中国社会科学出版社2000年版，第1页。
② ［德］M.霍克海默：《批判理论》，李小兵译，重庆出版社1989年版，第250页。

鉴。"当代中国大众文化的兴起是与文化研究在当代中国的传播相辅相成的"①，网络文学理论与批评的兴起就是这一传播在互联网时代所产生的"同频共振"效应。对我国影响较大的文艺理论批评资源主要是20世纪初叶的俄国形式主义，以及随后的英美新批评、法国结构主义和解构批评，还有读者反应批评、女权主义批评和西方马克思主义批评理论等。其中，俄国形式主义对文学语言形式自主性的强调和"文学性""陌生化"概念的建树，法国结构主义从结构整体性和语言共时性角度考辨一个文化意义是透过什么样的结构关系被表达，德里达和耶鲁学派的解构批评对作品意义、结构、语言的去中心化、反本质化的"延异性"解构，读者反应批评把文学批评的注意力从作品文本转移到读者的反应上，从阅读接受和批评活动的主体性方面开拓出文学批评的新领域，以及葛兰西、卢卡契、本雅明等西方马克思主义文艺批评，以人道主义为出发点，强调文学的主体性，批判资本主义中异化的社会现象等，都有助于我们以更为开阔的学术视野认识网络文学、介入网络文学批评，为评价体系和批评标准建设提供参照。安纳·杰弗森、戴维·罗比就曾说："文学理论不仅能为处理不同的批评观点提供手段，而且能为建立一个更为合理、有效和自觉的文学研究学科提供基础"②，如艾布拉姆斯在《镜与灯》中提出的"四要素说"——作品、世界、作家、读者，四者共同构成文学活动，即可成为我们理解网络文学结构形态的理论镜鉴。

对网络文学评价体系建构影响最为直接的是新媒介文化和现代传播学。尼葛洛庞帝的《数字化生存》1997年被译介到中国后，迅速成为许多人认知数字化传媒的启蒙书。书中提出的"比特时代""信息DNA""人性化界面""虚拟现实""后信息时代""新电子表现主义"③ 等，是理解网络文学新锐特征的"观念钥匙"。加拿大媒介传播

---

① 陶水平：《文化研究的学术谱系与理论建构》，社会科学文献出版社2019年版，第480页。
② [英] 安纳·杰弗森、戴维·罗比：《西方现代文学理论概述与比较》，陈昭全、樊金鑫、包华富译，湖南文艺出版社1986年版，第9页。
③ [美] 尼葛洛庞帝：《数字化生存》，胡泳、范海燕译，海南出版社1997年版。

学泰斗 M. 麦克卢汉的《理解媒介》透过不同电子媒介的比较，勾画出新媒介社会的文化图景，他所提出的"媒介即信息""媒介是人的延伸""冷媒介和热媒介""部落化—非部落化—重新部落化"等理论主张，独具机杼，对我们辨识包括网络文学在内的新媒体文化具有振聋发聩的影响力。① 信息传播学家马克·波斯特在《信息方式》《第二媒介时代》中提出的有关人类口传文化、印刷文化和电子文化三段论划分，以及从马克思主义关于生产方式概念中发展出的"信息方式"概念，认为晚期资本主义的转变是从生产方式转向信息方式开始的，电脑书写对主客体边界的重新勘定将导致逻各斯中心观念的解构，新媒介信息方式（诸如因特网和虚拟现实）将改变我们的交流习惯，对我们的身份进行重新定位，让"我们正在从扎根于时空的'树居型（arorial）'生物变为'根居型（rhizomic）'游牧民"② 等观点，对网络文学批评的观念转型具有很重要的启迪和开阔眼界的作用。后来，美国纽约大学的尼尔·波兹曼基于他对后现代工业社会的深刻预见和尖锐批评，以及对媒介文化的深刻洞察，提出了"娱乐至死"和"童年消逝"等著名论题，认为新媒介催生的娱乐文化让"一切公众话语都日渐以娱乐的方式出现，并成为一种文化精神，我们的政治、宗教、新闻、体育、教育和商业都心甘情愿地成为娱乐的附庸，毫无怨言，甚至无声无息，其结果是我们成了一个娱乐至死的物种"③，这启示我们在建构网络文学批评标准时，对这一文学可能产生的负面影响需要保持一份警惕，并在标准体系设定中有所体现。

三是当代社会主流社会的意识形态的价值遵循。由国家意志锚定的社会主流意识形态不仅是网络文学评价的理论资源，更是评价体系构建的价值遵循和导向规制。网络文学与传统文学一样，具有意识形

---

① ［加］马歇尔·麦克卢汉：《理解媒介——论人的延伸》，何道宽译，商务印书馆2001年版。
② ［美］马克·波斯特：《信息方式：后结构主义与社会语境》，范静哗译，商务印书馆2001年版，第25页。
③ ［美］尼尔·波兹曼：《娱乐至死·童年的消逝》，章艳、吴燕莛译，广西师范大学出版社2009年版，第6页。

态属性，网络文学评价就是要发掘和评判这一文学的意识形态性，以便遵循特定的意识形态内涵去评判网络文学作家作品，规范网络创作和经营行为。在我国，特别是新时代以来，网络文学逐步告别"野蛮生长"而被国家意志纳入"文化强国"战略和主流价值观载体的范围，并通过政策法规和领导讲话等形式在行业运营和文学生态中得到贯彻落实，引导和规约网络文学逐步发展成为社会主义文学的一部分，让网络作家成为建设文化强国的有生力量。

2014年10月15日，习近平《在文艺工作座谈会上的讲话》提出，实现中华民族伟大复兴需要中华文化繁荣兴盛，作家要创作无愧于时代的优秀作品，社会主义文学要坚持以人民为中心的创作导向，而中国精神是社会主义文艺的灵魂，并针对网络文艺指出："互联网技术和新媒体改变了文艺形态，催生了一大批新的文艺类型，也带来文艺观念和文艺实践的深刻变化。……我们要扩大工作覆盖面，延伸联系手臂，用全新的眼光看待他们，用全新的政策和方法团结、吸引他们，引导他们成为繁荣社会主义文艺的有生力量。"在这次重要讲话中，习近平总书记还提出四个具体的评价标准："运用历史的、人民的、艺术的、美学的观点评判和鉴赏作品"①，这是我们构建网络文学评价体系和批评标准的根本遵循。2015年10月3日，中共中央出台《关于繁荣发展社会主义文艺的意见》，明确提出，文艺是民族精神的火炬，是时代前进的号角，最能代表一个民族的风貌，最能引领一个时代的风气。实现中华民族伟大复兴，离不开中华文化繁荣兴盛，离不开文艺事业繁荣发展。举精神旗帜、立精神支柱、建精神家园，是当代中国文艺的崇高使命。弘扬中国精神、传播中国价值、凝聚中国力量，是文艺工作者的神圣职责。② 2016年11月30日，习近平在中国文联十大、中国作协九大开幕式上的讲话中提出"文运同国运相

---

① 习近平：《在文艺工作座谈会上的讲话》（2014年10月15日），《人民日报》2015年10月15日第2版。
② 《中共中央关于繁荣发展社会主义文艺的意见》，新华网，2015年10月19日，http://www.xinhuanet.com/politics/2015-10/19/c_1116870179.htm，2021年11月27日查询。

牵，文脉同国脉相连"，要求做到"胸中有大义、心里有人民、肩头有责任、笔下有乾坤"，推出更多反映时代呼声、展现人民奋斗、振奋民族精神、陶冶高尚情操的优秀作品。① 2014 年 12 月 18 日，国家新闻出版广电总局专门针对网络文学存在的数量大、质量低，有"高原"、缺"高峰"，抄袭模仿、内容雷同，机械化生产、快餐式消费，以及片面追求市场效益，侵权盗版屡打不绝，市场主体良莠不齐，管理规则不健全，市场监管不完善等问题，发布了《关于推动网络文学健康发展的指导意见》，明确提出要把握正确导向，实施精品工程，建立健全编辑管理体制和作品管理制度等 15 条重点任务和举措。② 2021 年 8 月 2 日，中央宣传部等五部门联合印发《关于加强新时代文艺评论工作的指导意见》，提出要把好文艺评论方向盘，加强文艺评论阵地建设，开展专业权威的文艺评论，增强文艺评论的战斗力、说服力和影响力。③ 2021 年 12 月 14 日，习近平在中国文联十一大、中国作协十大开幕式上的讲话中，号召广大文艺工作者"在培根铸魂上展现新担当，在守正创新上实现新作为，在明德修身上焕发新风貌，用自强不息、厚德载物的文化创造，展示中国文艺新气象，铸就中华文化新辉煌，为实现第二个百年奋斗目标、实现中华民族伟大复兴的中国梦提供强大的价值引导力、文化凝聚力、精神推动力"。④

与此同时，在网络文学批评实践上，从 2015 年开始，中国作协举办"中国网络小说排行榜"，国家广电总局举办"优秀网络文学原创作品推介"活动，为网络文学创作设置标杆，也为网络文学评价制定标准。国家新闻出版广电总局还出台了《网络文学出版服务单位社会

---

① 习近平：《在中国文联十大、中国作协九大开幕式上的讲话》，2016 年 11 月 30 日，新华网，http://www.xinhuanet.com/politics/2016-11/30/c_1120025319.htm，2021 年 11 月 27 日查询。

② 国家新闻出版广电总局：《关于推动网络文学健康发展的指导意见》，国家新闻出版署官网，https://www.nppa.gov.cn/nppa/contents/312/74528.shtml，2021 年 11 月 27 日查询。

③ 中央宣传部等五部门联合印发：《关于加强新时代文艺评论工作的指导意见》，网易，https://www.163.com/dy/article/GGDTK777053469RG.html，2021 年 11 月 27 日查询。

④ 习近平：《在中国文联十一大、中国作协十大开幕式上的讲话》，《光明日报》2021 年 12 月 15 日第 2 版。

效益评估试行办法》（2017），让当代社会的意识形态的价值规制成为构建网络文学评价理论、设置评价体系和批评标准的刚性约束和制度保证。

第三节　我们需要怎样的体系和标准

一　体系与标准的区别

"评价体系"与"批评标准"这两个概念经常在行文中连用，或者换位连用，那是因为它们本义能指的相似性往往遮蔽了二者所指的逻辑边界，这导致有时人们谈论批评标准时，谈的却是评价体系，反之亦然。细究之，正如同"批评""评价""评论"在概念区分度上常常边界模糊，却并未影响人们理解各自在特定语境中的所指一样，对于"评价体系"和"批评标准"概念，使用者很少出现指代错位，接受者也鲜有会意偏失的情况，只要能厘清二者的区别，其相同的语义点或边界交会区或将就是不言自明或可以忽略不计的，那么我们所要瞩目的就应该是二者的区别，如下。

一是概念内涵上的区别。评价体系一般是指由表征评价对象各方面特性及其相互联系的多个指标所构成的具有内在结构的有机整体①，以之界定网络文学的评价体系一样有效。也就是说，要辨析网络文学的评价体系，需要切入其所表征的评价对象，找到它们的特点和各特点之间的相互关系，再从系统整体中把握这些特点和关系的内在结构。反观批评标准，则是指人们据以分析、评价和判断一个对象品性质量、有无价值和价值大小的尺度和准绳，它是人们在评价活动中应用于对象的价值尺度和界限。相对于网络文学来说，评价标准就是用于衡量一个网文作品好坏优劣的评判尺度，是评价者价值立场和认知水平在评价对象上的反映。

---

① 参见"百度"词条，https://baike.baidu.com/item/评价指标体系/1202406，2022 年 3 月 15 日查询。

二是概念外延上的区别。比如，在指代对象上，"评价体系"偏宏观，"批评标准"偏微观。当我们谈论作为聚合概念的"网络文学"评价时，一般都使用"评价体系"；当我们谈论作为非聚合概念的"网络文学"（一般是指具体的网络作家作品、网络文学现象）评价时，多使用"批评标准"或"评价标准"。另外，从适用范围上看，"评价体系"偏抽象能指，"批评标准"偏具象所指，前者是一种理论观念指代，后者是具体评价实践的应用尺度。例如，在《网络文学IP价值评估体系探析》一文中，作者从"受众市场、创意内容、社会效益"三个维度建构网络文学IP价值评估体系，这种维度选择偏宏观、偏抽象、偏观念，它们便是"评价体系"。这个评价体系首先需要设定基本框架，以此作为评价标准的一级指标，下设二级指标、三级指标等，这些就是具体的评价标准。指标越是细分，就越是偏微观、偏具体、偏应用的可操作性，它们与一级指标合为一体，便构成网络文学IP价值的一个系统，即评估体系，用文中的文字表述便是：

> 评估体系由市场价值、内容价值、社会价值构成，三位一体。首先，市场价值聚焦网文作品在原生市场的传播效果、市场影响和作者影响，核心在于受众/粉丝效应：一方面受众对作品的接触广度和深度决定作品的市场号召力，另一方面网络阅读与付费密切相关，受众的付费行为也潜在包含着对作品衍生价值的垫支性预期。其次，内容价值主要反映作品在衍生市场的转化潜力，包括题材、内容等内在的文本特点以及外部环境，尤其是不确定的市场生态与政策法规双重视野下的版权风险与政策风险。最后，社会价值主要观照作品在中国语境下的社会影响，反映作品的格调和导向，以及受众的心理评价。[①]

如此看来，评价体系是一个理论系统，一套观念范式，它是为评

---

① 刘燕南、李忠利：《网络文学IP价值评估体系探析》，《现代出版》2021年第1期。

价标准提供一种把控视野和认知对象的边界，一旦将它们用于批评实践，就需要把评价体系中的具体指标（一级、二级、三级等）应用到批评对象身上，此时它们就成为批评标准。请看一段对猫腻小说《将夜》的评价：

> 《将夜》中猫腻一方面借用中国疆域中曾有或仍有的国家和地名融入俗世世界，另一方面构建了四个神秘的不可知之地、形成了一套完整的修炼体系，在"反常化"的架空世界下从俗世世界到修行者世界、从外部地理文化景观到内部修行理念共同形成了《将夜》的世界舞台。叙事艺术上，小说以"与天斗"为主线，通过伏笔、隐藏故事线与宏大场景突出了史诗性，宏大叙事的框架下存在着"喧哗"的民间叙事，展现出猫腻的草根情怀，并以考究的语言诠释了"文青型"网络写手的样貌。人物塑造上，小说基于大众普遍认同的伦理观，通过"欲望书写"中的"功利主义伦理观"和两性关系中的"性别伦理观"建构出小说的主要人物形象，并形成了书院与佛宗两个不同阵营的人物群像。思想主题上，小说通过各派别的设定，展现出对儒释道部分教义学理的释与变形，同时将西方个人主义和中国传统集体主义两者结合，由此完成对儒释道思想的重构，构建了"天道"和"人道"，最终通过后者战胜前者的设定展现出小说中宣扬"人道"思想的世界观。[1]

看得出来，这里对《将夜》的评价使用的就是批评标准，即特定评价体系中的具体标准——从作品内容出发，评判其思想性（如天道、人道的学理、思想和世界观）、艺术性（文学创意、故事框架、叙事艺术、人物塑造）。可见，标准就是体系"在地化"，体系则是标

---

[1] 单小曦、钟依菲、肖依晨、朱哲娴、钱书逸、刘欣：《与天斗，其乐无穷——网络文学名作〈将夜〉细评》，《百家评论》2022年第1期。

准的"逻各斯",它支撑起标准的学理,又限定了标准的边界。

二 评价体系的维度选择

基于前文对评价体系的界定,构建网络文学评价体系首先得从网络文学的特性出发,从中找出这一文学场域中的构成要素,并厘清各场域要素间的相互关系,进而从整体上确立其评价体系的基本维度。

那么网络文学有哪些特性呢?也就是说是哪些要素构成了这一文学特殊规定性呢?我们从网络文学业态结构和生产要素出发,可以抽绎出网络文学评价体系的五个相互关联的维度。

第一,基于网络媒介的思想性。文学的思想性是作品描写的内容和创作者主观评价所表现的社会意义,也可以说是作品形象体系中所蕴含的人文价值。网络文学思想性的正确、深刻与否,取决于网文创作者的认知能力和价值观。我们不要求每个网络文学作品都具有思想性,但优秀的网文作品无一例外都具有积极正面的思想性,作品的思想价值和人文意义是优秀网文作品的标配。有网站评价爱潜水的乌贼的《诡秘之主》时说:"《诡秘之主》极具人文之思,小说把'回归'与'超越'的主旨融于情节、设定和人物构造之中;以人神的对抗与融合昭示人性的回归,最后实现人物的自我和解。小说虽以黑暗、绝望与神秘的元素来构造世界,却也不乏深度与温度,蕴含着深刻的人生哲理。"[1] 该评论充分肯定了小说的"人文之思""人性的回归""人生哲理",以及所体现"深度和温度",正说明该小说具有其独特的思想性,是思想性的认知能力支撑起该作品的思想性价值。

按照恩格斯的说法,文学创作应该让作品具有"较大的思想深度和意识到的历史内容,同莎士比亚剧作的情节的生动性和丰富性的完美的融合"[2],这是网络文学创作的共识,但网络文学思想性的特殊之

---

[1] 单小曦等:《隐喻书写下的回归与超越——网络文学名作〈诡秘之主〉文本细评》,《百家评论》2021年第5期。

[2] 恩格斯:《致斐·拉萨尔》,《马克思恩格斯选集》第四卷下,人民出版社1972年版,第343页。

处在于，它须在"网络"的语境中表达文学的思想性，有着网络媒介的限定，这个限定要求网络作家面向大众需求而非精英需求，创作大众喜闻乐见的通俗性作品。相比于纸媒印刷的传统创作，网络写作有更少的限制和更多的自由，在资质认证上基本是"零门槛"，这似乎就相应降低了作品思想深刻性的要求，虽持理不正，却惜乎成为事实。有统计表明，我国网文写作人群数量惊人，2020年底已达2130万人，网络文学用户规模4.60亿，日均活跃用户约为757.75万人①，足见网络文学完全是一种"大众创作的供大众阅读的大众文学"，这是当下网络文学的特点，也是网络文学的一大优势。因而当我们要求对网络文学进行"思想性"评价时，不能不考虑作品思想性的受众接纳度是否成为作品思想性表达的限度，这和传统文学对思想性的要求是有所不同的，网络小说连续三届参评"茅奖"均落得"陪跑"结局便是明证。②

第二，不脱离爽感的艺术性。网络文学既然是"文学"，当然离不开艺术性，构建网络文学评价体系自然也不能没有艺术性维度。但正如网络文学的思想性要兼顾"网络"语境，其评价体系的艺术性维度同样要顾及线上消费的"爽感情结"——大众阅读，娱乐优先，满足爽感几乎是网络阅读的"刚性"需求。大众阅读遵循的是"快乐原则"而非"教化原则"，市场的"铁律"已经让"爽"字成了作品扬名、作家"立万"的不二法门。一个网文作品如果不好看，不能吸引眼球，无论它多么深刻、多么高端，都将"网海沉没"，使作者"扑街"。当然，这并不是说一个作品只要有了"爽感"就万事俱备，就有了艺术性。事实上不仅"爽感"本身有着低俗之爽与艺术之爽的层次区分，爽感所承载的内容也应该有价值上的限定，前文引征的恩格斯的话里，"较大的思想深度与意识到的历史内容"还需要与"莎士比亚剧作的情节的生动性与丰富性"达成完美融合，才能实现思想性

---

① 据2021年10月9日北京第五届中国"网络文学+"大会发布的《2020中国网络文学发展报告》统计，我国网络文学作者累计超2130万人，累计创作2905.9万部网络文学作品。数据来源：上游新闻，https://www.sohu.com/a/494157158_120388781。

② 可参见欧阳友权《网络文学"陪跑茅奖"的缘由与启示》，《当代文坛》2020年第2期。

与艺术性相统一的完美境界。愤怒的香蕉的一段话给这个问题做了一个最好的注脚，他说：

> 个人感觉，网络文学或者说通俗文学最大的也最能达到的技术进阶，是通俗技巧与思想内涵的结合问题，它既不能止于追求纯粹的通俗，也没必要追求高纯度的思想或者说美学。将两者巧妙地结合起来，达成寓教于乐的效果，将一些朴素的道理与思想进行最大程度的传播，才是它能够到达和起到的最独特的功效，也是能够弥补严肃文学空缺的独一无二的可能性……写得好看，是有很深的规律和密码的，在写得好看的基础上传递出思想或者美学，有更深刻的规律和密码，如果评论界不清晰地定义"好看"的价值，而是仍旧把它当成一只房间里的大象，那么真正属于网文的独特的价值体系，恐怕会一直难以建立。
>
> ——摘自愤怒的香蕉2021年10月10日在微信朋友圈的留言

第三，基于传媒技术的网生性。"网生"即网络化的生产，也有人称其为"网络性"。从生产要素看，网络不仅是文学的载体，还是作品的"生产车间"，它是网络文学的本体而不只是媒介载体，是"数字行动主义者"的根据地和演武场。由"网生性"而衍生的网络文学特有的"起点模式"①，改变了"文学由作家独立创作"的惯例，形成了创作者的"主体间性"——网文作品是在"读—写"互动又相互依存的"需求共同体"中生产出来的。因而，我们在评价网文作品时，通常需要考察其"网生"过程和效果。"网生性"之所以能成为网络文学评价体系的一个重要维度，是因为它不仅是一种新媒体交流层面的互动，还是一种新的网文生产机制——网络文学的续更、催更、

---

① "起点模式"即起点中文网于2003年创立的"VIP付费阅读"模式。这一模式解决了一直困惑网络文学的"经济驱动"问题，它一方面保护了文学作品版权，同时也让网文作者、网站经营者有了经济收益，并且让广大读者通过市场化公平交易获得自己需要的文学作品，因而被视为网络文学最有效的商业模式。

追更行为对文学创作的过程和结果带来直接影响，读者粉丝的随时随地吐槽跟帖、本章说点评、贴吧热话，能表达自己的感受，能影响他人的理解，还能干预作家的创作，几乎所有续更完成的网文作品，都是由作者和读者在交流互动中完成的。"网生"决定着作品的生产过程，决定着作品的市场效果，决定着作家的文学地位，如此大的影响力，能不成为一个重要的评价维度么？这恰是网络文学评价有别于传统文学评价的一个新维度。大神作家跳舞在谈到他为何创作《稳住别浪》时说："从读者角度来看，他们现在不看仙侠和奇幻是有原因的。大量涌入网文市场的读者要求能够在短时间内去理解、接受讯息，不愿意去想象另外一个复杂的世界，只想看到一个能够迅速理解的世界——现代都市。所以这绝对是未来两三年出现最多的题材。"不仅如此，为了读者他还做出了调整，一是快节奏，减少一些先抑后扬、转折，铺垫；二是一定要出"梗"，要写强趣味性，加悬疑、搞笑、反差萌等；三是小框架，"需要对于故事进行简单处理，做复杂了也没有人看"。[①]"网生"时刻制约着创作者的文学思维，一个受欢迎的作品就是这样"网生"出来的，关注"网生"就是关注粉丝的力量，关注"读—写"互动的功效，是评价网络文学绕不过去的"坎"。

第四，依托市场绩效的产业性。网络文学是市场化的产物，它身上凝聚了浓郁的商业属性，甚至可以说，中国网络文学的发展史就是网络传媒的文学产业史，因而产业性评价是网络文学评价体系的一个重要维度。产业离不开市场化经营和商业性利益，它们构成网络文学的经济驱动，渗透在网文生产的每一个要素中。譬如，对于网络作家而言，意味着读者市场的制衡力量在加大，作品的订阅量、打赏数、月票数、版权转让的市场号召力将直接与自己的收入挂钩，"市场定生死"的竞争让"适者生存"，让"优者胜出"，也让"扑街者"出局，这样的市场机制是网文创作的动力，也可能把创作引入"唯利是图"的歧途，需要有评

[①] 李炜：《跳舞访谈 | 想象空间的开创：一部个人化的网络文学发展史》，《青春》2022年第1期。

价标准去规制。对于网站平台而言，以市场选择服务大众成为商业经营的存续之道，一方面要吸引更多作家特别是大神作家签约平台，以增量求存量，以数量推质量，把优质内容生产作为网站的"压舱石"；另一方面又要开辟市场，拓展消费，实现线上线下两手抓，乃至延伸"出海"产业半径，用新型的文创产业服务于"文化强国"建设。对于读者而言，网文作品明码标价，让他们在市场选择中公平地购买服务，优质优价，童叟无欺，浩瀚的作品海洋足以满足他们的多样需求。由此可见，产业特性已经是评估网络文学的一大抓手，市场绩效的量化数据是衡量作品价值的指标之一。需要特别强调的是，当我们把市场绩效的产业性设置为网络文学评价维度时，还需要清醒掌控一个问题的两个方面：一是从积极面评估市场驱动的运营逻辑对网络文学存续的意义，二是注意规避文化资本的商业律令反噬网文行业应该担负的社会责任。

第五，聚焦传媒效果的影响力。影响力评价是效果评价、终端评价，是延时累计的实时评价，对网络文学评价体系有着旨归求证的意义。一个网络文学作品有没有影响力，有什么样的影响力，是正面影响还是负面影响，都需要有一个衡量的标准，于是就需要设定评价维度并基于一定的标准去客观评判。评价网络文学的影响力可以是总体评价，即这一文学能否成为人类文学史的一个节点、一种形态得到历史合法性确证，这是文学史家的任务；也可以是网络作家作品影响力评价，包括文学影响力、文化影响力、读者影响力、社会影响力、产业影响力和传媒影响力等，这是文学批评家要做的工作。但不论是哪种影响力，都是通过传媒效果来表达、来传播、来计量的。例如，2021年5月11日，阅文集团发布了2021年"白金大神"名单及网络文学作家指数，其中，网络文学作家指数排名前五的为：老鹰吃小鸡（179227）、唐家三少（178064）、忘语（171860）、卖报小郎君（171524）、爱潜水的乌贼（164406）。其指数得分根据是："依据作家名下所有作品本年度内的线上影响力（理论稿酬+用户阅读时长）、粉丝热度（月票+评论）、版权价值（版权类稿酬）等维度数据综合加权编制、由系统自动测算生成，按月更新，是全面反映阅文签约作家影响力和品牌价值的客观指数体系。"① 另外，阅文集团还公布了2021年最快10万均订记录、24小时首订记录、最快10万首订记录、首日收藏记录、七日收藏记录和新媒体女频单书销售记录等数据，结果表明，2021年起点最快10万均订记录被《夜的命名术》（会说话的肘子）打破，起点24小时首订记录被《夜的命名术》（会说话的肘子）刷新，阅文首日收藏和七日收藏记录被《星门》（老鹰吃小鸡）打破，新媒体女频单书销售记录被《退婚后大佬她又美又飒》（公子衍）刷新。② 很显然，这些作家作品的影响力是以网文市场的大数据统计为基础的，具有实证可靠性，将它们用于网络文学评价不仅能增强评价的客观真实性，也能使评价体系更加科学和完善。

三　标准的内涵设定③

网络文学评价标准的设定需要遵循两个基本的逻辑前提，首先是切合"文学"规律，然后是符合"网络"特点，其标准的内涵就是从这两个逻辑前提中抽绎出来的。

其一，作为"文学"的网络文学评价标准。

网络文学首先是"文学"，然后才是"网络文学"。既然是文学，那就意味着文学史积淀下来的文学批评标准依然是有效的。例如，孔子的"思无邪""辞达而已"④，孟子的"知人论世"（《孟子·万章下》）、"以意逆志"⑤（《孟子·万章上》），刘勰提出的"六观"⑥，

---

① 储文静：《阅文发布网络文学作家指数，唐家三少、老鹰吃小鸡分列2020和2021榜首》，潇湘晨报官方百家号，2021年5月11日，https：//baijiahao.baidu.com/s？id=1699451161542769508&wfr=spider&for=pc，2022年3月16日查询。
② 数据来源：阅文集团"作家助手"公众号，2022年1月28日。
③ 有关网络文学五大评价标准的内涵指标设定，可参见欧阳友权《网络文学评价体系的"树状"结构》，《当代文坛》2021年第6期。
④ "思无邪"，出自孔子《论语·为政》；"辞达而已"，出自孔子《论语·卫灵公》。
⑤ "知人论世"，出自《孟子·万章下》："颂其诗，读其书，不知其人可乎？是以论其世也。""以意逆志"，出自《孟子·万章上》："故说《诗》者，不以文害辞，不以辞害志；以意逆志，是为得之。"
⑥ 刘勰在《文心雕龙·知音》中提出的"六观"标准是："一观位体，二观置辞，三观通变，四观奇正，五观事义，六观宫商。斯术既形，则优劣见矣。"

恩格斯提出的"美学观点和历史观点"[①]的标准，习近平提出的"历史的、人民的、艺术的、美学的"[②]批评标准，还有现当代文学中的真善美统一的批评标准、思想性与艺术性标准等，都是我们在评价网络文学时需要借鉴、传承或遵循的。因而，作为"文学"的网络文学评价，就需要赓续依然有效的传统评价标准，核心是思想性标准和艺术性标准。

或许有人会质疑，这里的"文学"是说的传统文学，即原有文学生产体制下的纸介印刷文学，与网络文学是不同的，以之评价网络文学合适么？是的，网络文学与传统文学确实有不同之处，但"不一样"不等于没有相同点，思想性、艺术性恰是这两种不一样文学的相同之点和汇通之处，否则网络文学就根本不是"文学"了。亦即如前文提到的，网络文学既然是"文学"，就必然具备作为"文学"的基本特点，思想性和艺术性就是那个真正联结文学的"基本特点"，它们是所有文学都具备的文学共同点，也是文学之所以是"文学"的逻辑原点，构成两种文学的最大公约数。我们说衡量网络文学作品依然需要坚持传统的评价标准，就是指思想性标准和艺术性标准，它们是网络文学评价必须坚持的标准。

思想性是评价标准，也是评价体系的一个维度。思想性涉及文学作品蕴含的价值和意义，在批评实践中需要就此设立更为具体的评价指标，即构建思想性评价的二级指标、三级指标，使其获得实际应用的可操作性。一般而言，思想性评价的细化指标大抵包括以下几点。（1）主体倾向的立场站位，包括对真善美与假恶丑的分野；悲悯苍生，敬畏自然；三观正确，思想格调健康；对终极意义的信仰与虔敬。（2）社会历史判断的价值观，如作品反映生活的深度、广度和真实度；思想境界上对国家民族的担当、扪心行文的历史责任；价值引导和文化传承。（3）伦理叙事的人性化表达，如作品对人生苦痛的敏锐

---

① 恩格斯：《致斐·拉萨尔》（1959年5月18日），《马克思恩格斯选集》第4卷，人民出版社1995年版，第561页。
② 习近平：《在文艺工作座谈会上的讲话》，《人民日报》2015年10月15日第2版。

感知；对人性丰富性的发掘与批判；对弱者的同情与关爱；对人的精神世界的永恒探寻等。

艺术性标准的指标内容主要如下。(1) 阅读爽感的代入性，如故事抓人，形象生动；情感的共鸣性；人物、情节、细节饱满度与生动传神；语言、结构、表现手法等文学形式的独创与完美度。(2) 艺术创新力，如故事架构的创意力；题材类型出圈的拓新力；多媒体、超文本或 AI 创作的艺术表现力；鲜明的个性化风格。(3) 作品的生命力，如作品价值与审美意蕴的隽永性；作品立得住、传得开、留得下，具有恒远的艺术魅力。

其二，作为"网络文学"的评价新标准。

网络文学有别于传统文学评价标准的焦点在于这一文学的"网络"属性。网络文学因为"网络"的融入而形成了市场、技术、传播三大特殊的新维度，并由此衍生相应的评价新标准。

一是受商业属性制约形成的产业性评价标准。具体指标如下。(1) 网站商业模式，包括付费阅读模式、免费阅读模式；内容、制作、渠道综合模式。(2) 平台经营举措，如经营流量与投送效能；做客户端开拓变现渠道；推出白金、大神及青年作家培养；榜单发布、活动经营；线上广告经营业绩等。(3) IP 版权盈利，如版权管理与版权转让；IP 转让作品数量及频次；"文→艺→娱→产"的长尾效应。(4) 粉丝经济指标，如壮大"书粉"，提升黏性；粉丝社群文化经营；粉丝共创，开发消费新品；本章说、角色应援、衍生创作、社交安利、AI 智能伴读等 App 吸粉力。(5) 自媒体及作家自主经营，如微博、微信、手机等自媒体文学经营；作家公司，自主内容开发；定制化创作的一条龙经营。(6) 社会效益优先，平衡功利与审美，具体包括：社会效益优先的具体举措；履行社会责任与公益服务；"双效合一"的市场体量与绩效；无违规违纪事件，违规一票否决等。

二是由文学与网络"联姻"而构成的网生性评价指标。具体内容如下。(1) 作品互动的生成性，如读者与作者交流频度、读者与读者互动密度、作者与网站编辑交流深入度。(2) 粉丝干预效应，如粉丝数量、新媒体指数、贴吧话题量、超话数等全网热度、粉丝对创作过程的影响度、作者对粉丝干预的态度。（3）文本的特异性，如续更延异的长度与时间密度；网络文本的容错率；作品的线上反响。其他还有诸如"本章说""即时段章评""IP唤醒计划""AI智能伴读"等社交类App在线上阅读中的使用情况等。

三是基于新媒体传播、量化计算、精准推送等形成的影响力评价指标。具体内容如下。（1）文学影响力，包括人文价值方面的影响力、艺术审美的影响力。（2）文化影响力，包括线上作品的文化认同、线下"泛娱乐"文化市场影响。（3）读者影响力，包括线上传播时效的应然热度、线下的读者评价。（4）社会影响力，包括社会评价和荣誉奖项、社会主流意识形态的建设性、社会文化建设的有效性、青少年成长的引导性、网文出海的国际影响力等。（5）产业影响力，包括在线订阅量和粉丝打赏数、线下产业链"长度"与"宽度"、内容经营的经济效益。（6）传媒影响力，包括新媒体影响力；作家作品全网热度（如百度指数、微博指数、微信指数、微博粉丝量、贴吧热度），以及作家作品平台热度（如订阅、打赏、月票数、点击量、推荐量、评论量、收藏量、粉丝量等）；还有线下媒体影响力，如报刊评论、发布的榜单、研讨活动、获得的荣誉等。

基于以上分析，评价网络文学便有了完整的五大标准：思想性、艺术性、产业性、网生性和影响力。前二者是网络文学与传统文学共有的评价标准，后三者是网络文学所独有的三个评价标准。由此形成了网络文学评价的体系化结构。

于是，我们可以尝试提出批评标准的"议程设置"：评价网络文学的思想性标准、艺术性标准构成了网络文学评价体系的核心层；评价网络文学的网生性标准和产业性标准，构成这个评价体系的中间层；而网络作家作品的影响力标准则可置于该评价体系的外围层。①

---

① 有关网络文学评价标准的层级区分和各标准之间的关联，可参见欧阳友权《网络文学亟待建立自己的评价体系和标准》，《社会科学辑刊》2022年第2期。

需要注意的是，我们基于"网络"和"位网络文学"这个特定语境，设置了相应的批评标准，并将它们置于特定评价体系中，以此划分出核心层、中间层、外围层等不同层级，目的在于更好地理解它们之于网络文学评价的特定维度和功能形态，并不意味着以此区分各要素、各层级的重要程度和整体疏密关系。在实际评价过程中，每一个评价标准都只能在整体系统中发挥作用，而不是脱离整体，让各评价要素彼此疏离、互不相干。比如我们评价某一部网络小说，考辨其思想性时必须看作者如何用艺术的方式来审美地表达某种思想和观点，让这种思想观点产生吸引关注、打动人心的感人力量；同样，评价作品的产业绩效、网生表现和传媒影响力时，如果脱离了作品的思想倾向和艺术价值，所有的评价都将是无意义的。亦即是说，只有在表现思想性、艺术性上是有效的，其产业性、网生性和影响力才是有意义、有价值的；与之相关，一部网文作品如果失去了产业绩效，没有了网络特点，丧失了应有的传播效果和影响力，其思想性和艺术性也将沦为"空转"，失去根基，无从附着和依凭。

并且，这个评价体系的标准构成主要是针对网络文学作品评价，对于网络作家评价、文学网站平台评价、网文IP改编的延伸评价等，还可以是有所选择、有所侧重甚至需要增设新的维度、新的标准的。网络文学的不确定性与可成长性，网文作品题材、内容的多样性与复杂性，决定了批评标准的相对性，我们所要做的和能做的，是从创作实践和作品实际出发，实事求是地作出客观判断，而不是胶柱鼓瑟，把评价体系和批评标准视为僵化的教条。

第一章 网络文学评价的艺术哲学前提

当我们谈论网络文学评价的时候，其实隐含着一种理论的前提：这种文学是需要评价的，是值得评价的，因为它是有价值的，或者说它应该拥有我们所期待的那种价值，亦即文学传统赋予"文学"的那种预设价值，这种价值便是我们评价网络文学的艺术哲学前提。现在需要分辨的是，这个预设价值是什么，它之于网络文学有怎样的适恰性与变异性，进而从观念上厘清这个艺术哲学前提。如此才能回答为什么要评价网络文学，以及如何去评价它。

相比悠久而伟大的文学传统，网络文学不仅时间短暂且增速过猛，品相也良莠不齐，一时难如人意。如此境况给试图评价它的人带来两个显而易见的难题：一是发展迅速，显隐难测，无从定格其文化表情；二是作品海量，成色驳杂，评价的尺度不易把握。但网络文学已经走进了我们的文学生活，并且成为许多人日常生活的一部分，如何看待、怎样评价这一文学已经不是一个可以回避的问题。这是我们评价网络文学的现实依据。

于是，当我们直面网络文学现实，试图评价网络文学时，既要关注文学传统的观念预设，又不得脱离网络文学的现实语境。故而，廓清网络文学评价的艺术哲学前提本身亦便成为评价网络文学的重要前提。

第一节 网络文学的意义承载

"全世界计算机联合起来，Internet 就一定要实现"，这句多年前提出的激动人心的口号已经变成今日的现实。那么，人类实现"Internet"的目的何在呢，我们可以从古代《易经》提出的"器与道"，抑或德国社会学家马克斯·韦伯提出的"工具理性与价值理性"①的关系去思考我们持论的根据。对网络文学而言，在其诞生之初，"器"的因素——作为传播媒介的文学载体更多一些，"工具"之便捷率先登场，"载道"功能此时还未曾上位。麦克卢汉的"地球村"，尼葛洛庞帝提出的"信息的DNA"，马克·波斯特所说的"第二媒介时代"，威廉·吉布森所描述的"赛博空间"，即主要是在"技术"和"器物"的层面论及以互联网为代表的新兴数字媒介。中国本土第一家大型原创文学网站"榕树下"的创始人朱威廉当年就曾感慨："Internet 的无限延伸创造了肥沃的土壤，大众化的自由创作空间使天地更为广阔。没有了印刷、纸张的繁琐，跳过了出版社、书商的层层限制，无数人执起了笔，一篇源自于平凡人手下的文章可以瞬间走进千家万户。"②如此强大的传播功能在"器"或者"工具理性"的功能上看是"渠道为王"，而在"道"与"价值理性"的意义上看则需要"内容为本"，因为与"怎样传播"相比，"传播什么"似乎更为重要。麦克卢汉就曾提醒我们关注"媒介形式的挑战对我们的感性反映所产生的影响"，因为"与社会中的媒介或技术相关联的，是我们的意见"③，尤其对于文学这种精神文化产品来说就更是如此。朱威廉在肯定网络传播的功能后也强调了传播内容的重要性，认为网络传播打破的不仅是"国界"，还有"文化的隔阂"，他说："一篇来自中国陕西农民的投稿可以在几分钟后被一名远在美国爱荷华州的农民阅读，而来自西班牙的一篇文章可以让哥伦比亚的文学青年产生共鸣。文学网站所推动的不仅仅是文学，在生活与感受的自由创作氛

---

① ［德］马克斯·韦伯：《经济与社会》（上卷），林荣远译，商务印书馆1997年版，第56页。
② 朱威廉：《网络——文学发展的肥沃土壤》，《人民日报》（海外版）2000年10月21日。
③ ［加］马歇尔·麦克卢汉：《理解媒介——论人的延伸》，何道宽译，商务印书馆2000年版，第47页。

围下，它将使不同人种，不同国土的人们增进理解，为世界文化的发展作出积极贡献。"① 可见数字媒介、网络载体只是手段，新媒体传播的终极目的不是止于"传播"，而是传播内容及其内容所指向的人文靶的，即前述的经由"器"而至于"道"，或经由"工具理性"而抵达的"价值理性"。就此，麦克卢汉用了一个颇为形象的比喻："媒介的'内容'好比是一片滋味鲜美的肉，破门而入的窃贼用它来涣散思想看门狗的注意力。"② 既然"媒介即讯息"，那么，现代媒介不仅自带流量，还自带讯息——内容，以及内容中蕴含的人的价值观念和历史意识、时代精神等。正如麦克卢汉进一步就此解读的："媒介的影响之所以非常强烈，恰恰是另一种媒介变成了它的'内容'"，他举例说，就文学而言，"文字或印刷的'内容'是言语，但是读者几乎完全没有意识到印刷这个媒介形式，也没有意识到言语这个媒介"。③ 读者意识到的是什么呢？答案只能是与媒介——印刷、言语相融相生、"器""道"合一的文学内容本身。译介麦克卢汉的翻译家何道宽先生用了一个中国人更易于理解的方式说明之："四大发明作为媒介——所谓媒介的形式本身——就曾经改变了世界，改写了人类历史。"④ 就如同尼尔·波兹曼在谈及汽车给人类带来怎样的文化变更时所指出的："汽车将决定他们怎样安排社会生活和性生活，将改变人们利用森林和城市的看法，将创造出表达我们个人身份和社会地位的新方式。"⑤ 足见技术、媒介绝不仅仅是"工具""载体""形式"那么简单，它还是形塑世界、内嵌感觉比率的"魔戒"，因为"技术的影响不是发生在意见和观念的层面上，而是要坚定不移、不可抗拒地改变人的感觉

---

① 朱威廉：《网络——文学发展的肥沃土壤》，《人民日报》（海外版）2000年10月21日。
② [加] 马歇尔·麦克卢汉：《理解媒介——论人的延伸》，何道宽译，商务印书馆2000年版，第46页。
③ [加] 马歇尔·麦克卢汉：《理解媒介——论人的延伸》，何道宽译，商务印书馆2000年版，第46页。
④ [加] 马歇尔·麦克卢汉：《理解媒介——论人的延伸》，中译本第二序"麦克卢汉的遗产"，何道宽译，商务印书馆2000年版，第7—8页。
⑤ [美] 尼尔·波兹曼：《娱乐至死·童年的消逝》，章艳、吴燕莛译，广西师范大学出版社2009年版，第134页。

比率和感知模式"①。

回到网络文学及其评价的话题上来需要面对的问题便是：我们评价网络文学是评价什么呢？是评价"网络"还是评价"文学"，或是"网络文学"？换言之，是评价承载这一文学的技术化媒介，还是媒介所承载的内容，抑或二者合一构成的文学本体？答案显然是后者。找到这样一个显而易见的答案当然不是提出这一问题的本意。持论的本意在于：在"网络"与"文学"合一，或"器""道"合一、工具理性与价值理性合一后，网络文学评价的艺术哲学及其必然性依据在哪里。

我们知道，较之于历史上任何一种文学形态，网络文学的"媒介属性"即"网络性"更为突出，也更为重要。但即便是这样，我们仍不能只专注于"网络性"来讨论网络文学，也不可脱离网络去谈论网络文学的"文学性"，而需要以"网络性"为入口，走进网络文学的内容，以网络时代人文审美价值论的技术路线探析网络文学的"网络性"，同时在辨析网络文学的"网络性"中找到其人文审美"文学性"的必要与可能，进而把握其意义承载，廓清它的文学性。按照这个逻辑思路探究下去，庶几能够洞悉网络文学的价值本体，我们所要探析的网络文学评价亦便是一种有价值的评价，因为它有了值得我们评价的艺术哲学前提；而这个前提越是有价值，网络文学评价的价值也就越大。

那么，网络文学承载的价值是什么呢？需要有"道"的追问。

一　虚拟体验：蕴含了社会转型期人们的梦想与抵抗

"赛博空间"（Cyber space）这个被加拿大人威廉·吉布森（W. F. Gibson）创立的概念，因其所指代的网络虚拟世界与文学有着天然的暗合性，从而成为网络文学最为适配的生产、存储和传播的网络替代性术语，也成为中国社会转型期一代人表征生活梦想、寄寓心理期待

---

① ［加］马歇尔·麦克卢汉：《理解媒介——论人的延伸》，中译本第二版序"麦克卢汉的遗产"，何道宽译，商务印书馆2000年版，第46页。

的理想家园。我们看到，浩瀚的网络文学首先承载的是网络时代千百万人的梦想和期待，无论它写的什么，无论作品多么精彩或多么粗粝，其实都是"生活教母"的网络表征。如果说文学承担人类良知，是社会进步的敏感神经，那么，要认识网络文学的价值，就必须且只能在这代人的时代际遇中去寻找它的基因和密码。

第一家大型原创文学网站"榕树下"建站之初，就提出了"生活·感受·随想"的基本宗旨，倡导"体验年青一代的生活，抒发对于世事变幻与命运无常的感受与随想"。我们知道，互联网及其网络文学崛起于市场经济兴起和社会文化转型的历史嬗变期，人们面临的经济高速增长、利益格局调整和新旧观念博弈的急遽变革，亟须找到心情表达和舆情交流的文学"代言体"，而传统的平面媒体不仅门槛高悬、机制老化，而且容量受限，成了孤傲冷清的"信息茧房"。1994年中国加入国际互联网后，诞生于北美的华语网络文学挺进中国本土，立刻找到切入现实的端口。虚拟空间的自由性所形成的"全民写作"机制与文学的自由本性一拍即合并迅速"联姻"，一方面为处于疲惫期的"纯文学"弥补了市场空缺，另一方面为"70后""80后"成长起来的"文学游侠儿"提供了理想的表达媒介和传播工具，网络的力量成为文学大众化生产的强大引擎。从此，国朝盛文章，网络始高蹈，一种新兴的文学"横制颓波，天下翕然"，短短20余年间，便以恒河沙数般的作品、数以亿计的读者族群和以世界为半径的市场影响力，打造出了一个时代现象级的"中国网络文学现象"。

在笔者看来，面对备受争议的网络文学，用传统精英文学的尺度对之做艺术评判，其深邃性与创新性总体来看不宜高估，但作为大众文学之于社会转型期一代人生活梦想的畅意表达与心理期待的虚拟满足，其意义是被大大低估了的。类似于《大江东去》（阿耐）、《大国重工》（齐橙）、《明月度关山》（舞清影）、《网络英雄传》（郭羽、刘波）这样书写现实生活的网络小说，其对当下社会潮动和生存世相的"在地性"反映自不待言，纵是那些玄幻、仙侠、穿越、历史、言情等"海量"化生产的类型化小说，何尝不是蕴含着对现实境遇的指涉、对生存愿望的期许！那些被讥为"装神弄鬼"的幻想之作，表面看来不过是欲望驱使下天马行空的快感叙事，而究其动因依然是基于一代人生存现实的文学选择，以鲜活却异变的方式寄托着他们的梦想与期待，其"虚拟体验"恰恰是网络社会带来的最真实也最鲜活的生存现实。

有研究者提出，网络文学遵循游戏逻辑，这种逻辑是网民以低成本幻想改变世界的游戏态度的体现，在网文中通常表现为金手指、穿越、爱情最大等，而网民低成本的人气支持使网络文学具备表达底层态度的抵抗性质，"这是网络文学抵抗话语权威、形成自我力量的策略"①。笔者赞同作者的观点，不过需要明确的是，在网络文学遵循"游戏逻辑"的背后，其支配作用的仍然是"现实逻辑"，即对个体生存及其环境际遇的抵抗。主要表现有以下三方面。

一是物质上抵抗贫困，即试图通过网络写作获取物质财富以消除贫穷，文学网站的商业运营模式和"网络作家富豪榜"就是网络写作抵抗贫困的嘹亮的旗语。网络作家妖夜想通过上网写作为新生的女儿挣点奶粉钱，他感慨，那时"简直走投无路，偶然看到起点中文网推广百万作家，不禁跃跃欲试，萌生写作赚钱的念头"②。高楼大厦说，2005年他听说上网"写这个可以赚钱，那就试试吧。刚开始我拿到的钱不多，后来发现写作的钱比工作拿到的工资还要多"③。据笔者所知，唐家三少、血红、猫腻、丛林狼、梦入洪荒等许多网络大神或白金作家，早期都有过"抵抗贫困"的写作经历。

二是精神上抵抗落寞，如有的网络作家人生的起点较低，与环境落差很大，或生活、事业、情感、家庭等出现坎坷或变故，试图通过网络写作实现"屌丝逆袭"。创作《霸道人生》《屠神之路》等作品的罗霸道就曾"卖过对联，画过画，写过碑文，修过机械，干过养鱼养猪，开旅店餐馆和租碟店，搞过工程机械和建筑材料，还开过当铺和

---

① 许苗苗：《游戏逻辑——网络文学的认同规则和抵抗策略》，《文学评论》2018年第1期。
② 欧阳友权主编：《湖南网络作家群》，海豚出版社、中国国际出版集团2019年版，第226页。
③ 周志雄等：《大神的肖像：网络作家访谈录》，山东人民出版社2015年版，第4页。

休闲吧、足浴城"①，在不断试错的人生窘境下，终于通过网络创作让自己摆脱了落魄和落寞，走出了生活低谷，也找到了最适合自己的人生坐标。

三是环境上抵抗成规。这里的成规不是泛指任何规范，而主要指社会分工对个人喜好特别是文学喜好的限制，以及来自成人文化方面的压抑。许多年轻人打小就爱好文学，有着深深的"文学情结"，但由于各种原因，比如教育领域的文理分科，就业中的非兴趣职业选择，等等，让他们没有文学圆梦的机会。互联网的开放性为他们敞开了大门，爱好有缘，兴趣可期，无论职业还是业余，尽可以舒展自己的文学天性。网络时代不会埋没任何一个文学天才，正像网络作家说的"网络文学没有遗珠之憾"（猫腻），"网络文学没有怀才不遇"（跳舞）②。"人人都能当作家"的技术体制拆卸了文学"资质认证"的门槛，而把文学"把关人"的角色由前置的编辑转移到了后置的文学网友手中。网络文学的"青春文化"底色蕴含着与成人文化的区隔，那些爱好文学的"80后""90后""00后"借助网络创作可以为自己"圈"起一个自足的世界，以建构一个与成人世界抗争的乌托邦。按照法国思想家德赛图（M. De Certeau）的说法，"这是'弱者'在文化实践中，利用'强者'或者利用强加给他们的限制，给自己制造出的一个行为和决断的自由空间"③，这在二次元文学中体现得最为充分。

在"数字化生存"时代，网络与人已经构成一种相依相生的"伴随关系"，虚拟空间即是生存空间，虚拟世界即是生活现实，如研究者所言："网络社会生成了不同于传统社会的生存体验，不同于传统媒介，网络媒介是可生存的媒介，人们可以生活在网上，形成虚拟人

---

① 欧阳友权主编：《湖南网络作家群》，海豚出版社、中国国际出版集团2019年版，第133页。

② 邵燕君：《网络文学的"断代史"与"传统网文"的经典化》，《中国现代文学研究丛刊》2019年第2期。

③ De Certeau, Michel, *The Practice of Everyday Life*, trans. Steven Rendall, University of California Press, Berkeley 1984, p. 53.

生、第二人生，这种生存并不只是想象性的，而是具有操控性、实感性与参与性，因此不能从工具意义上理解网络媒介，它是本体意义上的存在，深刻影响与形塑了现代人的意识结构。"① 网络创作十分常见的"YY"套路，即是基于想象力的愿望达成手段；网络幻想小说常见的"废柴升级"模式，表达的恰是处于社会底层的年轻人（网称"屌丝"）对于成功的渴望和打拼世界的进取心；一些作品中化险为夷、迷津普度的"金手指"，旨在帮助普通人修正生活中的缺憾，带给网民逢凶化吉、不受束缚的幻想力量；而网络女频小说的"玛丽苏""甜宠文"，男频小说中的"杰克苏""种田文"，不正是社会层级博弈中年轻人一直向往的"成功梦""英雄帖"么！正如有文章指出的："在注意力延续与碎片化时间的博弈中，'玛丽苏''杰克苏'这样强大、鲜明、关注度高的主角成为必须。"网络创作中常见的"穿越"模式，不过是源于"满足人们对历史事件'再来一次'的愿望，以现代人亲历的视角填补古代大事件中的小细节"，其"通过故事矛盾的转移和形式的转变反映出当代青年面对现实问题的无奈，转而求助于虚空幻想的态度"，"原生身份的卑贱和转换身份的高贵对比是穿越的魔法，诱使读者通过代入实现从卑微到强大的翻身"，还有类型小说中的"套路"，无论是"废柴体质吃灵药喝蛇血功力暴涨"，还是"无名小卒遇机缘迎娶白富美"，无非是"网络一代对'客观理性'因果律的偏离和对游戏虚拟场景里受控且有机会全盘重来的人为逻辑的认同"②。《择天记》中的陈长生坚信"我命由我不由天"，历经重重磨难终成执掌天上天下的教宗；《完美世界》的石昊从大荒中走出，创造遮天修炼体系，终而登临巅峰，实现梦想；《吞天记》中的吴煜凭着坚强意志的修行锻造而成就"吞天"伟业；《斗破苍穹》里的萧炎在绝望之时仍斗气修炼，历经坎坷，向着巅峰强者之途迈进，终于成为大千世界守护者……这些"主角光环"的成长故事能成为不断被人

---

① 黎杨全：《中国网络文学的二重性》，《文艺报》2019年4月29日第2版。
② 许苗苗：《游戏逻辑——网络文学的认同规则和抵抗策略》，《文学评论》2018年第1期。

使用的"套路"并屡试不爽，是因为它们戳中了许多人的生活"痛点"，点中了无数网友心理预期的"穴位"，其创作的潜意识动因，也许正在于试图通过人妖魔怪、天地人神共存的架空世界来改写现实世界的某些规则，以玄幻式的强大衬托在传统规制和成人文化束缚下，一代年轻人试图摆脱压抑、反抗话语霸权而求助于幻想解决现实矛盾的企图，或者是对现实社会规则的屈从和无力反抗时的心理补偿与想象性自矜。梦想和期待不能没有，现实世界实现不了，通过网络小说的虚拟体验不是也可以想象地实现么？这恰是网络文学的魅力，也是它的价值之一。

二 平视审美：体现了读者中心的民间站位

网络传媒的平行性架构，从技术设置上打破了传统的"金字塔"式权力结构，让每一个网民都处于交往中的平等地位。尼葛洛庞帝曾经概括了网络传播时代的四个特征：即分散权力、全球化、追求和谐以及赋予权力[1]，从一个侧面揭示了这一特点。我们看到，互联网"个个是中心、处处是边缘"的传播范式，使得每一个联网计算机的节点都能既联通互动，又独立自足，从此真正实现了计算机网络的"散点辐射又焦点互动"，整个互联网都成为一个无中心的散发性平行构架的网络，由此"天然地形成了民主分权技术模式，造就了自由、平等、兼容、共享的技术准则和网络精神，打破了昔日信息垄断的中心话语模式，促成了小众话语、个体话语对主流传媒话语权力的消解，形成了开放、透明、民主、宽容的大众话语新格局"[2]。正如约翰·P. 巴洛在《赛博空间独立宣言》中所宣称的："我们正在创造一个每一个人都能进入的，没有由种族、经济权力、军事权力或出身带来特权与傲慢的世界。"[3]

互联网的这一架构模式已经前置性地预设了网络作家与其读者之

---

[1] [美]尼葛洛庞帝:《数字化生存》，胡泳、范海燕译，海南出版社1997年版，第269页。
[2] 欧阳友权:《网络传播与社会文化》，高等教育出版社2005年版，第85页。
[3] [美]约翰·P. 巴洛:《赛博空间独立宣言》，哔哩哔哩网，https：//www.bilibili.com/read/cv10912048，2022年3月20日查询。

间，以及读者与读者之间的平等关系——他们在技术平权的规制下已经是事实上的"网友"，由是便把传统文学创作与阅读的主客依从关系，变成了网络时代交互式"间性主体"的互动关系，此其一。其二，在文学消费的意义上，网络文学商业模式孕育的市场力量，在网络作家与他的读者之间形成了相依相生的"需求—满足"机制，作者写什么和怎么写不仅靠自律，更受制于他律；作者不仅要面向内心，还要面向读者和市场，并首先要面向读者和市场——一部网络小说如果没人付费阅读、打赏，少有点击和收藏，或者没人点赞或拍砖，就会"死"于网海，尸骨无存。网络作家菜刀姓李就曾深有感触地说："传统文学和网络文学真正不同的地方只是在于决定作品命运的人变了：以前是编辑决定作品生死，到了网络上更多地是由读者来判定作品的命运。在某种程度上，写手由迎合编辑或者文学期刊变成了直接取悦读者。"① 读者地位的提升，把传统文学的"以作家为中心"转化为"以读者为中心"，"读"与"写"已经不只是文学活动链上的不同环节，而结成为一个休戚相关的"利益共同体"。"我写你读"的体制被打破，昔日高高在上的"作家"此时不得不走下高台，降尊纡贵地适应甚至迁就读者。于是，作为文学消费者的读者，即使不是"上帝"，也是作者的"衣食父母"，因为他们决定着作者（当然还有发布作品的网站）的收入、声誉乃至存亡，这是网络文学"网络性"的生动体现，也是网络技术的功劳。正是基于网络传媒的技术平权，德国后现代主义美学家沃尔夫冈·韦尔施（W. Welsch）欣喜地称电子媒体世界为"人工天堂"，认为借助信息技术的电子媒体，人类正赢回天堂，再一次"吃到智慧树上的果实"，他说："依靠电子技术，我们似乎正在不仅同天使，而且同上帝变得平等起来。"② 英国的斯特里纳蒂（D. Strinati）也认为："大众媒介的到来，文化和休闲与日俱增的商业

---

① 王觅：《网络文学：传递文学精神，提升网络文化——中国作协举办网络文学作品研讨会》，《文艺报》2012年7月13日。
② ［德］沃尔夫冈·韦尔施：《重构美学》，陆扬、张岩冰译，上海译文出版社2002年版，第235页。

化,使得大众文化日益打破艺术与民间文化之间的文化差别,如同工业化和都市化进程必将打破社群和道德传统一样。"① 我国第一代网络写手、网络作家李寻欢对此深有感触:"在我看来,网络文学之于文学的真正意义,就是使文学重回民间。"他甚至认为:"如果说新文化运动解决了文学之于民众的'文字壁垒'问题,那么我们同样可以说:网络解决了文学之于民众的'通道壁垒'问题。"② 笔者多年以前也描述过这一现象:互联网是一个拥有巨大包容性的文化空间,其平等性、自由性和虚拟性将任何一个节点的网民都技术地设定为身份平等,文学边缘族群的艺术梦想和社会底层的欲望表达均有了张扬的契机,它向社会公众重新开启的文学话语权,让民间话语以"广场撒播"的方式共享网络对话平台,重铸第四媒体的文学范式,因此,网络文学可以被称作"话语平权的'新民间文学'"③。

从人文审美角度看,"新民间文学"的最大特点是"平视审美",即抛开"宏大叙事"的高端站位,从平民素心的大众本位来看待、评价和表现生活现实,尊重普通人的审美趣味,不拔高,不矫情,书写老百姓喜爱的故事;或站在普通民众乐于接受的视角展开艺术想象,用通俗化的表达方式创作他们爱读的作品。从作家方面看,网络文学创作走的是"亲民"路线,坚守着"以人民为中心"的文学立场,体现出平民化的亲和力,这是网络文学能够俘获亿万"芳心"的重要原因。被称作"超级爆笑爱情小说"的《赵赶驴电梯奇遇记》引发无数网友跟帖热议,当年在网上阅读次数累计破 2 亿,作者坦言,其奥秘在于"放松、真实和彻底的娱乐精神",网友说,"里面的人物情节都是每个人在生活中可能遇到的"。穿越小说《史上第一混乱》的网上爆红,不只是把不同朝代的历史人物如秦始皇、荆轲、项羽、刘邦、李师师等放到同一个位面空间,让不可能变为可能,更在于他们演绎的故事高度生活化、平民化,不但可笑,还十分可爱可亲、真实可感。

---

① Dominic Strinati, *An Introduction to Theories of Poplar Culture*, Routledge Press, 1998, p. 9.
② 李寻欢:《我的网络文学观》,http://www3.rongshu.com/poblish/readArticle.asp? id=4851。
③ 欧阳友权:《网络文学本体论》,中国文联出版社 2004 年版,第 197 页。

从作品的功能作用看，网络文学的娱乐休闲本色一面打捞闲暇，一面解放感官，用"自娱以娱人"的快感机制满足万千读者的快感体验和情感补偿，如研究者所说："网络文学兴旺发达的秘密，不在于作者们具有深邃的思想、高超的艺术水准，而在于聪慧的作者们提供各种独特的成功想象的快乐，令追随的读者迷醉，如同手持'神水'的面包师卢修斯。"① 唐家三少的《斗罗大陆》、辰东的《圣墟》、会说话的肘子的《大王饶命》、我吃西红柿的《飞剑问道》、猫腻的《大道朝天》等，在速途研究院2018年网络文学男频作家作品榜单中位列前五，从公布的评价标准看出，它们入选榜单的基本衡量标准是：点击量、粉丝量、收藏量、推荐量、评论量、贴吧热度、百度指数等②，亲民性的"平视审美"是它们赢得网络文学市场的秘诀。我们不必指责网络文学评价过于倚重市场考量，因为相比传统文学，网络文学是"脱冕"和"祛魅"的文学，它不再注重某种膜拜性光环，而更多的是一种游戏式休闲或宣泄式狂欢，它拉开的是文学圣殿尊贵的面纱，让文学回归民间，对大众形成自由而快意的亲和力。因而，我赞成王祥先生在《网络文学创作原理》中把网络文学属性界定为"大众文艺"的观点："网络文学反映大众愿望、价值观与情趣，它与神话、民间故事、明清小说、大众小说、大众电影电视剧具有显著共性，是为大众服务的'欲望叙事'，具有相似的愿望-动机-行为主题谱系，主角为获取权力、财富、爱情，或者为获得超能、长生、成神成仙的目标而努力，故事的核心关切是个人的吁求是否能够满足，以此赢得受众的私欲认同。"③

不过，事物常常会有两面性，当我们充分估量网络文学平视审美、读者中心、民间立场积极意义的同时，也不要忽视它可能走向的另一个极端即走向负面，这主要有两种情形。

一是由平视审美而推至平庸崇拜。平视审美源于普罗情怀和平等

---

① 王祥：《网络文学创作原理》，中国人民大学出版社2015年版，第13页。
② 速途研究院：《2018年中国网络文学作家影响力榜》，和讯网，https://m.hexun.com/socialmedia/2018-12-10/195502218.html。
③ 王祥：《网络文学创作原理》，中国人民大学出版社2015年版，第3页。

意识，而平庸崇拜则会让创作陷入低端和庸俗。网络是个世俗化广场，自由使平凡走向平等，共享让期待抹平差异，"民粹"的氛围使这里不崇尚尊贵、不掩饰欲望，而崇尚平凡、崇拜世俗则成为时尚，一般不掩饰自己的诉求与宣泄。在文学创作中常常表现为拉低品位，认同平庸，关注和描绘芸芸众生的生存状态，却自甘于"我是屌丝我怕谁"的"阿Q做派"，可能导致作品形而上审美意味的缺失和文学理想的"沦陷"。网络上一度流行的段子如"Girl（女孩）和Boy（男孩），何必拼命Study（学习），不如挣几个Money（钱），生个漂亮的Baby（婴儿），天天生活Happy（幸福）"，表达的正是这种观念。有的网络小说热衷于描写鸡零狗碎、一地鸡毛的生活，却没有表现出改变现状的努力，而是以平庸自矜，终而成为英国通俗文化研究专家斯特里纳蒂（D. Strinati）所批评的"一种没有批判力的文化平民主义"[①]。

二是因讥嘲神圣而走向艺术犬儒。网络创作崇尚"渎圣思维"，如巴赫金在论及"狂欢化"时所形容的："把一切崇高的、精神性的、理想的和抽象的东西转移到整个不可分割的物质和肉体层次，即（大地）和身体层次。"[②] 我们看到，一些网络小说的人设和故事桥段，往往把神圣化作笑谈，将崇高降格为游戏，或者用喜剧冲淡悲愤，以笑料对抗沉重，拒绝高尚和担当，自甘低贱和犬儒。网络作家尚爱兰表达过这样的心声："那些要求网络文学负起社会责任和更有良心的说法，实在是良好的一厢情愿。你根本不能再要求他们像老舍一样去关心三轮车夫的命运，或者像鲁迅一样去关心民众的前途。……我们没有文化优越感，但是我们有足够的生存困境，有足够的热情和机智，有足够的困惑和愤怒，有足够坚强的神经，有足够的敏感去咬合这个时代，有'泛爱'和'调侃'这两把顺手的大刀。"[③] 可以说，仅有

---

① ［英］多米尼克·斯特里纳蒂：《通俗文化理论导论》，阎嘉译，商务印书馆2001年版，第278页。
② ［俄］巴赫金：《巴赫金文论选》，佟景韩译，中国社会科学出版社1996年版，第118页。
③ 尚爱兰：《网络文学中的"新新情感"》，榕树下图书工作室选编《'99中国年度最佳网络文学》，漓江出版社2000年版，第305—306页。

这样的文学立场，网络文学是很难作为文学史的一个节点而撑起一片历史天空的。

三　"套路"叙事：彰显艺术适配的创新性与历史合法性

时下的网络文学以小说为盛，在堪称浩瀚的小说中，类型小说是主打，而类型小说是"套路"叙事的结果。有关"套路"，研究者做过这样的界定："套路是对一种流行类型文核心快感模式的总结，是一套最易导致成功的成规惯例和写作攻略"[①]，深以为然。评价网络文学首先需读懂"类型文"，而要弄清楚类型文，首先得廓清类型文的套路叙事。类型写作约定并依附于一定的套路，而套路的产生又会形塑与创生不同类型的作品。从理论上说，套路有多少，网文类型就会有多少，类型不同，套路也会随之变化。但在实际创作中，"类型"与"套路"并非一一对应的关系，同一种类型小说可以运用不同的套路，如穿越小说可以使用"快穿"套路，也可以用"打怪升级""金手指""换地图"等，如《扶摇皇后》；历史小说可以"架空"，也可以使用"穿越""升级""宫斗""武功"，如《赘婿》《回到明朝当王爷》。同一种套路也可以为不同类型的小说所使用，如"YY""玛丽苏""查理苏""争霸""复仇""重生""逆天""铺梗""甜宠""渣贱""主角光环""爽点""泪点"等套路，均是不同类型网文创作常用的"融梗"方式和写作技法。在网络文学领域，作为文体，人们常以"类型小说"称之，作为创作技法，则叫"套路"，实即小说创作形制化并可反复使用的叙事方式。如果说，网络类型小说是网络文学的"中国特色"，套路叙事的形成及其不断更新则是中国网络文学对小说艺术创新的历史性贡献，既具有网络类型小说艺术探索的适配性，也刷新了网络文学创作在叙事技法上的可能性。

[①] 邵燕君：《网络文学的"断代史"与"传统网文"的经典化》，《中国现代文学研究丛刊》2019年第2期。

网络类型小说的"类型"多样，据统计，大的类型就有60多种①，每一类中还有许多子类和亚子类。类型多，其"套路"自然也是五花八门。有网友曾总结出修真小说的套路，如"废柴崛起流"的套路为：

> 天生废材资质平庸，机缘巧合之下获得逆天宝物（或可催熟灵药，或可提炼内胆，或可内含功法，或者内含千古老妖怪），从而开启全新的修真之路，师姐疼，师妹爱，门派小比露锋芒，门派大战树威名，换地图升级吊打各类天才，各种法宝功法随手捡来，真真是主角光环加身，各种厉害。诸如《斗破苍穹》、《凡人修仙传》、《武炼巅峰》等属于此类。

"学院修真流"的套路则是：

> 天才少年或者废材少年，机缘巧合获得逆天法宝或者名师教导，从而天赋才能显现，进入学院吊打四方，一层层学院升级而不断的变强，扮猪吃虎，吊打四方，学院之中遇到众女神的青睐，机缘巧合之下发生点超友谊的关系，从而定下终身，家族反对，女神被带走从而快速崛起，不断奋斗，吊打女神家族从而抱得美人归，最终突破极限，成为大牛。诸如《大主宰》、《神武觉醒》、《龙王传说》等隶属于此类。②

---

① 根据全国排名靠前的100家文学网站统计表明，目前的网络小说类型达60多类。其中，玄幻、奇幻、仙侠、武侠、游戏、竞技、都市、言情、军事、历史、科幻、惊悚这12种类型是网络文学网站上普遍存在的基础类型，此外还有魔幻、修真、黑道、耽美、太空、灵异、推理、悬疑、侦探、探险、盗墓、末世、丧尸、异形、机甲、校园、青春、商场、官场、职场、豪门、乡土、纪实、知青、海外、同人、图文、女尊、百合、美男、宫斗、宅斗、权谋、传奇、动漫、影视、真人、重生、异能、穿越、架空、女生、童话、轻小说等众多类型。见欧阳友权主编《中国网络文学二十年》，江苏凤凰文艺出版社2018年版，第126页。

② 十大盘点：《修真类网络小说中常见的四个套路，看看你中招了没？》，百度快照，https://baijiahao.baidu.com/s?id=1611727638903170513&wfr=spider&for=pc。

还有网友把类型小说套路编成各种顺口溜，使其成为在线评论中备受关注的部分①。

套路的产生是网络文学叙事技法反复探索的产物，一种套路的第一次使用叫创新，用的人多了就变成了套路，用俗了就成了因袭，用久了变成"路径依赖"，成为僵化的模式，这时又会出现新的套路，甚至是"反套路"。套路形成的根本动因还是来自读者，来自阅读市场的检验，来自作者基于读者反应的不断试错和不断调适。只有适合作品内容又受到读者欢迎的叙事套路，才会被证明是有效的，才能获得艺术适配的稳定性，让叙事艺术的可能性变为艺术创新的合法性。从一定意义上说，那些叙事套路是由众多网文作者和更多网文读者共同协作创立而成的，如邵燕君所说，这是一种"集群智慧的文学发明"。网络文学的类型套路具有原创价值，"就像麦当劳、肯德基、可口可乐、永和豆浆、老北京炸酱面的独家配方。只不过，网文套路的配方是开放式的，有开创者，没有专利拥有者，是在无数'跟进'创作者的积累中自然形成的，是一种集群智慧的文学发明。这些扎扎实实的类型套路构成了网络文学的'核心资源'，是建造这座金字塔的基石"。②

在笔者看来，网络文学套路叙事的贡献不只在于为网络创作找到了适配的艺术方式，以不断创新的套路开启网络文学的类型小说时代，而且大大丰富了中国文学传统的叙事技法。在文学发展史上，许多叙事套路古已有之，诸如重生、复仇、爽点、逆袭、脑洞、开挂、主角光环等，在远古神话、唐传奇、三言两拍、《聊斋志异》等作品中均

---

① 有网友总结出玄幻小说的套路："男配女主三角恋，男主红颜群芳谱；虎躯一震霸气露，小弟美女我全收。反派作死无极限，专派手下送经验；伙伴全是战五渣，打架靠边秀惊讶。点子多多运气好，垃圾技能变成宝；同级里面能横扫，越级战斗不难搞。"穿越女强文的套路则是："打雷车祸，魂归地府；只要穿越，必成女主。女强女尊，小白圣母；清穿架空，多半命苦。姐妹不知，丫鬟护主；琴棋书画，诗词歌赋。孙子兵法，现代歌舞；多国外语，会医擅毒。"参见小说开发三遍《网络小说套路太多，书友太有才了，都把它们编成打油诗了》，百度快照，http://baijiahao.baidu.com/s?id=1599548505155636391&wfr=spider&for=pc。

② 邵燕君：《网络文学的"断代史"与"传统网文"的经典化》，《中国现代文学研究丛刊》2019年第2期。

有不同程度的表现，不过是不以"套路"称之而已。西游中的神话仙侠，三国写的王朝争霸，水浒中的热血武侠，红楼里的后宫言情，也都有类型套路的影子，金庸、古龙、黄易、梁羽生、温瑞安等人的武侠小说，培养了一代代"武侠迷"，许多网络类型小说作家都深受他们的影响。不过与传统的类型小说和叙事套路相比，网络文学的"套路"不仅更为丰富，更为多样，也更为重要，更具开拓性和创新力。为了满足亿万读者的"刚需"，网络作家需要天马行空，大开脑洞，用尽已有的套路资源还不够，还必须不断创造新的套路。于是，唐家三少让主角打怪成神，天蚕土豆创造了主角废柴逆天，我吃西红柿则打造出极限修炼、升级成功的主角光环。号称网文界"四大文青"的猫腻、烽火戏诸侯、愤怒的香蕉、烟雨江南，便在开创自己的新套路中，创作了一部部爆款小说，在表达文学情怀的同时，也为文学的叙事艺术创新积累出新鲜的创作经验。事实上，我们对于网络文学"套路"叙事的艺术创新性与历史合法性不仅重视不够，而且常常被低估——岂不知有许多"打怪升级"的套路并不都是在以"怪力乱神"去"装神弄鬼"，而是在以"套路"的方式探寻"套路叙事"创新的可能性。

第二节 创作自由的艺术规约

一 自由空间的文学限度

从文学生产方式看，互联网之于文学的一个历史性贡献是为其提供了技术和观念层面的双重自由。在技术的层面上，数字化网络的平行架构和平权设置，最大限度地开启了媒介民主和出入自由的新机制，而绕开了传统媒体单向传播的"把关人"前置模式。尽管这个自由的网络空间只是一个虚拟空间，但虚拟的自由并不是"自由的虚拟"，而是实实在在的自由，正如马克·波斯特所说，网络化的虚拟现实系统可以用技术手段复制现实，足以提供一种关于现实的置换，"它为用户提供了一种在'第一次序现实'之上进行实践或娱乐活动的'第二次序现实'"①。在观念的层面上，网络媒介创造了话语权下移的主体哲学和媒体社会学，把由社会分工和权力宰制划分得层级分明的媒介控制权和自由表达权交到每一个普通网民的手中。于是，"过去被认为坚不可摧的文化概念如同经历了其后果不可估量的地震一样动摇了"。② 对于文学而言，这个"地震"般分量的观念转型，既是话语权的下移，也是表达权的回归——文学从少数文化精英和社会权力者手中挣脱出来，重新回到"劳者歌其事，饥者歌其食"、人人均可自由表达的本来状态，从而拆卸了文学创作资质认证的门槛，消除了作品的"出场"焦虑，谁都有权力上网发布自己的作品，谁也无权阻止（至少在道义上是如此）他人自由发言，这就给了每一个文学爱好者以自我圆梦的机会，使来自民间的文学弱势人群有了"人人都可当作家"的平等的权利，他们可以在没有外在障碍和任何强制的情况下按照自己的意志进行自主的活动。"意志自由"支持"行为自主"，这正是"自由"一词的本义，也是文学之成为文学的逻各斯原点。

技术和观念的双重自由让网络文学创作者得以把媒介权力转变为符号资本和文化权力。于是，"你越有文化表达的合法机会，就越会给自己带来这样的机会"③，网络时代的文学自由就是这么获得的。笔者多年以前在一篇文章中说过，"自由是互联网的精神表征，文学是人的自由精神的象征，网络之接纳文学或文学之走进网络，就在于它们共享一个兼容的精神支点——自由。可以说，'自由'是文学与网络灵犀融通的桥梁，是艺术与电子媒介结缘的精神纽带，网络文学最核心的人文本性就在于它的自由性，网络的自由性为人类艺术审美的自由精神提供了新的家园"。④ 如果说，人文是文学的信仰，自由就是文学的宗教，文学为了信仰而成为自由精神的产儿。人类在物质生存

---

① ［美］马克·波斯特：《互联网怎么了?》，易容译，河南大学出版社2010年版，第133页。
② ［美］马克·波斯特：《互联网怎么了?》，易容译，河南大学出版社2010年版，第1页。
③ 朱国华：《权力的文化逻辑——布迪厄的社会学诗学》，上海世纪出版集团2016年版，第259页。
④ 欧阳友权：《网络文学自由本性的学理表征》，《理论与创作》2003年第5期。

之外还需要文学，正是源于人类对自由理想的渴望，满足人类对自由世界的幻想，以图为人类的精神世界打造一个自由的乌托邦。而网络的出现解放了以往艺术自由中的某些不自由，为文学更充分地享受自由、更自由地酿造自由精神的家园插上了自由的翅膀，网络文学的活力与魅力正在于此。

文学从网络空间赢得的自由，除了主体话语权的创作自由外，在经验的层面上还有媒介转换带来的另外三种自由形态：

一是无远弗届的传播自由。"信息高速公路的含义就是以光速在全球传输没有重量的比特"[1]，而数字化"比特"作为"信息DNA"，完全消除了"关山迢远"和"物理时延"的壁垒，从而用"软载体"消弭作品的重量和体积，以比特代替原子，用网页替代书页，规避了昔日文学传播的所有障碍，虽然少了"望尽天际盼鱼雁、一朝终至喜欲狂"的期待快感，但其蛛网覆盖和触角延伸的传播方式，却能"笼天地于尺幅之屏，挫万物于眉睫之前"，只要联通世界，就能坐拥书斋，充分满足万千读者对文学"在场"的期待，使昔日的"踏破铁鞋无觅处"变为"得来全不费工夫"，有效降低了文学传播的经济成本和时间成本。用德里达的"延异"逻辑来理解，此时"潜在的在场"会"瓦解时间的简单性"，形成"意义、时间与历史的共同关系"的存在论基础[2]，如笔者描述过的：互联网对文学的传播首先从"物质、时间、空间"三位一体上打破了传统文学传播模式，然后又从"迟延、在场、踪迹"的逐项延伸中消解纸介作品和口头文学的单线传播理念，实现了文学传播方式的根本革命。[3]

二是文学"拉欣赏"的选择自由。我们知道，网络阅读在"阅读什么"问题上具有极大的选择性和主体选择的自由度。网络是信息的海洋，读者的"网海觅珍"不再是传统的"施动（推）—受动"关

---

[1] [美]尼葛洛庞帝：《数字化生存》，胡泳、范海燕译，海南出版社1997年版，第24页。
[2] 参见马克·柯里《后现代叙事理论》，宁一中译，北京大学出版社2003年版，第86—87页。
[3] 参见欧阳友权《网络文学本体论》，中国文联出版社2004年版，第179页。

系，而是"能动（拉）—施动"关系，网民只需拖动鼠标便可实现"所想即所见"，主动权完全掌握在自己的手中，马克·波斯特将其形象地描述为："我们正在从扎根于时空的'树居型（arborial）'生物变为'根居型（rhizomic）'游牧民，每日随意（随何人之意尚存疑问）漫游地球，因为有了通信卫星，我们连身体都无须移动一下，漫游范围便可超越地球。"① 尼葛洛庞帝也说："数字化会改变大众传播媒介的本质，'推'（pushing）送比特给人们的过程将一变而为允许大家（或他们的电脑）'拉'（pulling）出想要的比特的过程。"② 当然，网民据此获得的自由不只是实现了从"推"到"拉"的转换，还有"推拉并举"的权力升级——网络使他们不仅可以在作品欣赏环节获得自主的选择权，还能在接受的同时获得发表的主动权，变信息接受者为信息发布者，让人的自由意志得到更充分的展开。

三是间性主体的交往自由。传统文学的主体观念是在主客分立中确立起来的，自我与世界之间，抑或作者与读者之间、作者与作者之间的界限无不了了分明。网络文学则不然。由于网络世界便捷的实时互动与自由交往，网络作家与读者之间的身份常常可以互换——读者可以参与创作、影响创作或实施同人写作，作者也可以成为一个被人指手画脚的受控者、聆听者或粉丝群的读者，他们之间的关系已经不是认识论的"我—他"关系，而是本体论的"我—你"关系，是自我与另一个"我"之间的"交往—对话"关系，即自我主体与其他主体间的平等共在与和谐共存，如海德格尔在《存在与时间》中所说的"'在之中'就是与他人共同存在。他人的世界之内的自在存在就是共同此在"③。这便是由网络文学的"网络性"所决定的间性主体。网络写作不仅是主体在特定审美关系中的个性化展开，而且是间性主体在

---

① ［美］马克·波斯特：《信息方式——后结构主义与社会语境》，范静哗译，商务印书馆2000年版，第25页。
② ［美］N. 尼葛洛庞帝：《数字化生存》，胡泳、范海燕译，海南出版社1997年版，第103页。
③ ［德］马丁·海德格尔：《存在与时间》，陈嘉映、王庆节译，生活·读书·新知三联书店1987年版，第148页。

赛博空间里的互文性释放。间性主体的交往自由，丰富了文学主体性的内涵，拓宽了创作主体的边界，为文学生产赢得了更大的自由度。

法国思想家卢梭曾说："人生而自由，却无往不在枷锁中。"① 尽管网络文学在数字化传媒时代获得了比过去更多的自由，但正如自由本身是对必然的有限认识、自由与限度总是相伴相生一样，网络空间的自由也是有限度的自由，自由与自由的限度是网络文学自由性的两翼。

在哲学的意义上，自由本来就是有限度的，它是对人的理性、人的创造力和人性丰富性的自然敞开，又必然带有人的理性、创造力和人性的局限和约束。从历史上看，从柏拉图、亚里士多德探索的作为自我意识觉醒的传统本体论自由观，到霍尔巴赫、斯宾诺莎、莱布尼兹、康德、黑格尔的作为自我意识自觉的近代理性主义认识论自由观，再到马克思的作为现实的人的自由自觉活动的自由观，以及作为一种指向未来的可能性的后现代主义自由观，如福柯、利奥塔、德里达等，无不把人的自我意识、人的自觉意识、人的自由自觉的现实活动和人的理性的可能性作为自由的标志和追求目标，认为自由总是与人的觉醒、人的理性可能性有关，而这种觉醒与可能性恰恰表明，自由不是与生俱来和不言自明的，而是一个历史的过程，是人的成长性、理性可能性与认识的有限性的结晶。正是基于这一特点，康德哲学将自由与必然划归到不同的领域，把自由归于意志领域，他称之为实践理性，而把必然归于理论理性活动的领域，他称之为纯粹理性；自由与必然的矛盾表现为认识与行动的矛盾。人的认识须服从必然性，但受意志支配的行动却服从人的内心自主的"绝对命令"，即意志自律，这就是自由，而自由的获得是"道德形而上学"的过程，既承认自由，又强调自律，自由与自律的结合就构成自由与自由的限度的统一。马克思则从人的历史实践与人的自由发展的关系中看待自由，认为"每个人的自由发展是一切人的自由发展的条件"②；而人的自由发展是一个实践性

---

① ［法］卢梭：《社会契约论》，何兆武译，商务印书馆1980年版，第8页。
② ［德］马克思：《共产党宣言》，《马克思恩格斯选集》第1卷，人民出版社1972年版，第273页。

的历史过程，在这个过程中"人以一种全面的方式，也就是说，作为一个完整的人，把自己的本质据为己有"①，这样才能解决人与自然、人与社会、人与自我的矛盾，实现向人的类本质——自由自觉的活动的真正复归。

回到网络文学的自由，同样需要从理性觉醒、人性自律、实践过程中去认识和把握自由，仍然需要据此把握网络自由空间的文学限度。当然，这里不仅有哲学上的自由与自律、自由与限度、自由与必然等方面的理论逻辑约束，还有"网络"与"文学"的实践规制。显而易见的限度与规制主要有以下三个层面。

首先是主体创造力的限度。作家是从自己的创造力中赢得创作自由的，正所谓"才有清浊，思有修短，虽并属文，参差万品"②，不同作家的创造力不仅有着明显的差异性，而且无不存在自身的局限性。曹丕说："文以气为主，气之清浊有体，不可力强而致"③；刘勰提出："诗者，持也，持人性情"④；钟嵘认为"照烛三才，晖丽万有，灵祇待之以致飨，幽微借之以昭告"⑤，无不说明了这一点。文学是人学，人（作者）的禀赋才华、襟抱性情连同他的局限一道，都将体现在他的创作中。网络作家只能在他的创造力的范围之内施展自己的创作自由，而任何一个网络作家的自由都将受制于他的创造力。网络大神风御九秋在接受访谈时就曾说，网络写作"首先要有真才华，其次可以通过一些平台，一些论坛，一些客户端，一些网站来发表"，他还引用网络文学大学副校长血酬的话说，"作家到了高级阶段要靠拼悟性和天赋"⑥。悟性、天赋能让一个网络作家获得文学创作的自由，与此同时，一个作家悟性与天赋的限度也就是他文学自由所能抵达的边界。

其次是文学媒介的限度。按常理而言，基于数字化技术的网络媒

---

① ［德］马克思：《1844年经济学哲学手稿》，刘丕坤译，人民出版社2000年版，第85页。
② 郭洪：《抱朴子·辞义》。
③ 曹丕：《典论·论文》。
④ 刘勰：《文心雕龙·明诗》。
⑤ 钟嵘：《诗品序》。
⑥ 周志雄等：《大神的肖像——网络作家访谈录》，山东人民出版社2015年版，第216页。

介为文学创作提供了更大的自由度,网络文学还会有媒介限度么?从技术载体、传播便捷和观念建构看,文学确实从新型媒介中获得了更多的自由和更少的限制。但从另一种意义上说,网络媒介带来的数字化转型让文学跳的是一场"镣铐舞"——既是对文学生产的全媒介敞开,又是对文学本体的语言学消解。就前者而言,文学创作可以走出"语言的囚牢",摆脱文字的桎梏,充分利用视频、音频与文字的结合实现多媒介文学表意;从后者看,文学脱离固定、单一文本的限定后,开始超越传统文学书写的线性排列,由"漂浮的能指"走向了"滑动的所指",网络链接创造的多媒体与超文本相互渗透的新型文本形态颠覆了千百年来的文学约定,在挣脱线性文字的锁链后,多媒介文本却丧失了由文字表意酿造的想象性、彼岸性、隽永性审美的自由空间,诸如常为人称道的"红杏枝头春意闹""云破月来花弄影",着一"闹"字、"弄"字便境界全出之类,便是视频、音频或视、音、文融媒介表意所难以企及的。如被称作"中国首部多媒体小说"的《哈哈,大学》① 充分运用多媒介叙事方式,让文字为视频、音频预设流动的空间,读者既可以在纸媒上"读书",也可以在 PC 端"观屏",这样的小说还是我们所理解的传统意义上的"文学"吗?1987 年美国小说家乔伊斯(M. Joyce)创作的超文本小说《下午,一个故事》(*Afternoon*,*A Story*),用 951 个技术链接组成了 539 个文本板块,使同一作品产生 N 个故事情节,类似的"非线性数据系统"或"非顺序地访问信息的方法"② 是否拥有"文学"的历史合法性呢?看来,由媒介转型带来的这些变化究竟是文学的自由,还是文学媒介变化形成了新的限度,确实是需要重新讨论的。无论你怎么论证文字书写与多媒介表意各有其长,或者阐述线性文本与超文本互存其短,都无以回避一个基本的事实:文学在这个过程中得到的媒介自由与文学限度犹如一个硬币的

---

① 《哈哈,大学》的文本作者:李臻,多媒体创作:哈哈工作组,纸质书:漓江出版社 2003 年版。

② 这是黄鸣奋对网络超文本的界定,参见黄鸣奋《超文本诗学》,厦门大学出版社 2001 年版,第 13 页。

两面，它们是同时并存的。我们需要的是享受媒介自由的同时把握好媒介的限度，因为其自由与限度都根源于新媒介的社会语境："互联网是如此根本性地改变了人们从现代社会和此前漫长的年代中习得的认识与经验。时间与空间，肉体与精神，主体与客体，人类与机器——随着网络化的计算机的应用与实践，它们都在各自相互激烈地转换。"①

最后是文化资本的限度。资本对文学自由的影响乃至掣肘对网络文学最为突出，也更为尖锐。网络文学本身就是商业文化携带资本的"行囊"借助技术传媒催生的，文化资本是网络文学安身立命的根基与动力。网络文学的"网络性"犹如负重登山的"挑夫"，一头承担打造"文学性"的历史使命，另一头则不得不担负"产业化"的现实重任。前者需要文学创作为艺术创新孜孜以求，为社会文化建设承命担责；后者要求网络文学生产与市场经营、商业盈利挂钩，给作家和网站带来收益，以一种新的产业形态为社会创造 GDP。中国的网络文学堪与好莱坞大片、日本动漫、韩剧并称为"世界四大文化现象"，能够以类型小说为产品主打，以网文 IP 为源头，形成市场化的"供给—满足"机制，并跨界分发构成泛娱乐产业链，无不是拜文化资本所赐。可以说，如果不是文化资本不懈的市场探索，并终而找到"付费阅读""IP 转让""线上线下经营"等商业模式，就不可能有"中国化的网络文学时代"。然而，资本的"逐利"本性在刺激网络文学繁荣的同时，也带来了"艺术"与"商业"的悖反、"数量"与"质量"的落差、经济效益与社会效益脱节，甚至唯利是图、忽视社会责任等现象，将资本的助力变形为文学的掣肘，网络空间的文学被纳入"商业槽模"后，其触底的自由便异化为文学的限度。

二 网络创作的跨界与规制

马克·波斯特在《信息方式》一书中提出，电子媒介长于"拟仿"（simulacrum），产生的是"仿像"（simulacra），使用这种媒介犹

---

① ［美］马克·波斯特：《互联网怎么了?》，易容译，河南大学出版社 2010 年版，第 5 页。

如"没有停泊的锚,没有固定位置,没有透视点,没有明确的中心,没有清晰的边界",因为"其中的符码、语言和交流的意义暧昧不清,而现实与虚构、外与内、真与伪则在这种暧昧意义的波光中摇摆不定"①。这样的描述虽不免有些夸张,但相较于传统媒介的艺术生产,电子媒介如网络文学创作的规约更少、自由更多却是客观存在的事实,网络创作的跨界就是它的必然结果;而跨界与规制的并存与博弈所打造的网络文学生态格局,正是创作自由艺术规约的观念对象。

从繁复庞杂的网文作品考辨,网络文学创作跨界有三种常见形态。

一是跨界到文化。

正如"文学"本身就是"社会文化事业"的一部分,"网络文学"也是"网络文化"的一部分。不仅如此,网络文学还能直接生产网络文化产品,即不是在宏观归类的意义上,而是在产品品质的分辨上它就是"文化产品"而不是"文学作品"。网络作为大众媒介,本不是只有"作家"才去当"写手"的,"人人都能当作家"的网络平权机制,让这里成为表达和倾泻的广场,那些"准文学"甚至"非文学"的产品常常与文学作品并陈于网络空间,加上近年来传统文艺学领域出现"文学研究"向"文化研究"的跨界和扩容趋势,以及"日常生活审美化"和"审美的日常生活化"的丰富实践,使得"文学"与"文化"不断交织渗透、界限模糊,让"僭越文学"的网络跨界写作有了更多理论与实践的合法性。我们知道,在网络文学中,生活与艺术、纪实与虚构、文学与非文学界限模糊,常常是混搭在一起的,用一个"网络文化"的大箩筐倒是正适合容纳它们。其实,汉语网络文学在诞生之初,就不是基于文学的动机,最早可追溯到 1992 年诞生于美国印第安纳大学以 alt. chinese. text 为域名的互联网新闻组(简称 ACT),就不是专为文学成立的,而是华人留学生用母语表达游子思乡情怀的文化平台,此后在世界各地出现的中文电子刊物(如加拿大的《红河谷》、德国的《真

---

① [美]马克·波斯特:《信息方式:后结构主义与社会语境》,范静哗译,商务印书馆2001年版,第19—20页。

言》、英国的《利兹通讯》等），也主要发表纪实性的文章，发布文学作品是"橄榄树""花招"等网站出现之后的事。中国本土第一家大型原创文学网站"榕树下"，早期发表的作品中，纪实性的文章占50%以上，其中，心情告白、网恋故事、琐屑人生、旅游笔记、校园写真等占比最高①。文学网站专以"文学"为承载和经营目标是在类型小说大范围出现以后，即使这样，今日网络文学平台上的作品也不是传统的诗歌、小说、散文、剧本的"四分法"可以囊括得了的，那些二次元的作品分明就是"Z世代"文化、青年亚文化的网络化表征，那些为网游、网络大电影、动漫而创作的故事桥段，以及粉丝互动中的长短评表白、自媒体中的精彩段子，也是文学与文化交织、文学向文化跨界的产物。

二是跨界到艺术。

这里所说的跨界到艺术不是说的网络作为"宏媒体"和"元媒体"可以兼容各种艺术门类，如可以看电影、看电视、玩游戏、听音乐等，而是指让文学创作本身跨界到艺术领域，让作品成为文学与艺术兼容的"综合体"。我们知道，与书写印刷文学的文字媒介相比，网络文学创作可以便捷地使用多媒介和超文本技术制作视频、音频与文字相融合的作品，这种作品既具备文学的特点（可以阅读），又拥有艺术的功能（可以有音乐、音响，也可以配图片、图像、影视剪辑等），实际上是一种数字化的综合艺术，这正是我们在《网络文学概论》中界定的狭义的网络文学，也是足以区别于传统纸介文学的真正的网络文学。② 这样的跨界创作在欧美国家的超文本文学中较为常见，

---

① 参见欧阳友权《互联网上的文学风景——我国网络文学现状调查与走势分析》，《三峡大学学报》2001年第6期，人大复印资料《中国现代、当代文学研究》2002年第3期全文转载。

② 该书对网络文学的概念做了三重界定：广义的网络文学是指经电子化处理后所有上网了的文学作品，即凡在互联网上传播的文学都是网络文学；本义上的网络文学是指发布于互联网上的原创文学，即用电脑创作、在互联网上首发的文学作品；狭义的网络文学是指超文本链接和多媒体制作的作品，或者是借助特定创作软件在电脑上自动生成的作品，这种文学具有网络的依赖性、延伸性和网民互动性等特征，最能体现网络媒介的技术特色，它们永远"活"在网络中，不能下载做媒介转换，一旦离开了网络就不能生存。这样的网络文学与传统印刷文学完全区分开来，因而是真正意义上的网络文学，实际上它已经脱离了"文学是语言艺术"的传统观念，而成为一种新型的综合艺术。参见欧阳友权主编《网络文学概论》，北京大学出版社2008年版，第3页。

如迈克尔·乔伊斯的《下午，一个故事》（1987）和《暮光交响曲》（1997），史都尔·莫斯罗普的《胜利花园》（1993）、谢莉·杰克逊的《拼缀女郎》（1995）等，考斯基马将其称为动态文本（kinetic texts）、生成性文本（generated texts）、运用代理技术的文本（texts employing agent technologies），或统称为赛博格文本（cyborg texts），并提醒我们关注"当前数字化世界中'我们的所做和所看'与'我们思维中的惯性'之间的差异"[①]。汉语网文作品的这种差异，在20世纪90年代台湾的文学网站如"妙缪庙""涩柿子世界"中有过鲜明体现，产生过一批带有"综合艺术"特点的超文本作品，如《超情书》（代橘）、《蜘蛛战场》（苏绍连）、《诗人行动》（米罗·卡索）等。我国内地早期的文学网站上也曾出现过诸如《晃动的生活》（亿唐网）、《阴阳发》（网易社区）这样的多媒介小说。[②] 最具典型性的作品当数《哈哈，大学》，这部反映大学校园生活的网络小说，其文字部分由大四学生李臻完成，多媒体部分由他的同学组成的"哈哈工作组"制作，由于文字表达的故事情节需要配有视频、音频的内容，因而作品只能在网络环境中欣赏。后来，2003年漓江出版社将其出版为纸质书时，只能下载文字部分，视频部分则挑选了若干幅典型的画面以截图方式穿插于书中。该书的序说："对于《哈哈，大学》而言，它是真正意义上的'文本革命'——中国首部多媒体小说。读者既可以在纸媒上阅读，因其多媒体小说的文字独立成章，独立叙事；又可在电脑上阅读，用这种方式时，读者既能看到文字，同时又观看了多媒体影像。"[③] 类似这样的多媒体小说，是文学，也是艺术，是网络文学向艺术跨界的一次成功实践。

三是文体跨界。

网络文学打破了千百年来约定俗成的文学文类，为新文类的产生

---

① ［芬兰］莱恩·考斯基马：《数字文学：从文本到超文本及其超越》，单小曦、陈厚亮、聂春华译，广西师范大学出版社2011年版，第241页。
② 有关多媒体、超文本网络小说信息可参见欧阳友权《网络文学本体论》"第五章：存在形态：电子文本的艺术临照"，中国文联出版社2004年版，第137—164页。
③ 李臻、哈哈工作组：《哈哈，大学》，吴纪椿所作序，漓江出版社2003年版，第3页。

创造了新的可能。譬如，诗歌文体的基本形制是分行排列，而小说是文字的线性延伸，一般不分行排列，而痞子蔡的《第一次的亲密接触》本是言情小说，但通篇却是分行排列的短句，如：

> 我轻轻地舞着，在拥挤的人群之中，
> 你投射过来异样的延伸。
> 诡异也好，欣赏也罢，
> 并不曾使我的舞步凌乱。
> 因为令我飞扬的，不是你注视的目光，
> 而是我年轻的心。①

如果全文都使用这种分行排列却并不押韵的表达方式，那么它究竟是小说还是诗歌呢？另有一部网络小说《玫瑰在风中颤抖》，在文体上也不类前人，因为它不是由作者风中玫瑰独立完成，而是在BBS公告板上由作者和众多读者现场回帖、参与互动、一段一段贴出而共同完成的，作品共约14万字，历时9个多月，属于作者写作的部分仅有三分之一，其余则是由网友互动跟帖完成，内容上则相互衔接，合力推动着一个"婚外恋"故事的进展。2001年，人民文学出版社以《风中玫瑰》的书名出版了这部BBS小说，这样的混搭型文体恐怕只有在网络媒介中创作才有可能。另外还有如千夫长的手机短信小说《城外》，"段子写手"戴鹏飞的原创短信专辑《你还不信》，被称作"中国首部微博小说"闻华舰的《围脖时期的爱情》，以及微信App诞生后，在朋友圈、微信公众号中涌现的微信文学等，它们在文体上已不限于诗歌、小说、散文，各种文体之间的界限不再是那么了了分明，数字化新媒介的文学创作让新的文学文体不断展露在文学的虚拟空间。

网络创作无论多么自由、怎样跨界，都是文学规制下的自由、媒介限度下的跨界，是"戴着镣铐跳舞"、循着目标远航。作为一种人

---

① 痞子蔡：《第一次的亲密接触》，知识出版社1999年版，第19页。

文性精神文化生产，网络创作至少会有三个方面的规制。

首先是艺术审美规制。

网络作家中，可能不乏"文青"和才子，如早期写手安妮宝贝、李寻欢、邢育森、黑可可，后来写出了《网络英雄传》系列的刘波、郭羽，创作《将夜》《择天记》的猫腻，创作《赘婿》的愤怒的香蕉，以及骁骑校（《匹夫的逆袭》）、陈词懒调（《回到过去变成猫》）、冰临神下（《孺子帝》）、何常在（《浩荡》）等人，他们的作品文学味比较浓，创作的多为值得"细读"的耐看之作。但毋庸讳言，多数写手并非冲着"文学"而走进网络写作，怀着功利化商业动机、娱乐性消遣目的者甚多，加之网络写作的"后置型"生产模式，重"出口"不重"入口"，准入门槛不高，缺少严格的把关人，导致网络文学中赝品和平庸之作较多，这也正是网络文学饱受诟病、有的格调不高，乃至需要"净网行动""剑网行动"不断治理的重要原因。但网络并非文外飞地，网络文学既然是"文学"，就仍然摆脱不掉文学的要求，不能没有艺术审美的规制。网络作家何常在说过："从纯文学到通俗文学再到网络文学，并没有感觉到有多大的区别，本质上来讲都是文学，都是为人民服务的大众艺术。"[①] 也就是说，网络文学作品无论是谁在写、不管是写什么，都需要按照艺术审美的要求，遵循文学创作的基本规律，创造具有文学价值的作品。"网络"不是理由，"业余"也不是借口，"文学性"的艺术魅力才是网络创作的"靶的"。

其次是道德伦理规制。

中国作协陈崎嵘在论及网络文学评价问题时说过这样一段话：

  网络文学应该有起码的社会责任、基本的法理和道德底线。在反映现实时，应当分清主流与支流、光明与黑暗、现象与本质、

[①] 王志艳、陈杰：《作家何常在：网络文学的说法早晚会消失，只留下文学》，新华网客户端，http://baijiahao.baidu.com/s? id=1647347240769552169&wfr=spider&for=pc。

现实与理想、合理性与可能性，恪守基本的道德标准和伦理规范。不能否定一切，怀疑一切，"天下乌鸦一般黑"，"洪洞县里无好人"。哪怕是虚构玄幻世界，也应当符合人类既有的知识经验和生活常理，体现人性人情。①

网络写作的轻松和随意，以及娱乐至上和过度商业化的传媒语境，可能淡化创作者应有的责任，造成网络写作崇高感的缺失，文学与"时代良知""人民代言"的价值理念越来越远。其结果，网络技术传媒与大众文化合谋，其生产的产品传递的往往不再是积极进取、刚健有为的价值观，也不再注重高尚情操、英雄情怀的讴歌与酿造，而可能只是自娱自乐的一己表达、迎合市场的文化快餐甚或成为公共空间的文化噪声。故而，网络创作不能没有道德伦理的规制，应当倡导高雅的审美取向，追求积极、健康、乐观、高雅、清新的审美趣味，反对消极、颓靡、悲观、低俗、污浊的审美趣味。互联网并不只是冷冰冰的机器，作家面对它实即面对生命、面对人生、面对鲜活的生活，因而应该对文学心怀敬畏，对网络志存高远把这样的观念体现在自己的题材选择、情节设置、人物塑造、语言使用、文本气质等文学创作过程的始终。

最后还有意识形态方面的规制。

如果你承认文学创作是一种价值赋予、一种观念构建或一种精神的表达，就不能否认它是一种意识形态的营造和体现。传统文学是这样，网络文学也不例外。正如笔者几年前在《人民日报》撰文谈到的，无论网络文学多么另类甚或叛逆，不管其媒介载体、写作技能、传播途径和阅读方式与传统文学有多么不同，只要它还是文学，只要它还属于精神产品，它就应该具有作为精神产品所必具的基本特点，都需要蕴含特定的意义指向和文化价值观，并应该让它产生积极向上的影响力与感染力，使其成为我们的社会，我们的生活，特别是青少

---

① 陈崎嵘：《呼吁建立网络文学评价体系》，《人民日报》2013年7月19日第24版。

年成长的精神"钙质"。① 我国的网络文学的意识形态建设主要有两大举措,一是监管,二是引导。前者通过相关政策法规、行业自律、网络作家培训等,净化网络空间,打击和清理不良作品,从而设立意识形态方面的底线和红线;后者则通过评优设榜,设置网文标杆,积极引导网络创作承担时代使命,彰显以人民为中心的创作导向,弘扬中华优秀传统文化,努力创作生产传播当代中国价值观念、反映中国人审美追求的优秀作品,为中华民族伟大复兴凝心聚力、培根铸魂。从2015年起,国家新闻出版署和中国作协每年都推出优秀网络文学原创作品榜单,其意义旨在传播正能量,讴歌真善美,形成正确的意识形态导向。如2019年庆祝中华人民共和国成立70周年时推出的25部优秀网络文学原创作品中,《大江东去》力呈改革开放40年的波澜画卷,《大国重工》勾勒国企发展的任重道远,《太行血》尽显中华儿女不屈不挠的意志和家国情怀,《繁花》展现平凡人不平凡的生活百态,《地球纪元》书写绝境下人性的抉择和坚守,《魔力工业时代》将科技原理与丰富想象融会贯通……其所体现的价值导向就具有积极的意识形态内涵,体现了网络文学创作的逻辑支点和底气,蕴含着网络写作意识形态向度。

三 作者主体的自律与他律

网络传媒时代的主体自律与他律问题,比以往任何时代都显得更为重要和紧迫。我们不妨从一部作品说起。网络小说《网络英雄传之黑客诀》② 发布后,引起了许多读者对网络安全、信息风险问题的关注。作品描写的黑客高手在反恐禁毒领域的巅峰对决,不仅在艺术感受上让人惊心动魄、在技术上使人脑洞大开,也让我们深深感受到互联网时代尖端技术的无所不能和信息风险的无处不在,在黑客高手面

---

① 参见欧阳友权《意义指向与价值承载——网络文学再认识》,《人民日报》2014年4月25日第24版。

② 郭羽、刘波:《网络英雄传之黑客诀》,咪咕阅读、花城出版社2019年9月网媒、纸媒同时发布,是《网络英雄传》系列小说的第4部。

前一切都是透明的，没有任何秘密和隐私可言，大到国家的通信卫星、军事指挥系统，小到马路交通信号、个人手机、银行账号、私人通信，凡是有电源、有网络的地方，都存在安全风险。小说的情节是虚构的，但它却揭示了一个客观的事实：计算机网络的便捷，在给予人们充分自由的同时，也给了我们极大的限制——互联网不是法外飞地，大数据时代的信息管控让一切与网络有关的信息变得"透明"，任何一个主体的网络行为都将无处遁形。于是，如何处理个人的网络自由与他人网络自由的关系、网络行为的自由度与网络社会的行为规范的关系，以及网络行为与道德意识的关系等，便成为网络伦理亟待解决的问题。对于网络文学而言，无论是创作还是欣赏，都需要重新构建自律的约束机制与他律的行为规范，以调适创作自由的艺术规约。

从自律方面看，基于网络的文学行为需要倡导三个方面的主体自律。

一是角色面具消解后的身份自律。

网上有句名言说："在网上，没有人知道你是一条狗"，这只是就网络的匿名性特点而言的，千万不要据此以为上网时没人知道你是谁，就可以在网上肆意妄为。事实上，由于网络 IP 地址的唯一性和现代社会广泛覆盖的视频监控，如果需要，不仅知道上网者是哪条"狗"，还可以清楚地知道你上网做了什么，并要求你为自己的行为负责。匿名上网是有"角色面具"的，网民可以化身为任何一个他想要的角色与他人交流，此时，上网者暂时摆脱了其在日常生活中的"角色扮演"和"身份焦虑"，他不再是社会关系、环境伦理约定的某一社会角色（职位、身份）或家庭角色（家长、子女），而是一个平等交流的普通网民。这时候，他是自由的、轻松的，但此时决不能放纵自己的言行，而需要"慎独"和自律，因为你所面对的不是冷冰冰的机器，而是活生生的人；不是虚拟的广场，而是公共话语平台。你的每一句话、每一篇文字（或图片、音频、视频）不仅要对自己负责，还要对他人、对社会负责，文学表达的东西还得对文学负责。可见，这个貌似"孤独的狂欢"的私密环境,其实是一个交互式共享空间,即曼纽尔·卡斯特所说的"互动式社会"①。于是,当一个人的现实角色被匿名上网暂时(只是暂时,不是永远)消解后,一个有责任感、有理性的网民需要的是"不忘初心",用自律坚守道德、信念和法规,在电子空间与物理空间、交往自由与社会责任、平等与互惠之间,把握好必要的平衡和一定的度而不得无所顾忌地为所欲为。网络空间滋生的谣言、诈骗、窥探隐私、黑客犯罪,某些网络作品中不同程度存在的恶俗、低俗、庸俗或情色、暴力、迷信等有害内容,正是面具隐匿后丧失身份自律的表现。

二是虚拟沉浸中的理性自律。

被称作"赛博空间"的互联网是一个虚拟世界,一个足以让人沉浸的既非物质亦非精神、却又关涉物质与精神的"数字化世界"。随着 VR (Virtual Reality,虚拟现实)、AR (Augmented Reality,增强现实)、MR (Map Reduce,混合现实)和 AI (Artificial Intelligence,人工智能)技术的出现,抑或佩戴数字引擎、头盔显示器、数据服、数据手套等虚拟工具以后,互联网将以更为强大的沉浸性虚拟而大大增强更为"真实"的虚拟式沉浸,让网络游戏、网络影视、数字动漫等新型艺术成为现代社会的新宠,把虚拟沉浸中的理性自律,从技术和艺术层面,提升至技术哲学和文艺社会学论题,并成为网络文艺美学的一个分支。就网络文学来说,作为媒介载体的网络世界不仅作为一种"此在"它是虚拟的,文学所描写的对象也是"超现实"的、想象的世界,如笔者曾描述的:"网络作品所描写的是网络化了的生活世界,甚至是独立于现实又迥异于现实的虚拟真实世界,艺术与生活的关系衍生为写作与超现实的虚拟关系,不仅艺术与现实间的'真实'关联失去本体的可体认性,主体与现实之间的审美关联也被'赛博空间'所隔断。于是,人与现实之间的审美关系就变成了人与网络世界

---

① [美]曼纽尔·卡斯特:《网络社会的崛起》,夏铸九、王志弘译,社会科学文献出版社2001年版,第441页。

之间的互动关系，创作成了一种'临界书写'，作品显露的是一种客观本体论与价值本体论双重悬置的'镜映效果'。"① 作者在虚拟的世界里沉浸，读者特别是那些等待续更的"忠粉""铁粉"们也将被"代入"这个世界不能自拔，感性覆盖理性、情绪激发情感、"爽感"遮蔽知性，会成为网络文学创作与欣赏的常态。此时，理性的干预、意志的自律不仅是必要和重要的，也是必然和应然的，因为正如尼尔·波兹曼用"娱乐至死"的警言所揭示的："如果文化生活被重新定义为娱乐的周而复始，如果严肃的公众对话变成了婴儿语言，总而言之，如果人民蜕化为被动的受众，而一切公共事务形同杂耍，那么这个民族就会发现自己危在旦夕，文化灭亡的命运就在劫难逃。"②

三是话语自由情境下的艺术自律。

网络传媒催生文学话语权的下移，让"零门槛"的创作自由和表达自主情境下的艺术自律问题浮出水面。并且，网络文学作品"大跃进"式的爆发式增长使创作规范和文学约束不再是一个不证自明的命题，而成为一个需要仔细考量和重新设定的艺术规制。否则，有"网络"而无"文学"，或有"文学"而无"文学性"将成为网络文学良性发展的一大威胁。这种艺术自律的必要性来自两个方面：一是创作主体的文学素养提升，二是网络文学生态语境中的艺术坚守与自觉。前者需要网络作家以清醒的自我意识和责任担当，不断提高自己的思想和艺术水平，怀着对文学的敬畏、对创作的虔诚去从事网络文学生产，从丰富的民族文化传统和文学经典中汲取营养，向古人学习，向他人学习，把对人文审美艺术的追求变成无限追求，让追求本身成为无限。后者则需要摆脱消费社会的功利诱惑和来自"追文族"的互动干扰，不要为一时的"利"与"名"而迷失自我而走偏方向。譬如，一部网络小说的连载与更新会伴随着无数粉丝的关注、兴奋、议论，抑或粉丝之间的交流、争论乃至互怼、掐架，从而形成读写互动中草

---

① 欧阳友权：《用网络打造文学诗意》，《文学评论》2006年第1期。
② ［美］尼尔·波兹曼：《娱乐至死·童年的消逝》，章艳、吴燕莛译，广西师范大学出版社2009年版，第133页。

根群体与作者之间的"绑架关系"和"共同体意识",其带来的结果可能让"作者的生命表达与独异创造难以为继,独立的写作意志很大程度上让位于对大众意淫思维的遵行"①,此时的作者能否保持自己的创作个性和文学初衷,对他的艺术自律品格将是一种严峻的考验。另外,出于商业目的,一个作品能否在网站获得首页推荐或上架、榜单前推,要依赖网友的点击、收藏、推荐、打赏、月票等各项数据,网络写手为了迎合读者的趣味爱好可能降格以求,拉低作品的艺术品位以获取阅读市场的消费业绩,商业利益的巨大诱惑也将是对网络作家艺术自律情怀的严峻考验。

  网络文学主体的他律因素,概括来看,以文学传统、政策法规、读者市场这三种因素影响最大。其中,文学传统的他律是对网络文学创作的内因规约,政策法规是对网络行为的外在规制,而读者市场则构成网络文学行业的商业驱动。

  传统的规约力量是潜在的,柔性的,也是巨大的,深远的,无所不在的。文学传统能以"集体无意识"的方式浸透在网络文学创作、传播、阅读、交易的各环节中,对网络文学的评判、价值、影响力形成影响。人们对网络文学的批评如"乱贴大字报""口水文""量大质不优"等,实际上是基于他们心目中"何为文学""什么样的作品才是好文学"来做出评判的,而评判的标准就是文学传统,或传统的文学认同标准和文学观念。中外文学传统已积淀数千年,人们对文学已有公认的评判尺度和经验。譬如,大凡是文学,不管是传统文学还是网络文学,都应该是一种人文性的审美行为,其所表现的都是人与现实之间的审美关系,网络创作绝不是单纯的技术操作,而是一种特定的意义承载和价值赋予。再如,网络文学只要还属于精神产品,它就应该具有作为精神产品所必具的基本特点,都需要蕴含精神产品特定的品质,都要影响人的精神世界,引导人们向善、求真、审美,能够启迪思想、温润心灵、陶冶性情。网络改变的只是文学载体、传播方

---

① 参见黎杨全《数字媒介与文学批评的转型》,上海三联书店 2013 年版,第 88 页。

式、阅读习惯和表现方式，"不能改变文学本身，如情感、想象、良知、语言等文学要素"（张抗抗）。不同时代的文学或许各有其媒体技术方面的差异，但"体验、想象力和才华"是不能少的（王一川），如果少了，它就将不再是文学。《择天记》《巫神纪》《斗破苍穹》等众多热门小说展现的玄幻世界，建构出浩大磅礴的神魔或修炼谱系，均可在传统神话中找到源头。唐家三少、天蚕土豆、梦入神机、辰东、我吃西红柿、血红等网络作家的作品受到众多网友追捧，其实正是传统武侠、玄幻小说阅读心理和欣赏习惯的一种延续，这就是传统的力量，是传统的"他律"作用于网络作家"自律"的结果。

政策法规的制约力量是直接的、刚性的，并且是强制性的，其效果也立竿见影。例如，我国曾出台过一系列与网络文学相关的政策法规文件，具有代表性的有：国务院《互联网信息服务管理办法》（2000年9月25日）；文化部《互联网文化管理暂行规定》（2011年4月1日）；全国人大常委会《中华人民共和国著作权法》（1990年9月7日）；国家新闻出版广电总局《关于推动网络文学健康发展的指导意见》（2014年12月18日）；《中共中央关于繁荣发展社会主义文艺的意见》（2015年10月3日）；国家版权局《关于加强网络文学作品版权管理的通知》（2016年11月14日）；国家新闻出版广电总局《网络文学出版服务单位社会效益评估试行办法》（2017年7月1日）；等等。2010年以来，国家版权局、网信办等部门组织开展的"剑网行动"和"净网行动"，每年都要查处一批网络文学的盗版侵权案件，一些涉黄、涉政、涉黑、涉暴的网络作品被清理，还有一些不合规范的作品由网站平台主动下架，2019年上半年，仅起点中文网储藏的小说作品就下架超过120万部①。法律法规对网络文学主体的"他律"举措，对于约束网络行为，净化网络空间，维护网络版权，打击违法行为，促进整个行业健康长

---

① 有统计表明，起点中文网此次下架的小说中，玄幻频道少了35万本，奇幻8万本，武侠1.4万本，仙侠14万本，都市21万本，现实1.4万本，军事4万本，历史5万本，游戏7万本，体育7000本，科幻8万本，灵异3万本，女生7万本，二次元7万本。https：//weibo.com/Yyymakeup？ is_ all =1#1535533166682。

远发展，都起到了保驾护航的积极作用。

还有读者市场的他律性约束。在高度市场化的网络文学领域，读者就是创作者的"衣食父母"，一部作品如果不被读者欣赏，一个作家如果缺少粉丝关注，就将消逝在无边的网海。一个写手要想在网络上立足，必须拿出能让网民读者喜爱的作品，一切都要凭借作品说话，任何人都无法干预读者的选择。网络文学的市场化竞争是十分残酷的，也是非常公平的，它不会埋没任何一个勤于写作的文学天才，也不会给任何一个庸才以鱼目混珠的机会。作家的媒体影响力如百度指数、微博指数、微信指数，作家的社交平台影响力如微博粉丝量、贴吧热度，以及该作家作品的影响力如点击量、推荐量、评论量、收藏量、粉丝量、打赏数、月票数、豆瓣评分等，均是衡量一个网络作家市场号召力的硬指标，他们无时不在推动或制约着一个网络作家的创作，形成一种无时不在的他律性驱动机制。正是凭着读者市场的影响力，唐家三少、天蚕土豆、我吃西红柿分获由"橙瓜网"评审的2016、2017、2018年"网文之王"称号。创作了《遍地狼烟》等现实小说的网络作家菜刀姓李（李晓敏）曾深有感触地说："传统文学和网络文学真正不同的地方只是在于决定作品命运的人变了：以前是编辑决定作品生死，到了网络上更多地是由读者来判定作品的命运。在某种程度上，写手由迎合编辑或者文学期刊变成了直接取悦读者。"[①]

第三节　虚拟审美的娱乐边界

如果把网络文学设定或认定为娱乐化的通俗文学，那么，我们不仅要审视其现实的合理性，还需要通过考察其流变的必然性而寻求历史的合法性。通过网络创作的文学作品，可以虚拟审美，也可以现实娱乐，并且可以兼容"审美"和"娱乐"，从而实现娱乐与审美的网

[①] 王觅：《网络文学：传递文学精神，提升网络文化——中国作协举办网络文学作品研讨会》，《文艺报》2012年7月13日。

络化融合。我们需要厘清的问题是，虚拟审美的娱乐本源何在，网络文学为何会走向娱乐之途，以及能否为备受质疑的网络文学的"娱乐至死"寻找某种可能的边界。

一　网络虚拟审美：娱乐本体的异变与归宗

文学的娱乐性是有"根"的，远古时期歌、乐、舞"三位一体"构成的原始文艺形态，就已经先在地预设了文学艺术的"娱乐本体"，因而我们今天讨论网络文学娱乐性的时候，需要从文化的根脉和美学观念上找到它的娱乐根基。

从传统文化溯源，文学的娱乐本体可以追溯到中国古代的"乐感文化"。我们知道，李泽厚先生在分析"中国智慧"的时候，把"乐感文化"作为中国智慧之一①，他认为，西方文化是"罪感文化"或"耻感文化"，即对"原罪"的自我意识，一生要为赎罪而奋斗：征服自然，改造自身，以获取神眷，再回到上帝怀抱。以儒学为骨干的中国文化的特征或精神是"乐感文化"，世俗的幸福，从上层精英到下层百姓，从生死礼仪到江湖酒令，从衣食住行到性、健、寿、娱，都展示出中国文化在庆生、乐生、肯定生命和日常生存中去追寻幸福、享受快乐的情本体特征，即使是在困难的时候，也相信"否极泰来""时来运转"。比如，《论语》的首句便是"学而时习之不亦说乎，有朋自远方来不亦乐乎"。孔子还反复说，"发愤忘食，乐以忘忧，不知老之将至云尔"（《论语·述而》）；"饭疏食饮水，曲肱而枕之，乐亦在其中矣"（《论语·述而》）。《周易》提出"乐天知命""乐则行之，忧则违之"（《周易·乾·文言》）。《帛书》中说："无中心之悦则不安，不安则不乐，不乐则不德。"（《帛书·五行篇》）于是，李泽厚说：

---

① 李泽厚把中国智慧概括为四种：血缘根基、实用理性、乐感文化、天人合一。见李泽厚《试谈中国的智慧》，《中国古代思想史论》，人民出版社 1986 年版，第 295—326 页。

这种精神不只是儒家的教义，更重要的是它已经成为中国人的普遍意识或潜意识，成为一种文化——心理结构或民族性格。中国人很少真正彻底的悲观主义，他们总愿意乐观地眺望未来。①

这种乐感文化体现了以人的现世性为本，立足于此岸世界而强调人的主体性存在，并赋予人参天地之化育的本体地位，而与西方传统强调的"绝对""超验"精神相对立，从而培育了中国人自强不息、乐观积极的精神生态。由思想理论积淀而转化为心理结构的乐感文化，从内容积淀为形式，已渗透在千百年文学艺术的发展中，成为文艺作品的快乐基因，从历史上的文学到今日的网络文学，快乐、娱乐、享乐，始终是它不可或缺的人文本色之一。

再从美学观念上看，虚拟审美的娱乐本体源自文学审美的乐感特性。祁志祥先生在《乐感美学》一书中曾提出："美是有价值的乐感对象"，"在审美实践中，'美'的基本语义是指称乐感及其对象的'情感语言'"。②既然美是一种让人快乐的指称，"愉快的对象"或"客观化的愉快"是"美"的基本义项，那么，快乐审美就将是所有审美活动，包括文学如网络文学活动应该有的内涵。但凡审美，便有愉悦，能使人快乐，并能让人的情绪、情感进入理性和价值层面的满足，便是所有审美行为如文学审美的基本职能。审美首先要有"感官快适"，所有的"美"都有一个共同的性质，即审美主体投射在对象上的"乐感"。"乐感""快适"是不同事物之美的统一依据，即"众色乖而皆丽""五味舛而并甘"③；"妍姿媚貌，形色不齐，而悦情可钧；丝竹金石，五声诡韵，而快耳不异"。④

在西方美学史上，"审美"与"快感"的关联也是许多美学家所

---

① 李泽厚：《中国古代思想史论》，人民出版社1986年版，第311页。
② 祁志祥：《乐感美学》，北京大学出版社2016年版，第53页。
③ 葛洪：《抱朴子·辞义》。
④ 葛洪：《抱朴子·尚博》。

秉持的基本观点。例如，阿奎那说："凡是一眼见到就使人愉快的东西才叫做美的。"① 克罗齐提出："美的东西就是一般产生快感的东西。"② 18世纪德国哲学家沃尔夫认为："美可以下定义为：一种适宜于产生快感的性质，或是一种显而易见的完善。"③ 康德一再强调："美是无一切利害关系的愉快的对象"；"美是不依赖概念而被作为一个普遍愉快的对象"④。黑格尔明确提出："艺术到处都显现出它的令人快乐的形象。"⑤ 伏尔泰说："要用'美'这个词来称呼一件东西，这件东西就必须引起您的惊赞和快乐。"⑥ 尼采也说："如果试图离开人对人的愉悦去思考美，就会立刻失去根据和立足点。"⑦ 祁志祥的《乐感美学》就此给出的结论是：

> 美不仅是有价值的五官快感的对象，也是符合真善要求的心灵愉悦的对象，是既愉悦了感官又丰富了内心的对象。⑧

这种让人心灵愉悦的美与审美一直贯穿于人类的文学发展史，不仅在"庙堂文学"或主流文学、雅文学中渗透了"寓教于乐"的"乐感"精神，而且文学史还造就了一条从古至今的"江湖文学"或民间文学、俗文学的浩荡长河。那些难登大雅之堂、不为学士大夫所重视却一直流行于民间、成为大众所嗜好、为普通百姓喜闻乐见的东西，如民歌、通俗小说、民间戏曲、说书文学等，常以歌、谣、曲子，讲

---

① 北京大学哲学系美学教研室编：《西方美学家论美和美感》，商务印书馆1982年版，第66页。
② ［意］克罗齐：《美学原理》，朱光潜译，《美学原理·美学纲要》，外国文学出版社1983年版，第93页。
③ 北京大学哲学系美学教研室编：《西方美学家论美和美感》，商务印书馆1982年版，第88页。
④ ［德］康德：《判断力批判》上卷，宗白华译，商务印书馆1996年版，第48页。
⑤ ［德］黑格尔：《美学》第一卷，朱光潜译，商务印书馆1981年版，第6页。
⑥ 北京大学哲学系美学教研室编：《西方美学家论美和美感》，商务印书馆1982年版，第124页。
⑦ ［德］尼采：《悲剧的诞生》，周国平译，生活·读书·新知三联书店1986年版，第321页。
⑧ 祁志祥：《乐感美学》，北京大学出版社2016年版，第77页。

史、话本、戏曲、变文、弹词、鼓词、宝卷等讲唱文学，以及民间神话传说、民间歌谣、民间故事、民族史诗、民间笑话、谜语等杂体作品的方式呈现出来，成为一支与主流"雅文学"同时并陈、互补为用、相得益彰的重要文学力量。从《诗经》中的"国风"到南北朝民歌，再到唐代变文、传奇，再到宋代话本、元杂剧，由说书话本演变而来的明清章回小说，一直到现代文学中张恨水、吴若梅、许啸天等"鸳鸯蝴蝶派"，当代文学以金庸为代表的武侠小说，琼瑶、三毛的作品……，可以说，通俗文学作为一股民间文化潜流是绵延不绝并蔚为大观的。以娱乐为本体的"俗文学"，无论是对文学创新、文学发展的作用，还是对大众审美、文化休闲的贡献，都是十分巨大并不可或缺的，相比与之并陈的"雅文学"，它们存在的意义不仅不遑多让，甚至更为深远——因为雅文学、纯文学是社会分工导致的文学专业化、职业化的产物，它们是"高、精、尖"的，也是"圈子"的、"贵族"的、士大夫的，当然也是"高处不胜寒"的。从某种意义上说，纯文学是一种文学的"异化"，而不是文学的本色，文学的本色就应该是通俗化、大众化的，"俗"才是文学功能之"根"。

于是，我们找到了网络文学娱乐本体的根——它以通俗性娱乐为功能主打，正是传承了文学的"乐感"本性，是以虚拟审美光大了俗文学传统的"在地性"娱乐精神，并在新媒体语境中实现了文学娱乐本体的"归宗"之旅。网络作家并非不能创作雅文学或纯文学，而是由于传媒的特性和市场化选择，他们无形中把精英式创作留给了传统文学——网络媒体让文学话语权回归民间本位，使得文学创作不再是崇高的事业，而成为广场狂欢的一种娱乐方式；市场化的商业模式则让作家放弃"膜拜心态"，而致力于适应或迎合读者需求，以追求效益的最大化。因而，网络上的文学虚拟审美行为，一方面天然地归宗为娱乐本体，与传统纯文学、雅文学分道扬镳，另一方面又以高度市场化、网络民间化的异变，构成虚拟审美的网络特色，这也正是网络文学"爽"文学观的由来。

二 奥威尔与赫胥黎的警示

新技术传媒时代的文化娱乐现象是现代文化学、传播学、社会学、文艺学、美学等众多学科共同关注的理论与实践问题,对网络文学娱乐性的辨识,可以从这些研究中得到一些启示。美国著名媒体文化学家尼尔·波兹曼在《娱乐至死》一书中,总结出了两种有代表性的观念模式,试图对电子传媒时代的娱乐文化的风险管理提出警示,一种是"奥威尔式",另一种是"赫胥黎式"。表面看来这两种理论是对立的,代表了娱乐文化治理的两极立场,但它们的结果殊途同归,都将导致某种不可逆的严重后果,就像波兹曼所概括的:

> 有两种方法可以让文化精神枯萎,一种是奥威尔式的——文化成为一个监狱,另一种是赫胥黎式的——文化成为一场滑稽戏。①

先看第一种。英国小说家和社会批评家乔治·奥威尔(George Orwell,1903—1950)在他的《一九八四》和《动物农庄》中提出,极权主义的专制将限制所有的自由和娱乐,其所建立的是一个令人感到窒息的恐怖世界。在这个假想的未来社会中,独裁者以追逐权力为最终目标,人性被强权彻底扼杀,自由被彻底剥夺,思想受到严酷钳制,人民的生活陷入了极度贫困,下层人民的人生变成了单调乏味的循环。波兹曼说:"奥威尔不是第一个警告我们专制会带来精神毁灭的人,但他的作品中最可贵的一点就是,他一再强调,不管我们的看守人接受的是左翼思想还是右翼思想,对于我们来说并没有差别,监狱的大门一样是坚不可摧的,管制一样是森严的,偶像崇拜一样是深入人心的。"② 很显然,奥威尔模式是一种"监狱管制"模式,它钳制舆论,

---

① [美]尼尔·波兹曼:《娱乐至死·童年的消逝》,章艳、吴燕莛译,广西师范大学出版社2009年版,第132页。
② [美]尼尔·波兹曼:《娱乐至死·童年的消逝》,章艳、吴燕莛译,广西师范大学出版社2009年版,第132页。

剥夺人民独立思考的权利，反对一切自由和自由地娱乐，这是以牺牲广大人民群众思想自由和娱乐生活权为代价的。在这样严酷的治理下，人类社会变成了"动物农庄"，何谈文化和娱乐？这一"奥威尔式"寓言正是奥威尔本人通过这部作品所要揭露和反对的，当然也违背了文学的自由本性，屏蔽了文化娱乐的社会语境，抽空了网络文学存在的社会基础，因而是网络文学发展之大忌。

"赫胥黎模式"则代表了娱乐文化生态的另一极，即波兹曼所批判的"娱乐至死"模式。英格兰作家阿道司·赫胥黎（A. L. Huxley, 1894—1963）在小说《美丽新世界》（1931）中，创作了一个距今600年以后的未来世界。在那里，物质生活十分丰富，人们接受着各种安于现状的制约和教育，享受着衣食无忧的日子，不必担心生老病死带来的痛苦。科技也高度发达，所有的一切都被标准统一化，人的欲望可以随时随地得到完全满足。然而，人们却在这种机械文明的社会中失去了家庭温暖，没有了个性和情绪，丧失了自由和道德，人与人之间根本不存在真实的情感，人性在机器的碾磨下灰飞烟灭，人类在享乐、安逸的麻木中失去自我。这样的"美丽新世界"有娱乐没有追求，有满足没有尊严，在"欲望自由"中却把自由交给了魔鬼。波兹曼是这样描述"赫胥黎"模式的："赫胥黎告诉我们的是，在一个科技发达的时代里，造成精神毁灭的敌人更可能是一个满面笑容的人，而不是那种一眼看上去就让人心生怀疑和仇恨的人。'老大哥'并没有成心监视着我们，而是我们自己心甘情愿地一直注视着他，根本就不需要什么看守人、大门或'真理部'。"接着他告诫人们：

> 如果文化生活被重新定义为娱乐的周而复始，如果严肃的公众对话变成了幼稚的婴儿语言，总而言之，如果人民蜕化为被动的受众，而一切公共事务形同杂耍，那么这个民族就会发现自己危在旦夕，文化灭亡的命运就在劫难逃。①

---

① ［美］尼尔·波兹曼：《娱乐至死·童年的消逝》，章艳、吴燕莛译，广西师范大学出版社2009年版，第132—133页。

实际上，过度娱乐化的危害在于其"奶嘴效应"——给大众嘴里塞一个"奶嘴"，其形式多种多样，可以是快手、抖音、综艺节目、广场舞，或者是网络游戏、宫斗剧，也可以是鸡汤文、通俗小说，让这些容易上瘾的、庸俗的、低智商的东西成为充斥社会的娱乐产品，并打造成一系列低级文化产业链，全年占据人们的精神生活，令大众沉浸在纷繁简单的"快乐"中，不知不觉便会丧失独立思考能力，弱化其理性思维和对事物的判断力，只能行尸走肉般地活着，这便是"娱乐"导致"至死"的可怕结果。

在电子媒介无处不在的时代，人们热衷于"电源插头带来的各种娱乐消遣"，此时，我们既需要防范"奥威尔预言"，用制度性约束阻遏"文化监狱"导致的精神毁灭；更应该谨防"赫胥黎预言"可能造成的危害——泛滥的电子化媒介制造出无节制的欲望和对欲望的娱乐化满足。相比而言，"奥威尔预言的世界比赫胥黎预言的世界更容易辨认，也更有理由去反对。我们的生活经历已经能够让我们认识监狱，并且知道在监狱大门即将关上的时候要奋力反抗。在弥尔顿、培根、伏尔泰、歌德和杰弗逊这些前辈的精神的激励下，我们一定会拿起武器保卫和平。但是，如果我们没有听到痛苦的哭声呢？谁会拿起武器去反对娱乐？当严肃的话语变成了玩笑，我们该向谁抱怨，该用什么样的语气抱怨？对于一个因为大笑过度而体力衰竭的文化，我们能有什么救命良方？"① 是的，当一个社会的文化全都变成了"快乐大本营"，当我们的时代都热衷于"中国有嘻哈"，当千百万青少年都崇尚娱乐明星、关注大款小蜜、贪恋金钱享乐的时候，我们的文明和文化、我们的理想和信念、我们的追求和斗志又置于何处？同样，电影、电视、网络、AI，虚拟现实、网络文学、电子游戏、数码艺术、抖音小视频，以及爱（奇艺）、优（酷）、腾（讯视频）、微（博）、B（站）、人（人网）……它们彰显出了前所未有的娱乐化魅力，给大众特别是

---

① ［美］尼尔·波兹曼：《娱乐至死·童年的消逝》，章艳、吴燕莛译，广西师范大学出版社2009年版，第133页。

青少年带来无与伦比的感官刺激。但新媒介娱乐方式可以是"撬动新世界的杠杆",也可能成为"潘多拉的盒子",因为"娱乐至死"所"死"的不是娱乐,也不只是娱乐的人,它"死"的其实是文化与文明、人文与德操、艺术和审美,是一代人的成长、一个时代的进取精神和一个民族的发展方向。就如赫胥黎在《美丽新世界》中告诫我们的:人们感到痛苦的不是他们用笑声代替了思考,而是他们不知道为什么笑以及为什么不再思考。当我们考虑网络文学、数字艺术等虚拟审美娱乐本体的媒介合规律性与人文合目的性的时候,同时还必须考虑的是:一个国家、一个民族、一种文化不能没有灵魂,无论网络文学还是传统文学,它们在带给大众娱乐精神的同时,还需要担负启迪思想、陶冶情操、温润心灵的重要职责,承担以文化人、以文育人、以文培元的使命。此时,我们依然需要重视波兹曼的忠告:"一切公众话语都日渐以娱乐的方式出现,并成为一种文化精神,我们的政治、宗教、新闻、体育、教育和商业都心甘情愿地成为娱乐的附庸,毫无怨言,甚至无声无息,其结果是我们成了一个娱乐至死的物种。"这不是媒介的隐喻,而是新媒介时代可能出现的现实。

三 能否为"娱乐至死"设界

我们知道,文化娱乐是一种通过特定载体表达喜怒哀乐而使接受者愉悦、放松,并带有一定启发性的活动。对于网络文学而言,既要让接受者愉悦放松,又要在愉悦放松中得到某些启发,这就不是单纯的"爽文学观"所能实现的,还需要在"爽"的同时有所教益,即一千多年前贺拉斯在《诗艺》中所说的:"诗人的愿望应该是给人益处和乐趣,他写的东西应该给人以快感,同时对生活有帮助。……寓教于乐,既劝谕读者,又使他喜爱,才能符合众望。"① 当然,网络文学的"寓教于乐"与传统文学有不同的出发点:前者以"爽"为出发

---

① 贺拉斯:《诗艺》,伍蠡甫主编:《西方文论选》上卷,上海译文出版社1979年版,第113页。

点,在"爽"中得"教";后者则以"教"为出发点,在"教"中得"乐",二者的重心是不同的。不同的原因在于,资本、技术和消费意识形态力量的大举入场,使这一文学从"经邦治国"的教化之地变成了欲望消费和消费欲望的博弈场,网络文学既需要尝试将"主流价值观"移植进自己的快感机制,又需要适应市场消费的自主选择,调适"幻象空间"的读者心理预期,通过建构文学的想象力,把身处社会转型期人们的欲望和焦虑用文学的方式赋形,以打造虚拟化的"全民疗伤机制",进而重建心理秩序。从这个意义上说,网络文学的爽和娱乐,只要不是"至死",就不仅无可厚非,而且是有意义的。不过要让其正面的意义实现最大化,达成娱乐价值的有效性,仍然需要对"娱乐至死"保持必要的警惕并设立必要的边界。这主要包括以下三个方面。

首先,网络作家创作的娱乐化动机不应该脱离艺术的"靶的"。人类审美的"快感机制"要求任何文学艺术作品都必须使人得到感官的快适、精神的触动或情感的满足,并经由某种娱乐性快适和精神的满足感来实现艺术审美的目的。基于此,王祥先生的《网络文学创作原理》就曾将"快感奖赏机制与美感诱导策略"放到网络文学基本功能的首位,他说:"追求快感和美感是生命运行的基本需求,是大众文艺创作的原初动力,是读者、观众追寻文艺作品的主要目的,网络文学创作活动的起点,网络文学生存发展的立足点,就是为读者提供情感体验与快感补偿功能。"① 不过,网络文学作品所提供的"情感体验与快感补偿"也有层次高低之分、健康与不健康之别,并不是所有的情感体验都是健康的体验,也不是所有的快感都值得补偿或书写,那些劣根、负面的人性(诸如贪婪、自私、狡诈、欺骗、残忍、毒辣、懒惰、伪善等),它们是生命的暗角,罪恶的渊薮,是不应该被体验和补偿的,也不能把它们当作娱乐的对象或消费的噱头,而应该予以揭露和批判。于是,是否有助于艺术中的人文精神的表达,能否建构

---

① 王祥:《网络文学创作原理》,中国人民大学出版社2015年版,第9页。

起审美的价值理性，是衡量一切文化娱乐和文艺作品情感体验的标杆，也应该是网络文学娱乐性的底线和边界之一。在网络小说中，有些作品可能是纯粹娱乐性或者是娱乐性大于艺术性的，如《赵赶驴电梯奇遇记》（赵赶驴）、《史上第一混乱》（张小花）、《娱乐之喜剧之王》（周星星）等；另有一些小说可能在娱乐性中兼具了一定的文学性，如早期痞子蔡的《第一次的亲密接触》、龙吟的《智圣东方朔》、李臻的《哈哈，大学》，以及后来一批擅写小白文并收揽众多粉丝的玄幻小说大神，如被网友称作"中原五白"的梦入神机、唐家三少、辰东、天蚕土豆、我吃西红柿等的作品大体属于此类。更理想的状态则是以文学性（艺术性）为目标、文学性大于娱乐性的"文青"式写作，郭羽、刘波的《网络英雄传》系列，安妮宝贝的《告别薇安》，今何在《悟空传》，愤怒的香蕉《赘婿》，冰临神下《孺子帝》，陈词懒调《回到过去变成猫》，猫腻《将夜》，爱潜水的乌贼《奥术神座》，以及月关、骁骑校、阿菩、萧鼎、丁墨、丛林狼、小佛、匪我思存等人的代表作可属此列。这类作品的意义在于："为网络文学与传统纯文学的融合提供了可能与成功范例"，因为"这是一种品质化写作，一种有艺术追求的写作，一种向纯文学致敬的写作。它用精致化的文学表达向人们表明：网络文学也可以是有品质、高品位的，也可以打造名作、创造精品，这是对'媒介歧视'的一次叫板、一种挑战，也是对'唱衰'网络文学的一次'打脸'，一种反拨和矫正。足见文学只有好的文学与不好的文学，其实并无'网络文学'与'传统文学'的区分"[①]。

其次，网络文学的娱乐性元素不能超越道德的约束。娱乐本身就与人的情感情绪、兴趣爱好有关，是人文伦理的一种表现形态，但娱乐的价值蕴含又将决定娱乐作品的伦理品格和道德高低。比如，一档娱乐节目，可以很健康，很主流，如反映平凡人奋斗的励志故事，帮

---

① 欧阳友权：《〈黑客诀〉与网络文学创作中的"'网英'现象"》，《文艺报》2019年11月25日第5版。

助社会底层人实现自己梦想，感受到社会的机会平等、公平正义，表现建设者坚毅、乐观、执着的奋斗精神等，也可以表现低俗、庸俗、恶俗的现象和趣味，宣扬"宁在宝马车里哭，不坐自行车上笑"这样畸形的价值观、爱情观，或者拿残疾人、智障人士开涮，把黄色笑话当笑料和包袱等。网络的虚拟空间是一个自由世界，任何网民都可以随心所欲地将自己的思想、言论、感受、故事等，以任何形式在网上发表，他的创作可能是一时的心血来潮，或者是打发闲暇的"孤独的狂欢"，或者是"抖机灵儿"的自我表现，"娱乐"成了作品抹不去的"胎记"。缺少责任承担又没有"把关人"的表达行为，如果不设他律又无以自律，就可能使网络写作成为滥用自由，膨胀个性，张扬自我欲望，放弃伦理责任和道德约束的任性撒欢，使网络空间成为"电子烟尘"的集散地，乃至是藏污纳垢的"无沿痰盂"。如何让网民读者既能享受娱乐，又能健康娱乐，是网络文学创作者和经营者不可回避的社会责任。唐家三少说，他创作了4000多万字的小说，出版了200多本书，总销量过亿册，阅读纸质书的读者集中在12—16岁，如此大的发行量，如此多的少年读者，让他深感责任重大："有记者问过我，什么样的网络文学才算是合格的，我用一个最简单的方法来回答，作为一名作家，自己创作的东西敢给自己的孩子看，这是最基础的标准。如果自己的作品都不敢给自己的孩子看，又有什么资格给别人的孩子看呢？"① 是的，"敢给自己的孩子看"就是一种道德的约束，网络文学不能超越道德的约束，这是最基本的约束，也是一种不可触碰的底线约束。

加拿大科幻作家吉布森（William Gibson）在《神经漫游者》中说过："网络空间是成千上万接入网络的人产生的交感幻象，这些幻象是来自每个计算机数据库的数据在人体中再现的结果。"② 网络行为的结果指向的不是冷冰冰的机器，而是活生生的人，因而，从事网络上

---

① 田超：《唐家三少聊网络小说写作标准：你写的东西敢给自己孩子看，这是最基础的标准》，一点资讯，http：//www.yidianzixun.com/article/0JUXF9NG，2019年11月28日查询。

② W. Gibson, *Neuromancer*, New York, Basic Books, 1984, p.67.

的文学与文化活动需要重塑鼠标下的德性，遵循基本的伦理原则，这主要包括：一是无害原则，即要求任何网络行为不会给其他网络主体和网络空间造成直接或间接的伤害；二是平等原则，即每个网络用户和上网成员享有平等的社会权利和义务，在网络上都应该遵守网络共同体的所有规范；三是尊重原则，即网络主体之间应彼此尊重，遵循约定的网络礼仪；四是互惠原则，即任何一个网络用户都自觉为自己享受的服务付出相应的劳动，尽量把有用的信息提供给对方和网络社会；五是允许原则，即未经其他网络用户和网络成员允许或同意的情况下，不能违背他人意志或侵害他人利益来实施自己的网络行为。这些原则适用所有的网络行为主体，自然也应该是网络文学创作者自觉践履的。网络上的自由写作是个人自由与道德限制的统一。一个网络写手如何利用网络自由与限制之间的艺术张力，就离不开社会性的伦理边界。"上网写作需要像传统写作那样遵循一定的创作规律，又需要遵循电脑操作的技术规范，而这两种约束都必须基于人的需要，符合人性健全和人类发展的规律，有利于人类社会走向和谐与文明。如果说科技以人为本，文学以人为限，那么网络文学就是要在科技与人文之间架设一道艺术的桥梁，它只能为技术的人性化加载伦理的亮色，而不是用数字技术的锋刀斩断自己的道德底线。"① 倡导网络文学娱乐性的道德边界，其意义正在这里。

最后，娱乐不可触碰法律的底线。法律法规是所有行为的刚性约束，当然也应该是娱乐文化的底线。网络文学要想行稳致远，同样需要敬畏法律，并且为网络娱乐化表达设置法律边界。2017年6月，国家新闻出版广电总局出台了《网络文学出版服务单位社会效益评估试行办法》（新广出发［2017］34号），在评估内容上明确规定，"出版质量评估主要依据《出版管理条例》《网络出版服务管理规定》《图书质量管理规定》等，考核网络文学出版服务单位公开出版的作品是否坚持社会主义先进文化前进方向，积极践行弘扬社

---

① 欧阳友权：《网络文学：盛宴背后的审美伦理问题》，《探索与争鸣》2009年第8期。

会主义核心价值观,大力出版传播主旋律、正能量作品;思想格调、审美情趣是否健康向上,具有价值引导、精神引领、审美启迪等方面的积极作用"。① 并且同时发布《网络文学出版服务单位社会效益试行评估指标和计分标准》,以量化的方式规定,网络文学出版服务单位出版作品如果出现严重政治差错、社会影响恶劣,在平台首页或重点栏目推介导向有严重问题的作品,违反政治纪律和政治规矩等,社会效益评估将实行"一票否决",评估结果为不合格。2019 年 12 月 15 日,国家互联网信息办公室发布了《网络信息内容生态治理规定》,提出了十条不能触碰的底线。② 这些法律法规是网络文学娱乐的边界,也是保障健康娱乐的"防火墙"。网络文学要走出过度娱乐化的窘境,防范"娱乐至死"的危害,就不能不设置和坚守为它保驾护航的法律边界。

---

① 国家新闻出版广电总局发布:《网络文学出版服务单位社会效益评估试行办法》,新华网,http://www.xinhuanet.com//politics/2017-06/26/c_129640672.htm。

② 国家网信办 2019 年 12 月 20 日发布的《网络信息内容生态治理规定》提出了不能触碰的十条底线:(一)反对宪法所确定的基本原则的;(二)危害国家安全,泄露国家秘密,颠覆国家政权,破坏国家统一的;(三)损害国家荣誉和利益的;(四)歪曲、丑化、亵渎、否定英雄烈士事迹和精神,以侮辱、诽谤或者其他方式侵害英雄烈士的姓名、肖像、名誉、荣誉的;(五)宣扬恐怖主义、极端主义或者煽动实施恐怖活动、极端主义活动的;(六)煽动民族仇恨、民族歧视,破坏民族团结的;(七)破坏国家宗教政策,宣扬邪教和封建迷信的;(八)散布谣言,扰乱经济秩序和社会秩序的;(九)散布淫秽、色情、赌博、暴力、凶杀、恐怖或者教唆犯罪的;(十)侮辱或者诽谤他人,侵害他人名誉、隐私和其他合法权益的。中国网信网,http://www.cac.gov.cn/2019-12/20/c_1578375159431916.htm。

第二章 网络文学评价的主体身份

近年来，网络文学创作局面繁盛，发展势头迅猛。据统计，目前网络文学拥有作者达 2130 万人，作品总量超 2905.9 万部，读者规模超 4.6 亿。① 网络文学在不断制造"数字神话"刷新战绩的同时，也以其文化感染力与情感共鸣实现"跨界破圈"与"全球吸粉"，成为新时代文艺一道亮丽的风景线。越来越多的人由网络文学的"观望者"转为"评价者"，网络文学的话题热度持续高涨。不过，在数字化技术赋能的网络文学评价盛景之下，也出现了一些值得思考的悖论性问题。为何参与网络文学评价的人数众多、主体构成广泛，其发挥的评价效力却并不高？为何有关网络文学评价的事件与现象火热，而其中涉及的批评文本遇冷？为何网络文学评价占据了数量、流量、活跃度、传播渠道等优势，但真正立得住、叫得响、传得开的优秀评论之作凤毛麟角？长期以来，学界都将网络文学批评研究的焦点投注在文本层、现象层、理论层、行为层、制度层等方面，少有人深入研究网络文学评价的主体。实际上，网络文学评价主体才是这一系列问题论域背后的"执牛耳者"。评价主体的身份关系到网络文学批评生态的格局与层级，评价主体之间的博弈导致了批评话语权的争夺及其效应，评价主体的观念认知则决定了批评的旨归与殊途。

---

① 数据来源：中国音像与数字出版协会《2020 年网络文学发展报告》，http://www.beijing.gov.cn/fuwu/lqfw/gggs/202110/t20211011_2509431.html，2021 年 10 月 11 日。

第一节 评价主体身份的三元鼎立

早在20世纪30年代，法国的文学批评家阿尔贝·蒂博代（Albert Thibaudet）曾提出文学批评可分为"自发的批评""职业的批评""大师的批评"。[①] 尽管当下的文学批评生态早已发生变化，但根据评价主体的身份进行格局划分的传统仍旧延续了下来。2001年，北京市文联研究部主办的文学批评研讨会便是以网络批评、媒体批评与主流批评作为会议的主题。2009年，白烨正式提出了文学批评"三分天下"的格局，即"以'传统形态的批评家'为主体的'专业批评'、以'媒体业者'为主角的'媒体批评'、以'网络作者'为主体的'网络批评'"。[②] 这一分类思路对于我们如何厘清网络文学评价主体身份具有范式意义。具体来说，网络文学评价主体可分为在线批评主体、传媒批评主体、学院派批评主体三类。评价主体的身份立场、持论标准与评论方式不同，导致网络文学评价各具风貌。其中，在线批评主体主要通过文学网民的身份在文学网站书评区、专业性文学论坛、贴吧以及各类自媒体平台发表评论，带有瞬时性、草根性。传媒批评主体大多从传播视域出发，在报纸、杂志以及政府组织的平台发布评论，具有资讯性、舆论导向性。学院派批评主体以专业研究角度在学术性的期刊、出版社以及研讨会上发表评论，具有理论性、问题阐发性等。

一 在线批评主体

在线批评主体的发展历史最长、人数规模最大，处于网络文学评价主体的"塔基"位置。据中国互联网络信息中心统计，截至2020年12月，我国的网民达10.11亿，互联网普及率达71.6%，其中网络

[①] ［法］阿尔贝·蒂博代：《六说文学批评》，赵坚译，生活·读书·新知三联书店2002年版，第3页。

[②] 白烨：《文学批评的新境遇与新挑战》，《文艺研究》2009年第8期。

文学用户达 4.61 亿，网民使用率为 45.6%。① 随着 4G、5G 移动互联网的普及和网络硬件、软件的开发应用，在线批评主体能通过更多的渠道和形式来表达观点。他们的身份、学历、工作、年龄等结构性差异与个人化趣味使得在线评价各具风貌。要对数以亿计的文学网民评价进行分析无异于大海捞针，而网络的匿名性又为他们身份探寻加大了难度。那么如何才能迅速从浩瀚的网络海洋中寻辨目标？这里试以评价行为层的分类思路为逻辑导向，对其背后的文学网民作集束性分析，将主体大致归纳为态度型评价者、交互型评价者、刷屏型评价者、粉丝型评价者、说理型评价者五类。

（一）态度型评价者

评价态度关涉评价体系中的情感倾向、价值立场与意义系统，它包括情感（affect）、判断（judgment）和鉴赏（appreciation）等层级。② 其中，情感处于现象层，它体现了态度评价者对文本做出的情感反应。判断处于归纳层，它是评价者基于自身的情感倾向、伦理道德、审美趣味、文学素养等所得的综合性判断。鉴赏处于解释层，是评价者对自身判断给出的阐释与说明。当然，不是所有的态度评价都需达到以上三个层级。尤其是在网络文学评论中，情感性和判断性的评价占大多数。一般来说，态度评价者会选择最简洁和快速的方式表明自己的观点，如"赞""顶""写得好""不喜欢""烂""俗"等词或短语评论，又或用表情、图片、GIF 动图等多媒体形式的评论。那么，为何态度型评价者的鉴赏性评价较少？这是由于网络语境受后现代文化逻辑支配。在削平深度模式和碎片化、快节奏的网络阅读环境中，文学网民难以长时间聚焦于评论，大多都从现象层和归纳层出发表明态度，而无暇去追问与解释。随着数字信息技术的迭代升级，这一情况愈加明显，一种迥异于传统评价方式的网文快速评判系统应

---

① 中国互联网络信息中心：《第 48 次中国互联网络发展状况统计报告》，http：//www.cnnic.net.cn/hlwfzyj/hlwxzbg/hlwtjbg/202109/t20210915_71543.htm，2021 年 9 月 15 日。
② 王振华：《评价系统及其运作——系统功能语言学的新发展》，《外国语》2001 年第 6 期。

运而生。

与在文本框启动输入程序的评论方式不同，网文快速评判系统只需点击设置选项即可生成评价。目前，文学网站的网文评判系统门类较多，常见的有"推荐""收藏""点赞""评分""打赏"等形式。以起点中文网为例，书友评分系统有1星到5星的评分设置，1星代表"不知所云"，2星代表"随便看看"，3星代表"值得一读"，4星代表"不容错过"，5星代表"经典必读"。① 与此同时，文学网站根据快速评判系统生成了排行榜式的评价参照系，如总分榜、月票榜、订阅榜、阅读指数榜、会员赞榜、推荐榜、收藏榜、打赏榜等。这些榜单从规模、类型、效益、密度等数据层面不同程度地反映网民读者的态度。以浏览率、点击率为参照系的阅读指数榜是初级评判设定，它所代表的是作品对于读者的吸引度。有的读者并未阅读作品，只根据作品的类型设定、书名、简介、作家等前置性信息就产生了点击行为，从而形成阅读指数。以评分、收藏、点赞等为参照系的榜单是常规评判设定，因为这些评价操作一般设置于每个章节的末尾，它建立在读者阅读内容的基础上。以订阅、月票、推荐、打赏为参照系的榜单属于关键绩效评判设定，它以"有爱经济学"的行为方式表明了忠实读者群的态度立场。从网文快速评判系统的建立来看，一方面，以计算主义为底层逻辑的评价方式将质性评价量化，不仅丰富了当代文学评价数字化实践的方式，而且极大地提高了态度型评价的统计速率。另一方面，快速评判系统的出现反过来又促进了态度型评价者群体的增长，其便捷性也使越来越多的文学网民加入在线评价主体的队伍中。不过值得注意的是，这种以行为置换评价的方式是否能真实、科学地揭示读者的阅读感受与观点，仍然是一个有待商榷和改进的问题。

（二）交互型评价者

为广大网民提供交流机会是互联网的主要功能之一，因此交互型

---

① 信息来源：《起点中文网书友评分评价系统》，https：//www.qidian.com/help/index/5，2021年7月22日查询。

评价者也成了在线评价主体中最庞大的群体。巴赫金曾说："一切莫不都归结于对话，归结于对话式的对立，这是一切的中心。一切都是手段，对话才是目的。单一的声音，什么也结束不了，什么也解决不了。两个声音才是生命的最低条件，生存的最低条件。"[①] 随着信息技术的发展，互联网为当代社会打开了新的对话渠道。那么，网络文学交互型评价建立的基础和条件是什么，呈现出什么样的表现形态？这种评价具备何种特性，又能达成怎样的效果？

交互型评价者所在的场域、身份、位置与行为是建立交互型评价的四要素。网络文学论坛、贴吧、书评区、留言区等平台为交互型评价者提供了场域。在这一场域中的所有成员实际上都是交互型评价者。他们建立了一套约定俗成的身份机制，每个评论者通过身份机制确定自身位置，并且触发一系列评价行为。其中，第一个评论的人被称为"楼主"，其发布的言论为"主帖"，位置处于"一楼"。紧随楼主评论的第二人处于"二楼"，往后发言的评论者位置依此类推。在"楼主"之后留言的人被称为"跟帖者"。主帖下的第一个跟帖俗称为"沙发帖"，第二个跟帖为"板凳帖"，第三个跟帖为"地板帖"。随着跟帖的增多，楼层位置较低的评价者言论会被新的跟帖覆盖，被网友俗称"盖楼"。"盖楼"行为一方面导致评价信息的下沉，另一方面加速了"热帖"的产生。只有引发评价者不断交流的帖子才能在信息下沉中被再度"炒热"。当帖子获得其他交互型评价者的认同式回帖，这一行为被称作"顶帖"，反之则为"拍砖"。交互型评价者"楼上"与"楼下"关系的对话序列正如一列长短不一的多米诺骨牌，而"盖楼""顶帖""拍砖"等各式各样的跟帖行为又为批评场域的连锁效应制造更大的张力。这种评价方式跳出了独语式的、"一对一"式的、"一对多"式的形态，在散点辐射与焦点互动所构成的多重对话中产生连锁效应。值得反思的是，这种网络对话形态也极易形成评价中出现"劣

---

① ［苏联］巴赫金：《诗学与访谈》，白春仁、顾亚铃、晓河译，河北教育出版社1998年版，第340页。

币驱逐良币"的"格雷欣法则",导致有价值的评论被碎片化的、"广场式"的喧嚣声所覆盖。

交互型评价者的评论具有三重特性。其一,主体间性。交互型评价者可分为网络文学作品的读者群与该作的作者。他们以主体身份参与到对话中来,形成了读者与读者、读者与作者两种交互模式。读者之间经常就作品开展对话,而作者一般会发布作品的更新时间或新作资讯。作者与读者之间交流分为两类,一类是交流酬答,另一类是对作品的探讨。读者通常对故事的走向、人设和结局评价较多,作者的回复能够激发读者阅读和评论的热情,并以此为话题形成对话圈。读者提供的阅读反馈或建议对作者创作具有参考价值,甚至能间接影响作品的创作走向。此外,还有一些读者会根据原作在评论区进行改写、续写或写番外篇等再创造活动。由此可见,无论是作者还是读者,他们不是主客关系,而是均以主体身份参与到整个评论活动中,从而生成评论的主体间性。其二,未完成性。网络交互方式消除了评价者的时空限阈。只要平台存在,评价场域就永远处于敞开状态。评价者的数量可以无限扩张,没有严格意义上的最后评价者,也就意味着评价没有终结时间,评价活动始终处于未完成状态。其三,去统一化。由于每位评价者所持的语境不同,对同一作品的看法也不尽相同。尤其是网络信息更新迅速,同质化的观点加快了帖子的下沉速度。交互型评价者为了能引起更多的网友关注,会选择更具个性化的表达方式来彰显自我。他们之中有的针锋相对,有的握手言和,还有的转移话题,评价意图的变动性导致观点处于无终止的更新中,评价在深层意义上不断发生聚焦、转换和偏离,由此形成了评价的去统一化。

(三) 刷屏型评价者

网络的匿名性将评价者的真实身份悬置,他们将通过申请ID的方式获得网络空间的虚拟身份。这种现实的"此在"与虚拟的"此在"之间的置换,消解了社会身份机制背后所隐藏的权力、阶层与等级观念,同时也使复杂的人际交往简单化。网络空间将评价者社会身份解构的同时，实际上确立了一套虚拟身份建构的法则，其中最典型和最迅捷的方式是评价者通过刷取存在感来确立身份。刷屏型评价者在论坛、贴吧等评论区以"灌水"吸引网民的注意力，最大限度地占据评论空间。"灌水帖"通常没有实质性内容，但"灌水"行为具有意义指向性。评价者的灌水行为主要有下面六类：一是以增加发言的频次和多次重复自身观点来确认出场；二是通过恶作剧、调侃等方式调节气氛，吸引围观者；三是无节制地发泄个人情绪和表露情感；四是以大量的表情、符号、图片等攫取注意力；五是以提问、自问自答、答非所问、故意犯错等方式引起他人回复；六是为了提高论坛经验值而进行凑字数式的发言。从评论的篇幅来看，灌水帖普遍都在100字以下。即使有篇幅长的，基本也不会超过300字。虽然灌水帖在内容质量和篇幅上并不占优势，但它在网络评论中发挥着重要作用。它一方面通过打"数量战"制造网文评论的"人气堆"效应，另一方面以消解意义的反叛方式来彰显自由。

网络水军是由"灌水"评价者聚集而成的群体组织，具体来说这类组织有两种类型。

一类是由于相同的兴趣爱好或持有相同观点、立场而组建的部落。他们的群体稳定性和团结性较强。例如，2005年6月21日，"帝吧"[①]对李宇春吧的刷屏行为是史上经典的"爆吧"活动。事件起因是由于"帝吧"的吧主被封，其成员认为是李宇春吧举报所致，因此决定对李宇春吧进行报复行动。"帝吧"的成员达3342多万人，当晚李宇春吧被刷屏1900多页，被爆的帖子近10万，发帖数超9.9亿。[②] 正是因为帝吧聚集了数量庞大的刷屏型评价者，所以它每次举行的"爆吧"活动都声效显著，"帝吧出征，寸草不生"的网络威名也由此传开。

---

① 帝吧：即李毅吧，是百度贴吧人气最旺的部落。帝吧最初组建的原因是讽刺足球运动员李毅。在足球界，亨利被球迷们尊称为亨利大帝，李毅曾自夸球技："我的护球像亨利。"从此，李毅也被球迷讽刺为"大帝"，帝吧由此得名。

② 数据来源：百度贴吧李毅吧，https://tieba.baidu.com/f?kw=%C0%EE%D2%E3%B0%C9，2021年8月16日查询。

在网络文学中，刷屏型评价者大多因为喜欢某种风格或类型的文体，抑或是对某个作家和某部作品感兴趣而聚集，形成阅读趣缘群体。例如，创造了网文史上评论数之最的小说《诡秘之主》就集结了大批刷屏型评价者。在起点中文网的"本章说"中，《诡秘之主》第一章的标题"绯红"的评论数就有 3843 条。其正文第一句话仅一个字"痛！"，就收获了 2939 条评论①，其中大部分为打卡、"盖楼"式的刷屏性评价。

在网络水军中还有一类是具有明确目的的、受经济利益驱使的雇佣型组织。他们大多受雇于网络公关公司或中介组织，其背后受网文相关产业链的商业资本操控，有一定的劳动报酬。这类组织的成员主要扮演"推手"、"打手"或"灭火员"角色，通常采用多个"马甲"来制造热度或混淆视听。"推手"的主要目的就是通过好评来炒作、推销或捧红某些网络作家或作品。"打手"则通过诋毁、谩骂等差评行为拉垮竞争对手，获取市场份额。"灭火员"通常是某些网络作家或作品出现负面舆论端倪时制造大量发帖转移视听，将话题下沉。相对前一类网络水军来说，雇佣型水军的评论立场变动性较大，成员稳定性低。网络水军通过群体刷屏的形式来制造或引导舆论，通过雇主与自身的利益实现来建立自身存在价值。

在以往的在线评论研究中，刷屏型文学网民的价值一直处于严重被低估的状态，人们将评论文本的无意义性等同为评论主体的无意义性。因此，尽管这一群体基数大、文本多，学界与媒体仍旧置若罔闻，甚至在文学网民内部也有许多人对其嗤之以鼻。当我们追问在线评论为何话语效力低、难以产生经典文本时，我们实际上需要反问的是自己是否仍在用传统的批评观念应对网络新批评。刷屏型网民通过行为意义置换文本意义，这种行为所产生的评论效力事实上并不亚于文本效力。文学评价不仅是静态的文本呈现，更是动态的行为活动。从这

---

① 数据来源：起点中文网《诡秘之主》第一章本章说，https：//read.qidian.com/chapter/3Q__bQt6cZEVDwQbBL_r1g2/eSlFKP1Chzg1/，2021 年 8 月 16 日。

一层面来说,"灌水帖"是评价者以有目的、有肢体动作的行为来终止、打断、稀释文本意义,采用行动视觉来干扰话语意图,为文学批评提供了新的审美方式与方法论经验。

(四) 粉丝型评价者

粉丝型评价者是网络文学中最忠实的读者,其评价具有强烈的情感倾向和较为固定的判断立场。文学网民由读者向粉丝的转变,与网络作品的畅销度、IP改编的影响力、网络作家的明星化密切相关。因而与其他在线评价主体相比,粉丝型评价者多以经济贡献值、跨媒介转场和"为爱发电"的方式彰显评论的独特性。

经济贡献值是粉丝型评价者身份确证的重要标识。网络读者在VIP付费阅读制的捆绑下,对作品的阅读喜爱度直接转化为对作品的经济贡献度。以实行VIP付费阅读制的行业标杆起点中文网为例,该网站针对不同消费等级的读者用户设置了不同的投票特权,具体如表2-1所示:

表2-1　　　　　起点中文网VIP用户特权对比[①]

投票特权	免费用户	普通会员	高级会员	初级VIP	高级VIP
获得方式	注册起点账号	一次性充值1元	12个自然月消费≥19900起点币	12个自然月消费≥120000起点币	12个自然月消费≥360000起点币
订阅价格	5分/千字	5分/千字	5分/千字	4分/千字	3分/千字
保底月票	无	无	上月订阅消费满1000币=1	上月订阅消费满1000币=2	上月订阅消费满1000币=3
订阅月票	无	订阅消费满3000币+1	订阅消费满2000币+1	订阅消费满1500币+1	订阅消费满1000币+1
打赏月票	2021.1.1起,每打赏1500书币默认投该书一张月票				
推荐票上限	无	无	+1	+2	+3

---

① 信息来源:《起点中文网VIP会员特权》,https://www.qidian.com/help/index/7,2021年7月22日查询。

由此可见，VIP用户的保底月票、订阅月票、打赏月票、推荐票均与消费等级挂钩。消费越多的读者，其投票权限越大，粉丝值也越高。在这个基础上，起点中文网建立了一套粉丝等级系统。这是继VIP付费阅读制之后网文行业的又一次开拓性创举。它不仅使粉丝具有了身份等级与权力差异，进一步刺激了读者消费潜能与粉丝黏度，而且加快了网络文学评价指标的商业化趋向。具体来说，粉丝被划分为见习、学徒、弟子、执事、舵主、堂主、护法、长老、掌门、宗师、盟主11大身份等级。粉丝晋升等级所需积分的增长度设置巧妙，前4个等级所需积分较少、增长度快，中间6个等级增长平稳，最后一级增长难度最大。每1起点币对应1粉丝积分，100粉丝值兑换1张月票，这种方式极大地调动了读者消费的积极性。此外，网站评论区还设置了第一粉丝①、票王②、黄金总盟③、白银大盟④等粉丝荣誉。其他文学网站的粉丝评论机制也大同小异，主要是将评价与消费等级关联。比如送礼物、送道具等，不同的礼物所代表的评价等级也不一样。一个网络作家的粉丝读者越多，就意味着他的收益越高，网络文学的"粉丝经济"也随之而来。针对这一现象，我们需以辩证的眼光来看待。一方面，研究者要跳出"谈钱色变"的评论误区，充分认识到粉丝的经济行为背后所蕴含的情感认同与价值认同，同时也要客观承认粉丝产生的经济效益有益刺激了网络文学创作生产力。另一方面，粉丝作为网络文学最忠实的读者，按理来说不仅在文本熟知度上最具评价发言权，而且他们是最可能产生有态度、力度、传播度的在线评论群体。但实际情况是，粉丝所贡献的经济价值高于言语价值，粉丝现象热度超过文本热度。文学网站将读者的投票权、评论权、身份等级与消费挂钩，实际上是将文本话语权置换为经济话语权。这种价值向度是值得反思与质疑的。文学网站通过制定一套身份机制来替代评论

---

① 第一粉丝：每月1日更新，展示上月单月粉丝值第一名获得者。
② 票王：每月1日更新，展示上月单月投票值第一名获得者。
③ 黄金总盟：一部网络小说中首个一次性打赏千万的读者。
④ 白银大盟：一部网络小说中首个一次性打赏百万的读者。

法则，把评价者的物质资源作为话语权力的象征，以消费符号与身份满足中断了原本最具评价优势的粉丝群体的评论"内塑"通道。

与此同时，网络文学 IP 的跨媒介叙事使得粉丝型评价者出现了跨界转场。在 IP 的跨媒介叙事中，无论小说被改编成影视、动漫、游戏等不同的形态，它们都共有同一个故事内核。粉丝黏性使得评价者不会满足于一种形态的作品，他们在追更同一 IP 作品的其他衍生形态中打通了书评、影评、剧评以及游戏评论等场域，从而实现评论转场。以猫腻的《庆余年》为例，仅从小说楔子"一块黑布"的本章说中可以观测到，由小说改编的同名电视剧吸引而来的读者有 1439 人。① 这部电视剧在腾讯视频评分 9.0 分，播放量达 92.1 亿次，电视剧的热播反过来为《庆余年》增加了书评热度。IP 的跨媒介生长昭示着粉丝型评价者的增长。他们在不同媒介评论区转场的同时，也在书评人、影评人、剧评人等多重身份中来回切换与互通。而评价者能够实现跨媒介场域灵活转换的内核是其始终未变的粉丝身份属性。

此外，网络作家的明星化也是粉丝型评价者增加的重要原因。网络作家的明星化主要有以下几个方式：一是进行话题炒作和商业包装；二是通过小说"圈粉"和评论互动来刷取好感度；三是通过成为编剧、出品人、网络公知和大 V 等方式获得跨界身份和人气加持。许多大神级网络作家的粉丝达百万级规模，已然是自带"流量"的明星作家。例如在百度贴吧的"中国当代作家"目录中，唐家三少、天蚕土豆、我吃西红柿、鱼人二代、唐七公子、辛夷坞、火星引力、匪我思存、江南、南派三叔、高楼大厦、血红、蝴蝶蓝、愤怒的香蕉等作家拥有单独建站的粉丝群。② 粉丝型评价一方面开拓了网络作家个人魅力与作品质量认同的交换渠道，使得偶像崇拜与作品评价之间界限模

---

① 数据来源：起点中文网《庆余年》楔子本章说，https：//read.qidian.com/chapter/kp-wCq4fKJk01/LGKHGy9k73Q1/，2021 年 8 月 16 日。

② 信息来源：百度贴吧"中国当代作家"目录，http：//tieba.baidu.com/f/fdir? fd = % E6%96%87% E5% AD% A6&ie = utf − 8&sd = % E4% B8% AD% E5% 9B% BD% E5% BD%93% E4% BB% A3% E4% BD%9C% E5% AE% B6&red_tag = g1144822472，2012 年 8 月 16 日。

糊，因粉丝情感好恶而产生的追捧式评价与犀利酷评也层出不穷。另一方面，它提高了网络文学作品的评论热度，打破了因媒介形态不同而形成的圈子化批评与行业壁垒，体现出资本力量在评论场的刺激效应与运作活力。

（五）说理型评价者

说理型评价者是在线评价主体中最具才情和专业素养的群体。在文学论坛、贴吧和书评区的"精华帖""板砖贴"中不乏说理型的评价，主要有点评式、理据式、理趣式等。其中，点评式评价者常在诗性感悟中沉潜咏叹，其评价常在三言两语间道出神韵。例如，散宜生的《乍吐集》收录了他对老子、曹操、姜夔、王国维、毛泽东、穆旦等人系列作品的点评，他评价姜夔的词"以健笔写柔情"，不背"待从头收拾旧山河"的大包袱，说穆旦的诗"有一种超越瞬息人生的普适性"，寥寥数语就能直指作品意趣与神韵。[①] 点评式评价看似没有建构理论批评范式，实际上蕴理论于无形之中。他们除了要做出判断，还要在较短的时间和篇幅内点出作品的精髓并道明缘由。这不仅需要长期的理论知识储备，而且还需要以感性经验将理论融会贯通、灵活化用，使网民大众通过形象直观的语言来理解并认同评价者的观点。理据式评价者注重说理逻辑，善于旁征博引、杂取数家以作论证。而理趣式评价者常在轻松幽默的氛围中表达理性观点。他们不以说服其他评价主体为目的，而是以制造阅读评论的兴奋点为目的，这导致他们的评价趣味性要高于逻辑性。在理论性方面，理趣型评价者与点评式评价者有相似的一面，他们都拒绝将理论生搬硬套，也不主张使用晦涩艰深的话语。随着近年来网络公众号的火热，许多文学网站和网文行业从业者及评论爱好者也开辟了新媒体阵地，微信公众号成为说理型评价者的聚集地，如玄派、橙瓜网文、爆侃网文、杨晨说网文、

[①] 资料来源：白鹿书院，散宜生《乍吐集》，http://www.oklink.net/mjfc/sanyisheng/02.htm，2015年12月4日查询。

网文评论、子良的评书讨论群、牛哥聊网文等公号。其中，网文评论公众号中的作者均是"90后"文学专业的大学生，他们的批评既有理据式的考评，又有通俗生动而富有逻辑的鉴赏，能运用文学的表现说、客观说、实用论、模仿论，也能以甜爱、逗趣、萌化的文字来吸引读者。这种说理型评价者已经逐渐成为网络文学评论中最具潜力的"网生批评家"。

二 传媒批评主体

传媒批评主体的评价具有较强的传播效力，其目的主要是制造文学和文化热点话题，通过新闻发酵、议程设置等扩大网络文学的影响力，引导大众舆论走向。归纳来看，传媒批评主体基本包括报纸记者、书刊编辑、作家与文化名人、传媒管理者。他们的评价主要是针对网络文学进行现象与热点评论，具有文化性、噱头性和资讯性，常见于报纸、杂志、期刊、书籍、广播、电视以及门户网站、微博、博客、微信等大众传播媒介载体。

（一）报纸记者

从记者的专业素养来说，他们善于挖掘热点话题，比较关注事件与现象层面，讲究文章的信息容量，其批评遵循真实性、准确性、时效性、简明性等原则，较多地考虑评论的新闻价值而非文学价值。由于报纸面向大众读者，记者不会选择理论性较强的评论方式，而是尽量让语言通俗化，以流行性与新奇感来勾起大众的阅读与消费。

报纸记者的评论具体可以分为热点式、概览式、探秘式、曝光式等几类。热点评论常以网络文学的现象与事件为中心，通过炒热话题和制造焦点的方式吸引大众关注。譬如在2020年5月5日，网络作家发起"5·5断更节"事件。5月6日，《北京商报》记者郑蕊、魏蔚发表评论《"5·5断更节"发酵，阅文活动伤了谁》，《证券时报》记者吴志撰文《阅文"霸王合同"引抗议，部分作者暂停更新》等。他们具有敏锐的新闻洞察力，就阅文集团高层换帅、断更风波、合同之争等事件抛出话题、制造热点。概览式评论主要是对网络文学相关活动进行报道，将文学作品以概要式的语言陈述。与热点评论相比，概览式评论更注重资讯的信息量而不是话题性。因此，评论者会采用简洁的语言呈现出事件或作品的整体，而不会深入细部进行分析与品评，这使文学评论朝消息化或新闻化风格发展。例如记者对全国网络文学工作会议、网络文学二十年盘点活动、中国网络小说排行榜、全国网络文学作品推优活动等都归纳成消息或作品点评汇总，让读者在短时间内了解行业动态或作品内容。探秘式评论一般以挖掘、探查作家作品背后的故事或行业真相为内容，通过制造悬念或噱头来吸引读者。这类评论以大众文化心理为根基，遵循"找对象－寻线索－挖秘密"的批评线路，评论脱离了理论的高雅之风，向现实性、通俗化、故事化方向发展。从《文汇报》记者徐晶卉的《"新物种"崛起：这个世界会被他们改变吗?》、《检察日报》记者崔晓丽的《如何解救被"盗"走的尊严》、《法制晚报》记者苏良的《网络小说成影视剧改编香饽饽 揭秘制作流程》等文章可知，探秘式批评较为关注网络作家的创作与生活状况、网文行业运作等日常，以提问法方式刺激阅读。曝光式评论大多对网文行业中不符合法律法规的事件进行曝光，提高社会关注度。网络文学的盗版侵权事件、抄袭事件、涉黄涉暴情节等是曝光的重点。《知识产权报》记者窦新颖的《"剑网行动"：利剑斩断黑色产业链》、《中国新闻出版广电报》记者赵新乐的《违法传播网络小说40余万部，罚!》《〈楚乔传〉陷"抄袭门"阅文集团、影视公司卷入》等评论均以曝光网络文学中的不良问题，从法律和政策角度归正风气。这类评论常以曝光事件来作为警示，有益于营造天朗气清的网络环境。

（二）书刊编辑

书刊编辑具有大量的网络文学阅读经验，由于长期从事刊物选题、组稿、审稿工作，眼光敏锐且文学功底较好，因此其评论具有导向性和在场性。由于书刊编辑身份的多元化导致其评论呈现出"看不见"

与"看得见"两种类型。

作为文学作品的"把关人",编辑的选稿、审稿、荐稿行为实际上已经表明了他们对于作品的评价。这种评价并没有发表成评论性文字流入公众视野,但在刊物内部审稿中已形成了明确的判断或评价意见。这种评价并非全然由编辑个人的审美趣味来决定,其中,国家政策导向与市场需求在评价中占有较大比重。例如,余秀华的网络诗歌之所以能够走向市场并获得关注度和影响力,与媒体编辑的选题策划以及推荐性评价有关。2015 年,《诗刊》编辑刘年在博客中偶然读到余秀华的诗歌,便从中精心挑选出一些作品并撰写推荐语到《诗刊》发表。此后,另一位编辑彭敏将她的诗歌发布到诗刊微信公众号,标题取名为《摇摇晃晃的人间,一位脑瘫患者的诗》,余秀华以脑瘫、农妇、诗人的叠加身份在网络一炮而红,许多媒体同行也为她策划了一系列诗歌活动。她的诗歌一方面通过真实大胆的情爱诉求满足了网民读者的窥视心理,另一方面又传递出命运的苍凉底色与对生命力的狂热追求。一时间,余秀华成为继海子以后首个诗集销量破 10 万册的诗人,"余秀华诗歌现象"也成了当代诗坛最为瞩目的文学批评事件之一。近年来,新媒体技术的发展为"看不见"的评价开拓了更多空间,也提高了批评效力,编辑以介入与操控的幕后评价方式实现了批评的在场。

许多编辑有多重身份,其中作为评论家而存在的编辑最为常见。有的编辑即使已经离开了编辑岗位,其评论工作也仍未停止。写评论作为编辑的一种爱好和习惯,已经深入他们的生活。譬如,马季早年在《长篇小说选刊》做编辑工作之时,就业余阅读大量的网络文学作品,并对文学网站和网络作家有深入的调研,举办了"网络文学十年盘点"活动,出版《读屏时代的写作——网络文学 10 年史》《网络文学透视与备忘》《21 世纪网络文学排行榜》等著作,并在期刊报纸发表了 60 多篇网络文学评论。庄庸是中国青年出版社的副编审,他的评论从国家政策方面引领网络文学发展,并以阅读潮流为评论特色,以爽点、爽感、爽文立论来解读网络小说,出版了《中国网络文学阅读潮流研究》系列丛书（共5季）、《国家网络文艺战略研究：中国文化强国新时代》、《网络文学评论评价体系建构：从顶层设计到基层创新》等10多部著作，发表了50余篇网络文学评论。在编辑型评论家中，王国平、舒晋瑜、李墨波、邱振刚、杨鸥、梁饶翔、刘晓闻等都曾写过不少网络文学评论。编辑型评论的特点是较少使用理论话语和批评套路，评论对象呈散点分布，涉及网络作家、作品、出版、影视改编、网站运营等各个方面，微观批评较多且解读生动。

（三）作家与文化名人

作家与文化名人在传媒批评主体中最具活力。作家由于从事创作，谙熟文学创作的过程与技巧。作家批评阵营分裂为网络作家与传统作家两派。邢育森、吴过、唐家三少、血红、酒徒、骠骑、骁骑校、烽火戏诸侯、蒋胜男、关心则乱、陈酿、唐欣恬、燕垒生、寻青藤等都发表过与网络文学创作相关的评论。少君、图雅、张郎郎、齐橙、阿菩、管平潮等是网络作家中的高知分子。譬如少君是北美新移民作家、普林斯顿大学研究员，他的小说《奋斗与平等》开华语网络小说先河，对华语网络作家作品有深入了解，是华语网络文学发展史研究的代表性人物。阿菩是暨南大学文学博士，他主要从网络小说生产活动入手，对网络小说的工厂式生产、全渠道传播与销售、消费快感机制以及批评体系建构等方面进行研究与评论，揭示出网络小说创作类型化、受众部落化和IP产业化特征，在《暨南学报》《小说评论》《网络文学评论》《文艺报》等专业性期刊与报纸中发表多篇评论。在传统作家中，既有莫言、王蒙、刘震云、肖复兴、王安忆、张抗抗、海岩、阿来、梁晓声等创作型作家，也有像王祥、桫椤、吴长青、王颖、于爱成等评论型作家。他们主要对网络文学与传统文学的关系进行评说探讨，对网络创作进行作品解读、特征归纳与价值判断，其评论具有主流文学的价值导向和审美风格。文化名人能对大众产生一定的文化引导倾向，作家、学者、公知、网络大V等都属于文化名人行列，较有代表性的有叶永烈、邱华栋、陈村、痞子蔡、韩寒、白烨、陶东风、萧鼎、张颐武、张柠、顾漫、蔡骏、当年明月、陈晓明、葛红兵、朱大可、谢有顺等。随着新媒体技术的发展，博客、微博、微信公众号等都成了网络文学评论的新阵地。他们不仅以一种文化先锋的姿态行走于网络空间，而且还时常会引起论争与社会舆论事件，例如"韩白论战"①"陶萧之争"②"微博体小说热"③等，都是网络文学批评史上引发热议的重要事件。作家与文化名人的评论将自媒体与公共性结合，以个性化和鲜活性彰显评论的特色，各种"酷评""锐评""俏评""骂评"不仅吸引了大众关注度与网络流量，而且成为当代文学批评新形态。不过值得注意的是，从网络文学评论的受众心理来看，由于作家与文化名人的"明星"效应与社会影响力，人们对他们所引发的现象与事件的关注度高于批评文本的关注度，对他们生活经历与个人隐私的窥探兴致超过了思想与观念的求知热情。在一个个批评热点的出炉与网络围观盛况之后，人群一哄而散，批评文本也埋没于信息洪流之中。

（四）传媒管理者

网络文学的政府组织或机构的管理者由于长期在党政机关、作协、文联等系统工作，他们的评论带有政策引导性和组织服务性，比较关注网络文学的价值引领与创作题材、网络作家的生存境况、网络文学评价的靶向目标等，善于从文艺思想、文化根基中寻找论域与理据，并且能提出相应的管理对策，显示出鲜明的政策导向性与实践性。虽然传媒管理者都是文艺领域的工作者，但由于他们从事职务的多样化，加之所属单位和部门不一，导致其评论风貌较为复杂。以中国作协为

---

① 韩白论战：指2006年白烨发表博客评论《80后的现状与未来》一文而引发韩寒与白烨之间的激烈论战。

② 陶萧之争：指2006年陶东风在博客中贴出《中国文学已经进入装神弄鬼时代？》一文剑指玄幻文学，引发萧鼎的质疑回应，张颐武、张柠等人也相继发文评论，引发当代文坛关于玄幻文学的论争。

③ 微博体小说热：指2010年，闻华舰在微博上发表《围脖时期的爱情》掀起"微博体小说"热。

例，其下设的网络文学中心、创作研究部等部门机构以及鲁迅文学院、中国现代文学馆、中国作家出版集团、文艺报社等单位的职能性质不同，导致管理者的评价视野、所处环境不同。与此同时，许多管理者具有作家、评论家、编辑或研究员等各类身份，可以发挥自己的专业特长。他们有的出于工作需要，经常会联络文学网站经营者和网络作家进行相关调研活动。中国作协有40多家网络文学网站作为重点联络单位，每年定期发布《中国网络文学蓝皮书》中国社科院文学所发布的《中国网络文学发展研究报告》等资讯。因此，基于部门职能、自身知识储备与文学素养以及对网络文学业态、网络作家作品的整体性把握，传媒管理者的评论具有职业化、整体性和在场感，其代表性的文章如铁凝的《阅读不应"失重"》、李敬泽的《用历史的、人民的、艺术的、美学的观点去评判》、郭运德的《深入学习〈讲话〉精神，繁荣发展网络文艺》、陈崎嵘的《给网络作家营造一个"家"》、何建明的《建立健康的网络文学环境》、何向阳的《网络文学发展的系统工程》、何弘的《用网络文学讲好中国故事》、李朝全的《评价网络文学的几点思路》、肖惊鸿的《网络文学创作要关注重大现实题材》、梁鸿鹰的《网络文学的价值表达》、胡平的《网络文学的来路与去向》、李冰的《网络文学开辟文学更广阔舞台》等。

三 学院派批评主体

学院派批评主体是指自身学历较高，在高校、科研机构从事教学与研究的人员。笔者以"网络文学"为主题，在中国知网对网络文学论文发表的所属单位进行了调研统计。在国内发文量前10的机构中，中南大学139篇，北京大学74篇，山东大学44篇，中国社会科学院文学所37篇，南京大学33篇，武汉大学、山东师范大学分别为32篇，复旦大学29篇，四川大学、北京师范大学、上海大学分别为24篇。[①] 由

[①] 数据来源：中国知网，https://kns.cnki.net/kns/brief/result.aspx?dbprefix=CJFQ，2021年8月20日查询。

此可见，高校与科研院所是学院派批评的主要阵地。学者们善于使用理论话语，能通过现象和作品抽绎理论、发现规律，并且致力于建构理论体系或批评标准，其评价往往带有问题导向和价值评判色彩。

（一）理论拓荒者

1998年，台湾网络作家痞子蔡的《第一次的亲密接触》在网络上一炮而红，黄鸣奋、欧阳友权、南帆、葛红兵、杨新敏、白烨等学者几乎同时也踏入了网络文学研究领域，他们以学术拓荒的姿态发表了大量研究成果，为网络文学的理论建构做出了重要贡献。

欧阳友权教授是国内网络文学研究的领军人物，他以网络文学的本体论为起点，就网络文学的本体论、学理形态、精神取向与价值维度、技术与艺术的关系、数字媒介语境中的文艺转型与走向、网络文学发展史与批评史、评价体系与批评标准建构等进行了深入研究。他主讲的"网络文学创作与欣赏"课程、"网络文学"课程分别被评为教育部国家级精品视频公开课、湖南省省级精品课，出版了《网络文学论纲》《网络文学本体论》《网络传播与社会文化》《数字化语境中的文艺学》《网络文学的学理形态》《网络文学概论》《比特世界的诗学》《数字媒介下的文艺转型》《网络文艺学探析》《当代中国网络文学批评史》《走进网络文学批评》《网文观潮》等多部理论专著，曾获鲁迅文学奖·文学理论评论奖、中国文联文艺评论奖一等奖、教育部高校人文社科优秀成果奖、湖南省首届文学艺术奖等多种奖项，并在《中国社会科学》《文学评论》《文艺研究》等刊物发表论文380余篇。他带领中南大学网络文学研究团队辛勤耕耘20余年，先后成立了湖南省网络文学研究基地、湖南省网络文学研究会、中国文艺理论学会网络文学研究分会、中国作协网络文学委员会中南大学研究基地等，并均为国内第一家成立，建成了网络文学文献数据库，成功入选全国CTTI智库，完成了多项以网络文学为选题的国家级、省部级重大、重点项目，主编了《网络文学教授论丛》《文艺学前沿丛书》《网络文学新视野丛书》《新媒体文学丛书》《网络文学100丛书》5套共29本理论批评著作，并主编《中国网络文学编年史》《网络文学研究成果集成》《中国网络文学年鉴》《网络文学词典》《网络文学发展史》《网络与文学变局》《网络文学五年普查（2009—2013）》《湖南网络作家群》《网络文学批评理论与实践》《中国网络文学二十年》《网络上榜小说赏鉴》等30余本著作。先后主持完成国家社科基金重大、重点和一般项目4项，国家广电总局、中国作协、湖南省各类项目20余项，带领中南大学研究团队创造了一批有影响力的学术成果。

黄鸣奋教授1996年在国内率先开设"电脑艺术学"课程，是我国研究电脑艺术的第一人。他对计算机文化、数字媒体艺术理论、数字文学与电子艺术等领域展开了深入研究，主持了多项国家社科基金项目、省部级课题，获教育部全国高校人文社会科学优秀成果奖、福建省人民政府社会科学优秀成果奖、福建省优秀教学成果奖，出版了《西方数码艺术理论史》《数码艺术潜学科群研究》《位置叙事学：移动互联时代的艺术创意》3套共13本理论著作以及《电脑艺术学》《电子艺术学》《比特挑战缪斯：网络与艺术》《超文本诗学》《数码戏剧学：影视、电玩与智能偶戏研究》《网络传播与艺术发展》《数码艺术学》《互联网艺术》等理论专著，发表论文360余篇，是我国网络文艺、数码艺术研究领域的资深专家。

（二）纵深行进军

网络文学从"山野草根"到"渐入主流"，不仅吸引了亿万文学网民成为其读者，而且也引发了许多研究者的关注。笔者以"网络文学"为主题，从中国知网数据库检索到文献12439篇，其发文趋势具体如图2-1所示。

从图2-1可以看出，网络文学的发文量在20余年中基本呈上升趋势，增幅明显。随着时间的推移，加入网络文学研究的学者队伍不断增多，日渐形成了一支声势浩大的行进军。具体来说，作为学术群体的学院派研究主体可以分为两类，其中第一类是中坚少壮派。他们基本为高校和科研机构的中坚骨干，学术生产力旺盛，分别从网络文

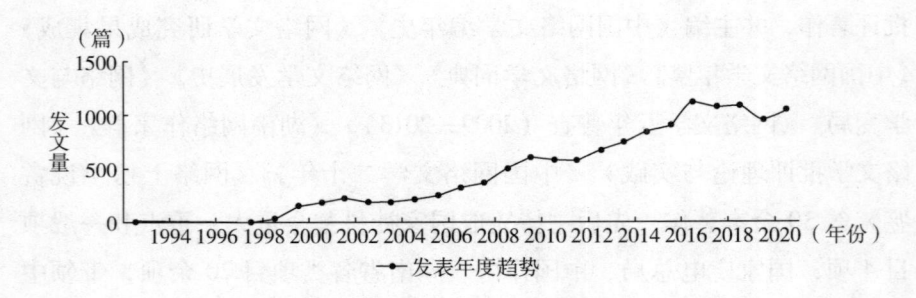

图 2-1 网络文学论文发文量趋势

学的作家作品、欣赏批评、影视改编、海外传播、数字出版、产业经营以及网络文学与传统文学、网络文学与新媒体、网络文学与大众文化等多个维度开拓了网络文学的研究空间，研究著作也逐渐系统化、专门化。陈定家、单小曦、周志雄、邵燕君、庄庸、黄发有、许苗苗、黎杨全、禹建湘、聂庆璞、白寅、蓝爱国、张永禄、许道军、周兴杰、周冰、何志均、韩模永、王小英、赖敏、陈海燕、王晓英、李盛涛、李玉萍、欧阳文风、乔焕江、钟虎妹、苏晓芳、葛娟等学者是国内网络文学研究的少壮派代表人物。行进军的第二类是多面研究派。这些学者有的不是以网络文学为主要研究领域，但能敏锐地捕捉到网络文学的热点现象，有的是中途转场到网络文学研究从事专门研究，还有的能兼事多种文艺样式的批评。如果参照 2008 年"网络文学十年盘点"和 2018 年"网络文学二十年盘点"两个历史节点作为划分界限，可以把网络文学批评的发展分为三大阶段。根据中国知网学术期刊论文的收录情况，在 1998 年至 2008 年间，白烨、陈定家、贺绍俊、赵炎秋、杨守森、王岳川、陶东风、吴炫、聂庆璞、谭德晶、杨林、谭伟平、杨新敏、金振邦、袁立庠、郭炎武、王宏图、朱志荣、傅其林、丁国旗、范玉刚、丁德文、孙绍先、敬文东、冯黎明、姜飞、姜英、张清民、李自芬、邓国军、蒋玉斌、江冰、杨俊蕾、王多、康帅、张宁、谢柏梁、巫汉祥等学者较早进入网络文学研究领域，在高水平学术期刊上发表了多篇论文。在 2009 年至 2018 年间涌现出南帆、蒋述卓、李凤亮、邵燕君、马季、周志雄、禹建湘、肖惊鸿、单小曦、王祥、庄庸、夏烈、许苗苗、周兴杰、桫椤、黎杨全、葛红兵、西篱、韩模永、苏晓芳、张邦卫、杨向荣、乌兰其木格、鲍远福、范伯群、柯汉琳、张颐武、刘克敌、何志钧、陈海燕、刘方喜、曾军、龚举善、汪代明、孙士聪、何平、周冰、曾繁亭、黄发有、韩模永、李胜涛、张文东、房伟、周根红、孙佳山、刘春阳、田忠辉、赵小雷、张永清、黄平、徐刚、韩啸、张晶、孙书文、吴长青、王小英、杨向荣、李胜清、李星辉、陈国雄、刘新少、纪海龙、潘桂林、刘亚斌、吴家荣、祝东、龙柳萍、童娣、闫伟华、贺子岳、唐迎欣、练暑生、赖敏、刘亚斌、王金芝、陈海、李玉萍、李炜等代表性学者。2019年至今，何弘、汤哲声、周志强、朱钢、聂茂、张永禄、黄也平、徐兆寿、刘阳、苏喜庆、黄悦、曾一果、郑焕钊、戴清、王婉波、周敏、胡疆锋、林俊敏、廖声武、王泽庆、陈立群、李文浩、丛新强、周才庶、任美衡、晏杰雄、黄先蓉等新一批学者加盟网络文学，研究队伍不断扩大。这些代表性学者都有着坚实的文艺理论根基，在论题选取和阐释上具有理论高度和广阔视野。他们继承了传统文学的价值观，批评中往往透露出对于时代文艺前进的焦虑、沉思和期盼，围绕网络文学创作、传播、接受与批评、价值与缺陷认知等领域以及从影视艺术、版权、大数据、人工智能、网络文艺、奖助体系、政策治理等多个话题研究网络文学，使得网络文学的理论根系向纵深发展。此外，学者们还以抱团合力的方式形成了以中南大学、北京大学、中国社会科学院、山东大学、杭州师范大学、浙江传媒学院、上海大学、安徽大学、山东师范大学、西南科技大学等为代表的高校团队主力军，扩大了网络文学批评的影响力。

（三）新锐后备队

近年来，网络文学批评领域加入了一批新锐队伍。他们主要为"80后""90后"青年学者以及在读博士生、硕士生，代表性学者有欧阳婷、李灵灵、刘小源、肖映萱、吉云飞、李强、王玉玊、高寒凝、薛静、项蕾、罗先海、吴英文、吴钊、喻蕾、贺予飞、邓祯、严立刚、罗亦陶、游兴莹、程海威、付慧青、战玉冰、席志武、鲍娴、桑子文、刘赛、李敏锐、耿文婷、张慧伦、田义、江涛、江秀廷、徐亮红、许青青、曾歌、潘亚婷、赵艳、关欣、丁昊、杨春燕、汪晶晶、王菡洁、张浩翔、孟隋、刘杨、张鸿彬、谢冰、覃皓珺、陈帅[①]等人。他们的研究显示出前沿化、专业化、精细化趋势，具有青年研究群体的新锐性和成长性。

据笔者对国内近 10 年网络文学相关硕博论文的统计情况来看，2011—2015 年的论文 440 篇，其中博士论文 37 篇。2016—2020 年的论文 633 篇，其中博士论文 41 篇。[②] 在近 10 年内，网络文学批评的青年队伍正逐渐壮大，其中硕士队伍增幅较大，而博士队伍相对稳定。国内研究网络文学的硕士大多为互联网"Z 世代"。他们对网络文学有天然的亲近感，其研究比较关注网络文学的作品层与现象层，对作品批评、影视改编、产业链经营、媒介传播与版权保护等研究较多。而博士群体以网络文学作为学位论题的人相对较少，他们大多出于浓厚的研究兴趣，将阅读网络文学作为日常生活娱乐方式。与硕士相比，博士的研究论域更具新颖性、时代感和跨学科性。譬如，陕西师范大学贾舒的《从性别文化视角看网络文学中的男性生育题材》，从当下小众的类型小说题材中挖掘出文化内涵和社会心理。黑龙江大学林文的《微时代审美问题研究》、吉林大学刘帅池的《中国网络小说经典化》在时代定位中反思网络文学发展的热点话题，具有问题导向性。上海外国语大学李彦的《中国网络文学在虚拟社区中的译介——基于 Wuxiaworld 的网络志研究》、首都经济贸易大学竺立军的《网络文学网站的顾客忠诚形成机理研究——基于依恋理论视角》等论文从翻译学、管理学等角度开拓了网络文学的跨学科发展空间。随着网络文学国际影响力的提高，崔宰溶、金恩惠、阮玉明、Rasuleva Nigina 等一

---

① 以上几代学人名单仅是发表网络文学研究成果较多的代表性作者，并非全部网络文学理论批评工作者，且排名不分先后。

② 数据来源：中国知网硕博论文库，https：//kns.cnki.net/kns/brief/result.aspx？dbprefix=CDMD，2021 年 8 月 20 日查询。

些国外的青年学者与留学生陆续加入网络文学的研究队伍中来，从土著理论、日韩文化、东南亚文化等多角度丰富了网络文学的批评维度。不过相对前两类学院派批评主体，新锐后备队的稳定性较低。博士毕业后大多留在高校与研究机构，这些青年学者成为网络文学研究队伍的后备生力军。一些有批评活力的硕士在毕业后因为工作原因，不再从事网络文学批评。有的硕士生在校期间凭借个人兴趣或跟随导师研究方向而进入网络文学批评领域，这些新锐面孔今后能不能继续活跃于网络文学研究领域则难以估测。正是因为新锐后备队并不固定，新的研究者不断补充和加入，才促成了网络文学批评的活力与生机。

第二节 博弈：话语权争夺及其效应

在网络文学批评场域中，三大评价主体作为行动元掌握着不同的话语资本。由于评价立场不同、持论标准不一，他们之间存在话语博弈与权力交锋，甚至在同一评价主体内部也存在矛盾纠葛。

一 流量、热点与阵地的抢位战

评价主体的地位与其批评场域所占的资源紧密相关。互联网为评价主体提供了新的批评空间，也引发了新一轮的资源争夺。流量、热点、阵地已成为判别网络文学评价主体的话语权标识，同时也造就了网络文学批评的繁荣盛景。

（一）批评话语的流量争夺

当前的网络文学生态正在被计算主义为主导的数据化技术重建，"流量为王"成为网络空间的通行准则。流量是一定时间内网站的访问量，其统计指标包括网站独立访问者数量（一般指IP）、总访问者数量（含重复访问者）、页面浏览数量、每个访问者的页面浏览数量、访问者在网站的平均停留时间等，它是决定一个网站价值的考量因素。在网络文学中，作品的点击率、评论量、榜单排行等数据如同风向标，在影响网络文学作品评判指标的同时，也引发了批评话语的流量争锋。

点击率是检验网络文学作品能否获得评价关注的第一步。读者在不了解作家作品的前提下如何从品类繁多、浩如烟海的网络文学中挑选作品？文学网站的点击率排行成为读者抉择的重要参数。文学网站运营者为了节省时间成本，将作品的点击率作为初级市场反馈的考量指标之一。一般来说，点击率过亿的作品被网友和批评家热评的可能性更大。这种评价量化方式将传统文学评价的语言抽象性解构，原本带有主观性的评价活动经过计算逻辑统辖后看起来变得更为客观和理性，但实际上点击行为并非读者基于作品质量而做出的评判。读者根据文学网站的作品类型、标签以及内容简介便可产生点击行为，具有片面认知性。当一部网络文学作品的传阅度越高，那么它所获得的评论机会就更多。评论量可以直观地显示出网络文学作品的评价热度。专业性的文学论坛和贴吧、文学网站的书评区、移动端的文学平台与社群是网络文学评论帖的聚集地。书评区与论坛通常设有热度统计参照系，热度较高的帖子会被系统自动置顶。此外，论坛的版主或管理者也有给帖子"加精"的权利。一般来说，人气高、回帖多以及高质量的长评升级为精华帖的概率较高。近年来，起点中文网开启"本章说"功能后，批评话语的互动热度得到了强化。例如，《诡秘之主》是网文史上首个获得书友评论第一的作品，仅起点中文网的读者就有9934.98万人，总评论量超400万条。它的首章标题"绯红"便引发了4000余条评论。在第一章共有78处评论点，几乎每句话都有读者评论。[①] 这种热评效应主要来源于读者群的病毒式跟帖。文学网站与IP运营者、写手、读者、粉丝、"马甲"、"水军"、"枪手"等在网络人气的制造场中各显神通，但是不同群体的利益纠葛也会将读者的真实评价掩盖。因此，如果仅以流量作为网络文学作品质量的判定依据，那么文学缪斯的"光晕"将彻底为数字霸权所覆盖。

---

① 数据来源：《诡秘之主》书评区，起点中文网，https：//read.qidian.com/chapter/3Q__bQt6cZEVDwQbBL_r1g2/eSlFKP1Chzg1，2021年6月4日查询。

(二) 批评事件的热点争锋

事件（event）是文艺理论批评的关键词。它由时间、地点、人物、起因、经过、结果等要素组成。批评的事件化是当前文学批评的新趋势。文学批评不再停留于静止的文本状态，而是一个在环境中不断地断裂、生成与变化的过程。由此，文学批评从狭窄的一方纸稿中释放出来，在社会媒介场中运动、生发、演变为事件。其中，最能引发大众关注焦点与休闲娱乐谈资的网络文学批评首当其冲。在线批评主体与学院派批评主体的交锋导致论争事件时有发生。传媒批评主体将批评资讯化、新闻化、热点化，对批评事件的持续发酵起到了推波助澜的作用。

一般来说，批评事件可以分为写手类、作品类、网站类、活动类、成长类、研究类、论争类、维权类等。[①] 在线批评主体几乎活跃于以上所有批评事件类型当中，由于他们在流量与用户上占有优势，与传媒批评主体、学院派批评主体争锋时更显锋芒。譬如"木子美发表《遗情书》"就是网络文学批评夺眼球、抢热点的典型事件。事件发生于2003年6月19日，起因是木子美在博客中发表了性爱日记《遗情书》。日记中大尺度的身体描写吸引了大量网友围观，她由此一夜成名。有网友评价她的写作风格比卫慧、棉棉更为大胆开放，也有网友称她为网络身体写作第一人。这场网络热评蔓延到传媒批评与学院派批评中，甚至连社会学家李银河也对她发表评论，称她是"中国的萨曼莎"。评论的热点争锋不仅使木子美事件名噪一时，而且也让木子美成为女性身体写作中最有网络特色的符号。网络空间为在线评价主体提供了话语权。他们通过广场狂欢的形式获得了大众的围观与流量。在线批评主体在面对著名诗人、作家、学者之时也敢于挑战和论争，制造了一系列批评热点事件。他们把矛头直指当代诗人，2006年河北诗人赵丽华的"梨花体"诗歌事件轰动文坛，网民读者对赵丽华的

---

① 欧阳文风:《网络文学大事件100》，中央编译出版社2014年版，第5页。

《一个人来到田纳西》《傻瓜灯——我坚决不能容忍》发表了大量的犀利酷评和戏仿之作，赵丽华本人也被恶搞为"梨花教主"。继"梨花体"之后，"乌青体""羊羔体""啸天体""浅浅体"等事件层出不穷，无论是先锋诗人、鲁奖诗人还是学院派诗人都成为网民热议的中心，并将火线引到社会批评场域。

传媒批评主体掌握了主流媒体与官方组织的发声渠道，其批评集大众化、流行性与在场感于一体，有利于推动批评事件的话题生成与热点效应。例如，2014年8月28日，《文学报·新批评》开设专刊围绕"众说纷纭啸天体"为题策划刊载了一组评论，当代诗人、评论家、高校学者都参与到诗歌评论中来。相对于网友几乎集体"倒周"的言论，传媒批评与学院派批评持有不同意见。布可吟点出周啸天的诗"一是缺乏大悲悯"、"二是政治上的霸道逻辑"、"三是'穷愁自古扰诗家'"。郝雨认为啸天体中某些诗具有"大跃进诗歌"的影子。罗小凤将"啸天体"直接等同于"白话体"。这几篇文章都持批判立场，可谓犀利辣评。也有持中立观点的评论，黄东成一方面分析了周啸天诗歌中具有旧体诗词关注现实的敏锐度，在遣词造句上得心应手，另一方面也指出了他的许多诗词审美境界与趣味不高，并提出了为何问题总出在诗歌的反思。支持啸天体一派的也比较客观，侯体健认为周啸天的诗歌能用旧瓶装新酒，"贴近现实而针砭时弊"。肖水从媒体平台出发，认为许多负面评价周啸天诗歌的传媒批评存在断章取义之嫌。经过多方评论，"啸天体"批评事件的火热也带动了评论文本的繁荣。此外，传媒批评常通过新闻事件或名家言论来反映一些尖锐性问题，比如以"作协主席小说巡展公布结果主席不及网络写手""白烨驳斥麦家网络文学垃圾论""网络作家富豪榜不代表有多大社会价值"等为标题的传媒批评实际上都涉及网络文学与传统文学、社会价值导向等关系问题的讨论。这类批评事件将现象性与话题引导性结合，在这种客观氛围中受众较容易接受事件性的观点，从而达到传媒批评的预设目标。有的批评事件起初是个人交锋，在媒体和网络舆论炒热之下引发了批评阵营的论战和舆论关注。比如"韩白论战"①、"陶萧之争"②、"文学死亡"论③、"韩寒代笔门"④ 等在各种"酷评""锐评"下激起舆论站队甚至对立阵营的大规模骂战。这也不得不使我们反思，批评事件的热点争锋是否会将批评的理性冲散和消磨？当自由的批评被舆论的牢笼束缚之时，当批评上升到肆意谩骂和人身攻击之时，批评主体又将何为？在批评事件的热闹喧嚣过后，究竟能有多少评论能够在时间的淘洗中存留？这些都值得我们进一步深入思考。

（三）批评阵地的抢滩站位

网络文学批评主体建立了一系列平台、栏目、刊物作为评论阵地。谁最先建立阵地，就抢占了优先发言权。后面加入的批评主体为了获得更多的话语权，只能不断开拓新的阵地，并陷入批评阵地的抢滩站位中。

在网络阵地中，主要有文学网站、博客、微博、论坛、贴吧、B站、豆瓣以及网络公众号等平台形式。文学网站有专门的书评区、论坛、本章说等供评价者发表言论。在自媒体平台中，作家、公知、大V的博客、微博常常引发网友围观和热评。在论坛、贴吧、B站、豆瓣等趣缘社区中，网民们自发建立了网络文学评论的组群、圈子、部落。新媒体的出现也带火了一批公众号平台。"爆侃网文""橙瓜网文""网文全版权"等平台是行业资讯型批评的佼佼者。中南大学网络文学研究基地的"网文界"、北京大学网络文学研究论坛的"媒后

---

① 韩白论战：指 2006 年白烨发表博客评论《80 后的现状与未来》一文而引发韩寒与白烨之间的激烈论战。

② 陶萧之争：指 2006 年陶东风在博客中贴出《中国文学已经进入装神弄鬼时代？》一文剑指玄幻文学，引发萧鼎的质疑回应，张颐武、张柠等人也相继发文评论，引发当代文坛关于玄幻文学的论争。

③ "文学死亡"论：指 2006 年叶匡政在博客发表《文学死了！一个互动的文本时代来了！》，随后新浪博客以"叶匡政投下 2006 中国文坛重磅炸弹：文学已死！中国现代文学从 2006 年已不复存在"为题开启论辩，引发网民、学者、作家、评论家关于文学生存现状的一系列论争。

④ 韩寒代笔门：指 2012 年麦田发表《人造韩寒：一场关于"公民"的闹剧》的博客文章，引发方舟子在微博中发表一系列质疑韩寒写作的言论，韩寒、方舟子在网络媒体中展开轮番骂战，"韩寒代笔门"事件愈辩愈烈，最后以韩寒向方舟子提起法律诉讼而告终。

台"、上海网络作家协会的"网文新观察"、安徽大学网络文学研究中心的"安大网文研究"、南京师范大学扬子江网络文学评论中心的"扬子江网文评论"等,均以丰富的学理批评抢占新媒体学术高地。中国青年出版社庄庸的"网络文学智库"、阅文集团杨晨的"杨晨说网文"等展现了"网生"批评的张力。

在传媒批评阵地中,以"网络文学"为主题的发文刊物不胜枚举,《文艺报》《中国新闻出版报》《中华读书报》《中国艺术报》《中国文化报》《光明日报》《中国图书商报》《文学报》《文汇报》《人民日报》《中国社会科学院报》《人民日报海外版》《北京商报》《解放日报》《中国知识产权报》《北京日报》《深圳商报》《河北日报》《工人日报》《南方日报》《浙江日报》《第一财经日报》《通信信息报》《团结报》《辽宁日报》《人民政协报》《法制日报》《四川日报》《21世纪经济报道》《深圳特区报》等的发文量排在全国前30位。① 其中,《人民日报》《光明日报》《文艺报》等都相继开辟网络文学专栏或专刊,并在其网络阵地人民网、光明网、中国作家网也设置了网络文学评论的专栏、专版或专题。越来越多的学术期刊也开始重视网络文学批评,《文艺争鸣》《南方文坛》《出版广角》《中国出版》《当代文坛》《小说评论》《出版发行研究》《文艺理论与批评》《中国文艺评论》《科技与出版》《当代作家评论》《中州学刊》《中国图书评论》《学习与探索》《文学评论》《中国编辑》《编辑之友》《中国现代文学研究丛刊》《传媒》《文艺理论研究》《出版科学》《文艺论坛》《探索与争鸣》《社会科学战线》《编辑学刊》《求是学刊》《求索》《艺术评论》《扬子江文学评论》《文艺研究》的网络文学发文量位列全国前30位。② 一些杂志甚至还开辟了网络文学研究的专栏定期组稿。此外还有中国文联文艺评论中心、中国文艺评论家协会等官方机构也举办

---

① 信息来源:中国知网报刊数据库, https://kns.cnki.net/kns/brief/result.aspx? dbprefix = CCND, 2021 年 8 月 27 日。
② 信息来源:中国知网期刊数据库, https://kns.cnki.net/kns/brief/result.aspx? dbprefix = CJFQ, 2021 年 8 月 27 日。

了许多网络文学评论活动,并开辟了网络批评阵地。

二 线上评价与线下评价问题

尽管网络文学批评在流量、热点与阵地抢滩中制造了一片繁荣盛景,但这种热闹喧嚣实际上掩盖了网络文学评价必须要迈过的关隘与难题。在网络文学的"海量神话"之下,每一个评价者都遭遇了阅读与评价掣肘,也经历着批评标准无从依傍、难以抉择的迷惘,更面临评价预设下的聚焦失准与理论乏力的困境。

(一) 海量生产下的阅读与评价掣肘

网络使文学创作获得了无限存储空间与海量生产规模,也给网络文学评价带来了诸多问题。据中国作协发布的《2020 中国网络文学蓝皮书》统计,我国网络文学作品总数约 2800 万部,全国文学网站日均更新 1.5 亿字,全年累计新增字数超 500 亿。[1] 在 2020 年网络文学用户阅读时长调研中,48.3% 的读者每周阅读时间为 1—4 小时,25.7% 的读者阅读 5—8 小时,并且有 86.4% 的读者会固定追更。[2] 一般来说,网络小说每章篇幅在 2000—3000 字。网文圈流传着"十章大高潮,三章小高潮"的创作法则,网络作家将各种新奇的玩梗与爽点充斥其中。许多网络文学作品的篇幅动辄几百万字,在一章接连一章的追更中,读者不仅消耗了大量时间,而且被作品中应接不暇的爽点弄得麻木、疲软、心不在焉。久而久之,读者的官能感知下降,不得不寻求更刺激的作品来满足阅读需求,从而陷入一种恶性循环。

除了阅读困境外,海量生产的文本对于评价者也是一大考验。在浩如烟海的网络文学中披沙拣金,对于评价者的体力、眼力、精力都

---

[1] 中国作协网络文学中心:《2020 中国网络文学蓝皮书》,http://www.chinawriter.com.cn/n1/2021/0602/c404023-32119854.html,2021 年 6 月 2 日。

[2] 数据来源:头豹研究院《2021 年中国网络文学行业概览》,https://www.fxbaogao.com/pdf?id=2629535&query=%7B%22keywords%22%3A%22E7%BD%91E7%BB%9C%E6%96%87%E5%AD%A6%22%7D&index=0&pid=,2021 年 3 月 6 日。

是巨大考验。尤其是习惯了纸质阅读的批评家，以传统的文本细读式批评来应对几百万甚至上千万字的作品内容难免有点力不从心、事倍功半。为了获得更多评价者的关注，一些作品通过标题来制造噱头，其实际内容乏善可陈。这种博眼球的方式造成了网文圈"劣币驱除良币"的现象。许多点击率高的作品实际上只有中下水平，这使得一些评价者认为网络文学质量普遍不高。实际上，网络文学里有大量优秀之作，它们被网站的经济效益指标以及网络文学庞大的基数所遮蔽。有经验、有功底的批评家拒绝入场导致优质评论凤毛麟角。

与此同时，文本的海量生产实际上也带动了批评的海量生产，其中在线评价尤为明显。近年来，"本章说""弹幕"等在线评价方式的创新和更替，制造了在线评价的海量奇观。"本章说"是可以从文本任意地方进入的一种评论设置方式。以《诡秘之主》为例，该作品共446.52万字，单起点中文网的"本章说"书评就超过450万条，其中，第一章共2425字，有6.6万书友参与讨论，文本每一句话都有网友"开楼"评论，"本章说"评论达24192条，已远远超过创作文本字数。一方面，"本章说"开创了评论与创作交融的新模式，有效刺激了评论生产力。另一方面，这种文本评论入口的敞开式进入方式实际上将评论超链接化。"段评""句评""词评"不仅割裂了文本的空间意蕴，打散了文本的"示意链"，而且对评价者的感知经验与整体逻辑产生影响。除了"本章说"，小说在每章结尾还设置了"弹幕"评论区。两个"弹幕"入口的评论数为476条、1564条。[①] 在眼花缭乱的弹幕中，有的犀利酷爽，有的幽默热辣，评论此起彼落、一闪即逝。这种碎片化、对话性和瞬时性的评论方式制造了评论的氛围感，但也容易让评价者如入迷宫，形成批评的从众心理。同时，在线批评文本的无限制滋长挤压甚至是全面压倒了传媒批评与学院派批评的声音，这也是网络文学批评亟待重视的问题。

---

① 数据来源：登录起点读书 App《诡秘之主》第一章评论区查询，查询日期：2021年9月4日。

（二）评价标准的无从依傍与选取难题

网络文学的出现让以往的文学评价标准遇到前所未有的挑战，这其中涉及阅读需求转变、商业资本操控、理论资源更新等诸多问题。首先，从阅读需求来说，人们更愿意把读网文当作一种娱乐消费与生活休闲方式。因此，读者也就更加期待网络文学能够发挥其在情感、娱乐、游戏、补偿、交往等方面的功能。纯文学所要求的思想深度、历史理性、教育启迪、艺术审美等标准并没有排在网民读者需求的第一位。网络文学以读者需求为创作导向，自然不会与曲高和寡的纯文学创作范式对标。而传统批评家如果不去了解纯文学与网络文学两类读者群阅读需求的变化，一味地用深度写作、意义写作的标准来苛求网络文学，难免陷入"内行人"说"外行话"的尴尬境地。与此同时，批评家如果将网络文学的定位停留于满足读者的首要需求，以快餐文学、通俗小说的标准来看待网络文学，又陷入了静止的、标签化的文学评价误区。实际上，网络文学早已摆脱了草创期的"黄""暴"文风。当下的网文作品并非都是低俗欲望的宣泄和补偿式写作。在网络文学发展的30年脉络中，读者需求的不断升级也迫使网络作家顺时应变。如今的网民读者口味已经越来越刁钻，尤其是在付费阅读机制之下，能够让读者订阅、打赏的作品远非粗制滥造之作。慕容雪村、猫腻、酒徒、烽火戏诸侯、愤怒的香蕉、流潋紫、蒋胜男、丁墨等许多优秀的网络作家都在努力地打通雅文学与俗文学的二元区隔，其作品既具文学趣味性，又朝着文学的精神深度迈进。由此可见，无论是用纯文学还是通俗文学的评价标准来应对网络文学，都有明显的不适应征兆。

其次，商业资本的全面介入与操控使得网络文学不再是单纯的文学作品，而是文化产业链条中的一环。自2003年起点中文网的"VIP付费阅读制"成功运行后，网络文学迎来了资本巨头的入驻，也开启了商业化征程。网络文学之所以能在短时间内量产丰富，是由于经济效益让其装上了最强劲的驱动"马达"，"生产—消费"活动为其打上了商品标签。在读者需求的刺激下，网络文学衍变为一个品类繁多且不断分蘖的文学卖场。最大限度地占领市场成为网络文学的行动逻辑，网络媒介属性赋予网络文学不同于畅销书产业机制的运行规则。于是，网文行业创生了一套有别于传统文学的评价方式。商业性与网络性是各大文学网站的排行榜和热门推荐设置的核心特质，作品点击率、用户流量、粉丝黏性、写作"续更"能力、IP价值等成为网文作品能否上榜的考量标准，传统文学评价标准与网络文学产业化标准之间的"二律背反"现象也由此形成。

最后，传统的文学评价理论资源已跟不上网络文学创作更新的步伐，而面对新的理论资源网络文学又存在评价标准选取的难题。近年来，学界对"网络文学评价体系建构"这一话题做出了积极探索。从国家社科基金立项情况来看，中南大学欧阳友权教授的重大项目"我国网络文学评价体系的理论与实践研究"（2016）、山东大学谭好哲教授的重点项目"网络文艺发展研究"（2016）、安徽大学周志雄教授的重大项目"中国网络文学评价体系建构研究"（2018）、杭州师范大学单小曦教授的重大项目"中国新媒介文艺研究"（2018）、陕西师范大学李震教授和暨南大学曾一果教授的"数字媒介时代的文艺批评研究"（2019）、首都师范大学王德胜教授的"'微时代'文艺批评研究"（2019）等都涉及评价理论资源的问题。不论是"综合多维说""通俗文学说"，还是"媒介存在说""媒介时代说"，学界都已意识到目前的文学评价方式无法应对当下网文生态。2021年6月12日，在合肥召开的"中国网络文学评价体系与批评标准"学术研讨会中，学界围绕网络文学评价标准建构的话题论道亮剑。欧阳友权教授提出了思想性、艺术性、产业性、网生性、影响力等为指标的"评价树"式体系建构。汤哲声教授认为，网络文学要从通俗小说中寻找理论资源，以民族性、传统性、故事性、媒介性四个维度进行评价标准定位。黎杨全教授认为应从间性连接出发，提出文学性与连接性相结合的动态评价体系。此外还有学者采用系统论、全评价理论、类型学批评、关键词批评等介入网络文学的评价中来。专家学者们所持的理论路径不同，评价标准的建构方式也因人而异。其中涉及的理论资源既有重合的部分，也有互不搭界的区域。这种探讨让网络文学评价标准的建构成为学院派批评家的普遍共识，但究竟该以哪种持论方式开展网络文学评价活动，目前依旧处于各自为阵的状态。

既然如此，网络文学评价标准的建构将以哪里为肇端？批评家又如何在纷繁呈杂的理论与现实困境中突围？这无疑对研究者提出了更高的要求。网络文学作品数量众多，体量庞大，研究者需坚持"从上网开始，从阅读出发"的原则，时刻关注文学场的动向，这是进行网络文学评价体系建构的前提条件。"文学"与"网络"、"文学"与"市场"的关系问题是建构网络文学评价体系无法回避的问题，正确处理好这两组关系，是解开网络文学评价体系建设之谜的关键。无论是"网络"还是"市场"，网络文学的落脚点始终应该在"文学"之上，"网络"和"市场"只能是它的制约因素和充分条件。一方面，网络文学不同于传统文学，它作为一种新民间文学样式，反映了时代潮流变化与广大读者的心理诉求，"网络"与"市场"赋予了网络文学广阔的自由空间与创造精神，由此它才能勃发生机、野蛮生长。另一方面，网络文学不能屈从于市场利益或任由技术操盘，而应该保持其文学性，赓续文学传统，从"规模扩张"向"内容为王"转变。评价主体在建构网络文学的评价标准时，需围绕网络文学之于文学的独特性与共通性这一核心基准，坚守文学的艺术品质与人文精神，同时尊重市场选择与自由审美，避免评级体系与批评标准因循守旧、凌空蹈虚。

（三）评价预设下的聚焦失准与理论乏力

网络文学评价活动是主观性行为，评价主体基于不同的持论逻辑做出评价。而这种评价带有预设性，如同舞台灯光的定点光位让人迅速进入场域，以聚焦方式凸显出作品特色，但也容易让作品被既定的认知图式和理论阈限所束缚。

在线评价主体热衷于"追更"悦耳悦目的网文，常把"体验先行""趣味第一""娱乐至上"奉为圭臬，与之相生的"代入感""爽感""虐感""甜度"等成为网络文学评价的标准。近年来"系统文""无限流""废柴流""霸总文"的火热与在线评价主体的观看热度、评价推力密切相关。尤其是"网生代""Z世代"的整体性崛起，他们在二次元文化、"宅"文化、耽美文化等青年亚文化滋养之下，将"玩梗""卖萌""开脑洞""磕CP"等作为网文考量标准，使得许多新生代网络作家进入"一部封神""半部封神"的快车道。例如，横扫天涯凭借《天道图书馆》在2018年晋级成阅文集团"大神"作家，2019年晋级成阅文集团"白金"作家。我会修空调是2018年入驻起点中文网的新手作家，在2019年阅文集团作家评选中凭借《我有一座冒险屋》（未完结）跻身"大神"行列。真熊初墨的首部作品《手术直播间》上架后稳居阅文总畅销榜前列，其影视版权已出售。育凭借《九星毒奶》成为"2019科幻畅销王"，获得百万粉丝追捧。细而思之，这种以感官刺激、情感体验为导向的预设靶向消解了评价标准的教条化、刻板化的面孔，也使得网络文学成为猎奇猎艳、伪个性滋生的"跑马圈地场"。

　　传媒批评主体依附于社会性媒体机构，在媒体机制与市场竞争之下容易陷入"流量为王""销量优先""算法主导"的评价预设误区。传媒批评的受众包含了从官方到民间的各类阶层，触角遍及私人与公共空间。为了扩大传播范围，传媒批评主体常以"展示"逻辑为出发点，在点击率、发行量、阅听率、收视率等数据算法的裹挟中生成噱头式、曝光式、探秘式的批评。即便是作家、文化名人、明星、公知、网络大V等人在自媒体平台发布的个人评论也都在大众围观之下，若有不当言论容易升级为公众事件。近年来，"饭圈"文化乱象频发，许多明星依靠网络流量加持获得了公众话语权，传媒批评也跟随粉丝网民的非理性评价，以明星的流量与话题性而不是作品实力来决定"咖位"，最终导致明星人设"翻车""塌房"，给青少年的价值观、人生观、择业观、是非观等带来了不良影响。传媒批评虽然以"接地气"的高效传播形式获得了大众关注度，但要时刻警惕数据、算法的

"迷雾弹"和价值滑脱,把握好"炒热点""造话题"背后的评价航标,积极发挥舆论的正向引导作用。

崇古贬今、全盘西化和技术霸权是学院派在网络文学评价预设中常犯的倾向性错误。崇古思想有其历史渊源。古代的宗法制度、"道统"观以及"述而不作"的治学传统等形成了崇古贬今观念。有学者认为"玄幻小说与志怪文学传统血肉相连",但"从题材来看,只有极少数作品真正具有开创性,其余绝大多数都是模仿和跟风之作。从思想观念来看,仅有极少数作品体现出对人之生存体验的某些新思考,而绝大多数作品中存在不同程度的观念偏颇:从片面理解人性到盲目信奉宿命轮回和因果报应,从张扬复仇正义和暴力行为到宣泄历史虚无主义和民族主义情绪,不一而足"。[①] 理论批评界将网络文学看作"文学垃圾""精神代乳品""网罗文学"的言论甚嚣尘上。也有学者将西方文艺理论全盘照抄,以西方文艺理论的致思维度来制定一套衡量网络文学价值的理论模式,将始终无法切中肯綮,对网络文学的现象体认如"隔靴搔痒",终而丧失了理论的鲜活性、现实性与在地性。还有些研究者在寻求新的理论资源时,习惯从数字传媒、大数据、人工智能、算法逻辑与数字人文方法论等新技术视角切入,用工具理性将网络文学一以贯之,致使网络文学的理论言说沦为技术文化读本或新名词术语的"集束式轰炸",这又使网络文学的评价标准陷入"聚焦失准"与"价值位移"的误区,于实际评价标准建构意义甚微。

在网络文学评价主体当中,为何具有理论资源先天优势的学院派会遭遇理论乏力的窘境?为何满腹才气的批评家写出来的作品评论让网友甚至连网络作家本人都不买账?这主要有以下几方面的原因。一是评价预设脱离现实肌理。学院派批评家需摆脱对网络文学的刻板印象和书斋式批评方式,要走进网络文学场域开展大量的阅读和调研工作。"纸上"的批评、"触摸"的批评与"血肉"的批评之间不仅存在评价立场的差异,还包含了作品阅读量、对整个行业格局以及作家生

---

① 徐阿兵:《网络文学,只是"网罗文学"?》,《光明日报》2021年7月18日第12版。

态等认知的差距。二是把网络文学的价值定位局限于文学范畴之内。如果单以文学价值论英雄，网络文学无论是历史积淀、反思深度、文化底蕴、审美自觉等方面与纯文学相比都处于弱势地位。但是，网络文学由"井喷"式增长带来的"世界文化奇观"现象并不能用单纯的文学属性或者网络属性一以概之。笔者认为，网络文学"关系到我们社会的国家意识形态和主流价值观建设，事关国家文化战略、网络话语权和新媒体阵地掌控；关系到大众文化消费、国民阅读和青少年成长，甚至关系到文化软实力打造和国家形象传播等一系列重大问题，与当今时代的文学风尚、文化引领和价值导向密切相关"，"可以说，建构网络文学的评价标准的意义已远远超出这个标准本身"。[①] 网络文学的广泛辐射性涉及文学、美学、传播学、社会学、心理学、经济学、管理学、艺术学、语言学、教育学、信息学等多种学科门类，仅从文学角度来定位网络文学，不仅低估了它的价值与功能，而且始终无法做到顺时应变。

三 从草根到主流的话语权进阶

在传统文学场域，批评的话语权通常掌握在学院派手中。互联网的出现使得网民读者有了发表评论的平台，越来越多的人开始走进网络文学开展阅读和评价活动，形成了队伍庞大的在线批评主体，也带来了文学批评格局的转变。由此，学院派批评家和传媒批评主体面临新的挑战与发展机遇。网络文学批评主体关系的转变、批评话语体系的建构和批评观念的变革导致网络文学批评的话语权实现了从草根到主流的进阶。

（一）从对立到共融的批评主体关系重置

从网络文学的发展历史来考察，在线批评主体、传媒批评主体与学院派批评主体三股力量经历了对立、接纳、共融的关系转变。

---

① 欧阳友权：《建立网络文学评价标准的必要与可能》，《学术研究》2019年第4期。

可以说，在网络文学诞生之初就有了在线批评主体的存在。网络的匿名性和交互性大大提高了网民评论的自由度和在场感，也使得在线批评呈现出随意性、宣泄性、口语化等特点。囿于传统批评的范式陈规，网民读者的评论在学院派批评家和传媒批评者眼中只能算作网络言论，并非"真正"意义上的文学评论。而网民读者对于学院派和传媒批评主体的评论也处于漠不关心甚至嗤之以鼻的状态。当起点中文网的 VIP 付费阅读制在网文行业推行后，利益驱动不仅刺激了网络文学的生产力，也促进了网络文学生产机制的生成。随着网络文学作品的激增，越来越多的亮眼之作出现在大众视野中，批评主体阵营也不断扩大。不同阵营的批评立场与圈子文化导致批评主体关系的对立。具体来说，在线批评以个人审美趣味为导向，侧重于主观好恶和随性表达，自由度和活跃度较高。传媒批评为了获得更多的流量和传播度，多以大众文化、热点话题为内容吸引读者阅读，具有公共话语资源优势。学院派基于专家学者之间不同研究目的与知识构成，显示出较高的理论学养和探讨争鸣趋向，具有主流话语权。早年的"韩白之争""陶萧之争"皆起于作家与学者的观念分歧。在媒体传播的流量赋能下，不同持论派的学者和作家加入论争当中，大批网民读者也参与到围观与骂战中，导致论争升级。网络文学批评主体之间之所以产生对立，从根源上来说是批评立场与目的不同而导致。

不过，随着信息技术的升级迭代，批评主体之间的立场也不再像以往那般泾渭分明，而是呈现出接纳与交融的趋势。2009 年，中国开始发放 3G 牌照，这标志着网络移动化时代的到来。3G 技术将无线通信技术与网络信息技术结合，手机由此成为一种融合了电脑上网功能的移动终端设备，人们可以随时随地享受网上冲浪的乐趣。2013 年，中国发放 4G 牌照。到 2015 年 7 月底，中国建成了世界上规模最大、覆盖最广的 4G 网络。手机、平板电脑、电子阅读器、移动电视等各种移动终端成为人们获取信息的渠道。网络不再是一种单纯的传播载体，而是逐步演变成人们的日常生活方式。文学网民井喷式的增长当中就不乏传媒从业者、作家、批评家与学者的加入，评价主体的身份逐渐融合。越来越多的报纸期刊开设网络阵地，作家、学者、批评家也纷纷开通微博、微信，创立网络公众号、视频号。与此同时，网络文学的精品化趋势不仅使主流文坛逐渐接纳网络文学，也缓解了在线批评、传媒批评与学院派批评的观念分歧。传统作家与网络作家开始结对交友，专家学者们走进网络文学现场研读作品，文学网民中涌现出的"网生批评家""学者粉丝"也逐步提高了在线批评的质量。近年来，网络文学在海外传播中实现全球"圈粉"，在网络文学讲好中国故事、树立中国形象、传递中国文化的共同诉求下，在线批评、传媒批评与学院派批评已跳出身份区隔，批评立场与评价指向一致，中国文化认同成为网络文学批评主体共生共荣的基础。

（二）土著化与精英化的话语体系建构

网络文学批评主体基于不同的批评场域而形成独特的话语方式与语言风格，网络文学批评阵营的扩大加快了其话语体系的建构与生成，其中以文学网民与学院派的批评话语最为典型。

赛博空间的自由性与开放性滋生出极具个性张力的网络文化，在这种氛围的熏陶之下，文学网民的"网言网语"打上了"土著"烙印。从网络文体来看，有小白文、清水文、升级文、无敌文、甜宠文、种田文、总裁文、随身流小说、YY小说等小说文体，也有"废话体""梨花体""羊羔体""新红颜""乌青体""啸天体"等诗歌文体。就具体作品而言，某些读者关注度高的网络小说也带火了网络语体的走红，例如因《后宫·甄嬛传》《凡人修仙传》等网络小说而风靡网络的"甄嬛体""凡人凡语"等语体。从网文术语来看，有些词只出现在某些固定的文类中，带有特定的文化与内涵。例如"BL"是Boy's Love的缩写，指男男相恋，"GL"是Girl's Love的缩写，指女女相恋，"H"是指少儿不宜。"NP"是指一个女主角与N个男主角或一个男主角与N个女主角发生爱情故事的小说。"腐女"指喜欢看男同性恋爱情作品的女性。这些内涵词汇经常高频率地出现在耽美、百合、女尊文中。"倒斗"①"元良"②"尸煞"③"摸金校尉"④"摸金符"⑤"粽子"⑥等则是盗墓小说的专用术语。此外，还有"白莲花""玛丽苏""萝莉""御姐"等人物形象塑造的专用词汇，"挖坑""填坑""日更""爆更""太监""融梗""开脑洞"等创作活动术语，"爽点""虐点""槽点""雷点""脑补""打赏""喷子""脑残粉"等与读者接受相关的术语。网络文体、行话、术语通过数字文化与网络文学编码方式建构了一套特殊的语言符号体系。这类语言符号带有约定俗成性质，文学网民在套用、拼贴、仿写中将批评话语转为一种不言自明的语用资源。如果是不了解网络文学的读者，就无法进入批评场域展开对话。这些批评话语起初带有碎片化特征，大量网络读者通过提高语用频次来彰显自我存在价值，形成特定的文化认同与身份归属，导致土著化的网络批评话语成为当代社会流行文化的一道独特风景。

　　从事网络文学研究的专家学者处在批评主体的金字塔顶端，致力于精英化的话语体系建构。从研究涵盖面来看，学界近年来集中探讨了网络文学评价体系建构、网络文学社会效益与法制监管、网络文学的文化传承、网络文学产业问题、网络文学的文类与作品评论、网络文学的海外传播、网络文学的数据资源建设与学术路向选择等问题，批评理论资源囊括古今中外。针对这些问题，学者们倾向于总结提炼出一套方法论程序进行批评范式建构，譬如在数字媒介、后现代文化、大众文化、小说类型学、女性主义等具体的理论批评流派所建构的范式中开展批评。这种范式既囊括了研究者所秉持的批评理念与方法，同时又能跳出文本与现象进行某种普适性的观照。从批评用语来看，学院派善于制造概念和术语，习惯从知识结构中撷取专有理论名词进

---

① 倒斗：指盗墓。
② 元良：指盗墓人对同行的尊称。
③ 尸煞：指附在尸体身上产生煞气的恶鬼。
④ 摸金校尉：属于作者小说中出现的五大盗墓行业中的一种，五大盗墓行业分别为摸金校尉、发丘天官、搬山道人、卸岭力士和观山太保，而摸金校尉以会看风水著称，盗墓小说中的主人公一般就是一个摸金校尉。
⑤ 摸金符：指摸金校尉的护身符，由穿山甲的爪子做成，有辟邪的神力，是无价之宝。
⑥ 粽子：指发生"尸变"的尸体。也指墓里的尸体保存得比较完好，没有腐烂。

行阐释与理论延伸,从而建构出一套学理性的语言谱系。有时候,学院派也会沿用"金手指""爽感"等常见的网络术语,以求达到"亲民"效果。但总的来看,不论是问题论域的选取、批评范式的建构,还是批评用语的选择,学院派批评话语体系建构的精英化趋向导致批评只能在小范围的圈子中流传,既与网络作家沟通失效,又无法走进大众读者视野。

(三) 从反叛权威到顺应主流的批评观念变革

网络文学从"山野草根"到"登堂入室"的发展过程不仅意味着网络作家创作理念的变化,而且昭示了网络文学评价主体的批评观念变革。互联网给予每个文学网民表达意见的权利的同时,也激发了他们去争夺更多批评话语权的意识。在早期的网络贴吧、论坛和书评区中,文学网民通过嬉笑怒骂、插科打诨的评论方式颠覆了以往传统批评法相庄严的面孔,渎圣思维、脱冕言说、张扬个性是文学网民实现自我存在和争夺话语权的标识,在广场的众生喧哗中继而演变为网络时代的新民间文化。而这背后所支撑的核心便是"叛逆"特质。网络文学批评是一个生命体,早期的网络文学批评处在"青春期",急于脱离父辈的权力控制获得话语权,因此反叛权威可以更多地理解为自我态度与立场的彰显。具体来说,这种反叛权威的方式可分为两个层面。从内容层面来看,主要是对作家作品、文化现象以及批评观念进行冒犯式、解构式批评。有的评论在犀利酷评与无限制的戏仿、恶搞中升级为一种全民关注的现象级批评。从形式方面来看,主要以随意化、口水化的语言形制来打破传统批评的标准模式,消解批评的意义功能与价值承载。其中较为典型的案例是文学网民对赵丽华诗歌的戏仿之作与网络批评,不仅在诗人、作家、网民群体中引发了一场"挺赵"与"反赵"的口水战,而且其网络戏仿诗歌仅三四天就达上万首,被称为"万人齐写梨花体"事件。实际上,不论是赵丽华的《一个人来到田纳西》《傻瓜灯——我坚决不能容忍》等备受诟病的网络诗作,还是针对这些诗作的网络批评,都有一种反叛权威的先锋性。

赵丽华是国家一级作家，担任过鲁迅文学奖评委，其诗歌水平并不像网友评价的那般不堪，这几首诗是她反叛传统写作的口语诗实践，没有用于纸媒投稿。文学网民不仅没有因为赵丽华的文学身份与文坛地位而不敢提出质疑，而且还以戏仿诗作向其发出挑战。这场声势浩大的"梨花体"事件让文学网民在批评话语权争夺中确证了自我价值，同时也将现代诗歌中的"口语写作"界限与问题引向了深层思考。

不过近年来，网络文学批评开始向主流批评界靠拢，不再一味地反叛权威，主流意识逐渐凸显。这其中有三个方面的原因。一是我国的主流意识形态以顶层设计的形式对网络文学批评进行了规导。2014年10月15日，习近平总书记在文艺工作座谈会上指出："要适应形势发展，抓好网络文艺创作生产，加强正面引导力度。"2014年12月18日，国家新闻出版广电总局印发《关于推动网络文学健康发展的指导意见》，就如何开展网络文学评论引导工作提出了保障措施，要"充分发挥文学评论褒优贬劣、激浊扬清的作用，在艺术质量和水平上实事求是，在大是大非问题上表明立场，说真话、讲道理"，"坚持把人民群众满意认可作为衡量标准，综合作品价值取向、艺术水准、审美情趣、读者口碑，凝聚社会共识，逐步建立科学的网络文学作品评价体系，切实改变文学网站单纯追求点击率倾向"。[①] 2021年8月2日，中央宣传部、文化和旅游部、国家广播电视总局、中国文联、中国作协等五部门联合印发了《关于加强新时代文艺评论工作的指导意见》，指出："要进行科学的、全面的文艺评论，发挥价值引导、精神引领、审美启迪作用，推动社会主义文艺健康繁荣发展。建立线上线下文艺评论引导协同工作机制，建强文艺评论阵地，营造健康评论生态。"[②] 这一系列政策和意见的出台强化了网络文学批评的主流文艺思想性。

[①] 中华人民共和国国家互联网信息办公室：《关于印发〈关于推动网络文学健康发展的指导意见〉的通知》，http：//www.cac.gov.cn/2015-01/06/c_1113893482.htm，2015年1月6日。

[②] 《中央宣传部等五部门联合印发〈关于加强新时代文艺评论工作的指导意见〉》，新华网，http：//www.xinhuanet.com/politics/2021-08/02/c_1127722893.htm，2021年8月2日。

二是网络文学创作的主流化带动了网络文学批评的主流审美。近年来，网络文学涌现出《大江东去》《浩荡》《何日请长缨》《国家战疫》等一批优秀现实题材作品，弱化了网络文学的非主流审美倾向。各级政府机构组织的网络小说排行榜、推优评选和创作大赛也加快了网络文学精品化、主流化的进程。许多网络文学作品的质量与印刷文学相差无几，网络文学批评也显示出更为理性、成熟的风范。三是随着网络文学影响力的扩大，网络文学评论阵营的扩大与融合也使得批评不再呈现单一的反叛声音，批评观念逐渐趋向主流化。越来越多的专家学者加入网络文学评论行列，他们的精英化批评和主流文学审美导向提高了网络文学批评的主流化色彩。而文学网民中也开始出现"网生批评家"群体。譬如由庄庸与安迪斯晨风筹备了"中国网络文学网生评论家委员会"，他们主持的"中国网络小说好看榜"集结了fairy、和自己一起流浪、寂寞三叹、苏孤乡等一批"粉丝评论家"，通过主流与民间融合的审美标准、精英化与土著化结合的批评话语对20年来涌现的网络文学佳作进行荐选和评论。这类在线评价主体中自觉向主流靠拢的野生力量，昭示着网络文学批评已经开始褪去浮躁，转变粗放型生产方式，迎来文学批评的精耕时期。

第三节 评价的殊途与旨归

　　网络文学批评在二十余年的风雨征程中，在线评价主体、传媒批评主体与学院派批评主体逐渐形成了各自的评价优势，现阶段这种优势仍处于拉锯、撕裂的状态，未能形成批评合力。为何三大主体难以相互取长补短，实现自我优化或向优势转化？主体区隔、体制阈限与审美差异造成的网文评价的悖反是其重要原因，因而亟须确定一个共同的航标作为评价旨归。

一　网文评价的悖反现象

　　网络文学评价主体制造了一个个热门话题与现象，但未能像传统的文学批评那样建构出一个共有的对话空间。网络文学评价主体构成的复杂性，带来了批评主体区隔、评价体制阈限、审美通道差异。

（一）部落与代际差异的批评主体区隔

如果说互联网的出现让人类"重归部落化"的预言得以实现，那么网络文学的在线批评活动则是文学网民的"再部落化"过程。人们在评价中实现思想的碰撞与交流，同时也由于不同的爱好和阅读取向形成小圈子，在评论发帖与交流互动中建立某种观念认同与个性标识，形成一种超越于公共经验、社交关系上的部落。因而，在批评主体的"再部落化"过程中，基于对同一作家作品或现象的相近评价，成员之间的关系会从趣味认同升级为观念认同，部落归属感增值，反之则会形成更大的区隔。批评主体部落化的形成与读者的代际差异也具有紧密关联。随着网络文学阅读群体年龄层的变动，其批评也呈现出鲜明的代际化区隔，主要表现为批评主体对网络文学精神诉求的变化。近年来，"银发族"以及中老年读者沉迷网络小说已经成为一种社会现象，"霸总文""赘婿文""甜宠文"等类型小说阅读火热，但阅读付费率较低，大部分人阅读的是免费小说。在"50后""60后"的认知中，网络文学的主要功能是消遣娱乐、消磨时间，对于作品的质量要求不高，偏重于情感性与故事性，对作品的批评性意见较少。"70后""80后"更倾向于阅读"屌丝逆袭"的英雄叙事与"套路文"，他们处于时代的中坚层，通过其缓解日常工作压力，获得情感寄托。而"90后"相比之下阅读取向变化最大。他们喜欢阅读"开脑洞""玩梗""轻小说"风格的文体。与此同时，"二次元文化""佛系文化""丧文化""萌文化"也成为他们热衷讨论的文化资源。据艺恩咨询调研，在网络文学阅读用户当中，19—24岁的群体比例占45.1%，"95后"正在成为网络文学市场的主角。他们的互动评论意愿度也远超其他代际的读者，有五成以上的读者享受与作者的互动，有近八成的读者期望自己能影响作者的创作。在付费率上，"95后"的打赏率超过50%，其中女性高达76.6%。与此同时，"95后"对网络文学品质的要求也更高，他们自发成立了反抄袭联盟，具有较高的评论话语权意识，建立了自由推文、"排雷"的扫文号来瓦解、动摇和瓜分网站编辑的推文权利。[①]

（二）不同航标下的评价体制阈限

作为一种话语活动，文学批评具有多重对话功能，不同主体之间通过对话实现在场性。一方面，互联网为文学批评提供了更多的话语表达渠道和便捷的交流方式，也扩大了评价主体的身份构成。另一方面，带有"新民间"气质的网络文学激发了更多评价主体的表达欲望，报纸、杂志、学术期刊与出版物等传统纸媒也成为网络文学批评的发声平台。因此，网络文学批评的多声部性相较传统文学更加突出。这带来的一个棘手问题是，评价主体的多声部之间音阶跨度太大而形成了无形的话语阻隔，一些圈子看似繁荣实则处于自说自话的状态。文学网民、作家与传媒从业者、学院派专家之间为何会沟通失效？为何批评家对热火朝天的在线评论区置若罔闻？为何传媒批评主体较少参与学术评价与网络在线评价活动？为什么许多专家学者明明满腹才学，但写出来的网络评论连网络作家本人和网络读者群都不买账？这是网络文学评价主体之间所认同的评价体制不一致所致。

在线评论虽是即兴言说的评价方式，但实际上却暗含一套网络特性的话语行规，文学网民以彰显自我态度、情感寄托和社交互动为导向，"吐槽""调侃""灌水""顶帖""踩帖"等都是惯常操作，这与传统批评的范式相去甚远，常被评论家认为是非专业的批评。而文学网民则恰恰在这种自由随性的评论中形成了部落化归属，他们以网络流行语、行话、术语对精英话语进行抵抗，同样认为学院派是网络文学的外行人。传媒评价主体所遵从的评价体制以"热点""人气""流

[①] 艺恩咨询：《95后网络文学阅读真相调研报告》，http://www.199it.com/archives/594573.html，2017年5月17日。

量"等为考评依据,读者群面向大众,因此他们很少选择学术性刊物和精英化的话语表达方式来进行评价活动。尽管传媒评价主体所采用的通俗批评话语同样适用于在线批评,但由于在线评论人数较多导致发言人的话语存留时间不长,传媒评价主体更倾向于选择方便存留的纸质刊物以及社会化媒介传播。从学院派主体来看,目前的学术评价只认可圈内纸媒学术出版物,并且具有森严的等级评判制度。在学术评价体制与量化考核之下,学院派主体为了评论能够发表和出版,不得不用学术话语体系来阐释大众化、通俗化的网络文学作品,使得批评越来越脱离普通读者,尤其是网民读者的理解范围。尤其是近年来高校推行的"非升即走"制度,已成为悬在许多青年学者头顶的"达摩克利斯之剑"。也有学者意识到网络平台的重要性,在微信公众号、博客等自媒体发布评论文章,但这些推文大多为学术刊物的摘转之作,并未进行话语方式变革,依旧是在小圈子内流行。还有些学者效仿在线批评的样态活跃于微博等平台,但由于常年的学术经验带来的话语惯性,也出现了网络遇冷的情况。由此可见,不同评价主体的批评话语风貌皆来源于各自所处媒介场的深层评价体制的规导。所幸的是,随着国家对网络文艺评论的关注力度增加,政府组织、学界、文艺界都开始探讨如何开展数字媒介时代的文艺批评,网络文学评价体系建构的呼声也持续高涨。只有重新确立航标与航向,评价主体之间才能真正身处同一语境,实现对话性的批评。

(三)美感与快感的审美通道选取

审美区隔是网络文学评价主体之间存在隔膜的主要原因之一。这种区隔鲜明地体现在文学网民与学院派之间,他们在审美上存在快感与美感两种通道选取。其中,在线批评比较注重快感审美。具体来说,快感包括代入感、沉浸感与爽感等审美体验,文学网民们将这些视为作品的重要评判因素。一部网络文学作品是否具有代入感,很大程度上决定了网民读者的去留。百度贴吧的网友"石头人"谈道:"如果代入感低,读者无法在第一时间代入主角,由于网络文学本质上文学性的薄弱，读者往往会在开头时便弃文。"① 这种代入感的生成，来自文本的真实感和读者的认同感。网络文学中的真实感呈现包括现实真实与虚拟真实两个维度。从现实真实的维度来说，具有大众生活气息、反映现实社会热点和痛点的文学更容易让网民读者产生代入感。从虚拟真实维度来说，尽管一些作品所描述的社会是一个虚拟的世界，但作品通过逻辑体系搭建与场景营造为读者建立了身临其境的效果。只有建立了代入感之后，小说才能激发读者的情感共鸣，从而获得沉浸式体验。譬如，晋江文学城的官方评论员在评价《清风满天下》这部小说时直言自己无法被人物感染，并指出"其实无论穿越与否，无论是何时代，人与人之间最关键的是互动，是合理的交流。在一个社会大环境下的交流是要符合这个环境的"。② 网友不仅对文本有沉浸感期待，而且许多评论区中的帖子也带有"沉浸感"，甚至还生成了"沉浸式论坛体"的创作模式。爽感是在线评论重要的关注点，具体有刺激感、占有感、优越感、畅快感等多种表现形式。网友阿斯普洛斯坦言："网文就是看爽文的，大部分都是爽文火，大部分看网络小说就是为了爽，有代入感，能放松。"③ 夺宝、升级、奇遇、干翻 Boss、俘获美女、扮猪吃虎是网文中常见的爽点。"爽"所代表的是读者审美趣味具有深层的社会心理根源。它一方面弥补了读者在现实世界的缺憾，另一方面又具有一种情绪激励效应。因此，"YY 无罪，做梦有理"在网民读者的评价观念中获得了逻辑合法性。与之相反的是，学院派认为快感所提供的是一种低层次、生理性的满足，并不能产生审美愉悦。许多学者认为美是超功利的，具有"无目的的合目的性"，应该以"纯粹的目光"来看待。他们反对审美的泛化，更希望看到文学作品的膜拜价值，而非展示价值，提倡难度写作、意义写作。学院

---

① 石头人：《论当代玄幻作品》，https：//tieba.baidu.com/p/7507673283？pn=1，2021 年 8 月 23 日。

② 评九：《浅谈女猪的塑造——评〈清风满天下〉》，https：//bbs.jjwxc.net/showmsg.php？board=25&id=1541，2005 年 10 月 15 日。

③ 百度贴吧：《回复：群像小说作品在国内有这么不受待见么？》，https：//tieba.baidu.com/p/7580347333？pid=141727168240&cid=0#141727168240，2021 年 10 月 20 日。

派所推崇的美感既包含了崇高、优美、悲剧、静穆、自由、解放、反思、启蒙、真理等多种以西方美学理论为资源的审美要素，又包含了"言志"观、"宇宙"观、"天下"观、"自然"观、"中和"观、"超脱"观等中国古典审美思维以及对气韵、神采、意境的审美追寻。由此，学院派与文学网民在审美上形成了趣味差异与观念隔阂。

二 评价的旨归

在评价体制阈限、审美区隔之下，网络文学的评价主体之间能否"破圈"，建成共融共生的评价共同体？这归根结底取决于网络文学评价主体对评价的旨归的再认识。近年来，越来越多的专家学者呼吁建构一套符合网络文学自身发展的评价体系，国家新闻出版广电总局也出台了《网络文学出版服务单位社会效益评估试行办法》等文件加强对网络文学行业的引导，业内开展也组建了官方书评团提高评论质量，并开展自查自纠活动，文学网民也自发成立了"扫文组""书评圈"等。多种现象表明，网络文学评价主体已经脱离了故步自封的状态，而要使学界、业界、文学网民、媒体与政府机构等达成共识，人文伦理、艺术审美与消费市场的评价维度缺一不可。

（一）评价之"根"：人文伦理评价

人文伦理以人的存在意义、价值追求、道德伦理与终极关怀为指向，它关涉文学评价者的精神向度、意义认同与价值立场，是网络文学评价之根。早在20世纪90年代，市场经济与消费文化的勃兴导致文学评价的价值理性偏离，学界对此发出了"重建人文精神"的呼唤。而当人们进入网络时代，评论界以工具理性取代价值理性的现象甚嚣尘上。网络作为载体式工具，人们更看重的是它的虚拟功能、交往功能、娱乐功能。一方面，匿名ID让文学网民获得了身份解放，以僭越与冒犯将崇高解构，而当文学艺术所建构的意义深度陷入无休止的解构、戏谑、恶搞之时，我们所追寻的人文精神也逐渐失去了往日的光辉。有的评论将"粗口秀"转化为"人肉搜索"与网络骂战，充当道德审判与"卫道士"的"键盘侠"充斥于论坛贴吧,卸落了评论主体的价值承担。另一方面,当"火星文"、网络术语、行话等语言符号由一种新奇审美演变为生硬拼造与炫技表达时,语言的意义阻隔与价值中断使其失去了作为存在之家的功能,原本带有生命温度与活力的主观评价也就蜕变为一种冰冷的、异化的、空有形式的符号装置。文学是人学,人文伦理评价是文学评价的传统。尽管网络文学是互联网时代的产物,但从本质上来说,网络文学属于文学范畴,评价主体不能因为网络文学的媒介特质而舍弃掉它作为文学存在的根本属性,人文伦理依旧应该成为网络文学评价所遵循的重要价值尺度。

(二)评价之"魂":艺术审美评价

文学评价活动是典型的审美活动。艺术审美是从审美感知维度来评价文学作品,其最终目的是实现人的心灵解放,从而抵达超越物质世界的自由精神境界。就目前的情况来说,网络文学评价存在"娱乐第一"与"技术至上"的审美风险。从娱乐化导向来看,游戏消遣与感官刺激式的评论在论坛贴吧随处可见,这类评论混淆了艺术追求与享乐目的、精神抚慰与精神逃避的界限,反映出评价主体的物化生存状态和功利诉求。若评价者在"白日梦"的幻象中沉迷,将虚拟世界与现实生活混淆,把网络文学批评的艺术品格转化为物化的、畸形的审美方式与生理学上的官能快感,那么网文作品中原有的艺术"光晕"将被彻底掩盖,评价者也将陷入审美疲劳与官能退化之中。从技术审美来看,网络文学批评主体乘着技术主义的东风获得了极大的话语权。正如有研究者所提到的,网络技术"在精神生活领域千方百计抬高'技术的艺术性'以打造'艺术的技术化',用技术的手段改变人们对艺术的认知方式和感悟方式,修正传统的艺术观念,消解乃至摧毁人文的审美创造性,影响艺术的'出场'和功能范式"[①]。技术理性能够削弱审美感性,在各种高科技名词条分缕析的阐释中,评价者

---

① 欧阳友权:《网络文学:技术乎?艺术乎?》,《中华读书报》2003年2月19日。

不仅丧失了批判能力，而且丧失了评论的主体性，不知不觉地充当了压抑人性、异化审美的辩护工具。艺术审美作为网络文学评价之"魂"，应该能够让评价者从"悦耳""悦目"的评价层级中超脱出来，通往"悦意""悦神"的批评境界，实现对人类命运与理想的终极追问，获得心灵皈依与自由解放，进而达成自我与社会、现实与理想、有限与无限的统一。

（三）评价之"效"：消费市场评价

消费市场评价以作品的流量以及读者的订阅、购买、评论反馈为考量依据，是检验网络文学效益最快捷的方式。实际上，是否应该将市场考评纳入网络文学评价中，学界对此一直颇有争议。这是由于以往的文学批评很少考虑市场维度所导致的，究其原因主要有三。一是在许多批评家的观念中，商业利益与艺术审美之间是矛盾关系，如果一部文学作品的商业利益越高，那么它的艺术审美性就越稀薄。二是许多专家学者基于文学学科背景，更愿意从文学作品以及自己所熟悉的理论范畴来开展评价活动，并且，在一些传统学者的认知中，对文学作品开展商业性评价是一件不"专业"的事。三是许多传统文学作品并未进入出版畅销书行列，商业价值较弱，只在小圈子内传阅，较难形成市场效应。而网络文学与传统文学不同，它遵循的是"得用户者得天下"的创作规律。消费市场不仅关系到作家的生存问题，而且还关系到网络文学作品能否在网络中存留、传播的问题。在网络文学的强势崛起中，商业资本作为幕后操控之手，起到了重要推动作用。消费市场是商业资本最为关注的对象，文学网站的排行榜中的订阅量、点击率、打赏率、盟主数等指标设置均以消费市场作为重要的监测数据与评价依据。因此，抛开消费市场进行文学评价，不符合网络文学的现实情况。消费市场是反映网络文学的文化功效与广大读者群体心理需求的窗口，其所产生的社会效益与经济效益在促进网文业态繁荣的同时也反哺网文创作，使网络文学形成"创作—分销—收益—再创作"的生态循环。随着大数据技术的发展，各类文学平台可以在后台实时读取网络文学用户阅读数据，以计算主义为底层逻辑的网络文学评价方式逐渐生成，这将更加方便评价主体获取消费市场的情况。不过需要注意的是，网络文学评价不能陷入"唯市场论"的误区，同时也应警惕"博眼球""冲流量"的批评风气，做到人文伦理、艺术审美与消费市场三个评价维度的有机融合，达成意义赋值的平衡。

第三章 网络文学评价体系的建构原则

恩格斯提出的"美学观点和历史观点"之于网络文学评价具有广泛的适应性和充分有效性,二者的逻辑环扣构成网络文学评价本体的"魂"与"根",科学的网络文学评价应该自觉践行审美对历史的文学承诺,以达成美学律令与历史逻辑的统一。此外,网络文学评价体系建构需要"应时通变",又应该"守常不辍",面对"文体有常"而"文变无方"的网络文学新现实,评价者只有"酌于新声",才能"骋无穷之路,饮不竭之源"。并且,在理论建构和实践探索过程中,多重评价主体的会通与博弈、不同批评观念的对冲与博弈已经悄悄展开,能否建立网络文学评价的"学术共同体"或将从可能走向历史前台。

第一节 美学律令与历史逻辑的统一

关于文学评价问题,鲁迅先生说过一段很有名的话:"我们曾经在文艺批评史上见过没有一定圈子的批评家吗?都有的,或者是美的圈,或者是真实的圈,或者是前进的圈。没有一定的圈子的批评家,那才是怪汉子呢。"[①] 这里的"圈",即尺度、标准或体系,任何人的评价或评价任何作品都有一定的标准和体系,这个标准和体系的建立

---

① 鲁迅:《花边文学·批评家的批评家》,《鲁迅全集》第 5 卷,人民文学出版社 2005 年版,第 349 页。

也都需要遵循一定的价值原则和逻辑前提。网络文学评价体系建构首先也需要找到持论的价值原则,并夯实其逻辑前提。

一 魂与根: 美学评价与历史评价的逻辑环扣

谈到网络文学评价体系的构建原则,不妨从一次网络论争说起。2006年春,网络上曾发生了一场较为激烈的论争,一方是"80后"中的网络明星作家韩寒,一方是传统文学批评家白烨,后来人们将这场争论称为"韩白论战"。论战起因是白烨在自己博客中发了一篇《80后的现状与未来》的评论,认为,"80后"作家充其量只能算是"文学票友",尚未进入文坛,因为他们很少在文学期刊上亮相。该文一出,立即引起"80后"作家韩寒的强烈反应,他在自己的博客中写了一篇题为《文坛是个屁,谁都别装逼》的文章,对当下文坛及文学期刊的弊病进行了猛烈抨击。该文被多家网站转载后,受到众多网民的关注,解玺璋、陆天明、陆川等许多名人纷纷参战,论争升级,火药味越来越浓,白烨后来关闭了自己的博客,论战慢慢淡出人们的视线。这里不想评价这次论争的功过是非,抛开情绪化的过激言辞不谈,从文学评价的原则立场看,争论双方如果能从文学的历史发展与文学审美的代际传承与更替上充分展开理性对话,其论战就不会演变为被人称之的"以文学的名义伤害文学"的事件,而是一次更具意义的"文学事件"。

这就涉及文学评价的美学律令与历史逻辑问题,这个问题最早是由恩格斯提出来的。恩格斯1859年5月18日在《致斐·拉萨尔》的信中提出:"我是从美学观点和历史观点,以非常高的、即最高的标准来衡量您的作品的。"[①] 恩格斯将"美学观点和历史观点"视为衡量作品的"最高"标准,将其放在首位,是因为这一标准有着涵盖和统摄所有批评标准的高度和深度,既反映了文学作为意识形态的普遍规

---

① 恩格斯:《致斐·拉萨尔》,《马克思恩格斯选集》第4卷,人民出版社1972年版,第347页。

律，又体现了文学作为审美意识形态的特殊机制，对于开展文学批评活动具有原则规制和方法论的意义。

"美学观点和历史观点"作为文学评价标准的逻辑根据在于：一切文学作品都应该是审美的作品，是如马克思所说的那样"按照美的规律来创造"的结果，因而理当用美学的观点加以审视和评价，看它是否符合审美创造的规律，是否具有美的结构形态和形式韵味，能否充分地显示美的本质、特征和魅力，文学评价的"美学观点"，就是要对文学创作表现出来的美学观念、审美态度、审美理想、审美趣味和艺术作品中的形象、形式、结构、语言、手法的审美特性、审美价值，做出合乎艺术审美规律的分析判断，给出合乎美的规律的审美评价；一切文学作品都是一定历史条件下社会关系的产物，要评判一个作品有没有较大的思想深度和历史内容，从而衡定它有没有社会功用和历史价值，就必须要有历史眼光和正确的历史观，用"历史观点"实施文学批评，就是要运用历史唯物主义的观点、方法，去观察、分析文学作品对现实、历史、人物形象的描绘，以及文艺家对现实、历史、人物的态度、观念、思想倾向等，对其做出合乎历史真实、合乎历史规律的判断和评价。文学批评可能有多种多样的方法和标准，但"美学观点和历史观点"是文学批评的"最高标准"，因为它作为批评的方法论和基本原则，制约着各种具体批评中的价值取向，可以指导各种具体的批评方法和标准，因而也是网络时代的文学批评或网络文学批评所必须坚持的原则和方法。回到"韩白论战"的话题可以看出，如果争论的双方能秉持美学的、历史的评价立场去理性地讨论问题，无论是对文学新人成长还是对时代文学生态优化，都将是一件十分有意义的平等对话，而不会酿成一个"文学事件"。

在艺术哲学的意义上，可以对文学评价的"美学观点和历史观点"做更为细致的内涵分析。

首先，美学作为文学评价的观念律令，是发掘作品价值的哲学依据。美学是艺术哲学，美学研究的主要对象是艺术，而艺术审美所需要的价值"临场"就不能没有哲学评估和思想疏瀹。"美学之父"鲍姆嘉通最早把美学界定为"感性学"（Aesthetic），就是要在哲学体系中"给艺术一个恰当的位置"。黑格尔更是把艺术视为美的最高和最典型的形态，认为美学就是"美的艺术哲学"。海德格尔致力于对"存在"的诗化张扬，他的解释学的现象学哲学由生存之"畏"转向"诗意的栖居"，把艺术（诗）作为"真理对存在者去蔽"而进入"澄明"之境的必由之路，认为艺术作品的存在就是此在进入本真生存状态而显现的真理，艺术与"思"从存在之中延展出来，成为确证"此在"（Dasein）、走出隐藏的"解蔽"的美学。正因为艺术（文学、诗）与美学有着如此深邃和绵密的哲学关联，当我们试图评价和把握文艺作品、文艺现象和文艺问题的时候，就不能没有美学的标准、美学的方法论原则，因为只有从这里入手，我们才有可能揭示文学的美学内核和一个文学作品的审美价值。

其次，历史评价关涉文学的价值本体，为文学批评的"图-底"关系提供坚实的意义"基座"。法国思想家福柯（M. Foucault）在《词与物》中说过："历史主义是为了自身而强调在大写的历史与人文科学之间起作用的永久的批判关系这样一种方式。"[①] 文学的历史评价就是要在"文学"与"历史"之间确立起这样一种"批判关系"。文学是记录人类感性生存的历史，以历史的维度评价文学，可以达成文学审美价值与历史逻辑的统一。韦勒克（R. Wellek）在《文学理论》一书中说："我们要研究某一艺术作品，就必须能够指出该作品在它那个时代的和以后历代的价值。一件艺术品既是'永恒的'（即永久保有某种特质），又是'历史的'（即经过有迹可循的发展过程）。"[②] 他把这种时代的、历史的眼光称为"透视主义"，它能够"把诗，把其他类型的文学，看作一个整体，这个整体在不同时代都在发展着，变化着，可以互相比较，而且充满着各种可能性"。作者引用科林伍

---

① [法]米歇尔·福柯：《词与物——人文科学的考古学》，莫伟民译，上海三联书店2001年版，第486页。
② [美]韦勒克、沃伦：《文学理论》，刘象愚等译，生活·读书·新知三联书店1984年版，第36页。

德的话说，有了"透视"历史的眼光，一个人就将"知道莎士比亚之所以成为一个诗人的原因，也就是等于默认他知道斯坦（G. Stein）到底是不是一个诗人，假如她不是诗人，又何以不是"①。要区分诗人与非诗人、作品与好作品，需要把对象放到历史发展和文学积淀中去考察和检验，只有具备透视历史的视野和情怀，作家才能创作出有历史和时代价值的文本，批评家只有获得洞悉历史的眼光和感应时代的能力与胸襟，才能以历史的、发展的、时代的价值理性，把握作品的意义旨趣和作家的历史（含文学史）地位，使自己的评价建立在"大地的基座"之上，进而在历史评价与文学现实的"图-底"关系中，赢得切中肯綮的价值判断。

最后，只有秉持"美学评价与历史评价"的统一，才能达成"魂"与"根"的逻辑互证。对于文学评价而言，美学维度与历史维度就像一枚硬币的两面，是不可分割的整体性存在。如果说前者是文学批评需要把握的价值之"魂"，后者则是一种批评价值确权的"根"，二者的逻辑互证将铸就文学评价价值的整体环扣。这是因为美学评价既取决于文学与现实审美关系的把握程度，也取决于评价主体对这种"审美关系"的历史认知能力，批评家的美学观念、审美态度、审美理想、审美趣味，他对作品审美特性、审美价值的分析判断与评价，是建立在一定历史条件、一定社会关系、一定历史观念基础之上的，并据此评判一个作品思想深度和历史内容，以及它的社会功用和历史价值，因而美学评价的"魂"需植入历史评价之"根"中；同样，文学的历史评价不是游离于艺术审美的那种"历史学科"式的历史评价，而是运用唯物史观去评价作品对历史、对现实、对人生和人性的艺术描绘，从美学立场和审美的视角对文学形象的历史真实与历史价值，做出合乎历史规律和审美特性的判断和评价，让历史之"根"蕴含于美学之"魂"中，让二者互融互渗又互为表里，相互支

---

① ［美］韦勒克、沃伦：《文学理论》，刘象愚等译，生活·读书·新知三联书店1984年版，第37页。

撑又相互激发，构成一种整体性的观念自洽与逻辑周延，达成美学分析、历史评判与文学作品思想艺术价值的统一。这样的评价，即如福柯在论及"人文科学的考古学"时所说的，它必将有助于"重新发现人类认识和理论的可能基础，知识得以在其中确立的秩序空间，并为观念的显现、科学的确立、经验的哲学反思和合理性的塑成和消失提供历史先天性基础"①；与此同时，"审美之维作为一种对自由社会的量度"②，既需要批评家立基于现实、承载着历史、赓续于文化，还需要从现实、历史和文化传承中找到作品的价值支持模式，让文学审美循着历史的足迹形成应有的价值判断，这也就是马尔库塞引用尼采的话所说的："美的东西是逻辑的东西的镜子，也就是说，逻辑的规律是美的规律的对象。"③

二　网络文学评价：践行美学对历史的文学承诺

网络文学评价要不要坚持美学观点和历史观点的统一，或需不需要美学律令与历史逻辑相一致，并不是一个不辩自明的问题，而廓清这一问题的前提，则取决于另一个前提条件的确立——网络文学是否具备美学与审美的艺术特性，以及是否具有蕴含历史内容与历史价值的艺术品性。之所以会质疑这个前提，原因有二：一是从历史层面看，网络文学创作是在赛博空间书写的虚拟现实，其表现的对象（如玄幻的故事、穿越的时空、"换地图"叙事等）、"造梗"的人设（如玛丽苏、废柴逆袭、霸道总裁、女尊、白莲花、傻白甜、直男癌、中二等）和表达技巧（如平视审美、金手指、打怪升级、架空、种田、YY、CP等）均与真实的历史与客观的现实无涉，至少是若即若离或相距甚远，无从达成文学评价的"知人论世"或"以意逆志"；二是从美学

---

① ［法］米歇尔·福柯：《词与物——人文科学的考古学》，莫伟民译，上海三联书店2001年版，译者引语：人文科学的考古学，第2页。
② ［美］赫伯特·马尔库塞：《审美之维》，李小兵译，广西师范大学出版社2001年版，第101页。
③ ［美］赫伯特·马尔库塞：《审美之维》，李小兵译，广西师范大学出版社2001年版，第101页。

层面看，网络文学是一种大众文学、通俗文学，主要以阅读爽感"杀时间"，供人们消愁解闷、打发闲暇，其快感大于美感、娱乐多于品鉴的特质，少有"澄怀味象""涤除玄鉴"的艺术超越和"余味曲包""迁想妙得"的审美滋味，要对其做美学评价难免无从置喙、"靶的"错位。有持此见，正是对网络文学存在误读或误解的表现。事实上，只要是走近并走进网络文学，剔除对网络文学的"污名化"误判就不难发现，新兴的网络文学虽然总体质量尚不足以与积淀千年的传统文学相比肩，但它自身的不断进步却是显而易见的，并不都是那么低端和不堪。浩瀚星汉，终有北斗，恒河沙数，岂无沉金！那些由"文青"精心操觚的上心之作，如《悟空传》（今何在）、《诛仙》（萧鼎）、《网络英雄传》（郭羽、刘波）、《赘婿》（愤怒的香蕉）、《孺子帝》（冰临神下）、《匹夫的逆袭》（骁骑校）、《回到过去变成猫》（陈词懒调）、《诡秘之主》（爱潜水的乌贼）、《剑来》（烽火戏诸侯）、《大奉打更人》（卖报小郎君）、《稳住别浪》（跳舞）……这个名单可以列出很长，相对于堪称浩瀚的网文作品，这些上乘之作所占比重也许不大，但它们散发的文学光芒，却可以照亮批评家的思维之路——网络文学批评依然可以并应该坚守"美学观点与历史观点"的基本原则，在网络的平台披沙拣金，用有见识的评价建构美学对历史的文学承诺。数字化的传媒可以改变文学的创作手段和传播方式，却并未改变文学承载历史、干预时代、以形象塑造表征人与现实审美关系的本质；媒介的更替还将为文学开辟新的媒介诗学，创生新的审美空间。因为如美国传媒文化学者凯尔纳（D. Kellner）所说："新的媒体和计算机技术是双重化的，可以产生相互矛盾的效应。一方面，新的媒体技术提供了更为多样化的选择、更多的文化自治的可能性，同时为另类文化和观念的涉入打开了更多的通道。"①

具体来说，网络文学评价要建构美学对历史的文学承诺，需要评

---

① ［美］道格拉斯·凯尔纳：《媒体文化——介于现代与后现代之间的文化研究、认同性与政治》，丁宁译，商务印书馆2004年版，第29页。

价者选点发力。

其一是要廓清网络评价对象的美与审美。无论是表现世俗化的生活，还是描写玄幻式的图景，网络创作的终极目标都是要为读者提供一种有着人文关怀和精神愉悦价值的文学文本，作家的创作动机中都将自觉不自觉地蕴藏着审美的冲动。不信天上掉馅饼（刘丰）在谈道《重生之衙内》的创作时说："我给大家勾勒的，其实是一个美好的梦想，一个不可能存在的乌托邦。但我还是要写，要去讴歌一些美好的品德。我们已经失去了太多的东西，不能再失去理想，如果万一连理想都破灭了，那么，我们至少还剩下梦想。"[1] 很多作家都是这样，他们知道，自己的理想抑或梦想可能只是一个"不可能存在的乌托邦"，但他们依然愿意去描写和表现它，一方面可以去讴歌人世间"一些美好的品德"，另一方面也是为了表达自己心底某些美好的期冀，美与审美始终是网络作家创作的重要动机，是他们不变的承诺。这是文学作品美与审美的逻辑原点，我们的文学评价就是要把握住这个原点，分析作家是如何表现它的，以肯定它的正面价值，厘清网络作品美的内涵与创新性的审美方式。有研究者在评价愤怒的香蕉的历史架空小说《赘婿》时写道：

若以网络类型小说的标准而论，《赘婿》无愧为历史文的"大成之作"。其"大"在于规模宏阔，结构复杂。中国古典小说中，《红楼梦》写家宅，《水浒传》写江湖，《三国演义》写天下。《赘婿》则以超长的篇幅和极大的抱负"囊括"之。从家宅起笔，后破家入江湖，再进入庙堂，并超越"分久必合，合久必分"的陈旧史观，借革命历史小说的势能，探讨早熟的中华文明在穿越者的推动下是否有自我更新的可能。其"成"在于形象丰盈，情绪饱满，语言妥帖。《赘婿》中真儒与侠女，伪士与小人，时代大潮

---

[1] 刘建勇：《专访"不信天上掉馅饼"："写作让我朋友遍天下，真的很棒啊！"》，《潇湘晨报》2020年6月13日第A07版。

中的各样人等，无不毕肖，让人留下印象的人物数以千计。作者更长于一点点积攒情绪，并在反复酝酿激荡中将之推向巅峰。书中成功的大高潮便不止两三处。以八年之功"苦更"一部如此成就的"练笔之作"，足以让人对香蕉抱以"大师作家"的厚望。①

这里以"大成之作""苦更"评之，不仅抓住了《赘婿》的卓异之处，也要言不烦地点明了小说在形象、情感、语言等方面的特点和审美价值。

其二，关注"历史在线"时的"文学在场"。网络文学评价中历史评价不可脱离或背离美学评价，这里的重点已不是"历史在线"，更在于"文学在场"。如果批评家只在"写什么"上纠缠，不能在"怎么写"上聚焦，很可能让评价"一脚踏空"，失去美与审美的文学支点，无从让自己的评价实现美学之于历史的文学对接。马季在评价《明朝那些事儿》时曾分析道，明朝是个深藏机锋的话语场，作者当年明月以自己的观点讲述历史，并借用历史事件折射现实问题，在叙事上找到了自己的空间。比如，小说的题目就以轻松、随意和闲适的姿态，努力消解对历史沉重阅读的畏惧，暗合了网络时代的文化心理诉求，他写道：

> 当年明月所以能够走红网络，原因在于他使用了现代读者能够接受的叙事方式，把那些已经既定的历史人物形象"激活"，也就是说，这部作品的创新性不是运用架空、重塑等表现手法，而是实现了叙述方式的转换——把重的历史变为轻的故事，把严肃的考据变为生动讲述——体现出网络平台新的读写关系。②

《明朝那些事儿》是在"网络文学十年盘点"中入选"网络小说

---

① 邵燕君、薛静主编：《中国网络文学二十年·典文集》，漓江出版社2019年版，第42页。
② 马季：《网络文学透视与备忘》，中国社会科学出版社2010年版，第41页。

10年10部佳作"的作品，它是"历史"的、写实的，却又是"文学"的、审美的，"讲历史的方式"是它的"爽点"，把"重历史"变为"轻故事"是它的特色，把"严肃的考据"演绎为"生动的讲述"是它的魅力，文学的历史评价和美学评价就因为"文学在场"而让"在线的历史"变得生动有趣又熠熠生辉。

这里的"历史在线"不单是指历史题材的作品，写现实题材乃至任何题材的网络作品都有一个"历史"的问题，实即历史观、世界观、人生观中的价值观表达，亦即如何用文学化的"在场"手段艺术地表现历史观、世界观、人生观中的价值立场。如蝴蝶蓝的《全职高手》虽是现实题材的网游文，依然有一个"历史在线"的问题，因为今日的现实即是明日的历史，昨日的生活便是今日历史，纵是幻想类题材也是经由艺术想象"变形"了的历史，任何题材创作都有一个如何"接地气"地表现人生、人性与社会的历史，从而展现人与现实之间的审美关系，达成"精神在场"的价值站位问题。高寒凝在评价该作品时谈道，《全职高手》艺术地呈现了三重世界：

> 瑰丽奇幻的网游世界、市井气浓的现实世界和崇尚体育精神的电竞世界，以及这三重世界之间的复杂交错的关联。且语言风格欢快诙谐，具有网络聊天式的现场感，与整个故事背景融会贯通。

在剖析该小说"4V5团队攻防战"的细节时说：

> 作者以武侠小说式见招拆招的笔法对比赛过程进行了最大程度的视觉表现，又以体育比赛转播的全景视角，在选手、观众和赛事解说员之间来回切换，同时给予各个人气角色以充分的表演时间，并准确地拿捏住了每个人的性格与语言特征。[1]

---

[1] 邵燕君、薛静主编：《中国网络文学二十年·典文集》，漓江出版社2019年版，第269—270页，《全职高手》的评论由高寒凝执笔。

如果说对小说"三重世界"的描述属于"历史在线",那么对人物性格特征、作品语言表达和场景细节的风格化评价,则成为该小说"文学在场"的表征。而前者"在线"与后者"在场",以"文学在场"表达"历史在线",二者交融互渗、彼此映衬、相得益彰,正是在践履审美对历史的文学承诺。

其三,谨防美学缺席与历史虚无。恩格斯把美学观点与历史观点的评价标准视为"最高的标准",在于坚守二者并重、二者统一需要较高的思想站位和长远的理论眼光。特别是在文学日渐被消融于文化消费、人文科学备受冲击的数字化技术霸权时代,现代性危机加剧了传统批评标准的历史合法性危机,恩格斯当年提出的批评观是否仍然有效、是否仍然需要坚持,是毋庸置疑的。特里·伊格尔顿(T. Eagleton)在《理论之后》一书中说:

> 人文科学或"文化",是敏感地显示现代性整体危机的所在。文化涉及礼仪、社群、想象力的创造、精神价值、道德品质以及生活经验的肌理,所有这些都陷入了冷漠无情的工业资本主义重围之中。①

我们的网络文学建基于工业技术,受控于文化资本,是传统文学危机下被技术招安的"文学遗孀"——一方面受惠于传统的基因,同时又试图摆脱传统的羁绊,成为现代性危机中的文学拯救者。此时在网络文学评价中出现美学缺席或历史虚无,也就容易从或然性中滋生出某种合理性。由于网络文学通常被归入通俗性大众文学,置于前景的"爽文"和"代入感"容易拉低人们对它的评价尺度,降低评价主体的观念站位,用类似巴赫金"狂欢化"思维方式来"矮化"理性化的美学思维结构,在评价中重视笑谑性语言环境和话语交际分析,乃至用"渎圣思维"或"脱冕本位"为网文作品的美学缺席寻找借口。

---

① [英]特里·伊格尔顿:《理论之后》,商正译,商务印书馆2009年版,第80页。

这在实际的网络文学评价中通常会有三种表现。

一是痴迷"故事秀"。网络创作是以"讲故事"为叙事目标的，特别是网络类型小说，往往是以密集的故事桥段、衔接紧凑的"升级式"人设来延伸故事，动作性、紧张感、奇异性，成为创作的基本技法，因而评价这样的作品很容易陷入作者设置的"故事玩伴"，而无暇思考"如何更艺术地讲故事"和笔端故事的"审美值"，让自己的评价沦为"故事秀"的阐释者，而不是美学评价的反思者、评判者。

二是热衷"小白文"。网络"小白文"通常是指情节简单、文字浅显、思想浅白、桥段老套却内容臃肿、语言"灌水"的小说。这类作品只有文字没有文笔，作品好读却缺少营养，为了情节和人设，常常牺牲逻辑自洽，扮猪吃虎，疯狂打脸，但节奏明快、主角存在感强，对文化程度不高的读者特别是涉世不深的青少年，是一种难以抵抗的"调味幻剂"。评价这类作品，容易从"大众化""喜闻乐见"方面给予肯定性判断，而忽视由于"思想肤浅"造成"文字浅白"的无效表达，将应有的审美尺度"下沉"到"可读性"层次。

三是放纵"套路控"。与类型化故事相关的是写作"套路"，定格化的套路是类型小说的"招牌"，靠它来实现阅读市场的细分与拓展，形成文学消费的"趣缘社区"。特别是以玄幻为主体的幻想类小说，故事主线一般都围绕"主角成长、变强、升级和逆袭"展开，即"升级打怪拾宝贝，仙界神谱换地图"或"光环神技开外挂，仙佛妖魔随便杀"之类，如网友总结的：

> 九星连珠，天出异象，一个身世凄苦的少年，得到上古魔神的传承，拥有了超人力量，在众多手下的追随下，且看他如何一天天强大，终而废柴逆袭，建立起自己的帝国，并找寻自己的身世，横扫满天神佛，虐杀妖魔，并收获几个绝色佳人……

其实，"套路文"并非一无是处，它是始于创新而终于模仿的。有研究者指出："套路是对一种流行类型文核心快感模式的总结，是一套最易导致成功的成规惯例和写作策略","只不过,网文套路的配方是开放式的,有开创者,没有专利拥有者,是在无数'跟进'创作者的积累中自然形成的,是一种集群体智慧的文学发明。这些扎扎实实的类型套路构成了网络文学的'核心资源',是建造这座金字塔的基石"。① 如此看来,类型小说的"套路"是有一定审美价值的,它在网文生产时代集群式出现有其历史的、文学的必然性,我曾在一篇文章中谈道:"类型小说的'套路叙事',是网络创作艺术适配创新性的价值选择。"② 但也必须看到,网络文学评价可以且应该对类型化的"套路"做出贴近文本的艺术分析和应有的价值判断,同时也不要高估其价值而忽略"套路"创作的局限和对于艺术创新的掣肘,谨防"套路控"式沉浸而拉低自己的审美眼光。因为毕竟,套路是一种固定的模式,而"套路"和"模式"实乃文艺创新之大忌,所以对它的艺术局限性不能不有所警惕。事实上,那些被许多网友讥嘲的网文套路,如"脑洞大,代入强,一路爽"之类,已构成网络创作的"短板","反套路"创作的出现正是对"套路"的技术反拨,网络文学评价不能因"套路控"而招致美学缺席。

历史虚无即掩盖、虚化、否定或曲解历史真相,也称"历史虚无主义",其基本含义是指不加分析而盲目否定人类社会的历史发展过程,甚至否定历史文化,否定民族文化、民族传统和民族精神的历史观点和思想倾向。这在文艺创作中表现为打着所谓"让历史更生动""让人物更丰满""让人性更真实"的旗号,或者遮蔽、回避、歪曲历史事实,用虚假的东西替代客观存在的历史现象和历史问题;或者把复杂的历史"浓缩"为个人心酸曲折的生活史,以个别人物的不幸命运史取代波澜壮阔的"宏大历史";或者是以创作者个人情感、价值好恶来放大某些历史细节,沉湎于个体情感而无视历史的总体意义,把民族记忆蜕变为个体滥情,把历史中的悖论进行夸张性展露等。在

---

① 邵燕君:《网络文学的"断代史"与"传统网文"的经典化》,《中国现代文学研究丛刊》2019 年第 2 期。
② 欧阳友权:《网络文学价值的三个维度》,《江海学刊》2020 年第 3 期。

网络文学中，历史虚无主义通常表现为调侃崇高、消解经典、颠覆历史。如《闪闪的红星之潘冬子参赛记》将经典电影中的小英雄潘冬子描述成了一个整日做明星梦的富家子弟，胡汉三反倒成了裁判冬子比赛成败的大评委……这类调侃、戏说历史的倾向，无疑会对青少年的价值观和审美观带来危害。"在某些网站，否定中华文明、歪曲民族历史的现象被堂而皇之地贴上了'还原历史真相'的标签；在微博微信圈内，诋毁民族英雄形象、丑化人民群众的言行更是屡见不鲜。"①采用网络语言、段子、笑话等方式，把历史简单化、符号化、粗鄙化，把否定历史当时髦，拿崇高史实开玩笑、拿英雄人物开涮的事情在某些网文作品中并不鲜见。网络文学评价要坚持"历史的观点"，就应该旗帜鲜明地抵制"三俗"，反对历史虚无主义，引导网络作家树立正确的历史观、人民观、英雄观。"历史给了文学家、艺术家无穷的滋养和无限的想象空间，但文学家、艺术家不能用无端的想象去描写历史，更不能使历史虚无化。文学家、艺术家不可能完全还原历史的真实，但有责任告诉人们真实的历史，告诉人们历史中最有价值的东西。戏弄历史的作品，不仅是对历史的不尊重，而且是对自己创作的不尊重，最终必将被历史戏弄。只有树立正确历史观，尊重历史、按照艺术规律呈现的艺术化的历史，才能经得起历史的检验，才能立之当世、传之后人。"② 这是网络文学创作特别是历史题材创作要遵循的基本原则，也是网络文学评价应该担负的历史责任。

第二节 "应时通变"与"守常不辍"

变与不变的辩证法在网络文学评价上再一次得到验证。这是因为，一方面，评价网络文学是一种"网络"文学的评价，表征的媒介不同，其所面对的是不一样的文学，自然会有不一样的评价对象、评价

---
① 陈定家：《网络文学批评中的历史虚无主义漫议》，《文艺报》2017年4月17日第3版。
② 习近平：《在中国文联十大、中国作协九大开幕式上的讲话》，《中国文艺评论》2016年第12期。

方式，以及评价主体和评价标准的某些改变；另一方面，网络文学评价仍然是一种"文学"评价，举凡评价文学的每一个质素都须在评价实践中得到呈现。于是，既"应时通变"，又"守常不辍"，便成为网络文学评价绕不开的宿命。

一　网络文学评价的"会通适变"

网络文学评价容易出现两种常见的偏失：一是生搬硬套，二是聚焦失准。前者习惯于把传统的文论学理和评价标准简单套用在网络文学身上，胶柱鼓瑟地完成"六经注我"或"我注六经"的观念旅行；后者则不看对象或压根儿不熟悉自己的评价对象，只按照自己的惯常的"套路"，凌空蹈虚地对网络作家作品进行"强制阐释"，结果于认知网络文学无补，于理论批评也只剩下观念的"空转"。因而，网络文学评价面对变化必须"会通适变"，找准运思的方位。千年前的刘勰就曾阐述过这一道理：

> 夫设文之体有常，变文之数无方，何以明其然耶？凡诗赋书记，名理相因，此有常之体也；文辞气力，通变则久，此无方之数也。名理有常，体必资于故实；通变无方，数必酌于新声；故能骋无穷之路，饮不竭之源。①

面对"文体有常"而"文变无方"的网络文学新现实，评价者只有"酌于新声"，才能"骋无穷之路，饮不竭之源"。

首先是要直面评价对象的变化。

网络文学评价的是不一样的文学，评价时需要"洞晓情变，曲昭文体"②，因为其所要面对的不仅是浩瀚的网络作品和更多参差不齐的写手，还有更为复杂的新现象和不断变化的新媒介。芬兰数字文学研

---

① 刘勰：《文心雕龙·通变》。
② 刘勰：《文心雕龙·风骨》。

究专家莱恩·考斯基马（Raine Koskimaa）说过："数字化或直接或间接地几乎强烈触及了文学的全部领域。不过，这仅仅是个开始，就目前具有过渡性质的情况而言，已经可以形成关于文学未来的足以使人惊讶的预言和推测。"① 且不说未来的新媒体文学如何使人惊讶，仅就目前的情形而言，数字化已经使文学与传统大异其趣。这有两点最为明显，一是在文学的生产和运行体制中增设了一个产业的维度，这导致文学评价中不得不考量"市场绩效"因素，检验作家、作品和网站平台的价值也就不单要评估美学价值、社会价值，还需要把商业营销价值纳入评价视野，这便是需要"洞晓"的"情变"。二是媒介的功能在文学生产、传播、消费中的作用比以往任何时代都更为突出，也更为重要。"从口述到莎草纸卷轴，到羊皮卷，再到手抄本的演化过程中，文学已经幸存下来了，没有理由相信在机器时代它就会消失。……媒介为文学设立了限制，但在这些限制当中文学也在不断地变化和发展。"② 文学在数字化的机器时代自然不会消失，但数字化的媒介载体打造的不一样的文学，让媒介本身成为文学评价中一个绕不过去的"硬核"。单小曦在《媒介与文学：媒介文艺学引论》中把"媒介存在论"视为新媒介文学的哲学基础③，道理就在这里，"正是文学媒介的媒介性功能的发挥，联通了世界、作者、读者、文本，使它们成了活生生的文学要素，使文学活动成了文学活动"。④ 于是，媒介的尺度，应该在文学评价对象中露出它的"锋芒"，因为其相关性还在于，网络文学的文体嬗变（如考斯基马说的"文学与非文学的界限正在变得混淆不清"⑤）、文本生成方式（如类型小说的"续更"式创作、粉丝对创作

---

① ［芬兰］莱恩·考斯基马：《数字文学：从文本到超文本及其超越》，单小曦、陈后亮、聂春华译，广西师范大学出版社2011年版，第3页。
② ［芬兰］莱恩·考斯基马：《数字文学：从文本到超文本及其超越》，单小曦、陈后亮、聂春华译，广西师范大学出版社2011年版，第2页。
③ 单小曦：《媒介与文学：媒介文艺学引论》，商务印书馆2015年版，参见第一章媒介存在论：媒介文艺学的哲学基础。
④ 单小曦：《媒介与文学：媒介文艺学引论》，商务印书馆2015年版，第62页。
⑤ ［芬兰］莱恩·考斯基马：《数字文学：从文本到超文本及其超越》，单小曦、陈后亮、聂春华译，广西师范大学出版社2011年版，第3页。

过程的干预）等，无不与数字化媒介的特性密切相关，刘勰所说的"设文之体有常，变文之数无方"，此时在网络文学身上得到了充分验证。

其次是评价方式的改变：粉丝在线发声成为网络文学评价的主调。

网络时代是属于网民的，网络文学评价的话语权早已被网民，特别是粉丝网民占据和掌控，而网民的在线评价已成为网络文学评价的主要方式。传统的评价方式如由专业批评家发声、在平面媒体（报、刊、书）发表的网络文学评价，其影响力正日益衰减，如果说影响尚存也仅限于传统的"文学圈"，在网络作家和网民读者中几无反响。究其缘由在于，传统文学批评不是开放的现场的语言交流，而是通过一篇篇专业化的著述完成封闭的内部循环，在根本上，如研究者所言，它是一种印刷文化的"树形思维"，其所生成的逻各斯中心主义是要建构一套由概念、范畴与命题组成的理论体系；而粉丝的在线评价方式是一种互动的、即兴的、有感而发的、结构散漫的表达，使用的是一种没有开端和末端的"根茎思维"——到哪算哪，话到意到，目击而道存。"如果说传统文学批评是封闭的、是德勒兹所说的设置了许多人为界线的'条纹空间'，它追求建立宏大的'国家思想'；草根批评则是'平滑空间'，它是一种'游牧思想'，由此塑造了开放的、自由讨论的'场'。"① 从粉丝留言到"本章说"，从BBS社区论坛到博客，从微博客到手机微信平台，从网页吐槽到"自媒体"圈层，信息的碎片化让普通大众的网络阅读和在线批评一夜之间成为现实。内容要求简短，文本结构相对单一，行文随性而速成，评说和发布的即兴化，随时随地更新刷屏，这些高效省时的特点，不仅让网络文学在线评价成为快餐文化的新宠，其更大的意义在于赢得了更多的网络受众参与到批评中来，促进了人们对网络作品、网络文学现象的关注，以及新的文学批评理念和新的文学批评价值取向的形成。碎片化的批评、交互式批评、独白式文本，乃至"长评"与"短评"共享式文本等，

---

① 黎杨全：《数字媒介与文学批评的转型》，上海三联书店2013年版，第149页。

是粉丝在线评价文本的常见方式。①

　　粉丝在线发声之所以成为网络文学评价的主调，在于它具备两个方面的特殊优势。一是大众化评价的"零门槛"介入——平行化技术架构的网络具有受动与施动的双重性能，举凡能"读"的受众就同时具有"说"的机缘，可以把"拉"欣赏变成"推"传播的契机，"拉"的是别人的网文，"推"的是自己的评价。于是，网络传媒不仅"人人均可当作家"，还可以"个个都是批评家"，只要你愿意，不管是点赞叫好还是拍砖吐槽，均可自由发言，长评短论，想说就说，评价的"零门槛"让网络文学的"网生性"成为这一文学最为生动的表征。二是感悟式评价的"点穴"之功——粉丝在线发声大多是有感而发，触到了痛点或爽点，于是把自己最有感悟、最想表达的东西说出来，往往三言两语，即兴评说，点到即止，却能灵感袭脑，说到点子上，点到精粹处。如《风中玫瑰》续更时，就有粉丝跟帖："坚强的女人，柔弱的心灵！"（烟波江上愁）；"心事将谁告，我可以。花飞动我辈，何必悲！"（阿木）；"大姐，你认为你的永生永世都只有他值得吗？你好傻！"（风中沙）类似的评价不加虚饰，直击心灵，网友间如切如磋，仁智互见；网络作家对自己的创作效果也立竿见影，感知真切，粉丝的评价不仅成为作家作品市场反应的风标，也是网络文学生产的重要一环。

　　最后是评价主体的变化：三股力量各呈其长。

　　网络文学评价的主体阵容呈"三分天下"之势——文学网民的自由发声、面向市场的媒体批评、学院派的学理建树，三股力量互补共融，构成了当下网络文学评价的基本生态。笔者曾在《中国网络文学批评20年》中对此做过描述：

　　　　从批评主体的身份看，20年网络文学批评主要由三股力量构

---

① 有关网络文学批评的常见方式与文本形态，可参见欧阳友权《当代中国网络文学批评史》，中国社会科学出版社2019年版，第164—176页。

成：一是关注网络文学的传统批评家，特别是那些关注文学发展、回应现实问题的批评家，他们以学院派的身份或职业批评家的眼光看待新兴的网络文学，及时调整思维聚焦，敏锐地面对新兴媒体中的文学发声，构成学理化批评最具实力的一派。第二股力量是面向文化市场的媒体批评者，它们主要由记者、编辑、作家和关注网络媒体的文化学人构成。这类批评者善于从媒体传播的角度，在网络文学中发现具有新闻价值的文学现象，找到一个切入点进行导向性文化点评，或者以敏感的"新闻鼻"将其纳入某个"议程设置"予以舆论引导，以形成广泛的文化关注。还有一类是文学网民的在线批评，批评主体是关注并阅读网络文学作品的态度型网民、跟风追读型粉丝、论坛灌水型刷屏者、创作与评论的交互型聊友、匿名上网的评论型鉴赏者，甚或作为文学幕后推手的商业型"马甲""水军"等。这三股力量各有其阵地，又各具其功能，虽角色不同却彼此互补，共同打造了20年网络文学批评多维互动的开放式格局。[①]

这样的评价主体格局与过去单一的评价主体身份是大为不同的。我们知道，传统的文学评价是以专业化乃至职业化的评论家为主体，辅之以传媒的"报道式"评价。传统的批评家兼具"文评人"和"导师"的身份，其高端地位来自他们深度批评的理论水准，以及对文学、对社会、对文化的历史敏感和时代引领作用，如俄国三大批评家别林斯基、车尔尼雪夫斯基、杜勃罗留波夫，不仅是俄国文学批评家和文学理论的奠基人，也是著名的革命民主主义者。网络文学的评价主体，不仅身份更为复杂多样，其对文学、对社会的干预度和影响力也大不如前。如同整个当代文坛批评的功能弱化、批评家被"边缘化"的处境一样，网络文学评价者也早就褪去了"引领者"的光环，而仅剩"叨陪者"或"解说人"的角色，再难出现如中国现当代文学

[①] 欧阳友权、张伟顾：《中国网络文学批评20年》，《中国文学批评》2019年第1期。

史上的鲁迅、梁实秋、胡风、茅盾那样，创作与评论双栖，既能让文学批评的锋芒定格一个时代的文学表情，又能以自己的风格化创作成就标识那个时代的文学水准。面对多元的创作主体，网络文学的评价方式、评价标准、评价功能等，都应该"会通适变"，在"参古定法"中实现"望今制奇"（刘勰）。

还有评价标准上的适变。作为一般原则的文学评价标准有些是不会变也不能变的，如"美学观点和历史观点"等，而作为针对具体对象、处于特定历史条件的文学评价标准则可能是变化的，可以有所不同，并且，不同角度提出的标准侧重点也不一样。如马克思提出评判作家的"人民资格论"和"客观效果说"，恩格斯的文学价值"整体比较论"[①]，列宁提出的理论批评唯物史观："在分析任何一个社会问题时，马克思主义理论的绝对要求，就是要把问题提到一定的历史范围之内。"[②] 毛泽东《在延安文艺座谈会上的讲话》中提出的文艺批评的政治标准和艺术标准，政治标准第一，艺术标准第二；习近平提出"坚持思想精深、艺术精湛、制作精良相统一"的评价标准等，这些都是马克思主义文艺批评的原则、尺度和方向。还有中国古代文论中孔子的"思无邪""尽善尽美"、孟子的"知人论世"、刘勰的"六观"说、周敦颐的"文以载道"、司空图的"味外之旨"、李贽的"童心说"、王士禛的"神韵说"、袁枚的"性灵说"、王国维的"境界说"等；西方文论史是从古希腊的柏拉图、亚里士多德到中世纪的贺拉斯，再到文艺复兴时期的但丁、薄伽丘、达·芬奇，直到17世纪的高乃依、布瓦洛，18世纪的狄德罗、康德、席勒、维柯……中外历史上有关文学评价标准的各家之说已经形成了丰沛的理论源流。在网络

[①] 马克思在《第六届莱茵省议会的辩论》（1842年）中提出"人民历来就是作家'够资格'和'不够资格'的唯一判断者"；在1879年4月《致马克西姆·马克西莫维奇·科瓦列夫斯基》中认为，评论作品的好坏首先要看它的客观效果："对一个著作家来说，把某个作者实际上提供的东西和只是他自认为提供的东西区分开来，是十分必要的。"恩格斯在《评亚历山大·荣克的"德国社会主义讲义"》一文中提出，文学批评应实事求是，反对阿谀奉承："任何一个人在文学上的价值都不是由他自己决定的，而只是同整体的比较当中决定的。"以上三篇文章见《马克思恩格斯全集》第1卷、第34卷、第1卷，人民出版社2006年版。

[②] 列宁：《论民族自决权》，《列宁选集》第2卷，人民出版社2012年版，第512页。

时代，这些标准作为指导思想和评价原则，有其传承的历史合理性，但面对"文律运周，日新其业"的网络文学，也应该树立"适变"的学术立场，明了"变则其久，通则不乏"的基本学理。马克·波斯特（Mark Poster）在论及媒体与信息方式问题时说过，"电子媒介创造新的言语情境"，"改变了构成符号交换之基础的种种条件和社会交际行为的时空参数"，因而与"较早模式基于面对面或印刷文字的情境"是大为不同的。① 麦克卢汉（M. McLuhan）说："技术的影响不是发生在意见和观念的层面上，而是要坚定不移、不可抗拒地改变人的感觉比率和感知模式。"② 既然言语情境变了，时空参数变了，人的感知模式、感觉比率变了，评价文学的标准能不变么？此时，如《文心雕龙·通变》所言，当我们"斟酌乎质文之间，而隐括乎雅俗之际"，"诸如此类，莫不相循，参伍因革，通变之数也"。这便是网络文学评价标准"会通适变"的实践依据和理论逻辑。

二 "资于故时"又"酌于新声"

传承中的新变要求网络文学评价基于新的文学现实与时俱进，让评价成为"文学"评价，同时又是"网络文学"评价。这不仅是理论建设之必须，也是改变网络文学评价滞后乃至"失语"的需要，即它不是源于理论本身的自我循环，而是回应网络文学实践对理论批评的吁请。

（一）"网生性"之于文学本性的"卡农变调"

网络文学相较于传统文学的最大特点是它的"网生性"（也称"网络性"），即它生于网络、成于网络、载于网络并传于网络，最终又回馈于网络——通过网络获得创作回报。在媒介哲学的意义上，

---

① ［美］马克·波斯特：《信息方式——后结构主义与社会语境》，范静哗译，商务印书馆2001年版，第64页。
② ［加］马歇尔·麦克卢汉：《理解媒介——论人的延伸》，何道宽译，商务印书馆2001年版，第46页。

网络本体即文学本体，网络文学本体亦即依托网络的本体，网络与文学犹如一枚硬币的两面，它们共同"在场"、一道"敞亮"，构成海德格尔所说的"在"。麦克卢汉说"媒介即讯息"，施之于网络文学，便可以说，网络即文学，即网络文学，媒介与它的内容是"化成"的，而不是"粘成"的。不过"网生性"只是网络文学的"媒介向"特质，还有"文学性"特质才是它的"审美向"价值；而在"网生性"与"文学性"的交会处，就是网络文学评价的观念"穴位"和理论聚焦点。其中，"网生性"决定了网络文学评价不能脱离网络的语境，"文学性"则不可背离文学的本色，当我们聚焦"网生性"与"文学性"的关联的时候，最不可遮蔽的问题便是"网生性"中的"文学性"。这种"文学性"是文学的本性，是网络文学之母，是一切文学之成为"文学"的逻各斯原点，因而是网络文学之成为"文学"的历史宿命。网络文学的"文学性"与作为逻各斯原点的"文学"的关系，就像"卡农变调"① 与"卡农曲"的关系，变调的卡农曲无论有多少个声部回环、交叉、追逐和缠绕，终会以相同旋律依次出现，直到终结于最后的一个和弦，使它们融合在一起，永不分离，不忘初心，方得始终。也就是说，由"文学性"附着的"网生性"，或由"文学"支撑的"网络文学"才会有属于文学的文学性。

  这种逻辑推演的根据在于，首先，文学性是文学的"根"，谈论文学不能脱离这个"根"，网络文学就是这个"根"延伸出来的新的"枝干"和"果实"。俄国形式主义者罗曼·雅各布森（R. Jakobson）说过，"文学科学的对象并非文学，而是'文学性'，也就是使一部作

---

① 卡农（Canon）是复调音乐的一种，字面意思是"轮唱"，原意为"规律"，出现于13、14世纪的欧洲。卡农并非曲名，而是一种曲式。用卡农手法写成的乐曲叫作"卡农曲"，卡农曲由一个主旋律的声部为基调，自始至终由一个声部追逐着另一声部，不断循环往复，直到最后的一个小节用一个和弦融合在一起，在看似反复平常的轮回中，交相共鸣出多种音色效果，酿造出神圣的意境。根据严格模仿的原则，用一个或更多的声部相距一定的拍子，模仿原有主旋律的曲式，叫"卡农变调"，变调的卡农曲声部有变、轮唱的节拍有变，音程有变、伴奏有变，但基本的旋律仍是原有的卡农主题。后人常采用古代曲调作为卡农主题，如巴赫的《五首卡农变奏曲》。19世纪的交响曲、奏鸣曲也常用卡农手法，如贝多芬的《命运交响曲》等。

品成为文学作品的东西。"① 雅各布森主要是从语言上来提出"文学性",实际上"文学性"绝不只是语言的问题,而是文学的本性与根脉问题。我们讨论网络文学和它的"网生性"是不可能也不应该脱离"文学性"的。于是便衍生出第二个逻辑根据:"网生性"是文学的"血亲逆子"——它与作为文学根脉的那个"文学"既是"血亲",又是它的贰臣"逆子",因为网络文学有了太多"基因异变"的质素,并让它的"文学性"也打上了异变的烙印,其创作主体、生产方式、承载媒介、传播方式及功能作用等,都与既定的文学"母体"本同末异或大相径庭。既叛逆出圈,又血脉赓续,网络文学就是这样一种悖论式存在的矛盾综合体。评价网络文学时需要从"叛逆""变调"中找到它的特殊性,也应该从"血亲"渊源上"认祖归宗"。基于此,便有了第三层逻辑:网络文学评价需要把握好"变"与"不变"的辩证法。一方面,网络文学评价需要从媒介变化的文学实际出发,不仅贴近媒体,还要贴近文本、贴近"网生性"的生产和传播方式,充分尊重网络文学"这一个"的特殊性。毕竟,"我们无法否定数字化时代的存在,也无法阻止数字化时代的前进,就像我们无法对抗大自然的理论一样"②;另一方面,网络文学终而还是"文学",评价网络文学在本质上仍然是一种"文学评价",而不是技术评价、媒介评价或大众文化评价,这也许就是刘勰提出"资于故时"又"酌于新声"的本意。尼葛洛庞帝在谈及"电子艺术"问题时曾说:"电脑和艺术第一次碰面时,会给对方都带来恶果。其中一个原因是机器的印记太强烈了。"此时,"电脑的表现往往压过了艺术原来意欲表达的内涵。科技就好像法国调料酱中的胡椒一样,电脑味道太强的结果,反而喧宾夺主,掩盖了艺术表现中最微妙的信号"。③ 网络文学评价时不能因为网络的"味道太强",任其喧宾夺主,而忽视被掩盖的艺术信号。

---

① [加] 马克·昂热诺等:《问题与观点:20世纪文学理论综论》,史忠义等译,百花文艺出版社2000年版,第30页。
② [美] 尼葛洛庞帝:《数字化生存》,胡泳、范海燕译,海南出版社1997年版,第269页。
③ [美] 尼葛洛庞帝:《数字化生存》,胡泳、范海燕译,海南出版社1997年版,第261页。

(二) 网络文学评价的"靶的"与"靶向"

"靶的"是目标指向,"靶向"是方向选择。网络文学的"靶的"是明确的,那就是针对网络作家作品、网文传播经营等网络文学的现象与问题,做出契合这一文学特质的分析评价与价值判断,而评价时的"靶向"则可能出现偏失或错位,而让自己的评价走进"曲径交岔的花园"。造成"靶的"与"靶向"脱轨的原因大抵有二:一是聚焦隔膜,即对于自己的评价对象关注不够或了解甚少,出现"靶向"失准。我们知道,网络文学体量惊人,网文作品篇幅很长,特别是网络玄幻小说,少则数十万字,多则数百万、上千万字,阅读起来既耗时又伤眼,但试图介入网络文学理论批评,如果没有一定阅读量的积累,没有对网文行业的长期浸淫,没有"追更"阅读的经历,甚至成为收藏、打赏的"忠粉"或改编作品的"原著粉",要想写出"靶向"正确、"靶的"精准的网络文学评价,是不大可能的。我们见到的那些对网络文学的"断言式"评说,多是由此而来。这类评价者"多出现在不熟悉网络或者很少上网阅读的'银发学人'中,他们常常会武断地以为,文学创作如春蚕吐丝,非呕心沥血、魂牵梦绕不可为,而网络乃玩家'灌水'、孤独者'冲浪'之地,如马路边的一块木板,谁都可以上去信手涂鸦,不会有什么好东西;或者简单地认为网络无非就是一种传播信息的载体和媒介,就像龟甲竹简、布帛纸张也曾是承载作品的媒介一样,它不会改变文学的性质,因而断定,文学就是文学,根本就没有什么'网络文学',如以媒介论文学,岂不是还有竹简文学、木牍文学、布帛文学、纸张文学么?因而不值得为之置喙饶舌"[①]。我们不时看到或听到诸如"网络文学尽是垃圾""网络写作是个轻松活儿,只要识字就能创作""网络写作钱好赚,好多千万富翁"等,其实都是对网络文学的误解或误判。当然这大多算是一些"网盲症"者的偏激之论,更多的误解还是来自一些"文学行家",他们有良好的人文理论学养和丰富的文学批评经验,只是对网络文

[①] 欧阳友权:《中国网络文学研究基点及其语境选择》,《河北学刊》2015年第4期。

学接触不多、阅读有限，便凭着臆想匆忙发言，这就难免出现如下情形：

  出于对网络文学的误解和误判，有研究者惯于对之做大众文化普及性研究，而不是从存在论上进行意义考量；对之做异同比较研究，而不是把它当作独立存在的文学审美现象进行研究；对之做载体形式研究，而不是做价值本体研究；对之做技术研究，而不是做人文化的艺术审美研究。①

  另一个"靶向"失准的原因是源于网络文学内部的"要素增维"，导致传统文学评价的"溢出困境"。我们知道，传统文学批评一般是以"世界—作家—作品—读者"为核心要素支撑起评价坐标的。美国文学批评家艾布拉姆斯（M. H. Abrams）在《镜与灯》中就曾明确为文艺批评设置了这个四要素的批评坐标：

  每一件艺术品总要涉及四个要点，几乎所有力求周密的理论总会在大体上对这四个要素加以区辨，使人一目了然。第一个要素是作品，即艺术产品本身。由于作品是人为的产品，所以第二个共同要素便是生产者，即艺术家。第三，一般认为作品总得有一个直接或间接地导源于现实事物的主题——总会涉及、表现、反映某种客观状态或者与此有关的东西。这第三个要素便可以认为是由人物和行动、思想和情感、物质和事件或者超越感觉的本质所构成，常常用"自然"这个通用词来表示，我们却不妨换用一个含义更广的中性词——世界。最后一个要素是欣赏者，即听众、观众、读者。作品为他们而写，或至少会引起他们的关注。②

  根据这样的基本架构，艾布拉姆斯认为，几乎所有的理论都只明

---

① 欧阳友权：《中国网络文学研究基点及其语境选择》，《河北学刊》2015 年第 4 期。
② ［美］M. H. 艾布拉姆斯：《镜与灯——浪漫主义文论及批评传统》，郦稚牛、张照进、童庆生译，北京大学出版社 1989 年版，第 5 页。

显地倾向于一个要素，例如，关注作品和世界关系的是模仿理论，关注作品与读者关系的是实用理论，关注作品和作者关系的是表现理论，而关注作品本身文本细读的是客观理论，"批评家往往只是根据其中的一个要素，就生发出他用来界定、划分和剖析艺术作品的主要范畴，生发出借以评判作品价值的主要标准"。①《镜与灯》诞生于 1953 年，艾布拉姆斯不可能预测到半个多世纪后网络时代的文学变化——网络文学的本体结构在原有要素的基础上至少增持了两个新的维度，即技术媒介维度和产业绩效维度，它们是"溢出"原有理论批评构架的，而这两个"溢出"原要素的"增维"，将会对网络文学评价产生直接的影响，或成为评价的难题。

譬如，就技术媒介而言，网络文学的技术化程度和媒介性特色比任何一种文学都更强、更鲜明，网络文学评价不可能绕开数字化媒介这个新维度。单小曦在《媒介与文学》中，将艾布拉姆斯的文学"四要素"论，修正为"文本、世界、作家、媒介、读者"②五个基本要素，正是基于新媒体时代媒介之于文学的特殊重要性而提出的，"因为没有媒介生成的存在境域，文学其他要素无法形成圆融一体的存在性关系，文学也难以成为显现存在意义之所"。③既然"靶的"中的技术媒介已经存在，网络文学评价就应该让这一"溢出"的新维度得以"敞亮"，用明确的"靶向"去正视和评判，而不是漠视或"遮蔽"它。

产业绩效是网络文学的"生存密码"，是网络作家、网站经营者生存的基本来源。高度市场化的网络文学是文化资本播下的"龙种"，只有商业化运营、市场化回报才不会收获"跳蚤"。中国的网络文学能有如此高速的发展，形成如此庞大的规模，有如此多的写手临屏写作，数以千万计的类型小说受到如此多读者的喜爱，商业化、市场化以及由此形成的产业绩效居其首功。这个商业化的绩效维度与技术媒介维度一

---

① ［美］M. H. 艾布拉姆斯：《镜与灯——浪漫主义文论及批评传统》，郦稚牛、张照进、童庆生译，北京大学出版社 1989 年版，第 6 页。
② 单小曦：《媒介与文学：媒介文艺学引论》，商务印书馆 2015 年版，第 57 页。
③ 单小曦：《媒介与文学：媒介文艺学引论》，商务印书馆 2015 年版，第 43 页。

样,"溢出"了原有的评价体系,却是评价网络文学时无论如何绕不过去的"梗",它是评价网络文学的"靶的"之一,也应该成为评价者选择评价维度的"靶向"。如果失去这个"靶的"和"靶向",当我们面对评价对象时或将缺少一条"支撑腿"。比如,爱潜水的乌贼的《诡秘之主》市场反应异常火爆,是 2019 年度中国原创文学风云榜男生总榜排名第一的小说,2020 年 5 月完本时,该小说的粉丝阅读量超 1.1 亿,话题量达 7.3 万,微博超话 1.4 万粉丝,百度贴吧的主吧粉丝超过 11 万,发帖量 330 万,在同人原创社区 LOFTER 上的阅读量超 1200 万,超过 26000 人参与话题讨论。① 如果缺少了阅读市场的粉丝评价维度,《诡秘之主》还能得到公允评价、它的价值能得到全面彰显吗?

(三)评价功能的"常量"与"变量"

文学的功能评价属于"议程设置"的后置型效果评价,从孔子的"兴观群怨"到梁启超的"熏浸刺提",传统文论已经为文学设置了评价功能作用的"常量",并将其认定为文学之为文学的意义原点,不仅规制了文学的属性,也限定了文学功能的边界。这也就是《文心雕龙·通变》所说的"九代咏歌,志合文则",于是便有了"楚之骚文,矩式周人;汉之赋颂,影写楚世;魏之策制,顾慕汉风;晋之辞章,瞻望魏采"等依次代代赓续的文学传承机制,我们的文学史和文学功能史就是这样写就的。不过,刘勰同时也明确提出:

> 文律运周,日新其业。变则其久,通则不乏,趋时必果,乘机无怯。望今制奇,参古定法。②

这也就是人们常说的"变则通,通则久",只有这样,文学的生命

---

① 虞婧:《〈诡秘之主〉宣告完结:蒸汽朋克的奇幻世界》,2020 年 5 月 6 日,中国作家网,http://www.chinawriter.com.cn/n1/2020/0506/c404023-31698259.html。
② 刘勰:《文心雕龙·通变》,赵仲邑译注:《文心雕龙译注》,漓江出版社 1982 年版,第 266 页。

活力才有了自己的"耗散结构"——一种远离平衡态的、非孤立的、非平衡的、非线性的、非自洽的系统，需要通过与周围环境交换新的信息、新的"熵量"来维持和发展有序结构，适应新的变化，而不是构建一个自我封闭的体系。如同世界上任何事物一样，文学唯一不变的就是它的变化。网络时代的到来，让文学及其功能不弃"常量"，却又产生了不以我们的意志为转移的新的"变量"。这有如下多种表现形态。

第一，放大娱乐效应，收缩教化功能。

网络文学以"娱乐"的面孔示人，而收缩乃至淡化"教化""启迪"等严肃、沉重的观念选择，是由这种文学的技术传媒特性和文化资本的市场化逻辑所决定的，因为这里需要打造的是"爽文化"的"洼地"，而不是思想深邃、观念前卫的价值高台，读者喜爱、市场卖点才是创作者的临屏动机，也是网文经营者孜孜以求的目标。爱潜水的乌贼在回答记者提问时说，他从事网络创作的第一个关键词是"表达"——"可以表达自身对人性的想法、对世界的认知，也可以表达获得的满足，以及通俗一点的，我要很爽"。网络常用词汇"爽文""爽感"，就是一种畅快淋漓的娱乐感，爱潜水的乌贼把它称为"有趣"和"有意思"，他在《诡秘之主》中设置多重序列、多种源质、数百种魔药和别具一格的扮演法体系，用以表现他设置的克苏鲁神话和蒸汽朋克的奇幻世界，目的就是要酿造一种神奇的爽感以娱乐读者。他说，网文写作要得到读者的喜爱就必须"有趣"和"有意思"：

> 如果可以结合，我给自己的目标是，有趣之余能让人觉得有意思，愿意去琢磨，去研究。现在来看，二十二条序列途径、二百二十种魔药、九个源质和扮演法这个体系，确实做到了有新，有奇，有趣，也有意思。而行为、互动、细节等地方，我也尽量写得不单调，不枯燥，大部分时候还是达到了要求。[①]

---

① 虞婧：《〈诡秘之主〉，一个愚者的旅程》，中国作家网，http://www.chinawriter.com.cn/n1/2020/0630/c404024-31765475.html，2020年6月30日。

还有，17 年创作了 5000 万字的网络大神血红也坦陈：

> 早期的作品更侧重一种情感的释放，一种强烈情绪的倾泻，不求太严密的逻辑性，只求一个"爽"字，让自己和读者从中得到一种酣畅淋漓的快乐。而现在，更侧重一些细节的东西，情节构思，人物刻画。如果说早期的作品是干巴巴的骨架子，此刻的作品，就是在努力给骨架子蒙上一层鲜活的血肉，让故事更有可读性。①

像爱潜水的乌贼、血红这样的顶尖级大神尚且把"有趣""爽""酣畅淋漓的快乐""可读性"作为绷在心中的那根"弦"（尽管他们成"神"后的创作能兼顾"有意思""鲜活的血肉"等更具内涵的东西），一般的网络写手强调文学创作的娱乐性也就不足为奇了。应该说，放大娱乐效应，收缩教化功能，在网络文学的初创期，也许是不可避免的。但存在的东西未必都是合理的，奉行"娱乐至上"的功能单边主义，尽管有其存在的必然性，却并非具有先天的价值合理性。因为过度娱乐化的剑走偏锋，其局限性和负面性是显而易见的，其遮蔽的不仅是文学教化功能，还会伤害到文学本身，甚至是人的精神世界。波兹曼（N. Postman）在论及"媒介即隐喻"时，就揭示过新媒介"娱乐至死"的危害：

> 在这里，一切公众话语都日渐以娱乐的方式出现，并成为一种文化精神。我们的政治、宗教、新闻、体育、教育和商业都心甘情愿地成为娱乐的附庸，毫无怨言，甚至无声无息，其结果是我们成了一个娱乐至死的物种。②

第二，去精英化策略，下沉功能选择。

---

① 血红：《每个成功的网络作家都在想象力方面拥有独特的天赋》，爆侃网文，http://feng.ifeng.com/c/7xhX4VLIakt，2020 年 6 月 30 日。

② ［美］尼尔·波兹曼：《娱乐至死·童年的消逝》，章艳译，广西师范大学出版社 2009 年版，第 5—6 页。

网络文学功能评价的另一个"变量",是以下沉的价值立场,对传统精英化的功能模式实施"祛魅"的世俗化选择。传统的文学评价主要是精英立场的"纯文学"评价,认为文学的"讽喻美刺"或"载道经国",无不是为国、为君、为民、为事而作,目的是"有益天下""泄导人情",以致立言、立德而成"不朽",文学评价的任务就是要从作品中找出这些价值元素,并给予或褒或贬的评说。发展到网络文学时代,文学的功能选择出现明显的"下沉"趋势,即从精英立场走向大众立场,以世俗化快乐替代了崇高与典雅的审美惯例。网络文学是"脱冕"和"祛魅"的文学,其原因在于,网上写作不再是一种文人的精神风标和文学承担形式,而更多的是一种游戏、休闲方式和宣泄、狂欢途径,或借此谋生养家,能致富奔小康更好。"它用'另类'的数字化约定破除文学旧制,用'比特'的收放转换褪去文学头顶神圣的光环,并以蛛网覆盖的交互式触角拉开文学圣殿尊贵的面纱,让'脱冕'后的文学女神走下神坛,回归民间,与民同乐,形成自由而快意的文学亲和力。"① 此时的文学功能判断已不再是"熔铸经典之范,翔集子史之术",而是如刘勰批评"玩文学"的人所言:"骨采未圆,风辞未练,而跨略旧规,驰骛新作,虽获巧意,危败亦多。"② 在网络文人眼中,如此境况并非文学的失败,而是新媒介时代文学的新选择,也是文学评价功能下沉的语境规制。网络作家尚爱兰曾说:"那些要求网络文学负起社会责任和更有良心的说法,实在是良好的一厢情愿。你根本不能再要求他们像老舍一样去关心三轮车夫的命运,或者像鲁迅一样去关心民众的前途。……我们没有文化优越感,但是我们有足够的生存困境,有足够的热情和机智,有足够的困惑和愤怒,有足够坚强的神经,有足够的敏感去咬合这个时代,有'泛爱'和'调侃'这两把顺手的大刀。"③ 创作者的"去精英化"多为适应市场、

---

① 欧阳友权:《论网络文学的"粗口秀"叙事》,《曲靖师范学院学报》2014 年第 4 期。
② 刘勰:《文心雕龙·风骨》,赵仲邑译注:《文心雕龙译注》,漓江出版社 1982 年版,第 260 页。
③ 尚爱兰:《网络文学中的"新新情感"》,榕树下图书工作室选编《'99 中国年度最佳网络文学》,漓江出版社 2000 年版,第 305—306 页。

谄媚消费、迎合读者的策略，也有写手自身的创作潜力压根儿就达不到"精英""精品"的程度。既然作品的成色就是"骨采未圆，风辞未练"的娱乐大众之作，对它的功能评价自然也就"下沉"到"平视审美""底层逻辑"的通俗层次，在大众喜爱和市场绩效的尺度上做文章、论高低。于是，"小白文""老白文"大行其道，"网络作家富豪榜"如彩虹昭彰，写手"金字塔尖"的白金大神日进斗金，好像网络文学的生产与消费本该就是这个样子，这就是这一新兴文学的全部，岂不知它只是文学的"犬儒"之姿，网络文学和网络文学的功能评价还会有它"应该有"的样子，"去精英化"之后的"功能下沉"只是"在此"的一个历史节点，并不是它的终点。有研究者就曾指出："网络科技的迭代、商业文学网站的成立，VIP收费制的创举、网文分类模式、粉丝打赏模式的实施等，发生于网络文学生产逻辑的这些内容变革，构成网络文学发展的关键历史节点。但事实上，网络文学的迅猛发展，从来都不是技术、商业力量的单兵突进。特别是在网络文学渐成气候以来，网络文学所置身的生存土壤和制度环境，同样构成影响网络文学演变的重要变量参数。网络文学作为一种新的文学形态，网络作家作为一个新兴文艺群体，并不独异于社会主义文学体制的方向性规约。"[1]

第三，分权要素市场，赋值消费潜能。

无论是艾布拉姆斯的文学活动四要素"作品、世界、作家、读者"，还是后来有学者（如单小曦）补充"媒介"维度后的文学五要素，在网络文学功能评价中皆出现了要素"分权"，即不仅各要素被纳入了市场化运营机制中形成了文学的"要素市场"，而且某些要素如"读者"在该文学运行中的权重发生改变——通过读者（粉丝）的消费市场，在诸要素中居于更为重要的地位，获得更大的功能权重：

> 从最初的文学论坛（BBS）到独立的垂直文学网站，再到如今的线上客户端等，在此线性描述过程中，作为裹挟技术力量的

---

[1] 唐伟：《网络文学的"身份"越发清晰》，《光明日报》2020年4月29日第16版。

商业市场因素,似乎成了网络文学发展最主要甚至是唯一的驱动力。而商业化的"市场"从来被视为是跟纯正文学趣味相悖的。①

传统的文学体制、文学活动是以作家为中心的,靠了作家一手联通"世界"、一手生产"作品",才有了"读者"的阅读行为,读者阅读显然处于要素序列的末端。在文学要素被"市场化"的数字媒介时代,原有文学要素的市场重心出现了"位移"——读者成为"粉丝","爱豆"成为卖点,粉丝社群、粉丝互动、粉丝共创是网络文学消费市场最具消费潜能的"赋值"行为。"读者"成为中心,并不是因为读者"赋值"了作品以更高的艺术审美和人文伦理价值,而是经由读者消费让网络文学增值,提升了它的经济效益,最终是一种经济考量、一种物质功利竞争的粉丝经济学和文学社会学。这和传统精英文学的要素赋权和人文审美的功能选择大相径庭。李敬泽在一篇文章中谈道,一部《红楼梦》,花了二十多年工夫搭上一条命,也不过写完前八十回七十余万字。《红楼梦》正典地位的形成在于曹雪芹"是无功利的,他仅仅是要作出伟大的讲述,为此,他投入全部的生命,耗尽全部的生命,不仅仅是才华,还有超现实的、超人的耐心和体力"。接着李敬泽追问道:

> 曹雪芹为了什么呢? 为了不朽? 为了当时和后世的荣耀? 为了在文学史的万神殿上高踞榜首? 在他所在的18世纪中国,这一切如同在三维空间里想象第四维。在彼时、在彼时之前的中国,写小说绝对不是一件体面事,以至很少有小说作者愿意留下他的名字,《金瓶梅》的作者至今悬疑,吴承恩、施耐庵其实也在有无之间。在古中国的意义系统中,写小说是失败者破罐破摔的放纵、是道德可疑者诡秘的幻术,没有人以穷毕生之力成为小说家而自豪。他是否期待现世的、商业的成功? 在晚明,商业印刷极大推动了小说市场的繁荣,这在乾隆年间依然是一个有利可图的行业,但是,在脂本和脂评中,没有任何

---

① 唐伟:《网络文学的"身份"越发清晰》,《光明日报》2020年4月29日第16版。

迹象表明曹雪芹或脂砚斋考虑过本书的商业前景，他们倒是经常像个纯文学作家一样表达一下对市面上种种流行小说的鄙夷不屑。①

与之相对应，我们再看一个分权要素市场后，网络作品赋值阅读市场消费潜能的例子。据蒜丁网（www.suanding.com）2020年7月9日披露，网络作家"剑子仙迹"凭借其连载作品《镇国战神》，在掌中云平台迅速突破11万日销大关。下面是2020年7月4—8日该作品的销售收入数据：

表3-1　　　　　《镇国战神》单日节点营收状况

日期	销售总额（元）	稿费（元）
2020-07-08	110522.40	77365.68
2020-07-07	59380.35	41566.24
2020-07-06	52980.28	37086.20
2020-07-05	49668.98	34768.29
2020-07-04	40912.22	28638.55

按照"七三分成"的约定，"剑子仙迹"在2020年7月8日这天单日可得的稿费高达7.7万元。文章分析道，《镇国战神》能有如此业绩的原因有二。一是作者凭借过硬的文笔、巧妙的情绪值、流畅的剧情，在初期10万字测试的时候就将此书锁定S级。在后续的更新中，作者没有令广大读者失望，以至于《镇国战神》在同期推广书籍中所向披靡，成为名副其实的顶级神书。二是媒介原因，在很多传统渠道疲软之际，新媒体网文却一直呈现出强大的爆发力，其背后正是因为新媒体网文对海量读者的深度触达。②

两相比较，曹雪芹一生穷困潦倒，"壬午除夕，书未成，芹为泪尽而逝"，可网络小说《镇国战神》尚在"续更"即让作者日进数万，

---

① 李敬泽：《芹脂之盟，那几个伟大读者——〈红楼梦〉，由手抄本到现代正典，之一》，《十月》2020年第4期。

② 《日销破11万，掌中云作者单日稿费近8万》，蒜丁网，https://www.suanding.com/8862.html。

但这就能证明《镇国战神》的功能价值（如人文审美功能）可以与《红楼梦》相比肩或超越《红楼梦》么？网络小说的业绩，既有让渡精英、应许阅读的胜利，也是新媒介语境中以读者为中心分权要素市场、赋值消费潜能的功劳。于是，网络文学的功能评价就不得不在秉持"常量"的同时，认清并把握好这些"变量"。

第三节 对冲与博弈：网络文学评价的"共同体意识"

网络文学评价是彰显网络文学价值、助推网络文学前行的动能因素，但时下的网络文学评价又是一种起步较晚、规制无定、言人人殊的"弱动能"。如果说，网络创作的"文学身份"处于文坛边缘，网络文学评价则处在网络文学边缘。草根崛起，历史短暂，作品浩瀚却良莠莫辨，评价众说纷纭，业态尚未定格，学理构建才刚刚起步，在主流学术的眼中，网络文学评价无疑处于"边缘的边缘"。此时，多重评价主体的会通与博弈、不同批评观念的对冲与碰撞已经悄悄展开，能否建立网络文学评价的"学术共同体"或将从可能走向历史前台。

一 网络文学评价的三重落差

（一）创作繁荣而评价滞后的非匹配性，是网络文学业态结构的第一个落差现象

从时间维度上说，总是先有文学创作、文学现象和文学问题，后有对这些创作、现象、问题的评价，以此来看，文学评价的滞后性自有其述行逻辑。不过这个常态事理的自然时序，并非我们所说"落差"的本意。这里的落差指的是指网络文学创作与它的评价对象之间形成的"大创作、小评论"的"冷热不搭"现象。

我们知道，我国的网络文学在它起步不到十年便呈爆发式增长态势。人们一般把1998年称为中国"网络文学元年"，实际上中国网络文学的诞生时间比这要早——人们追根溯源，汉语网络文学最早是诞生于北美华人留学生之手，1998年不过是网络"文青式"写作①的早期高点。2003年建立"起点模式"后，商业化写作让网络文学找到了自己的经济驱动，迅速完成了作品的原始积累，从而以中国独有的"续更—追更、写—读相依"模式一路高歌猛进。2008年7月成立盛大文学后，文化资本大幅挺进网文领域，读者粉丝成为"市场"代言人，商业体制、产业经营把控的"网文号"大船悄无声息驰向广阔"蓝海"，在收割粉丝中不断延伸消费半径，网络作品以日产亿字的速度持续高速增长，创作出恒河沙数般的网文作品（主要是网络类型小说），打造出网络文学的"中国时代"。随着2015年3月阅文集团的闪亮登场，特别是2017年11月阅文在港交所挂牌上市，让网络文学在大众文化领域一时风头无两，创造的惊人数据不断刷新奇迹。从"草根"庶出到主流阵营，从零星的文学新锐到浩瀚的长篇巨制，数以千万计的网络写手在各网站平台发力"码字"，创造了世界网络文学史上的"中国速度"。这有官方发布的具体数据为证：2019年8月9日在北京举办的第三届中国"网络文学+"大会发布的《2018年度中国网络文学发展报告》公布的数字表明，短短20余年时间，我国累计各类网络文学原创作品已高达2442万部，国内网络文学创作者共有1755万，其中签约作者61万，2018年的网络文学用户规模为4.3亿，网络文学企业主营业务收入159.3亿元。② 如此海量的文学数据，不仅中国文学史上旷古未见，在世界文学史上也是绝无仅有。

与这种猎猎奔涌、苟日日新的网文创作相比，网络文学评价却显得冷清了许多，其门可罗雀之状与繁盛的创作之间形成了鲜明的反差。正如有研究者指出的：

---

① "文青"是文学青年的简称，"文青式"写作指的是有文学情怀和文学梦想的年轻人的青春写作。中国1994年4月加入国际互联网后，诞生于北美华人留学生的汉语网络文学迅速进入中国本土，一批怀揣文学梦想的年轻人如李寻欢、宁财神、邢育森、安妮宝贝等人（他们被人称作"四大写手"）在"榕树下"等网站创作了许多颇具"文学味儿"的作品，那时的网络写作是"无功利"行为，有别于后来的商业化网络写作。

② 《2018年度中国网络文学发展报告》，北京第三届中国"网络文学+"大会2019年8月9日发布，人民网，http://culture.people.com.cn/n1/2019/0810/c429145-31287235.html。

相对于网络文学创作队伍的不断壮大和作品生成的浩如烟海，网络文学所对应的文学批评显然还是一个薄弱环节。可是网络文学对文学批评活动的影响却是我们无法忽略的问题。文学活动的本质特征之一就在于它是一个流动的、充满生命力的过程，网络文学带来的这种丰富和改变必然要从创作领域延伸到文学批评的领域。于是，在网络文学产生之后，文学批评也走进了网络。[①]

让人遗憾的是，文学批评已经"走进了网络"，但惜乎走得很慢、走得不远并声音微弱，特别是作为理论中坚的"学院派"专业评价，尚处在"千里始足、海边湿脚"的起步阶段，不仅介入的专业学人稀少，且研究的问题及其成果也不大"赶趟儿"。例如，就网文研究学者而言，与文学写手百万、千万量级的庞大阵容相比，走进该领域的学术评价人才庶几屈指可数。2020 年出版的《中国网络文学年鉴（2019）》对此做了较为完备的统计，结果表明，2019 年，以"学院派"为主力的活跃学者，年度内出版网络文学研究类著作、发表这方面理论评论文章的只有 74 人，"80 后""90 后"青年新锐学者 34 人，来自作协、文联、广电等政府机构或专业网站、期刊、报纸、杂志、出版社等媒体单位的从事网络文学理论评论人员有 33 人。[②]

[①] 于洋、汤爱丽、李俊：《文学网景：网络文学的自由境界》，中央编译出版社 2004 年版，第 166 页。

[②] 《中国网络文学年鉴（2019）》统计的 2019 年度我国从事网络文学理论评论的研究人员名单如下（排名不分先后且不排除会有疏漏）：学院派的资深专业学者 74 人：黄鸣奋、南帆、白烨、欧阳友权、谭伟平、陈定家、黄发有、何平、王祥、单小曦、邵燕君、周志雄、葛红兵、张颐武、陶东风、夏烈、许苗苗、禹建湘、曾繁亭、聂庆璞、周兴杰、周冰、黎杨全、刘克敌、杨新敏、何志钧、孙书文、龚举善、苏晓芳、晏杰雄、乔焕江、李盛涛、陈海、陈燕燕、王小英、赖敏、乌兰其木格、王泽庆、房伟、吴俊、葛娟、鲍娴、唐小娟、张邦卫、杨向荣、潘桂林、刘亚斌、吴家荣、唐迎欣、练暑生、陈立群、鲍远福、王瑜、曾一果、李震、陆秀英、马中红、赵礼寿、廖祥忠、戴清、董丽敏、刘宏志、宋慧献、张绍荣、徐强、吕欣、荣跃明、范周、王万举、储卉娟、杨烁、汪洪、张永禄、王江红等；"80 后""90 后"青年新锐学者 34 人：黄平、韩模永、吉云飞、肖映萱、王玉玊、高寒凝、薛静、李强、林品、项蕾、欧阳婷、罗先海、吴英文、吴钋、喻蕾、贺予飞、邓祯、刘杨、程海威、石曼婷、李文浩、张鸿彬、谢冰、覃皓珺、陈帅、童娣、刘小源、姜肖、周才庶、刘帅池、李玉萍、孙美娟、龙娟、罗亦陶等；政府和传媒界的学人 33 人：陈崎嵘、李敬泽、何弘、安亚斌、程晓龙、胡平、何向阳、马季、（转下页）

就网络文学评价成果而言，以2019年底为时间节点，我们试将专业性的理论、批评、各类有关网文学学术活动（如作家作品评论、理论问题研讨会等）的成果均纳入"评价"范畴，从几个不同的统计渠道可得到以下数据。

1）据网络文学文献数据库成果《网络文学研究成果集成》统计，自中国本土网络文学诞生以来至2013年底，我国网络文学研究学者在相关学术期刊发表论文共910篇，在省级以上报纸发表网络文学理论批评文章1037篇，以网络文学为论题的硕士和博士论文229篇，各类学术会议收揽的网络文学论文143篇，出版网络文学研究的学术著作83部。[①]

2）据《网络文学五年普查（2009—2013）》统计，从2009年1月至2013年12月，5年间我国以网络文学（或与网络文学直接相关）为论题的科研项目情况为：获国家社科基金项目23项，教育部项目8项，省级项目12项。网络文学研究成果获鲁迅文学奖1项[②]，获其他省部级奖励10项。以网络文学为学位论文选题的博士论文5篇，硕士论文97篇。这5年间出版网络文学研究的学术著作59部。[③]

3）另据《中国网络文学年鉴》统计，2016年，我国有125家学术刊物发表网络文学理论与批评论文245篇，有75家报纸发表网络文学报道和理论评论文章293篇，出版理论著作10部。2017年，有199家刊物刊发网络文学理论与批评论文408篇，有71家报纸发表了306

（接上页）肖惊鸿、唐伟、庄庸、舒晋瑜、刘琼、王国平、邱振刚、李朝全、王颖、行超、吴长青、桫椤、汤俏、向娟、杨晨、安晓良、饶翔、刘晓闻、王金芝、闫伟、马文运、金涛、邓子强、林庭锋、李菁等。参见欧阳友权主编《中国网络文学年鉴（2019）》，新华出版社2020年版，第六章"理论与批评"，第三节"年度代表性学者"。

① 此为2011年度国家社科基金重点项目"网络文学文献数据库建设"（欧阳友权主持，项目批准号：11AZW002）结项成果之一，见欧阳友权主编《网络文学研究成果集成》，中国文联出版社2015年版，第298页。

② 欧阳友权《数字化语境中的文艺学》一书，2007年10月获中国第四届鲁迅文学奖·文学理论评论奖。这是我国第一部获国家级文学大奖的网络文学研究成果，标志着主流学术对网络文学研究的接纳与认可。

③ 参见欧阳友权主编《网络文学五年普查（2009—2013）》，中央编译出版社2014年版，第102—111页。

篇网络文学理论与评论文章。2018年，有216家专业学术刊物刊发网络文学理论批评论文424篇，各类报纸发表网络文学理论批评文章441篇。2019年，有234家学术刊物刊发网络文学理论与批评论文470篇，各类报纸发表网络文学理论批评文章490篇。①

评论慢于创作、其关注度低于创作本是文学常态，在传统文学领域也属常见格局。不过在网络文学领域，这样的"落差"格外突出并不时被人诟病，其原因有二：一是网络创作增速过快，作品急遽增加却良莠不齐，其中暴露出来的问题层出迭现，但有限的理论评论对此无力回应或者回应不足，难以为创作提供有价值的观念支持，使网络创作界对学院派的专业评价感到失望，形成"圈内隔膜"；二是网络文学评价的主阵地已经从传统的线下评价转移至线上，文学粉丝的在线发声对网络写作的干预有着立竿见影之效，这让昔日以平面媒体为发表阵地、以学理分析和观念构建为特长的专业化评论成为"学术自萌"的高头讲章，终而让创作与评价的落差变成了文学评价者的"落寞"。

（二）传统理论逻辑与新兴评价对象的聚焦错位，是网络文学评价的另一重落差

传统文学理论用于评价对象的观念逻辑源于几个基本的价值原点：其一是先验式范型。

即确认存在某种先在的、普适性的持论规则和评价范式，这种规则和范式经过历史河床的反复冲刷和众多学人的智慧赋值，构成不断丰富、日渐完善的理论积淀和认同标准，将其用于评价任何一种文学现象时，都具有本体论与价值论相一致的历史合法性与理论的自洽度。无论是孔子的"兴观群怨""尽善尽美"，老庄的神妙化工、"解衣般

---

① 2016年的数据参见欧阳友权主编《中国网络文学年鉴（2016）》，中国文联出版社2017年版，第148、160、167—168页。2017年的数据参见欧阳友权主编《中国网络文学年鉴（2017）》，新华出版社2018年版，第163、178页。2018年的数据参见欧阳友权主编《中国网络文学年鉴（2018）》，新华出版社2019年版，第162、170页。2019年的数据参见欧阳友权主编《中国网络文学年鉴（2019）》，新华出版社2020年版，第152、163页。

礴"，孟子的"知人论世""以意逆志"等文化源头上的评价观念构建，还是《诗大序》《典论·论文》《文心雕龙》《人间词话》等历代文论思想家的经典著述，抑或言志传情、文以载道、形神意象、神韵境界等表征文学功能与价值特征的诸多观念范畴，都已经先在地占据着文学思想与理论的高地，成为后世评价文学的"通用武器"，是所有文学评价中被普遍用于各种"所指"的那个"能指"。

其二是前喻式认同。

即文学的评价范式是设定下的选择，而不是基于对象语境的独立判断，因为先在的理论范型已经提供了"前喻"的边界，约束了多种选项中"必选"的可能，我们所应做和能做的，便是找到文学评价的"槽模"而将对象"嵌入"进去，然后找到那个"备选"的依据予以认同而已。譬如，要评价一首诗歌，需看其是曲意"言志"还是重在"缘情"，是"讽喻美刺"还是"温柔敦厚"，是"有我之境"还是"无我之境"，抑或能否"境界全出"等等；评价一部小说，则看其写人是否"形神兼备"，叙事是否"立象尽意"，行文是否"意在笔先"，内蕴是否"文以载道"，功能可否"有补于世""经邦治国"等等。在认同了这些观念范型后，你才能去发现评价对象中的那个"点"，然后"对症开古方"，找到"我注六经"的表述方式，你的评价才算大功告成。即使是现代批评中的"思想与艺术的统一""内容与形式的统一"等，又何尝不是先入为主，预设框架，目的仍然是前喻式认同。诚然，任何理论都会有自己的逻辑"锚点"，有自己历史赓续的思想前提，任何理论创新也有自己的"前置"资源，但这种"锚点"、前提和资源不应该成为创新思维的掣肘，正如海德格尔所倡导的，存在可以与真理"同行"，但真理不是一种"符合关系"。他说：

> 把真理的特征描述为"符合"是非常一般也是非常空洞的……人们使用符合一词时，一般心里想的是什么？某物与某物"符合"，具有某物与某物有关系的形式特征。一切符合，包括真理，都是关系。可并非一切关系都符合……要证明的东西不是认识和对象

之间的符合，更不是心理的东西与物理的东西的符合；但它也不是"意识内容"本身之间的符合。要证明的东西，仅仅是在者自身之被揭示的在，是处于它的被揭示状态的"如何"之中的那个在者……①

当前喻式认同的理论逻辑被用于新的评价对象如网络文学时，仅仅追求"符合"，是难以实现"在者自身之被揭示的在"的，也不可能真正阐明处于"如何"之中的那个在者。

其三是复魅式结论。

这里借用西方现代哲学的"复魅"（re-enchantment）一词，意在说明，传统理论逻辑施之于新兴评价对象时，其得到的结论多为回归前人设定的理论原点，以前人之说为圭臬来判定对象的价值。因为那些先验式的范型既然已经获得前喻式认同，即便存在与评价对象的适配错位，在进行文学评价时，评价者依然会产生复魅的冲动，让自己的价值判断重新回到原有那种神秘而又让人迷恋的东西中去。于是，就有了刘勰所说的"楚之骚文，矩式周人；汉之赋颂，影写楚世；魏之策制，顾慕汉风；晋之辞章，瞻望魏采"②。在创作上是这样，在对创作的评价中又何尝不是这样！刘勰在评价《离骚》时，除称赞"楚人之多才"外，首先肯定的是屈原的"奇文郁起""去圣之未远"，"离骚之文，依经立义"，基于此，才有对《离骚》"酌奇而不失其真，玩华而不坠其实"③ 的评价。《文心雕龙》凡50篇，却将《原道》置于全书之首，紧随其后的是《征圣》和《宗经》，显然，刘勰在表达"文心"时已经预设了"道""圣""经"的先在立场，即《序志》篇说的"盖文心之作也，本乎道，师乎圣，体乎经，酌乎纬"，然后方

---

① ［德］海德格尔：《人，诗意地安居》，郜元宝译，广西师范大学出版社2000年版，第4—5页。
② （南朝梁）刘勰：《文心雕龙·通变》，赵仲邑译注：《文心雕龙译注》，漓江出版社1982年版，第265页。
③ （南朝梁）刘勰：《文心雕龙·辨骚》，赵仲邑译注：《文心雕龙译注》，漓江出版社1982年版，第46页。

可"或臧否当时之才,或铨品前修之文,或泛举雅俗之旨,或撮题篇章之意"①。司马迁评价屈原"其文约,其辞微,其志洁,其行廉"②,"文约""辞微"是对其作品的评价,"志洁""行廉"则是对屈原其人的评价,而他对文与人的价值判断正是源于孔子以降的儒家文化精神。鲁迅在《汉文学史纲要》中称《史记》为"史家之绝唱,无韵之《离骚》",仍然有"史家""《离骚》"高标在前,足见传统的文学评价总是有"复魅"之迹可循的。于是,在传统理论逻辑规制下的文学评价,常常主要不是在看评价对象创造了什么、建设了什么、贡献了什么,而是看其"嵌入"传统理论槽模时缺失了什么、进而找出"水桶理论"中的那块"短板"。

传统文学评价理论逻辑的三大特征用之于网络文学评价势必出现聚焦错位现象。网络文学固然也是"文学",却是不一样的文学,并且变化很大,将同样的理论逻辑施之于不一样的评价对象,难免会有"理不配实""聚焦踏空"现象,出现如张江先生论及西方文论中国化时所指出的"强制阐释""场外征用""主观预设""前置模式的冲挤"③等弊端。2004 年出版的《文学网景:网络文学的自由境界》一书,曾指出网络时代文学批评对象的不同之处:"在网络文学时代,文学批评的对象产生了巨大的变化。首先,网络文学的作品数量既已如同恒河沙数,这就使得以往所谓的'尽可能占有资料'的做法成为没有多少意义的事情,使人们对统计式的研究方法产生了疑问。其次,真正的网络文学的作品不具有物质成品的特点,它是以电子颗粒的形式生存和传播于网上,这使得网络文学作品的永久保存变成不可能的事情,甚至连长时间的保留也难以做到,于是作为文学史料部分的文学研究资料大大萎缩。……大部分写手是匿名写作……,并且一个人在网络上可以同

---

① (南朝梁)刘勰:《文心雕龙·序志》,赵仲邑译注:《文心雕龙译注》,漓江出版社 1982 年版,第 410 页。

② (西汉)司马迁:《史记·屈原列传》,《史记》卷八十四《屈原贾生列传》,中华书局 1982 年版,第 2482 页。

③ 参见张江《作者能不能死:当代西方文论考辨》,中国社会科学出版社 2017 年版。

时以几个不同的名字进行写作,这大大区别于传统文学'以文传世'的创作追求,使得文学的资料又没有了整理和对应的可能。不仅如此,一篇作品可能是在很多网络民众的共同交流中共同完成的,作品的血缘关系是难以确定的,作者的概念受到了来自上述两方面的根本性挑战。"[1] 其实网络文学批评对象的改变远不止这些(这里所说的尚有不太准确之处,如就永久保存而言,电子文本远比纸质文本可靠和久长),综合来说,网络文学评价将面临三个维度的适配难题。

一是出圈式创作。

与传统创作相比,网络文学创作有太多的"出圈"之处。且不说创作工具从执笔书写变成键盘鼠标操作,作品载体从纸介变成网络媒介,传播路径从物理空间变成数字化赛博空间,仅就创作者身份和作品文本形态来说,就早已"出圈""破壁",与传统了了相异。譬如,就创作主体来说,不仅昔日的"作家"变成"写手",也不在于创作者多用匿名或网名甚至多个网名,还在于作品往往不是某一写手独立完成——网络作品特别是长篇类型小说不是像传统创作那样,待作品完成并修改定稿后再整体发表,而是用"续更"方式日更不辍、孜孜更新,在这个漫长(一部小说续写三年五载、十年八年是常有的事)的过程中,会有众多网友参与交流,不断说长道短,评头论足,甚至会对作品人设、故事走向、表达方式等提出建议或"拍砖"指鞑,对创作过程产生或直接或间接的干预作用。即使读者的"风评"未能直接影响创作,作家心中也必须装着读者、想着粉丝以适应市场,"以读者为中心"已经不是一句空洞的口号,而是不得不遵循的创作"命门",因为它背后蕴藏着的可能就是"真金白银"。所以严格来说,网络作品是作者与读者携手"融智"而成,其创作主体是间性主体。罗兰·巴特(Roland Barthes)在《写作的零度》中提出"作者已死",意在强调读者解读文本时,拥有独立阐释的自由和权力,不受作者的

---

[1] 于洋、汤爱丽、李俊:《文学网景:网络文学的自由境界》,中央编译出版社2004年版,第188—189页。

影响和宰制，而在网络文学里，作者虽然"未死"，但"作者"的内涵发生了改变却是毋庸置疑的。福柯（Michel Foucault）在《什么是作者?》中的观点倒是可以作为这种现象的注脚，他说，我们追问"什么是作者"，"关键不是表现和抬高书写的行为，也不是使一个主体固定在语言之中，而是创造一个可供书写主体永远消失的空间"。①虚拟的互联网不就是这样的空间么？此其一。其二，创作者的"出圈式"创作还将带来作品文本的"出位"——网络文学作品从外在形态上就已破界"出格"，如篇幅更长（动辄数百万字甚至数千万字，很难转化为纸介小说）、类型众多（如玄幻、奇幻、仙侠、武侠、游戏、竞技、都市、言情、军事、历史、职场、官场……类型文逼近百种）、体裁变异（纪实与虚构、文学与准文学或非文学界限模糊，传统四分法的文学分类被打破）、媒介多元（既有文字表达，又可以有视频、音频表达，形成多媒体文本），还有独特的呈现方式（如超文本链接作品，即考斯基马所说的"嵌入互动设计"所形成的多线性"赛博文本""遍历文学"②）等。还有作品内在品质上更是与传统文学形成明显差异。例如，由于网络文学的创作动机主要是为大众创作"有益悦读"的作品，故事"金手指"、人物"玛丽苏"、阅读效果的"代入感""爽YY"往往是标配，这和传统文学讲究宏大叙事的崇高、现实主义的深刻和有为而作的使命感是大为不同的。李敬泽提到，"一位网站的高管曾介绍说，网络文学的生产原则就是多巴胺原则、快乐原则，就是读者哪方面欲求不满足，就提供对应的白日梦"③。这种"白日梦"的意义则在于："在生活的可怕的琐碎繁杂中提供'假日'、提供超脱、提供小憩——也就是展示另外更'高贵'、更'深沉'，也许还更'真实'，更'美好'的东西，以满足在日常劳作和嬉戏中没有满足的需求"④，

---

① ［法］米歇尔·福柯：《什么是作者?》，米佳燕译，载王岳川等编《后现代主义文化与美学》，北京大学出版社1992年版，第288页。
② ［芬兰］莱恩·考斯基马：《数字文学：从文本到超文本及其超越》，单小曦、陈后亮、聂春华译，广西师范大学出版社2011年版，第一章，数字文本与文学。
③ 李敬泽：《网络文学：文学自觉和文化自觉》，《人民日报》2014年7月25日第24版。
④ ［德］马尔库塞：《审美之维》，李小兵译，广西师范大学出版社2001年版，第180页。

于是，大量的类型小说将"想象"同"经验"并入自己的"网文兵器谱"，使虚拟空间的天马行空成为"人类对人类真实生存条件的真实关系和想象关系的多元决定的统一"①。网络创作借助文学虚构的权利和想象无罪的理由，从传统文学的边缘破壁而出，创造了与传统迥异的类型小说世界。

二是后喻式赋值。

与传统文学前喻式认同有别，网络文学的价值判断不是基于前人的预设，而是生成于市场选择的赋值，是在文学生产的下游，通过消费环节的读者评价和媒介影响，让人们得以认识作品的品相，评估作品的价值，因而说，它是一种后喻式赋值。例如，速途研究院从2017年开始，每年推出《中国网络文学作家影响力榜》，评出男女网络作家各50名。他们的上榜依据是什么呢？据2019年网络作家影响力榜单发布时介绍，入选方式是这样的：

> 选取近一年来在网络文学平台上连载小说的作家，通过作家新媒体影响力、作家平台影响力、作品影响力等多维度的分析与论证，综合衡量出作家影响力。
>
> 具体评价方式是通过作家的百度指数、微博指数、微信指数、微博粉丝量、贴吧热度，以及作品点击量、推荐量、评论量、收藏量、粉丝量，最后根据速途研究院对阅读市场的长期关注、了解以及经验做出标准化后的加权平均，按照合理比例分配加权数值，综合计算出作家影响力指数，并进行排名，由此得出《2019年中国网络文学作家影响力榜单》。②

很显然，这个评价是基于读者反应的后喻式结果评价，而非遵循某些先验理论范型的前喻式认同，传统的理论逻辑和文学评价标准在

---

① ［法］阿尔都塞：《保卫马克思》，顾良译，商务印书馆2006年版，第230页。
② 速途研究院：《中国网络文学作家影响力榜》，2020年1月7日发布，搜狐网，https：//www.sohu.com/a/365276918_174789。

这里是被遮蔽的，也是无足轻重的，这与网络文学"以读者为中心"而不是传统文学"以作家为中心"的观念转型是一致的。当然，网络文学及至走向消费市场的"出口"才得以给作品赋值，其根本的原因在于，所"赋"之"值"主要不是人文审美值或艺术创新值，而是粉丝钟情值和市场收益值，读者评价、市场标杆、传媒指数，是决定网络文学作品价值的不二法门。在网文界备受关注的各类网络文学榜单，如各省市作协、文联机构推出的网络文学榜单，许多媒体和学术研究机构的网络文学榜单等，无不把作家作品的市场表现、经济体量、读者评价作为能否上榜的标准之一。即使是更注重作品的思想内容导向和作品社会效益的国家级榜单，如国家广电总局（新闻出版署）每年举办的优秀网络文学原创作品推介，中国作协每年发布的网络小说排行榜，也会把读者反应、市场效果作为评价作品的重要尺度之一。特别是有机构推出"网络作家富豪榜"后，收入高低、"赚钱情结"更是成为作家入榜排名的唯一条件，在拉高网络写作诱惑力的同时，也对一些网络文学创作者产生了误导。

三是网生性落差。

这是指由于网络文学的媒介特征，造成了与传统文学之间难以调适的品相与品质的殊异，最终导致传统理论逻辑与新兴评价对象之间难以适配。或者说是"文学性"与"网生性"（也称"网络性"）之间的落差带来的评价尺度变化。为说明两种文学、两种特性所形成的网生化落差，我们不妨以网络文学参评茅盾文学奖（简称"茅奖"）却连续三届"陪跑茅奖"的事例以征其实。我们知道，四年一届的"茅奖"是中国最具影响力的文学奖项，其所秉持的现实主义文学精神代表着传统文学强大的执行力。而网络文学是数字媒介时代的文学新锐，作为"文学"，它可能算是传统文学的"遗腹子"；作为"网络文学"，它却是传统文学的"叛逆者"。笔者在论及网络文学"陪跑茅奖"问题时曾说：

> 传统文学以"思想性与艺术性统一"来实现"文学性"，而网络文学则需要通过"网络性"方能达成"思想性与艺术性统

一",貌似殊途同归,实则由于"网络性"的特殊方式造成了两种文学在生产方式、本体形态和价值标准等方面的巨大差异。既然茅奖评价原则的前提是基于前者,那么真正的网络小说就只有"陪跑"的份儿了,因为对于网络文学而言,如果只讲"文学性"而失去了"网络性",就丢掉了这种文学最为生动的部分。①

那么哪些才是网络文学"最为生动"的部分呢？我们试以最具代表性的小说文体比较两种文学的不同：

表3-2　　　　　　　　网络小说与传统小说差异比较

要素	内容	网络小说	传统小说
文学品相	作品生成方式	网络续更,粉丝互动,速度写作	一次性出版发表,读写分开,讲求慢工细活
	小说篇幅	偏长,超长,可达数百万上千万字	约定俗成,百万字即算超长
	文类	类型化小说为主,已有类型近百种	现实主义为主,兼具浪漫、现代
	故事架构	以讲故事为主,废柴升级、换地图模式,故事性强,推进速度快	故事性偏弱,甚至草蛇灰线,推进相对缓慢
	情节桥段	造梗,奇异,常用金手指,追求爽点或泪点,一字长蛇式线性推进	平实,真切,讲求生活真实和艺术逻辑,环抱拥揽式立体书写
	细节描写	偏少,简约,弱,以过程代细节	细腻、丰沛、强,以细节见功力
	叙事意识	偏弱,写什么比怎么写更重要	强,讲求叙事策略、叙事智慧乃至叙事圈套
	语言表达	通俗、平白、好读,相对粗糙	追求精致典雅、表意生动传神,用词讲求精准
	文学渊源	古代神话传说、历代通俗文学；西方魔幻科幻、漫威宇宙、影视、游戏	伟大的文学传统、鲜活的现实生活
	认知路径	以读者为中心	作家中心,"文学性"目标

---

① 欧阳友权：《网络文学"陪跑茅奖"的缘由与启示》,《当代文坛》2020年第2期。

续表

要素	内容	网络小说	传统小说
艺术品质	主旨立意	以故事预设替代主旨前置	主旨宏大，反映生活，干预现实
	思想性	弱思想寄寓，强叙事逻辑	深刻，真知灼见，开掘生活厚度、历史高度和人性深度
	艺术性	以大众喜闻乐见为艺术目标	艺术原创，追求高标独持式创新
	人物塑造	玛丽苏模式，超人化设计	描写个性，塑造典型，重视人物性格的多样性与复杂性
	功能作用	自娱以娱人，圈粉以获利	文以载道，有补于世，寓教于乐
	艺术价值	草根性，民间性，人民性，文化表征	时代晴雨表，良知代言人
	文学风格	轻松愉悦，快意恩仇	风格卓异，个性化
	艺术想象力	更为丰富，天马行空，开脑洞，突破宇宙八荒	文学想象服务于形象塑造，遵从艺术规制
	表意效果	直白浅显，言简意赅	余味曲包，言外之意，味外之旨

从网络文学与传统文学不同的文学品相和艺术品质可以看出，网络文学"出圈"久矣，评价网络文学如果依然墨守成规，无视其"网生性"特质，出现评价对象的适配错位将是无法避免的。

（三）线下与线上两大阵营的"错峰"发声，是网络文学评价的第三重落差

网络文学评价分线下评价与线上评价（也称"在线评价"）两大主体阵营。线下评价主要是传统评论家在平面媒体发表的评论文章或著作，线上评价则有网民读者或追更粉丝在网络上（网文论坛、社区、贴吧、作品留言区、本章说等）所做的评价。这两大阵营的评价各有所长又互有所短，可以互补却缺少交流，这就造成了网络文学评价的明显落差。其表现如下。

即时吐槽与理性置评。在线评价的最大优势是"快"，作品一经上传网络，立马即可评说，类似于电视的现场直播或视频节目的弹幕，这使得创作与评价之间仅有不易觉察的"微时差"，发帖－跟帖、速问－速答、交流－互鉴，在作者与读者、读者与读者之间瞬间即可形

成一个话语气场。传统文学评价的延迟反应则与之相形见绌,由于整体性作品阅读的前期规制、理性思考的感受沉淀、学理化表达的观念整饬,以及平面媒体(多为报、刊、书)发表的滞后性周期,让线下的专业性文学评价只能是"马后炮"衍生的"慢板长调"——反应虽慢,但"调门儿"挺长,常以长篇大论以文明理,用持论有据的理论逻辑发掘作品的细微末节、深文隐蔚之意,揭示其思想艺术价值。正如南帆在比较弹幕与传统评价时所言:网络上类似弹幕这样的"即时评论,表述形式短小精悍,往往限于一两句话,甚至一个词。即时评论的内容五花八门,从崇拜、感叹、喜悦、剧透,到不解、调侃、吐槽,其中包含了许多弹幕文化的暗语行话,例如'前方高能反应''大猪蹄子''劝你善良',如此等等"。相比而言,"传统的文艺批评来自阅读之后的深思熟虑,作品的整体观照与解读、分析、阐释构成了基本的工作方式。通常,批评家遵从某种既定的理论观念,一批基本的文艺命题成为考察作品的前提。作品的形象构造与文艺命题之间的紧张,往往是文艺批评褒贬的回旋空间。……文本的细读以及品鉴、沉吟、揣摩仍然是不可或缺的操作程序"[①]。线上即时吐槽与线下理性置评所形成的不同评价方式,有利于网络文学评价的丰富性,也打造出网络文学不一样的评价生态。

思维工具的各取所用。在线评价的思维工具主要是感性直观,而线下评价则主要以理论思辨为评价工具。前者重阅读感觉和直观印象,评价者根据自己的生活积累和文学经验去理解和评价文学,习惯于在作品中寻找"爽点"或"泪点",然后与自己的内心触点进行对位式衔接,以此作为评价对象好与不好、喜欢或不喜欢的理由,再用感性直观的方式直接表达出来,或三言两语,或长评细说,不虚与委蛇,也不照顾人情颜面。其有感而发的评论,可能直击要害成为"点穴"之论,也可能是不负文责的拍砖吐槽,甚至是情绪化的发泄之语。后者则讲究持论有据,说理充分,要求表达严谨,逻辑周延,鞭辟入里

[①] 南帆:《弹幕,一个奇特的屏幕现象》,《光明日报》2020年5月13日第16版。

地构建自己的理论架构,并在这个过程中层层剥茧地揭示评价对象的思想艺术价值,总结出妙处与短板。南帆就曾说:"传统的批评家是一个令人仰视的头衔:拥有名牌大学授予的学位,而且博学、深刻、犀利、擅长思辨。……他们往往以系统的知识为资本,以传统审定的经典为圭臬,高高在上,子曰诗云,不食人间烟火。"① 有了强大的思维工具支撑,传统文学评价往往成为一个时代文学批评的理论高光,如历史上的刘勰、司空图、王国维、鲁迅的文论,甚至是划破夜空的思想闪电,如别林斯基、车尔尼雪夫斯基、杜勃罗留波夫的文艺批评实践等。然而,当传统的思维工具用于网络文学评价时,其精英主义立场也可能"不食人间烟火",带来理论的空转,造成文学评价的聚焦失依、解读错位,圈内人不愿看,圈外人看不懂,让评价成果成为无的放矢的高头讲章。这样的评价,纵使是思维缜密的鸿篇大论,其对网络文学的解读效能反倒不如那些在线性即时评价更具针对性、更有价值。

深度注意力与过度注意力。美国杜克大学教授凯瑟琳·海尔斯(N. Katherine Hayles)提出的"深度注意力"与"过度注意力"理论,对我们认识线上评价与线下评价的不同认知方式也许会有所启发。海尔斯提出:人们的认知方式分为两种注意力模式——"深度注意力"(deep attention)和"过度注意力"(hyper attention)。深度注意力是传统的人文研究认知模式,特点是注意力长时间集中于单一目标之上(例如专注地阅读某部小说),其间忽视外界刺激,偏好单一信息流动,在维持聚焦时间上表现出高度耐力。过度注意力的特点是其焦点在多个任务间不停跳转,偏好多重信息流动,追求强刺激水平,对单调沉闷的忍耐性极低。她认为:"两种认知模式各有短长:若要解决单一媒介中的复杂问题,深度注意力自然再合适不过,可为此牺牲了对外部环境的敏锐度和反应的灵活性;过度注意力擅长于应对迅速变化的环境和相互竞争的多焦点,弊端是面对非互动型目标时——例如,

---

① 南帆:《弹幕,一个奇特的屏幕现象》,《光明日报》2020年5月13日第16版。

一部维多利亚时期的小说,或一道复杂的数学题——往往缺乏耐性,难以长时间维持某一焦点。"① 很显然,传统文学评价对文学的认知方式属于专注性的"深度注意力",需要长时间集中于单一目标,不受外界干扰地进行独立思考以解决复杂问题;而网络文学评价更多的是使用"过度注意力",因为它"偏好多重信息流动,追求强刺激水平,对单调沉闷的忍耐性极低",这不就是网络在线评价的生动写照么!线下与线上两大阵营的"错峰"发声,似可从这里找到认知心理学上的依据。

  网络文学评价是在文学观念的对冲、博弈和裂变中成长起来的,无论是传统理论逻辑与新兴评价对象的聚焦错位,还是线下与线上两大阵营的"错峰"发声,都是这种对冲、博弈和裂变的表现。在笔者看来,要解决网络文学评价的"落差难题",首先要消除"脱域式"站位,即传统评价与网络评价、线下评价与线上评价,都应该站在"网络"时代的"文学"立场。传统评价、线下评价不要忽视"网络"而只有"文学",网络文学的线上评价也不可丢掉"文学"只剩"网络",只有真正实现二者的融合才不会出现评价"脱域"现象,才有"网络文学"的正确站位。"脱域"一词是由英国社会学家吉登斯(Anthony Giddens)提出的,意指在新的传媒语境下,事物之间的社会关系从彼此互动的地域性关联中,由时空分离造成了"虚化"和"缺场",从而使其从有限的地方性场景和被重构的关联中"剥离出来",重组社会关系,以便让社会交往关系在一个适度延伸的广阔空间里成为可能。吉登斯使用"脱域"的概念,是要用来表征现代性的一大特征,即"现代制度本质和影响的核心要素——社会关系'摆脱'本土情景的过程以及社会关系在无限的时空轨迹中'再形成'的过程"。②随着信息技术与新媒介的发展,传统的物理时空被解构,社会交往被

---

① [美]凯瑟琳·海尔斯:《过度注意力与深度注意力:认知模式的代沟》,杨建国译,《文化研究》第19辑,社会科学文献出版社2015年版,第4—5页。
② [英]安东尼·吉登斯:《现代性与自我认同:晚期现代中的自我与社会》,夏璐译,中国人民大学出版社2016年版,第17页。

纳入虚拟化空间，文学传播和评价交流也被置于"异在"的拟态环境中。从网络文学评价的角度看，"脱域"使文学认知行为摆脱了对固定时空的依赖，扩大了认知面，获得了新的评价维度，但与此同时，也可能使评价失去评价的"在域"感，脱离评价对象的时空锚点，出现文学评价的错位化、虚置化或表面化。这样来看，前文所述网络文学评价中的"非匹配性""聚焦错位"或不同阵营的"错峰"发声，在"脱域"的语境中或许难以避免，却又是可以矫治的几重落差，而矫治的方式便是在各种评价要素之间建立起必要的逻辑关联。

二 网络文学评价的"共同体意识"

（一）网络文学评价的关联域

网络文学评价是一个关联性很强的研究领域，其评价过程虽然是由独立的评价主体来实施，但相关的评价要素却关乎网络文学从生产源头到市场"出口"、从资本渗透到政策规制等众多方面，正如笔者几年前在一篇文章里提到的：网络文学评价需要"协同网络文学生产、管理、传播、经营、阅读、评价各方力量，打通写、读、管、经、评各环节"，从而"建立文学批评的共同体"。这是因为"网络文学的存在方式本身就是一个生产链、产业链环环相扣、相互依存的'文学共同体'，由写手创作—网站管理—网民阅读—学者评说—市场检验—政府监管等诸要素组成的业态结构，构成了网络语境中的文学社会学和艺术生产美学。网络文学批评也应该这样，也需要建构一个由创作（作者维度）、管理（政府维度）、经营（网站维度）、阅读（读者维度）、评论（理论维度）五位一体的'批评共同体'，而不是网站、作家、网民的各说各话。这个共同体以理论评论学理逻辑为中心，创建批评的多维互动方式，以此形成网络文学批评的优化生态"。①

基于此，网络文学评价需要从这一文学的生产方式和评价实践出发，建立起自己的要素关联，并由关联要素意识而构建起网络文学评

---

① 欧阳友权：《建立网络文学批评"共同体"》，《中国社会科学报》2017年3月20日第5版。

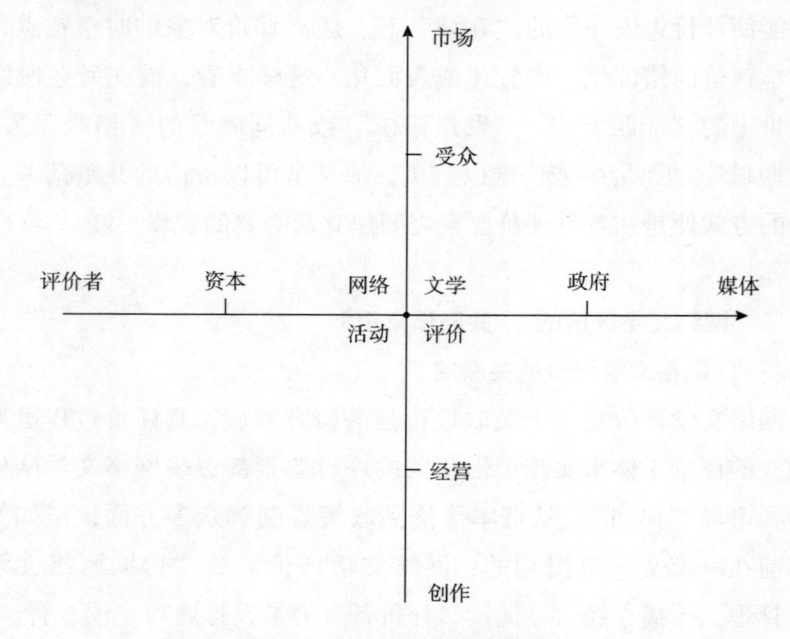

价的"共同体意识"。网络文学评价的关联域分别由纵坐标（时间坐标）要素和横坐标（空间坐标）要素组成一个坐标轴（如图3-1），每个要素均与网络文学评价发生功能性关联。

```
                          ↑ 市场
                          │
                          ├ 受众
                          │
                          │
  评价者      资本    网络 │ 文学      政府       媒体
 ─────┼───────┼──────┼──┼──┼──────────┼─────────→
                      活动 │ 评价
                          │
                          │
                          ├ 经营
                          │
                          │
                          ├ 创作
                          │
```

图3-1　网络文学评价关联要素坐标

从图3-1中可以看出，网络文学评价活动在纵向上有"评价—创作"、"评价—经营"、"评价—受众"和"评价—市场"等四个关联维度；在横向上有"评价—评价者"、"评价—资本"、"评价—政府"和"评价—媒体"等四个关联维度。以"网络文学评价活动"为中心，审视纵横（时空）八个关联维度我们会发现，它们都将与网络文学评价发生或隐或显的功能性关联。

从"评价与创作"的维度看，后者要为前者提供评价对象，前者须以正确有效的评价后者来影响、干预后者的文学行为。这在网络文学评价中的特殊性表现为：评价对创作的影响、干预不仅表现在作品创作的完成环节，更表现在创作过程中的线上评价中，形成评价与创作的共时互动。契诃夫（A. P. Chekhov）把批评家和作家比作"绳子和马"那样的约束关系,爱伦堡(I. Grigory)把二者比作"木耳和树"的依附关系,贺拉斯(Q. Horatius)在《诗艺》中把创作比作"刀子",把评论比作"磨刀石",认为磨刀石虽然自己切不动什么,却可以使钢刀锋利。这三种比喻用于网络文学评价与创作的关系都是合适的,或者说三种功能都存在于网络文学评价实践中,因为网络文学评价对创作既有约束作用,也有时间先后的承付(依附)关系,并介入创作行为,有助于创作水平的提升。

在"评价与经营"的维度上,网络文学评价能够为作品经营提供价值评判尺度和商业导向支持。以网站平台的组织方式经营文学是人类文学发展史上的一大创举,它让文学生产有了文化经济学的支撑,也让文学创作者通过平台经营环节有了可以变现的商业抓手,获得网文行业成长壮大的经济基础,最终形成精神与经济相融合的新型文化产业。在这个经营性网络经济的营销过程中,网络文学评价,特别是网络在线评价将为网文经营者提供数据支持和体认市场的智慧工具。譬如,批评家对网络作家作品的评价结果会以一种"符号标识"影响经营者的价值判断,从而决定网站平台是否和如何推送某一作家与作品,如主页各种榜单排位、优先上架或是否推进作品孵化、进入版权转让程序、实施作品分发和二度创作等,为作品改编掌控"原著粉""自带粉丝"的黏性大数据获得可靠的心理预期。阅文集团在"合同风波"后,于 2020 年 6 月推出"单本可选新合同"提出:作家无须授予著作财产权也可享受平台提供的创作支持和发表作品等各类服务,作家可针对单本作品授权平台,并匹配不同的各类权益,深度协议对资深作家的更多发展诉求进行多样的权益安排等等,这些合同要素针对不同作家制定了"三类四种合同"供作家选择,而无论是平台制定规则还是作家自主选择,其核心的依据都是基于对作家创作成就的评价,以及对评价的量化分析。

在"评价与受众"维度上,网络文学评价需要关注受众对作品的反应,不仅评价对象的艺术功能评价和市场绩效判断离不开阅读受众的口碑,需要参照受众感受的最大公约数,而且评价者自身也是受众的一员，他对网络作家作品的理解与评判也成为"受众评价"的依据之一，并且是真实可靠的评价依据。网络文学的受众评价可分为专家之评（线下）和粉丝之评（线上），一个重学理分析，一个重主观感受，不同的维度可以互补为用。萧鼎的《诛仙》2003年上线，2005年出版纸质书，后来被改编成游戏影视剧后，再度成为大众口中的热点话题，好评如潮。专家评价说："《诛仙》的特别之处在于，它把奇幻与爱情，暴力与温婉，残酷与仁义，正直与邪恶等水乳交融般地糅合在一起。它借鉴并吸收了黄易小说的神秘，李凉小说的搞笑，温瑞安小说的恐怖，金庸小说的细腻，形成了独特的风格。"[①] 粉丝读者则评价说："其实真的感谢萧鼎大哥，这本《诛仙》给所有喜欢它的人带来了快乐和幸福，虽然还有一缕哀愁，可是《诛仙》依然完成了我们这些《诛仙》迷们心里最纯美的爱情畅想。那些最美和最凄然的过往在《诛仙》里我一一看到，并感受到了。"（豆瓣读书）在豆瓣评分中我们看到，有12396人参与《诛仙》的评价，得分为8.0分，这个评分在那个年代的网络小说中是一个很高的数字。线下与线上的评价构成了《诛仙》的整体评价，这便是人们将《诛仙》与《飘渺之旅》、《小兵传奇》并称"网络三大奇书"，并将其誉为"后金庸时代的武侠圣经"的依据。

　　纵向关联域还有一个要素是"评价与市场"，亦即网络文学的市场评价。网络文学是迄今为止市场化程度最高的一种文学，市场表现成了评价网络文学绕不开的一个硬指标。唯点击率、唯购买量、唯打赏数或唯收视率固然不对，但一个网络文学作品如果没有一定的点击率、购买量或打赏数，其改编的视频作品如果没有基本的收视率，不仅创作者和经营者没法生存，该作品的文学价值和艺术效果也是无从体现的。据报道，2019年，阅文集团实现营收83.48亿元，收入同比增长65.7%，净利润10.96亿元，同比增加20.4%；中文在线实现营

---

① 胡燕：《奇幻怪诞　至情至性——评玄幻武侠小说〈诛仙〉》，《当代文坛》2006年第5期。

收7.1亿元，归属于上市公司股东的净亏损6亿元；掌阅科技收入18.8亿元，归属于上市公司股东净利润1.6亿元。除了这三家上市公司外，其他网站市场绩效最高的是晋江文学城，2019年的营收达到8.3亿元，净利润2.95亿元。① 这些刚性的数据就是来自消费一线的市场评价，如果是评价一个网站平台，它们将是客观评价的"基本盘"。爱潜水的乌贼443.9万字的小说《诡秘之主》，上架761天即拥有9754.32万读者。2020年5月1日《诡秘之主》完本时，让几百万粉丝怅然若失，人们总结了它创下的一连串市场纪录：3000万张推荐票，20万月票打破起点男生月票纪录，超450万条评论，起点站内有近700万粉丝，超过550位盟主，其英文版在webnovel平台点击突破2000万，推荐榜男性向小说第一，评分高达4.8（5分制）。除阅读平台以外，《诡秘之主》还创造了罕见的全网热度，微博"诡秘之主"超话阅读量超4000万，话题阅读量近5000万，贴吧帖子超过300万，LOFTER相关话题阅读量近1200万。② 如此亮眼的粉丝反应，显然是给作品加分的，因为在高市场消费值的背后，必然蕴藏着丰厚的文学审美值和人文伦理值，它们是评价《诡秘之主》的重要考量。可见市场评价是网络文学评价的题中之义，并且是传统文学评价所没有的特殊维度。

网络文学评价关联域横向维度，是非关网文内部结构却又在空间关联上与网络文学评价相关的领域，包括四个主要方面。

一是"评价与评价者"维度。这二者之间的关联是显而易见的，因为任何文学评价都要由评价者来实施并完成，评价者是文学评价的实际操控者和"主体能动因"。与传统的评价者相比，网络文学评价者的不同之处在于，不仅其身份更为复杂和多样，评价立场和持论水平也有更为明显的落差。如前所述，参与网络文学评价的主体身份大

---

① 土狼：《晋江文学营收8.3亿，净利润2.95亿》，2020年5月13日，腾讯网，https：//new.qq.com/omn/20200513/20200513A09MDG00.html。

② 《〈诡秘之主〉完结，乌贼究竟创造了多少历史？》，2020年5月1日，哔哩哔哩，https：//www.bilibili.com/video/av968020291/。

抵有三种力量：专业评价、网民评价和传媒人评价。专业评价属学院派评价，常以职业批评家的眼光看待新兴的网络文学，惯于采用学理化论文方式在平面媒体发声，构成文学评价最具实力的一派。网民评价由网文读者在线评说，"批评主体是关注并阅读网络文学作品的态度型网民、跟风追读型粉丝、论坛灌水型刷屏者、创作与评论的交互型聊友、匿名上网的评论型鉴赏者，甚或作为文学幕后推手的商业型'马甲''水军'等"①，他们的在线批评具有匿名性、交互性、在场性、便捷性、民间性等特点，形式灵活，随感而发，有着鲜活的语境感和强大的生命力，但显得零碎而不成系统，有时难免信口开河，褒贬失当，乃至出现情绪化、粗鄙化的不文明用语。传媒人评价是指出版、报刊、电视、广播、网络等媒体从业者的网络文学评价，关注点是网文行业的新闻性事件，其新闻性，导向性大于文学评价，有研究者就曾批评说："媒体批评对感官刺激津津乐道，热评、快评、短评、浅评流行。即便有精英文学的不断抗争，媒体批评也难免目不暇接，难免蜻蜓点水、浮光掠影。加上网络、微信、博客等新兴媒体如鱼得水，它对媒体批评的参与，增添了拥挤、热闹、繁盛的意味，但大都是印象堆积、感性围观，不少是隔靴搔痒，而且存在不少误读。"②

  第二个维度是"评价与资本"的关联。资本进入网络文学后，势必不断寻找盈利的"榫口"，而文学评价虽然不是一只可以直接为文化资本"下蛋的鸡"，却可以为之提供"饲料"——网络文学评价通过对网络作家作品乃至网文行业的分析判断，让寻找商机的文化资本了解网络文学业态状况，认识网文市场卖点和行业热点，以帮助其把握投资方向，开辟产业路径，实现资本的保值增值；与此同时，资本对网文行业的介入、渗透和营销不仅是网络文学评价要研究的对象，也是推进网络文学评价的动力，因为资本给网文行业带来活力，让文学评价有了丰富的素材和更为敏锐的问题意识。譬如，2020年4月底

---

① 欧阳友权、张伟顾：《中国网络文学批评20年》，《中国文学批评》2019年第1期。
② 杜国景：《当代中国文学批评语境与机制研究》，《中山大学学报》（社会科学版）2015年第4期。

阅文集团高层人事调整引发的"合同风波"①，其实质便是资本与文学的博弈。该事件把文学与资本、平台与作者之间相顾相争的关系推到了人们面前，不仅引发人们对网络文学发展中"文学与资本"关系的重新思考，也让网络文学评价有了期待回应的新课题。有评论说："资本逐利，阅文集团收购新丽集团，及最近管理层的调整，都反映了阅文集团网络文学生产机制和经营策略的变化方向，即减少线上付费阅读的经营成本，转向盈利占比更大的版权收入。……昭示着占据网文半壁江山的阅文集团，将在战略发展和商业模式上发生重大变化。未来将对施行许久的起点 VIP 收费阅读模式进行调整，加大以影视动漫改编为中心的全产业链开发的业务布局。"② 这种极具针对性的业态判断所体现的正是"评价与资本"之间的关联，也是文学评价对文化资本的一种解读。我们知道，作为 IP 生态的源头，网络文学已成为一个"超级金矿"，许多大资本都在网络文学领域频繁操作，纷纷以收购、控股、整合的方式布局，以图在网络文学泛娱乐全产业链中抢得先机。腾讯、百度和阿里巴巴等互联网巨头精心操控 IP 版权，在影视、出版、游戏、动漫等领域演绎资本大戏。中文在线、阅文、掌阅三家公司成功上市，咪咕阅读、天翼阅读和沃阅读持续发力，中国移动、电信和联通打造移动端阅读平台。在资本进场和商业集中的同时，网络文学从 PC 端扩展到移动端，从付费阅读走向免费阅读，目的正在于收割下沉市场，以流量红利实现利润最大化……所有这一切"资本姿态"，无不是网络文学评价需要关注的网文大局和行业趋势，无

---

① 阅文集团"合同风波"是指发生在 2020 年 4 月底阅文集团高管易人引发的平台与网络作家之间的一次风波。4 月 27 日，阅文集团发布消息，集团原联席首席执行官吴文辉、梁晓东，总裁商学松，高级副总裁林庭锋等部分高管团队荣退，辞任目前管理职务，腾讯集团副总裁、腾讯影业首席执行官程武出任首席执行官和执行董事，平台与内容事业群副总裁侯晓楠出任阅文集团总裁。这一重磅消息很快被网文江湖命名为阅文"五帝"退位事件。随之，网上传出了一份被视为"霸王条款"的阅文新团队的新合同，引发网络作者一系列权益问题的蒸腾发酵，让许多网络作家产生"过激反应"，以致酿成 5 月 5 日网文圈"五五断更节"事件。阅文启动紧急公关，与网络作家代表举行"恳谈会"，澄清事实真相，并迅速出台了三类四种单本可选合同供作家选择，让这次风波得以平息。

② 王金芝：《媒介、资本和产业：阅文风波后网络文学的三个逻辑》，2020 年 5 月 12 日，搜狐网，https://www.sohu.com/a/394612026_182272。

不是网络文学评价中绕不过去的"梗"。

第三个维度是"评价与政府"的关联。政府以政策法规监管和意识形态引导的双重方式，为网络文学行业保驾护航，为社会营造净朗的网络文化空间。从网络文学评价的角度看，政府与评价之间的关联有三种表现形态：其一，政府出台的相关政策规定是网络文学评价的基本遵循，对文学评价如何把握正确的价值导向有着规制和引领作用；其二，政府的行业监管本身也可以是网络文学评价的研究内容；其三，科学的评价成果有助于更科学、更有效地管理网络文学，制定更切合网络文学实际的政策法规，达成监管与发展的良性循环机制。2015年10月，中共中央发布了《关于繁荣发展社会主义文艺的意见》，明确提出"大力发展网络文艺"，认为网络文艺充满活力，应该"促进优秀作品多渠道传输、多平台展示、多终端推送。加强内容管理，创新管理方式，规范传播秩序，让正能量引领网络文艺发展"。2014年12月，国家新闻出版广电总局出台《关于推动网络文学健康发展的指导意见》，提出了网络文学发展的指导思想、基本原则、发展目标，重点任务，保障措施等三个大类的十八个问题，明确指出"网络文学也存在数量大质量低，有'高原'缺'高峰'，抄袭模仿、内容雷同，机械化生产、快餐式消费以及片面追求市场效益，侵权盗版屡打不绝，市场主体良莠不齐，管理规则不健全，市场监管不完善等突出问题"。2017年6月，国家新闻出版广电总局颁布了《网络文学出版服务单位社会效益评估试行办法》，并同时制定了《网络文学出版服务单位社会效益试行评估指标和计分标准》。2020年6月，国家新闻出版署印发了《关于进一步加强网络文学出版管理的通知》，要求规范网络文学行业秩序，加强网络文学出版管理，引导网络文学出版单位始终坚持正确出版导向，坚持把社会效益放在首位，坚持高质量发展，努力以精品奉献人民，推动网络文学繁荣健康发展。这些以政府文件形式出台的政策法规，让网络文学有了评价尺度，为评价活动提供平理若衡的依据与边界。政府相关职能部门每年组织"扫黄打非"，开展"净网行动""剑网行动"等，打击网络盗版，清除网上不良信息，并举办"优秀网络文学原创作品推介"活动,也为网络文学评价有了可供参照的标准,获得了评价作品的分寸感,既有了"底线",也有了"水平线"。

最后一个是"评价与媒体"维度。美国的文化传播学者道格拉斯·凯尔纳在《媒体文化》一书中指出过媒体的形塑力量:"媒体形象有助于塑造某种文化和社会对整个世界的看法及其最深刻的价值观:什么是好的或坏的,什么是积极的或消极的,以及什么是道德的或邪恶的。媒体故事提供了象征、神话以及个体借以构建一种共享文化的资源,而通过对这种资源的占有,人们就使自己嵌入到文化之中了。"① 媒体之于对象的塑造力,在网络文学评价中也有丰富的表现,我们对网络作家或作品的评价无时不在受到媒体的深刻影响。例如,速途研究院每年都要发布《中国网络文学作家影响力榜》,分别评出男女网络作家各 50 人,这个榜单实际上就是一种对网络作家影响力的评价结果,它是一种价值评价,上榜作家将在一定程度上得到行业认同。那么这个榜单是怎么来的呢?据速途研究院介绍,其评价标准是通过作品点击量、收藏量以及媒体和新媒体曝光量等多方面数据来考察作品受欢迎的程度,选取近一年来在网络文学平台上连载小说的作家,通过作家新媒体影响力、作家平台影响力、作品影响力等多维度的分析与论证,综合衡量出作家影响力。"具体评价方式是通过作家的百度指数、微博指数、微信指数、微博粉丝量、贴吧热度,以及作品点击量、推荐量、评论量、收藏量、粉丝量,最后根据速途研究院对阅读市场的长期关注、了解以及经验做出标准化后的加权平均,按照合理比例分配加权数值,综合计算出作家影响力指数,并进行排名,由此得出中国网络文学作家影响力榜单。"② 很显然,媒体数据,特别是数字化自媒体的大数据,是检验网络作家业绩、判断其影响力的核心要

---

① [美]道格拉斯·凯尔纳:《媒体文化——介于现代与后现代之间的文化研究、认同性与政治》,丁宁译,商务印书馆 2004 年版,中文版序言第 1 页。
② 速途研究院:《2019 年中国网络文学作家影响力榜》,2020 年 1 月 7 日,搜狐网,https://www.sohu.com/a/365276918_174789。

素，是媒体评价支撑起了网络作家的影响力评价，评价与媒体的关联可见一斑。

(二) 评价"共同体意识"的建构

我们所倡导的建构网络文学评价共同体，并不是以实体机构的方式建立一个网络文学评价的行业社团组织，而是要培育一种关注网络文学评价的"共同体意识"。这个"意识"是一种观念自觉和理论自信，即意识到网络文学评价并不只是评价者或"评价圈"的事，而是事关网络文学评价关联域的每一个要素、事关网络文学行业发展与业态优化的事，举凡网络文学创作、经营、受众、市场或横向关联中的评价者、资本、政府和媒体等，都是网络文学评价的"当事方"，都与网络文学评价体系建设、网络文学评价实践，以及网络文学评价生态的形成产生重要影响。按照马克·波斯特（Mark Poster）的说法，这是一种"根居型"（rhizomic）关系，即内在根脉上有着隐形的密切关联，而不是"树居型"（aiborial）关系①，外聚为一个有形的整体来呈现。

首先，应该以共同的文学价值观凝聚共识，以塑造网络文学评价的"共同体意识"。譬如，认可网络文学创作是人文的、伦理的、社会的，是引人向善的精神产品生产，网络文学业态中包括文学评价在内的各关联要素需要发掘和弘扬人文精神，让自己的行为举措富含人文的情怀、伦理的道义和社会的责任；确认网络文学是审美的、艺术的、令人愉悦并温暖人心的文化产品，需以"文学性"来表征与现实之间的审美关系，肯定"治愈系""YY秀"的网文具有调节人的感性生存、安顿人的灵魂，或追寻"诗意栖居"的抚慰功能，网络文学评价关联域的每一个环节都需要有"文学与人""网文与审美"的自觉适配意识，进而用艺术审美的方式去接近"人是目标，不是手段"的

---

① 参见［美］马克·波斯特《信息方式：后结构主义与社会语境》，范静哗译，商务印书馆2001年版，第25页。

文学承诺，如尼葛洛庞帝（Negroponte）曾说的："数字化生存能使每个人变得更容易接近，让弱小孤寂者也能发出他们的心声"①；再者，认同网络文学是在网上原创、经网络传播，又在网络上满足网民精神需求，并且是在与网民粉丝的持续互动中结构为一种本体存在，它的"网生性"本色，要求网络文学评价的各关联要素建立起"媒介思维"的自觉意识，视网络文学为"网络"文学而不仅仅是"文学"，不要丢失网络文学的特殊性而将其混同于传统文学或普通的网络文化，数字化新媒体应该成为形塑网络文学评价"共同体意识"技术成因；承认商业性、产业化基因是网络文学价值的一部分，是网络文学评价各关联要素中唯一一个可量化、可经营的物质性维度，因而网络文学的产业性关联，也应该在一定程度上接入并融合为网络文学评价的"共同体意识"。

另外，构建网络文学评价"共同体意识"需要营造适宜的"场域环境"。共同体作为一种主体"意识"，意味着共同的价值取向，也意味着共同的文学与社会责任。由于网络文学评价对整个行业的"认知"功能和"助推"地位，使关联域中的各要素有责任营造出网络文学评价的良好环境，以便为文学评价培育健康的行业生态。有关共同体意识的场域环境打造，我们不妨借布尔迪厄（P. Bourdieu）的"文学场"理论来解释。布尔迪厄在《艺术的法则》一书中用"权力中的文学场"来剖析文学在社会权力场中的位置，认为"艺术家和作家的许多实践和表现，只有参照权力场才能得到解释"，他给出了分析这个场域结构的三个层次：

> 第一，分析文学（等）场在权力场内部的位置及其时间进展；第二，分析文学（等）场的内部结构，文学场就是一个遵循自身的运行和变化法则的空间，也就是各种位置间的客观关系结构，为合法性而竞争的个体或集团占据着这些位置；最后，分析

---

① ［美］尼葛洛庞帝：《数字化生存》，胡泳、范海燕译，海南出版社1997年版，第7页。

这些位置的占据者的习性的生成，习性即配置系统，这些系统作为文学（等）场内部的一种社会轨迹和一个位置的产物，在这个位置上找到了一个多多少少有利的现实化机会。场的构造是社会轨迹构造的逻辑先决条件，社会轨迹是在这个场中被连续占据的一系列位置。①

布尔迪厄的"场"（field）又称"场域"，不同于物理上的空间（space）概念，在于它是一种有内含本格品位的、有生气的、有潜力的存在，同时又是处于特定关系、嵌入各种约束要素、既有自主精神又有他律边界的位置性存在，"无论它们多么不受外部限制和要求的束缚，它们还是要受总体的场如利益场、经济场或政治场的限制。因此，文化生产场每时每刻都是两条等级化原则即他律原则与自主原则之间的斗争的场所"。② 网络文学评价的"共同体意识"也是在网络文学关联域各个"场"的他律与自主的博弈中建构起来的，一方面它们遵循共同的文学价值观，另一方面它们又须在共同体中分权与担责，用各自优化的、功能化的"场"来建构"共同体意识"的那个"场"，最终实现"场功能"的最大化。此时，"文学（等）场是一个力量场，这个场对所有进入其中的人发挥作用，而且依据他们在场中占据的位置，以不同的方式发挥作用"。③ 一旦关联域中的每一个要素都能谨遵网络文学的价值观，履行自己的文学与社会责任，网络文学评价就将踔厉风发，展现自己应有的力度与风采。

有一个颇具说服力的案例是近年来网络现实题材创作的成功逆袭，它充分体现了网络文学关联域各要素之于现实题材创作的"共同体意识"，是网络文学评价观念构建的一次成功实践。

---

① ［法］皮埃尔·布尔迪厄：《艺术的法则：文学场的生成与结构》，刘晖译，中央编译出版社2016年版，第191页。
② ［法］皮埃尔·布尔迪厄：《艺术的法则：文学场的生成与结构》，刘晖译，中央编译出版社2016年版，第193页。
③ ［法］皮埃尔·布尔迪厄：《艺术的法则：文学场的生成与结构》，刘晖译，中央编译出版社2016年版，第208页。

我们知道，中国的网络文学自2003年走出"马鞍形"谷底之后，便以玄幻、仙侠等幻想类小说为主打一路上扬，沿着"续更"写作、付费跟读的"起点模式"迅速覆盖大众阅读市场，"玄幻满屏、一家独大"构成了网络文学高光的"时代秀"，早期作品如《性感时代的小饭馆》《蚊子的遗书》《第一次的亲密接触》《成都，今夜请将我遗忘》等现实题材创作，以及类似《死亡日记》《最后的宣战》这样的非虚构作品，久已被《斗罗大陆》《斗破苍穹》《诛仙》《盘龙》《将夜》《吞噬星空》这类幻想类作品浩瀚的粉丝群体所遗忘。有评价说，"网络小说数以千万计，其中的名篇佳构和拥趸倾心的'超级IP'，大都出现在玄幻武侠、盗墓穿越、历史架空等幻想类题材领域，形成所谓的类型小说或'套路文'，在网上创作现实题材作品'叫座又叫好'的实为凤毛麟角"。①

2015年开始，这种情形发生了显著的变化，网络上现实题材小说明显增加。《大国重工》《明月度关山》《上海繁华》《朝阳警事》《浩荡》《都挺好》《写给鼹鼠先生的情书》《中国铁路人》《DNA鉴定师》……"一批反映创新创业、社区管理、精准扶贫、物流快递、山村支教、大学生村官等众多领域的现实题材作品脱颖而出，主题格调、内容质量以及社会效益均有明显提升。"② 中国作协网络文学委员会主任陈崎嵘将此称作"现实题材创作'整体性崛起'"，他说："网络文学的现实题材创作'整体性崛起'这一提法是我基于当前网络文学的创作状况而做出的判断。也就是说，现实题材创作已成为网络文学创作中一支重要的力量，它改变了网络文学原来那种以玄幻为创作主体的"一枝独大"的状况，使得网络文学在题材创作上更加多元化"③。现实题材网文的崛起是事关中国网络文学发展方向的大变局，这一文学观念的建立就是网络文学评价"共同体"各关联要素共同努力的结果，是

---

① 欧阳友权：《也谈网络文学现实题材创作——以〈网络英雄传Ⅱ：引力场〉为例》，《南方文坛》2020年第4期。
② 国家新闻出版署、中国音像与数字出版协会等：《2018年度中国网络文学发展报告》，人民网，http://culture.people.com.cn/n1/2019/0810/c429145-31287235.html，2019年8月10日。
③ 郭海瑾：《陈崎嵘：关注现实聚焦网络文学新使命——访全国政协委员、中国作协网络文学委员会主任陈崎嵘》，《人民政协报》2020年6月22日第2版。

"共同体意识"突破"玄幻霸屏"格局，营造出了"现实题材"场域环境，培育了聚焦现实题材创作的网络文学观念。

首先是政府倡导。现实题材网络文学创作源自政府的两大举措。一是政策法规层面的主流价值观念引导。2014年10月15日习近平《在文艺工作座谈会上的讲话》提出："作家艺术家应该成为时代风气的先觉者、先行者、先倡者，通过更多有筋骨、有道德、有温度的文艺作品，书写和记录人民的伟大实践、时代的进步要求，彰显信仰之美、崇高之美，弘扬中国精神、凝聚中国力量，鼓舞全国各族人民朝气蓬勃迈向未来。"这是给包括网络文学在内的文学创作进行了内容品质和时代精神的定位。2014年12月1日，国家新闻出版广电总局印发的《关于推动网络文学健康发展的指导意见》提出："引导网络文学创作植根现实生活，为人民抒写、为人民抒情、为人民抒怀；倡导网络文学创作塑造美好心灵、引领社会风尚，使网络文学价值引领、精神引领、审美启迪等方面作用得到充分发挥。"2015年10月3日，中共中央出台了《关于繁荣发展社会主义文艺的意见》，明确提出要"大力发展网络文艺"，强调要"加强内容管理，创新管理方式，规范传播秩序，让正能量引领网络文艺发展"。二是设立作品推优榜单为网络创作树立标杆。2015年开始，在国家广电总局每年举办的优秀网络文学原创作品推介和中国作协每年举办的"中国网络文学排行榜"评选中，都单独把现实题材作品予以单列，并给予一定名额上的倾斜。2020年6月，国家新闻出版署启动了"优秀现实题材和历史题材网络文学出版工程"评选活动，为网络现实题材创作助力。北京、上海、浙江、江苏、广东、湖南、四川等许多省市相继发布的各类网络文学榜单，都有一定比例的现实题材作品入榜，上海、江苏等省市还举办网络文学现实题材的征文活动。2019年，国家新闻出版署、中国作家协会联合举办的"庆祝新中国成立70周年"主题网络文学推优活动中，上榜的25部小说里有20部为现实题材。这些得力举措有效鼓励了网络现实题材创作，为现实题材的"整体性崛起"提供了极为有利的政策环境。

然后是网络作家和网站平台的积极响应。近几年来，关注现实、关注时代、关注生活开始成为网络文学圈的新风尚，一批幻想类小说作家转向现实题材创作，长于写玄幻故事的唐家三少创作了"现实向"小说《拥抱谎言拥抱你》《为了你我愿意热爱整个世界》，一直创作仙侠小说的管平潮创作了网络安防小说《天下网安 缚苍龙》等，展现了网络作家新的艺术取向。"网络作家已经意识到时代的要求、自己的担当，也开始从云里雾里回到人间尘世、从天马行空变为脚踏实地，开始创作与中国发展进步有关、与老百姓生活有关、与世界前途命运有关的作品。"① 2018 年中国网络文学各大平台发布的新作品中，现实题材占比 65.1%，同比增长 24.0%。郭羽、刘波的《网络英雄传》系列以商战题材写出网文力作，齐橙的《大国重工》、卓牧闲的《朝阳警事》、何常在的《浩荡》等聚焦社会变革，夜独醉的《稔子花开》、罗晓的《大山里的青春》等讲述脱贫攻坚故事，王鹏骄的《共和国天使》、陈酿的《酥扎小姐姐的朋友圈》等表现全民战"疫"，舞清影的《他从暖风来》、叶非夜的《好想住你隔壁》等积极探索现实题材创作新的表现手法，志鸟村的《大医凌然》等作品开辟了现实题材的"技术流"……以阅文集团为代表的相关企业积极为现实题材转型创造条件，2016 年以来，阅文每年与上海市新闻出版广电局联合举办"现实题材网络文学征文大赛"，诞生了许多现实主义佳作。时任阅文集团 CEO 的吴文辉表示："现实主义题材为网文创作注入更新鲜、生动的能量，诞生了一批充满新奇创意，兼具现实价值的优秀作品。"② 网站平台与网络作家的联手推动，对网文界现实题材创作转向和现实主义文学精神回归，有着扛鼎之功。

还有评论界和媒体对现实题材崛起的强劲推力。理论评论界高度关注网络文学现实题材创作，主流媒体也对这一新现象给予了积极回

---

① 郭海瑾：《陈崎嵘：关注现实聚焦网络文学新使命——访全国政协委员、中国作协网络文学委员会主任陈崎嵘》，《人民政协报》2020 年 6 月 22 日第 2 版。

② 何天骄：《网文现实题材大爆发：优质内容稀缺，平台强化造血能力》，2018 年 1 月 30 日，第一财经 App，https://www.yicai.com/news/5396720.html。

应。《人民日报》早在2014年就在"文艺评论"版开辟了"网络文学再认识"栏目，相继刊发了李敬泽、马识途、欧阳友权、夏烈、邵燕君等人的文章①，讨论网络文学的发展方向和价值导向。《人民日报（海外版）》《光明日报》《文艺报》《中华读书报》《文汇报》等积极推进现实题材网文创作的舆论引导，发表评价现实题材网络作品的评论文章，如《网络文学现实情怀逐步增强》（马季，《人民日报（海外版）》）、《网络文学与当代现实生活》（周志雄，《光明日报》）、《网络作家要树立正确的历史观和创作观》（陈崎嵘，《文艺报》）、《现实主义网络文学记录中国新时代》（舒晋瑜，《中华读书报》）、《现实主义书写让网络文学更有生命力》（许旸，《文汇报》）、《〈大医凌然〉：情感体验效应与现实题材写作》（王祥，《文艺报》）、《中国网络文学进入现实题材新时代》（庄庸，《中国出版传媒周报》）等。学术期刊发表的这方面论文也呈逐年增加趋势，根据中国知网（CNKI）收录文献的统计分析，2016年我国有125家学术期刊发表网络文学理论评论文章245篇，2017年有199家学术期刊发表这方面的论文408篇，2018年增加到216家学术期刊发表论文432篇，2019年增加到234家学术刊物发表的这方面论文达470篇。②这其中，就有不少论文专门探讨网络文学创作的现实题材问题，如《网络文学虚拟美学的现实情怀》（禹建湘，《江海学刊》）、《也谈网络文学现实题材创作》（欧阳友权、曾照智，《南方文坛》）、《现实主义的皮相与网络文学的歧路》（陈浩文，《南方文坛》）、《网络文学：再次面向现实》（许苗苗，《中国文艺评论》）、《现实题材创作：网络文学必须攻克的一个高地》（陈崎嵘，《网络文学评论》）、《网络现实题材写作的理论与实践考察》（桫椤，《网络文学评论》）、《现实题材网络小说经典化的可能与路径》

---

① 从2014年4月8日开始，《人民日报》"文艺评论"版的"网络文学再认识"栏目，陆续刊发了邵燕君《媒介新变与"网络性"》、欧阳友权《意义指向与价值承载》、马识途《要善于引导，也要宽容一点》、夏烈《影响网络文学的力量》、李敬泽《文学自觉与文化自觉》等系列文章。

② 参见欧阳友权主编《中国网络文学年鉴（2019）》"第六章：理论与批评"，新华出版社2020年版。

(闫海田，《网络文学评论》)、《以现实主义题材打造网络文学优质文化 IP 探析》(王红梅，《出版发行研究》)、《新世纪现实题材网络小说的文化分析》(张丽萍，《创作与评论》) 等，是这方面的代表性成果。评论界与主流媒体的相互配合所营造的舆论氛围及其具有启蒙意义的知识生产，一方面把现实题材网络创作推向了文学前沿，同时也为网络文学评价"共同体意识"构建起广泛共识的场域环境。这个共同体中的另外几个关联要素，如平台经营、资本运作、受众与市场等，也都迅速调适立场，适应并助推现实题材网络创作的新现实与新使命。

可以说，网络文学现实题材创作导向的形成及其文学观念的建构，就是网络文学评价"共同体"共同努力的结果，是这一"共同体意识"在事关网络文学发展方向性选择时，对文学价值观建设的一次成功实践。它再一次向我们证明，网络文学评价"共同体意识"的构建，不仅十分必要，也完全可能。

第四章 网络文学评价体系构建的关联要素

网络文学评价体系构建不是孤立自洽就可以完成的,而是与政府规制、文化资本、文学传统、媒介变化等诸多要素相互关联、相融共生的。无论是理论逻辑梳理,还是实践经验汲取,我们探讨网络文学的评价体系问题都必然要涉及几个最重要的关联要素,即政府规制的刚性约束、文化资本的市场化掣肘、文学传统的赓续与拓新,以及网络文学评价的媒介因素等。只有廓清了这些要素的内涵及其与网络文学评价体系之间的内在关联,我们所要建构的评价体系才可能是根基深稳并于实有据的。

第一节 政府规制的刚性约束

一 网络相关行业主要政策法规

政府颁布的相关政策法规是网络文学评价体系构建最重要的关联因素之一。我国网络文学的发展过程是与这一文学的相关政策制度建设和法律法规实施同步进行的,随着我国网络文化管理的法制化进程不断推进,网络文学行业管理从自由到规范再走向法制化,整个网文行业的政策法律体系建构已基本成形。这些年来,我国关于网络文学的政策法律性文件、司法解释、行政法规等对这一行业各环节进行的规制、监管和引导,为这一行业的发展起到了引领规制、保驾护航的作用,网络文学评价体系建设就是在这样的背景下进行的。我们试就网络文学及网络相关行业的主要法律法规做一个简单梳理。

2000年下半年，国家相继出台了一系列网络法规：9月30日，国务院颁布《电信条例》和《互联网信息服务管理办法》两个行政法规；11月6日，信息产业部和国务院新闻办公室颁发《互联网电子公告服务管理规定》和《互联网网站从事登载新闻业务管理暂行规定》；12月22日，最高人民法院发布《关于审理涉及计算机网络著作权纠纷案件适用法律若干问题的解释》；12月28日，全国人大常务委员会颁布《关于维护互联网安全的决定》，这一系列法律法规文件的出台，是我国迄今针对互联网监管制定的最强有力的法律规范。

2001年、2010年、2020年，国家分别对《中华人民共和国著作权法》①进行了三次修订，对文学、艺术、科学作品著作权的权利归属、合作期限、权利限制，著作权人的权利，著作权许可转让合同等法律文件进行了规范，对图书出版中作者的著作权、出版者的版权保护进行了详细规定。其中，2001年修改的《著作权法》关于"信息网络传播权"的规定，承认了传统著作权在网络等电子环境下所享有的受保护地位。2002年8月1日，我国正式实施《互联网出版管理暂行规定》②。2003年以后，我国网络文化经过十年的发展，法律体系逐步建立，并逐步走向国际化、成熟化。2005年被称为"互联网版权保护元年"。2005年4月，国家版权局与原信息产业部共同制定颁布了《互联网著作权行政保护办法》③，这是互联网领域版权保护的第一个法律性文件；2005年9月，国家版权局会同公安部、原信息产业部等部门，联合下发《关于开展打击网络侵权盗版行为专项行动的通知》，这是首次在全国范围内启动互联网领域版权保护专项治理行动，也是中央部委层面最早在网络领域开展的执法监管探索，自此该执法活动

---

① 《中华人民共和国著作权法》（2020年修正），中国政府网，http：//www. gov. cn/guoqing/2021－10/29/content_5647633. htm。

② 《互联网出版管理暂行规定》，中国政府网，http：//www. gov. cn/gongbao/content/2003/content_62636. htm。

③ 《互联网著作权行政保护办法》，人民网，http：//ip. people. com. cn/n1/2019/0704/c192427－31214391. html。

便以一年一度的"剑网行动"形式延续至今，成绩斐然。2006年5月《信息网络传播权保护条例》①颁布实施，数字化版权在立法层面上不断完善。2006年11月，最高人民法院审判委员会《关于修改〈最高人民法院关于审理涉及计算机网络著作权纠纷案件适用法律若干问题的解释〉的决定（二）》，确定了网络文学作品的法律保护范围。2008年1月，国家广播电影电视总局、中华人民共和国信息产业部审议通过《互联网视听节目服务管理规定》②并正式施行。2009年，中央编办下发了《关于印发〈中央编办对文化部、广电总局、新闻出版总署《"三定"规定》中有关动漫、网络游戏和文化市场综合执法的部分条文的解释〉的通知》。另外，《电子认证服务管理办法》③在2009年2月4日由中华人民共和国工业和信息化部第6次部务会议审议通过。从我国现有的网络法律规章制度来看，网络文化政策框架已初步形成，覆盖的领域有计算机信息系统安全、网络安全、域名注册、电子商务、网络信息传播等多个方面，既有法律性文件、司法解释，也有国务院颁布的行政法规，还有各相关部门颁发的规章，最多的则是各部门颁布的规范性政策文件。

2014年12月，国家新闻出版广播电影电视总局印发了《关于推动网络文学健康发展的指导意见》④，提出了系列建立完善作品管理制度，切实加强版权保护。2015年1月，国务院办公厅下发《关于转发知识产权局等单位深入实施国家知识产权战略行动计划（2014—2020年）的通知》，明确"加强对视听节目、文学、游戏网站和网络交易平台的版权监管，规范网络作品使用，严厉打击网络侵权盗版，优化网络监管技术手段"。2015年4月至10月，国家版权局相继发布《关

---

① 《信息网络传播权保护条例》，中国政府网，http://www.gov.cn/zwgk/2006-05/29/content_294000.htm。
② 《互联网视听节目服务管理规定》，中国政府网，http://www.gov.cn/flfg/2007-12/29/content_847230.htm。
③ 《电子认证服务管理办法》，中国政府网，http://www.gov.cn/flfg/2009-03/10/content_1255352.htm。
④ 《关于推动网络文学健康发展的指导意见》，国家互联网信息办公室，http://www.cac.gov.cn/2015-01/06/c_1113893482.htm。

于规范网络转载版权秩序的通知》《关于责令网络音乐服务商停止未经授权传播音乐作品的通知》《关于规范网盘服务版权秩序的通知》《关于加强网络文学作品版权管理的通知》等法规文件，网络文学盗版惩处力度不断加大，网文盗版现象得到了一定程度的遏制和改善。2016年2月，国家新闻出版广电总局与工信部发布《网络出版服务管理规定》①，规定对网络出版服务许可、网络出版服务管理、监督管理、保障与奖励，以及法律责任作出说明。2017年2月，国家版权局发布《版权工作"十三五"规划》②，明确提出"十三五"时期要加大版权执法监管力度，进一步规范平台，加强对网络文学、影音、游戏、动漫、软件等的检测监管，把App、网络云存储空间、网络销售平台等纳入版权有效监管。2018年2月，中共中央办公厅、国务院办公厅印发《关于加强知识产权审判领域改革创新若干问题的意见》③，提出要加强知识产权法院体系建设。2018年9月，最高人民法院发布《最高人民法院关于互联网法院审理案件若干问题的规定》④，其中明确了区块链、时间戳等技术作为证据收集的技术手段的法律效力，在此后的网络文学相关维权案件中，电子存证得到了越来越多的适用。2019年1月，新的司法解释《关于知识产权法庭若干问题的规定》⑤施行，旨在进一步细化全国人大常委会《关于专利等知识产权案件诉讼程序若干问题的决定》⑥，加大知识产权司法保护力度，切实保障国家层面知识产权案件上诉审理机制落地见效。2020年6月，国家新闻

---

① 《网络出版服务管理规定》，国家互联网信息办公室，http：//www.cac.gov.cn/2016-02/15/c_1118048596.htm，2021年7月12日查询。

② 《版权工作"十三五"规划》，国家版权局，http：//www.ncac.gov.cn/chinacopyright/contents/12228/346356.shtml。

③ 《关于加强知识产权审判领域改革创新若干问题的意见》，中国政府网，http：//www.gov.cn/xinwen/2018-02/27/content_5269267.htm。

④ 《最高人民法院关于互联网法院审理案件若干问题的规定》，最高人民法院，http：//www.court.gov.cn/fabu-xiangqing-24391.html。

⑤ 《关于知识产权法庭若干问题的规定》，最高人民法院，http：//ipc.court.gov.cn/zh-cn/news/view-402.html。

⑥ 《关于专利等知识产权案件诉讼程序若干问题的决定》，中国政府网，http：//www.gov.cn/xinwen/2018-10/27/content_5334909.htm。

出版署印发《关于进一步加强网络文学出版管理的通知》，对网络文学行业秩序、出版管理、出版导向等作进一步规范要求。2020年8月，中国版权协会文字版权保护工作委员会正式成立，联合相关从业机构共同发起"文字版权保护合作"联合宣言，建立正版内容保护机制，推动网络文学作者权益进一步得到保障。此外，伴随着新修订《著作权法》的通过，以及《2020年深入实施国家知识产权战略加快建设知识产权强国推进计划》①的出台，版权保护机制进一步完善，更有利于产出高质量的网络文学作品，持续吸引用户付费。2020年11月，最高人民法院印发《关于加强著作权和与著作权有关的权利保护的意见》②，同时，国家版权局发布《关于进一步做好著作权行政执法证据审查和认定工作的通知》，为法院处理著作权相关案件提供了更为详尽的指导，有利于加强网络文学著作权保护，发挥著作权审判对网络文学发展的规范、引导和保障作用。2021年1月，《中华人民共和国民法典》正式生效，这是新中国历史上首部以"法典"命名的法律。《民法典》对网络侵权责任进行了全新规定，为著作权网络维权提供规范依据。2021年6月，新修订的《中华人民共和国著作权法》正式施行，进一步完善了侵权惩罚性赔偿制度，更加适应互联网新技术的发展和市场经济条件下的时代背景，以及创新驱动高质量发展的新经济机制，在顶层设计的层面保证了网络文学市场发展的基本秩序和基本法律规则。

二 有关网络文学的领导讲话和政策法规文件

党的十八大以来，网络文学行业得到了长足的发展，党和政府以更加鲜明的主流意识形态立场加强了对网络文学的引导和管理。2014年10月15日，习近平总书记在文艺工作座谈会上发表重要讲话③，明

---

① 《2020年深入实施国家知识产权战略加快建设知识产权强国推进计划》，中国政府网，http://www.gov.cn/zhengce/zhengceku/2020-05/15/content_5511913.htm。
② 《最高人民法院〈关于加强著作权和与著作权有关的权利保护的意见〉》，《人民法院报》2020年11月17日第3版。
③ 习近平：《在文艺工作座谈会上的讲话》，新华网，http://www.xinhuanet.com/politics/2015-10/14/c_1116825558.htm。

确提出要抓好网络文艺发展,要让网络作家成为繁荣社会主义文艺的一支重要力量。这一重要讲话将包括网络文学在内的网络文艺的地位上升至新的高度。2016 年,习近平总书记在中国文学艺术界联合会第十次全国代表大会、中国作家协会第九次全国代表大会开幕式上的讲话①,面向全体文艺工作者提出"坚定文化自信,用文艺振奋民族精神;坚持服务人民,用积极的文艺歌颂人民;勇于创新创造,用精湛的艺术推动文化创新发展;坚守艺术理想,用高尚的文艺引领社会风尚"四点要求,再次规制了网络文学的发展方向。2017 年 10 月 18 日,党的第十九大报告提出,要加强互联网内容建设,为新时代文艺创作和文化创新、文化产业和文化事业发展提出了更高要求。2018 年 4 月,习近平总书记在网络安全和信息化工作座谈会上的讲话②中指出,要提高网络综合治理能力,形成党委领导、政府管理、企业履责、社会监督、网民自律等多主体参与,经济、法律、技术等多种手段相结合的综合治网格局。

网络文学作为新兴文创产业,逐步在党和国家出台的相关政策法规中得到重视和规范,在陆续出台的多项政策中,大力发展网络文艺被频繁提及,为网络文学健康发展提供了有利的社会环境和发展导向。2009 年 7 月,国务院常务会议审议通过《文化产业振兴规划》③,明确指出"要大力发展有声读物、电子书、手机报和网络出版物等新兴出版发行业态",国家重点推进的文化产业包括:文化创意、影视制作、出版发行、印刷复制、广告、演艺娱乐、文化会展、数字内容和动漫等。2011 年 10 月 18 日,党的十七届六中全会通过《中共中央关于深化文化体制改革、推动社会主义文化大发展大繁荣若干重大问题的决定》④,要

---

① 习近平:《在中国文联十大、中国作协九大开幕式上的讲话》,新华网,http://www.xinhuanet.com/politics/2016-11/30/c_1120025319.htm。
② 习近平:《在网络安全和信息化工作座谈会上的讲话》,国家互联网信息办公室,http://www.cac.gov.cn/2016-04/25/c_1118731366.htm。
③ 《文化产业振兴规划》,中国政府网,http://www.gov.cn/jrzg/2009-09/26/content_1427394.htm。
④ 《中共中央关于深化文化体制改革、推动社会主义文化大发展大繁荣若干重大问题的决定》,中国政府网,http://www.gov.cn/jrzg/2011-10/25/content_1978202.htm。

求到2020年文化产业成为国民经济支柱性产业，加快发展数字出版、移动多媒体等新兴文化产业，实施网络内容建设工程，推动优秀传统文化瑰宝和当代文化精品网络传播，鼓励网民创作格调健康的网络文化作品。2013年8月，国务院发布《关于促进信息消费扩大内需的若干意见》[①]并指出，大力发展数字出版、互动新媒体、移动多媒体等新兴文化产业，促进动漫游戏、数字音乐、网络艺术品等数字文化内容的消费。2014年2月，国务院发布《关于推进文化创意和设计服务与相关产业融合发展的若干意见》[②]并提出，加快数字内容产业发展，强化与规范新兴网络文化业态，创新新兴网络文化服务模式，繁荣文学、艺术、影视、音乐创作与传播。2015年1月，中共中央办公厅、国务院办公厅发布《关于加快构建现代公共文化服务体系的意见》[③]，提出要提高网络文化产品和服务供给能力，促进优秀传统文化瑰宝和当代文化精品网络传播。2015年9月11日，中央政治局会议审议通过了《关于繁荣发展社会主义文艺的意见》[④]，明确提出要"大力发展网络文艺"，做到"建设和发展、管理、引导并重"，实施网络文艺精品创作和传播计划，鼓励优秀网络原创作品的创作与传播。该意见对中国网络文学的发展和管理做出了一系列安排。习近平总书记的重要讲话精神和《关于繁荣发展社会主义文艺的意见》被视为网络文学发展的重要纲领，网络文学的发展从政策层面上翻开了新的篇章。2016年3月，《中华人民共和国国民经济和社会发展第十三个五年规划纲要》正式颁布，在规划纲要中首次提及"数字创意"，将其纳入国家战略性新兴产业。同时强调"大力发展网络文艺，丰富网络文化的内涵，推出积极向上的优秀网络原创作品，强化运营主

---

① 《关于促进信息消费扩大内需的若干意见》，中国政府网，http://www.gov.cn/zwgk/2013-08/14/content_2466856.htm.
② 《关于推进文化创意和设计服务与相关产业融合发展的若干意见》，中国政府网，http://www.gov.cn/zhengce/content/2014-03/14/content_8713.htm.
③ 《关于加快构建现代公共文化服务体系的意见》，中国政府网，http://www.gov.cn/xinwen/2015-01/14/content_2804250.htm.
④ 《中共中央关于繁荣发展社会主义文艺的意见》，中国政府网，http://www.gov.cn/xinwen/2015-10/19/content_2950086.htm.

体的社会责任"①。2016年11月，国务院印发《"十三五"国家战略性新兴产业发展规划》②，把"数字创意"纳入五个战略性新兴产业之一，并提出实施"数字内容创新工程"，提高数字创意内容产品原创水平，提高网络文学等文艺类型的文化品位和市场价值。2017年1月至5月，中央办公厅、国务院办公厅相继发布《关于实施中华优秀传统文化传承发展工程的意见》③《关于促进移动互联网健康有序发展的意见》④《国家"十三五"时期文化发展改革规划纲要》⑤ 等，均明确提出要"繁荣发展网络文艺"，加强网络文化产品的创作生产，加大对网络文艺的引导力度。2017年8月，国务院出台了《关于进一步扩大和升级信息消费持续释放内需潜力的指导意见》⑥，再次提出丰富数字创意内容和服务，拓展网络文学等数字文化内容。由此可见，网络文学不仅成为推进我国文化产业发展的重要新生力量，也成为促进消费升级的有力支点。2019年6月，国务院发布《关于文化产业发展工作情况的报告》⑦，鼓励和支持培育基于大数据、人工智能等新技术的新型文化业态，积极发展数字创意、智慧广电、网络视听、数字出版、动漫游戏等新兴文化产业，推动相关新兴产业的相互融合。2020年5月，国务院下发《2020年深入实施国家知识产权战略加快建设知识产权强国推进计划》⑧，明确

---

① 《中华人民共和国国民经济和社会发展第十三个五年规划纲要》，中国政府网，http：//www.gov.cn/xinwen/2016-03/17/content_5054992.htm。

② 《"十三五"国家战略性新兴产业发展规划》，中国政府网，http：//www.gov.cn/zhengce/content/2016-12/19/content_5150090.htm。

③ 《关于实施中华优秀传统文化传承发展工程的意见》，中国政府网，http：//www.gov.cn/gongbao/content/2017/content_5171322.htm。

④ 《关于促进移动互联网健康有序发展的意见》，中国政府网，http：//www.gov.cn/zhengce/2017-01/15/content_5160060.htm。

⑤ 《国家"十三五"时期文化发展改革规划纲要》，中国政府网，http：//www.gov.cn/xinwen/2017-05/07/content_5191604.htm。

⑥ 《关于进一步扩大和升级信息消费持续释放内需潜力的指导意见》，中国政府网，http：//www.gov.cn/zhengce/content/2017-08/24/content_5220091.htm。

⑦ 《关于文化产业发展工作情况的报告》，中国人大网，http：//www.npc.gov.cn/npc/c30834/201906/d6205ca4de0b49c6994b7427880b143b.shtml。

⑧ 《2020年深入实施国家知识产权战略加快建设知识产权强国推进计划》，中国政府网，http：//www.gov.cn/zhengce/zhengceku/2020-05/15/content_5511913.htm。

提出深入推进"互联网+"知识产权保护，加强信息技术手段运用。探索建立新业态新领域版权案件查办方式，依法及时公开侵权盗版行政处罚案件信息，建立社会化网络版权保护监测机制。构建以信用为基础的文化和旅游市场监管机制，深入开展网络表演、网络音乐、网络动漫市场知识产权执法行动。

各主管部门也相继制定出台相关政策引导网络文学健康发展，网络文学已成为主管部门引导与管理的重点关注领域。2014年12月，国家新闻出版广电总局出台《关于推动网络文学健康发展的指导意见》[①]，这是主管部门针对网络文学行业出台的第一个专门性政策文件，对网络文学发展做出了方向性指引和重点部署，是中国网络文学在主流化和规范化发展道路上迈出的坚实一步。2015年开始，国家新闻出版署、中国作家协会组织开展"优秀网络文学原创作品推介活动"，至今已推介一百多部优秀作品。2016年2月，国家新闻出版广电总局、工业和信息化部联合颁布《网络出版服务管理规定》[②]，明确要求从2016年3月10日起，企业若要从事网络出版服务，须依法经出版行政主管部门批准，取得网络出版服务许可证，许可证有效期限定为5年。因此，从事网络文学的出版和传播的出版机构，须经由出版行政部门批准，取得网络出版服务许可证。2016年11月，国家版权局发布《关于加强网络文学作品版权管理的通知》，是对解决我国网络文学版权保护工作所存在的瓶颈问题的一次有力突破，对规范网络文学版权秩序具有重要意义，也表明了主管部门对网络文学版权保护工作的高度重视。2016年12月，我国首个国家级全民阅读规划《全民阅读"十三五"时期发展规划》[③]发布，提出实施网络文艺精品创作和传播计划，加强网络文学出版传播的管理和引导。2017年6月

---

① 《关于推动网络文学健康发展的指导意见》，国家互联网信息办公室，http://www.cac.gov.cn/2015-01/06/c_1113893482.htm. 2021。

② 《网络出版服务管理规定》，国家互联网信息办公室，http://www.cac.gov.cn/2016-02/15/c_1118048596.htm。

③ 《〈全民阅读"十三五"时期发展规划〉发布》，新华网，http://www.xinhuanet.com/politics/2016-12/27/c_129421928.htm. 2021.7.20。

至9月，国家新闻出版广电总局先后发布《网络文学出版服务单位社会效益评估试行办法》①《网络文学出版服务单位社会效益试行评估指标和计分标准》《新闻出版广播影视"十三五"发展规划》②，提出对运营原创网络文学网站和网络文学阅读平台的单位实施社会效益评估，并在国家重大出版项目专栏中列入网络文学精品出版工程。这对网络文学内容供给提出了更高要求，促使网络文学企业要始终把社会效益放在首位，实现社会效益和经济效益相统一，这些政策的出台对网络文学的精品生产与传播给予了有益引导。2017年8月，文化部发布《关于推动数字文化产业创新发展的指导意见》③，提出着力发展数字文化产业重点领域，丰富网络文化产业内容和形式，鼓励生产传播健康向上的优秀网络原创作品，提高网络音乐、网络文学、网络表演、网络剧目等网络文化产品的原创能力和文化品位。2020年6月，国家新闻出版署发布《关于进一步加强网络文学出版管理的通知》，要求进一步加强网络文学出版管理，规范网络文学行业秩序，引导网络文学出版单位始终坚持正确出版导向，坚持把社会效益放在首位，坚持高质量发展，努力以精品奉献人民，推动网络文学繁荣健康发展。

第二节　文化资本的市场化掣肘

一　文化资本视野中的网络文学

文化资本为网络文学发展提供了经济驱动力，也是网络文学评价体系建设不可忽视的一个重要因素。近30年来，网络文学在中国兴起、发展和繁荣，已形成较为完整的产业链，各环节的运营模式也已比较成熟，网络文学在与文化资本的互动下延续了稳定发展态势。

---

① 《网络文学出版服务单位社会效益评估试行办法》，国家新闻出版署，http://www.nppa.gov.cn/nppa/contents/279/1424.shtml.2021.7.20。

② 《新闻出版广播影视"十三五"发展规划》，国家广播电视总局，http://www.nrta.gov.cn/art/2017/9/27/art_113_34590.html.2021.07.20。

③ 《关于推动数字文化产业创新发展的指导意见》，中国政府网，http://www.gov.cn/gongbao/content/2017/content_5230291.htm.2021.07.20。

(一) 开启网络文学产业化的滥觞

汉语网络文学1991年从北美萌芽，随之迅速挺进中国本土，发展至今已30余年。互联网的商用化及其网络文化的市场化，使得网络文学一开始就走上了一条文创产业轨道。现在回头看来，我国网络文学的市场结构主要历经了三个阶段的演化，分别是网络文学的萌芽期、商业化时期，以及集中化与集团化发展时期。

1991年至2002年为萌芽阶段。这个时期中国文学的创作活力开始转移至网络文学，不过最初并不是肇因于市场的转移，而是网络带来的开放性和低门槛，让长久以来只能作为被动阅读者的网民，开始也能自主创作，大量的原创活力被激发，形成了初期众声喧哗的网络原创文学。此时互联网在中国消费者中并不普及，大多数中国读者还是习惯以实体书阅读。网络文学传播途径早期以论坛BBS为主，如水木清华BBS、西陆BBS，后来出现了大量的网络书屋，如榕树下、红袖添香、龙的天空、幻世书盟及一些个人文学主页。这个时期并没有清晰的网络文学商业化模式，文学网站大都是非营利性的，尚未开发出网络阅读的收费机制。然而日渐庞大的网络流量，以及随之上扬的网站运作成本，刺激了当时的文学网站开始寻求商业获利的可能性。1998年开始运营的"榕树下"是这一时期最大也最具影响力的原创文学网站，该网站通过版权转让、联合出版，以及高点击率给予的广告服务，对文学网站的商业运作有了初步的实验，从而开启了网络文学产业化的滥觞。

2003年至2008年是商业化的成型期。以2003年起点中文网提出VIP阅读模式为起点，网文作品（主要是小说）付费阅读兴起，网络文学平台终于找到较为稳定的商业模式并实现盈利。从此，网络文学得以加速发展并与传统出版物区分开来，网络文学用户实现了从小众阅读到核心数字内容品类的迈进，形成了自己的文创形态和产业规模，网络书库模式战胜BBS模式，成为网络文学网站的标准形态，起点中文网和17K小说网是当时的代表性网站。

2008年以后是中国网络文学的集团化发展时期。2018年7月盛大文学成立，标志着网络文学经营平台进入文化企业集中资源经营、规模化发展阶段，2015年3月，盛大文学与2013年9月成立的腾讯文学完成整合，大型文学公司阅文集团正式成立，把文学网站的集团化经营推向新的阶段。应该说，这样的发展态势完全是与数字化新型媒体同步发展的。2009年9月3G技术开始正式商用，2014年3月联通公司推出4G网络，2016年移动阅读开始大范围兴起。得益于移动阅读的便利性及移动应用程序的增强特性，用户黏性及网络文学平台参与度不断提升，网络文学迅速从PC互联网步入移动互联网时代。以中国移动手机阅读基地、起点读书、掌阅移动端、QQ阅读等移动客户端为代表，移动互联网阅读份额逐渐接近传统互联网PC阅读。内容付费的模式越来越成熟，网文经营者开发出粉丝经济及运作模式，支付渠道也逐渐由PC端转为移动端。2016年以来，网络文学进入泛娱乐发展阶段，智能手机、平板电脑等移动智能设备在国内普及，移动端的用户数超越了PC端，一些针对小众群体的新兴网络小说及阅读体验开始出现。网络文学商业化运作全面升级，IP价值与泛娱乐概念得到初步体现，BAT（百度、阿里巴巴、腾讯）及各大网络文学平台纷纷布局IP价值再造，加强原创内容生产输出，用创新和开放的思维打造泛娱乐产业链，网文的IP价值被不断挖掘变现。除了国内市场，网络文学开始出海国外，打造国外网络文学全产业链。

（二）网络文学与文化资本的产业链环拓展

随着中国移动互联网的渗透率不断提升，网络文学市场也随之飞速发展，特别是围绕IP内容的推广和开发，已形成完整的上下游及衍生产业链，其产业链价值创造的核心，逐渐从以阅读付费为主、广告付费为辅的变现模式转向内容IP全版权运营的模式，而版权改编收入的前景广阔，以此形成巨大的杠杆放大效应。产业链上游为网络文学内容提供方，包括网络作家以及获得授权的网络文学平台，拥有作品版权所提供的原创内容占据网络文学产业链的主导地位，具备核心竞争力优势。随着行业商业模式的成熟和移动阅读的兴起，在 2013 年至 2020 年间，网络文学高速发展，作品类别达 200 种，远远超过了传统文学作品的类别。2020 年中国网络文学市场规模达到 249.8 亿元，网络文学用户规模达到 4.60 亿人，日均活跃用户约为 757.75 万人。2020 年累计创作 2905.9 万部网络文学作品，网络文学作者累计超 2130 万人[①]。产业链中游为网络文学平台及渠道商，包括网络文学网站，移动 App 以及分发渠道等，直接向下游用户输出内容。其中，分发渠道主要为网络文学平台提供技术和推广支持，帮助其节省成本，获得优质用户。产业链下游为终端用户即读者，通过支付订阅费，打赏费等阅读网文，付费获取网文衍生产品和服务，最终实现网文内容变现。随着移动端阅读软件的普及，不断提升的产品特性以及互动性，在移动阅读时代网络文学用户参与度和黏性不断提升，总用户规模由 2016 年的 3.3 亿人增长至 2021 年的 4.61 亿人，占中国网民整体的 45.6%[②]。衍生产业链所分发的是 IP 衍生运营方，包括游戏公司、影视动漫公司、出版社等，它们在购买获得 IP 授权后，将网文进行改编变现，推出游戏、动漫、影视、网剧、图书等一系列衍生产品向下游用户持续输出。以网文 IP 为核心的内容产品，其中的版权收入占网络文学行业收入的比例逐年上升，由 2015 年的 5.0% 上升到 2019 年的 28.9%[③]。盈利方式变化的主要原因有二，一是国家对版权的重视度的提升。二是网络文学 IP 衍生产品的市场占有率在不断增长。第三方服务包括 IT 支撑、支付渠道网站、应用分发等机构，它们为网文发布平台提供支持，优化网文市场服务。并且，版权管理方可以为网文全产业链提供版权服务和监管，广告商向网络平台支付广告费用以获得广告效益，其产业链环就是这样形成的。

---

① 中国音像与数字出版协会：《2020 中国网络文学发展报告》，www.cadpa.org.cn，2021 年 10 月。

② 中国互联网络信息中心：《第 48 次中国互联网络发展状况统计报告》，www.cnnic.net.cn，2021 年 8 月 27 日。

③ 黄颐：《2021 年中国网络文学行业概览》，头豹研究院，www.leadleo.com，2021 年 3 月。

（三）互联网技术驱动下的网络文学

互联网技术是资本市场上的弄潮儿，也是资本市场的经营对象。网络文学是基于互联网技术而兴起的，数字化的网络技术直接驱动着网络文学内容、传播渠道和阅读形态的创新和更迭，因而在网络文学评价体系构建中占据着"技术干预"的维度。

互联网平台吸引大量草根群体自发创作，低门槛的自由机制让个性化创作极大地丰富了文学的内容题材和形式。网站 PC 机、笔记本电脑、手机、Ipad、各种便携式电子书等多渠道传播方式，改变了人们的阅读习惯。丰富的阅读资源、强大的搜索引擎、简单的浏览方式和互动技术手段，为网文阅读提供了更为方便快捷的途径，增强了阅读的娱乐性和趣味性，构成了网络文学消费的强劲推动力，反过来以市场拉动了文学生产。同时，网络文学产业链不断向下游跨界延伸，以 IP 为源头的产业链运作模式的日渐完善，给 IP 的价值赋能提供了契机，IP 价值最大化的利益诱惑促进网络文学全产业链运作模式不断深化，推动网络文学走向泛娱乐时代。文学内容的改编与科技的融合，建立起动漫、影视剧、游戏多领域的合作。网络文学 IP 的价值，在于作品的影响力、作家的品牌和渲染力。例如阅文集团试水动画片《择天记》，打通 IP 泛娱乐全产业链，阿里文学与黑岩网络推出首个 IP 联合开发大战略的实践产品《阴阳代理人之逆天者》，中文在线牵手荣信达等，都是有益的尝试。作为 IP 源头，网络文学通过不断加速深耕泛娱乐领域，大大提升了全产业链的商业化价值。

二　文化与资本的博弈

中国网络文学从电子刊物、文学论坛、个人文学主页、文学网站起步，通过垂直平行整合，日渐发展到以集团化牵动整体变迁的新阶段，进而出现了中文在线、掌阅科技、阅文集团三大上市公司，促使文化资本对于网络文学市场整体具有了高度的控制力，并渗透在市场竞争、作品质量和商业模式等诸多方面。随着 IP 价值赋能活力的增强，泛娱乐产业蓬勃发展，集团化运作下优质IP培育、运营及发展更趋成熟，各大文学网站也纷纷朝向"全版权营运"的目标迈进，在文化与资本的相互博弈和共同主导下，网络文学行业充满变数又前景可期。

（一）泛娱乐产业驱动下的企业资本竞争

互联网巨头在进行泛娱乐产业的整合过程中，不再局限单一环节，而是利用自身资源优势，大力打造文学集团化模式，通过并购等方式，达到资源统一管理运营的目的。我国的网络文学企业覆盖产业链各环节，其中原创内容平台企业最多，其次是内容分发平台，IP服务及IP衍生与泛娱乐近几年也增长迅速，但大多数企业在运作模式上仍处在探索中，随着与下游端资源联动协作的加强，在IP价值最大化的商业利益驱使下，未来IP衍生及泛娱乐企业还将会逐步增多。原创内容平台企业的内容题材依然以幻想类题材为主。在细分领域，以对话小说、二次元和言情等针对年轻群体和女性群体的平台数量居多。其中对话小说是2015年由美国兴起的一种对话型小说阅读形式，以Hooked为代表，吸引了大批年轻群体和资本的追逐，2016年以来，国内涌现出一批同类型的创新企业。各大互联网企业、出版商、运营商、传媒公司及文化娱乐等上市企业也纷纷在网络文学领域进行布局，他们通过构建子公司，或打造网文产品进入泛娱乐的某个领域，逐步扩大其在网文领域的影响力，如阿里旗下的阿里文学、新浪旗下的新浪阅读、腾讯的微信读书等。由于泛娱乐概念的兴起，网文市场的资本投资热度较高，获得早期投资的企业居多，也预示着这一行业将迎来变革与洗牌。从近几年的网络文学市场融资情况看，获投最多的为原创内容平台企业，其次是IP衍生类服务企业，随着泛娱乐模式的发展，IP服务将持续发挥重要价值，IP衍生变现中的运营推广和服务支持在泛娱乐领域的重要性日趋凸显。原创内容平台中，综合平台资本最为活跃，二次元平台次之。知名投资机构和文化娱乐领域的企业也纷纷在网文行业布局，投资机构布局涉及泛娱乐全产业链，衍生产业链如影视、网文动漫IP服务等均有布局。以阅文集团为例，2015年腾讯文学和盛大文学合并成立阅文集团，统一运营二者旗下的原创文学网站和出版机构，作为综合实力最强的行业龙头企业，阅文拥有引领行业的正版数字阅读平台和文学IP培育平台，以及读者与作者互动社区，能全媒体运营所属文学版权改编生态链，涉及原创内容网站、移动阅读和创作平台、音频衍生和图书出版等多条产品线，构建了多层竞争优势。

（二）提升内容质量和创新平台功能互动并举

当网文内容正版化后，渠道方和用户越发注重内容的质量。一方面，由早期个人独立撰写逐渐转向专业化内容生产，网络文学内容从良莠不齐向作品精品化方向迈进；另一方面，位于产业链上游的网络文学内容提供方经过30年的文本积累，已经积累了一批优质IP，开启了多领域IP泛娱乐化共同发展的时代。网络文学发展过程中，早期作者主要是兼职作者，由于是个人"玩文学"行为，无法保证作品的数量和内容质量。并且，对于绝大多数网络作家来说，收入主要来源于网络订阅和打赏，仅有顶级作者的版税收入较高，他们也主要是依靠IP"全版权"转让获利。后来出现的文学工作室，可以由多人运营，开始为作家提供整体包装服务和更好的创作环境，由此逐渐形成了创作的专业化，通过一批专职网络写手向文学网站和出版机构投送大量优质作品。进入大IP时代，这些团队除了电子版权外，还负责整合驱动小说、影视剧本、游戏、漫画的设计、开发、运营推广、市场营销等事宜。直至后来专业的网络文学网站商业化形成并发展成熟，建立了完善的以创作、培养、销售为一体的电子在线出版机制，承担起原创文学作者的挖掘与培养工作，以及文学作品的编辑、运营和渠道分发等工作。经过30余年的文学积累，网络文学网站积累了海量的拥有文学版权的作品，互联网巨头利用这一资源并将其提升至商业战略高度，这也使得对作者和优质版权资源的争夺愈演愈烈，拥有优质IP和顶级大神的网站往往占得先机。其中，网站经营能力、IP运营能力、作家培养机制和用户管理机制等因素都是制约网络文学行业运作是否成功的关键因素。

随着泛娱乐产业链的成熟，IP产业化的变现模式越来越清晰。不管是产业链各环节的渠道之争，还是IP全产业链之争，IP始终是贯穿并占据产业链的核心价值产品。从文化市场整体看，当前图书阅读、网文阅读市场竞争激烈，抓住受众欢迎的文类细分市场，创新内容及传播渠道，为受众提供个性化爆款内容的平台才能建立持久的竞争优势。从受众主体方面看，青少年作为主要的受众群体，他们对表达和创作的欲望强烈，将会赋予阅读更多娱乐和社交的期望。因此，具备在"内容与形式"方面持续创新及打造爆款能力的文学平台往往更具竞争优势。常见的做法如在平台功能的创新上，打通用户原创内容（UGC）和专业生产内容（PGC）之间的通路，实现UGC的变现，满足受众个人表达和创造的欲望和热情；在阅读体验上的创新，强化文字、图片、视频甚至VR等的综合应用，突破点频阅读，开发动态阅读、游戏阅读等功能，都会更好地迎合未来受众主体的阅读口味，建立主流市场的制高点，具备这些创新能力的企业在垂直细分竞争领域将获得良好发展。

（三）延伸全产业链，构建泛娱乐生态化布局

随着文化与资本的深度渗透融合，前端文学向后端衍生渗透过程中，通过全产业链运作提升价值，跨界合作成为常态。在这个泛娱乐生态闭环的形成过程中，处于产业链前端的网络文学的价值被最大程度挖掘和释放，具备全产业链开发能力的文学平台，逐步强化与下游影视、游戏、动漫的联动合作，突破单一环节的局限，通过泛娱乐整合，逐步实现全产业链生态化布局。网络文学与下端资源平台的联合搭建和开发，更好实现了IP价值最大化，有利于不断吸引更多优质原创者参与创造，影视和游戏的联动需求也反向推动文学原创输出的质和量同步提升。近年来，以阅文集团为代表的综合实力型企业以内容为核心进行平台延伸，构建泛娱乐生态链。IP衍生的泛娱乐化，将全产业链商业化作为行业目标，围绕IP价值最大化的泛娱乐运作，强化向影视、游戏、动漫、舞台剧、音频、出

版、周边等行业的扩展和渗透,并嵌入直播、二次元等新型元素,依托优质特色内容形成的影视、游戏爆款对企业竞争市场份额优势大有裨益,而网络文学平台的有效延展,在以文学内容为基础的网络平台上,又可以向综合性文化IP平台发展。与此同时,一般平台型企业,也纷纷以开发优质内容资源、创新交互阅读形式来构建垂直领域的优势地位。随着内容正版化时代的来临,IP与作者成为网络文学市场最核心的竞争力。吸引和满足未来年青一代阅读群体的需要,并对这些群体进行细分定位,提供个性化、差异化的优质内容,正成为许多网站平台的发展方向,如开发针对青少年读者的轻小说题材、针对白领女性的职场生活平衡题材、针对科幻迷的科幻小说等,已成为平台发力的主战场。还有一些网站平台注重创新更多交互式阅读形式,增强阅读的娱乐、社交和趣味性,以此吸引和留住用户。网文行业的集团化的运作,依托版权库和IP孵化能力的价值支点,进行全内容聚合,形成全产业链的闭环运营,包括优秀原创写作,获取海内外优质电子版权,以全渠道运营和传播,实现用户和粉丝的互动和维护,又依托基于海量用户阅读行为分析的定向内容创作,让网文IP向游戏、视频、网络剧、电影及周边产品延伸,形成全产业链运作模式,逐步构建起内容创作、内容分发、内容衍生开发等多板块业务布局,从数字内容阅读、传播版权衍生、粉丝经济等多维度出发,实现整合产业链上下游的泛文化娱乐资源,建立起开放完整的泛娱乐产业生态体系。

三　网络文学评价的市场维度

网络文学的内容品质与市场适应是可以同时并存的两个维度,二者之间可能出现不兼容状况,但并不总是相互对立、彼此排斥。只要不违背社会利益优先原则,在对网络文学进行评价时,可以把优质审美内容融入并适应市场需求,在促成文化与资本的深度融合中筑牢网络文学运营发展的经济与文化根基,从而为网络文学批评体系建设提供实践经验。

(一) 文化环境与资本市场的联动性拓展

中国互联网络信息中心《第 48 次中国互联网络发展状况统计报告》[①] 显示，截至 2021 年 6 月，我国网民规模达 10.11 亿，其中，手机网民规模达 10.07 亿，中国网络文学行业用户规模达 4.61 亿人，网民使用率达 45.6%，比上一年增长 0.2%，从数据表现来看，行业用户规模依然呈现出稳定增长的健康发展态势，彰显出我国网络文学蓬勃发展的生命力和影响力。网络文学行业自我发展内生动力的持续激发，有力促动以网络文学为内容源头的下游文化产业改革、转化、升级和提质，形成多元化协同发展的良性互动，以社会效益与经济效益相统一的态势，有力推动供给侧结构性改革，满足人民群众的文化需求，服务于国内大循环为主体、国内国际双循环的发展格局，进一步丰富、完善和发展了新时代网络文学的定义。各平台多年累积的优秀内容及生产能力与大众日益增长的文化娱乐内容消费需求形成良性互动，为网络文学价值变现创造了有利环境。在大众版权意识逐渐觉醒的文化背景下，丰富且优秀的网文内容提升了用户付费量。国家在文化创意产业领域针对侵权盗版行为的持续有力打击，进一步规范了市场经营秩序，从侧面达到了培养部分用户正版使用习惯，促进市场规模增长的效果。在线付费阅读收入增长的同时，版权变现与增值也日渐活跃，此前已经布局的"优质内容 IP"为核心的多元变现战略初显成效，版权运营业务收入持续得到显著提升，为行业市场规模增长提供了新鲜血液和强劲动力。目前头部网络文学平台纷纷依托内容聚集效应打造全场景生态流量整合布局，有力提升了用户黏着度的范围和效果。同时近几年推行的免费阅读模式，也对平台扩大增量用户群起到了助推作用。凭借优秀内容的不断丰富和变现模式的推陈创新，并借助国家战略层面推动的全民阅读环境，含网络文学在内的数字阅读

[①] 中国互联网络信息中心：《第 48 次中国互联网络发展状况统计报告》，www.cnnic.net.cn，2021 年 8 月 27 日。

产业规模持续扩大，网络文学拉动下游文化产业迅速增长，有效拓展了网络文学广阔的发展空间。

（二）以优化的内容生态促进行业有序运作

内容生态体系的优化和完善，不仅有利于网络文学企业形成核心生产力和差异化竞争力，更是整个行业保持良性健康发展的重要驱动力。经过30余年的发展，我国网络文学行业在积累沉淀大量内容的同时，也在从量变走向质变，展露出行业特有的文化内涵与价值。在此过程中内容优化和创新发挥了至关重要的作用，让网络文学行业由早期野蛮生长状态下题材屈指可数，质量良莠不齐，发展至如今百家争鸣，垂直细分题材枝繁叶茂、优质作品大量涌现的繁荣局面。以阅文集团为例，相关业绩报告显示，截至2021年6月30日，阅文平台上积累的作家达到了940万，作品总数达到1450万部，上半年新增字数超过180亿①。除原有仙侠、玄幻、都市、言情等热门作品题材外，经过平台培育和测试，包括科幻、轻小说、历史以及短篇小说的创新题材内容也相继孵化而出，并且阅读流量增长显著高于其他品类。同时凭借内容创新和多元化，阅文旗下各网站的网文优质作品和优秀作者日益获得主流媒体的认可。网文内容生态建设，尤其是内容创新和多元化推进过程，背后离不开创作者，特别是年轻作者的支撑，据统计，仅阅文集团一家，2021年上半年新增作家中，"95后"作家占比就达80%；新书销售排名前100的作家中，"90后"作家占比57%；新晋白金大神作家中，"90后"作家占比54%②。为提升行业发展活力，激发新人创作热情，在作家梯队建设上，阅文集团积极孵化新生代作家，大力推进平台化的"新人力作"培育计划并取得显著成效。此外，网络文学行业免费阅读模式的推出，以及与付费阅读形成互补，有利于触达并培育更广泛的阅读消费群体，一定程度上避免了因侵权

---

① 《2021年中期业绩报告》，阅文集团（www.yuewen.com），2021年8月17日。
② 《阅文集团IP生命力旺盛，土壤肥沃》，网易新闻，https://www.163.com/dy/article/GILFD0400511BTOQ.html，2021年9月5日。

盗版难以根除造成的用户分流。更重要的是，免费阅读在拉新促活的同时，实现了网文商业价值变现方式的多样化，增加了企业营收来源，并随着用户培育和引导，免费和付费互补模式所展示出来的商业潜力得到较大程度的凸显。

（三）深耕新文创产业链，助推版权运营高速增长

处于新文创产业链上游地位的网络文学行业，其丰富内容资源储备是整个新文创产业灵感及创作的源泉。通过将网络文学IP与影视、游戏、动漫等不同泛娱乐艺术表现形式的融合，以满足不同用户的个性化需求，以此带来新文创生态链上各环节产生联动效应，促使网络文学成为新文创生态的裂变激活器。网络文学是文化价值和商业价值的有机结合体，这种裂变让网络文学所蕴含的商业价值得以充分体现。另外随着网络文学用户群体逐步扩大，网文IP的影响力不断提升，围绕IP进行的二次开发也在向更深层次、更立体化的方向发展，以IP为核心打通纵向产业链，甚至基于同一世界观的多个IP内容进行深入挖掘和多角度纵横开发，有效推进了网络文学IP的全版权运营，实现各产业链之间的高效联动。在此过程中，网络文学IP商业价值也得到凸显，反映在企业营收层面，最直观的就是版权业务收入的大幅上涨。在版权自主运营方面，以阅文集团为代表，在影视、动画、游戏等领域都推出了大受欢迎的IP改编代表作，如优质动画作品《斗破苍穹》、电竞题材动画电影《全职高手之巅峰荣耀》、联合出品影视剧《黄金瞳》等。同时通过在IP全价值链开发上增强版权源头梳理能力，逐步构建起完整的书影联动营销场景，进一步扩大了IP粉丝规模并延长作品的生命周期，如改编自平台白金作家"猫腻"的同名小说《庆余年》成为最受欢迎的人气剧集之一。鉴于网络文学IP的影响力和可塑造性，通过对IP价值的持续挖掘，网络文学版权业务营收保持增长势头，且在整体营收结构中的比重不断提升，成为网络文学企业营收的重要增长极。

第三节　文学传统：资源还是限度

一　传统文学评价的理论资源

网络文学评价离不开传统的理论资源，但传统资源是需要汲取的观念营养，而不是新的评价体系建构的桎梏，我们需要做的是厘清传统文论资源的价值及其边界，在传承中实现创新，让有价值的关联要素成为网络文学评价体系建设的"建设血脉"。

中国传统文学理论资源有着丰厚的文艺思想遗产，这对于网络文学评价体系建设是一个重要的理论来源。几千年来的文学实践和文学理论批评，中国传统文论积累了诸多极有价值的文艺理论因子，形成了富有美学价值和鲜明特色的理论话语体系，在世界传统文艺理论和文艺思想格局中成就卓然。先秦两汉是中国文论发展的奠基期，以孔子为代表的儒家，承传了西周贵族构建的以"制礼作乐"为核心的文化精神，将《诗》《书》《礼》《乐》《易》予以加工整理后奉为经典，其中有不少直接论及了"文"，提出了一系列具有高度概括力与富有生命力的词语、概念与命题。孔子将诗乐的社会功能概括为"兴观群怨"[1]，提出了关于美善、情辞、质文等艺术观念。孟子提出文学批评与创作的"知人论世"[2]"知言养气"[3]说等，对于中国的文学理论批评具有革命性的影响。魏晋南北朝有关文学的作家论、文体论、创作论、鉴赏论等方面都有极大的开拓与创新，初步建立了中国古代文论的范畴体系，特别是刘勰的《文心雕龙》，更是系统地阐明了文学的基础理论，并具备文学理论批评史的意识。随着唐诗的繁荣、宋诗的新变，文学批评家在用新的思想观念总结丰富的诗歌创作经验时，出现了大量的诗格、诗话类著作，提出了"兴象""意象""意境""兴趣"等新的审美范畴。元明清时期，各体文学全面繁荣，比如由于戏

---

[1] 李泽厚：《论语今读》，安徽文艺出版社1998年版，第406页。
[2] 缪天绶注，周淑萍、党怀兴校：《孟子》，商务印书馆2019年版，第113页。
[3] 《孟子·公孙丑上》，方丽华、蓝旭译注，中华书局2006年版，第53页。

曲、小说的兴起，叙事文学的理论批评异军突起，产生了金圣叹、李渔等杰出的小说、戏曲批评家。近代文论倡导"文学界革命"，不但在创作上涌现出一批"新学之诗"、"新文体"散文、"新小说"与"改良戏曲"，而且在理论批评上积极引进西方文学观念中的"真精神"，对文学的功用与性质、创作的原则与方法，以及文体结构、文学语言等提出了一系列新的看法，推动了文学变革。中国传统文论的核心精神是以"人"为原点，即将"人"视作"文"的本原，认为"人"是论文的出发点与中心点，其思维特点是重直觉体悟，注重以体验、品味来描绘作品的整体风貌，而不致力于将物象分解，作抽象思辨与逻辑推演，其表现形态多是即目散评，在直觉思维的主导下，将即目或即时体悟所得，信手挥洒而成，因而多为散体的点评。正因为中国传统文论从具体"即目"的艺术形象入手，所以其批评本身带有具象性特点，总体风貌是具象性与抒情性、叙事性、说理性相统一。

　　西方文论以古希腊文化与古希伯来文化为其源头，以柏拉图的"理念论"与亚里士多德的"模仿说"为代表，呈现出表现与再现的二重主题，开辟出西方文论发展历程中两个不同的基本路向，形成了整个西方文论的绵延源流。走出中世纪的文艺复兴时期，资本主义思想开始萌芽，人的意识开始觉醒，这一时期的西方文论开始凸显"人的主体性"[①]，随之启蒙主义文论、德国古典文论以及浪漫主义与现实主义文论大范围涌现，包含着十分丰富的内容，对后世产生了深远影响。在当代资本主义发展阶段，信息技术的革命使资本主义经济发展到后工业经济阶段，大众文化成为新的意识形态统治手段。19世纪末20世纪以来，西方文学与文论呈现出多元发展的态势，在众多的文论形态中，有三种批评形态影响较大，一是以语言、结构、文本为主的形式批评文论；二是以创作、接受、阅读为主的意义批评文论；三是以话语权力、意识形态为主的文化批评文论。这当中，西方马克思主

[①] 董耀鹏：《人的主体性初探》，北京图书馆出版社1996年版，第53页。

义文学理论有着充分的体现和广泛影响，其中有影响力的分支有法兰克福学派、结构主义的马克思主义学派、英国马克思主义学派等。早期以卢卡契、布莱希特、本雅明、葛兰西等人为代表，关注现实主义、现代主义与艺术生产等问题。中晚期以阿多诺、洛文塔尔、伊格尔顿、詹姆逊、马歇雷等为代表，关注艺术的否定性、大众文化、意识形态、后现代主义等问题。马克思主义文艺理论自20世纪初传入中国，与中国传统文论相融合，并在中华人民共和国成立后，特别是新时期、新世纪、新时代历史进程中，逐步形成了中国特色马克思主义文艺理论体系。我们看到，马克思主义文艺理论融合了我国传统文论，推动了这一传统文论的现代转换，使马克思主义文艺理论打上了本土化、民族化的独特烙印。概括地说，马克思主义文艺理论让我们有了思想高度，西方文论让我们有了广阔的理论视野，可以让我们更好地了解西方文化和西方文明，更新我们的知识系统，拓展我们的精神世界，是中国网络文学理论建设的重要资源。

就文本范畴而言，传统文论包含了前人对于文学现象的一切综论，当属认识论的范畴。而在这一认识论中，蕴含了对于本体论全貌的窥探、谱系论的脉络性陈述、主体论的审美立场、语言论的实际批评表达，以及文论作为现象作用的功用论等。我们文学理论批评立足于中国社会历史生活和文艺实际，并以西方文化、文艺思想和文学理论批评的传入和影响作为宏大的背景而萌生、发展起来的，同时，它又离不开对我国古代文化传统、文学思想和文学理论批评的批判继承。充分了解把握中西方传统文学理论的基本材料与思想，可以帮助我们更加准确、清晰地认识世界文论传统的演变历史与民族特点，其意义不仅在于传承优秀文论传统，还在于对新兴的中国网络文论体系构架、思维方法、话语表述的学理借鉴和启发，从中可以构建富有民族特色又立足时代现实，并适应全球文化潮流的文论体系。通过对西方文论传统的梳理，重新对马克思主义文艺理论进行全新阐释，可以丰富与发展当代中国文论，更好地服务于网络文学评论及其评价体系建设。

二 网络文学评价：传承与新变

马歇尔·麦克卢汉指出："任何媒介对个人和社会的任何影响，都是由于新的尺度产生的；我们的任何一种延伸，都要在我们的事务中引进一种新的尺度。"① 按照麦克卢汉的观点，媒介（Media）本身对人类信息发展和思维方式起到决定性的作用，并将在人类社会实践活动中形成相关的行为方式和观念标准。这里的"尺度"理解亦如马克思所言："人懂得按照任何一个种的尺度来进行生产，并且懂得处处都把内在的尺度运用于对象。因此，人也按照美的规律来构造。"② 美的规律作为人内在的尺度，是在人的内在体验尺度和外在行为尺度的基础之上凝结而成的精神结构，以此形成调整生存实践活动并引领理想方向的内在审美尺度，这映射了当今互联网技术下文学审美发展的新现实。新媒体技术创生的网络文学，作为一种新的审美范式，其自由性、开放式、平民化和交互性等体现了突出的个性化审美特征，基于这些特性，网络文学批评正试图成为网络文学活动中对于传统文学规则调整与审美标准更新较为理想的实践形态。

首先，对文学传统观念的拆解与审美价值重构。网络文学批评自由和开放的特性在一定程度上助推了文学创作审美范式重构和审美价值的新体认。有着鲜明后现代文化特征的网络文学，主观上改变了传统文论对文学内容和形式的看法，它试图拆解传统的主流文学观念，消解原有表达的秩序结构，并重建网络化的语言规范。在数字化技术奔涌的时代，日常生活审美化丰富了文学批评的诸多视点，但同时也削平了对作品思想深度的理解，造成中心意义的零散化解读。对于网络文学批评来说，随着批评文本的碎片化、零散化状态得到更为突出的呈现，传统文论规则中对社会面貌、体现时代精神的"宏大叙事"题材主旨的关注度开始呈淡化趋势，经过长期提炼建立起来的传统艺

---

① [加] 马歇尔·麦克卢汉：《理解媒介——论人的延伸》，何道宽译，商务印书馆2000年版，第33页。
② [德] 卡尔·马克思：《1844年经济学哲学手稿》，人民出版社1985年版，第54页。

术评判标准和话语体系也开始改变原有的意义和价值。"数字媒介对当今中国文学转型的一个推力表现为：用技术方式为文学活动赢得了更大的艺术自由度……数字媒介的自由表达为我们赢得科技与人文相得益彰的一个更大的时空。"① 在网络文学批评中，评论的自由促成了个性表达的创新姿态，同时也会脱离文化体制的约束和责任负担，网络空间所追求的言论审查制度淡化试图让表达更为纯粹而真诚，以显示个性化的艺术判断力，但网络文学的价值判断依然需要有思想的定力和传统的赓续。

其次，对文学审美谱系的重新认知。网络文学批评试图对传统文学评论的精英化发起挑战，将其推向大众化，以更新了的谱系认知吸引了更多网民的参与，这有利于激发普通民众对文学创作与审美批评的热情，这是网络文学批评相较于传统文学批评更具活力的体现。但网络文学批评的兴起也伴生了向度选择的新问题，正如南帆谈到的："电子传播媒介的诞生既带来了一种解放，又制造了一种控制，既预示了一种潜在的民主，又剥夺了某些自由，既展开了一个新的地平线，又限定了新的活动领域。"② 网络文学及其文学批评带来了大众艺术的勃勃生机，获得前所未有的创作与审美机遇，同时又由于自由化状态影响并改变了文学传统的艺术传承，削减了原有的价值承担和精神底蕴。面对自身发展的种种矛盾问题，网络文学批评需要用文学理论传统的价值律令来加以引导，同时也须寻求新的人文价值定位以使其审美发展。其中值得学界思考的是，碎片化的自由表达，低门槛的批评要求等特征，必然要有网络文学批评从文本形态到艺术逻辑结构的完整性，以及给予研究对象的学理性评价，这直接导致了网络文学批评在文学理论传统视野中的地位和作用定位问题。网络文学批评是否有必要以传统文学观念和评价标准来衡量和实现自身的艺术审美目的，充分发挥大众审美文化引领的积极作用，进而实现网络文学批评与传

---

① 欧阳友权：《数字媒介与中国文学的转型》，《中国社会科学》2007年第1期。
② 南帆：《双重视域——当代电子文化分析》，江苏人民出版社2001年版，第4页。

统文学批评的艺术审美融合，这就需要有对于新的批评观念和评价标准从知识谱系到理论体系的创新性构建。

最后，对艺术审美向度的全新定位和自律疏导。赫伯特·马尔库塞认为："艺术通过其审美的形式，在现存的社会关系中，主要是自律的。在艺术自律的王国中，艺术既抗拒着这些现存的关系，同时又超越它们。因此，艺术就要破除那些占支配地位的意识形式和日常经验。"① 在他看来，"审美形式"是艺术抗拒并超越现存社会关系，突破日常经验的重要手段，同时也是实现自我价值的革命性和否定性经验，从而达到新的审美目的。同时他还提出："让艺术作品借助于审美的形式变换，以个体的命运为例示，表现出一种普遍的不自由和反抗的力量，去挣脱神化了（或僵化了）的社会现实，去打开变革（解放）的广阔视野，那么，这样的艺术作品也可以被认为具有革命性。"② 这表明艺术的反抗性和革命性，也即是新的审美形式的获得在于审美形式的不断变换，以个体的存在去抗衡僵化的现存艺术状态，获得超越现实的自由空间。网络文学批评的特殊的文化个性和表达方式、审美接受决定了自身具有的艺术自律（the autonomy of art）是实现并建构全新艺术价值的重要途径。传统文学理论是以深刻阐释人文精神和生命意识来传达大众文化的地位的，具有鲜明的普遍性。网络文学批评大多侧重于个人经验表达和强调自我感知体验，多是当下感性文本的瞬间表达且未经加工和深思熟虑的批评，加之信息的呈现不断被更新和覆盖，因此很少受到广泛关注，也较难产生广泛的艺术影响。目前看来，网络文学批评要想实现传统文学理论所呈现的普适性人文价值，关键在于网络文学批评主体要准确定位自己的评价行为，注重作品审美价值的艺术性建构：一方面，主体在个性化的评价和主体间性审美欲求影响下需不断增强网络文学批评学理性自觉意识，树

---

① [美]赫伯特·马尔库塞：《审美之维》，李小兵译，广西师范大学出版社2001年版，第190页。

② [美]赫伯特·马尔库塞：《审美之维》，李小兵译，广西师范大学出版社2001年版，第190—191页。

立文学批评的自律性，不断增强网络文学批评主体的理性意识，积极提升审美文化素养以树立责任意识，尽量避免批评的随意性而陷入粗俗化和媚俗化倾向，同时注重批评的学理多维和思想深度，注重日常思维和审美思维的调整和变化，提高批评意识和学理自律以使网络文学批评保持良性的艺术审美道路，只有有意识、有目的地沿着正确的艺术轨道从事文论批评，才有可能保持其艺术评价价值的发展潜能。另一方面要正确认识自由的艺术审美价值取向，注重艺术理论与创作实践的融合。网络文学批评的言语风格、阐释方式、表达逻辑等方面应借鉴传统文学理论丰富的艺术阐释经验和深刻内涵发掘，特别是传统文学理论中的艺术理性精神和深刻思想力量，进一步拓宽网络文学批评的审美视野和思想内涵，使其在构建自由平等的精神文化评价空间的同时，提升评价主体的审美品格和艺术修养。

三 回应现实：网络文学评价的"根"

（一）网络文学评价的现实功用因素考量

在当下的文学批评中，跨领域交叉诠释已经逐渐成形，文学本身也不再是作为一种独立学科看待，而是以文学的范畴入手来处理现象层面的种种问题，文学批评已然将触角延伸至泛文化批评的界域。随着诸如文学哲学、文学社会学、文学心理学等学科交叉性概念的出现，表明网络文学评价具有高度的开放性以及与各类学科的相互交流与融合。由于当代社会文化结构和艺术元素中的种种形态均呈现出学科之间的综合交叉性和边界延伸性特征，而通过各项研究领域的交互阐释，或许更能看出文学批评现象与本质的来源、发生、演变与影响，或将有效构建切实有效的批评话语体系与审美阐释空间。

网络给文学带来了两种明显改变。一是阅读方式由"读书"转向"读屏"，读者可以根据兴趣选择同时打开多个文本，或借助超文本链接交叉进入文本，不像书面的线性阅读那样亦步亦趋地依据语言符号去展开艺术想象。这使得读者在衡量网络文学的价值时很少再有意义的探究和隐喻的发掘，有的只是对屏幕文本超媒体感觉的全方位敞开。

二是审美价值取向从"社会认同"转向"个人自娱"。传统的评价尺度倾向于社会认同而淡化个人差异，网络文学批评的价值尺度则更重视个体的自娱自足。这样，个人的兴趣和当下的感受将成为选择和评价网络作品的基本尺度。与上述两种变化相对应，网络文学批评观念也有了显著变化：一是批评者身份的改变，传统批评家的角色在网络中被消除，创作者、批评者和读者这三者之间的界限出现了交互式转换融合；二是批评目的发生了变化，由"载道经国、社会代言"变为"自娱娱人、趁网游心"。前者意味着视文学为"高山仰止"的状况成为过去，文学批评的权力由少数人向更多人转移，批评介入的难度降低，受众面扩大，文学边缘族群可能获得更多的接受和评价机会；后者则可能使文学批评摆脱功利主义的重负，回归到坦露心性、悦情快意的自由言说，把文学批评拉向平易和通俗，进而使得真正属于民众和底层的声音被传递出来。但其带来的意料之外的结果则是：网络批评的艺术袪魅，将导致经典交权，中心消解，评价标准悬置，认同尺度模糊，个人趣味至上等。于是平面化的表达、无深度的言说、零散化的复制，造成的是批评深度的缺失，批评学理的消解，把原本属于意义赋予的文学批评变成了个性展现的话语游戏，批评的价值欲求也由"意义疏瀹、启迪心智"的价值行为，转而为"跟帖打诨、赚点击率"的娱乐消遣。作为网络文学研究的重要组成部分，网络文学批评是推动和发展网络文学研究的重要环节，不仅体现在作者的创作上，也体现在读者的欣赏上。由于网络文学与传统文学之间在形式和内容上的差别巨大，网络文学批评一直面临着理论困境，如果让批评偏向传统方式，读者将不予认可；而偏向网络文学的逻辑，又缺少足够的学术支持和学理基础。因此，在话语平权和张扬个性中如何建构起富含普适价值的评价标准，是网络文学批评要解决的课题[①]。

在"互联网+新媒体"文化语境下，文本的意义渐趋多元化，解构主义的思潮已渗透到各学科领域，以致在试图将传统文论规范与当

---

① 参见欧阳友权、吴英文《网络文学批评的价值和局限》，《探索与争鸣》2010年第11期。

下文本审美对应时，也难以确认和把握其审美关注的具体向度和呈现方式。在传统文论资源的文本范畴中，要找寻一种提供理论性参照的全新思考方式，其中须面对几个问题。首先，在传统文论中的理论性建构是否能够具有明确的文学现象依据，同时又可提供关于文学现状的审思可能，而在平衡其理论的"曲高和寡"与现象阐释之间能否具有切实的可行性。其次，这样的理论性思考本身是否在对传统文论阐释的时空范畴上受到限制，而面对前述的限制性情况，则如何进一步拓展其思考空间。最后，在后设性与超越性的观点中，如何产生一种定论性的全新思维形态，而不陷入对传统语言体系的循环复制之中。借此，当我们再回到当下批评文本空间中看待其谱系传承，便能看出其中所具备的传统文论观念本质内涵，判断它在文化时空演变中的生存轨迹和发展影响。不难看出，在网络审美文化的视域中，传统文论观念不会是一个封闭或固着的存在样式，换言之，传统文论也是就当下的视角对过去文学活动历史中的文学现象赋予一个整体式的判断和称谓，以此提供对于现时性的人文秩序和文学活动可以参照的对象。

此外，对网络文学批评的具体阐释，须关注到中国传统文论中的本体论、现象论、创作论、批评论、研究方法论等，如何与西方从语言学而来的文学理论进行对话，进而提出以当代的视角对接传统文论的审美可行性，以便在对传统文论的充分把握基础上，提出一种有效且适度的思考方式，以建构新的话语体系诠释路径与具体策略。从整体的文学批评发展角度来说，历代文论无论是关于社会实际功用的文学观，还是注重主体情志表达的文学观，都无法将人与社会、人与文本的交互影响区分开来。就网络文学批评而言，主体存在于多元化媒介构建的虚拟现实中，其本身的审美性情是否也反映着现实社会的精神文化状貌也值得考量。进一步说，关于实用上的意义，就并非等同于只关注在社会历史文化发展的脉络上，而还有关于社会审美文化观念性的变化，以及其中思潮趋向与批评实践的策略。换言之，即是要能充分把握住用什么样的观念阐释可以实质性地对网络文学批评产生影响力，才可进一步再谈其在艺术实践作用发挥上的问题。因而从传统文献中的实际功用概念切入当代性的文论诠释，进而探讨网络文学批评中的文论思维如何具有切实可行的实用观念，则是文学批评传承与新变过程中需要关注的问题。

这里还有一个更为重要的"理论批评如何回应现实"的问题。网络文学评价的对象是现实的网文创作，评价的理论之"根"需要汲取传统的滋养，而评价的目的则是回应现实，解答网络创作实践中出现的文学现象和文学问题。就当下的网络文学现场而言，有一系列备受关注的热点和难点问题期待理论批评的解答。比如，中国的网络文学为何会以类型化小说为主，如何实现类型文学的"破圈"而避免创作的模式化因袭和套路化单调？网络文学作品浩如烟海，良莠不齐，存在体量巨大、精品稀缺的"量大质不优"现象，未来的网络文学如何开辟自己的精品化、主流化、经典化发展轨道？另外，从2015年以后，党和政府大力倡导网络现实题材创作，并取得了令人瞩目的成就，但现实题材并不等于现实主义精神，一些现实题材作品尚存在"叫好不叫座"问题，网络创作怎样才能达成"现实题材"与"现实主义精神"的统一？网络文学IP分发转让加速了网络作品的大众传播和"泛娱乐"进程，打造了中国在全世界独一无二的网络文创产业，因此也出现了许多网络创作者更重视作品的视觉效果（围绕影视改编来创作）而忽视作品的文学性，我们该如何解读网文IP改编所形成的产业链对文学内容生产的影响？还有，中国的"网文出海"已经从早期的"作品出海"步入"模式移植"的新阶段，扩大了网络文学的世界影响力，促进了中国文化的跨文化传播，但怎样让网文出海从"作品出境"走向"文化融入"以确保其可持续发展，等等，这些问题都是我们传承文学经验、回应现实问题、发挥网络文学评价的现实功用不得不重点关注和着力解决的问题。

（二）建立网络文学的批评标准

文学评价者的行为带有强烈的主观色彩，需要建立一个相对客观的评价标准，才能使主观随意性依归于评价的客观性。批评标准的客观性来自文学实践，是对文学实践及其创作规律的揭示与概括。对于网络文学而言，其批评标准既要遵循文学的规律，又不可忽视网络的特点。据此来看，这个批评标准应该包含几个不可忽视的基本内容。

一是评价作品的思想性标准。网络文学作品评价首先需要评辨作品的思想内容是否具有正确的价值观，作者的思想倾向是否端正，看作品的社会效果对历史、社会、人生，对青少年的成长，对人们的精神世界能否产生正面的积极影响。在具体评价中可以从几个方面去把握：第一，看创作者主体倾向的立场站位，如三观是否正确，思想格调是否健康，对真善美与假恶丑能否有清晰正确的区分，甚或对生命的终极意义有没有独到的思考与发掘；第二，看作品的社会历史观是否正确，如重要的历史事件、历史人物是否有正确的评价，是不是有对国家民族的担当感和历史责任感，以及作品反映生活的广度、深度和真实度等，对社会历史的进步应该有坚定的信心并抱有崇高的信仰，避免历史虚无主义；第三，看作品中伦理叙事的人性化表达，如对人类伦理情感的艺术探索，对百姓苦痛的敏锐感知，对人性丰富性的揭示、评判与表达，以及对弱者的同情与关爱等。

二是评价网文作品的艺术性标准。"在文学评价中，考察一个作品的'艺术性'就是看它的文学性，即阅读一个文学作品时所得到的从情绪激动到心灵共鸣的心理感受。网络文学作品的艺术性通常要通过阅读'爽感'来实现，需经历'可读→悦读→爱读'或'爽感→喜感→美感'的接受过程，最终形成从情绪情感到志趣情怀的深刻代入。"[①] 网络文学的艺术性是以"爽感"来体现的，因而其内涵离不开阅读的代入性、网络创作的艺术创新力和作品的生命力等，检验一个作品是否具有艺术性，是看它能否"立得住、传得开、留得下"，具有持续的，甚至是永久的艺术魅力。

三是源于技术传媒的网生性标准。这是网络文学与传统文学相区别的特殊规定性，也是网络文学评价标准的独有内容。网络不仅是文

---

① 欧阳友权：《网络文学评价体系的"树状"结构》，《当代文坛》2021年第6期。

学的传播载体，还是网络文学的"生产车间"，网络文学作品脱胎于网络，互联网规制了这一文学的技术生成，也制衡着网文作品的价值律成，因而评价网络文学不能没有网生性维度。网生性也称"网络性"，其本意是指网文作品创作不是像传统文学那样由作家独立完成后，再发表（出版）在平面媒体上，而是在续更过程中由网络作家与网友读者在互联网上相互交流逐步完成的，其交流互动的过程直接影响作品的创作，并且会有形、无形地制约创作的结果。既然作品是"网生"的，评价网络作品当然就需要有网络性的维度及其标准。这个标准包括：作者与读者、读者与读者、作者与网站编辑互动的频率、深入度及效果显示度；粉丝干预效应如粉丝数量、新媒体指数、贴吧话题量、超话数等全网热度；文本续更的长度、作品文本的容错率、作品的线上反响等所构成的作品的独特性等。

除了上述三大评价标准外，还有依托市场绩效的产业性和聚焦传播效果的影响力也是评价网络文学需要考虑的评价维度，同样应该为其设定相应的评价标准，其具体内容将在后面的相关章节中做专门论述。

网络文学的评价标准是多层次、多维度的。网络文学批评需要继承传统文论的话语体系，同时也需要注重网络文学批评的特点，形成读者领域、行业和技术领域标准的兼容。由于评论主体的大众性与评论对象的广泛性，在考虑制定网络文学批评标准时，可以根据网络文学作品的水平进行分层。语言精练、思想深刻、内容丰富和强大的艺术性是纯文学的标准。与此同时，也要顾及网络文学作品的娱乐性、情感的代入性、认同感等标准，或将标准的范围扩大到包括作者版权概念、网络道德、法律法规的意识，这些指标都应该考虑纳为网络文学批评设定标准的视线之内。

第四节　网络文学评价的媒介因素

一　媒介因与网络文学的数字化生存

依网络媒介既是网络文学创作的工具，也是网络文学生成的"母体",评价网络文学作品,构建网络文学评价的标准或体系,都不能不关注新媒介的维度,不得不把握"媒介因"在网络文学评价体系中的分量。

我们知道,依托数字化技术的互联网具有强大的传播能力,对网络文学评价有着不容回避的影响力。互联网作为一种功能强大的媒介,无论是传播速度、深度,还是广度,都比传统媒介更具优越性。正是这些优越性赋予了网络文学以新的特性,使得网络文学不仅仅具有文学性,艺术性,更具有互动性和网络生成性。从网络文学的发展脉络来看,从网络文学诞生之日起,"网生代"就始终伴随着网络文学的发展,新媒体的"媒介因"构成了网络文学的数字化生存,也制约了这一文学的媒介评价。

网络文学可追溯于 1991 年在北美出现的《华夏文摘》等电子刊物的创办,当时的网络文学传播互动性还不够明显,但其文学性已初步显现。1994 年中国加入国际互联网后,"网络"与"文学"迅速"联姻",新媒介催生出一大批文学网站,网络文学雏形开始初步显现。20 世纪 90 年代后期至世纪之交,榕树下、红袖添香、幻剑书盟、起点中文网等网站陆续涌现,网络文学在曲折发展中陆续升温,从李寻欢、宁财神、安妮宝贝、慕容雪村这些第一代网络作家,到唐家三少、我吃西红柿、血红、南派三叔等后继者,都对中国网络文学的早期发展有着筚路蓝缕之功,网民对网络文学的讨论,读者和作者之间的互动也开始多了起来。2003 年起点成功创立"VIP 付费阅读"模式后,资本的力量得以凸显,商业化的刺激让网络文学出现爆发式增长。因为网络文学的盈利模式需要大量粉丝的支持,"网生"评价是生产粉丝,制造话题热度的最初动力,这为后来网络文学的粉丝经济到来奠定了基础。2008 年盛大文学的成立、2015 年阅文集团的挂牌,龙头企业的引领和网文市场的竞争活力,让网络文学的发展如日中天。站在互联网高速发展的风口,文化资本的绩效推力,全产业链的开发,粉丝经济的狂热,IP 流量的兴起,让网络文学市场规模越来越庞大,很快便进入流量时代。"流量"源于互动,"网生"的互动性是形成庞大流量链条的基础，文学的数字化生存由此而生。

互联网技术打破了社会信息壁垒的同时，也打破了话语权的精英化垄断，让文学评价成为一种人人都可以参与的文化评价活动。在网络空间，人人都可以是评论者，对于任何一部作品，任何人都可以自由表达自己的看法，不需要技术门槛，可以随感而发，持论的标准也各各有别。网络在线评价大多不再是一种文化批判式的评价，点击率和参与度已转变成文化资本市场汇聚人气，评判商业价值的重要标准。从评价方式看，在线评价不同于传统文学评价的严肃性、学理性和权威性，而带有即兴式、感性化特点。其评价内容以评论者的主观感受为主，或多或少地加上一些对现实的批评，对实事的看法，比较注重平等对话，而不是居高临下式说教。从文化效果看，网络在线评价不仅包括网民对创作者的评价，也包括读者之间的互动交流。互联网的开放性给读者之间的交流提供了平台，文学评价有时也在于表达沟通交流的欲望。表面上看，粉丝参与评价的心理行为表现的是对网络文学对象的喜爱，更深层次上则是对自我形象的再塑造。

网络文学评价经常要面对"爽文"作品，而网络"爽文"正是网络媒介因的体现，是网络文学数字化生存的必然选择。网络创作大都是"速度写作"，节奏明快，故事性强，用通俗易懂的好故事满足大众消费，因而"爽文"就成为一种非常重要的文体。我们看到，类型化小说语言表达轻松诙谐，快意明朗，非常容易为大众读者接受，实际上这就是读者将自我带入"爽文"情景中对自我形象的一次再塑造。读者在现实中可能会面临诸多问题，现实问题得不到解决，在心理上得不到释放，而"爽文"类问题恰好迎合了这一点而广受欢迎。粉丝之间由于相同的爱好，相同的现实经历，具有天然的亲近感。他们共同的文学阅读爱好更拉近了彼此之间的距离，进而形成一种身份和情绪上的"群体认同感"。这样，粉丝之间自然而然会出现交流需求，希图拉近相互之间的距离，进而促进庞大的网生文学粉丝团体的形成。网络文学在创作时也非常需要网民评价的参与，《甄嬛传》作者流潋紫曾说："我至今仍怀念写作的最初阶段，粉丝们鼓励不吝赞词,批评直言不讳,读写的良性互动带给我动力与快乐。"① 可以看出,如果没有写作过程中的互动评价,可能就没有后来成熟的《甄嬛传》,粉丝网民的认可度、参与度和评价水平等都是对网络文学数字化生存发展及其评价体系建设不可或缺的重要元素。目前来看,网民的在线评价对网络文学的数字化生存有着积极的意义。网络文学创作者需要生存,网站平台也需要资金运营,这些都需要市场化的运作。当前网络文学市场化运作已经相当成熟,网民评价本身可以造就流量,形成文化与资本的深度融合,网络文学作者生产作品,营销吸引流量,流量形成粉丝经济,进而让更多资本流入网络文学市场反哺网络文学创作,进而助推网络文学产业化运营,形成文学品质化发展的良性循环。

二 网络文学评价更倚重网民评价

作为新兴文学评价样式,网络为这一文学的评价提供了更多的互动空间,吸引并激发了更多普通民众对文学批评的热情,这是网络文学评价相较于传统文学评论更具活力的体现。网络自由平等的文化空间,把话语权还给民间大众,网民主体身份存在感的获得使民间文化重获自信,从而改善了以往被精英文化所遮蔽的成分,并逐渐在网络空间中建构形成话语空间。网络文学的民间文化蕴藏与民间社会基础深厚广阔,作为网民主体自身和世界特有的对话方式,网络文学评价以网民评价作为立足基点展开体现了丰富的人文价值蕴含。"与传统的线下评论相比,线上评论的优势有二:一是参与者众。如同网络文艺创作一样,网络文艺评论门槛很低,人人均可参与,每一个欣赏者或曰消费者都可以是'批评家',他们或给'爱豆'点赞,或为菜鸟吐槽,有时还会形成'粉丝团建',构成网络舆情,在网络空间产生圈层话语的'广场效应'。二是互动性强。线上评说可以即时互动,立竿见影,针对性很强,不仅可以对创作产生干预作用,也能在网民粉丝之间创造

---

① 《流潋紫:网络写作还要靠作品说话》,中国作家网,http://www.chinawriter.com.cn/news/2013/2013-02-08/154084.html,2021年10月16日查询。

出评品的'话语场',并以量化的形式锚定消费市场的绩效评估,从而对一个网络文艺作品的评价产生公共空间的'认同推定'。"①

网络空间中,网民充分掌握了话语权力,也具有对个人和世界关系进行解释和判断的自主意识。反映在文学评价上,其表达真实性的依据即是他们自身的思想话语,自身文化素养和审美取向等因素则对其个性化表达将产生直接影响,真实性态度和艺术追求使创作主体在与外部世界审美对话中培养了批判性的话语态度。在网络文学创作与批评活动中,娱乐化的人文态度与文学自由境界的创生有着必然的内在关联。康德说:"艺术是自由的,人们把艺术仿佛只看作一种游戏,它是本身就令人愉快的活动,达到了这一点,就符合目的。"② 网络的创作特性和无功利审美的自由状态,让自我表达的游戏话语状态得到充分发挥,网络文学批评也在自娱和娱人的狂欢中逐渐形成自身的规则和范式。从网民参与的角度看,网络文学批评与传统文学批评的区别有两个主要方面,一是创作过程的网络性,二是阅读市场的消费性。网络文学不仅产生于网络空间,还加强了作家与读者之间的互动。读者的角色不只是被动地接受作品,而是能够参与到自己喜欢作品的创作中(如介入创作、同人写作等),形成作家和读者的互动性审美创造。读者互动和参与已成为网络文学作品生产的一个要素,为作品生产增加了许多可能性。此时,网络不再仅仅充当文学写作的工具和载体,同时还是作品批评的生产场所,我们在评估网络文学时,不能忽视其"网生"的维度。从其消费性来看,商业运营是网络文学的生存规则,文学网站用商业手段使写手的文学才能与时间成本进入消费市场,变成有偿知识产权,满足读者的精神消费,同时也让自身从中获益。这种相互促进、相互制约、利益共享的机制被用来支撑网络文学的动态平衡,为网络文学产业可持续发展提供了经济引擎,因此,消费性市场效果是网络文学评价必不可少的考量维度。网文消费是由文

---

① 欧阳友权:《网络文艺评论亟需建强线上阵地》,中国作家网,http://www.chinawriter.com.cn/n1/2021/0825/c404027-32207460.html,2021年11月10日查询。
② [德]伊曼努尔·康德:《判断力批判》,邓晓芒译,人民出版社2002年版,第147页。

学网民实现的，无论阅读还是批评，都依赖于网民特别是粉丝的作为，因而网民评价在网络文学评价中具有特别重要的地位，这正是网络媒介的功能作用所决定的。

我国网络文学在文化资本商业运作的助推下逐步发展壮大，注重对网络文学发展现实的规律和现状把握，尊重读者、适应市场、按照经济规律构建商业模式的网络文学拥有天然的产业基因，这也是它有别于传统文学的主要特点。由于建立了中国独特的"付费在线阅读，线下IP发行"的产业路线，积累了数量庞大的作品基础，培育开创了网络文学的中国时代。受益于网络文学作品的商业化营销，培育出了世界上三个独一无二的文学上市公司：中文在线、阅文集团、掌阅科技。形成了网站平台的独步天下与百花争艳的市场竞争格局。同样，"VIP在线支付系统"形成了微型支付、续更、追文的持续性消费，形成了网络文学的产业集群与产业链。从"作品外译"到"模式出海"，向全世界展现我国的跨文化交际和文化软实力，也才能使唐家三少、天蚕土豆等一众网络作家成为中国网络作家富豪榜众人艳羡的人物。在这个过程中，文学市场与网民消费始终是网络文学持续前行的"基本盘"，也是网络文学评价不容忽视的"关联域"。

三 媒介因素渗透在评价的每一要素中

网络文学及其文学评价融合了网络媒介的诸多特性，如传播的快捷性、话语的开放性和沟通的交互性等。媒介的因素充分改变了个体经验的感觉模式，并催生出新的网络文学评价的生态环境。在数字化技术媒介的支持下，网络文学评价从媒介语境、语言形态、文本立场、修辞表达等方面入手，全面更新文学批评结构形态，并试图构建适于网络文学与文化的新的审美价值体系，在各环节形成了多样态、个性化的批评范式，为网络文学评价体系建构和批评文本新形态的创生提供基础。

第一，在思想性评价中关注网络媒介对文学评价的干预性。思想性和文学性，是文学作品评价中最重要的评价标准之一，在网络文学中，以往"载道经国""社会代言"的文学价值追求，被网络媒介自由性特征所稀释，"自娱娱人"的个性书写和自我满足成为网络创作及其评价的常见方式，目的是让个人价值在新媒介中得到充分彰显和强化。在此境况下，网络媒介语境中的文学批评有利于释放人的审美欲望和表达潜能，让批评显得智慧而又不落俗套，体现出较强的审美感知力度，在深层思想内蕴的挖掘上体现出较为别致的审美价值认同，在表达技能上也并未逊色于传统文学批评。

第二，艺术性评价中更重视爽感代入的评价方式。常见的网络文学批评，主要是直观感知的即兴点评，这是一种感悟式的批评方式，往往不作细致的思忖，追求即兴宣泄的爽感，传达的是自得其乐的阅读意趣。由于习惯于即兴式的评点，网友们大都厌倦抽象的理论和逻辑论证，这样的批评立场，以及由之形成的短、平、快抒写特征，可能带来批评的平面化、随意化，从而弱化思考的深邃性，传统批评中的审慎沉思被演绎成了蜻蜓点水式的快意爽评。此时，网络作品的爽感评价和代入性特征将会在批评过程中占有重要地位。一方面，作品本身的爽感特性离不开评论的理性分析；另一方面，基于网络媒介的评论，特别是线上评论，往往是感性多于理性，点评多于分析，众声喧哗多于独家评说，而这一切都应该在网络文学评价体系建构中被纳入思考视野。

第三，网生性评价把传媒技术的功能推向前台。网络审美空间的开辟和拓展正不断更新我们的艺术视野和审美体验，新的审美维度让时空界限变得模糊，呈现多维新变状态。网络媒体强大的技术功能和无远弗届的数字化生存空间给人们的日常生活审美提供了丰富的内容，也为"网生代"的数字化生活提供了无限的创造性和价值可能性，其强大的信息兼容性和思想可塑性，不断将高度数字化的日常生活内容重构整合、加工改造，创生层出不穷的新文化样态，大大丰富了大众日常生活审美化的范围。"网生"评价须考察作品互动的生成性，如读者与作者交流频度、读者与读者互动密度、作者与网站编辑交流深入度等，它们都必须放到网络传媒的语境中才能得到透彻的理解和把握。

第四，商业性评价需要把评价对象纳入传媒市场来衡量。当前以内容为核心的 IP 全版权运营模式，不断向游戏、影视、动漫延伸出全产业链文创模式，网络文学跨界传播已呈现全媒体、多版权发展趋势。通过对网络文学产业链延伸、市场规模态势、商业模式的竞争优势、IP的价值赋能空间等网络文学行业发展趋势评估，可以对传媒市场上的网络文学做出较为客观的绩效价值判断。这个判断须基于特定的评价要素，如付费与免费的阅读模式、经营流量与投送效能、变现渠道开拓、线上广告经营业绩、IP版权盈利、"文→艺→娱→产"的长尾效应、粉丝社群文化经营、开发周边消费新品，以及微博、微信、手机等自媒体文学经营、"双效合一"的市场体量与绩效等，它们均是网生性传媒评价必须考量的关联要素。

还有，传播效果的影响力评价也需要重视媒介的作用。例如，评价一个作品或作家时，需要用大数据方式考察作家作品的百度指数、微博指数、微信指数、粉丝量、贴吧热度等，了解其全网热度，以及作家作品平台流量，如订阅、打赏、月票数、点击量、推荐量、评论量、收藏量、粉丝量等，当然还包括线下媒体的影响力，如报刊评论、发布的榜单、研讨活动、获得的荣誉等[①]。网络新媒体与传统媒体、线上评价与线下评论、专业批评与网友即兴点评等，都会以媒介影响力的方式体现批评对象的传播效果。

综上所述，网络文学评价不仅在批评范式、媒介形态、逻辑结构和表达方式等方面体现出诸多全新特质，还将对人文精神的重建有着促进作用。在新媒体覆盖文坛的时代，精短便捷的批评文本形态和媒体传播优势，自由平等的民间话语立场，已经形成全民参与的文学评价趋势，呈现大众化、自由化的发展姿态，形成了人人言说的网络文学批评新格局。网文评价主体身份的多重性，评价过程的非线性网状结构，以及开放式文本、个性化语言、多媒介形态、普泛化审美，以及话语的民间立场和批判视野等，已凸显多样化的评价方式和多元化价值呈现，它们不仅构成网络文学批评的丰富样式，也是评价网络文学和建构网络文学评价体系不容漠视的关联要素。

---

① 参见欧阳友权《网络文学评价体系的"树状"结构》，《当代文坛》2021年第6期。

第五章　网络文学评价的维度选择与对象区隔

网络文学评价体系是一个切中文学又贴近网络的复杂系统，须由不同要素与相关层级构成，其指标体系既要有可供辨析的逻辑环扣，又需要考虑在评价实践中各要素之于不同评价对象的适恰性与有效性。梳理网络文学评价体系的维度选择与对象区隔，阐明其评价要素和逻辑层级，厘清评价指标体系与评价对象之间的适应对象，进而尝试构建评价体系的结构模型，是本论题研究的关键。

第一节　网络文学评价的维度选择

文学评价是极富主观性的理性认知行为，又是一种需要贴近评价对象、切中客观实际的价值评判活动。不同的评价者，或面对不同的评价对象，其所持论的价值立场及其评价标准是有所不同的，没有一成不变的评价体系，评价一个对象时也无须持用所有的评价维度及其标准，而可能是有所侧重、着意选择的。譬如，在传统文学观念中，马克思提出"人民历来就是作家'够资格'和'不够资格'的唯一判断者"[①]，选择的是人民维度和效果评价；恩格斯把"美学观点和历史

[①] 马克思：《第六届莱茵省议会的辩论》（第一篇论文）（1842年），《马克思恩格斯全集》第1卷，人民出版社2006年版，第90页。

观点"作为文学评价的"最高的标准"①，其所倡导的是艺术审美和历史逻辑相一致的评价维度；孔子提出"兴观群怨"的"诗教"观和"思无邪"的中正立场，认同的是一种艺术社会学的伦理维度等。及至20世纪以降的西方文论界，俄国形式主义倚重对语言"陌生化"的强调，法国结构主义基于语言的整体性、系统性表意方式来探讨对象的文化意义的深层结构，而英美新批评则立足文本的语义分析"细读"出对象的独立自足世界。此后的女权主义文论、黑人批评、后现代文化研究、新历史主义、后殖民主义、文化多元主义等，又从作品文本中抽回目光，聚焦作品蕴含的性别、种族、政治、权力、身体、性、媒体、消费、解构、后现代等"外部研究"问题，可见不同评价者都有意无意地对文学评价的持论维度有所选择。鲁迅先生曾说，任何文艺批评都"需有一定的圈子"，称没有"圈子"的批评家"那才是怪汉子呢"，"我们不能责备他有圈子，我们只能批评他这圈子的对不对"②，这里的"圈子"即文学评价的标准或主体选择的评价维度。维度不同，标准各异，评价的侧重点就不同，评价的结果势必各各有别，足见在文学评价领域，主体有立场，维度有选择。

那么网络文学评价可以选择的评价维度是哪些呢？从"文学"与"网络"的双重属性看，对网络文学的评价既要有"文学"的维度，如思想性维度、艺术性维度，也不可脱离"网络"的评价维度，如媒介维度、产业维度，还需要有二者融合而成即"网络文学"的整体评价维度——影响力评价。亦即说，思想性维度、艺术性维度、媒介性维度、产业性维度和影响力维度，便是网络文学评价体系构建时可供选择的基本维度。

一 基于网络语境的思想性维度

思想性是文学的灵魂和文学的生命力所在，是文学人文审美和社

---

① 恩格斯：《致斐·拉萨尔》（1869年5月18日），《马克思恩格斯选集》第4卷下，人民出版社1972年版，第347页。

② 鲁迅：《花边文学·批评家的批评家》，《鲁迅全集》第5卷，人民文学出版社2005年版，第349页。

会伦理价值的综合体现。思想性本就有明确的内涵界定，为何选择网络文学的思想性评价维度时还需要有"网络语境"的前缀呢？原因在于使用思想性标准评价网络文学时，不可脱离"网络"的特殊背景，正是这种语境背景使原本的文学思想性在高度、深度和力度上呈现出某些差异。

一般而言，影响网络创作"思想性书写"的有两大掣肘：一是创作时的游戏心态，二是创作动机的功利目的，使得与传统文学创作相比，网文创作者少了些"为天地立心，为生民立命"的高远担当感，这便是当下网络创作特殊语境的一种反映。如早期（20世纪90年代）的"文青式"写作，便多是在游戏闲适的心态下"玩网络"而"玩"出文学的，被称作榕树下"四大写手"的安妮宝贝、李寻欢、宁财神、邢育森等人的创作大抵可属此类。宁财神当年对"咱们是为了什么而写"的回答便是："为了满足自己的表现欲而写，为写而写，为了练打字而写，为了骗取美眉的欢心而写。"① 2003年起点网"VIP付费阅读"模式探索成功后，刺激了商业写作的市场化崛起，浩瀚的类型小说和IP分发的产业链构建，让网络创作与经营成了一门有利可图的生意，"著书只为稻粱谋"成了网络创作的常态，"功利"追求成了许多写手的原初动机。于是，游戏心态和商业动机的网络语境，让"思想性"日渐淡出网络文学创作的观念视野，"有为而作"不再是一个必须承担的前置责任。由于网络作品本身思想性的弱化与变化，评价网络文学的思想性维度便不得不考虑"网络"元素，即不得不从"网络"文学的前提下去坚守网络文学评价的思想性标准。

不过，尽管如此，"思想性"仍然是网络文学评价不能忽视并必须坚持的重要标准之一，其原因在于：

> 无论网络文学多么另类甚或叛逆，不管其媒介载体、写作技能、传播途径和阅读方式与传统文学有多么不同，只要它还是文

---

① 宁财神：《度过美丽的夜晚》，《文学报》2000年2月17日。

学,只要它还属于精神产品,属于大众文化产品,就应该具有作为精神文化产品的特点,都需要蕴含特定的意义指向和文化价值观,并应该让它产生积极向上的影响力与感染力,使其成为我们的社会,我们的生活,特别是青少年成长的精神"钙质"。[1]

这里所说的"钙质"就是网络作品的思想性及其价值支撑力。"思想"是文学硬核,能强筋壮骨,支撑起文学价值的天空,因而评价网络文学不能漠视作品的思想性,网络文学评价体系也不能没有思想性维度。具体而言,这个维度至少包含三个方面的核心内容。一是主体倾向性上的立场站位,即网络作家在描写真假、善恶、美丑现象时,能够坚定地站在正义一边,并旗帜鲜明地揭露和鞭挞一切虚假、伪善和丑恶。二是社会问题判断上秉持正确的价值观,即网络创作介入社会、干预生活时,对于社会问题的价值判断,必须切合社会公序良俗,坚守正确的世界观、人生观和审美观。三是伦理叙事中的人性化表达,即网络作品在人设创意、故事桥段、场景虚置等文学化叙事中,让生活嵌入生命、用人生表征人性,在生活的多样性中渗透生命的无限可能,在人性的复杂性中展现出人的良善、尊严和高尚。在这些涉及文学思想性的原点意义上,网络文学评价不可缺席,网络文学评价体系不得缺少此"维"。无论评价幻想类作品如《斗罗大陆》《择天记》,还是历史类作品如《明朝那些事儿》《大汉天子》,抑或是现实题材作品如《浩荡》《大国重工》,都需要有这些思想性评价维度,这样才能真正揭示作品的思想内涵。

二 不脱离爽感的艺术性维度

网络文学在艺术上最突出的特点是好读而有趣,就是网友所说的"爽感",这是它能吸引读者、占领市场的"独门秘籍"。并不是每部

---

[1] 欧阳友权:《意义指向与价值承载——网络文学再认识》,《人民日报》2014年4月25日第24版。

网络作品都有"爽感",但好的网络作品一定不能缺失它,因而网络文学评价体系的艺术维度选择不能脱离"爽文化"选择,或曰选择基于爽感的艺术性维度。传统的文学评价在判断一个作品时,对它的艺术性评价一般需要考察诸如艺术形象的生动性与典型性,语言、结构、表现手法等文学形式的独创性与完美性,以及与之相关的审美意蕴的丰富性与深刻性,还有鲜明的民族形式和民族风格,等等。这些艺术性的基本元素当然也适合用于评价网络文学的艺术性,但后者的不同之处在于,网络文学中的这些艺术性元素常被包裹在"爽感"的外衣之下,须得通过爽感而获取——网文作品首先得给人以乐意看下去的理由,以娱乐元素吸引眼球,用快乐基因让读者开心解颐,甚至被深深代入其中而欲罢不能,通过愉悦性阅读,实现悦情悦兴、悦心悦意,终而达成悦志悦神,释放出爽感的最大化。在具体实践中,具备艺术性品质的"爽感"作品通常涉及这样一些常见的评价要素:如语言通俗易懂、故事引人入胜、主角光环亮眼、桥段反转开挂,还有脑洞大开的界面设置、天马行空的想象力、无所不能的"金手指"、梦想世界的"玛丽苏",以及改变命运的升级模式等等,要评价一部网络作品,就需要在这些维度上给予对象以艺术分析和客观判断。

就叙事性作品(主要指网络类型小说)而言,基于"爽感"的艺术性评价,在效果上一般要有三个可供辨识的标志。

其一是故事的代入感。即阅读精彩的网络小说能引人入胜,乃至让人如醉如痴、废寝忘食地深陷其中,产生持续的沉浸效应。曾有一则关于美国小伙沉迷中国玄幻小说而成功戒掉毒瘾的新闻刷屏网络:

美国小伙凯文·卡扎德是一名软件工程师,和女友分手后他开始靠吸毒缓解苦闷,巨大的毒瘾带给他生理和心理上的痛苦,甚至数度危及生命。"后来我遇见了中国网络文学,有人介绍我看《盘龙》,我立刻爱上这部小说。我追完那部又接着去看了《修罗武神》、《逆天邪神》、《我欲封天》……基本上'武侠世界'(Wuxiaworld)占据了我所有的时间,我甚至忘记了对毒品的欲望。大约一个月前,我发现那种压力开始消退了,视力和头脑也变得清晰了。"卡扎德接受《南方周末》采访时说:"过去,我一回到家就将全部的心思放在毒品上。但是现在我回家后脑袋里一心只想着中国网络小说。和毒品一样,这些小说也会让人上瘾,不过区别是它们对健康无害。"①

网络小说可以戒毒,恐属特例个案,但阅读精彩的网络小说时,那种强烈的代入感让人上瘾,倒是司空见惯的事。中国有 4 亿多人上网阅读网络文学,其基本的阅读期待和阅读感受就是好看,看了过瘾,这是一种爽感的满足。

其二是情感的共鸣性。共鸣也称"共情",即对作品故事情节、人物命运设身处地、入乎其内的感同身受,出现"象喜亦喜、象忧亦忧"的精神状态。不信天上掉馅饼(刘丰)称此为让读者"嗨起来",他说:"你先把自己写嗨了,然后你的读者才能嗨起来。"他在创作基层警察题材的网络小说《刑警荣耀》时,一直追求与读者的"情感共鸣",认为"你把自己代入到自己创作的人物中去,发生在小说中的一切就像你自己感同身受一样,这样,自然而然就有了情感共鸣"。他说,传统文学更加侧重于小说的教育意义和警示意义,而网络文学更多注重于故事的趣味性和可读性。"传统文学的表现手法更加内敛,讲究含蓄,而网络文学力求深入浅出。网络小说的读者比较趋于低龄化,作家要尽量地让大部分读者都能看得明白。他们看小说很大程度是追求乐趣,让他们在阅读网络文学的时候产生乐趣,这是作者的责任。"② 共鸣是爽感的一种表现,没有共鸣,爽感就无从谈起,作品也就失去了打动人心的力量。

其三是艺术效果的可计量化。这是网络文学艺术性评价的特殊性,也是它的优长之处。传统文学的艺术性评价一般难以计量,不易也不

---

① 梅佳等:《老外沉迷中国网络小说无法自拔 竟把毒瘾给戒掉了》,英语点津网,http://language.chinadaily.com.cn/2017-03/24/content_28643531.htm。
② 刘丰:《创作中要找到现实题材与网络小说的情感共鸣》,新浪读书,http://book.sina.com.cn/news/whxw/2018-07-20/doc-ihfqtahh4754060.shtml。

宜做量化判断，如文学图书、报刊作品的发行量可以作为计量依据，但远不能成为衡量一个作品艺术性高低的评判标准。网络作品则不然，由于它的艺术功效是基于阅读爽感的大众评价和市场评价，或者说主要是一种"量"的评价，而不是"质"的判断，加之数字化传播数据计量的便捷，使得一个作品的阅读量、点击数、收藏数、月票数、打赏数，乃至话题数、长评短评数、贴吧热度等，均可精确统计、实时读取。这些数据虽然不可与作品的"艺术性"画等号，但至少是一个作品受欢迎程度及艺术爽感的"常量"，离开这个"常量"去谈论网络文学的艺术性无异于缘木求鱼。2020年5月1日，爱潜水的乌贼的小说《诡秘之主》完结时，网络留下的数据是：

> 这部440多万字的小说，上架761天后俘获9754.32万读者，3000万张推荐票，20万月票，有超过450万条评论，起点站内拥有近700万粉丝。除了阅读平台以外，在全网热度上，微博《诡秘之主》超话阅读量超过4000万，话题阅读量近5000万，贴吧帖子超过300万，LOFTER相关话题阅读量近1200万。在海外，《诡秘之主》在webnovel（起点国际）平台点击突破2000万，推荐榜男性向小说第一，满分为5分制的评分高达4.8分。粉丝还为作品主角克莱恩庆生制作的同人歌曲在B站（bilibili网站）获得43万点击、8000多条弹幕评论。B站内《诡秘之主》的粉丝自制相关视频数量高达1000多个，专栏数量有140余个。①

这些足以让人惊叹的数据彰显了一部小说在读者市场的感召力，无疑也是该作品基于爽感的艺术性取得成功的重要标识。

三 源于传媒技术的网生性维度

我们先从网络文学的标志性作品——金宇澄的《繁花》创作说

---

① 虞婧：《〈诡秘之主〉宣告完结：蒸汽朋克的奇幻世界》，中国作家网，http://www.chinawriter.com.cn/n1/2020/0506/c404023-31698259.html。

起。该小说 2015 年获第九届茅盾文学奖后,在传统文学和网络文学两个领域均产生很大反响,因为它先是在网络上发表,然后下载出版,再以传统小说的身份申报而荣膺"茅奖"的,恰恰是它"联通两端"的特殊经历,表明了"网生性"在文学生产中的重要作用。作者说道:

> 2011 年 5 月 10 日的中午 11 点,我用"独上阁楼"网名写了一个开场白,从这天开始我每天发帖,14 日那天,写到了《繁花》引子的开头,就这样,逐渐欲罢不能,每天 300、400 字,500、600 字,甚至每天 6000 多字,出差到外地,赶到网吧去写,出现一种非常奇怪的写作状态。
>
> 网上连载的好处是,能够不间断得到读者激励。读者和作者的关系非常近,西方习惯作品朗读会,其实是过去盛行的几个朋友听作者朗读稿子,然后提意见的古老写作传统。我每天写,得到读者随之而来的阅读心得和意见,一种不断促进的积极过程,大半年时间,《繁花》初稿就出来了。①

从这里可以看出,网络文学都是"网生"的,不仅创生于网络空间,而且有网络作者与网民读者之间的互动生成。因而,在网络文学评价体系中,媒介的维度较以往更为重要,也更具约束力。网络文学的"网络"二字不只是简单的媒介限定,它还是这一文学的传播载体和生产方式,直接介入了这一文学的价值塑造。如果说,传统文学评价中的媒介问题是潜在的、缺少干预力度的,网络文学评价中的"网生"问题则是一个显在的、直接的、关乎评价有效性的维度。这里孕育着文学生产的革命性变化——传统文学活动是"作者—作品—读者"的单向运行,而在网络文学中,作者与读者的关系发生改变,读者的作用不再只是被动地接受作品,而是可以通过"应援"参与创作,甚至为自己喜爱的作品衍生"产粮",形成作者、读者的"共创

---

① 金宇澄:《我写〈繁花〉:从网络到读者》,《解放日报》2014 年 3 月 22 日"朝花"版。

文化"，网站平台成为联结作者与读者、读者与读者的中介，拉近他们之间的多途径互动关系，让交流的"足迹"遍布全网，对创作和传播形成全方位影响。于是，"网生"给网络文学打上了深深的烙印，乃至成为网文作品"胎记"。

网生性维度蕴含着技术前提，但网生的媒介评价不只是技术评价，还联通网络文学的本体与价值。

首先，新媒介让网络文学有了"在"的契机和本体。这里的"在"也称"此在"（Dasein），是海德格尔在《存在与时间》中提出的一个核心概念，指事物以在世的展开状态中领会存在本身，从而使"在者"从隐蔽至去蔽中的"在"，让此在在其存在的本质中形建世界，并在存在中展开着存在本身。这里借用这个概念意在说明，网络文学能够"出场"成为此在中的一种"在"，是依仗了媒介的功劳——以互联网为标志的数字化媒介的诞生，让文学有了与网络"联姻"的机缘，成就了网络文学的"在"，在其存在的本质中形建出这一"此在"多姿多彩的世界，让一种新的文学本体得以"出场"。网络媒介作为一种建构的力量，不断为文学视界开放，又不断敞开着、滋生着一片文学天地，带文学步入技术澄明之境中，然后彰显网络文学"存在"。新的技术媒介以磅礴的力量终于让一种新兴文学悄然现身，卓然敞亮，使网络文学这个"世纪圣婴"构成一个历史节点的"在"，并不断展开其活力与魅力，短短20余年便成长为一种文学的"巨存在"。《诛仙》的作者萧鼎在回答"是什么契机让您开始了网络写作"的问题时说："最重要的还是互联网的出现，在当时几乎没有门槛的一个全新的网络世界中，给予了我一个以前不曾有过的机会。"（《萧鼎与〈诛仙〉》）子与2说在37岁时创作了第一本网络小说《唐砖》，而在这之前他一直怀揣文学梦却无法圆梦，直到网络出现让他一朝梦圆，"从传统文学'跨'到网络文学，他只用了4个月"。（《子与2：文学"跨界者"》）如果不是互联网，唐家三少可能还在开餐馆、搞零售、卖汽车装饰，萧鼎可能仍在做公司职员，愤怒的香蕉可能仍在劳务市场打工，梦入神机可能还在做一名棋手，平凡魔术师依然在表演他的杂技活儿……是网络给他们提供了文学机缘，开发了他们的文学创作潜能，改变了他们的人生轨迹。"榕树下"创始人朱威廉说："Internet 的无限延伸创造了肥沃的土壤，大众化的自由创作空间使天地更为广阔，没有了印刷、纸张的繁琐，跳过了出版社、书商的层层限制，无数人拿起了笔，一篇源自于平凡人手下的文章可以瞬间走进千家万户。"①从此，网络文学的"在"得以"出场"，"此在"显现为"存在的疏明"，存在着的是存在者，网络媒介的巨大变迁，不仅用数字化技术让文学走出"遮蔽"，也是技术"解蔽"后与网络文学的"在"一同走向澄明之境的契机。

其次，技术网络不只是文学载体，它还是网络文学的"生产场"。网络作品不仅通过互联网传播，而且还是在网络空间生产出来的；网络是作品的载体和阅读工具，也是它的加工地和"孕育母体"——网络文学与传统文学的一大区别在于，它不是完成作品并打磨修改后整体发表（出版），而是边写边发、不断"续更"而成，除了那些一气呵成的短小散文或诗歌，一般的小说创作通常都不是一次性完成，而是历经几个月、几年甚至十几年一章一章续更、一次一次连载才能出完结本。罗森的《风姿物语》写了 8 年，雷云风暴的《从零开始》写了 11 年，愤怒的香蕉的《赘婿》2011 年 5 月开书，至今仍未完结，无数"忠粉"不离不弃地在期待中跟读。网络文学创作"过程发表"而非"完本收官"的特点有时会出现"弃更"（也称"烂尾文""太监文"）现象，甚至一些知名的网络作家都有过高开低走、挖坑不填的"烂尾"经历②。据血红自己说，他就是看了许多网络烂尾的小说，忍无可忍才开始自己上网写故事的。

---

① 朱威廉：《网络——文学发展的肥沃土壤》，《人民日报》（海外版）2000 年 10 月 21 日第 8 版。
② 所谓"烂尾"，有时是指没写完就断更了，没了下文，不了了之；有则是前面写得好，后面写得糟，许多"坑"还没填就结束了，显得前后不搭。网传大神作家的五大烂尾作品是：烽火戏诸侯的《陈二狗的妖孽人生》、方想的《五行天》、天使奥斯卡的《盛唐风华》、流浪的蛤蟆的《仙葫》和蛇吞鲸的《通天大圣》。另有《大泼猴》（甲鱼不是龟）、《神墓》（辰东）、《近身保镖》（柳下挥）、《无限曙光》（zhttty）和《卡徒》（方想），被称作"五大网络小说烂尾神作"，谓之虽为"烂尾"，仍值得一读。

由网络媒介带来的生产方式转型让文学创作出现两大变化：一是读者的介入与互动成为文学的生产要件，二是过程调适让文学的生成添加了更多可能。前者让作品不仅是"人机互动"，而且"人人互动"——读者与作者互动、读者与读者互动是续更过程的常态，特别是起点网的"本章说"上线后，读者可以更便捷地在正文里每段后面吐槽，互动交流成了作品的"趣味生产"。人气爆棚的百度贴吧也是读者聚会评说作品的"吐槽台"，众声喧哗的议论中不乏真知灼见。"赘婿吧"中对愤怒的香蕉的《赘婿》有这样的评价：

> 香蕉说他是尽力想触及文学的高度，我相信他没有说谎。在中后期，一些句子凝练隽永，有诗一样的美感。例如写黄昏，"在黑暗的山头，有最后的光"在神州陆沉，国难当头的时候，这样的句子沉重却催人奋进。中后期很多这样细腻优美的文字，让人如饮琼浆，当时真舍不得它完结呀。

对《赘婿》的不足也直言相告：

> 赘婿的前后半几乎可以说是两部小说。前半风花雪月，走的是爽文路子，而且是抄诗，抄是小事，还抄得理直气壮，脸不红心不跳气不喘，让人无语。琴棋书画，我觉得香蕉一个都不精通，小说在这方面的描写乏善可陈。连他身边的三个青楼花魁，绿竹以音乐出名，在家没练过琴，元锦儿以舞蹈出名，早上没压过腿，李师师除了交际，就没点风雅爱好，诗没写过画没作过，古籍善本没点概念。

——zengdragon：《聊一聊赘婿》

这样的评说既有助于读者对作品的理解，也能影响作家的创作，成为网络文学特色独具的生产要件。正因为有了前者这个要件，就让作者与读者之间有磨合的张力，形成了后者的过程调适，让文学的生成添加了更多可能——创作者为了适应读者需求、满足粉丝愿望，他可能对设定的故事走向和人设桥段做出某些调整，"以读者为中心"成为作者顺应的理由，市场的力量、消费者的智慧就将融入网络文学生产，化作了创作的原动力。卖报小郎君创作《大奉打更人》时在写完第五十八章时就跳出小说，谈到了自己在故事的创作过程中对故事桥段的调适情形：

> 本来审周立这一段，为了突出党争，为了突出周公子这个邪恶反派的绝望，我写了足足六千字。为此我还查了古代断案流程。后来觉得，我为什么要给一个小配角这么多笔墨，这不是乱了主次吗？有这么多笔墨，我写婶婶多好……于是提取了精华，突出党争，缩减审案流程。那东西写起来也没啥意思，估计你们不会喜欢。周侍郎的这段剧情，是这一整卷的开端。

这段话显然是说给他的读者的，作家想续更中与读者，特别是与粉丝"明通款曲"或互诉衷肠，是网生性的常见方式，也是网络文学评价中不可忽视的信息资源。

还有，网生性关乎网络文学的价值塑造。基于技术的媒介维度不是一个纯技术问题，而是一个技术与人、媒介与价值塑造的问题，亦即网络文学评价中与"人"发生关联的文学价值塑造问题。原因在于，如斯蒂格勒所言："技术史同时也就是人类史"[1]，亦如德布雷所说"媒介学的起源应该是人类学"[2]，或如麦克卢汉提出的媒介是"人的延伸"，"技术的影响不是发生在意见和观念的层面上，而是要坚定不移、不可抗拒地改变人的感觉比率和感知模式。只有能泰然自若地对待技术的人，才是严肃的艺术家，因为他在觉察感知的变化方面，

---

[1] [法]贝尔纳·斯蒂格勒：《技术与时间 1：爱比米修斯的过失》，裴程译，译林出版社 2012 年版，第 147 页。

[2] [法]雷吉斯·德布雷：《媒介学引论》，刘文玲译，中国传媒大学出版社 2014 年版，第 164 页。

够得上专家"。① 人的感觉比率与感知模式是人类认知外部世界的主体条件与能力，改变它们实即改变的是人类认知世界的方式，势必影响文学创作中对人与现实审美关系的把握、评价与判断。因为"人体在感知比率变化中既延伸又自我截除，在一伸一缩中调适与外界的关系尺度"②。如果说，"技术就是人的代具"，那么，"代具并非人体的简单延伸，它构成'人类'的身体；代具也不是人的'手段'和'方法'，而是人的目的"③。而所谓"虚拟现实，不正源自数字编码媒介的变迁吗？媒介关乎人的习性、生活方式和自我构成，并与人共时并进"④。我们所讨论的"网生性"，其实质是基于人（网络作家、文学网民）与网络媒介之间的价值创造活动，网络延伸了人的文学感官，也让"代具"成为价值塑造的利器，终而指向人文审美的目标，此其一。其二，"网生"是在为价值"做功"，为文学做"审美过程加持"。文学"网生"是指由网络空间的主体（作者与读者、读者与读者）互动而生成作品的过程，此时，网络媒介以它特有的方式解蔽现实，并将"网生主体"带到我们面前，而"媒介抵达之处，既是世界所在之'界'，同时也是'新世界'敞开之时"⑤，交互网生的过程，亦便是文学创生、价值"做功"的过程，如麦克卢汉所形容的，媒介将人的感觉延伸后，我们身体的能量能产生"固持的电荷"⑥，这在创作过程中就表现为互动的双方（或多方）让自己的"电荷"为作品的价值生成"放电"，介入并干预作品的生产过程。烽火戏诸侯的《剑来》上

---

① [加] 马歇尔·麦克卢汉：《理解媒介——论人的延伸》，何道宽译，商务印书馆2000年版，第46页。
② [英] 保罗·A. 泰勒：《齐泽克论媒介》，安婕译，中国传媒大学出版社2019年版，第5页。
③ [英] 保罗·A. 泰勒：《齐泽克论媒介》，安婕译，中国传媒大学出版社2019年版，第11页。
④ [英] 保罗·A. 泰勒：《齐泽克论媒介》，安婕译，中国传媒大学出版社2019年版，第10页。
⑤ [英] 保罗·A. 泰勒：《齐泽克论媒介》，安婕译，中国传媒大学出版社2019年版，第5页。
⑥ [加] 马歇尔·麦克卢汉：《理解媒介——论人的延伸》，何道宽译，商务印书馆2000年版，第50页。

线后，受到众多网友追捧，知乎上有网友评价道：

  剑来，也虚构了一个世界，但是却是非常复杂，道佛儒为首的诸子百家。新奇好看，层层伏笔。既遵循之前成熟的写作套路，主角成长为主线，设置巨大的悬念，也探索了新的可能，主角的心路成长，这在以往网络小说很少见的，至少我没有看到过，以心理成长为主要写作主题的网文。

  剑来，用网文的方式来构造了虚拟的世界，但是却想要回答现实世界的问题。

——知乎网友：贾建晓

（知乎：https://www.zhihu.com/question/60475843）

网友对《剑来》的解读，是对小说的价值评价，它将影响读者对作品的理解，也有助于作者的后续创作。于是便形成了网生性价值塑造的另一个表现——网络媒介为这一文学提供间性赋能，即一个网络文学作品的价值不单纯是由网络作家赋予的，也不是像接受美学所宣称的那样是在阅读过程中达成的，而是由多主体的间性互动、相互激发中共同塑造的。因为网文生产中的主体不是主客对立的关系，而是主体与主体之间的交往、理解、评判关系，由主体与主体间的共在构成的交互主体性所形成的间性赋能，共同赋予作品以价值和意义，一起完成作品的价值塑造。因而，网络媒介不仅是工具论意义上的中介，也是本体论意义上的文学出场和间性化价值赋能。

四 依托市场绩效的产业性维度

  鲜明的产业特性使网络文学与传统文学形成了重要区隔，也让网络文学本身获得了经济的发展驱动力。中国的网络文学之所以能在世界独树一帜，形成巨大的体量和广泛的影响力，就在于早期的商业探索（2002年以前的网文出版、线上广告）、后来的盈利模式（2003年由起点中文网创建的VIP付费阅读机制）和2015年后大范围兴起的网文IP全版权产业链经营创造了可观的市场绩效,由此形成了饮誉世界的网络文学文化产业范式。由是,产业经营以创造经济价值,便成为网络文学的"文化胎记",也是评价网络文学不可或缺的重要维度。

网络文学评价之需要产业维度,是基于经济效益对网络文学的特殊重要性,如下。

首先,产业让网络文学与社会建立起更广泛的关联。产业经营让网络文学走出文学与文化的小天地,而切入社会政治经济大舞台。一方面,网络作家、网站平台和网民读者的文学活动、文学行为获得了文学与经济、精神与物质的双重属性,从业者得以用文学的方式介入社会的经济生活,让精神文化产品实现商品经济的等价交换,满足了文学生产主体、经营主体和消费主体的物质(创作者、经营者)和精神(消费者)需求;另一方面,网络文学的产业经营为个人创造财富,为社会贡献了GDP增量,通过文化消费市场的杠杆作用,把精神转化为物质,打造了中国独有的新型文化产业——网络文学产业,用文化软实力为经济的"硬实力"做出了原创性贡献。我们知道,文学具有精神与经济的双重属性,作品可以营收,写作可以赚钱,本是古已有之,但把文学作为一种产业来经营,并形成文学上市公司①,这是网络文学出现以后的事,在人类文学史上是一大突破。不仅如此,网络文学与社会的关联与渗透不仅直接体现在线上粉丝消费的经济领域,还通过IP版权转让的泛娱乐文化领域延伸,让网络文学的多媒体经营渗透进大众文化的"毛细血管",全方位介入人们的精神生活,打造了文学与社会生活与时代精神的情感性纽带关系。

其次,产业让网文行业获得经济的支撑,也让产业绩效的"可度量性"折射出网文作品在消费市场的适销价值。网络文学是伴随着市场经济的发展而兴起的民营经济,作为市场主体的网站平台,产业化经营是它生存发展的唯一生存法则。网站让作品增值,让作者的文学

---

① 迄今为止,我国网络文学行业已有三家上市公司,它们是:中文在线(2015年1月21日在深交所创业板上市)、掌阅科技(2017年9月21日在上交所挂牌上市)和阅文集团(2017年11月8日在港交所挂牌上市)。

才华和时间成本成为有偿知识产权而进入消费市场，满足阅读者的精神消费，这个相互催生、相互制约又利益共享的商业运作机制支撑了网络文学的动态平衡，也使整个行业获得持续驱动的经济引擎。第四届中国"网络文学+"大会发布的《2019中国网络文学发展报告》显示，2019年我国网络文学行业的市场规模达到201.7亿元[①]。我国最大的网文平台阅文集团的财报显示，2019年，集团麾下各网站实现总收入83.5亿元，同比增长65.7%；毛利润为36.9亿元，同比增长44.3%；净利润为11.1亿元，同比增长21.9%。其中，在线业务收入37.1亿元，来自版权运营及其他的收入46.4亿元，同比增长283.1%；其中，版权运营收入44.2亿元，同比激增341.0%。[②]从这些数据看，以付费阅读为主体的线上经营业绩，与网文IP分发后的泛娱乐产业链所创造的千亿级（2019年度创造的产值达7000亿元）规模相比，也许不算十分亮眼，但与往年同期的增幅相比，尤其是与传统文学的商业性经营规模相比，依然是令人振奋的，从中可以看出作为商业化经营的网络文学在消费市场上的活跃度与影响力。再从网络文学评价的角度看，产业绩效的准确度量，为评价作品的市场价值和受欢迎程度提供了十分准确的数据支持。例如，在一次网络文学作品游戏版权拍卖会上，方想的小说《不败王座》以810万的高价卖出手游改编权，一举成为当场拍卖作品的最高价，而让人吃惊的是，该作品在拍卖时内容只字未写，还仅仅只有一个标题，是一部"期货作品"。拿下该小说手游改编权的"37玩"公司之所以愿出高价购买该作，是对作者有足够信心——方想是网络作家富豪榜上的当红作家，曾创作出《卡徒》《修真世界》等经典小说，拥有千万粉丝，此前其作品改编的网页游戏备受玩家喜爱，说到底，是作品在市场上的适销价值在起作用。爱潜水的乌贼的小说《诡秘之主》2020年5月完本时，粉丝量达800

---

① 荀超：《网文到底有多热？市场规模达到201.7亿元，网文作者1936万人!》，2020年9月4日，新浪网，https://k.sina.cn/article_1496814565_593793e502000ui5.html?mod=wpage&r=0&tr=381。

② 《阅文集团财报：2019年阅文集团总收入83.5亿元 同比增长65.7%》，新浪财经，http://finance.sina.com.cn/stock/relnews/hk/2020-03-17/doc-iimxyqwa1233684.shtml。

多万，盟主数量超过500，还有近2000个书单收藏，11万的书评区留言，过10w+的均订等等，显示着诡秘的市场热度。并且，该作品自连载之初就有英文同步翻译，连载期间全球总阅读量高达2500万次。这些精确的度量数据表明，《诡秘之主》既蕴含东方人文思想，又具有世界风情，因此能够风靡全球，成为一部"现象级"高光之作，这正是我们评价这部小说在国内外阅读消费市场适销价值高低的最有说服力的根据，离开这些数据支持，将很难客观评价《诡秘之主》的价值。

另外，在使用网络文学评价的产业维度时，需要有社会效益评价的"熔断"机制，即应该在社会效益优先的前提下，把握好社会效益与经济效益的兼顾与平衡，一旦二者产生博弈与冲突，经济效益要自觉服从于社会效益，而不得漠视或损害社会效益，如果背离了这一原则，就需要一票否决，这便是"熔断"机制的功用。国家新闻出版广电总局2017年6月14日颁布的《网络文学出版服务单位社会效益评估试行办法》规定："网络文学出版服务单位出版作品出现严重政治差错、社会影响恶劣，在平台首页或重点栏目推介导向有严重问题的作品，违反政治纪律和政治规矩等，社会效益评估实行'一票否决'，评估结果为不合格。"这意味着在我国坚持社会效益优先是一条"红线"，当网络作品出现有违社会效益的情形，诸如涉黄、涉政、涉暴、涉黑等，达到规定的临界点时，就将产生"熔断"效应，导致评价的"一票否决"。

网络文学产业维度评价中社会效益的特殊权重，是源于文学作为文化产品的精神与经济的二重性。与传统文学一样，网络文学首先是"文学"，应该起到打动心灵、沟通情感、澡雪精神、涵养人格，乃至反映生活、表征时代、评判现实、辨别美丑、关注苍生社稷，甚或"为往圣继绝学，为万世开太平"，引导人们向善、求真、审美，形成正确的价值观和世界观，对人的精神世界产生润物无声却细密绵远的深远影响。一个国家、一个民族不能没有灵魂，文学就是一种精神事业，文学创作就是一种灵魂拷问，在这方面，网络文学不仅没有例外，还因为它受众广泛且多为青少年群体而显得尤为重要。另一方面，由于网络文学与生俱来的经济属性和市场化生存，有可能放飞资本的趋利本性和"娱乐至死"的群体麻木，出现创作与经营中的导向偏差——由膨胀欲望而走向唯利是图，背弃文学的精神价值和责任担当，对文学审美和社会文明造成双重伤害，出现如尼尔·波兹曼所警示的"我们将毁于我们所热爱的东西"。因而，在评价网络文学的产业绩效时，前置社会效益门槛，并为之预设"熔断"机制，不仅是必然的，也是必需的。

五 聚焦传播效果的影响力维度

对于文学评价来说，影响力评价是一个基本评价，如影响力大小；也是一个最高评价，如文学经典无非也就是一种影响力判断。可见影响力评价维度似乎是一种模糊评价或非文学、非专业评价，传统文学评价标准中鲜有提及。不过对于网络文学来说，影响力评价却是一个不可或缺的维度，其原因就在于，网络文学具有更大的传播力和更广泛的渗透力，这种传播力和渗透力最终都将化为一种影响力，无论是网上还是线下、网络文学圈还是传统文学界，乃至无论是文学界还是大众文化界，大家都会认同并推崇这种影响力，甚至成为一种"共名"，一个标杆，就像我们提到《红楼梦》、莎士比亚时的第一反应那样，自觉不自觉地产生一种强烈的虔敬感，认同其强大的号召力，甚至成为阅读市场、收视（收听）市场、游戏玩家市场、演艺市场、周边附加市场的"赢家通吃"的作品。蝴蝶蓝的《全职高手》2014年4月完本后，一直保持着广泛的影响力，被称作网络文学第一部"千盟书""国民IP"，2020年8月被国家图书馆永久典藏，我们看看网友对该小说影响力的要素分析：

题材热度。首先电竞题材贴合时下社会热点和年轻人的喜好（看电竞比赛和游戏主播多火就知道啦）。而且《全职高手》的作者阅文集团白金作家蝴蝶蓝，本身就是一位资深电竞爱好者（王者荣耀钻石本钻），在电竞文领域造诣颇深。据官方公布的数据，《全职高手》在起点中文网拥有2000多位盟主（盟主：单本作品打赏1000人民币的粉丝），并且一直保持着全网单部作品盟主数的纪录。

人物偶像化。《全职高手》的每个人物塑造除了颜值在线外，个性也很鲜明，再加上游戏竞技的酷炫效果，自然很圈粉，特别是女粉。完美淡定又自带嘲讽属性的主角叶修的人气是不用说了，如果是喜欢外向一点的，就会粉黄少天包容兴，而喜欢直男一点的，就会粉韩文清老魏……甚至全职的角色过生日都能屡上热搜。

超级IP的持续火爆。在收视方面，《全职》动画第一季开播24小时全网播放点击破亿，bilibili追番用户超370万，腾讯视频弹幕数20分钟即突破一万。在口碑方面，豆瓣评分稳居8.2分，并在第14届中国动漫金龙奖评选中，斩获"最佳动漫改编奖"和"最佳营销动漫奖"两项大奖，拿下了国内"动漫奥斯卡"，更被新周刊出品的2017中国视频榜发布会评为"年度动漫"。收视口碑全爆表，在社交媒体上热度更是持续走高，不仅引爆国内，影响力更波及海外。①

如果我们评价《全职高手》，是不能不考虑其广泛的影响力的，因为它们经过消费市场检验和传媒传播而为圈内圈外广泛认可，是文学评价可接纳的有效信息，并且是有一定公信力的信息。

网络文学评价的影响力维度具有几个方面的界定。其一，影响力评价是一种综合评价，是基于思想性维度、艺术性维度、媒介维度和产业维度而得出的"最大公约数"。如国家广电总局举办优秀网络文学原创作品推介活动提出的遴选标准是："遵循网络文学创作传播的规律和特点，综合作品价值取向、艺术水准、审美情趣、读者口碑、专家评价，坚持思想性、艺术性和网络影响力相统一的原则，鼓励作

---

① 动漫界的小精灵：《〈全职高手〉为什么会这么火，我来告诉你答案》，https：//baijiahao.baidu.com/s? id=1603520501035846535&wfr=spider&for=pc。

品主题、题材、内容、形式多样化。"其中有关作品影响力的具体要求是："可读性强，达到相当数量的网络阅读点击率，具备一定的网民认知度和较大的网络影响力。"① 可见这个影响力评价主要是基于作品在网文界、在网民大众中的认可度与反响面，是一个不易量化（或无须量化）却不难判断的综合评价，就像粉丝对所钟爱的作家作品的评价，就是喜欢，"有爱"就够了，别的不重要。骁骑校《匹夫的逆袭》完本后，贴吧中有帖子说：

  看完了匹夫其震撼程度，犹如让我认识了一个新的底层匹夫的世界，看完的第二天还完全沉浸在刘的匹夫之怒快意恩仇的世界中。匹夫描述的坚韧不拔、识势低头、底层的黑暗，以及人生奋斗的一些追求，憨厚的张爱民大叔，现在还能浮现在我脑中，觉得这本书揭露了一些底层的现实，也向往刘汉东的匹夫之怒，血溅五步的快意恩仇。尤其是拿着巡航导弹炸姚广的那段，半夜我在床上咯咯的笑，引来了一家人觉得我得了病招了鬼一样，哈哈哈哈！我有种匹夫之后无小说的感觉。②

其二，影响力评价是基于媒介传播的大众口碑，在当下主要源于网络论坛、社区和各种自媒体平台。这种线上交流的阅读感受具有"马太效应"，能让新媒体的强大传播力成为放大网络作家作品影响力的有效杠杆，自媒体的"病毒式"传播，将会让"口碑"之作以几何指数迅速扩大传播半径，而大数据、云计算等，又可以让"口碑"量化，形成影响力的"可触摸性"，从而使影响力评价有据可依。例如，2018年以来，速途研究院每年发布《中国网络文学作家影响力榜》，评出年度男女网络作家各50名，其评选标准是："选取近一年来在网

---

  ① 国家广电总局、中国作协：《2018年优秀网络文学原创作品推介活动评选办法》，会议评审文件。
  ② 一楼祭天：《〈匹夫的逆袭〉，看完之后的感受》，骁骑校吧，https://tieba.baidu.com/p/6146740699？red_tag=2030744456。

络文学平台上连载小说的作家，通过作家新媒体影响力、作家平台影响力、作品影响力等多维度的分析与论证，综合衡量出作家影响力。"在具体评价方式上，选取作家的百度指数、微博指数、微信指数、微博粉丝量、贴吧热度，以及作品点击量、推荐量、评论量、收藏量、粉丝量，"最后根据速途研究院对阅读市场的长期关注、了解以及经验做出标准化后的加权平均，按照合理比例分配加权数值，综合计算出作家影响力指数，并进行排名"，由此得出作家影响力年度榜单[①]。支撑这个影响力评价的数据来源便是基于媒体传播的大众口碑，主要是看其在读者中的认可与反响。

其三，影响力的"热度"与"长度"关乎评价对象的价值判断。网络文学评价的影响力首先要有一定的"热度"，没有"热度"不可能有影响力，但文学的"热度"只代表一个特定的时间节点，有一定的时效性，一旦过了这个时效期就会出现"热度"的衰减；并且，从内容上看，文学"热度"的产生有一定或然性——社会的、文化的、特定事件的，乃至人为炒作等都可能成为某种"热度"形成的诱因。比如，20世纪70年代末80年代初出现"伤痕文学"热，是源于"文革"结束后，社会拨乱反正时期，文学创作者试图表达历史苦痛、抚慰心灵创伤的倾诉式书写，随着那种历史条件的逝去，那一批作品如卢新华的《伤痕》、刘兴武的《班主任》、戴厚英的《人啊，人！》等，便成为一段历史，而不再是文学"热点"，也就没有了当时的"热度"，刘兴武甚至打趣说，他宁愿去扫厕所，也不愿再去读自己的《班主任》。网络文学的"热度"也是这样——20世纪90年代"文青式"创作期的散文热、短篇小说热，是早期"无功利"创作机制的必然产物；2003年后出现的玄幻热、类型小说热，与付费阅读模式产生、盛大文学的"托拉斯"生产和后来的智能手机、移动互联网的出现有着必然的关系。它们的"热度"并不能代表影响力的"长度"，

---

① 中国速途研究院：《2019年中国网络文学作家影响力榜》，2020年1月7日发布，搜狐网，https://www.sohu.com/a/365276918_174789。

即由持续的"热度"、代代相传的口碑所保持的文学影响力。只有拥有历史"长度"的文学影响力，才是有品质"深度"的、可靠的影响力，也才是真正的文学影响力。马克思说，古希腊艺术具有"永久的魅力"，因为其所蕴含的永恒的人类价值与尊严使其高踞于人类艺术史的峰巅；恩格斯说，从巴尔扎克的小说中学到的东西，"比从当时所有职业的历史学家、经济学家和统计学家那里学到的全部东西还要多"，说明文学的影响力不在于一时的"热度"，而在于其内涵价值的深度及其持续影响力的历史"长度"，文学的影响力评价不是看前者，而主要是看后者。我们区分网络文学影响力的"热度"与"长度"，正在于追求文学的价值蕴含，以获得网络文学影响力的历史合法性，从而为培育文学经典蓄势——任何文学经典的产生都是对文学影响力"长度"的历史认证，网络文学尚未诞生自己的经典，当我们的影响力评价在关注这一文学"热度"时，不要忽视了其持续影响的"长度"，如此，是在以敬畏之心向文学经典致敬。

基于以上分析，我们可以将网络文学评价体系的维度选择用图5-1来表示：

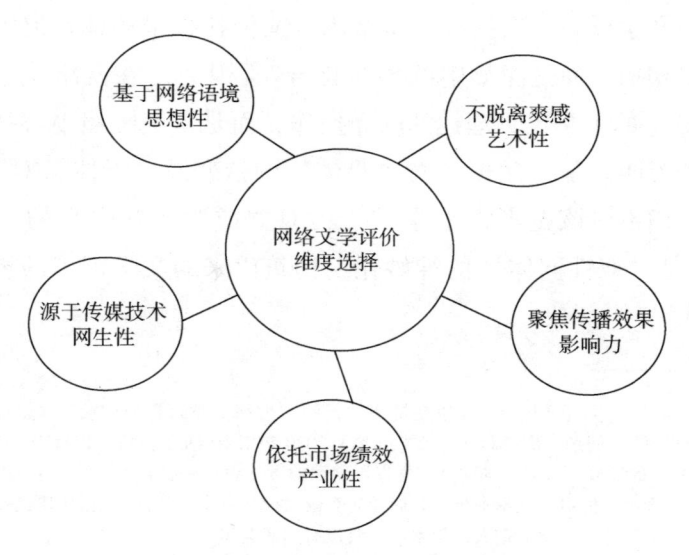

图5-1 网络文学评价体系的维度选择

第二节 网络文学评价的对象区隔

文学评价首先要明确评价对象,而网络文学作为一种新兴又是新型的评价对象,不仅数量巨大,类型众多,而且在内容品质上也良莠不齐,十分庞杂,对这个评价对象的认知必须从实际出发,实事求是地辨析其特质,以便让评价有的放矢,切中肯綮。

一 网络文学评价的"审祖式"追问

尽管中国网络文学一路走过,开辟鸿蒙并迅速壮大,但对于它的质疑却一直没有停止过,即便是"网络文学"的概念认知,至今仍存在"命名焦虑"[①],还不时面对"父根"与"母体"的"审祖"式追问。如:"网络文学的父亲是网络,母亲是文学。"[②]"不论我们将网络与文学的哪一方当成父根(同时将另一方当成母根),网络文学都不是简单地继承父母的基因,而是熔铸双方的影响,创造自身的特色。"[③]"网络与文学的联姻应该是'父根'与'母体'耦合后孕育的一种新的文学形态。它拥有文学基因,又依托技术载体,但绝不是两者的简单相加,而是涅槃中的生命化合",因为"在网络文学中,技术'去蔽'的不是工具理性的媒介操作,而是审美临照中被技术所遮蔽的审美澄明,是'父根'对'母体'的依恋或'母体'对'父根'召唤。它们不应该是形而上学的二元对立或逻各斯中心的'执本驭末',而是'双性同体'的神妙化工构筑出来的文学审美的艺术本然世界"。[④]

[①] 如2020年11月9日中国作协在杭州举行的"网络文学理论研讨会"上,仍然在讨论"什么是网络文学"问题。邵燕君在《文艺研究》2020年第10期发表的《以媒介变革为契机的"爱欲生产力"的解放——对中国网络文学发展动因的再认识》一文说:"尽管中国网络文学发展已经超过二十年,但对一些基本概念,尚缺乏有效讨论。一个经常被提及的问题是,到底什么是网络文学?对于这一概念的定义,学术界一直没有达成共识。"
[②] Sieg:《反螺旋立场》,《网络报·大众版》2000年2月21日。
[③] 黄鸣奋:《超文本诗学》,厦门大学出版社2001年版,第318页。
[④] 欧阳友权:《网络文学本体论纲》,《文学评论》2004年第6期。

事实证明，这样的追问与思考并非多余，网络文学的创作实践确实存在"文学"与"技术"的博弈，抑或媒介对审美的遮蔽等诸多过去不曾碰到的问题。网文世界巨量的"文学"与稀缺的"文学性"让人们有理由质疑："在它所凭附的高科技大树上，结出的究竟是人文审美的丰硕果实，还是会使人类的艺术传统和精神赓续在技术的狂飙突进中花果飘零？在炙手可热的科学势力的边缘，走进网络的文学是否仍秉承古老的传统与价值朝着人类审美精神的圣地驰骋，还是在科学技术的场域中让文学本体的精神取向经历一次技术理性的'格式化'？"[①] 伴随网络传媒的横空出世，网络文学的悄然"登场"并不是沿着文学史既定的轨迹前行，而是尽显变异与叛逆，悄然成为新技术传媒介入人类精神生活时的文化"副产品"。当事关价值创生的人文审美和文学性构建尚未纳入创作者的视野时，消费社会便席卷而来，网文创作旋即被商业化大潮裹挟，"产业化"利刃开始对网络创作实施全方位"手术"，让本该在场的"文学性"，成了技术传媒与产业经营合谋的牺牲品。可见，一种新型文学的审美价值确证并不取决于它的载体，而取决于它能否走进人类审美的殿堂，建立起自己的人文价值体系，而这种内质的涵养一直都是网络文学的"短板"和努力方向。

于是，网络文学"是不是文学"、网络上"有没有文学"便成了争议的焦点。知乎上曾发起"网络文学是不是文学"的讨论，有肯定者说：

> 网络是一种信息载体，是一种传播路径。网络上发布的文学作品，当然也是文学作品，本质上与传统书籍、杂志、报刊上发表的文学作品并无属性之差别。所以，网络文学当然也是文学。只不过，因为网络降低了创作的准入门槛，导致作品量大量膨胀，所以现阶段其平均质量大幅度下降，大量的作品都是劣质作品，

---

① 欧阳友权：《网络文学本体论纲》，《文学评论》2004年第6期。

仅此而已。①

否定者则认为"网络上没人知道你是一条狗,大狗小狗都可以叫上一通";"网络就像马路边的一块木板,谁都可以在上面信手涂鸦";网络文学"污染了纯正的文学气氛""在取悦大众的同时,磨掉了创作者本身应该坚持的唯美和价值";等等。网友一勺猴魁说:

> 如果网络文学拒绝文学价值(拒绝内涵、拒绝文学性,拒绝审美,拒绝通顺的行文、拒绝合理的逻辑、拒绝探索文学手法)、不尊重文学创作的基本原则(以水字数、复制粘贴、抄袭融梗为必要的创作手段),那它就不是文学。②

也有网友持比较公允的看法,如一位叫火星古尔丹的网友就此提出了几条标准:

> 1. 网络文学是不是文学看的不是平台而是作品。
> 2. 网络文学跟传统文学并不对立,文学的阵地从不因读者少而消失,也从不因为读者多而廉价。网络文学读者和作者应该足够自信,不用去拿传统文学来寻找认同感,正视自己最重要。
> 3. 大部分网络文学是通俗文学,精品率比较少,但不是没有。
> 4. 是不是文学,有没有文学价值,看的是作品(重复第一条),网络提供了新的渠道这是好事,现在虽然网络小说因为大面积的低质量造成网络小说/文学=低劣的大众印象,在未来时代发展和新世代文学作家的崛起,个人认为这种现象会逐渐改变。③

有传统批评家也就此发言,其中北京大学陈平原的观点有一定

---

① 知乎网友:https://www.zhihu.com/question/25404324。
② 一勺猴魁的话见 https://www.zhihu.com/question/25404324/answer/235984108。
③ 火星古尔丹的话见 https://www.zhihu.com/question/25404324/answer/225781246。

代表性：

> 其实没有网络文学，有的是"网络时代的文学"，每个时代的生活方式、文章发表途径不同，也许文学表达会受到影响，但最终的衡量标准依旧具有某种恒定性，作品好坏并不在于"在网上写还是纸上写"。①

类似的争议、追问或反思还将继续，这是一种新文学的成长必须付出的代价，也是关注网络文学发展的人应该有的立场，网络文学评价就是基于这样的对象，并在这样的背景下展开的。

二 评价对象的两类区隔

鉴于网络文学发展现状，评价网络文学不能先入为主地简单肯定，或站在"精英"立场笼统否定，而需要从网络文学作品出发、从创作的实际品貌出发，对之做出实事求是的区分和判断。于是，我们尝试对网络文学评价对象做出两类区隔：即资格性评价和选择性评价。

先谈资格性评价。

资格性评价是一种文学入门评价、大众文化评价和娱乐性消费的合格资质评价。这种评价立场有两大特征。

一是广泛的包容性，即只要不违规违法，不违拗公序良俗，且能为社会所包容和接纳、为广大读者所喜爱的文学作品，都可以纳入资格性评价的范畴，都可以获得"网络文学"资格。设定这样普适性的准入门槛，可以把网络原创作品中的绝大多数视为评价对象，不仅符合自由、开放、包容、共享的互联网精神，也体现了文学为绝大多数人服务的现代意识，是网络文学"回归民间"的新尝试和新形态。

二是文学功用上更注重快感效应——资格性评价不是不讲求美感，而是首选快感或爽感，以"娱乐"为基，以"好看"为要，把悦情悦

---

① 陈平原：《网络文学是误解》，腾讯文化，https://cul.qq.com/a/20150616/012881.htm。

兴的愉悦性作为首要前提和基本尺度，在此基础上再谈悦心悦意、悦志悦神。这是网络文学的通俗性、大众性所决定的。大众创作（非职业性）、大众阅读（非专业性），若无快乐惬意，何来万千受众！文学网站注册写手以千万计（2019年底达1936万），文学网民用户数以亿计（2020年12月底为4.6亿），他们是网络文学生产—消费的"基本盘"，确认他们的"资格"也就是肯定他们之于网络文学的基本权力；肯定他们的"资格"，就是赋予他们之于网络文学的历史合法性与文化有效性。王祥在《网络文学创作原理》中说过，网络文学的基本立足点就在于"为读者提供情感体验与快感补偿功能"，他说："人们需要在文艺作品中寻求、汲取快感与美感体验，是因为特别渴望而现实生活中又无法达成，或者要付出昂贵代价才能达成的欲求，在虚拟的'生活'中，在故事情境中，可以通过各种欲求得逞的情感体验获得快感，补偿失衡的生命情感形态，以重新安置精神秩序。"于是，"网络文学兴旺发达的秘密，不在于作者们具有深邃的思想、高超的艺术水准，而在于聪慧的作者们提供各种独特的成功想象的快乐，令追随的读者迷醉"。[①] 资格性评价对象的存在意义，就在于经由快感体验而达成现实生活中无法达成的情感欲求，从而让接受者得到快乐。

秉持资格性评价尺度，并不意味着低估网络文学的价值，也不是着意降低网络创作的门槛，而是适应数字化媒体时代网络文学的"大众性"底色，并认同文学始源的快乐本根，为这一文学的资格认定回归历史原点。从远古初民歌、乐、舞"三位一体"，到文字诞生后的民间诗风，"杭育，杭育"的远古诗神久已将快乐基因融入文艺创生。"文学"从人类的精神生产中独立出来并成长为"纯文学"，文学创作之脱离劳动实践、游离于物质生存而衍生为精英阶层的专门技能，完全是社会分工的产物，它既是文学的成熟与成功，也是一种文学的"作秀"与"异化"。现在好了，以网络为标志的数字化媒体让文学"快乐本根"又回来了，本来就有的文学"资格"终而回归了"文学"

[①] 王祥：《网络文学创作原理》，中国人民大学出版社2015年版，第12—13页。

资格，它不光让网络文学找到了应有的历史合法性，也是文学本身的幸运——在一定意义上说，正是网络文学的出现，又一次使文学之成为文学，让大众原本就有的文学话语权又回到了他们手中。蓝爱国、何学威所著《网络文学的民间视野》曾这样评述作为通俗性网络文学的贡献：

> 网络文学作为一种通俗性的文学类型，必然会对整个文学生态的建设起到一种应有的作用。第一，网络文学参与文学家园建设，多元化了文学世界，让我们看到多种个性的多种价值取向创作，文学风景因此更为多姿多彩；第二，网络文学的非专业作者身份，让我们再度看到了民间文学的某种文学面目，这种面目自从印刷媒介占据主导地位以来，呈现出日渐衰落、凋零的局面，因为印刷媒介是一种最容易控制的媒介，也是一种最容易权力化、权威化、等级化的媒介，网络打破了印刷媒介的垄断，让民间可能借此表达自己的见解；第三，网络文学，即便是最缺乏创意的网络文学，也起到了传播文学的作用，形成一个有利于文学生存的广大空间……第四，网络文学的读者地位将会导致读者趣味全面参与文学生态建设，也就是说，读者不再在文学之外对文学施加影响而是在文学之内改变文学，读者也是文学生态的重要组成部分。①

那么，怎样的网文作品才有"文学"资格而成为文学评价的对象呢？我们以叙事性的网络小说为例来说明之。

一般而言，用资格性评价去评判一部网络小说，大抵要使用这样几条标准：

（1）有基本的叙事能力并讲述一个完整的故事；

（2）冲突和桥段有一定吸引力；

---

① 蓝爱国、何学威：《网络文学的民间视野》，中国文联出版社2004年版，第298—299页。

（3）人设合理，性格和言行有喜感；

（4）情节、人物、环境相互协调，无违和感；

（5）语言表达文从字顺，通俗易懂或俏皮搞笑；

（6）当然须有刚性约束：没有价值观硬伤。

以这个标准衡量，时下绝大多数网络文学，尤其是那些被称为"爽文""小白文""套路文"的类型小说，都具有"文学"的资格，都有自己存在的价值，应该给予公正的评价和必要的尊重。从早期罗森的《风姿物语》、痞子蔡《第一次的亲密接触》，到唐家三少《斗罗大陆》、天蚕土豆《斗破苍穹》，直至2020年爆款之作《万族之劫》（老鹰吃小鸡）、《第一序列》（会说话的肘子）、《大奉打更人》（卖报小郎君）等大受欢迎的小说，就是它们中的佼佼者。特别是带有喜剧色彩的那些"爽文"，如《赵赶驴电梯奇遇记》（赵赶驴）、《史上第一混乱》（张小花）就更是圈粉无数。2006年网传的《赵赶驴电梯奇遇记》曾创下年度点击过亿的新高。小说写的是男主赵赶驴一次加班晚归，与心仪的漂亮女同事被困在电梯里，从而因意外而相爱的喜剧故事，充满喜感的人设和故事架构让无数网友乐不可支，被评价为"网络上最火爆的长篇爱情小说"。赵赶驴在回答提问时说："我觉得我的东西好看是因为它真实，富有娱乐精神，里面的人物情节都是每个人在生活中可能遇到的。"网民评价这部小说有着"放松、真实和彻底的娱乐精神"，有网友说：

> 赵赶驴轻松爆笑的文字，轻而易举地带领着百万网民体验了信息时代的大众狂欢。在现代社会的生存压力下，被压抑的人们急需一个宣泄的出口，而网络的产生，正适应了这种宣泄的需要。表现欲、参与心态、纵情心理，众多狂放的元素在网上释放与积聚。大众狂欢的烟火已经备好，等的只是一根点燃引信的火柴。赵赶驴就是这样一根火柴，他直触读者最真实的内心，用一种轻松愉悦的手法，解放了读者的娱乐因子，引导他们参与到一场谋划已久的狂欢之中。翻开《赵赶驴电梯奇遇记》，不会有婉转凄切，也不会有苦大仇深，你所要做的，就是捂住自己的大牙，跟

着赵赶驴一起去狂欢。①

同样,张小花的《史上第一混乱》也是以搞笑的娱乐因子来撩发网友狂欢。小说讲述一个叫小强(萧强)的当铺老板和历史上一些有名的人物如秦始皇、荆轲、项羽、刘邦、李师师、武松、林冲、鲁智深、岳家军、朱元璋、吴三桂等产生了交集,让他们一起穿越到现代都市,来到小强家里生活,由此发生一个个令人啼笑皆非的故事。显然,这样的恶搞故事不是让人信以为真,小说本就不是要写真实的历史,只要开心一乐,哪管"史上混乱"!作者的目的不在真实和深刻,而在以荒诞剧情演绎人情世态,撒播娱乐因子,目的是开心解颐以打发闲暇,如此而已。类似的作品有出人意料的故事桥段,有轻松幽默的表达方式,内容无营养也无硬伤,有人看,有人乐,给平凡人的生活添加一些笑料有什么不好!网络上适合这种资格性评价的作品占了绝大部分,其核心的市场竞争力是快感机制,功能形态是让魅力或止于眼前,或动于心底而产生共鸣之情。它们正是资格性评价的基本对象。

再谈选择性评价。

如果说资格性评价是一种入门评价、大众评价、文化评价,选择性评价则是人文审美评价、艺术创新评价、精品力作评价。资格性评价的核心是快感机制,而选择性评价的核心则是美感机制。作为"草根崛起"的网络文学不是有"资格",即满足,不能一直停留在评价资格阶段,它需要朝前走、往上走,赢得文学的尊重和社会的认可,于是就不能没有选择性地择优评价。

做出选择性评价区隔并非仅仅为网络文学做出一个等级划分,而是这一文学发展的必然。

首先,选择性评价能为网络文学高质量发展形成"驱动效应"。网络文学在中国的"大跃进"式增长已经造就了世界上独一无二的文

---

① 《赵赶驴电梯奇遇记》,百度百科,https://baike.baidu.com/item/赵赶驴电梯奇遇记/2603?fr=aladdin。

学景观——短短二十几年时间就有逾千万写手生产出数千万部作品（截至2020年仅网络小说就达2590万部），网文读者超4.6亿，并有作品"出海"到世界许多国家，成为中国文化"走出去"的一支民间力量。与此同时，网络文学有"高原"之境少"高峰"之作、"量大质不优"的问题却十分突出，实现网络文学的高质量发展不仅是社会共识，也成为"业界焦虑"，而解决这一问题的途径之一，便是为它树立标杆，推优立范，设立排行榜，对浩瀚的网络文学择其优者实施选择性评价。无论是作家、读者还是批评家，面对网络上如此庞大的文学"巨存在"，难免会有"老虎吃天，无从下口"的焦虑与惶恐，选择性评价的推举与评骘，能起到"网海觅珠""沙里淘金"的功效。此时，作为普通的网文读者，可以根据选择性推举找到自己心仪的作品，缩短寻觅可读之物的时间；而对于网络文学创作者来说，择优推举的榜单不啻为他们树立起了一面文学的旗帜，有了学习的目标和追求的榜样，这对于网络文学行业致力推进的高质量发展目标是大有裨益的。从2015年开始，中国作协开始举办网络小说排行榜活动，由季榜、半年榜到年榜，日渐形成规范化的榜单评审程序，在网络文学界产生了广泛的影响。国家广电总局也从这一年起举办优秀网络文学原创作品推介活动，对网文行业的导向有着无形的规制作用。这两个国家级榜单的发布，对于网络文学的精品化创作产生了风向标和引领者的"驱动效应"，网络现实题材创作的"整体性崛起"就是从那个时候起步的。继中国作协和广电总局两个榜单之后，各类网络文学排行榜或文学奖项纷纷出现[①]，它们对网文作品

[①] 近年来我国有代表性的网络文学榜单有：浙江省作协的"网络文学双年奖"，成都市互联网文化协会的"金熊猫"网络文学奖，北京市"网络文学+"大会优秀网络小说榜，上海市作协的网络文学"天马文学奖"，江苏省作协的"扬子江网络文学作品大赛"榜单，江苏省网络作协泛华文网络文学"金键盘"奖。另外，有几种网文社团组织和媒体的榜单也有一定影响，如中国版权协会最具版权价值年度网络文学排行榜，中国小说学会从2020年开始的网络小说排行榜，《羊城晚报》年度"花地文学榜·网络文学榜"，橙瓜网举办的"橙瓜见证·网络文学二十年"榜单，北京大学"网络文学研究论坛"推出的"中国网络文学20年·典文集/好文集"榜单等。还有针对网络作家的榜单，如中华文学基金会举办的"茅盾文学奖·网络文学新人奖"，湖南省作协评选的年度"十大网络作家"，辽宁省作协的网络作家"金桅杆"奖，艾媒咨询发布的"中国网络文学作家影响力"榜单，阅文集团每年末推出的风云盛典"网络文学十二天王"，起点网推出的年度网络白金作家·大神作家名单等。

的一次次筛选,让优秀之作脱颖而出,对网络文学提升品质、引领走向,产生了不可小觑的影响力。

其次,选择性评价是网络文学"趋主流化"的必然要求。今日的网络文学在体量、读者群和影响力上已经是文学的主流,其创作上的多样性、故事的丰沛性、传播半径的辐射性,以及产品的衍生性等,都是传统文学所不可比拟的。但就其品相成色而言,还不能说已进入主流,还未及成为一个独立的文学节点承接伟大的文学传统并与传统文学相媲美。比如,在其现实性上,网络文学过度虚拟、超脱、悬浮于天马行空的异世界里,少了些人间烟火、蒸腾地气,与普通人的世道人生、芸芸众生的生老病死和爱恨情仇相距较远,这也成为它"不主流""不接地气"的槽点。在人文审美的艺术性方面,网络文学更是有很长的一段路要走,本书之做出"资格性"与"选择性"区隔,原因正在于此。故而,网络文学需要向主流文化传统、主流文学审美、主流价值观念靠拢,这是"趋主流化"的历史逻辑,也是选择性评价的内容约束。

谈到"趋主流化"需要辨析两个基本观念。一方面,不能用新媒介"量"的主流替代文学"质"的主流,让网络文学的"媒介意识形态"带偏了文学的节奏和发展路向。网文创作不应该也不可能斩断传统而另起炉灶打造文学之外的什么"主流",如邵燕君所言:"我们的经典能不能继续传承?能不能在当今的网络人群中自然地生长?这些都需要对文学传统有了解的人,把文学的传统引渡到新的媒介中去,而不是任由媒介革命带来文化、文明的中断。"[①] 另一方面,又不能用主流化去简单地"剪裁"网络文学的丰富业态,粗暴地干预网络作家个性化的创作,宰制网络文学的草长莺飞的繁荣局面,把网络文学赶进促狭的"主流化"甚或"伪主流化"槽模,使其失去生机与活力。应该看到,政治和社会公共领域的"主流化"观念与网络文学的"趋

[①] 参见沈燕妮《北大网络文学课学生写87万字小说 点击才1.7万》,环球网,https://china.huanqiu.com/article/9CaKrnJJZeU,2021年8月15日查询。

主流化"走向之间不仅有时空上的延异性，还有内涵上的非同一性，网络文学的"趋主流化"有人文、审美、艺术方面的前置性限定，还有技术传媒、存在方式、功能特质等方面的差异，不得用一成不变的"精英"立场和政治语境中的"主流"模式去"化"（教化、驯化甚至矮化）丰富多彩的网络文学。文学批评家马季在论及"知识精英建构的经典文学价值体系在新的历史时期如何应变，以适应民众不断增长的文化需求"时说：

> 中国现当代文学的主流是以现实主义创作方法为基础的，网络文学选择的却是另一条道路。《悟空传》（今何在）、《庆余年》（猫腻）、《惊门》（徐公子胜治）、《天才相师》（打眼）、《锦衣夜行》（月关）、《步步惊心》（桐华）、《琅琊榜》（海晏）、《浣紫袂》（天下尘埃）等一系列网络文学"神作"的共同特点有两个，一是非现实主义手法，二是对传统文化的接续。显而易见，文学的虚拟性在网络文学这块地盘上获得了成长，但它的出发点并非是对传统文学的背叛，而是大家通过互联网参与文学写作形成的集群效应。但在客观上，网络文学选择的这一条道路，与当代文学之间形成的"观念"鸿沟着实令人担忧。……在过去的十多年里，网络文学在坎坷中摸索前行，逐步形成了一套自我修复功能，但仅凭这一点还远远不够，新的主流化文学必须承担起创立新的中国话语，讲述新的中国故事，塑造新的中国形象的历史使命。①

这正是我们面对"主流化"做选择性评价时需要特别注意的。

再次，选择性评价是催生网络文学迈向经典化的"成人礼"。选择性评价既然是一种择优评价，就需要有一个何以为优的评价尺度，而这个尺度是从哪儿来的呢？是历史积淀下来的，也是网络时代创生

---

① 马季：《网络文学主流化及其前景》，中国作家网，2016 年 5 月 6 日，http://www.chinawriter.com.cn/theory/2016/2016-05-06/271634.html。

的，是人们依据传统经典文学的标准又切近网络文学实际来设定的。在这个意义上说，"选择"就是为传统"站台"、为网络经典"选文"。如果一个网络作品经过一次次选择屡屡受到好评，形成口碑，并代代相传，即"立得住、传得开、留得下"，久而久之，它就成了经典，《诗经》、《楚辞》、唐诗宋词、四大名著等文学经典，就是这么形成的。网络文学要出现经典，也绕不开这个过程，而要完成这一过程，就离不开选择性评价。可以说，选择性评价是引渡网络文学迈入经典的桥梁，也是网络创作由精品而至经典的"催生婆"或"成人礼"。但经典是追求，不是强求；靠口碑相传，不靠权力赋魅；靠后世评价，不是现世指认。因而，创造网络文学经典需假以时日，着眼未来，将文学经典设定为无限目标，而让目标本身变成无限。在这个过程中，批评家和粉丝的选择性评价能起到嗅探、聚焦、调适、引领和催生作用，如评论者所言：

> 网络时代经典的认证者不再是任何权威机构，而是大众粉丝。不再有一条神秘的"经典之河"恰好从每一部经典之作中穿过——任何时代的大众经典都是时代共推的结果，网络经典更是广大粉丝真金白银地追捧出来的，日夜相随地陪伴出来的，群策群力地"集体创作"出来的。……在网文圈内，如果一部作品不但走红后很快引来众多跟风者，几年后还被后来居上的"大神"们借鉴、改装、升级换代，那么该作品往往会被"经典"，而他们反复致敬的前辈大师之作，会被认为是"传世经典"。①

文学经典化是一个漫长的历史过程，是众多力量共同介入的结果，选择性评价即是其中一支最具干预性的力量。选择性评价的干预，并不必然让一篇网文成为经典，但大凡走向经典的征途都会有选择性文学评价的助力。事实上，"网络文学的经典化是一个多方有意无意参

---

① 邵燕君：《网络文学的"网络性"与"经典性"》，《北京大学学报》2015 年第 1 期。

与因而必然是缓慢甚至是歧路丛生的过程，而不可能是一个必然的结果，其中写作者、评论者、平台还有读者都将发挥作用，事实上经典化是一个和时间在一起的故事。一种文学形式从他诞生起就在进入经典化，网络文学自然也是如此"①。

还有，选择性评价也是文学传统的"范式赓续"。选文以评说，或持以某种标准选择文典，是中国古代文论批评的一大传统，刘勰在《文心雕龙》"通变"篇说："楚之骚文，矩式周人；汉之赋颂，影写楚世；魏之策制，顾慕汉风；晋之辞章，瞻望魏采"，而"矩式""影写""顾慕""瞻望"即是选择性地继承与仿拟。在"知音"一篇中，刘勰要求批评家"无私于轻重，不偏于憎爱"，提出了"六观"②的批评标准和方法，为文学选文树立了规范。其后，钟嵘的《诗品》仿汉代"九品论人，七略裁士"之制，开以等级评骘诗人之先河，共品评了两汉至梁代122个诗人（其中上品11人，中品39人，下品72人），他所使用的正是个人化的选择性评价标准，对后世的择诗标准和诗歌批评有很大的影响，唐司空图，宋严羽，明胡应麟，清王士禛、袁枚、洪亮吉等人论诗，在观点、方法及词句形式上，都不同程度受到《诗品》的启发和影响。在作品遴选上，古代亦有代代传承的选择范式。如《诗经》采自民间，其采诗的标准显然蕴含着选择性评价。现存编选最早的诗文总集萧统的《文选》，选录先秦至南朝梁代100多个作者的700余篇不同体裁的文学作品，其选择标准是"事出于沉思，义归乎翰藻"，讲求情义与辞采内外并茂，其意义不仅在于把文学作品同经、史、子书及疏奏应用之文区别开来，还在于为文学之选设定了原初的范式，即讲究辞藻华美、声律和谐以及对偶、用事切当这样的艺术形式，体现了文学的自觉，也规制了文学之为文学的选择标准。

---

① 评论家李伟长的观点，参见舒晋瑜《出海、免费、主流化、精品化：专家梳理2021年网络文学关键词》，《中华读书报》2021年1月27日。

② 刘勰在《文心雕龙·知音》中提出的文学评价"六观"是：一观位体，看其内容与风格是否一致；二观置辞，看其文辞在表达情理上是否确切；三观通变，看其有否继承与变化；四观奇正，看其布局是否严谨妥当；五观事义，看其用典是否贴切；六观宫商，看其音韵声律是否完美。

此后层出不穷的诗文选、流派集、断代文选、个人作品辑录等，从《楚辞章句》到《西昆酬唱集》，直至清代纳兰性德的《饮水词》等，无不是基于文学的选择性评价而择优结集并传之后世的，我国古代绵延不绝的文学传统便由此构建而成。可见，在数字化媒介时代，对网络文学进行选择性评价不仅是这一文学择优汰劣、褒掖精品的必要举措，也是文学传统的一种"范式赓续"。网络文学作品如恒河沙数，有网友戏称为"晋江三千小吊带，起点十万种马文"，如果没有科学的遴选机制，"人人自谓握灵蛇之珠，家家自谓抱荆山之玉"①，如何能判别浩瀚作品中事实上存在的差异？掬水月在手，滤沙明珠在，选择性评价的意义正在于此。2020年8月31日，阅文集团的百部网络文学佳作首次入藏国家图书馆，成为国家图书馆首批典藏的网络文学作品，这种择优馆藏的国家行为，在网络文学发展史上具有里程碑意义，是网络文学选择性评价的标杆之举。

资格性评价与选择性评价有对象区隔，却无截然界限。它们之间会有品相质量的差异，而从总体上看，两者的差异只是一种公约数，具体到某一作品来说，或许存在边界模糊、取舍两难的情形，却不必做非此即彼的选边站队。对象区隔的意义，谨在于让富含"爽感"、拥有市场体量的网文作品获得历史合法性，同时也让充满"美感"的精品力作得以高标凸显，引领网文行业的高质量发展。这样来看，让恺撒的物归恺撒，上帝的物归上帝，世俗与精英各循其道，并行不悖，相互补充，无论是网文作者还是网民受众，均可心安理得做自己想做、能做的事，用充满差异化的丰富性来养护网络文学园地的花草芬芳，这一文学才是充满生机的。因为毕竟，仅有牡丹、玫瑰或荷花、月季，无论怎么鲜艳都不是春天，允许差异并尊重差异，让"苔花如米小，也学牡丹开"，网络文学才有健康生态，网文园地才会草长莺飞，春意盎然。知乎在讨论"什么是网络文学"时，就有网友提出："网络文学和传统文学不是一回事，所以在现阶段用同一标准进行衡量是不

---

① 曹植：《与杨德祖书》。

公平的，但两者也无法完全割裂开来。"① 另有网友说："金庸、古龙、梁羽生的小说在初面世时，也都被质疑过是不是文学。人们对新兴的文学形式的兴起，都有一个接受的过程。""在我看来，网文和别的平台的作品没有区别，任何平台创作的作品，都有优劣之别，我在这里讨论的，就是在有优劣之别的网文里，哪部分可以被称为文学。"② 从区隔中看到对象间的联系，用实事求是的、发展的眼光看待和考辨新兴的网络文学，给它们以自由成长的空间，才是评价者应该秉持的立场。

---

① 知乎话题："什么是网络文学"，https：//www.zhihu.com/question/25404324/answer/223214322。
② 知乎话题："什么是网络文学"，https：//www.zhihu.com/question/25404324。

第六章 网络文学评价体系的逻辑层级

网络文学评价是一个复杂的系统工程，不仅要面对不同的评价对象，还包含了多维的评价标准和环环相扣的逻辑层级。所谓的逻辑层级，是根据不同评价要素在体系中的位置，权衡其对网文作品价值评估重要性的关联做出的层次等级区分。这种区分，仅用于网络文学评价本身，无关乎对某一层级的褒贬判断。即只有将其置于评价体系的"关系"范畴中，层级划分才是有意义的，如果脱离了整体关系去单独置评某一要素，就将不具层级的区分度，因为它们的每一个要素都与整体相关联，却又是自足自洽的，并且不可或缺，也无以替代。

第一节 评价体系的核心层：思想性与艺术性

网络文学评价体系的核心层包括思想性、艺术性两个要素。

之所以把这两个要素划归核心层，理由有二。一是古往今来，大凡文学，大抵都包含思想性和艺术性，评价任何一种文学，不管是传统文学还是网络文学，都包含这两大基本要素，必然要评判这两方面的价值，都要使用这两个标准给予对象以基本的价值判断；二是不管是线下的专家批评还是线上网民评说，也都会涉及这两个核心要素，都将自觉不自觉地使用这两个要素作为自己衡量作品的尺度。

一 网络文学的思想性评价

所谓思想性，一般是指文学作品中蕴含的具有价值内涵的意义表达，而价值的正确与深刻与否，取决于创作者的立场、眼光和表现生活的能力。法国思想家帕斯卡尔在《思想录》里说，人是一根能思想的芦苇，因为只有思想，才能令人真正的伟大。评价网络文学的思想性，就是要寻找网络文学用什么样的思想让人变得伟大的根源。

具体而言，对一个网络文学作品做出思想性评价的标准主要体现在社会历史、人文伦理和价值立场等方面。

第一，在社会历史层面上，要看作品反映生活的深度、广度和真实度，以及在思想境界上对国家民族的担当、扪心行文的历史责任等。

《2019—2020年度网络文学IP影视剧改编潜力评估报告》中，对2019—2020年度网络文学IP影视剧改编潜力榜上榜作品的"社会价值"指标做了这样的界定：网文作品的社会效益包含对国家、社会、个体三个层面的核心价值观要求，真、善、美等社会基础性原则，以及史实史观、文化认知等要素，其三级指标体系如表6-1[①]：

表6-1　　　　　网文作品社会效益的三级指标体系

一级指标	二级指标名称	三级指标说明
社会价值	国家认同	包含作品中人物的国家认同、用户的国家认同两个层面，具体表现为是否用当今社会主流价值观引导作品人物行为，使其行为符合现代价值观，增强用户的民族文化自信与对现实国家的认同感，或产生相关正向影响
	社会影响	作品能否提升用户对社会发展、社会治理和社会建设层面的正向期待，或产生相关正向影响
	个体激励	作品是否促使用户对自我产生激励与肯定，对用户的审美品位产生正向影响
	基础价值	作品能否促进用户对于真、善、美等社会基础性原则或要素的正向感受，或产生正相关影响

---

① 新华社：《网文影视改编大数据报告发布，〈诡秘〉等46个潜力IP入榜》，《瞭望东方周刊》2021年1月29日。

续表

一级指标	二级指标名称	三级指标说明
社会价值	史实史观	作品是否具备准确的史实（如是否具有基于史实的戏说或架空历史），并对用户树立正确的史观有正向影响
	文化认知	作品是否促进用户对于中华优秀传统文化、红色革命文化、社会主义先进文化的正确认知，或产生相关正向影响

这个评估网络文学IP社会价值的指标设定适应于所有网络文学评价，不过该评价尺度更多侧重于现实社会的主流价值，它们当然是最重要的，但同时要看到，社会主流价值并非网络文学所独有，整个人文社会科学评价都需要关注这些价值指标。当我们在评判网文作品的社会历史价值时，可能还需要更切合文学本色、更贴近网络作品实际的价值标准。比如，那些侧重现实题材的网络创作，既有《大江东去》《大国重工》《复兴之路》这样的时代宏大叙事，也有《网络英雄传》《浩荡》《明月度关山》这样时代潮动中的个人命运叙事，还有辛夷坞、顾漫、叶非夜、丁墨这样的作家以言情故事来表现时代变迁中一己的小悲欢或小确幸。从思想性上说，这些网络小说切入社会的角度、感知时代的方式各异，其价值蕴含也有宽窄深浅之别，但无疑它们都具有各自的社会历史价值，如果简单嵌入某一思想模式无疑会落入胶柱鼓瑟的窠臼。有些网络文学评价是通过质疑和批判的方式来表达某种思想立场，也是揭示作品思想性的重要方式，如当年慕容雪村的《成都，今夜请将我遗忘》火爆网络时，有评论说，这部小说有欲望的真切萌动和展现，有对青春理想的深情追怀，有浪漫而怀旧的诗意和歌声，有成都的粗口和噱头，有商界的精彩缠斗和人际的阴谋、背叛与复仇，但作品不关心他人的苦难，面对底层和他人，不过是冷漠地隔岸观火，有的只是"小资"的"下半身"无聊抒情、消费表述和纵欲狂欢。"这里的'狭隘'不但指今日网络写作所面对人生和世界的狭隘，而且也指价值层面的道德狭隘——狭隘到拒绝关注他人，在消费主义的时代消费一切（包括物质和他人的尊严），而让自己彻底解脱社会责任，失去

良知良能。"① 类似这样的直陈要害的评价，正是以社会批判视角对小说做出的思想性判断。

第二，在人文伦理的层面上，思想性评价要看网文作品对人生苦痛的敏锐感知、对人性丰富性的发掘与批判、对弱者的同情与关爱，以及对人的精神世界的永恒探寻等。

在网络文学作品中，人文伦理的思想价值不是一个抽象的概念，而是鲜活生动的形象，是人与人的微妙关系和一个个动人心弦的细节，批评家的职责就从这些形象、关系和细节中，疏瀹出人文伦理的思想内涵。例如，骁骑校的"都市爽文"《橙红年代》《匹夫的逆袭》《昆仑侠》，还有2020年完本的《好人平安》等小说，它们写的均是底层小人物打拼，男主都是在身处逆境的艰难抗争与拼搏中，闯出一条"小人物冲向大世界"的人生之路。让人印象最深的是《匹夫的逆袭》，写了官匪勾结，上访无门，顶替学籍，民间集资骗局，贪污出逃等社会阴影，主人公刘汉东虽是一介匹夫，却有勇有谋，因为仗义冲动、疾恶如仇，常常被"规则"打压，又机缘巧合地一次次奋起，那种在遭遇陷害时毫不气馁，挺起胸膛，不屈不挠的精神，表现出"小人物"的坚强意志。作品中那个身患绝症最后一搏的老警察，那些住在城乡接合部"铁渣街"出租屋的底层灰色人群，他们虽地位卑微却不失善良本色，让我们看到了社会残酷的一面，也看到了人性的善良和个性的丰富性，如网友评价的："在《匹夫的逆袭》中我看到的是小人物被生活所迫，迫于社会黑暗，迫于生活现实，他们不得不奋勇一路向前，而这才是社会的真相。"② 感知人生苦痛，书写人性良善与进击，表达对弱小者的同情与关爱，正是这类网络小说在人文伦理上的思想性之所在。

第三，在个人价值立场层面上，评价网络文学思想性要看其对真善美与假恶丑的分野，对苍生的悲悯，对自然的敬畏，抑或是对终极

---

① 姜飞：《"遗忘"：叙事话语和价值态度——评慕容雪村的网络小说〈成都，今夜请将我遗忘〉》，《文艺理论与批评》2003年第2期。

② 网友阿西达卡的评价见 https://www.zhihu.com/question/42066376/answer/126609948。

意义的信仰与虔敬等。

文学家是有立场、有担当的人,优秀的作家被称作"社会的良心",他们敢于坚持真理,伸张正义,为苍生,说人话,为后世,开太平。作家叶兆言说"文学向来都是弱者的声音",文学永远站在弱者一面;批评家陈晓明说"文学是弱者的伟业",文学应更多地贴近普通人,和普通人对话,和普通人心心相印,这就是一种价值立场的悲悯情怀。1970年获诺贝尔文学奖的索尔仁尼琴被称作"俄罗斯的良心",他的名言是:"一句真话比整个世界的分量还重","苦难有多深,人类的荣耀就有多高远",相信善恶分殊的价值观是永恒的正义。① 这样的观念正是一个伟大作家和伟大作品需要具备的,它同样也应该成为网文评价体系中思想性维度的内涵之一。即使如玄幻、奇幻、修真、仙侠题材的幻想类小说,如《诛仙》《盘龙》《神墓》《择天记》《完美世界》《雪鹰领主》《大主宰》等,它们通常采用超现实的"界面",架构出主角成神的成长故事与修炼体系,但这些作品在"超现实"的故事中大多都融合了"现实"情怀,不仅真假善恶是非分明,还充满了对弱小者的同情,对不幸者的悲悯,对邪恶势力的抗争,对美好生活的向往,甚至还有对生命意义的反思和对终极目标、终极价值的不懈追寻。陈长生(《择天记》)坚信"我命由我不由天",他要改变的远不止自己的命数,还有万千子民的未来。石昊(《完美世界》)少年出大荒,登九天,扫帝关,平动乱,修炼一剑,独断万古,他创造人体秘境修炼体系不是只为个人裁决世界,而是为后世留下相对和平的环境。《诛仙》的最大魅力并不是讲述一个青云山下张小凡的成长故事,或构筑一个东方仙侠传奇的架空世界,而是在正邪搏斗、命运交集中,植入了爱情、亲情、友情的人文之味与伦理之根,激荡江湖的是来自人性深处的正义力量。面对天马行空的网络小说,无论"金手指"如何神奇(如《大王饶命》《天道图书馆》

---

① 个人图书馆:《被誉为"俄罗斯良心"的作家索尔仁尼琴名言录》,http://www.360doc.com/content/12/0526/03/61858_213757568.shtml。

《万族之劫》），或"打怪升级"如何热血（如《斗罗大陆》《武炼巅峰》《绝世剑神》），最终的"通神"仍是为"修人"，是人性统摄着神性，人文价值立场才是这些作品思想性的根基。

二　网络文学的艺术性评价

简单来说，艺术性就是感染力，但感染力有深浅精粗之别，艺术性的感染力应该从悦耳悦目进入悦心悦意、悦志悦神的精深境界。因而，文学的艺术性就是具有悦情怡兴、给人带来美好感受和隽永回味的审美魅力，它是文学之所以是文学（艺术之所以是艺术）的本质属性。评价网络文学的艺术性，除了前文谈到的不脱离"爽感"的限定，以及人们常说的语言、结构、情节、细节、叙事技巧等方面的艺术表现力和审美感染力之外，还有两大衡量标准。首先是作家的艺术创新力，即在文学创造性上比前人提供了一些新的东西；然后要看作品的生命力，即能否在历史上长久流传，其艺术的力量不但不会随着时光的流逝而消失，反而能在和光同尘中不断增值而形成"永恒的魅力"。从这个意义上说，"艺术性"不仅是评价体系中的特殊维度，还是一个很高的要求。网络文学要成为一个文学史的"节点"以获得历史合法性，很大程度上就取决于它是否能拥有自身的艺术性，或艺术水平的高低。对于艺术性的这两大衡量标准，作品的生命力是一个历时性概念，一个网络文学作品有没有生命力、有多大的生命力，能否传之后世，历久弥新，不是现在就可确认的，需假以时日，留待后人评说和历史检验，这里暂时搁置不谈；而艺术的创新力则是一个共时概念，是此时可以认知和评估的，我们即以艺术创新力为对象而论之。

网络文学的艺术创新力最充分地体现在叙事类网络小说创作中。较之传统小说，网络小说对叙事艺术的创新大抵有三个方面的推进与突破。

其一是故事架构的创意力。

如果你读到烟雨江南的《亵渎》、唐家三少的《斗罗大陆》、我吃西红柿的《雪鹰领主》、耳根的《我欲封天》、辰东的《圣墟》、天蚕土豆的《大主宰》、忘语的《凡人修仙传》、跳舞的《恶魔法则》、说不得大师的《佣兵天下》、爱潜水的乌贼《诡秘之主》、烽火戏诸侯《剑来》……会发现，中国网络小说，特别是幻想类小说的架构创意，远非"打怪升级换地图、练功斗法玛丽苏"所能囊括，其故事的多样性与桥段的丰富性，不仅超越了东西方古代神话、明清小说，也超越了欧美奇幻文艺，许多创意的特异、奇崛和想象力的天马行空，是好莱坞大片、漫威作品、日本动漫和韩剧都难以望其项背的。如猫腻的《择天记》把沉淀的文学地理和历史想象作为搭建中国玄幻故事的舞台，让一个逆天改命者面对三千世界，满天神魔，手握道卷，在开启一个强者崛起征程的同时，还探寻了人类精神世界的无限可能。陈词懒调的《原始战记》让一个现代男主穿越到原始"炎角"部落，经历了部落迁徙、完善火种、建立部落联盟的艰难历程，把狩猎、种植、养殖、冶炼、商业融入个人修炼与部落壮大的过程中，神秘火种、凶残巨兽、图腾能力异彩纷呈，有着别样的魅力和底蕴。观棋的《万古仙穹》以天地为棋盘，以众生为棋子，让男主运筹无穷天道，与天对弈，灭大宋，破残局，定神州，夺勾陈，借用围棋设局、解局的故事架构，展现中国传统文化，为自己赢取永生，其开合有度的神奇想象令人称奇。有网友对辰东的《完美世界》中的境界划分做了这样的整理：

表6-2　　　　《完美世界》领域创意的境界划分①

领域	境界	创意呈现
人道领域	搬血	需调动全身精血，滚滚如雷鸣，熔炼骨文，在血液中催发出神曦，从而淬炼天地造化，滋养肉身。最高可使肉身达至十万斤极境
	洞天	开辟洞天等于是夺了天地造化，不断直接吸收外界神精，补充己身。最多可有十洞天，石昊将十大洞天合一化为唯一无上洞天
	化灵	重塑真我过程，与以往不同的蜕变，从肉身到精神，再到沟通外界的洞天，产生灵性，都将演变。化灵境分三个阶段，第一阶段就是肉身成灵，第二阶段为精神上的再塑真我，第三阶段为洞天养灵

---

① 图表来自网络，https://baike.baidu.com/item/完美世界/9446056? fr = aladdin，这里略有改动。

续表

领域	境界	创意呈现
人道领域	铭纹（侯）	不再彻底借鉴凶兽和猛禽的符文，能在体内铭刻自己的一些符号。王侯级的战力
	列阵（王）	若说铭纹境是模仿其他种族，在体内刻下符文，能初步推演法，那它就是更高层次进化。能在体内刻下各种杀阵，如先天混沌大阵和曹雨生体内的第三杀阵
	尊者（人皇）	平凡修士中的极致，超脱世俗，有成神可能
	神火（伪神）	点燃神火，超脱凡人，能在体内种下道种。晚年时神火可能熄灭
	真一（真神）	拥有超脱世俗的力量。真正点燃神火，死后神火才会熄灭
	圣祭	特殊过渡境界，前期法力不稳，在神火境和天神境之间变动，修炼至后期较稳定。能直接跳过不修炼，如果修炼日后能顺风顺水。可度神王劫
	天神	能断肢再生，一滴血能崩塌山脉，威压可盖一切低境界。是进入帝关战场的最低资格
	虚道（教主）	与道交融，以完美种子为媒介，触摸大道，能感悟天地间的妙理，第一次跟道全面接触，甚至给人以错觉，宛若化身成天地大道，触摸道的源头
	斩我	全称斩我明道境，斩掉己身，明悟自己的道与法
	遁一	统领一方的大修士，帝关战场首领人物。在边荒帝关之中的无敌者不曾行走于九天十地的岁月，被三千道州中人称为至尊
	至尊（无敌者）	矗立于人道绝巅仅是散发威压便令低境界抬不起头，依靠长生物质能活上数百万年或更久
仙道领域	真仙（不朽者，长生者）	一滴血能保持数个纪元不灭，长生不死，肉身不朽，元神不灭，此层次的红尘仙，战力比真仙更强
	仙王（不朽之王，葬王）	真正长生不死，肉身不朽，元神不灭，修成仙王体能让体魄更强。极难杀死，除非用特殊方法。若有人念其真名就会被他们感知，会有异象显化。十凶仅锤炼出仙王体而无仙王元神。具体可划分为仙王体→普通仙王→绝顶仙王→巨头→无上巨头→仙王极巅
	准仙帝	弹指间能毁灭一界域，自身就能蒙蔽天机，无论过去、现在或殒落后都带着迷雾，让人难以看透，难观其一生，可不断蜕变，所谓的蜕变是指强大而完满的躯体却不能长期保持住。想要真正圆满走向仙帝是非常危险的，这条路艰险到让人绝望
	仙帝	可炼制仙源，封印仙道高手，弹指间毁灭一界域。从古至今走上这条路的有九成多毙命。拥有帝之场域，能逆溯时间将敌人限制在寂静时空中，脱离不了这个点。 被称作是诸天至高存在，纵然是在诸天外，这个等阶也是难以突破的，恐怖无边，一个念头触及，哪怕死去了，都可能复活过来
未知领域	超脱仙帝	尚未被证实的境界。但已经存在超出仙帝半筹（巅峰仙帝，半步超脱）试图突破的无上生灵

除此之外，还有石村、石国、火国、云族、雨族、木族、灵族等势力划分，以及太古十凶、异域强族、神兵咒符、招数兵器、奇珍宝物、珍禽异兽、灵株秘药等，让人目不暇接，脑洞大开，其异世界再造的独创性，极大丰富了人类神话的知识谱系，体现了强大的文学创意能力。

其二是题材类型的拓新力。

中国的网络文学以小说文体为主，而网络小说又以类型小说为主打，从起点到盛大文学，再到后来的阅文集团，沿着这条发展主线至今弦歌不绝，网络类型小说已经成为中国网络文学的代名词，截至2020年底，各大文学网站储藏的 2800 多万部网文作品，实际上主要是网络类型小说。可以说，类型化小说创作开创了亘古未有的文学奇观——人类文学史上没有任何一个时代涌现出如此浩瀚的类型小说，网络文学在题材类型上的拓新力是对文学丰富性的巨大贡献，它开辟了世界网络文学的"中国时代"，也开辟出世界小说创作的"类型小说时代"。

网络小说究竟有多少类型可谓言人人殊。笔者有一个硕博连读的学生在做网络文学调研时，对排名靠前的 100 家文学网站进行了长达 6 年的跟踪调查，发现网络类型小说多达 70 类，其中数量最多的是 12 类，原创小说覆盖行业 90% 以上。①笔者通过网站调查和网络搜索，对收集的相关信息统计发现，作品最多、最受关注的网络类型小说主要有 15 个大类，131 个子类，如表 6-3：

---

① 中南大学博士生贺予飞对国内排名靠前的 100 家文学网站进行了长达 6 年的跟踪调查，发现网络类型小说多达 70 类，它们分别是：玄幻、奇幻、仙侠、武侠、游戏、竞技、都市、言情、军事、历史、科幻、惊悚、魔幻、修真、黑道、耽美、太空、灵异、推理、悬疑、侦探、探险、盗墓、末世、丧尸、异形、机甲、校园、青春、商场、官场、职场、豪门、乡土、纪实、知青、海外、同人、图文、女尊、女强、百合、美男、宫斗、宅斗、权谋、传奇、动漫、影视、真人、重生、异能、穿越、架空、女生、童话、轻小说、二次元、N 次元、娱乐、评论、自述、传记、短篇、爆笑、剧情、衍生、无 CP、召唤、直播。其中，玄幻、奇幻、仙侠、武侠、游戏、竞技、都市、言情、军事、历史、科幻、惊悚这 12 种类型已成为各大网站分类中出现频率最高、作品数量最多、分类应用最广泛的基础类型，原创小说覆盖行业 90% 以上。贺予飞：《基于商业生态系统的网络文学产业发展研究》，博士学位论文，中南大学，2018 年。

表 6-3　　　　　　　网络类型小说分类

序号	大类	子类
1	玄幻	东方玄幻、王朝争霸、异界大陆、异术超能、远古神话、高武世界、转世重生、西方玄幻、BL玄幻、GL玄幻、天位流、太古战争
2	武侠	传统武侠、现代武侠、新派武侠、国术武侠、历史武侠、浪子异侠、谐趣武侠、快意江湖、BL武侠、GL武侠、科幻武侠
3	仙侠	现代修真、修真文明、洪荒封神、古典仙侠、奇幻修真、BL修真、GL修真
4	奇幻	西方奇幻、吸血家族、魔法校园、异类兽族、亡灵异族、领主贵族、剑与魔法、历史神话、位面奇幻
5	科幻	机器时代、科幻世界、骇客时空、数字生命、星际战争、古武机甲、时空穿梭、未来末世、进化变异
6	都市	都市生活、恩怨情仇、青春校园、异术超能、都市重生、黑道江湖、BL小说、GL小说、合租情缘、娱乐明星、谍战特工、爱情婚姻、乡土小说、国术武技、总裁虐恋、娱乐明星、官场沉浮、商场职场、美食料理
7	言情	冒险推理、纯爱唯美、品味人生、爱在职场、菁菁校园、浪漫言情、千千心结、古代言情、现代言情、宫廷争斗、女尊王朝
8	历史	架空历史、戏说历史、历史传记、外国历史、穿越文、文明探秘、争霸文、种田文、重生文、宫斗文
9	军事	战争幻想、特种军旅、现代战争、穿越战争、谍战特工、抗战烽火、军旅生涯
10	游戏	全息网游、游戏生涯、电子竞技、游戏异界、虚拟网游
11	体育	弈林生涯、篮球运动、足球运动、网球运动、体育赛事、竞技体育、智力赛事
12	灵异	推理侦探、恐怖惊悚、灵异神怪、悬疑探险、风水秘术、异术超能、盗墓探险
13	同人	衍生同人、小说同人、动漫同人、影视同人、武侠同人、游戏同人、穿越同人
14	耽美	BL小说、同性之爱、同志文学、文青纯情
15	二次元	原生幻想、青春日常、变身人替、搞笑吐槽、衍生同人、宅文国轻

　　类型化小说早已有之，宋代的"三言""两拍"，明清四大名著就具有类型化的特点。金庸、古龙、黄易、梁羽生、温瑞安等人的武侠小说，可以说是网络武侠的始祖。现代文学史上赵树理的"山药蛋

派"，孙犁的"荷花淀派"，以及老舍的"北京味"，刘绍棠的"运河味"等，也都是以风格类型、题材类型、语言表意类型作为他们的文学命名的。网络类型小说的艺术拓新力不仅在于开拓了类型小说的边界，创造出更为多样的小说题材大类、子类、亚子类，还在于它深深"嵌入"我们的时代，以类型小说的生成机制，支撑起它的生产和消费机制，从而让类型化文学创新有了历史的必然性和艺术的可复制、可延伸性。比如，从生成机制看，新媒体文化的市场选择是网络类型小说的现实机遇，类型化写作适应了网民分众市场的点击期待，能满足特定小说读者群的趣味之好和个性之需，吸引受众付费阅读；网络创作以读者为中心的"供给—满足"模式，让类型化作品形成"眼球聚焦"，便于创造市场绩效的最大化；还有，传媒主因形成网络分众化的技术催生，也是网络类型小说兴盛的客观诱因。

相比于纸质时代，网络媒介的最大优势，就是能把全世界的同好聚集在一个趣缘社区。在这里，情感结构相近、情感韵律合拍的人可以即时互动，于是形成一个能量场。……趣缘社区的写作原则本就是"同好分享"，与之相关，"粉丝向"网络文学的商业性里有一种共筹的性质：粉丝们供养自己的大神，让大神写出自己喜欢的作品，从而给粉丝们带来惊喜。

所以，一本引爆潮流的书，就是把一个时期一个人群的欲望（甚至是潜在欲望）赋予了文学的形状——这本身就是一种发明，如果再能发明一种特殊的设定（如穿越、重生），就能把这种欲望放置在一个叙述模式里，放大其尺度，以便全方位地开掘、拓展，有层次有节奏地满足——这就发明了一个类型。在类型文发展的过程中，就会形成"类型套路"。[1]

---

[1] 邵燕君：《网络文学"断代史"与"传统网文"的经典化》，《中国现代文学研究丛刊》2013年第2期。

把作者、读者、传媒和市场结合起来实现价值创造,既是类型小说兴起的动因,也是网络类型化创作的艺术贡献,貌似类型拓展的背后,是对人类生存世界更通透的理解、对生命理想界面的艺术向往和艺术可能性的历险式探寻。

其三,多媒体、超文本和 AI 创作的艺术表现力。

多媒体运用和超文本叙事是数字化媒体时代文学创作的"独门绝技",而人工智能(AI)的出现,则是新技术革命带给网络文学的"艺术福利"。虽然我国的网络文学在商业利益的驱使下,并没有在多媒体和超文本的道路上走得太远,AI 文艺也只是小荷初露,但我们有理由相信,技术的艺术化之于网络文学的巨大潜力和艺术创新,总有一天会高光照亮网络文学的新前景。因而,评价网络文学的艺术性,不能漠视技术化赋能的特殊重要性。

"多媒体"(Multimedia)亦称"超媒体",就是把多种造型媒介利用起来形成的集文字、声音、图像、图片、动画、录像、数码摄影、影视剪辑于一体的文本形态,它可以将外部世界的图像、声音实时转换为视频和音频,经过计算机处理后,再以多媒体方式输出,避免传统文学单纯使用文字表意的局限性,大大丰富文学的表现手段。所谓"超文本"(hypertext),按照《牛津英语词典》的解释是:"一种不是以单线排列、而是可以按不同顺序来阅读的文本,尤其是那些让这些材料(显示在计算机终端等)的读者可以在某一特定点予以中断,以便使一个文件的阅读可以用参考其他相关内容的方式相互连接的文本或图像。"[1] 黄鸣奋在《超文本诗学》中认为,"超文本是一种以非线性为特征的数据系统",而"非线性"指的是"非顺序地访问信息的方法"[2]。简单来说,超文本就是利用网络链接技术,通过对一个文艺作品进行超链接(Hyperlink)设计,以形成非线性(Nonlinear)接受的复合文本,它能使一个作品从单一文本走向多重文本,从静态文本

---

[1] Simpson, John, and Edmund Weiner, eds., *Oxford English Dictionary Additional Series*(volume 2), Clarendon Press, 1989.

[2] 黄鸣奋:《超文本诗学》,厦门大学出版社 2001 年版,第 13 页。

走向动态文本,原来的线性文本变为非线性或多线性,让文本不确定性构成欣赏者能动选择性的契机。"超文本作品最有价值的技术命意是它的人性化——符合人的思维规律,切中人的自由本性,激发人的能动选择性和自主创造性,因而它会以价值理性的普适性而拥有非常广阔的应用前景。"①

多媒体与超文本通常相互依存、融为一体,它们以尼葛洛庞帝所说的"没有页码的书",实现了"万维网之父"伯纳斯·李所说的以"所见即所得""获得指尖上的巨大奇迹",其在艺术效果上形成的"视窗中的视窗""文本中的文本",将达成多媒并用、声情并茂、音画两全、彼此融通并随缘演化,文字的叙事与音响、图像、色彩、造型、动感、质感等直观叙事结合,其作品将对接受者感觉器官形成全方位接纳,产生立体性的艺术感受。超文本所形成的"文本间的跳跃",使作品由线性结构转向链接结构,由刚性结构转向弹性结构,由封闭结构转向开放结构②,从而改写传统文学创作的艺术成规。于是,早期的互联网上便出现了《平安夜地铁》《雷根图书馆》这样的"超文本小说";有了《双线》《平凡与不平凡》《活着,爱着》这样的作者和读者共同完成的"互动小说";诞生了《青青校园,我唱我歌》《情爱悠悠,共渡爱河》这样的"接龙小说";还有如《蜘蛛战场》《超情书》这类"动态交互诗"。

多媒体叙事和超文本链接的艺术优势,一是表现为艺术表达的立体化与审美感觉的开放性,作品融合文、图、声、影等审美要素于一身,便于欣赏者全方位地感受信息对象的艺术魅力。二是作品生成的实时互动性,"如果说文字超文本是迷宫式间性互动,多媒体文本则是人对数字虚拟的实时互动。多媒体文本的声、光、色、像的融合与转换由创作者设计,却是由欣赏者介入点击、施动完成的。走进多媒体场域不只是'读'和'看',还有'听'和'触',在人与多种媒

---

① 欧阳友权:《数字化语境中的文艺学》,中国社会科学出版社2005年版,第158页。
② 黄鸣奋:《电脑艺术学》,学林出版社1998年版,第101—104页。

介的相互作用下，让影像、声音与身体触觉同时深入艺术'细胞'，在'动起来'的艺术氛围中充分'润化'，使艺术从'感觉'走向'体验'"。①还有三维空间的多选择性，文字文本是平面的，而多媒体叙事的超文本则是立体的，甚至多维的，这意味着创作多了许多媒介选择——文本创作与欣赏时的榫口与对接、遮蔽与敞开、悬置与确证、延时与实时、静止与运动、创生与消亡的互动选择，而选择便意味着艺术表现和审美创新的更多可能，当我们了解一个网络多媒体的超文本作品，就需要洞悉这些特点，以客观评价作品的艺术性。

人工智能（AI）艺术（包括了文学的广义艺术）是一场前所未有的新艺术创造，已经诞生了从主题、形式到技术都令人惊叹的前卫艺术类型。AI技术的发展让"机器"有了艺术自觉，"人工智能艺术以对数据库的调用与计算来塑造自身和世界。数据库像一个包含无限虚拟有机体的艺术基因库，机器操控它们来创造实物或'生命形态'。可以说，支撑人工智能艺术的是一种数据操控的美学"。②在文学创作领域，AI创作已大显身手，程序创作、机器写诗，无限创作似乎不再是作家的专利。20世纪80年代就开始出现"计算机诗词创作"，90年代后，陆续研发出"猎户星写诗软件""稻香老农作诗机""宋词自动创作系统""520作诗机"等各种写诗软件，不时挑战我们对人工智能艺术的想象力。近年来，微软（亚洲）互联网工程院推出的机器人"微软小冰"出版了诗集《阳光失了玻璃窗》，封面传媒研发出媒体智能IP机器诗人"小封"推出了诗集《万物都相爱》，让我们真切地感觉到，AI创作"让作家失业""让诗人走开"不再只是一种趣谈，而是已经迫近的现实。在网文消费领域，人工智能也已开发出黏住粉丝的阅读App——阅文集团携手微软AI科技，2019年开启了活化虚拟角色的"IP唤醒计划"，重建小说所描述的虚拟世界观和知识体系，建立了含有大量人物、实体及各种知识相关联的知识图谱，已赋予100

---

① 欧阳友权：《数字化语境中的文艺学》，中国社会科学出版社2005年版，第170页。
② 蔡新元：《人工智能艺术：一场前所未有的新艺术创造》，《光明日报》2019年7月10日第13版。

个男主人设以全新的可交互"生命",并在阅文集团旗下的红袖读书App上线,用户可与之对话,未来还可能利用 AR、VR、全息投影等技术,拓展到三维形象,与用户开启更生动的互动,强化 IP 角色与粉丝的双向互动与情感联结,让 IP 真正地走进现实。

人工智能离不开网络,AI 文学与网络文学是近亲,甚至是广义的网络文学。那些配备了强大素材库的 AI 智能软件一旦放飞想象的程序,技术的"刀锋"将开辟出怎样的艺术新景,是可以预料却难以想象的。随着技术的进步,"网络化的人工智能"与"人工智能化的网络创作"走向合流是迟早的事,把人工智能艺术的先锋性与无限可能性纳入网络文学艺术创新力的评价层级,不但是未雨绸缪,而且是现实需要和历史必然。

第二节 评价体系的中间层:网生性与产业性

网络文学评价体系的第二个逻辑层级是中间层,包括网生性和产业性两个要素。

视网生性和产业性为评价层级中间层,原因主要有二:一是这两个要素处于网络文学生产链条的中后端,二是从文学审美价值的区分度上讲,网生性和产业性与处于核心层的思想性、艺术性相比,它们本身带有非文学、非审美的质素,而只是赋能网文作品达成艺术审美更高价值的手段和路径,一方面它们要为思想性、艺术性助力,另一方面又为外围层的影响力提供技术和市场支撑,故而归入逻辑层级的中间层。

一 网络文学的网生性评价

网生性又称"网络性",是"文学"与"网络"融合而"生"成网络文学的那种特性,它是网络文学作品的媒介特质和技术标志,网络文学与传统文学的最大区别就在于其网生性,因而评价网络文学作品需要考察它的网生性。

网生性的第一个特征是它的互动生成性。网络不仅是文学的载体，还是网文作品的生产"车间"，在这个空间从事文学生产的不只有网络作家，还有众多文学网民——那些线上参与阅读、评说的受众与创作者之间形成的互动和交流，构成了作品生产的一部分，一个网文作品就是在作者与读者、读者与读者间不停互动生产出来的，一些网文大神也会在这种互动中或受鼓励、或被拍砖、或在关爱中一步步成长起来。唐家三少说："网络文学区别于传统文学的一个最显著特点就是它的时效性和互动性。当我所写的小说在原创文学网站上发表的时候，我的读者第一时间就会看到，同时给予评论，他们的鼓励也成为了我那时候创作最大的动力。"[1] 创作了《斗破苍穹》《大主宰》《元尊》等作品的天蚕土豆曾笑称："有的粉丝骂了我10多年还在看，感觉都骂出感情了。"他分享自己的有趣经历说：刚开始写网文时，有投票选项，读者可以选"投鲜花"或"砸砖头"与作者进行互动，"有次因为更新慢，甚至还被读者用'砸砖头'的方式催更，'砸'上了榜一"。在探讨影视化改编时，小到演员气质是否符合人物性格，大到原著情节更改度多少，如何平衡原著内容与改编内容，天蚕土豆都选择倾听读者的建议。[2]

橙瓜网曾做过百位大神分享自己第一个印象深刻的读者的活动，此选择几则[3]：

> 我印象最深印的读者是一位来自成都的读者，当时他说我的书写得非常好，会成为大神的，让我充满了动力。
>
> ——小楼听雨
>
> 那是在我连签约都签不上的时候，书评区原本就没几个评论，

---

[1] 唐家三少：《网络文学的现状与发展》，2013年9月25日，中国作家网，http://www.chinawriter.com.cn/2013/2013-09-25/175566.html。

[2] 央视财经：《单部作品点击量超1亿！被称这一领域"最会赚钱的人"之一，你的青春，也许有他》，新浪科技，http://finance.sina.com.cn/tech/2021-02-17/doc-ikftpnny7194321.shtml。

[3] 橙瓜网文：《百位大神分享自己第一个印象深刻的读者：相伴携行，你也是美好故事的一部分》，腾讯内容分享平台，https://page.om.qq.com/page/OBLrdLQwB18OIOZjJWRkmDzw0。

还都是差评，有一天终于来了一个好评，更信誓旦旦的说，我的书比大神写的还好，我当真了……

——无用一书生

每隔半年骂我一次写的烂的读者，骂了我三年，侧面鼓励了我，他促使我写的不烂。

——极品妖孽

有一个读者常年给我改错别字，只要看到有错误就会截图给我，特别感动。还有一位书友将微信名字都换成了我小说的角色名字，头像换成了我的小说封面，经常催我更新，我觉得他们带给我一种感觉，我必须要对自己的每一部作品负责，不能辜负他们的喜爱。

——梁不凡

这几个作家都谈到读者网络互动对他们创作的影响，小楼听雨和无用一书生在网友的鼓励中，分别写出了《盖世战神》和《神古剑神》，极品妖孽在掌阅发布《绝世战魂》后便持续走红，终获"百强大神"美誉，梁不凡则以《护国战神》饮誉网坛，不辜负读者喜爱，对自己的作品负责成为他创作的动力。通过读写互动生成作品，是网络文学生产区别于传统文学创作的一大优势，其所影响的主要是创作者的心态，此外还有下面要谈的网文创作的内容。

网生性的第二个特征是粉丝干预性。网生让读者成为创作的重要参与者，天蚕土豆就曾说："读者在网络文学里已经不再是被动接受的一方，他们在阅读后的讨论与反馈给予了作者写作上的肯定，甚至创作上的不错建议。"[①] 文学粉丝是忠诚的读者，他们有的是因喜爱而关注，有的是"文青"粉丝，深谙网文创作三昧，希望作品写得更好、更精彩，更符合自己的期待，于是便会利用网络互动的技术优势对创作过程进行干预，或评头论足，或称道点赞，或主动为作者支招，

---

① 天蚕土豆：《打开自己的小世界》，《文艺报》2020年10月26日第2版。

甚至实施同人创作，由此便会出现作品续更中粉丝与作者间的交流与互动、博弈与调适、分歧与认同、失望与满足等不同的沟通方式，最终通过干预一个作品的创作过程而影响作品的结果。我们看到，有许多爆款小说的创作，如愤怒的香蕉的《赘婿》、爱潜水的乌贼的《诡秘之主》、天下归元的《山河盛宴》、猫腻的《大道朝天》、老鹰吃小鸡的《万族之劫》等，都有粉丝干预创作过程的情况发生。天下归元在接受访谈时有这样一段对话：

> 问：《帝凰》是一个复仇故事，开场仇怨的设置十分惊艳，各种线索的关联和呈现也让这部作品显现出很好的悬疑风格，不过，后期小说的走向为什么改变了暗黑复仇的设定呢？
>
> 归元：网文写作不是封闭的，是不断与读者互动的过程，其间读者的反馈不可避免会对作者造成一定的影响。我也曾设想把《帝凰》写成一个震撼性的悲剧，但是到了后期，一部分原因是考虑到整个故事太过阴暗，影响市场的同时也让人不适；另一个原因是我自己心软了，不忍心虐自己的读者。①

可以说，几乎所有网络长篇巨制的续更，都有过网友粉丝说长道短、干预创作的情形，因为粉丝介入是网络创作的常态，越是有影响力的作品，干预的人越多，正所谓爱之愈切，知之愈深，干预愈多。特别是那些订阅量大、盟主②众多、榜单靠前、豆瓣评分高、贴吧人

---

① 天下归元、李玮：《在文学与市场之间：天下归元访谈》，《青春》2021 年第 8 期，"扬子江文学评论"微信公众号"经典物理作家访谈"，2021 年 8 月 11 日发布。

② 盟主，是指一本书"粉丝榜"最高等级的存在。如果你在一本书得到了 100000 粉丝积分（大约需要 100000 起点币，也就是 1000 人民币），你就会成为这本书的盟主，这些消费包括：1. 订阅 VIP 小说章节：每消费 1 个起点币转化为 1 个粉丝积分；2. 小说评价票（每票值 100 粉丝积分。但是，免费赠送的评价票使用后无法转换成粉丝积分）；3. 催更票（每票值 100 粉丝积分，有效使用后才能转化，催更票被退则不计数）；4. 月票（每票值 100 粉丝积分）；5. 打赏作者（每消费 1 个起点币转化为 1 个粉丝积分）。粉丝可区分为不同等级，其划分标准是：500 粉丝计分为学徒，2000 为弟子，5000 为执事，10000 为舵主，20000 为堂主，30000 为护法，40000 为长老，50000 为掌门，70000 为宗师，100000 为盟主。参见懂得 https://www.idongde.com/q/7780ff791F66B964.shtml。

气旺、知乎上长评短评不断，乃至上了热搜的作品，更是"爱豆"粉丝干预的聚集地。如 2020 年 5 月 1 日完本的《诡秘之主》是一部年度现象级小说，它以克苏鲁神话为设定内核，创造了一个欧洲蒸汽工业时代的奇幻世界，其内容深度、世界观架构和角色塑造，都获得了粉丝和业界的高度肯定，在 2019 年度中国原创文学风云榜中排男生总榜第一，仅男主克莱恩·莫雷蒂的角色人气就拥有 23 万粉丝、1000 个标签、130 多万点赞数，在新浪微博，"诡秘之主"话题拥有 7.3 万讨论量，近 5000 万阅读量，粉丝自发话题"为诡秘之主打 call"阅读量超 1.1 亿，微博超话拥有 1.4 万粉丝，超 4000 万阅读量。① 该小说在续更的过程中，知乎上发起了"如何评价爱潜水的乌贼《诡秘之主》"的讨论，网友之间有许多交流和应答。如网友慕渊发表了对第五卷的评论，其中说：

> 这卷过分精彩了，高潮迭起，信息量大。地狱副本贝克兰德，半神也要苟住，毕竟天使 party 甚至神降，阿蒙，女神，老查，亚当 ptsd 全来了……小克有黑夜眷顾，有源堡，有老弱病残和王女，最后仍然失去众多，被老查追杀，被亚当阿蒙剥削，不怪乎火锅和罗塞尔输的惨，神灵布局天使派对几个顶得住。

有网友支招，提出了修改回答：

> 每个溺水的人都会挣扎，我以蘑主的名义郑重承诺，支持无女主。不是正义不美，莎伦不香，纯粹觉得小克独自的经历和情感太多，女主没必要了。②

面对粉丝的浓浓爱意和殷殷期待，乌贼在 2020 年元旦时回应道：

---

① 徐翌晟：《现象级网文〈诡秘之主〉宣告完结》，新民网，http://newsxmwb.xinmin.cn/wentihui/wtsh/2020/05/02/31721118.html，2021 年 7 月 20 日查询。

② 知乎话题：《如何评价爱潜水的乌贼〈诡秘之主〉》，https://www.zhihu.com/question/270748332。

过去一年里，我写了201.4万字，平均每个月近17万字，靡不有初，鲜克有终。越往后写，我越是战战兢兢，如履薄冰，只能不断告诉自己，一定要沉得住气，好好收线，好好讲完这个故事，能让更多的读者朋友能跟到结局。①

乌贼对粉丝建议的认真态度，体现了他对读者、对文学的双重尊重，同时也彰显了粉丝介入的热情和"互粉"干预的有效性，这正是网文作品网生性中十分生动的部分，无论创作还是评价，都需要关注这个网生内容。特别是"段评"和"本章说"App上线后，为读者热评作品带来了极大的便利，如同弹幕一样的即兴评论可以把读者的意见随时随地同步传达给作者和其他读者，既有"解梗"之功能，又有"锦囊"之妙用，有时还如"鞭子"之警示，其对创作的干预作用更为明显，就像一名叫"匿名用户"的创作者所说：

每当想摸鱼的时候，就想看看本章说，瞬间就有下一章思路了。

每当实在写不出来的时候，就拿个本章说甩锅，你猜到了所以我撕大纲，整理几天。②

有文章把"段评"的功能概括为"知识杠精、脑洞助手、职业捧哏、社交玩家"，其中谈到"脑洞助手"的作用时说："喜欢就当下情节大开脑洞，构思情节走向和人物命运走向的一批读者。他们天马行空的'段评'经常会启发大脑短路的作者。这时，读者的评论直接参与了作品下一步的生产，原本作为消费者的读者，这时成为生产者、创作者。"③ 其对创作的干预是直接、及时并显而易见的。

网生性的第三个特征是网生文本的特异性。作品网生，难免会带

---

① 张剑峰、王鑫昕：《爱潜水的乌贼：坚守文学本心》，《中国作家青年报》2020年8月25日。

② 知乎话题：《如何看待起点手机App上的本章说》，https://www.zhihu.com/question/300701517。

③ 贾想：《网络上的"段评"，就像是一场"表演"》，《光明日报》2021年2月6日第9版。

上网生"胎记",正是这种"胎记",彰显了网络文学与传统文学在文本上的区分度,如下。

(一)"续更"式创作的文本延异性

传统文学的文本一般都是创作(修改)结束后一次性发表(有少数是报纸连载,如金庸的某些小说),以完整形态呈现在读者面前的,而网络文学文本,特别是网络小说,大都是以"续更"方式日复一日网载而成。在这个过程中,网络作家常常挑出作品直接向自己的粉丝喊话,或说明自己的创作心境,或解释即将续更或暂时断更的原因。如卖报小郎君在武汉疫情期间创作《大奉打更人》,他在完成第四十五章后写道:

> 哀悼一下疫情中不幸去世的烈士和同胞,本来今天想断更一天,以表伤感,想想还是算了,铭记于心就行了。

从早期《风姿物语》(罗森)、《第一次的亲密接触》(痞子蔡)、《死亡日记》(陆幼青)、《最后的宣战》(黎家明),到后来的类型小说,特别是玄幻类超长篇,均是这样续更连缀、"与时更贴"完成的,一篇小说写上三年五载甚至十年以上的比比皆是。这样的"续更"文本可借用雅克·德里达发明的"延异"(Différance)[①]一词来称之,不过只是借此说明网络文本的构成方式,并不含该词原意中反本质主

[①] 延异(Différance)是德里达在《多重立场》(1981)等著作中提出的概念,由即"差异"(difference)与"延缓"(deferment)两个词合成。目的是消解传统的逻各斯(logos)中心主义。逻各斯中心主义假设一种固定意义的存在,主张思维与语言的合一性,而延异则表示最终意义不断被延缓的状态。德里达认为,语言无法准确指明其所要表达的意义,只能指涉与之相关的概念,不断由它与其他意义的差异而得到标志,从而使意义得到延缓。因此,意义永远是由一连串相互关联的"踪迹"(trace)无限开放而成的"意义链",却不是可以自我完成的。德里达认为,现有法语中相应的名词形式"différence(差异)"已经不能完全地覆盖上述特征。因而他"生造"出"différance"(延异)一词以指称他的哲学发现。这一概念形象阐述了语言的模糊性、未定性,彻底瓦解了文本的明晰性,从而为其解构主义哲学打下理论基础,也是后现代主义理论的经典学说。

义、消解逻各斯中心主义的意思。但有一点具有相似性，即文本并非能指与所指的紧密结合产生的作为"在场的所指"，而是意味着延迟"所指的在场"，是"在场"与"延迟在场"的双重运动中生成的——在共时态上，在场文本总是为延时文本所限定，让故事充满期待的不确定性；在历时态上，一个文本是一系列延时文本"故事链"的产物，总是延搁所指的在场。这种由文本的共时态区分引起的历时态的延搁，加深了故事的可期待性与不确定性，以此吸引粉丝"追更"，并有效放大了他们的"追更欲"。如此一来，"时间的空间化和空间的时间化"便消解了存在与历史、共时与历时的对立，一切故事文本都被置于一个网生的过程中，都是在一个巨大的文本网络中被暂时确定，而又不断在在场和延搁中被赋予文学价值，从而书写了新的小说美学。这是网生性艺术评价尤其需要注意的。

（二）作品的不确定性与可塑性

尼葛洛庞帝说：

> 数字化高速公路将使"已经完成、不可更改的艺术作品"的说法成为过去时。给蒙娜·丽莎（Mona Lisa）脸上画胡子只不过是孩童的游戏罢了。在互联网络上，我们将能看到许多人在"据说已经完成"的各种作品上，进行各种数字化操作，将作品改头换面，而且，这不尽然是坏事。[①]

从理论上说，网络上的所有信息都是流动的，一个网文作品在未下载出版转化为物理形态之前，是动态的而不是静态的，处于不确定、未完成的可塑状态，如果愿意，是可以被修改、被调适甚至被改写的，这是数字媒介的信息方式所决定的。原因在于，"网络信息的流动性，

---

① ［美］尼葛洛庞帝：《数字化生存》，胡泳、范海燕译，海南出版社1997年版，第261—262页。

使电脑文本的表现形态处于一种灵活多变的格局。传统文本属于一种单维平面、自足封闭性结构，尽管作者有时留下了情节的空白，并提供了艺术想象的天地，但它仍属扁平的静态结构，缺乏厚度感和立体的延展性，其信息的流动有终极的边界。电子超文本是一种具有流动性的开放性结构，它处于多个维面的交叉点上，向多重时空辐射和伸展，具有无限大的结构空白和读者参与创造的浩瀚空间。它有着众多的交互式开放节点，可以伸向其他任何地方的相关文本。它的解读还允许自由选择的节点放大，从而使电子文本的结构呈现为个性化的变化格局"。于是，"网络将更加重视艺术作品形成的过程，而不是为了展现最后的成品"。[①] 网络作品的不确定性、可塑性肇始于作品文本的网生媒介性，同时也约束了网生作品的过程和结果。我们看到，那些出版为图书的网络文学作品与线上首发连载作品常常会有一定差异，正是网生文本特异性的表现。基于这一点，我们在评价一部网络文学作品时，究竟是评价线上电子文本还是下载到线下的纸介文本，首先得有一个明确认定。

（三）网生作品更倚重线上反响和网友评论

网络文学"生"于网络，消费、评说也主要在网上实施，网络评论、互动交流、粉丝干预已成为网文生产的一部分。由于市场化消费的利益导向，网络作家、网站平台更看重作品在线上反响，因为这种反响不仅事关订阅、打赏等绩效规模，还会影响作品的IP价值、版权转让、市场分发、多媒改编等。相反，对传统媒体、学院派专家、职业批评家的声音，除非是政府背景或主流媒体，一般他们不会在意。因为他们觉得，学者和批评家的话语影响力是在专业学术和传统文学的圈子里，对网文受众的影响十分有限，与网文界所关注的订阅量、打赏数、作品榜单排名、作家作品贴吧人气等市场热度关系不大，说到底还是经济效益即市场这只"看不见的手"在起作用。

[①] 金振邦：《电脑写作与网络新观念》，《应用写作》2000年第2期。

互动生成、粉丝干预和作品文本的特异性，是网络文学网生性的结构性特征，它们对于网络文学评价，特别是网生性评价，将是不可或缺的权重要素。

二 网络文学的产业性评价

中间层逻辑层级的第二个要素是它的产业性。产业性又称商业性，是评价文学中的经济效益元素。文学的商业属性古已有之，但文学大张旗鼓地与产业"联姻"，自网络文学始。从产业角度评价网络文学不是有意"拉低"文学品位，而是数字化大众媒体时代赋予文学评价的一种职能、一份责任。

首先，网络文学本身就蕴含着文化工业的经济属性。

我们知道，互联网及其网络文学是在市场经济高度发达、网络技术快速商用化的历史背景下兴起的，甫一"出生"，它们就自带经济基因，属于数字化传媒时代的文化工业之一。"文化工业"（culture industry）又被翻译为"文化产业"，是德国法兰克福学派的阿多诺、霍克海默等人提出的概念，用以批判资本主义社会下大众文化的商品化及标准化。我们把网络文学称为文化工业，是因为它具备了文化工业的一些基本特点。例如，（1）生产方式的标准化、程式化，特别是网络类型小说，往往缺少独创的内容与风格，类型替代创新，雷同代替了个性，娱乐代替了崇高，创作在不知不觉中被消融到程式化和齐一化模式的表现中，一种类型出现便会出现一批样板小说的模仿。（2）艺术的商品化、消费化导致文学生产工厂化、工艺化或制作化，作品按类型量身定做、机械复制、批量生产，文学不再是马克思所说的"自由的精神生产"，而蜕化成只具娱乐价值的消费品。（3）工具理性凌驾于价值理性，使用价值臣服于交换价值，把效用计算放在首位，利用拜物教使文化商品笼罩上一层偶像光晕，目的是在文化商品的交换过程中达到最大限度的利益增值。（4）艺术丧失了独立性，消弭个性，风格上千篇一律，它的作用仅在于产生资本，为了达此目的，文化工业创造了全球化网络，这个网络的基本结构在于文化生产、文化商品及其在全世界的分售。(5) 在人文价值层面,艺术作品被彻底世俗化、均质化、商业化以后,不断供应的是文化快感和幸福承诺,以此消磨人的意志,让人们对现实妥协,失去批判社会的勇气。因而,"文化工业不是纯化愿望,而是压抑愿望"。① 后来的英国社会学家弗兰克·韦伯斯特(Frank Webster)将其称为"新文化政治"②。很显然,网络文学已经较为充分地具备了文化工业的特点,这正是网络文学经济属性的社会学和文化艺术学根源。譬如,中国的网络文学之所以是类型小说大行其道,文化资本介入网文市场是其最重要的原因。有研究者指出:

> 关于类型文学在网络世界和大众阅读中为何大行其道,可以很快发现一些基本原因:其一,是跟文化工业、文化产品市场化直接相关的现代受众的消费习惯。人们去网站分门别类找自己想要的小说,其情形就仿佛去超市拿一听饮料、一袋方便面、一件饰品,他们都是卖场里的待卖品,并且消费终端的要求最终会影响到生产的起点。换言之,高度类型化(分类)意味着读者、媒介(网站或手机)、作者之间富含着职业化关系即其"服务"意识。其二,有赖于盈利模式的形成和背后资本的积极推动。既然作品同时是产品,21世纪的中国文化市场尤其是互联网经济的繁荣可以为网络写作行为提供强有力的推动力,资本所代表的利益方绝不会停止其独特的创造性,他们会应用"模式"来塑造作者和读者各自的"梦想",用"财富梦"来催生"白日梦",类型文学就是最佳的结合体。③

---

① [德]霍克海默、阿多诺:《启蒙辩证法》,洪佩郁等译,重庆出版社1990年版,第131页。
② [英]大卫·贝尔:《赛博文化的关键概念》,郝靓译,北京大学出版社2020年版,第155页。
③ 夏烈:《影响网络文学的四种基本力量》,中国作协网络文学研究院编:《网络文学论丛》下卷,杭州出版社2019年版,第552页。

可以说，不光类型小说来自文化资本的利益驱动，整个网络文学市场的形成与繁荣，产业化的经济杠杆都起到了核心支撑作用。因而，网络文学的产业性评价不是外在于这一文学的附加标准，而是网络文学自身的属性使然。

其次，网文平台商业经营需要平衡功利与审美。

网络文学的产业性是由文学网站平台的商业经营来实施的，这种经营的目标不仅是商业利益，还有人文审美——一方面尽可能开拓网络文学作品的商业价值，另一方面又可以延伸网文传播半径，扩大作品影响力，实现文学作品的艺术价值。此时，网站平台就需要考虑营销什么样的网文作品，把作品的品质、思想艺术导向、人文审美效果纳入营销视野予以选择，确保商业利益与人文审美的兼具与平衡。著名网站起点、创世、晋江、纵横、17K、潇湘书院等网站的成功，并不只是商业经营的成功，还有与之相伴的作品传播与文学影响力的放大。以起点中文网为例，2003年10月，起点创立VIP付费阅读制度，从此开辟了商业经营之旅，也引领了整个行业的产业经营模式，让我国的网络文学经商业营销而走出了低谷，走上了"马鞍形"上扬之路。后来，起点被盛大公司收购，得到数次投资，依托盛大成熟的技术平台和销售能力，其商业化进程不断加快，并逐渐建立了完善的网络阅读和出版运作模式，形成以作品产权为重心的完整产业链。加盟阅文集团后，起点率先推出的作家福利、文学交互、内容发掘推广、版权管理等机制和体系，为原创文学的发展注入了巨大活力，进一步奠定了原创文学的行业基础，也确立了其行业领军角色。起点的成功经营云集了一大批白金作家，如唐家三少、我吃西红柿、忘语、辰东、血红、蝴蝶蓝、会说话的肘子、丛林狼、爱潜水的乌贼……他们的作品如《斗罗大陆》《盘龙》《凡人修仙传》《完美世界》《巫神纪》《全职高手》《大王饶命》《最强兵王》《诡秘之主》……经过网站的商业化经营，取得了十分可观的经济效益，一批大神登上网络作家富豪榜，也有效扩大了文学的影响力，许多作品成为口碑之作，有的还被传播到世界各国，成为中国文化"走出去"的排头兵。与此同时，这些作品蕴含的界面思维、爽点模式、叙事手法、架构方式，尤其是天马行空的文学想象力，大大丰富了文学的题材类型和表现手段，为网络文学 UGC（用户生成内容）树立了标杆。正如有专家评论网络小说时所说："这些小说显著呈现作者的生命情感特征、个人愿望的诉求，创造了独特的生命、社会文明与宇宙景观，是作者精神世界里孕育的独有的主人公、独特的故事，具有文本价值的独一性，其化用的类型定势已经融合为作品的自然组成部分，而不是外在的形式标签。他们的创造丰富了人类的想象力，也是中国文学走向世界的新生力量之一，应该予以充分的肯定。"[①] 类型文学的创作成就和商业成功主要体现在幻想类小说上，穿越、重生、异能、金手指成为它们的标配，但这类作品"仙风飘邈"却难免不接"地气"，距离现实生活较远。2015年后，党和政府开始倡导现实题材创作，并通过网络小说排行榜的方式，推崇现实题材作品，出现了诸如《大国重工》《明月度关山》《朝阳警事》《浩荡》等一大批书写现实、反映时代的网络小说，改变了过去"玄幻满屏，一家独大"的状况。但此时又出现另一难题——某些现实题材作品不同程度地存在主流叫好、市场不叫座的"落地尴尬"，在文学审美与市场经营两个方面都有不达标、不平衡的情况。比如，网上订阅量最大的依然是幻想类小说，影视改编市场上，现实题材偶尔能冒出几匹"黑马"如《少年的你》《大江大河》《隐秘的角落》等，但爆款的剧播还是《庆余年》《赘婿》《延禧攻略》这类玄幻和历史类作品，而在游戏、动漫等视频领域，幻想类小说改编之作更是一家独大，难觅"现实"踪影。这说明网络文学的产业性与它的文学审美性之间存在相互依存、俱损俱荣的内在关联。在网络文学评价中，既要评估其市场绩效，又不可忽视其艺术审美效果，两方面不可偏废，应该把握好二者的平衡。

再者，产业性评价离不开粉丝经济的效益指标。

与其他评价要素不同，产业性评价的标准是刚性的、可以计量的，

[①] 康桥：《网络小说的类型化与独创性》，中国作家网，http://www.chinawriter.com.cn/wxpl/2013/2013-08-13/170553.html，2021年8月22日查询。

最终要落实在经济效益指标上。而要获得经济效益，必须经营读者粉丝，重视粉丝文化，形成粉丝经济的盈利模式。因而，从某种意义上说，网站平台的商业经营就是培育粉丝文化，做好粉丝经济这篇大文章。粉丝和粉丝文化是网文行业产业经营的重要推手，因为"网文粉丝可以左右市场并直接影响创作，粉丝量的大小直接影响作品点击量、推荐量、评论量、收藏量，还有如作家的百度指数、微博指数、微信指数、贴吧热度，还有豆瓣评分等等，也无不由粉丝多少来判定和掌控，它们都将直接影响作品的评价、作家的收入，关乎创作者的地位和声誉，也关乎网站的人气和体量"。① 要把读者转换为粉丝，利用粉丝打造粉丝文化和粉丝经济，达成经济效益最大化，主要有两大路径，一是创造优质内容，二是经营好粉丝文化。做好网站精品内容建设，打造精品力作，从源头上保障文学品质，以作品攒人气，靠精品聚眼球，借助长线效应积攒粉丝口碑的力量，筑牢"读者→粉丝→忠粉→原著粉"的消费链条，让作品从注意力走向影响力。"一个网络作品，首先是要能够吸引普通读者，并且越多越好，以形成规模化的'眼球效应'；然后靠了作品的优良品质及其读者的忠诚度，让其中的一部分读者转化为愿意付费的粉丝、乐意打赏和购买月票的忠粉（也叫铁粉、骨灰粉），直至在作品实现跨界分发、全媒体改编后依然不离不弃成为拥趸的原著粉，从而让粉丝伴随作品续更和版权转让、二度创作的全过程，成为消费链条上作品的守护人、网络作家坚定的支持者和稳定的买单族。"② 粉丝经济的底气是"内容为王"，没有优质内容，单靠"包装"和噱头，只会是舍本逐末。因而，作为网络作家和网站平台最需要做的就是内容建设。在此基础上，还需要经营粉丝文化，用人气、流量聚攒起作品热度，让粉丝"雪球"越滚越大，形成"马太效应"。比如，聚焦粉丝社群文化，建立粉丝社区，推动各类"圈子"化社群建立书友圈、角色圈、兴趣团等粉丝文化共同体。如蝴蝶

---

① 欧阳友权：《网络文学的三大迷局及其打开方式》，《文艺争鸣》2020年第7期。
② 欧阳友权：《网络文学的三大迷局及其打开方式》，《文艺争鸣》2020年第7期。

蓝的《全职高手》就曾借助同人"粉圈"的力量,由粉丝联手小说角色共创,衍生出同人小说、漫画、动画、游戏、影视剧、周边、后援会、叶修迷等,还在各地多次举办系列漫展,微博上超话达6.2万贴,创造了国内二次元圈的顶级流量。或以文字弹幕、本章说(段评/章评)等形式,形成社交共读、角色互动等粉丝文化形态,密切粉丝与作品的情感联系。有统计表明,阅文集团正是凭借粉丝聚集和粉丝文化经营,使他们的活跃用户从2018年的2.135亿增加到2019年的2.197亿,年内净增620万。2020年上半年尽管受到疫情影响,阅文的在线业务收入仍然增至24.95亿元,同比增长50.1%,自有平台产品及自营渠道的平均月活跃用户数(MAU)同比增长7.5%,至2.33亿。① 通过壮大粉丝群、经营粉丝文化,用粉丝经济实现了网络文学的产业化。

第三节 评价体系的外围层:影响力评价

网络文学评价体系第三个逻辑层级是影响力评价。如果说"影响"是一种精神触动,"影响力"则意味着精神触动的力度和触动人群的广度。对于网络文学来说,影响力评价是读者口碑、行业热度、市场反响、社会认同等多种因素相互关联的共时性评价;而从历时性上说,它又是一个作品经时光濡染的理性沉淀后,从注意力走向影响力的一种"价值溢出"效应。因而,影响力评价不仅是综合性评价,还有"距离变焦"——一个文学作品可能出场火爆,一时洛阳纸贵,但随着时代变化和文学发展,却渐渐归于沉寂,如新时期发轫之初的"伤痕文学"(如刘兴武的《班主任》)、20世纪末火爆网络的《第一次的亲密接触》即是如此,它们的影响留给了"文学史",却并没有给"文学"留下多少;而另一些作家作品在诞生时可能默默无闻,但历史却将其"留"了下来,并且愈久弥香,终成文学经典,西方的卡

---

① 三言财经:《阅文2020年前半年营收32.6亿元,同比增长7.9%》,https://www.sohu.com/a/412599270_100117963。

夫卡、中国曹雪芹的《红楼梦》即是如此。网络文学历史短暂，其影响力只能聚焦当下，尚未进入久远的历史，其评价也将是聚焦当下的影响力评价。这种影响力"变焦"貌似存在极大的不确定性，实则却有其逻辑的必然性，因为它选择的"铁律"是文学合目的性与历史合规律性的统一，时光从未饶过谁，实践和时间才是检验作品好与不好的唯一标准。置于历史时空的文学影响力虽有"距离变焦"，却没有滥竽充数，也不会沙海遗珠，只不过需要拉开一些历史距离方能敲定，这就是影响力评价处于网络文学评价"外围层"的缘由。

评价网络文学作品的影响力该从哪里入手呢？一般来说，需要把握几个基本的评估角度。

一　文学影响力评价

我们先看看网络文学影响力评价的实例。中国作协举办的"中国网络文学排行榜"（2019年度）上榜作品推荐语。其中，现实题材小说《浩荡》的评价是：

> 开拓创新、诚信守法、务实高效、团结奉献，40年伟大实践所孕育的深圳精神，早已成为中国改革开放的耀眼灯塔。《浩荡》以深圳发展历程为背景，塑造了当代企业家的成功形象，立意深远、内涵丰沛，情节曲折，精彩纷呈，是网络文学现实题材的力作。

玄幻小说《天道图书馆》的评价语是：

> 脑洞大开，体验酣畅，《天道图书馆》角色设定新奇，架构基调光明，通过神秘图书馆，洞见未知，追求梦想，超越阻碍，不断成功，出人意料的情节层出不穷，阅读体验痛快淋漓，是网络文学年度爆款作品。

二次元小说《书灵记》的评价语是：

以二次元的奇思，探究传统文化的玄奥。《书灵记》将修真、仙侠等元素与二次元小说的奇思妙梗熔于一炉，创造性地将《论语》《墨子》唐诗宋词等传统文化资源转化为生动故事，角色设置独特，语言趣味横生，展现了传统文化的独特魅力。①

不同类型小说的评价语重心不尽相同，但很显然，它们都是从文学的角度如作品价值、立意内涵、艺术构思、情节故事、角色设置、语言趣味、阅读体验等方面来评价这些上榜作品的，聚焦的是"文学"特点与价值，是典型的文学影响力评价。

这里所说的文学影响力，不是广义的"文学影响力"，而是狭义的"文学"影响力，即只评价文学之成为"文学"的那个部分。它有两个核心支点：一个是人文价值方面的影响力，另一个是艺术审美的影响力。前者要看网文作品在人伦善恶、社会道义、个人信仰、公序良俗等方面是否具有正面价值，能否对世道人生，特别是对青少年的"三观"涵养产生积极影响；后者是看一个作品是否具有打动人心的艺术力量，其审美魅力不仅源自对作品内容的精巧表达，其艺术独创会否成为同类作品的一个标识、一种标杆，能让读者喜爱它并记住它。网文界把愤怒的香蕉、烽火戏诸侯、烟雨江南、猫腻四位作家称作"四大文青"，"文青"之赞便是指他们的作品文学品质好，文学味儿足，文学影响力大。有网友评价愤怒的香蕉《赘婿》时说：

香蕉的文采很好，感情戏描写的细腻又温馨。男主与苏檀儿等几位女主在一起的温馨日常，让人想起了顾佳明他们几个。事业上的表现也完全当得起主角穿越前商界大亨的表现。几场抄诗装逼也把握的恰到好处，配合着作者深厚的文学功底，完全担得起仙草的评价。但到了高潮主角意难平而怒杀皇帝时，评价出现

---

① 《中国网络小说排行榜（2019年度）上榜作品推介语》，《文艺报》2020年10月26日第6版。

了巨大的差异，我之蜜糖，彼之砒霜。口碑两极分化严重。但小编认为，大家对于这本小说的争论都在于历史的合理性上，但是，作者的文笔，真的是没话说，网文届四大文青之一当之无愧。①

无论是褒是贬，这样的评价均属文学影响力评价。

二 文化影响力评价

广义的"文化"是包含了文学的，但这里所说的文化影响力是指文学以外的大众文化影响力。网络文学受众广泛，娱乐性强，其"文化"底色是强于"文学"品貌的，传统的纯文学圈有人不认同网络文学，认为它不是文学，恰是站在娱乐文化的立场看待网络文学。事实上，网络文学的影响力也主要是在大众文化领域，评价它的文化影响力是网络文学评价的题中应有之义。

网络文学文化影响力的大小主要看两个方面。首先是看线上作品在大众阅读中的认同指数，即一个作品在读者中受欢迎的程度。与传统文学阅读相比，网文读者以中等文化程度、中低收入和青少年为主要人群②，他们阅读网文作品（主要是小说）并非为了文学，就是图个乐，放松身心，悦情怡兴，为紧张的生活减压解乏，或打发闲暇，让无聊的时光多一点趣味和寄托。南帆在一篇文章中说：

> 置身于工厂的流水线、餐馆的厨房或者物流的运输配送行业忙碌终日，工作之余的渴求是放松身心。这时，谁还能聚精会神

---

① 年纪轻轻就有飞机场：《大浪淘沙，不一样的烟火：网文界文采风流的四大文青代表作》，https://baijiahao.baidu.com/s?id=1610769255156018665&wfr=spider&for=pc。

② 据第三届中国"网络文学+"大会发布的《2018中国网络文学发展报告》表明，在4.3亿网络文学读者中，学生群体占比很高，高中及以下学历占比达53%，高中学历超过四成，中小学生是网络文学阅读的主力军。从收入上看，超过65%的网络文学阅读人群收入不到5000元。读者年龄上看，30岁以下的读者占近六成，其中超过十分之一的读者是18岁以下的未成年人，18到30岁的读者占近一半，50岁以上的读者十分稀少，只占不到百分之一。参见陈梦溪《网络文学走向现实主义》，《北京晚报》2019年8月16日，http://culture.workercn.cn/32877/201908/16/190816144728961.shtml，2021年8月25日查询。

地研读《诗经》《红楼梦》《战争与和平》或者《尤利西斯》这些经典？对于他们说来，《哈利·波特》远比卡夫卡有趣，犹如KTV的流行歌曲远比贝多芬贴心。①

此时，阅读网文与其说是文学欣赏，不如说是文化娱乐，与跳街舞、唱卡拉OK、玩游戏、刷抖音、看电影等并无二致。如果有网文作品能把更多的网民吸引在电子屏前，让他们心有所系，乐在其中，甚或欲罢不能，如醉如痴，使"慷慨者逆声而击节，酝藉者见密而高蹈，浮慧者观绮而跃心，爱奇者闻诡而惊听"②，读者就将转化为粉丝，形成粉丝社群和粉丝文化，产生粉丝经济，那么这个作品就将是有较大文化影响力的。

其次是看网文作品线下转换后在"泛娱乐"文化市场的影响力。网络小说以优质IP资质，实现版权转让、市场分发，经二度创作转化为影视、游戏、动漫、演艺、有声书和畅销书，以全媒体经营进入"泛娱乐"市场，是网络文学放大市场价值、实现N次传播、拓展文化影响力的有效方式。网络小说版权转让是从"文学"走向大众文化和娱乐产业的过程，其所形成文化跨界，让网络原创内容变成产业链上游，打通了内容生产、孵化、运营、分发各环节，从而联结大众娱乐市场，创造了产业链"长尾效应"，其文化影响力让网络文学产生了更为广泛的增值效应。《2019—2020年度网络文学IP影视剧改编潜力评估报告》显示，近两年在热播度最高的100部影视剧中，由网络文学IP改编的作品占比高达42%。③ 据《中国网络文学年鉴》统计，2020年我国网络小说改编的电视剧为55部，改编电影4部，改编网络电影36部，改编动漫32部，改编游戏15部，

---

① 南帆：《文学：概念建构与娱乐主题的沉浮》，《学术月刊》2021年第1期。
② （南朝梁）刘勰：《文心雕龙·知音》。
③ 中国电影家协会编剧教育工作委员会、北京电影学院中国电影编剧研究院：《2019—2020年度网络文学IP影视剧改编潜力评估报告》，腾讯网，https://new.qq.com/omn/20210129/20210129A065QL00.html。

改编广播剧 77 部，仅当当网售出的由网络小说转化出版的图书就有 459 种。① 可见网络文学具有不可小觑的文化影响力。

三　读者影响力评价

读者影响力是指读者阅读的审美体验，对网文读者影响力的评价也主要来自两个方面：其一是网络媒体时效的应然热度，其二是来自线上线下的读者评价。一个作品的媒体热度来自阅读市场的读者反应，主要是基于线上作品的点击量、订阅量、收藏量、打赏数、贴吧热度、话题数，以及粉丝评论量等多方面数据，直观反映作品受欢迎的程度。如速途研究院 2018 年以来每年推出的"网络作家影响力排行榜"，其评价标准就是基于作家新媒体影响力、作家平台影响力、作品影响力等多维度的分析与论证，衡量出一个作家的影响力，可见图 6-1②：

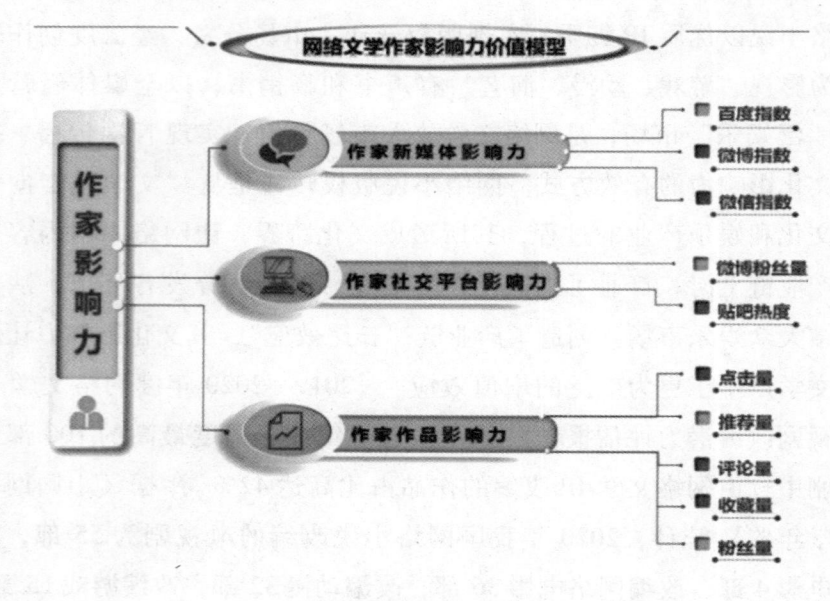

图 6-1

---

① 欧阳友权主编：《中国网络文学年鉴（2020）》"第六章　网络文学产业"，新华出版社 2021 年版。

② 知乎：《2018 年中国网络作家影响力榜》，https://zhuanlan.zhihu.com/p/52090678。

网络媒体的应然热度有明显的时效性，也具有现实影响力的有效性。例如，爱潜水的乌贼《诡秘之主》2020年5月1日在起点完本时，豆瓣评分达8.6分，上架761天的读者人数达9754.32万，起点站内有近700万粉丝，超过550位盟主。连载期间均订超10万，推荐票达3000万张，长期霸占月票榜、畅销榜、阅读指数榜等榜单首位。全书评论超450万条，成为评论数最多的男频作品。《诡秘之主》在海外同样深受欢迎，其英文版在webnovel平台点击突破2000万，推荐榜男性向小说第一，评分高达4.8（5分制）。该小说还有罕见的全网热度，在阅读平台以外，如微博"诡秘之主"超话阅读量超4000万，其他各种"诡秘之主"话题阅读量近5000万，贴吧帖子超过300万，LOFTER相关话题阅读量近1200万[1]。这些数据足以说明，该作品在网络上的时效性有着超高的应然热度，具有广泛的读者影响力，在评价中得分会很高。

线上线下评价是读者影响力的另一种表现。线上是指网友评价，主要是在论坛、社区和各种贴吧中发声，后来"本章说"App上线后，章评、段评成为最常见的读者评说方式。当年萧鼎的《诛仙》上线时迅速成为爆款，有人称它为"后金庸时代的武侠圣经"，2005年因它的出现而被称作"中国玄幻元年"，读者的线上评价一度满屏喧哗，如：

> 青云山下，小小一少年，经历了家人的离去，机缘巧合之下得到了嗜血珠和天音功法，从此走上了一条从未有人走过的道路。
> ——网友：爱看电影的少年

> 一个平凡的人，走出了不平凡之路。人生是要经历一个怎样的过程呢？他们的执着或者甘愿是否值得？这都已经不再重要了吧。因为他们的经历让我知道，一个人并不需要做到完美，只要

---

[1] 《〈诡秘之主〉完结，乌贼究竟创造了多少历史》，2020年5月1日，哔哩哔哩，https://www.bilibili.com/video/bv1np4y19775/。

我坚信自己的信念，而执着不移地走下去。

——网友：以梦为马

真的感谢萧鼎大哥，这本《诛仙》给所有喜欢它的人带来了快乐和幸福，虽然还有一缕哀愁，可是《诛仙》依然完成了我们这些《诛仙》迷们心里最纯美的爱情畅想。那些最美和最凄然的过往在《诛仙》里我一一看到，并感受到了。

——豆瓣读书·《诛仙》的书评

读者的线下评价主要是指传统媒体发表的由传统批评家所做的学术性评论。仍以《诛仙》评论为例，如网络文学研究专家马季在评论"网络小说十年十部佳作"时给《诛仙》的评价是：

《诛仙》是网络玄幻武侠小说代表作品，在网络类型小说中具有开创性。《诛仙》讲述少年张小凡历尽艰辛战胜魔道的曲折经历——正道与魔道的道德对立、强烈的悬疑色彩和魔法氛围、千奇百怪的武功、似是而非的传统文化，夹杂着动人心弦的爱情故事，使它具备了一个网络文本成功的要素。《诛仙》很好的继承并开发了传统文化资源，以老子《道德经》"天地不仁，以万物为刍狗"的思想贯穿全文，同时糅合西方魔幻表现手法。从思想内容到表现形式，既有传承也有创新，深得读者喜爱，因此获得"新民间文学"美誉。[①]

李昀男用"对传统文化意蕴的再想象"来评价《诛仙》，他说

《诛仙》把传统文化融入到小说文本，这是非专业作家对"玄幻"小说创作的有益的实践和探索，在同类的作品中，《诛

[①] 马季：《话语方式转变中的网络写作——兼评网络小说十年十部佳作》，《文艺争鸣》2010年第19期。

仙》显现了自己的个性特征。作者萧鼎经常在小说中引经据典，《山海经》、《道德经》、《金刚经》、《坛经》、《晋书·纪瞻传》、《周易复卦象传注》等作品的内涵或风物在小说中均有体现……从小说自身来说，传统文化在小说中的再想象与价值判断不是错位的关系，而是把传统文化意蕴内化在文本中，小说的主旨从传统文化的道德伦理中衍生，"诛仙"剑的传说对于小说的题旨来说本身就是一个隐喻。①

也有评论者出于对作品的喜爱，指出了《诛仙》中的某些不足，如：

> 作品中不可避免地出现一些不容忽视的缺陷。首先是情节过于随意……许多情节是经不起推敲的，重要人物有可能突然消失或沉寂，如《诛仙》中的张小凡与林惊羽是儿时的同村玩伴，前者愚笨，后者则天资聪颖，但是林惊羽到后面的故事中却成为无关紧要的闲杂人物。其次是描写不够细致……在《诛仙》中，张小凡的师父田不易所用的法宝就曾三次无故易名，由"赤灵"到"赤芒"再到最终定名的"赤焰"，这样明显缺乏事实依据和说服力，这是创作中不应该出现的现象。②

无论线上还是线下，读者的评论（网帖、文章）越多，作家作品的影响力就越大；评论热度持续时间越长，影响力就越可靠，影响力的品质也就越高。

四 产业影响力评价

产业影响力体现的是网络文学的经济价值，它需要通过网文经营者的市场化操作，获取商业利益，最终影响从业者的经济生活，并以特定文化产品的市场交换介入社会的经济循环。我们知道，对于传统

---

① 李昫男：《侠·情·传统：〈诛仙〉的三个关键词》，《重庆三峡学院学报》2012年第4期。
② 欧造杰：《从〈诛仙〉看网络玄幻小说的艺术特征》，《河池学院学报》2013年第1期。

文学来说，产业影响力十分微弱，文学的商业价值处于若隐若现的边缘地位，传统的"文不经商，士不理财"观念，使许多人在谈论文学的商业性时难免羞羞答答。这种情况在网络文学中得到了根本改变——网络文学是市场化的产物，始终受到文化资本的掌控，需要通过市场行为、遵循市场经济规律、创造市场绩效来实现自身的生产与再生产，维持自身的生存与发展。市场化的程度越高，经济效益越显著，产业影响力就越大。因而，网络文学评价应该旗帜鲜明地提出产业影响力维度。

与其他几种影响力不同，网络文学的产业影响力是需要依靠市场中介——文学网络公司来经营的。网站平台作为文化企业，在经营网络文学时分线上和线下两条路径，我们实施网络文学产业影响力评价也可从这两方面入手。首先是看网文作品的在线订阅量和粉丝打赏数。在线订阅即付费阅读，要求读者通过充值的方式获得会员身份，以便能够在免费试读结束后继续阅读网文作品的剩余章节。自2003年10月起点中文网首次推出"VIP阅读模式"，付费阅读已发展为网络文学线上产业盈利的主流模式，也是网站平台和网络作家收入的主要来源。以下是几家大型文学网站2020年的阅读付费标准[①]：

表6-4　　　　　起点中文网、起点女生网阅读付费标准

等级	普通用户	普通会员	高级会员	初级VIP	高级VIP
升级条件	—	一次性充值1元	12个自然月内消费满199元	12个自然月内消费满1200元	12个自然月内消费满3600元
付费标准	5分/千字	5分/千字	5分/千字	4分/千字	3分/千字

小说阅读网

阅读币与人民币兑换比例和充值方式有关，网银、支付宝、财付通，1元人民币兑换100阅读币；手机充值卡充值100元获得8500阅读币；手机短信充值30元获得1200阅读币；Q币卡充值10元获得800阅读币。

官方付费定价标准为：3阅读币/千字，由作者自主定价的作品，价

---

① 参见欧阳友权主编《中国网络文学年鉴（2020）》"第六章　网络文学产业"，新华出版社2020年版。

格在 3—10 个阅读币/千字不等，不足千字部分不计费。

17K 小说网

根据充值数额不同分为 17 个 VIP 等级，根据等级不同每千字收费 3—5 分不等，也可使用包月服务，任意阅读 VIP 章节。

表 6–5　　　　　　　17K 小说网阅读付费标准

包月时长	1 个月	3 个月	6 个月	1 年
收费	15 元	40 元	66 元	108 元
续包	19.9 元/月	15 元/月	12 元/月	9 元/月

表 6–6　　　　　　　纵横中文网阅读付费标准

等级	VIP1	VIP2	VIP3	VIP4	VIP5
累计消费	充值	50 元	500 元	5000 元	50000 元
订阅价格	5 分/千字	3 分/千字	3 分/千字	3 分/千字	3 分/千字

表 6–7　　　　晋江文学城阅读付费标准（1 晋江币 =0.01 元）

等级	消费用户	普通用户	初级 VIP 用户	高级 VIP 用户
升级条件	在晋江网注册或登录的用户	单笔充值 3000 晋江币/15 天，累计消费 1500 晋江币	单笔充值 10000 晋江币/30 天，累计消费 3000 晋江币	365 天内累计消费 120000 晋江币
普通章节价格	5 分/千字	5 分/千字	4 分/千字	3 分/千字
最新章节价格	10 分/千字	5 分/千字	4 分/千字	3 分/千字
VIP 和霸王票折扣	无	无	有机会获打折卡	有机会获打折卡

线上经营除阅读付费外，还有粉丝打赏、月票制度和线上广告收入等。为了满足读者粉丝对偶像作者的追求，大多数文学网站都开通了打赏功能，读者可以直接为自己喜爱的作者每次打赏 1—10000 元不等的金额，网站和作者会按照比例进行分配。月票制度是网络文学存在的一种奖赏制度，读者可以将获得的月票投给自己喜爱的作者，月票榜单上位置高的作者不仅可以获得更多的现金奖励，而且可以增加作品被曝光的机会。获得月票的方式一般有三种：保底月票、付费阅读消费月票以及打赏月票。2019 年，起点中文网的打赏累计超过 100 万人民币的有 5 人，累计打赏超过 10 万人民币的目前有 98 人，排名

第一的"烟灰黯然跌落"年度内累计打赏241万人民币。[①] 2020年8月11日阅文集团公布的中期业绩财报显示，2020年上半年，该集团在线业务收入同比增长50.1%至24.95亿，自有平台产品及自营渠道的平均月活跃用户数（MAU）同比增加7.5%至2.33亿，每名付费用户月均收入（ARPU）同比增加51.6%至34.1元。[②] 作为一家文学上市公司，阅文集团能有这样的线上经营业绩，正是它产业影响力的体现。

产业影响力的另一个维度是考辨其线下产业链的"长度"与"宽度"。网络文学的线上盈利体量并不大，而且随着免费阅读和短视频的兴起，以及文学阅读人群止增"天花板"的出现，依托订阅、打赏、月票和有限广告的线上盈利已呈下降趋势。与此同时，通过优质网文IP版权市场营造的内容产业链开发却是一片更为开阔的产业蓝海。据第四届中国"网络文学+"大会发布的信息，2019年我国网络文学行业市场规模为201.7亿元，这对于拥有1936万作者、2590.1万部原创作品[③]、4.6515亿文学网民[④]的行业而言，这样的经济体量并不亮眼，而线下由网络文学版权市场打造的产业链则创造了数千亿的产业规模[⑤]，成为势头强劲的新兴文化产业。因而，网络文学的产业影响力在线下版权市场体现得更为充分，也更为重要。尽管版权市场的产业链离不开影视、游戏、动漫、出版、演艺等产业集群的协同生产，但网文作品作为这个产业链的上游，无疑发挥着"内容至上"的源头作用。阅文、中文在线、掌阅、阿里等网文巨头不仅做网文原创，还同时致力于内容开发，做音视频制作与传播，试图形成原创、改编、

---

① 参见欧阳友权主编《中国网络文学年鉴（2019）》，新华出版社2020年版，第200页。
② 《阅文发布2020年中财报：营收32.6亿元 净亏33.1亿元》，2020年8月11日，环球网，https://baijiahao.baidu.com/s?id=1674725551363998184&wfr=spider&for=pc。
③ 李俐：《中国"网络文学+"大会开幕 2019中国网络文学市场规模达201.7亿》，《北京晚报》2020年9月5日。
④ 中国互联网络信息中心：《第46次中国互联网络发展状况统计报告》，http://cnnic.cn/gywm/xwzx/rdxw/202009/W020200929343125745019.pdf。
⑤ 中国作协书记处书记胡邦胜说，网络文学"带动影视、游戏、动漫、漫画等下游文化产业总产值超7000亿元"。见《强化创作引导，推介精品力作——中国网络文学排行榜（2019年度）发布仪式综述》，《文艺报》2020年10月26日。

制作、渠道"一条龙"的市场闭环，看重的就是线下产业链的巨大商机。2020年10月，阅文集团、腾讯影业、新丽传媒三大平台"组合出击"，建立联合机制，推动网文与影视业务和动漫的耦合，目的就是打造线上与线下、原创与衍生、内容与渠道相融互补的新文创生态。此时，作为内容生产的文学，其产业影响力与由它衍生的产业链的"长度"与"宽度"是成正比的。从"长度"上看，网文产业链追求文学版权的N次分发，从影视、游戏、动漫、出版、演艺到听书、旅游、周边……链条越长，其"甘蔗效应"就越明显，衍生的累积效益也就越大；而版权衍生的"宽度"则是指每一个产业链节点上，单个衍生品的盈利能力，让"文→影→音→演→玩"的每一个衍生品和"文→艺→娱→产"的每一种形态都能实现效益最大化。李可的《杜拉拉升职记》改编为电影、电视剧、话剧等，均创造不俗票房，仅出版的同名图书销量就突破350万册。① 唐家三少多次登上网络作家富豪榜，成为圈内首富，主要不是靠线上网文订阅，而是线下的IP版权转让，特别是动漫和游戏改编的收入分成。他的《斗罗大陆》《神印王座》等作品，仅改编的漫画书销量就以千万计。网络小说改编的同名电视剧《后宫甄嬛传》《琅琊榜》《庆余年》《赘婿》等成收视爆款，让创、编、制、播各方赚得盆满钵满，实现口碑、效益双丰收，说明产业链的"宽度"之于网络文学产业影响力的特殊重要性。

五 社会影响力评价

一代有一代之文学，网络文学就是网络时代的标志性文学形态，它会以自身的影响力反过来影响这个社会，评价网络文学的影响力就是看其对这个社会产生怎样的影响。一般而言，网络文学对社会的影响可以考察以下几个主要方面。

一是考察其对社会主流意识形态的建设性。作为一种精神文化产

---

① 杨雪梅、刘阳：《杜拉拉"升值"记：一本书衍生出一条产业链》，《人民日报》2010年7月14日，http://www.ewen.co/qikan/bkview.asp? bkid=195423&cid=624210，2021年8月30日查询。

品，网络文学总是会蕴含一定的意识形态性。无论网络文学有多特殊、与其他精神文化产品有什么不同，只要它还是文学，只要它还属精神产品，都摆脱不了特定的意识形态属性，都会对社会意识形态产生或积极、或消极的影响。我们所需要的是对社会意识形态产生积极影响的网络文学作品，并对它的影响力内涵做出实事求是的评价。例如，对《芈月传》的评价：

> 芈月身上有一种特殊的魅力，有一股神奇的力量，她大胆而执着，善良而真诚，机智而敏锐，因此注定能够改变自己的命运、改变国家的命运。这些都是《芈月传》在塑造芈月时，通过若干细节逐渐传递给读者的重要信息。①

再看一个对《成都，今夜请将我遗忘》的反思性评价：

> 真正的问题在于"遗忘"。在小说中，"遗忘"是一种叙述方式，一种老练的话语策略；而如果我们放宽眼界进一步思索，"谁被遗忘"则更是一个深刻的关乎价值态度的大问题，这个问题尖锐而真实地存在于这个时代的写作和生活之中。作为话语策略"遗忘"。对于《成都，今夜请将我遗忘》而言，仅仅用一种传统方式去分析人物形象显然不够，重要的是作者的叙事、尤其是叙事的元素和视角，这里显示了人物的"形象"，更体现了作者的目的性和潜藏于文字与人物形象背后的意识形态。②

前一个评论是在肯定的意义上评价主人公如何以个人的品质与命运去改变国家的命运，后者则批判性地指出了作品试图用"遗忘"的话语策略去隐藏形象背后真正的主旨，它们均包含一种意识形态评价。

---

① 马季：《〈芈月传〉：网络文本与传统文本的同构》，《南方文坛》2016年第3期。
② 姜飞：《"遗忘"：叙事话语和价值态度——评慕容雪村的网络小说〈成都，今夜请将我遗忘〉》，《文艺理论与批评》2003年第2期。

网络文学的社会影响力之所以要蕴含在意识形态中，是因为网络文学不仅是一种文学现象、文化现象，也是一种意识形态现象，它在建设主流社会意识形态、反映时代精神，乃至在引导舆情、推动国家发展战略上，都具有潜移默化的作用。因而，"我们要把网络文学放置于网络强国的大战略里，在这样一个总态势和大格局中，来看待网络文学的位置，认识网络文学的功用。这就需要我们超越既定的行业范畴，走出狭隘的文学视域，从国家安全和国家发展的总要求，从人民大众的工作与生活的总需求等方面，来衡估网络文学在其中所能发挥的能量，所能起到的作用。充分认识其在文化软实力、信息现代化、话语主动权等方面的综合作用，使网络文学在发展自身、满足读者、服务社会的过程中，不断强筋健骨，日益做强做大，成为网络强国战略中的中坚力量"。①

二是要看对社会生活的干预度。网络文学不仅反映生活，还应该干预生活，以特定的主体立场给生活下判断、做评价，让人们分清生活中的是与非、善与恶、美与丑，以正确的价值观认识和评判生活中的人和事，让文学成为生活的"晴雨表"，也让生活成为文学的"教科书"。我们看到，那些网络现实题材作品，如《网络英雄传》《复兴之路》《大国航空》《大山里的青春》《你好消防员》《特别的归乡者》《好人平安》等，直接反映现实生活，彰显了时代生活的鲜活本色，反映生活新气象，讴歌人民的新创造，对读者产生了积极的认识和启发作用。而那些玄幻、仙侠、科幻类题材的作品，对生活的干预不是"正面强攻"，不是写实而是写意，不是正面描写而是曲折表达，对我们认识时代、体察生活同样是有价值的。今何在的《悟空传》火爆网络时就有评论者说：

> 如果从更深的意义解读《悟空传》，我们还可以看出，无论是英雄无可解脱的宿命悲剧，还是作为一种艺术策略的戏仿，都暗含有《悟空传》的作者及钟爱它的读者这一代人文化精神上的

---

① 白烨：《在强国战略的大格局中发展网络文学》，《文艺报》2021年1月29日。中国作家网，http：//www.chinawriter.com.cn/n1/2021/0129/c404027-32016525.html？isappinstalled=0，2021年9月1日查询。

象征意味。……《悟空传》选择了戏仿，颠覆的只是经典文本而不是文本的悲剧内质，同样，这一代人即使反叛也只是一种姿态，传统和理想的重负不是说卸下就可轻松卸下的。确切地说，这样的戏仿中更包含着一种无奈，有不满，有愤怒，有自嘲，也有独自神伤。①

这就像鲁迅在《且介亭杂文二集·叶紫作〈丰收〉序》中所说："描神画鬼，毫无对证，本可以专靠神思，所谓'天马行空'地挥写了。然而他们写出来的却是三只眼、长颈子，也就是在正常的人体身上增加了眼睛一只，拉长颈子的二三尺而已。"网络小说中的描神画鬼，玄幻仙侠，貌似与当下无涉，实则是现实生活的折射，仍然能起到干预生活的作用。铁凝曾说：

> 好的文学让我们体恤时光，开掘生命之生机，从惊鸿一瞥里，或跌宕的跋涉中……文学应当有力量惊醒生命的生机，弹拨沉睡在我们胸中尚未响起的琴弦；文学更应当有勇气凸显其照亮生命，敲打心扉，呵护美善，勘探世界的本分。②

三是看其对社会文化建设的有效性。网络文学是文化科技相融共生的文化业态，是社会文化的重要组成部分，一方面它可以满足人民的文化需求，增强人民的精神力量，同时又承担着建设社会先进文化的历史使命，使自身成为繁荣时代文化的生力军。正如评论者所说："作为'草根文学''新民间文学'的主要代表，网络文学是以读者为中心的。这种'全民参与'式的写作和阅读，以及网络文学IP开发对影视、游戏、动漫、实体畅销书等通俗文化领域产生的影响，标志着在新的时代生活中，大众文化成为有中国特色的社会主义文化事业的

---

① 林华瑜：《英雄的悲剧、戏仿的经典——网络小说〈悟空传〉的深度解读》，《名作欣赏》2002年第4期。
② 铁凝：《文学最终是一件与人为善的事情》，《文艺报》2017年9月1日。

重要特征,也对主流价值观念形成有力的支撑和互补作用。因此,作为文化的产物及其自身的文化属性,网络文学具有强大的社会文化功能,它在传统和体制中萌芽,在资本和科技的推动下逐渐强大到成为信息时代重要的文化语境。"① 千万作者共创、数亿网民阅读的巨大影响力,使网络文学成为备受关注的大众文化、时尚文化和青年文化,作品的成色与导向如何,事关当代中国文化特别是网络文化建设,其隐含的文化舆情必将影响传媒阵地的话语权建设,正如笔者几年前在《光明日报》的一篇文章中谈到的:"如此'时代现象级'的文学,事实上已经不只是一个'网络'的问题,也不仅仅是'文学'的问题,而是关涉到我们国家的意识形态和当代文化建设,关涉到网络话语权和新媒体阵地掌控,关涉到大众文化消费、国民阅读和青少年成长,甚至关涉到一个社会的主流价值观建构、文化软实力打造和国家形象传播,是治国理政中基层治理、社区治理、社群治理的一个执政基元,它与我们时代的艺术品相、时代风尚、文化引领、人文精神和价值导向直接相关。"②

四是看对青少年成长的引导性。网络文学读者主要是青少年,网文作品对大众阅读的影响主要是对青少年的影响。一个文学作品对青少年产生什么样的影响,能否对他们的世界观、人生观和价值观产生积极的影响、实施正向引导,是检验一个作品社会影响力的重要尺度。唐家三少说,他共计创作了近 20 部作品,4000 多万字,出版了 200 多本图书,总计销量过亿册。他说看他作品改编的动画的主要是 8—12 岁的孩子,购买他纸质书的读者主要集中在 12 岁到 16 岁,在网络上阅读他作品的读者集中在 16 岁到 25 岁,他深感责任重大:

有记者问过我,什么样的网络文学才算是合格的,我用一个最简单的方法来回答,作为一名作家,自己创作的东西敢给自己

---

① 桫椤:《网络文学的文化价值》,《文艺报》2017 年 11 月 27 日第 2 版。
② 欧阳友权:《网络文学应发挥新媒体优势》,《光明日报》2016 年 11 月 26 日第 6 版。

的孩子看，这是最基础的标准。如果自己的作品都不敢给自己的孩子看，又有什么资格给别人的孩子看呢？①

网文大神我本纯洁说，"好作品能引导少年更好的成长"，他创作《神控天下》《妖道至尊》《我是霸王》《第一战神》等小说时，经常给笔下的主人公设置一些困境，如被人偷袭后废掉了一身经脉的凌笑，被同父异母的兄弟打成智障的姚跃，武殿堂内被众人瞧不起的项少云，因拒绝王室婚姻被囚入狱的杨武等，这些主角都有少年热血，不服输，不达目的誓不罢休，不管遇到多大的困难都会对心中的理想保持热爱和向往。他认为"写作要有一定的格局，年轻人还是应该少写一些无病呻吟的东西，多写有真实生活体验、能展现青春活力的作品"，主张网络作家要"多写向善、向上、向美的东西，引导少年更好地成长"。②

网络文学故事性强又通俗易懂，代入感很强，迎合了青少年追求自由、反叛成规、疏解压力、喜爱娱乐的特点。那些描写情色暴力、宣扬风水迷信、崇尚游戏精神或价值观导向错误的作品，容易造成青少年思想意识的混乱和价值观偏差。许多网络小说都有表现逞强斗狠、打怪升级的桥段，长于描写"金手指"异能开挂、化险为夷、一步登天，或炫耀腹黑复仇、异界神功，或展现宫廷内斗、霸道总裁，追求权力、财富、美女俊男的玛丽苏、杰克苏故事，以及用诙谐、调侃、讽刺、嬉戏、戏仿等所谓"爽文"颠覆经典、亵渎神圣的，都可能让一些涉世未深的青少年沉浸在虚拟世界中不能自拔，对他们的"三观"产生负面影响，甚或带偏他们的人生走向。因而评价网络文学影响力时，绝不可忽视作品对青少年成长的引导性。

最后是看网文作品的国际影响力。国际影响力是更大范围、更具意义的社会影响力。中国的网络文学在世界上是独一无二的，堪比好

---

① 南阳便民：《唐家三少聊网络小说写作标准：你写的东西敢给自己孩子看，这是最基础的标准》，2018年7月11日，搜狐网，https://m.sohu.com/a/240564746_99921278。
② 陆赞：《我本纯洁：好作品能引导少年更好的成长》，《中国青年报》2021年3月1日第3版。

莱坞大片、日本动漫和韩剧,并称为"世界四大文化现象",从实际情形看,这种说法是持论有据的,这些年中国"网文出海"渐成气候,再次证明了这一点。复旦大学严锋教授说:"我们今天常讲文化创新,我觉得这些年来,我们的文学中最具有文化创新性和世界性的,就是网络文学。我们今天常讲人类命运共同体,我们的文学中对构建人类命运共同体中最有推动性的,就是网络文学。"① 我国网络文学走出国门,产生世界性影响,有两大值得称道的特殊表现。

一个是它源于外国网民的主动接纳而非中国强推出海,体现了真正的文化软实力。因为文化软实力的本义就是指一种文化的魅力和吸引力,中国网络文学就是靠了自身的魅力和吸引力引起了其他国家文学爱好者的关注,才由他们主动翻译到国外的。最早翻译中国网络小说的文学网站 Wuxia World(武侠世界)、Gravity Tales(引力传说)和 volare novels(沃拉雷小说)等,就是由外国读者创立并得到发展的,中国自己的对外门户网站"起点国际"(Webnovel)2017 年 5 月 15 日才正式上线。

二是在出海方式上,已经从作品传播走向模式输出。早期的网文出海主要是通过翻译把中国的网文作品传播到世界其他国家,据《2020 网络文学出海发展白皮书》显示,截至 2019 年,我国向海外输出网络文学作品已达 10000 余部,覆盖 40 余个"一带一路"沿线国家和地区。其中,2019 年翻译作品 3000 余部。中国网络文学海外市场规模达 4.6 亿元,海外中国网络文学用户数量 3193.5 万人。② 在作品类型上,囊括玄幻、奇幻、都市等多元类型,内容丰富多样,如体现中国传统文化尊师重道的《天道图书馆》,体现现代中国都市风貌和医学发展的《大医凌然》,讲述当代年轻人热血拼搏故事的《全职高手》等。据观察,最受外国读者欢迎的代表作有:《诛仙》《盘龙》《将夜》《真武世界》《妖神记》《诡秘之主》《许你万丈光芒好》《盗墓笔记》《我欲封

---

① 严锋:《重估故事的力量与文学的边界》,文汇客户端,https://wenhui.whb.cn/third/baidu/202101/14/388089.html,2021 年 9 月 2 日查询。
② 曹玲娟:《2020 网络文学出海发展白皮书发布》,腾讯网,https://www.thepaper.cn/newsDetail_forward_10022982,2021 年 9 月 5 日查询。

天》《三界独尊》《莽荒纪》《一念永恒》《武极天下》《放开那女巫》《魔道祖师》《三生三世十里桃花》《修罗武神》……后来，由起点国际领衔的海外原创内容上线，网文IP改编作品也同步输出到海外，网文出海进入3.0阶段，即"模式输出"阶段。阅文集团发布的《2020网络文学出海发展白皮书》的数据显示，自2018年4月上线海外原创功能以来，已经吸引了来自全球超10万名创作者开始网文创作，原创作品超过16万部，优秀海外网络文学作家和优质海外网络文学作品如雨后春笋般不断涌现，既有书写奋斗、热血、努力等主题，也有浪漫爱情与科幻元素，中国网文的全球粉丝已超过7000万人[①]。网文IP改编的作品也陆续输出到许多国家，如IP改编的国内爆款剧集《庆余年》，海外发行已涵盖全球五大洲多种新媒体平台和电视台。现在，我们已成功将中国特色网络文学创作和商业模式带向全球，致力于构建全球产业链，共同挖掘网络文学的内容能量，从内容到模式、从区域到全球、从输出到联动的不断升级，把中国网络文学国际影响力推向新的阶段和水平。通过民族文化软实力的文学呈现，开启了中国文化"走出去"的一面窗口，创造了开启民间渠道、讲好中国故事的网文国际影响力新境界。

六 传媒影响力评价

评价网络文学的传媒影响力事关这一文学的传播路径和传播效果。从媒体传播功能看，传媒影响力不仅可以衡量评价对象本身在传媒中的影响，其对评价对象其他层面的影响力，如文化影响力、文学影响力、社会影响力、读者影响力和产业影响力等，都会产生一定影响，因为其他方面的影响力无不需要通过传媒来实现，或借助传媒的影响力来把握。因而，传媒影响力是网络文学影响力评价的媒介、枢纽和桥梁。

现代社会用于传播的媒体很多，从诞生时间和功能上区分，主要有新媒体影响力和传统媒体影响力。

[①] 曹玲娟：《2020网络文学出海发展白皮书发布》，腾讯网，https://www.thepaper.cn/newsDetail_forward_10022982，2021年9月5日查询。

新媒体影响力是考察网络文学在数字化技术传媒如互联网、各类自媒体中的传播境况和传播效果。如对于文学网站评价而言，其媒体影响力要看其网络传播能力、所传播的作品质量、平台经营水平、网站制度建设、社会和文化影响，以及由它们综合而成社会效益评价、经济效益评价和网站管理水平评价等。网络作家作品的传媒影响力要看点击量、推荐量、收藏量、在线阅读、阅读时长数等数据，还有月票、评论、超话以及全网热度等指标，以此检验作品在粉丝中的号召力、社会影响力和生命周期的长短等。随着数字化网文产品功能的不断完善，近年出现了如本章说、配音、角色应援、书粉衍生创作、社交安利等作家作品与粉丝的新型互动方式。还有作者与读者、读者与读者之间的互动频率与"黏性度"等，也成为衡量网络作家作品新媒体影响力的重要指标。

如阅文集团2021年5月发布的"网络文学作家指数"TOP50榜单，就是综合作家作品热度、市场认可度和粉丝黏度等多个新媒体影响力指标而评定的。排名第一的"90后"作家老鹰吃小鸡，其现象级作品《万族之劫》以全年223万总月票的成绩，问鼎阅文原创文学风云榜2020年度男生总榜，平台更新字数、总收入、总订阅、总评论量（全平台评论量超300万）等线上指标均位列第一，并且是读者打赏数额最高的作品。排名第二的唐家三少连续"不断更"100个月，其作品《斗罗大陆》是网文圈第一个网络小说改编为漫画的作品，全网播放量破290亿，最新一季豆瓣评分达8.8分，该小说的游戏、动漫、影视等版权开发持续展现作品的生命力。新媒体的传播影响力在这类评价中的决定性作用是显而易见的。

传统媒体的影响力主要是看网络文学在线下媒体中的影响，通常是通过报刊评论、作家作品研讨活动、各类网络文学征文榜单和传统媒体的新闻报道来体现和检验。

学术期刊和报纸的网络文学评论很多，如马季《中国网络文学叙事研究》（《中国文学批评》2021年第2期）、林华瑜《英雄的悲剧，戏仿的经典——网络小说〈悟空传〉的深度解读》（《名作欣赏》2002年第4期）、梁沛《盗墓小说的魔力之源——剖析南派三叔〈盗墓笔记〉》

(《戏剧之家》2014年第7期);报纸评论如周志雄《书写现实题材的网络小说》(《文学报》2020年9月3日)、欧阳友权《百年百部网文力作的精神光源——写在建党百年·百家网站·百部精品发布之际》(《文艺报》2021年6月25日)、夏烈《网络文学现实转向的迷与悟》(《文汇报》2019年6月17日)等即是其代表。还有网络文学理论评论著作更是传统媒体影响力的重头戏,如欧阳友权的《走进网络文学批评》(凤凰出版社2019年版)、《网文观潮》(海峡文艺出版社2020年版),周志雄《文化视域中的网络文学研究》(安徽教育出版社2018年版)、邵燕君《网络文学的"新语法"》(海峡文艺出版社2021年版)、陈定家《文之舞:网络文学与互文性研究》(社会科学文献出版社2014年版)、马季《网开一面看文学:中国网络小说批评》(中国书籍出版社2021年版)、桫椤《网络文学:观察、理解与评价》(海峡文艺出版社2020年版)、夏烈《网络文学的新传统与未来性》(杭州出版社2019年版)、王祥《网络文学创作原理》(中国人民大学出版社2015年版),以及庄庸等主编的《华语网络文学智库丛书》(多卷本,中国青年出版社陆续出版)、肖惊鸿主编的《网络文学名家名作导读丛书》(多卷本,作家出版社已出三辑)、周志雄主编的《中国网络文艺作品评论选》上下卷(中国社会科学出版社2017年版)、夏烈主编《数字景观与新型文艺——"钱潮杯"首届青年创意家·网络文艺评论奖获奖论文集》(浙江文艺出版社2021年版)、中国作协网络文学研究院编《网文探微——首届白马湖网络文学评论大奖赛获奖作品集》(浙江人民出版社2020年版)等。据《中国网络文学年鉴》统计,2018年我国有216家专业学术刊物发表网络文学理论与评论论文432篇,出版该领域理论批评著作15部;2019年有234家学术刊物发表网络文学理论批评论文470篇,出版理论批评著作24部;2020年,共有148家刊物刊发网络文学理论与批评论文285篇,出版理论批评著作31部。① 相比新媒体线上评论,传统的纸介媒

---

① 参见欧阳友权主编《中国网络文学年鉴》(2018、2019、2020)"网络文学理论与批评"章节,新华出版社每年新版。

体评论的影响力较为滞后，但影响却更有深度且更为长久。

网络作家作品研讨活动通过媒体的报道，特别是经会议综述的深度评析，能形成较大的舆情引导，产生广泛的影响力。如中国作协多次举办的网络作品研讨会、网络文学高峰论坛，中国文艺理论学会网络文学研究分会每年举办的网络文学专题和网络作家作品研讨[①]。还有如北京、上海、浙江、江苏、广东、四川、湖南等省市举办的全国性网络文学活动，以及北京大学、中南大学、安徽大学、山东大学、西南财经大学、杭州师范大学、浙江传媒学院等高校网络文学社团组织举办的各种研讨活动，对网络文学的主流化、经典化、学派化和学科化，起到了重要的催化与引领作用。中国作协、国家广电总局以及各省市举办的网络文学排行榜、优秀网络原创小说推介等，更是整合了传统媒体与新兴媒体的舆情功能，对网络文学评价和网文行业的健康发展起到了标杆和导航的双重作用，是媒体影响力放大网络文学传播、规制网络文学评价的推动力量。

基于以上分析，我们网络文学评价体系的逻辑层级做以下图示：

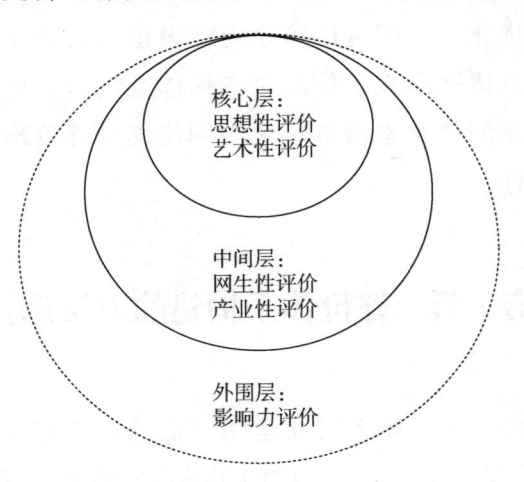

核心层：
思想性评价
艺术性评价

中间层：
网生性评价
产业性评价

外围层：
影响力评价

图6-2 网络文学评价体系的逻辑层级

---

① 如2017年贵州贵阳的网络文学会议研讨了血红的学术，2018年广西贺州的网络文学会议研讨了丛林狼和小佛的小说，2019年的四川绵阳网络文学会议探讨了爱潜水的乌贼的小说，2020年在长沙的网络文学会议探讨了流浪的军刀的小说，2021年在合肥召开的第六届网络文学学术年会研讨了庹政的网络小说。

第七章 网络文学评价的指标体系与要素倚重

网络文学评价体系是一个完整的系统，支撑这个系统的除评价维度外，更重要的是厘清各维度下的评价标准和指标体系。本章拟选取理论逻辑与历史实践相统一、新媒体大数据分析等方法，遵循科学性、系统优化、通用可比等原则，构建出指标体系设计及权重系数，并使用具体网络文学作品对指标体系进行有效性验证，然后分析该指标体系的"要素倚重"之于网络文学评价理论与实践相结合的必然规制性。

第一节 评价体系构建的方法选择

构建网络文学评价体系需要运用一定的评价方法。网络文学是"网络时代"的文学或"网络"中的文学，可能需要有大数据、云计算或爬虫技术等自动抓取万维网信息以获取量化评价，但网络文学作为"文学"，本质上属于人文学科，主要解答精神、情感、信仰、价值等方面的问题，这方面的判断有时很难被量化、被计算，因而在做方法论选择时，可以选用却不宜过多依赖技术科学、工程科学的评价方法。即使如德尔菲法①、头脑风暴法②、统计学研究方法③等在社会学、管理学评价中常用的专家评价方法，也应谨慎使用。其原因在于，文学评价，包括网络文学评价，主要是"质"的评价而非"量"的评价，"量"的结果只是衡量"质"的最大公约数而不是"量"本身即可锚定的。有时，仅靠量的计算还可能造成误判，比如一个作品的市场价值含量不能真正衡量它的人文价值含量和艺术审美含量，一个作家挣钱多少、收入高低也并不代表作家的文学水准和艺术贡献，尽管不可否认二者之间有一定关联。更何况，偏于计量、权重、比值的那些方法，在面对一个蕴含精神、情感、信仰、价值的"生命体"时，有可能让"技术利刃"将对象"解剖"得鲜血淋漓、支离破碎，却对人们真正认知对象的价值和事物本质并无帮助，或意义不大。诚然，网络文学较之传统文学有着更多的技术含量，对数字化传媒的技术依赖度也更高，但评价网络文学绝不是单纯对它做技术评价，而主要是做人文审美的价值评价。"技术"的元素只有服膺于人文审美并化作人文审美的一部分，它才是有意义的，可以用于评估的，否则就将外在于网络文学评价的题中之义。

当然，评价网络文学，建构网络文学评价体系，并不一般性排斥社会调查、计量统计、量化计算的评价方法，更何况网络技术本身就便于操控大数据、云计算等量化统计，必要的计量统计和权重计算有

---

① 德尔菲法也称专家调查法，是一种采用通信方式分别将所需解决的问题单独发送到各个专家手中，征询意见，然后回收汇总全部专家的意见，并整理出综合意见，随后将该综合意见和预测问题再分别反馈给专家，再次征询意见，各专家依据综合意见修改自己原有的意见，然后再汇总。这样多次反复，逐步取得比较一致的预测结果的决策方法。https：//wiki.mbalib.com/wiki/，全球最流行的专家评价方法大全。

② 头脑风暴法又称智力激励法、自由思考法，由美国创造学家A. F. 奥斯本1939年首次提出，是一种刺激并鼓励一群知识渊博、知悉风险情况的人员畅所欲言、开展集体讨论的方法。头脑风暴法又可分为直接头脑风暴法（通常简称为"头脑R暴法"）和质疑头脑风暴法（也称"反头脑风暴法"）。前者是在专家群体决策，尽可能激发创造性，产生尽可能多的设想的方法，后者则是对前者提出的设想、方案逐一质疑，分析其现实可行性的方法。https：//www.dongao.com/zckjs/gsz/201904231003181.shtml。

③ 统计学研究方法是指有关收集、整理、分析和解释统计数据，并对其所反映的问题作出一定结论的方法，包括大量观察法、统计分组法、综合指标法、统计模型法等。

助于评价体系的科学化和评价行为的客观性。下面介绍几种与网络文学评价有关，或较为适于网络文学评价体系建构的方法，以供选择和参照。

一 理论逻辑与历史实践相统一的方法

这是包括网络文学评价在内的文学评价，乃至人文学科评价最常用也最有效的方法，属于辩证逻辑的方法之一，应该成为构建网络文学评价体系的基本方法。逻辑是理论，是顺序和行程，是对历史发展过程的理论概括和总结，是历史的东西在理论思维中的再现，揭示了事物在历史发展过程中的必然性和规律性。历史是人们对事物发展过程的理想认知，包括客观世界的历史发展过程、人类实践活动的发展过程和人类认识的发展过程。

逻辑与历史的统一的基本内容如下。

（1）理论的逻辑进程与客观现实的历史发展进程相一致。如恩格斯所说："历史从哪里开始，思想进程也应当从哪里开始，而思想进程的进一步发展不过是历史过程在抽象的、理论上前后一贯的形式上的反映。"[1]

（2）科学理论的逻辑进程与关于对象认识发展的历史进程相一致，各门科学的概念、范畴的发展与其理论的历史发展进程相一致。

（3）思维科学的理论与认识史、思想史相一致；个体的思维规律与整个人类思维发展规律相一致；儿童智力发展规律与整个人类思维发展规律相一致。[2]

理论逻辑与历史实践相统一的方法施之于网络文学评价体系建设，具有高度的适恰性。比如，网络文学历史短暂却发展迅速，体量巨大但"野蛮生长"，网络文学评价有着明显的滞后性，建构网络文学评价体系和批评标准需要从这样的历史实践出发，而不能脱离这一历史

---

[1] 《马克思恩格斯选集》第 2 卷，人民出版社 2009 年版，第 122 页。
[2] https：//baike.baidu.com/item/逻辑与历史的统一/15571937? fr = aladdin.

实践，简单地套用过往观念与标准去削足适履。于是，我们在评价维度选择上设定了不脱离网络媒介的思想性维度、不脱离爽感的艺术性维度、源于传媒技术的网生性维度、依托市场绩效的产业性维度和聚焦传媒效果的影响力维度，而不是一般性地沿用思想性、艺术性、网生性、产业性和影响力。

再如，基于网络文学发展水平，我们从作品现状和网文创作的实际出发，对网络文学评价对象做出两类区隔：即资格性评价和选择性评价，避免一刀切地对复杂多样的网络文学作品做出不切实际的"宰制"式判断，力求在理论逻辑与历史实践之间找准切入点。

还有，我们对网络文学评价体系的逻辑层级做出理论预设，将体系层级区分为核心层、中间层和外围层，也是从网络文学生产方式和整个网文行业运作模式的特点和规律出发，让逻辑层级的体系设定，与网络文学的价值呈现方式相衔接，以便建立评价体系与网文实践的兼容度，达成理论逻辑与历史实践的统一。

二　新媒体大数据分析法

这是网络文学评价有别于传统文学评价的一大特点和方法优势。网络文学是以数字化的新媒体为媒介和载体的，而新媒体的数据统计便利和算法功能，让文学评价浩瀚的量化数据唾手可得，并可对访问来源、流量分析、受访页面等来自一线的全网信息进行数据加工、处理和总结，具有数据量大（Volume）、速度快（Velocity）、类型多（Variety）、价值蕴含丰富（Value）和真实性（Veracity）等"5V"优势，还可以使用数据仓库、数据集市、国云数据等分析工具，经可视化分析、数据挖掘算法、预测性分析、语义引擎、数据质量管理、数据存储等特定分析步骤，求取所需要的目标数据集值。

相对于传统的逻辑分析法或修辞分析法，数据分析法对于网络文学评价具有很强的技术优越性与对象适应性。网络文学本身是典型的数字化生产又"数字化生存"的艺术，无论是作品文本信息，如题材创意、故事桥段、人物关系、篇幅长短、遣词频次与造句习惯等，还是创作者的社会形象,特别是作品的市场反应和阅读效果,均可化作"信息DNA"和各种数据编码,让主体获得较为精确的量化统计结果,进而从万维数据库和"比特新空间"中,进行"人性化界面"[①] 和"透明化"计算的双重考辨,为评价对象做出有实践依托和数据支撑的价值判断。如研究者所言:"网络文学始于数字,风行于数字,可以说是数字让文学在互联网世界中穿越飞扬、一路驰骋,同样也是数字让网络文学成为一种文化工业。"[②]

利用大数据评价网络文学已有先例。如2021年1月发布的《2019—2020年度网络文学IP影视剧改编潜力评估报告》,就从4100万条用户评论大数据入手,从2590万本网络文学作品中筛选出46个社会价值、艺术价值相统一、用户评价高、具备高影视剧改编潜力的网络文学IP,从中总结出相关的改编经验。《报告》还以2018—2019年度47部影视作品的用户评论数据为基础,通过抽取用户评论中直接与原著比较的内容进行满意度分析,形成网络文学IP改编影视剧用户评论满意度排名,最终有12个网文IP上榜,依次为:《庆余年》《天盛长歌》《陈情令》《将夜》《全职高手》《致我们暖暖的小时光》《知否知否应是绿肥红瘦》《从前有座灵剑山》《香蜜沉沉烬如霜》《扶摇》《东宫》《夜天子》等。[③]

阅文集团曾利用大数据分析来获取网络作家指数,基于大数据,综合作家当下的作品热度、市场认可度和粉丝黏度等,覆盖稿酬、月票、评论、阅读时长、版权价值等指标,按特定时间节点的平台数据测算出指标数据,以此为依据形成排名,并以月为单位实施更新。据阅文集团介绍,其所发布的《网络文学作家指数》是依据作家名下所有作品本年度内的线上影响力(理论稿酬+用户阅读时长)、粉丝热

---

① [美]尼葛洛庞帝:《数字化生存》,胡泳、范海燕译,南方出版社1997年版,第1部、第2部。
② 吴长青:《数字时代文学研究的转型——网络文学研究中的"数据"管理》,《文艺报》2021年6月25日。
③ 东仁:《网文影视改编大数据报告发布,〈诡秘〉等46个潜力IP入榜》,搜狐网,https://www.sohu.com/a/447658226_120848598。

度（月票＋评论）、版权价值（版权类稿酬）等维度数据综合加权编制，由系统自动测算而成，按月更新，是全面反映阅文签约作家影响力和品牌价值的客观指标体系。基于网络作家指数形成的网络作品IP开发数据化指南，将促使业界告别传统的模糊性定性评价标准，搭建起更科学、更多维、更可量化的评判体系，有助于更为精准地认识网文作家的影响力和品牌价值，从创作源头上激活内容生态圈，为网文产业链的动画、游戏、电影、漫画等下游文娱产业，提供最直观的参考指标，有效助推了网文作品的市场分发和转换。①

必须指出，大数据、云计算，乃至爬虫技术这些新兴的技术统计手段都是冷冰冰的机器计算，对于文学（含网络文学）这类艺术审美对象的评价来说，可以用于市场衡量，不可包揽其人文性价值判断；能在一定程度上反映出读者的认可度，却难以计量出作品的艺术价值和社会作用。周志雄在《量化指标能否称出网络文学的"斤两"》一文中说："在文学研究中，计量分析有效地克服了研究中感觉、印象的偏差，为文学评价的科学分析提供了量化依据"，与此同时他指出，"文学创作是个人经验、情感的表达，高度个性化。文学作品又是一种有意味的形式，评论者对文学作品的评论分析，首先是从阅读印象入手，在此基础上再依照相应的文学理念进行解读分析。量化数据分析的偏差在于，它掩盖了读者对作品的感受，通过'脱水'处理后的数据没有感情，没有温度，只有冷冰冰的原则，数据相同的作品给读者带来的阅读差异并未清晰地呈现"。② 因而，计算思维对文学艺术的评价的有限性和局限性是显而易见的，其对于诸如生活感悟、精神信仰、历史意识、哲学思辨一类富含人文底色的东西很难得出精确结论。艺术、审美、人文的东西不可能精确量化，任何大数据都"不会判别真善美与假恶丑的分野，认识不到莎士比亚和卡夫卡的价值，不可能像巴尔扎克那样做一个法国社会的'秘书'，或是像托尔斯泰那样让

---

① 《阅文首发网文作家指数榜单，IP开发有了数据化指南》，腾讯网，2021年5月12日，https：//new.qq.com/rain/a/20210512A03Q3000。

② 周志雄：《量化指标能否称出网络文学的"斤两"》，《光明日报》2021年5月1日第5版。

自己的创作成为'俄国革命的一面镜子',因为它不会有对人的生存意义的反思,也不会有对社会病灶的诊断和对人伦道义的评判,无以对接人的价值观"①。这是我们在运用新媒体数据计算方法评价网络文学时必须注意的。

三 层次分析法

层次分析法,简称 AHP（Analytic Hierarchy Process）,是美国运筹学家匹兹堡大学教授萨蒂于 20 世纪 70 年代初提出的一种层次权重决策分析方法,即将与决策有关的元素分解成目标、准则、方案等层次,在此基础之上进行定性和定量分析,以实现目标方案优化决策。层次分析法常用于运筹学,其基本原理是:评价者根据问题的性质和要达到的总目标,将问题分解为不同的组成因素,并按照因素间的相互关联以及隶属关系,将因素按不同层次聚集组合,形成一个多层次的分析结构模型,从而最终使问题归结为最低层（供决策的方案、措施等）相对于最高层（总目标）的相对重要权值的确定或相对优劣次序的排定。②

层次分析法的计算分四个步骤。

第一步:建立层次结构模型,即将决策的目标、考虑的因素（决策准则）和决策对象按它们之间的相互关系分为最高层、中间层和最低层,绘出层次结构图。

第二步:构造判断（成对比较）矩阵,即采用一致矩阵法,不是把所有因素放在一起比较,而是两两相互比较,以尽可能减少性质不同的诸因素相互比较的困难,以提高准确度。

第三步:层次单排序及其一致性检验,对应于判断矩阵最大特征根 λ_{max} 的特征向量,经归一化（使向量中各元素之和等于 1）后记为 W。W 的元素为同一层次因素对于上一层次某因素相对重要性的排序

---

① 欧阳友权:《人工智能之于文艺创作的适恰性问题》,《社会科学战线》2018 年第 11 期。
② 层次分析法（运筹学理论）,https://baike.baidu.com/item/层次分析法/1672?fr=aladdin。

权值，这一过程称为层次单排序。能否确认层次单排序，则需要进行一致性检验，即对 A 确定不一致的允许范围。其中，n 阶一致阵的唯一非零特征根为 n；n 阶正互反矩阵 A 的最大特征根 $\lambda \geq n$，当且仅当 $\lambda = n$ 时，A 为一致矩阵。

第四步：经层次总排序及其一致性检验，计算某一层次所有因素对于最高层（总目标）相对重要性的权值，称为层次总排序。这一过程是从最高层次到最低层次依次进行的。

第五步：计算各评价指标的组合权重系数，并求出综合评分指数及排序。

层次分析法对于网络文学评价体系构建的适应性在于：网络文学评价标准有不同的维度选择，而不同的维度又划分为核心层、中间层和外围层等逻辑层级，这与层次分析法有一定相似之处，是适应于网络文学评价体系的层次分析法。不过对网络文学评价的层次分析不一定要有矩阵向量计算和一次性检验，或者说那些计算和检验只作参考系数，而非唯一结论。

四 模糊综合评价法

模糊综合评价方法是一种基于模糊数学的综合评价方法，需要综合考虑资源的多种价值因素，采用模糊集理论来评定其对象的优劣。它需要设定评价因素（F）即评价对象、评价因素值（Fv）、评价值（E）、平均评价值（Ep）、权重（W）、加权平均评价值（Epw）等，最后得出综合评价值（Ez），获得等级评价。

一般步骤是：（1）构建模糊综合评价指标；（2）通过专家经验法或层次分析法构建好权重向量；（3）建立适合的隶属函数从而构建好评价矩阵；（4）评价矩阵和权重合成，并对结果向量进行解释。

在实际应用中，这种方法的做法是：设定两个有限论域：

$U = \{u_1, u_2, \cdots\cdots, u_n\}$ 为资源的价值因素集合；

$V = \{v_1, v_2, \cdots\cdots, v_m\}$ 为评价水平集合。

比如，评估一个文物的价值系统，可设定：

U = {品相，时间价值，文化价值，审美价值}

V = {很好，好，不好}

设 $\tilde{R}$ 是从 U 到 V 的模糊关系，其元素 r_{ij}（$i=1, 2, \cdots, n$；$j=1, 2, \cdots, m$）；表示仅从第 i 个价值因素来看，对被评价方案评出第 j 种评价水平的可能程度。所以（$r_{i1}, r_{i2}, \cdots, r_{im}$）就是单独从第 i 个价值因素来评价，对被评价方案所作的单因素（i）的评价水平集合，即它是 V 的一个子集合。如对某件文物，从品相这一因素来看，有40%的人评为很好，有50%的人评为好，只有10%的人认为不好，即得：(0.4, 0.5, 0.1)

又因为 U 中各价值因素对事物总体效能的影响是不一样的，亦即各因素有不同的权重，人们对其认识，可以表现为 U 上的一个模糊子集 $\tilde{A}$，其元素即为 U 的分配权重。

模糊综合评价方法之于网络文学评价体系建构的意义在于，由于网络文学的可成长性与不确定性、评价维度的层次性、定性指标难以定量化等问题，使人们对网文作品的价值判断难以做出"非此即彼"的准确描述，对并不成熟的网络文学现象很难用经典数学模型加以统一量度。因此，建立模糊综合评判方法，从多个指标对被评价事物隶属等级状况进行综合性评判，对被评判对象的变化区间做出划分，一方面可以顾及对象的层次性，使得评价标准、影响因素的模糊性得以体现；另一方面在评价中又可以充分发挥人的经验，使评价结果更客观，符合实际情况。因而，模糊综合评判所具有的定性和定量因素相结合的特点，对于网络文学评价体系建设有着较为广泛的适应性。

五 集值统计法

集值统计法是一种定性指标量化方法，该方法不仅可以处理不确定性、模糊性和心理因素对评价对象的影响，而且可广泛吸纳专家意见，充分利用评价过程中获得的信息，减少量化过程中的随机误差，使定性指标的量化更加客观合理。集值统计不同于经典的概率统计的地方是，后者的统计样本一般被看作一个随机变量的若干独立实现，而集值统计的样本则被看作一个随机集的独立实现。具体做法如下。

选择 n 位专家，专家选择应视具体情况而定。给出评价指标值的两个极点，为方便专家赋值，取 0 和 100 两点，然后请专家给出指标 Ui 评价值的区间估计，得到 n 位专家对指标 Ui 的一个集值统计序列：$[r_{11}, r_{21}]$, $[r_{12}, r_{22}]$, …, $[r_{1n}, r_{2n}]$。

将这 n 个区间投影到评价指标值域轴上，得到样本投影函数 X（r）

$$\bar{X}(r) = \frac{1}{n} \sum_{x=1}^{x} X[r_{1k}, r_{2k}]^{(r)}$$

其中

$$X[r_{1k}, r_{2k}]^{(r)} = \begin{cases} 1 & r_{1k} < r < r_{2k} \\ 0 & 其他 \end{cases}$$

取 $r\max = \{r_{21}, r_{22}, \cdots, r_{2n}\}$，$r\min = \{r_{11}, r_{12}, \cdots, r_{1n}\}$，则指标 Ui 的评价值为

$$E(r) = \frac{\int_{r_{min}}^{r_{min}} \bar{X}(r) r dr}{\int_{r_{min}}^{r_{min}} \bar{X}(r) dr} = \frac{\sum_{k=1}^{x}[(r_{2k})^2 - (r_{1k})^2]}{2\sum_{k=1}^{k}(r_{2k} - r_{1k})}$$

需要特别指出的是，由于指标体系中各评价指标对价值评价的贡献大小和重要程度不一致，因此，这些评价指标必须通过指标权重处理来体现指标之间的差异。这就是所谓的指标体系赋权处理。指标体系赋权方法很多，对于带有定性指标的指标体系的赋权方法，一般选用统计均值法、二项系数法、两两对比法、循环评分法、层次分析法等。其中，层次分析法（AHP）效果比较突出。[①]

集值统计法对于网络文学评价体系建构的有效性在于，它本身所具有的随机性与文学复杂性、模糊性和网络文学的可成长性与不确定性之间，有某些同构关系，集值统计法确定评价体系定性指标的特征值，对具有随机性和模糊性的网络文学指标进行数学分析，有利于改

---

① 参见欧阳友权主编《文化产业概论》"第八章 文化产业项目评估"，湖南人民出版社 2008 年版。

进网络文学评价权值的确定方法，使其更加符合网络文学的实际状况。

第二节　指标体系及权重设计

一　指标体系设计原则

网络文学评价体系的指标设计需要遵循以下几个基本原则。

一是科学性原则。评价指标体系设计要以科学理论为指导，坚持理论逻辑与网络文学实践相统一，让评价体系指标在理论上站得住脚，遵循科学评价的程序，运用科学思维方法来实施评价行为。评价指标科学性的主要标志是：信息全面、迅速、准确；判断科学、及时、正确；方向对头、目标明确；指标设计齐全，相对独立；论证充分，分析恰当；实施步骤清晰有度；责任明确，要求具体；调控得当，反馈及时；评价程序、评价标准、评价过程科学化；等等。在网络文学评价指标体系设计中，要把它视为"文学"评价指标，又不可忽视"网络文学"评价指标；"文学"评价有其科学性，"网络文学"评价也有它的科学性，在评价指标设计中，需要使它们合二为一，并保持指标体系的科学性，这样才可能有网络文学评价的科学性。

二是系统优化原则。评价对象的各项指标之间是相互联系或彼此制衡的，若干层次的指标体系体现出很强的系统性。从系统论的眼光看，网络文学评价体系具有整体性、层次性、结构性和环境制约性，要实现评价目标，必须通过各项指标的选取及其权重设计，让系统达到最优化，用最佳功能实现最优目标。在这个过程中，既要避免指标体系过于庞杂，又要防止指标过于单一，或对各单项指标取舍不当而造成评价失准。在系统分解时，由总指标分解成次级指标，使系统的各要素及其结构都能满足系统优化要求，就必须让各指标之间的有机联系和合理的数量关系，体现出对各关联要素的统筹兼顾，以发挥各要素功能的最大化和最优化，最终达到评价指标体系的整体功能最优，完成科学、客观、全面的评价体系建构。譬如，我们在为艺术性设计评价指标时，既要考虑网络文学作为"文学"之一种，它与其他文学所共有的艺术属性，如创意、人设、情节、结构、语言、细节、表现手法等方面的特点，又要考虑它作为"网络文学"之独有的艺术属性，如阅读爽感、读者选择优先、粉丝的认同尺度等；与此同时，还必须考虑所设评价指标与网络文学思想性、网生性、产业性和影响力等其他各指标体系之间的密切关联，此种设计会对其他评价要素带来什么影响，以及这种影响会不会干预到评价结果等等，这便是系统化原则的题中之义。

三是通用可比原则。包括不同时期、不同对象之间的纵向和横向对比时，不可出现相互冲突、互不兼容的情形。从纵向上说，同一对象（如网络作品、网络作家、文学网站）的这一时期与另一时期作比，其指标体系和各项指标、各种参数的内涵和外延需保持稳定，用以计算各指标相对值的各个参数值（标准值）不变，以保证评价指标体系的通用可比性。在横向上看，不同对象之间的比较需要找出共同点，按共同点设计评价指标体系。对各种具体情况，可采取调整权重的办法，综合评价各对象的状况再加以比较，以增强评价指标体系的适应性。当然，通用可比原则必须以一致性为前提，以客观性为基础，在对象与指标的分级分类上要遵循系统性原则。例如网络小说的评价指标不可以用于评价网络作家，甚至也不宜用于评价网络诗歌等其他体裁的作品，因为在不同对象、不同层次中，某一评价指标是不可通用也不可比的。

四是实用性原则。实用性讲究务实不务虚，着眼解决实际问题，评价指标设计应具有可行性、可操作性。特别是对于网络文学这种偏重人文理性、精神价值、意愿表达、情感抒发等更注重"品质"而非"数量"的评价对象，其评价体系更应该从复杂性、模糊性中抽绎出明了、直观、好用的评价标准和指标，而不必去做套用一些貌似精确、实则无效的公式，做复杂的推演和计算，因为那些价值层面的东西是计算不出来的——如果把一个文学作品像庖丁解牛一样"大卸八块"，解读得丁是丁、卯是卯，反而会曲解文学的微妙，遮蔽文学的诗意，消解文学的人文审美价值，丧失作品的文学性，从而失去评价的意义。

因而，指标体系的数据来源必须可靠，数据应易于获取，指标体系尽可能简化，信息计量既要标准化、规范化，也要有人文审美的可辨识性、可操控性。做到界面友好，结构清晰，易理解、易学习，流程合理，功能一目了然，菜单操作充分满足用户的视觉流程和使用习惯。

还有目标导向原则。评价指标设计的目的一方面可以给评价对象做出一个定性或定量评价，或者用于排出名次、区分等级，另一方面则是为了促使和引导评价对象实现更优更快的发展。因而目标导向的作用体现在两个层面。首先是评价体系本身的指标设计要做到科学合理、系统优化、通用可比、操控便捷，成为能被专家认可、行业有效、使用广泛的评价体系。特别是对网络文学评价而言，由于创作繁盛与评价滞后形成的明显反差，整个行业对评价体系和批评标准有着强烈的应用需求，此时构建的评价体系及其指标设计应该适应行业需要，有助于弥补网络文学评价无据可依的短板，形成评价体系构建的目标导向，满足评价指标设计的初衷。然后，还要有利于网络文学行业整体发展的目标导向，使网络文学评价有范式可循、有标准可依，让科学有效的评价体系及其各项指标设计成为优化行业生态、助力网络文学健康发展的触发器和驱动力。在 2021 年 3 月的全国两会上，全国政协委员陈崎嵘呼吁："尽快形成具有网络文学特质、符合网络文学发展和传播规律，又与广大网民阅读审美体验基本接近的网络文学评价体系"[1]，这正是我们设计网络文学各项评价指标的目的所在。

二　评价指标体系设计及权重系数

网络文学评价体系的指标设计是一个系统工程，为便于直观把握，按照行业积累的经验，在此设计了一个由三级指标构成的网络文学评价指标体系。然后通过德尔菲法获取权重系数值：设权重系数总值为 100，邀请 12 位专家（其中网络文学研究专家 5 人，网络作家 5 人，

---

[1] 虞婧：《陈崎嵘：全国性网络作家组织是网络文学繁荣发展的现实需要》，2021 年 3 月 5 日，中国作家网，http：//www.chinawriter.com.cn/n1/2021/0305/c404024 - 32043330.html。

文学网站管理者2人），对预设的三级指标逐项打分，并计算出平均分作为各权重系数，得出各指标权重系数的区间值。见表7-1：

表7-1　　　　网络文学评价指标体系及权重系数

一级指标	二级指标	三级指标	权重系数区间值（总值100）	偏重类型
思想性 （基于网络媒介）	主体倾向的立场站位	在个人价值立场层面： 1. 对真善美与假恶丑的分野； 2. 悲悯苍生，敬畏自然； 3. 三观正确，思想格调健康； 4. 对终极意义的信仰与虔敬	5—8	偏重作品
	社会历史判断的价值观	社会历史层面： 1. 作品反映生活的深度、广度和真实度； 2. 思想境界上对国家民族的担当、扪心行文的历史责任； 3. 价值引导和文化传承	6—9	偏重作品
	伦理叙事的人性化表达	人文伦理层面： 1. 作品对人生苦痛的敏锐感知； 2. 对人性丰富性的发掘与批判； 3. 对弱者的同情与关爱； 4. 对人的精神世界的永恒探寻	5—8	偏重作品
艺术性 （不脱离爽感）	阅读爽感代入性	1. 故事抓人，形象生动； 2. 情感的共鸣性； 3. 人物、情节、细节生动传神； 4. 语言、结构、表现手法等文学形式的独创与完美度	5—8	偏重作品
	艺术创新力	1. 故事架构的创意力； 2. 题材类型出圈的拓新力； 3. 多媒体、超文本或AI创作的艺术表现力； 4. 鲜明的个性化风格	6—9	偏重作品
	作品的生命力	1. 作品价值与审美意蕴； 2. 作品立得住、传得开、留得下	5—8	偏重作品

续表

一级指标	二级指标	三级指标	权重系数区间值（总值100）	偏重类型
网生性（源于传媒技术）	作品互动生成性	1. 读者与作者交流频度； 2. 读者与读者互动密度； 3. 作者与网站编辑交流频度	1—3	偏重创作
	粉丝干预效应	1. 粉丝数量； 2. 新媒体指数； 3. 贴吧话题量、超话数等全网热度； 4. 粉丝对创作过程的影响度； 5. 作者对粉丝干预的态度	2—5	偏重创作
	文本的特异性	1. 续更延异的长度与时间密度； 2. 网络文本的容错率； 3. 作品的线上反响	1—2	偏重创作
产业性（依托市场绩效）	网站商业模式	1. 付费阅读模式； 2. 免费阅读模式； 3. 内容、制作、渠道综合模式	1—2	偏重网站
	平台经营举措	1. 经营流量与投送效能； 2. 做客户端，开拓变现渠道； 3. 推出白金大神及青年作家培养； 4. 榜单发布、活动经营； 5. 线上广告经营业绩	3—5	偏重网站
	IP版权盈利	1. 版权管理与版权转让； 2. IP转让作品数及频次； 3. "文→艺→娱→产"的长尾效应	2—4	偏重网站
	粉丝经济指标	1. 壮大"书粉"，提升黏性； 2. 粉丝社群文化经营； 3. 粉丝共创，开发消费新品； 4. 本章说、角色应援、衍生创作、社交安利、AI智能伴读等App吸粉力	3	偏重网站
	自媒体及作家自主经营	1. 微博、微信、手机文学经营； 2. 作家公司，自主内容开发； 3. 定制化创作的一条龙经营	1—2	偏重网站
	社会效益优先，平衡功利与审美	1. 社会效益优先的具体举措； 2. 履行社会责任与公益服务； 3. 双效合一的市场体量与绩效； 4. 无违规违纪事件	1—4（违规一票否决）	偏重网站

续表

一级指标	二级指标	三级指标	权重系数区间值（总值100）	偏重类型
影响力（聚焦传播效果）	文学影响力	1. 人文价值方面的影响力； 2. 艺术审美的影响力	2—4	偏重作家作品和网站
	文化影响力	1. 线上作品的文化认同； 2. 线下"泛娱乐"文化市场影响	2—3	偏重作家作品和网站
	读者影响力	1. 线上传播时效的应然热度； 2. 线下的读者评价	2—4	偏重作家作品和网站
	产业影响力	1. 在线订阅量和粉丝打赏数； 2. 线下产业链"长度"与"宽度"	2—3	偏重作家作品和网站
	社会影响力	1. 社会评价和荣誉奖项； 2. 社会主流意识形态的建设性； 3. 社会文化建设的有效性； 4. 青少年成长的引导性； 5. 网文出海的国际影响力	2—3	偏重作家作品和网站
	传媒影响力	1. 新媒体影响力（含作家作品全网热度：如百度指数、微博指数、微信指数、微博粉丝量、贴吧热度；以及作家作品平台热度：订阅、打赏、月票数，点击量、推荐量、评论量、收藏量、粉丝量等）； 2. 线下媒体影响力（含报刊评论、发布的榜单、研讨活动等）	2—3	偏重作家作品和网站

这个评价体系的指标设计需做几点说明。

（1）指标体系的5个一级指标是基于前述的核心层、中间层和外围层"逻辑层级"提出的，21个二级指标和69个三级指标则是根据我国网络文学现有的发展状况和水平，并参照资深从业人员和研究专家的经验值而设计的。新媒体技术的矢量性和国家干预力度的趋强性，使这些指标仅适于当下（或一段时期内）的网络文学评价现场，却无以囊括未来变化了的网络文学现实。

（2）指标体系中的权重系数大小，是根据该项评价内容在网络文学评价系统中的重要程度来赋值的，并不意味着单独评估时可以低估或高估哪一评价要素。指标设计的赋值之所以使用阶梯值而不是精确值，一方面，在于文学本身就具有模糊性和不确定性，对侧重于情感、价值、信仰、理性逻各斯领域的评判难以精确量化；另一方面，评价体系设计的分级和分类也不是截然区隔、不可僭越的，相反，许多评价指标都是相互影响、彼此关联的。比如思想性指标中的个人价值立场，就包含有对社会历史和文人伦理的表达与判断，而创作者的人文伦理也一定会体现他的社会价值立场和历史站位，它们之间常常相互印证、互为因果，这在任何一个网络文学作品里都能找到实证。我们在指标体系构建方法中，选择新媒体数据分析法、模糊综合评价法、集值统计法、层次分析法，理论与历史相统一等，正是为了适应文学的这种特点，以相对分殊避免彼此割裂。

（3）在产业性评价中，设计了社会效益优先、平衡功利与审美的二级指标，以及履行社会责任与公益服务、实现"双效合一"、无违规违纪事件的三级指标，在权重系数里有"违规一票否决"的标注，这是"中国特色社会主义文化"对网站平台和网文创作者的基本要求。2015年9月15日，中共中央办公厅、国务院办公厅印发了《关于推动国有文化企业把社会效益放在首位、实现社会效益和经济效益相统一的指导意见》，提出"正确处理社会效益和经济效益、社会价值和市场价值的关系，当两个效益、两种价值发生矛盾时，经济效益服从社会效益、市场价值服从社会价值"。2017年6月14日，国家广电总局出台的《网络文学出版服务单位社会效益评估试行办法》第十三条明确规定："网络文学出版服务单位出版作品出现严重政治差错、社会影响恶劣，在平台首页或重点栏目推介导向有严重问题的作品，违反政治纪律和政治规矩等，社会效益评估实行'一票否决'，评估结果为不合格。"还同时出台《网络文学出版服务单位社会效益试行评估指标和计分标准》，规定了社会效益不达标的扣分项，表明了这一问题的特殊重要性。

三 评价指标的实证分析

设计评价指标的目的在于应用，以解决网络文学评价中的实际问题为要务。按照常规的评估分析方法，做实证分析需要经过问卷设计、数据收集、选择指标、赋权描述、权重计算、综合评价、信度和效度检测、结果验证等环节，这在经济学、管理学、社会学等领域十分普遍。但这里不准备走这个分析程序，原因在于这种偏重计量分析的评价范式之于文学评价的有效性尚未使人建立起足够的信心，即使是那些设计科学、计算准确的指标计量评价范式①，也未必能真正解决网络文学评价的实际问题，如果将其施之于评价实践，可能会出现"不好使""不对板"的尴尬，无论是对理解文学、评价作品，还是对文学创作和文学发展，都难有助益。另外，作为国家社科基金重大招标项目的课题设计，本书属于"原理"研究，只提供基本框架，另外几个子课题将会针对网络作家作品、文学网站平台做具体阐释。因而，这里拟对实证分析做简化处理，一是简要介绍指标提取的无量纲化方式，二是基于指标体系设计，对某一网络作家、网络作品和网站平台进行个案解读，以验证评价指标的可行性与有效性。

（1）先谈评价指标的无量纲化处理。无量纲化即数据标准化与规范化，是一种通过数学变换来消除原始变量（指标）量纲影响的方法。我们知道，在多指标综合评价中，常常涉及两个基本变量：各评价指标的实际值和各指标的评价值。由于各指标所代表的含义不同，

---

① 例如张立、介晶、高宁、梁楠楠编著的《网络文学发展状况及其评价体系研究》（中国书籍出版社 2016 年版），其中第三章建立网络文学评价体系的必要性及可行性，第四章网络文学评价维度、业务需求及方法选择，第五章评价体系设计与建立，采用的就是偏重计量分析的实证分析法，涉及德尔菲法、BP 神经网络评价法、综合指数法、数据包络分析法等，其分析思路是细致而严谨的，但如果直接用它来评价某一网络文学现象，比如评价网络作家、网文作品或网站平台等，不仅难以操作，其"科学计算"出来的评价结果与我们的评价初衷可能大相径庭。其原因不仅在于"范式计量"的评价体系赶不上日日新变的网络文学现实（该书涉及的网络文学现象和使用的数据都是 2015 年以前的），还在于文学的"天性"就不适宜计量，单靠量化计算难以得出有效的结论。

因此便存在量纲上的差异。另外，各指标设计的权重系数存在上限、下限阈值赋权，即出现指标数据的最大值和最小值，如本书的"区间值"，这些异量刚性是影响整体评价的主要因素，而指标的无量纲化处理就成为解决这一问题的重要手段。例如，如果将 i 个指标记为 X_i，权重赋值为 W_i，下限阈值和上限阈值分别为 X_{min}^i 和 X_{max}^i，无量纲化后的值即为 Z_i。

评价指标的无量纲化处理方法有多种，如阈值法、标准化法、比重法等。如果我们选用阈值法[①]，其计算公式依次为：

第一步公式：

$$y_i = \frac{x_i}{\max\limits_{1 \leq i \leq n} x_i}$$

第二步公式：

$$y_i = \frac{\max\limits_{1 \leq i \leq n} x_i + \min\limits_{1 \leq i \leq n} x_i - x_i}{\max\limits_{1 \leq i \leq n} x_i}$$

第三步公式：

$$y_i = \frac{\max\limits_{1 \leq i \leq n} x_i - x_i}{\max\limits_{1 \leq i \leq n} x_i - \min\limits_{1 \leq i \leq n} x_i}$$

第四步公式：

$$y_i = \frac{x_i - \max\limits_{1 \leq i \leq n} x_i}{\max\limits_{1 \leq i \leq n} x_i - \min\limits_{1 \leq i \leq n} x_i}$$

第五步公式：

$$y_i = \frac{x_i - \max\limits_{1 \leq i \leq n} x_i}{\max\limits_{1 \leq i \leq n} x_i - \min\limits_{1 \leq i \leq n} x_i} k + q$$

使用无量纲化法的目的是让指标设计的数据实现标准化，以便于准确计算和验证结果。作为网络文学评价指标的量化计算与检

[①] 阈值法是用指标实际值与阈值相比以得到指标评价值的无量纲化方法。阈值也称临界值，是衡量事物发展变化的一些特殊指标值，比如极大值、极小值、满意值、不允许值等。

测，可以尝试、探索和使用，其对评价活动的科学化无疑会有所帮助。

（2）评价指标体系的实证分析。拟选择一部有代表性的现实题材网络小说——郭羽、刘波的《网络英雄传Ⅰ：艾尔斯巨岩之约》来进行，以验证评价指标的可行性与有效性。该小说完本并出版后，曾在中国作协举行作品研讨会，何建明、雷达、梁鸿鹰、白烨等在京的众多传统文学批评家都对作品给予很高评价。如雷达说"这是一部有生命和温度的作品"，称它"技巧的运用，语言的生动性，细节的饱满性，故事的戏剧性，词语的熟练准确，都达到了相当成熟的程度"[1]。白烨欣喜地说："网络文学中终于来了一部难得一见的好作品"，他说："这部作品，它真正的价值在什么地方？这部小说书写了我们这个传奇的时代，书写了这个时代的新人形象。我觉得郭天宇就是这个时代有筋骨、有道德、有温度的人物。这个人物形象可能是这部作品非常大的价值所在。"[2] 可见该小说品质上乘，在网络文学优秀之作中有一定代表性。

先看《网络英雄传Ⅰ：艾尔斯巨岩之约》各项指标体系的得分情况：

表7-2　　　《网络英雄传Ⅰ：艾尔斯巨岩之约》评价实证检验

一级指标	二级指标	三级指标	权重系数	作品表现	权重得分
思想性	主体倾向的立场站位	1. 对真善美与假恶丑的分野； 2. 悲悯苍生，敬畏自然； 3. 三观正确，思想格调健康； 4. 对终极意义的信仰与虔敬	5—8	作者站在正确的价值立场，饱含激情地描写网络时代青年创业者郭天宇、刘帅的艰辛与执着，讴歌英雄，格调健康	7.5

---

[1] 雷达：《〈网络英雄传Ⅰ〉一部有生命和温度的作品》，孙溢青主编：《创造我们这个时代的英雄：〈网络英雄传Ⅰ：艾尔斯巨岩之约〉评论集》，江苏凤凰文艺出版社2019年版，第7页。

[2] 白烨：《郭天宇是这个时代有筋骨、有道德、有温度的人物》，孙溢青主编：《创造我们这个时代的英雄：〈网络英雄传Ⅰ：艾尔斯巨岩之约〉评论集》，江苏凤凰文艺出版社2019年版，第12—13页。

续表

一级指标	二级指标	三级指标	权重系数	作品表现	权重得分
思想性	社会历史判断的价值观	1. 看作品反映生活的深度、广度和真实度； 2. 思想境界上对国家民族的担当、扪心行文的历史责任； 3. 价值引导和文化传承	6—9	真实反映青春奋斗者历史担当感和社会责任感，克服重重艰难困苦，抓住移动互联网时代机遇奋发有为，达到较高的生活深度与高度	8
思想性	伦理叙事的人性化表达	1. 作品对人生苦痛的敏锐感知； 2. 对人性丰富性的发掘与批判； 3. 对弱者的同情与关爱； 4. 对人的精神世界的永恒探寻	5—8	梁鸿鹰：《网络英雄Ⅰ》事无巨细地反映了我们这个互联网时代，向我们传递了积极的价值观——年轻人通过不断攀登来证明自己的价值。其中也投射出了这个时代的焦虑	7.5
艺术性	阅读爽感代入性	1. 故事抓人，形象生动； 2. 情感的共鸣性； 3. 人物、情节、细节生动传神； 4. 语言、结构、表现手法等文学形式的独创与完美度	5—8	雷达评价：《网络英雄传Ⅰ：艾尔斯巨岩之约》技巧的运用，语言的生动性，细节的饱满性，故事的戏剧性，词语的熟练准确，都达到了相当成熟的程度	8
艺术性	艺术创新力	1. 故事架构的创意力； 2. 题材类型出圈的拓新力； 3. 多媒体、超文本或AI创作的艺术表现力； 4. 鲜明的个性化风格	6—9	故事创意别出心裁，现实题材描写超越多数传统小说。主人公所经历的黑客攻击、融资难题、渠道拓展、僵尸订单、商标侵权，是百科全书式创业教程	8.5
艺术性	作品的生命力	1. 作品价值与审美意蕴； 2. 作品立得住、传得开、留得下	5—8	白烨：这部小说书写了我们这个传奇的时代，书写了这个时代的新人形象。作品立得住、传得开、留得下	7.5

续表

一级指标	二级指标	三级指标	权重系数	作品表现	权重得分
网生性	作品互动生成性	1. 读者与作者交流频度； 2. 读者与读者互动密度； 3. 作者与网站编辑交流频度	1—3	作品以研讨会的形式与读者、与批评家交流，网上互动较少	1.5
	粉丝干预效应	1. 粉丝数量； 2. 新媒体指数； 3. 贴吧话题量、超话数等全网热度； 4. 粉丝对创作过程的影响度； 5. 作者对粉丝干预的态度	2—5	以微信和移动端作为主推渠道，在微信"洞见"平台一经发布，仅三个小时就超过10万阅读量，迅速成为热转内容，并直接带来了大量的读者。百度贴吧、知乎话题热度很高	4
	文本的特异性	1. 续更延异的长度与时间密度； 2. 网络文本的容错率； 3. 作品的线上反响	1—2	为避免盗版，小说以完本形式上网发布，同时纸质出版，成为2015年度现象级网络小说	1.5
产业性	网站商业模式	1. 付费阅读模式； 2. 免费阅读模式； 3. 内容、制作、渠道综合模式	1—2	通过向广播电台、影视公司转让版权获得转让费，收益分成	1.5
	平台经营举措	1. 经营流量与投送效能； 2. 做客户端，开拓变现渠道； 3. 推白金大神及青年作家培养； 4. 榜单发布、活动经营； 5. 线上广告经营业绩	3—5	两位作家都是实业界大佬，他们以万派文化为平台，以《网络英雄传》系列打造中国原创财经文学第一品牌，举措有方，业绩突出	4.5
	IP版权盈利	1. 版权管理与版权转让； 2. IP转让作品数及频次； 3. "文→艺→娱→产"的长尾效应	2—4	大IP开发，该小说已改编为电视剧，两位作者经营的万派文化获得分红转让权，在影视、游戏开发后做相关周边	3.5

续表

一级指标	二级指标	三级指标	权重系数	作品表现	权重得分
产业性	粉丝经济指标	1. 壮大"书粉"，提升黏性； 2. 粉丝社群文化经营； 3. 粉丝共创，开发消费新品； 4. 本章说、角色应援、衍生创作、社交安利、AI智能伴读等App吸粉力	3	线上与线下结合，在北京举办作品研讨会，《文艺报》整版刊发多位名家评论。作品题材独特、内容扎实深受读者粉丝、媒体和影视公司追捧	2.5
	自媒体及作家自主经营	1. 微博、微信、手机文学经营； 2. 作家公司，自主内容开发； 3. 定制化创作的一条龙经营	1—2	该小说由两位作家创办的万派文化公司联合影视、游戏公司联手开发，共同运作	1.5
	社会效益优先，平衡功利与审美	1. 社会效益优先的具体举措； 2. 履行社会责任与公益服务； 3. 双效合一的市场体量与绩效； 4. 无违规违纪事件	1—4	该小说题材新颖，在创新创业领域蕴含了积极的社会效益，具有"双效合一"典型特征，浙江省委宣传部长评价其"展现了杭州的互联网精神"	3.5
影响力	文学影响力	1. 人文价值方面的影响力； 2. 艺术审美的影响力	2—4	张颐武：这部小说一出，两位作者就成为互联网传奇虚构文学第一，这个历史地位已经被他们奠定了	3.5
	文化影响力	1. 线上作品的文化认同； 2. 线下"泛娱乐"文化市场影响	2—3	东海电影集团将其打造为40集头部剧集和中国首部互联网+创业商战大电影	2.5
	读者影响力	1. 线上传播时效的应然热度； 2. 线下的读者评价	2—4	线上热度不减，线下好评如潮，2019年已出版《创造我们这个时代的英雄：〈网络英雄Ⅰ：艾尔斯巨岩之约〉评论集》	3.5

续表

一级指标	二级指标	三级指标	权重系数	作品表现	权重得分
影响力	产业影响力	1. 在线订阅量和粉丝打赏数； 2. 线下产业链"长度"与"宽度"	2—3	非续更写作，在线订阅和打赏不多，线下大IP开发产业链成效显著	2.5
	社会影响力	1. 社会评价和荣誉奖项； 2. 社会主流意识形态的建设性； 3. 社会文化建设的有效性； 4. 青少年成长的引导性； 5. 网文出海的国际影响力	2—3	获第四届中国出版政府奖、广电总局优秀网络文学原创作品推介、中国作协网络小说排行榜、2018年度中国好书、全国十大数字阅读作品（3次）	3
	传媒影响力	1. 新媒体影响力； 2. 线下媒体影响力	2—3	1. 新媒体影响力（全网热度如百度指数、微博指数、微信指数、微博粉丝量、贴吧热度出现阶段性高峰；平台点击量、推荐量、评论量、收藏量、粉丝量高涨，同期排名前10）； 2. 线下媒体影响力（北京举办作品研讨会，《文艺报》《南方文坛》发表评论，入选中国作协、广电总局、双年奖、百年百部等众多榜单，影响广泛）	3
最终评价得分					89

经过评价指标体系权重系数检验，《网络英雄传Ⅰ：艾尔斯巨岩之约》获评89分，基本符合读者的心理预期。究其原因有二。其一，该小说先打磨，后发布，具有精耕细作、慢工细活的创作过程，这与一般网络小说"速度写作"、不求精只求快的做派是大相径庭的。为防盗版，作者没有采用续更连载的常规方式，而是写出初稿后二人反复

商讨、多次修改,精加工后才发布于网络,并同时由中信出版社推出纸质版,这样尽可能确保了小说质量。其二,两位作者具有良好的文学素养,属于"文青式"网络作家。郭羽、刘波读大学时就是文学社团中活跃的校园诗人,有着浓郁的"文学情结"。大学毕业后开始自主创业,二人均成为成功的企业家,后来他们联合成立万派财经文学研究院,郭羽任总裁,刘波是董事长。丰富的生活阅历,特别是互联网创业的切身经历成为他们创作的源泉,而多年积累的文学修养、对文学的喜爱和执着,成为他们创作《网络英雄传》系列(共4部,除《艾尔斯巨岩之约》外,还有《引力场》《光未盛》《黑客诀》)的动力。两位"儒商"携手创作小说,而且每一部都很精彩,都是现实题材网络小说中的佼佼者,这在网文界堪称一段佳话。依照笔者连续三届(第八、第九、第十届)担任茅盾文学奖评委的经验,如果这部小说参评"茅奖",进入前30名、前20名,甚至前10名,都不是没有可能,因为它的品质超过了参评茅奖的大多数小说。在评论界对网络文学的评价中,人们常常把《艾尔斯巨岩之约》和《网络英雄传》系列作为"网络文学也能出精品力作"的佐证。基于此可以看出,运用我们设计的评价指标体系来评判网文作品,是较为客观、比较靠谱,也是大抵有效的。

第三节 评价体系模型及其要素的适恰性倚重

一 网络文学评价体系 "树状模型"

我们提出网络文学评价的维度选择,解读了评价体系的逻辑层级,又为这个体系构想了评价指标与赋权系数,然后对指标设计做了实证分析。这一步步学理推进旨在让我们所要揭示的网络文学评价体系不断清晰化、明朗化,从观念赋形进入应用视域,达成我们的研究目标。为了更直观地了解和把握这个评价体系,基于前述的评价维度和逻辑层级,我们尝试把各指标要素的结构形态设计为一个"树状模型",可如图7-1。

从图示可以看出,网络文学评价体系是一个立体的、丰富的、可辨

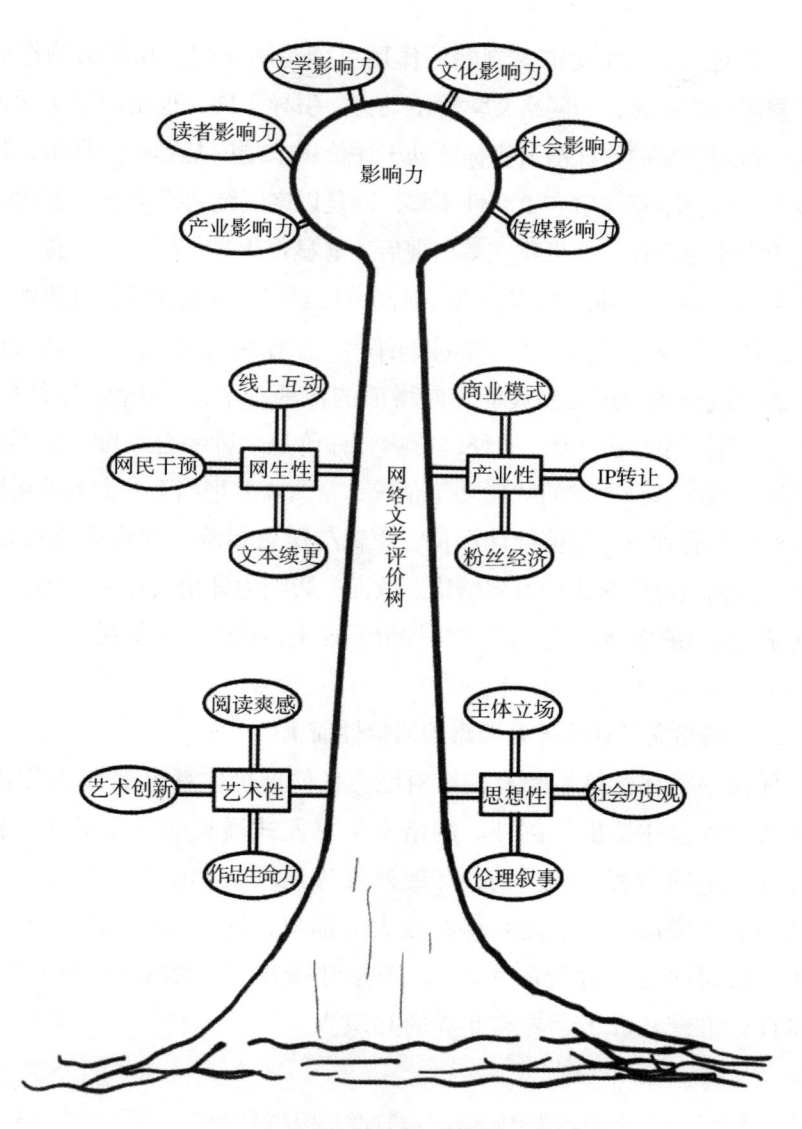

图 7-1　网络文学评价体系的树状结构

识又可成长的完整系统。这个系统的五项内容即五个评价指标分为三个层次。第一个层次的思想性、艺术性处于"评价树"的根基部，我们称之为核心层，它们的每一个指标设计对于网络文学的价值判断都有着举足轻重的支撑作用和核心影响力。处于评价树中段的网生性和产业性是评价体系的中间层，它们制约着网络文学的生产过程和网文行业的经济基础，对于网络文学人文审美判断的作用可能是间接的，却能影响作品创作，制衡行业发展，为网络文学输出动力、引导走向，也是网络文学评价有别于传统文学的特殊衡量指标。处于评价树末端的是影响力评价，将其置放于末端并不意味着它重要性不够，而是以空间结构换取意义蕴含——影响力大小总是在一个事物完整出现后才能显现出来，因而是一种置于时光之境的"后置延伸"效应，离开时间的后置将无从真正评价其影响力的大小，因为一时之"热"并不能准确评判一个作品的价值，只有代代相传的口碑，甚至随着历史发展而不断增值的传承，才显示作品"永恒的魅力"，亦即作品的影响力。另外，影响力评价是一种综合评价，它不取决于某一个或某部分要素的"做功"情况，常常需要把当下的大数据指标评价与模糊综合评价、集值统计评价、逻辑与历史相统一评价等结合起来，才可能得出具有影响力的有效结论。故而，影响力评价就如同一棵树开出的花朵、结出的果实，为网络文学评价呈现出多彩的效果景观。

二 网络文学评价体系要素的适恰性倚重

任何一种评价体系都有其针对性，任何评价体系也都有其局限性，网络文学评价体系也不例外。网络文学爆发式增长的身姿迅速占据了时代的文学场和大众娱乐场，却忽然发现这一文学的评价体系、批评标准与它的增速与体量之间存在巨大的豁口，这种不协调与不平衡构成了一段时间内"评价的焦虑"，于是呼唤建立网络文学的评价体系和批评标准庶几成了学界和业界的共识[①]。

---

① 从政界的领导讲话到业界的精英发言，再到学界的理论评论研究，这类呼声都很高。代表性学术成果如：陈崎嵘《呼吁建立网络文学评价体系》，《人民日报》2013年7月19日；王国平《网络文学亟待确立批评"指标体系"》，《光明日报》2012年7月3日；周志雄《中国网络文学评价体系的维度及构建路径》，《中国文艺评论》2017年第1期；李朝全《建立客观公正的网络文学评价体系》，《河北日报》2014年12月5日；欧阳婷《网络文学评价体系构建刻不容缓》，《中国艺术报》2016年8月29日；康桥《网络文学批评标准刍议》，《光明日报》2013年9月3日；夏烈《网络文学批评的三个学理支柱》，《光明日报》2016年9月3日；张柠《网络小说的文学性和新标准》，《文学教育》（上）2015年第2期；欧阳友权《建立网络文学评价标准的必要与可能》，《学术研究》2019年第3期；孙美娟《构建网络文学评价体系》，《中国社会科学报》2019年3月19日；李玉萍《构建新时代网络文学评论体系》，《中国社会科学报》2019年12月9日；张立等《网络文学发展现状及其评价体系研究》，中国书籍出版社2016年版；等等。

不过我依然要对此浇一点凉水——对构建网络文学的评价体系和批评标准不可期望值太高，因为不仅这个建构过程将会漫长而艰难，即使构建起了某种评价体系或批评标准，也会是见仁见智、难有定评的。事实上，在中外文学史上压根儿就没有能解决所有文学评价问题的统一标准和体系，网络文学没有，传统文学发展了几千年，难道就有什么约定俗成、亘古不变的统一标准吗？答案同样是否定的。孔子提出"思无邪""词达而已"的论诗尺度，刘勰提出"六观"① 标准，毛泽东提出"政治标准第一，艺术标准第二"的基本标准，再到新时代以来习近平提出"思想精深、艺术精湛、制作精良"的新标杆，文学评价的尺度、理论和观念一直都是随着社会历史发展和文学变迁而不断变化的，并没有一成不变、四海皆准、万应万灵的评价标准和体系。更何况网络文学历史短暂，变幻无定，从技术传媒的成熟度到创作形态的辨识和理论观念的积淀，均处于不确定性与可成长性并存的历史阶段，此时期冀于构建一个统一的标准体系来评价复杂而变化难测的网络文学现象，只能是一厢情愿。

对一个未知问题的理论探讨应该允许试错、容错和纠错。学术辨析或观念建构不能陷入不可知论的迷宫，也不可盲目乐观，过于自信，此时我们能做的和应做的，就是在现有条件和自我认知能力的基础上，提出我们自己的构想，并承认构想的局限性和有限性。就本设计的评价体系和批评标准看，在对它的理解和具体评价实践中，就需要把握好几个方面的适恰性倚重。

一是适应对象的有限性。该评价体系及其指标设计只适应网络原创文学，而不是所有"网络上的文学"。我们知道，网络文学的概念是有区分、有限定的。我国第一部高校网络文学课程教材《网络文学概论》中曾对网络文学做出过三重界定。

---

① 刘勰在《文心雕龙·知音》中说："是以将阅文情，先标六观：一观位体，二观置辞，三观通变，四观奇正，五观事义，六观宫商。斯术既形，则优劣见矣。"

对什么是网络文学，可从三个不同层面去把握：从广义上看，网络文学是指经电子化处理后所有上网了的文学作品，即凡在互联网上传播的文学都是网络文学，不仅涵盖了在网上首次发表的原创作品，也包括古今中外已有的印刷品文学的电子化转换作品，这种网络文学同传统文学仅仅只有媒介载体和传播方式的区别；从本义上看，网络文学是指发布于互联网上的原创文学，即用电脑创作、在互联网上首发的文学作品，这个层面的网络文学不仅有媒介载体的不同，还有了创作方式、作者身份和文学体制上的诸多改变，与传统的纸介印刷文学已经有了很大区别，也是目前被许多人认可的网络文学概念；从狭义上看，网络文学是指那种只能在互联网上"数字化生存"的超文本链接和多媒体制作的作品，或者是借助特定的创作软件在电脑上自动生成的作品，这种文学具有网络的依赖性、延伸性和网民互动性等特征，最能体现网络媒介的技术特色，它们永远"活"在网络中，不能下载做媒介转换，一旦离开了网络就不能生存。这样的网络文学与传统印刷文学完全区分开来，因而是真正意义上的网络文学，代表了网络创作的特色和发展趋向。[①]

这个十多年前对网络文学的界定，在今天看来依然是有效的。简单来说，广义的网络文学是指所有上网了的文学作品，本义的网络文学是指网络原创文学，狭义的网络文学则是借助网络创作的多媒体、超文本或人工智能形成的文艺作品。今天我们所说的网络文学主要是第二类，网络文学评价体系所适应的也主要是指这类网络原创文学。其实，第三类狭义的网络文学也是原创的，但因为它的创作技术门槛相对较高，在我国呈"前高后低"之势——在20世纪90年代末和21世纪初，网络上曾有不少多媒体和超文本作品，如《平安夜地铁》《哈哈，大学！》《晃动的生活》等，但一直未能形成规模，难以通过

[①] 欧阳友权：《网络文学概论》，北京大学出版社2008年版，第3页。

经营获得商业利益，2003年网络文学商业模式出现后，随着类型化长篇小说的大范围兴起，这类视频、音频与文字相交织的超文本之作几乎销声匿迹。于是，我们设置的网络文学评价体系，其适应对象就是当下最为常见的网络原创文学，更具体地说，它适应的就是网络原创小说，特别是续更式创作的长篇类型小说。

二是对象倚重的选择性。从评价指标体系与网络文学要素之间的适恰度看，各指标设计的系数赋权是有所侧重、有所选择的。例如，网络文学思想性标准、艺术性标准的适用对象主要是针对网络文学作品，它们是作品品质与价值的根基，其系数赋值是五个要素中最高的。网生性标准只适用于网文创作，是对作家创作过程中互动生成的粉丝干预度评估，它对网络文学价值评判分量相对较轻，不过系数分量虽然占比不重，它却是网络文学有别于传统文学评价的特殊要素之所在，是不可或缺的。产业性评价标准的适用对象是针对网站平台经营方，其评价指标涉及平台采用的商业模式、线上用户流量、线下IP版权与融媒体经营等，其对整个行业的良性运营与生态状况，以及传播半径延伸和"双效合一"的文化市场繁荣，均有不可小觑的影响。最后一个评价要素是影响力标准，如文学影响力、文化影响力、读者影响力、产业影响力、社会影响力和传媒影响力等。影响力评价是一种综合评价和后置评价，侧重消费者口碑、历史存留的长线效应，它以网络作家作品影响为主，也包含网生过程和产业效益评价，既有现实考量，也蕴含历史检验。为区分评价对象倚重的选择性，我们一方面通过赋权系数的差异，体现它们在整个评价体系中的地位和作用，另一方面，也要求人们在使用这个评价体系时，注意区分评价的是哪一个对象，譬如是作家、作品还是网站平台，根据对象的不同选择性设置不同的倚重系数。

事实上，在实际评价过程中，其具体情形是十分复杂的，需要有"一品一策"的准确勘定。例如，一个网络作家可能登上了富豪榜，某一作品可能线上线下均创造了良好的经济效益，但并不能据此判定该作家、此作品就必然得到高分评价，因为作家作品的评价主要不是商业性评价，而是考辨其人文审美、艺术创新、价值内涵等文学性或人文品貌方面的贡献，其经济收益、商业价值只是一种参考性因素，不是决定因素。再比如，要评价一个文学网站平台，需要从产业经营、商业模式、经济效益和社会责任等方面入手，用文化企业的标准去衡量它，与网络作家、作品的评价标准是大有不同的，这正是评价对象选择性倚重时必须注意的。

三是系数赋权的针对性。我们为网络文学评价体系设置了三级指标，并给每个指标进行系数赋权，那么，不同的评价指标的权重系数的依据是什么呢？或者说是根据什么来确定不同指标的权重系数呢？这或将给评价体系及其指标设计的科学性与可信度带来困惑和质疑。没有参照对象，也没有经过准确计算，系数的大小该由谁定？要说参照，只能参照"经验指数"——基于千百年来文学传统积累的历史经验，并得力于指标设计者对中国网络文学近30年的发展状貌和存在方式长期浸淫与了解。不可否认，将网络文学评价体系置于这个价值理性的"经验"系统中予以勘定，所给出的权重系数可能会带有一定的主观性，但总体上看，其堪用度仍然是可以信任、能够参照使用的。因为这种"经验"里蕴含着对文学（包括网络文学）的理性认知和价值积淀，按照李泽厚先生的说法，文艺审美的"积淀"是一种"理性的内化（智力结构）、凝聚（意志结构）的呈现"，"因为审美既纯是感性的，却积淀着理性的历史。它是自然的，却积淀着社会的成果。它是生理的感情和官能，却渗透了人类的智慧和道德"[①]，最终化作了人的审美心理结构。从"积淀"的视角看"经验"，我们对于文学和网络文学的经验，虽然带有个人性的主观臆断，但本质上却是人类经验积淀与个人理性认知的统一，是客观的价值理性的个人文学审美经验呈现，蕴含着公共理性的客观价值。

回到网络文学评价，既然任何文学批评都不能没有自己的评价尺

---

① 李泽厚：《李泽厚十年集：美的历程 华夏美学 美学四讲》，安徽文艺出版社1994年版，第224页。

度和评判标准,而任何一种文学评价尺度和评判标准都不是既定律条、一成不变的,根据当下网络文学的发展水平设置一个评价体系和批评标准就不仅是可能的,也是十分必要和有价值的,为这一体系的指标设计不同层级,并赋予其不同的权重系数也将势在必行。有鉴于此,我们以网络类型小说为主要评价对象,兼顾其他文类形态预设了5个一级指标、21个二级指标、69个三级指标,并分别设计了它们的权重,将评价体系的总权重值设为100,其思想性和艺术性标准各占权重系数的25%,网生性占10%,产业性为20%,影响力占20%,而权重的大小是根据这些指标在网络文学中的地位和作用来考量与验证的。在我们看来,这样的系数赋权既可分辨对象倚重的选择性,也庶几能切合评价对象的针对性。

第八章　网络作家评价标准

作家是文学的"第一生产力",网络作家对网络文学发展繁荣的意义不言而喻。评价网络作家的标准与传统的作家评价标准并没有实质区别,但在具体内容的侧重点上可能会有所不同。在具体评价实践中,我们可以从社会责任与道德自律、文学创新与文化传承,以及网络作家的影响力等方面对网络作家进行有针对性的评价。

第一节　社会责任与道德自律

一　网络作家的社会身份

网络作家是随着数字传媒技术的兴起及互联网的普及而产生的一个新兴职业。正因为是一个新兴职业,自诞生之初就面临身份认同问题。在网络文学30年的发展过程中,网络作家的身份在社会上经历着复杂的角色变化。我们要评价一个网络作家,首先就需要弄清他们的社会身份。

(一) 公民身份

从国家法律角度而言,网络作家自出生起就作为中国公民而存在,享有宪法和法律所规定的权利,同时必须履行宪法和法律所规定的义务。近年来,网络作家作为中国"新社会阶层",其身份不再是隐藏在网络后的虚拟主体,而是具有公民身份的切切实实的社会人,享受着相应的权利，也履行其相应的义务和责任。

首先，作为中国公民，网络作家必须依法履行自己的公民义务。网络作家必须自觉维护国家统一，民族团结，不能随意借网络平台发布不利于国家统一和民族团结的网络作品或言论。网络作家作为公民还必须遵守社会公序良俗，不断提高网络作品的思想道德水平，比如，不创作与传播淫秽色情、暴力血腥等低级庸俗的作品，并能积极主动与一切破坏法律以及社会公德的行为作斗争。作为公民，网络作家还必须履行其他方面的一些公民的义务，比如，一些网络作家的收入高达上亿元，千万元级、百万元级的大神网络作家也不少，依法纳税便成为网络作家履行公民义务的重要方面。

其次，国家依法保护网络作家作为公民的权利。在谈论网络作家的公民身份时，我们尤其要重视网络作家的权利保障问题，特别是需要有效完善网络作家的作品版权保护，重视对他们的培养、扶持和引导，完善网络作家的社会保障体系。针对网络文学盗版问题，国家出台了多项政策法规，如《中华人民共和国著作权法》《信息网络传播权保护条例》《使用文字作品支付报酬办法》《关于规范网络转载版权秩序的通知》《关于加强网络文学作品版权管理的通知》《网络信息内容生态治理规定》《关于进一步加强网络文学出版管理的通知》《网络文学作家职业道德公约》等，进一步加强与完善了网络作家版权保护与管理，改善网络作家的生存环境。同时不断扩宽网络作家的维权途径，力求保护网络作家作为公民的权利不受侵害。近年来，网络作家的生存环境以及生存状况也得到了国家及社会的广泛关注。例如，网络作家的工作强度大，收入不稳定，呈现极端的两极分化，无名作家的生活难以得到保证。一些网文平台与网络作家间存在某种不平等或不对称关系，网络作家面对网文平台，常常缺少话语权，网络作家的自身诉求难以被保障。此外，文学行业给予网络作家的福利保障制度尚不规范、不完整，如缺乏医疗保险、养老保险等相应保障，使他们常常面临社会保障、落户困难等实际问题。面对这些问题，国家正通过网络作家协会、网络作家职称评定等多种途径逐步加以解决，着力维护网络作家的正当权益。

（二）知识分子身份

网络作家的知识分子身份的确立经历了一个从去精英化到精英化的曲折过程。相较于传统作家，网络作家从一开始并没有建立起知识分子身份，而是大众创作的代表，常被称为"网络写手"，从身份上说，本质上是去精英化的。随着网络在国内的普及，网络文学受众不断增加，网络文学产业进一步发展与成熟，网络作家的知识分子身份开始得到国家、文艺界以及学术界的承认。

在国家层面上，近年来相关部门逐步将网络作家纳入新型文艺人才的范畴。2017年中宣部文化名家暨"四个一批"人才入选名单中，张威（唐家三少）入选新型文艺人才。2019年的"四个一批"人才入选名单中，网络作家就有蒋胜男、李虎（天蚕土豆）、林俊敏（阿菩）、王小磊（骷髅精灵）、袁锐（静夜寄思）、朱洪志（我吃西红柿）等六人。这样，网络作家初步完成了从"写手"到"作家"，从"码字工"到"创作者"的转变。与此同时，各地方政府也积极展开实践。2019年，上海市、湖北省开始网络作家评职称的探索与尝试，2019年8月，杭州市修订高层次人才分类目录，网络作家也列入其中。经认定的人才可享受居留落户、子女入学、住房补贴等优惠政策。网络作家的知识分子身份得到国家的认可，有效提高了网络作家的生存境遇。2021年12月20日，湖南省给网络作家评定专业职称，通过专场评审，有50名网络作家获评文学创作职称，其中，丁莹（丁墨）等5人通过一级文学创作职称，廖群诗（丛林狼）等19人通过二级文学创作职称，刘孝霞等26人通过三级文学创作职称，这是湖南省首次评审网络文学专业职称，也是全国首场网络文学专业职称专场评审，是对网络作家社会身份的一种肯定。

此外，文艺界对网络作家的专业性及其作品的文学性的认可度也逐年提高。2011年第八届茅盾文学奖开创了网络文学参评的先例，自此网络文学获得茅盾文学奖的参评资格。2015年开设了"茅盾文学奖·网络文学新人奖"这一奖项，唐家三少（张威）、酒徒（蒙虎）、孑与2（云宏）、天下归元（卢菁）、天使奥斯卡（徐震）、我吃西红柿（朱洪志）、愤怒的香蕉（曾登科）、骠骑（董俊杰）、爱潜水的乌贼（袁野）、希行（裴云）等十位网络作家荣获第一届"茅盾文学奖·网络文学新人奖"，截至2021年已进行了四届评奖。这是网络作家进入传统文艺界的很有说服力的证明之一，在一定程度上也是对网络作家知识分子身份的肯定。

不止于此，学术界也对网络作家知识分子这一身份给予了大力肯定。北京大学、中南大学以及山东师范大学成立了专门的网络文学研究中心。其中中国作协、湖南省作协与中南大学联合组建了网络文学研究基地。2016年起中南大学欧阳友权网络文学研究团队应中国作协项目委托，每年组织编撰《中国网络文学年鉴》，其中，网络作家是年鉴的重要章节之一。近年来，文学评论界多次举办网络作家作品研讨会，学界关于网络作家的研究逐年增多，肯定他们对我国网络文学发展的贡献，从事实层面充分肯定了网络作家的知识分子身份。

（三）文学创作者身份

网络作家是否属于文学创作者？这一问题背后隐藏着一个更深层次的疑问，即网络文学是否属于文学？随着当代社会网络文学产业不断发展，网络作家的专业性以及网络文学的文学性与经典性不断提高，如今这一问题已经有了十分明确的答案，网络作家当之无愧是网络时代的文学创作者。

首先，网络作家的文学创作者身份得到了各级政府组织的认可。自2005年起，新闻出版总署就举办了"首届中国数字出版博览会"，网络文学是重要讨论内容之一，网络作家的作家身份开始受到关注；2007年第四届鲁迅文学奖·文学理论评论奖授予《数字化语境中的文艺学》（欧阳友权著），是这项国家级文学大奖首次对网络文学研究的认可；2009年，鲁迅文学院在北京开设了"网络文学作家培训班"，规范网络作家写作；2011年唐家三少、当年明月两位网络作家与余华、莫言、贾平凹等传统作家一起当选中国作协全国委员会会员[①]；2015年中国作协创立了中国网络小说排行榜，国家新闻出版广电总局也同时举行优秀网络文学原创作品推介活动，中华文学基金会组织"茅盾文学奖·网络文学新人奖"评选。随后，上海市、浙江省、广东省、四川省、江苏省、湖南省、安徽省等20多个省市相继成立了省级网络作协，这种网络作协是经民政部门认可的社团组织，每年会有国家支持的经费用于社团发展，社团成员也能得到作协专业的业务指导。可以看出，网络作家已经事实上被政府组织所认可，并纳入国家文艺创作体制之内。

其次，网络作家作为文学创作者的社会认同度在不断增加。近年来，网络文学产业链不断扩张，媒体曝光度也不断提高，网络作家越来越多地出现在人前。"作家富豪榜"等榜单显示出大神网络作者的高收入，成为依靠写作创造巨额财富的代名词。在媒体报道的高收入作家的噱头下，网络作家作为文学创作者的身份迅速被大众认可，集中表现为大众对高收入网络作家的憧憬和羡慕。同时，当下网络作家不只存在于读者与粉丝的关注中，他们也进入了主流社会的视野。这种关注很大程度上得益于网络文学IP改编产业链的发展和延伸。如顾漫作为网络作家，2021年她的作品《你是我的荣耀》改编为电视剧，她作为作家也同时进入了广大电视剧剧迷的眼中。在《你是我的荣耀》热播期间，顾漫作为小说作者频上微博热搜，其大众知名度也随之上升。近年来，网络作家不局限于网络文学领域，他们开始进入整个娱乐产业之中，从而进入主流社会，为大众所熟知。《盗墓笔记》《鬼吹灯》《法医秦明》《白夜追凶》《大江大河》《燕云台》《司藤》等热播剧为大众熟知后，其作者随之进入大众视线中，提高了网络作家及其作品的认知度。当网络作家以正面形象进入主流社会后，大众的认知也在不断改变，网络作家甚至成为许多青少年的梦想职业，其文学创作者的身份更是毫无疑问得到了社会的广泛认同，他们作为一

---

① 杨杰、杨婕：《进化中的网络文学与文化内驱力的实现》，《出版广角》2018年第21期。

个整体不再是无名的"写手",而是被社会大众认可的"作家"。

总体而言,在短短30年的历史进程中,网络作家从屏幕后走向大众前,从体制外走到体制内,从备受质疑到受到大众认可和主流的认证,网络作家的身份定位所经历的变化,可以反映整个网络文学的发展动态以及转型趋势。

二 社会责任与文学担当

网络作家无论是作为公民、知识分子还是文学创作者,都有其相应的使命,都应该承担与其身份相应的责任。其中,最重要也是最直接的使命和职责就是其作家使命和文学担当,这是评价网络作家的另一条重要标准,具体内容包括能否担负作家使命和怎样履行自己职责两个主要方面。

(一)担负作家使命

一个作家,包括网络作家,不仅要"为稻粱谋",还要"为天下忧"。如果说"文艺是国民精神发出的火光,也是引导国民精神的前途的灯火"(鲁迅《坟》《论睁了眼看》),作家就应该是那个举着火炬的人。网络作家作为文学创作者,必须不断提高其自身的文学创作能力,包括文学修养、审美水平、创作能力以及媒介素养等,以适应社会主流文化和网络文学自身发展的需要,同时他又要为生民立命,为社会担责,为时代敲亮自己的文学歌喉,如习近平总书记所倡导的:"我国作家艺术家应该成为时代风气的先觉者、先行者、先倡者,通过更多有筋骨、有道德、有温度的文艺作品,书写和记录人民的伟大实践、时代的进步要求,彰显信仰之美、崇高之美,弘扬中国精神、凝聚中国力量,鼓舞全国各族人民朝气蓬勃迈向未来。"① 例如,阅文集团白金作家丛林狼创作了《最强兵王》《丛林战神》《最强战神》《战神之王》等一系列热血军文小说,塑造了许多血肉丰满、顶天立

---

① 习近平:《在文艺工作座谈会上的讲话》,《人民日报》2015年10月15日第2版。

地的军人形象。丛林狼说过，"网络文学的人物形象，应当充满正能量，有励志意义，有英雄气概，因为读者也渴望真善美，渴望变得更强大。从普通人历练成英雄，也就有能力帮助更多人。这样的励志故事，可以为读者带来力量和快乐"。[①] 作者在《最强兵王》中借主人公罗铮之口提出的"国之利刃，为国而战，为民出鞘，只有战死，绝不跪生！"，在《丛林战神》中倡导的"身为军人，为国牺牲，无怨无悔"，体现了现代军人为国而战，为民出鞘，抛头颅、洒热血的青春和无悔的志气与豪情，表明的正是作家"胸中有大义，心里有人民，肩头有责任，笔下有乾坤"的担当与使命感。

网络作家应该成为中国文化精神的传播者、虚拟空间的文化建设者。作为网络文学的创作者，网络作家的创作实际上是对当下文化精神、文化诉求的反馈。首先，网络作家是民族文化精神的感受者、体验者与传播者，其创作应体现自己所处时代的时代性。何常在的《浩荡》、阿耐的《大江东去》等作品就是当下时代国人生存环境的艺术反映。看似天马行空、不着边际的金手指小说、玛丽苏小说，同样是对现实境遇以及社会潮动的映射。网络作家只有通过富有时代精神的创作，才能深刻把握和体现作品应有的文化精神、审美价值和人文价值等。其次，网络作家应成为虚拟空间的文化建设者。数字化时代不能忽视虚拟现实的文化生态建设，在网络媒介已经介入大众日常生活的背景下，虚拟空间与现实世界的界限不再那么泾渭分明。事实上，网络世界已经成了现代人的"虚拟人生"，在虚拟现实中，人们能获得真实的生存体验以及生命经验，人之为人的主体性得以呈现。因此网络文学实际上是"以鲜活却易变的方式寄托着他们的梦想与期待，其'虚拟体验'恰恰是网络社会带来的最真实也最鲜活的生存现实，并且虚拟体验本身也已经是许多人的生存现实"[②]。

这也就意味着，网络作家作为中国文化精神的传播者和虚拟空间

---

① 参见欧阳友权《丛林狼网络军文小说的英雄书写》，《中华读书报》2017 年 12 月 20 日，新华网，http://m.xinhuanet.com/book/2017-12/31/c_129775492.htm，2021 年 9 月 20 日查询。
② 欧阳友权：《网络文学价值的三个维度》，《江海学刊》2020 年第 3 期。

的文化建设者，不仅是凭个人喜好进行创作，更应遵循文学创作规律和社会责任来创作。近年来，国家越来越重视规范与管理网络文学创作活动，对网络作家提出了相应的要求与期待。在2021年10月举行的第五届中国"网络文学+"大会上，北京作家协会联合大会共同发布了《网络文学作家职业道德公约》，"要求网络作家追求德艺双馨，不断提升职业道德素养，增强社会责任感。反对粗制滥造、弄虚作假、急功近利，反对拜金主义和极端个人主义，自觉抵制低俗、庸俗、媚俗之风；坚持百花齐放、百家争鸣，尊重艺术规律的同时旗帜鲜明批评网络文学创作中的不良思潮、不良倾向和畸形审美，为网络文学健康发展激浊扬清、正本清源"。"以文学服务人民，让人民感受文学的价值与滋养，体现网络文学作家的责任与担当。"[1]

从社会层面而言，社会大众参与网络文化生活的广度，以及对网络文化生活的期待也越来越高。有统计表明，截至2021年6月，我国6—19岁网民达1.58亿[2]，网络作家拥有不少的青少年粉丝，其文学文本所传递的价值观深刻影响着青少年三观的形成。因此，无论是对国家还是社会，网络作家的文学使命意识都是非常重要的，如研究者所言，网络文学"关涉新时代文化建设，关涉网络阵地掌控、大众文化消费和青少年成长，甚至关涉当今社会的主流价值观建构、文化软实力打造和国家形象传播"[3]。与此同时，近年来，有越来越多的海外读者关注并喜欢上中国的网络文学，"网文出海"已成为网络文学发展的新态势，网络文学也成为关涉文学的民族性与世界性问题。在这样的背景下，网络作家更需要坚持文化自信，更加关注中国现实、中国精神以及中国文化，更加坚定自身作为中国文化精神传播者的身份与立场，自觉讲好中国故事，为弘扬中华文化精神作出应有的贡献。

---

[1] 张恩杰：《〈网络文学作家职业道德公约〉发布：反对歪曲历史，传递正能量》，北青网，2021年10月12日，https://t.ynet.cn/baijia/31560585.html。

[2] CNNIC：《第48次中国互联网络发展状况统计报告》，2021年9月15日发布，http://www.cnnic.net.cn/hlwfzyj/hlwxzbg/hlwtjbg/202109/t20210915_71543.htm。

[3] 欧阳友权：《辨识新时代网络文学的三个维度》，《中国高校社会科学》2018年第3期。

(二) 履行创作职责

作家以作品说话,作品是作家的符号标识,也是评价一个作家的基本"抓手"。网络作家阵容庞大,其中有专职作家,也有兼职创作;有签约作家心无旁骛地创作,也有文学"菜鸟"网上"潇洒走一回"。如何判定一个网络作家的文学水平和成就,唯一可靠的途径是看他的作品,而作品就是作家运用自己的文学才华去履行文学职责的产物。这样,评价网络作家就不仅要看他的文学水平,还要看他的创作态度、立场和履行文学职责的情况。

其一,网络作家的创作必须坚守文学的审美品格。网络文学作品是网络作家价值观、文学意识和审美情趣的集中体现。为了满足读者的审美愉悦,网络作家通过作品中的艺术形象以及意象表达人与现实之间的审美关系,展现世界的艺术之美,这一美感体验是网络文学最为本质的功能和价值。如何保障作品的审美品格,网络作家任重而道远。首先,网络作家需要关注现实,关注生活。美不是凭空出现的,美有其客观源泉。如吉祥夜的《我的黑月光女友》作为言情类小说,以爱情为主线,以继承保护文化遗产为辅线,让言情小说不局限于男女之爱,更包含了理想与现实的人生之思,打开了现实生活的一种可能。吉祥夜的小说看似虚构,但无论是对文化遗产保护行业的反思,还是对理想与现实冲突的思考,都是源于生活,源于当代社会的热点话题,源于当代人的生存困境。因此网络作家创作需要以现实为基础。其次,网络作家需要不断提高自己的创作能力以及美学素养。文学源于现实,又高于现实,网络作家不仅需要从生活取材,还需要对其进行艺术加工。在创作中融入自己的创造力、想象力,创造出更为普遍的理想之美。

其二,网络作家需要重视文学的社会职能与文化价值。网络作家的创作不仅表现美,还体现了一定的时代特征,是这一时代的文化精神以及价值倾向的艺术表征。因此网络作家应该紧跟时代的脉搏,关注社会现实,加强自身的创作水平与能力,打造文学精品。新的时代要求网络作家承担起更高的社会责任，让作品更具表征时代的文化价值，在资本化不可逆的情况下，也要始终强调网络文学的社会功能和文化蕴含。从网络文学的发展史来看，如果网络作家舍本逐末，追逐一时的经济利益，将商业价值放在首位，将难以为继自己的作家生涯。玛丽苏小说、种马小说、套路文在当下已经不再流行，网络作家不思改变，不加创新，就只会成为网络文学发展大潮中的一粒砂。因此网络作家提高自己对时代的感知力，重视创作的社会功能与文化表达，突出自身的创作特色，力求打造网络时代的精品力作。

三 重塑鼠标下的德性

从伦理学上说，文学创作就是做"道德文章"，需要以优秀的作品鼓舞人。评价网络作家，"德艺双馨"是至高境界。2020年12月29日，有136位知名网络作家就曾在《提升网络文学创作质量倡议书》中呼吁："注重社会影响，恪守职业道德，不以点击量和收入论英雄，抵制侵权盗版行为，积极参与社会公益活动，做有担当、有情怀、有温度的网络作家。"[1] 在第五届中国"网络文学+"大会上，北京作协联合大会共同发布的《网络文学作家职业道德公约》也明确提出："注重社会影响，恪守职业道德，不以点击量和收入论英雄，抵制侵权盗版行为，积极参与社会公益活动，做有担当、有情怀、有温度的网络作家。"[2]

诞生时间不长的网络文学，总体上呈现出健康发展的趋势，但由于网络载体的自由性、商业性等特点，网络创作尚存在诸如急功近利的拜金主义和极端个人主义；跟风写作，粗制滥造，弄虚作假，同质化，抄袭模仿；缺乏社会责任感，歪曲历史、亵渎崇高；宣扬色情暴力和封建迷信；历史虚无主义和描写低俗、庸俗、媚俗内容等。因而，

---

[1] 136位网络作家发出《提升网络文学创作质量倡议书》，中国作家网，http://www.chinawriter.com.cn/n1/2020/1229/c404023319 83299.html?isappinstalled=0。

[2] 张恩杰：《〈网络文学作家职业道德公约〉发布：反对歪曲历史，传递正能量》，北青网，2021年10月12日，https://t.ynet.cn/baijia/31560585.html。

对于网络作家来说，加强自身的品德修养，增强"鼠标下的德性"就显得特别重要，评价一个网络作家，需要考察他的道德理性，看他作品中蕴含的公序良俗和道德指向。

（一）伦理道德担当

网络是公共场域，网络作家在网络中公开发布自己作品的行为本质上不是个人行为，而是社会性行为，必然涉及公共伦理道德的问题。一方面，文学叙事承担着道德想象的功能，网络作家的创作在一定程度上是作者价值判断的反映，网络作家通过特定的形象表达他的伦理道德观念。网络文学作品中事件、人物的选择以及人物命运的设定都是网络作家叙事伦理的重要组成部分，并通过独特的故事情节以及情感共鸣潜移默化地感召读者的内心，使读者自觉接受文学作品中的伦理观念。因此网络作家的创作行为应遵循一定的创作伦理，自觉契合当代社会的伦理观念，弘扬民主、文明、和谐、自由、平等核心价值，积极发挥正面引导作用。但在当前的数字化时代，网络作家的创作还存在与公共伦理道德要求不相符合的现象，有的甚至似乎失去了禁忌，丢掉了伦理的边界。比如，一些网络作家为了商业利益，发布血腥、暴力、色情等博人眼球的文字，很大程度上给社会增加了道德风险，尤其不利于未成年人的健康成长。因此，在评价网络作家的文学创作贡献的时候，必须打通文学活动中的道德伦理要求和现实生活的伦理道德要求的评价体系，明确网络作家的文学创作活动必须遵循现实社会的基本道德伦理要求。

另一方面，网络作家要正确把握文学作品艺术审美伦理上的独立性尺度。文学世界作为一个独立的世界，其伦理标准与现实标准有所不同，德国古典哲学家康德甚至提出过"审美无利害性"的论题。但事实上，自由是有边界的，文学创作的自由也必须受到法律与道德的约束。这就需要创作者在把握文学创作艺术审美伦理的尺度上灵活掌握。猫腻在《庆余年》中塑造了一个皇权至上的社会，皇帝凌驾于法律之上；法医秦明在《法医秦明》中创造了许多穷凶极恶的杀人犯；

居居在《白夜追凶》中塑造了一个亦正亦邪的刑警大队队长角色。这些都是为了让故事更加完整而进行的必要描述，虽然与当下社会的伦理观有所差异，但它既是作者推进剧情的需要，也反映了一定情形下人们的真实道德处境，容易引起人们的共情。皇权至上虽是《庆余年》的总体背景，其内容中也凸显了男主角范闲的抗争精神，《法医秦明》中的杀人犯都是穷凶极恶之人，但小说里主要传达了一种善有善报、恶有恶报，犯罪分子必将被法律所制裁的思想。指纹的《白夜追凶》有对兄弟之情和爱情的思考，也有对惩恶扬善的宣扬。但不管怎样，网络作家的创作伦理即使与现实的伦理道德有所差异，从根本上而言，都是以现实的伦理道德为基础的，都必须高扬善与自由的旗帜。但如果网络作家在作品中创造一些与剧情无关的，仅是为爽而爽的情节，甚至触碰到社会伦理道德规范的天花板，则是不足取的，更加不值得称道和宣扬。如天蚕土豆《斗破苍穹》中男主萧炎就拥有两位妻子，萧薰儿和美杜莎。除了这两位妻子外，男主在小说中与多位女子发生了关系。月关在《回到明朝当王爷》一书中描写了12位爱慕男主的女性角色，这些都与现代社会的道德伦理观相悖，类似这样的软色情以及低级庸俗的趣味是网络作家需要避免的。唐家三少曾从伦理道德角度提出判断网络文学是好是坏的标准："自己写的东西要敢给孩子看，正能量的东西才能长久"，认为"这是网络作家的底线"。他发现自己作品的读者年龄段多在8岁至25岁之间，改编的漫画主要针对8岁至12岁的孩子，12岁至15岁的孩子喜欢购买纸质书，其他都是在网上阅读，要引导青年亚文化融入主流文化，网络作家应该履行自己的责任。[①]

网络作家的道德规范有五条基本伦理原则：一是无害原则，即要求任何网络行为不会给其他网络主体和网络空间造成直接或间接的伤害；二是平等原则，即每个网络用户和上网成员享有平等的社会权利

[①] 章正：《网络作家的底线，作品要敢给孩子看》，2018年3月20日，搜狐网，https://www.sohu.com/a/225910740_162758。

和义务；三是尊重原则，即网络主体之间应彼此尊重，遵循约定的网络礼仪；四是互惠原则，即任何一个网络用户都自觉地为自己享受的服务付出相应的劳动，尽量把有用信息提供给对方和网络社会；五是允许原则，即在未经其他网络用户和网络成员允许或同意的情况下，不能违背他人一直或侵害他人礼仪来实施自己的网络行为。① 这为网络作家的创作工作设置了社会道德的基本规范。总之，网络作家必须在保障作品的伦理价值的前提下，再去追求创作内容的其他变现价值，力争创作出伦理道德与故事情节交相辉映的精品力作。

（二）文学情怀培育

网络文学创作体现并应当体现作家的文学情怀，即对文学本身的敬畏和在作品中对于人文精神的表达，特别是对人的关怀和对人终极价值的追问。网络作家血红认为"以虔诚之心进行美好的艺术加工，而不是浮夸的扭曲和戏弄，这是我们写书人的义务，也是我们写书人的良心"②。由于网络作家创作往往带有商业性质，一定程度上会消解他们文学情怀的形成，因此，相较于传统作家，我们需要更加强调网络作家文学情怀的培育。这种文学情怀主要体现在三个方面，一是需要满足当下人民群众日益增长的审美需要和精神需求。近年来，爽文、套路文的不断膨胀，读者已经产生审美疲劳，网络作家需要创作出更有创造力的作品满足读者的需求。二是网络作家对创作、对作品应怀有敬畏之心，要将创作重心与核心放在"人"身上。三是网络作家需要适应新的时代潮流，不断提升自我，创作出有广度、有深度、有生命力的作品。有研究者在解读猫腻的文学情怀时认为，猫腻之所以拥有如此多的死忠粉，其原因在于粉丝可以从故事中获得"一种情怀的滋润、一种思想性的启发、一种理想人生的感召"③。《将夜》全文近

---

① 参见欧阳友权《网络文学虚拟审美的娱乐边界》，《社会科学辑刊》2021 年第 1 期。
② 《历史中有民族自尊心和自豪感：第一期网络作家研修班学员学习讨论习近平总书记重要讲话》，《文艺报》2016 年 12 月 21 日第 2 版。
③ 孟德才：《猫腻："最文青网络作家"的情怀和力量》，《南方文坛》2015 年第 5 期。

400万字，语言生动，无注水现象，可以称为文学情怀的网络精品之作。其中夫子对昊天的反抗体现了人最高层次的需求，即自我实现的需求。《庆余年》中男主范闲穿越后，面对所剩无几的生命，仍要追求自己的理想，成就自我的人生。猫腻小说中的人物即使身处劣势，还是对世界以及个人生命怀有希望与热爱，他们拥有自我燃烧的生命态度，最终成就了自我，也成就了天下。这是现代人渴望的生命态度，也是平凡人难以实现的自我愿望。读者可以在猫腻创造的理想乌托邦中，与男主产生共鸣，从而思考与追问人生的终极价值。网络作家通过将文学情怀融入作品，使读者不仅获得阅读的愉悦感和美感，还能对人生以及人的终极价值有所思考与领悟。

（三）个人信仰坚守

如果说道德伦理担当、文学情怀的培育是网络作家作为文学创作者需要坚守的底线和基本目标，那么实现个人信仰就是网络作家作为公民和社会人的终极追求。这种个人信仰应该是以作家本人的家国情怀为基础的，即坚持不仅为个人，更是为国家、为社会，为时代创作。血红曾说，网络作家不能单靠数量取胜，应"尽量写符合当代时代精神、符合潮流和主旋律的作品，更好地发挥我们个人的价值和作品的价值"[①]。目前，网络作家在一定程度上存在个人信仰缺失的问题，一是书写对象大多集中在个人幻想之上，对国家和社会命运，整个时代的精神面貌关注甚少；二是有的网络作家对民族的历史性命运和当代人的社会生活困境关注不够。要强化网络创作的个人信仰支撑，网络作家首先需要不断提升自我，不断建构自身的精神世界，增加自己对社会生活的观察力和对时代精神的洞察力；其次，网络作家应该将"有意义"、"有价值"以及"有意思"三者结合。"有意义"是对社会有益，对人民有益，对时代有益，对国家有益；"有价值"是指网络作家还需创造人文审美价值和必要的商业价值；"有意思"则是指网络作家

---

① 吴越、丁婷茹：《网络作家的梦想与呐喊》，《文汇报》2014年7月5日第2版。

自身实力过关，能够创作高质量的作品，具有打动人心的艺术感染力，读起来有味道、有爽感。我们知道，网络作家祈祷君小说改编的同名电视剧《开端》是2022年开年最火的一部剧，作者在接受采访时说，"我认为《开端》虽然可能没有一些好莱坞'英雄片'的爽感，每个人都是普通人，每个普通人虽然都有局限性，但通过自身的努力和齐心协力的不停尝试，最终拯救了世界的故事，才是更符合中国人思维模式的故事。《开端》的改编，虽然在形式上是'新瓶装旧酒'，但在精神内核上，却完全表达了我们中国人的世界观和价值观"。作者说，这个故事"源于我在看到过很多以悲剧结尾的'公交车事件'后，所产生的'能不能救下他们'的念头。特别是在我通过网络和新闻了解过这些悲剧产生的原因和其中的经过后，脑子里这种念头就会更加强烈。强烈的某种愿望，是作家会写出一个好作品的'开端'"[1]。网络作家属于公共知识分子，关注公共事件是知识分子的责任，也是一种信仰，这是祈祷君创作《开端》的动机，也是他的人文信仰的体现。

近年来，国家越来越重视网络作家的培养以及网络文学的发展，为树立高尚的个人信仰提供了重要引领，网络作家应该在遵循文学规律以及网络管理规定的基础上，进一步加强自身"鼠标下的德性"，创作思想性、艺术性俱佳的作品，切实做到让自己的作品能为时代画像、为时代立传、为时代明德。

第二节　文学创新与文化传承

网络作家的另一个评价标准是他的文学创新和文化传承能力。创新是作家的永恒追求，传承并弘扬优秀文化是作家的历史使命，一个网络作家在这两个方面的表现和成就，与他的艺术创造力和文化影响力是成正比的。

---

[1] 虞婧：《网文独家：〈开端〉是怎么吃第一口螃蟹的？——原著作者祈祷君访谈录》，中国作家网，http://www.chinawriter.com.cn/n1/2022/0223/c404024-32358299.html。

一　网络作家的文学创新力

近几年，日渐步入主流化转型与现实主义转向的网络文学，开始从过去"野蛮生长"的阶段逐步驶入健康有序的发展轨道，在保证其作品存量不断增长的同时，加强了对于作品经典化的追求。在此大环境下，许多网络作家重新认识文学的责任和自身的使命，以守正创新的姿态根植于中华文学传统的土壤，寻找新的发展生机与文学创新力。

（一）创新是网络作家的永恒追求

创新是艺术的宿命，追求创新是文艺创作者的使命，网络作家也不例外，任何一个有成就的网络作家都是在不断创新中成就自己成功之路的。

中国作协网络文学中心的何弘撰文提出："新时代，中国网络文学必须改变以往良莠不齐的自然生长状态，从以量取胜向以质取胜发展，做到高质量发展。网络文学要想高质量发展，应该守正创新。"他认为，创新是网络文学高质量发展的基本保证，比如题材开拓上，应该有能力讲好中国故事，表达时代经验，体现时代精神，能创造新的类型。"类型小说发展的一个重要特点就是，当一种类型被创造出来的时候，通常已经成为高峰，后续的模仿之作很少有新的超越。对中国网络类型小说而言，要想保持生生不息的发展动力，一定要有不断创造新类型的能力。网络文学的创新从根本上来说，是要跳出类型化的窠臼，充分利用网络传播的特点，开创全新的文学形态。"[①]

就网络类型小说的"套路化"创作，有网友在"作家专区"支招说，比如写穿越，各种穿越方式都被人写过了，还怎么创新呢？

> 我们可以从现代穿越到古代，也可以从古代穿越回现代，还

[①] 何弘：《守正创新，高质量发展网络文学》，《文艺报》2019年2月12日，中国作家网，http://www.chinawriter.com.cn/n1/2019/0212/c404027-30624300.html?from=timeline&isappinstalled=0，2021年10月20日查询。

可以由未来穿越回现代……我们可以一个人穿越，也可以一群人穿越，可以穿越自己，也可以穿越别人……同样的，穿越时我们可以两手空空，可以带着手表打火机，可以带上笔记本电脑，带上狙击枪，还可以带上一条流水线，一个仓库，一支舰队……

此外，现代人穿越回古代，难道非得争天下当皇帝？做个大商人大富翁，做个一品大官，做个天才诗人，做个名医，难道就不行了？

而在穿越的方式上，难道非得现代人肉身穿越，就不能来个魂穿，直接成为历史上某人么？平民百姓、文官、武将，甚至是皇帝，每一种新的身份，难道不意味着一种新的视角，新的写法？

即便都是皇帝，唐太宗和宋太祖一定会有巨大的差异，开国皇帝与末代皇帝的处境也完全不同，不同的朝代，不同的人物，不同的境况，都能构成不一样的故事。

而且，难道皇帝就一定要现代人来当？假设宋太祖穿越到后代宋高宗身上，发现有个名叫岳飞的名将即将被处死，自己当年打下的大好河山已经支离破碎，不也是种YY思路？[①]

可见，文学家的想象力为艺术创新提供了无尽的可能，关键在于要有自觉的创新意识和突破窠臼的创新能力。网络作家管平潮在国家新闻出版署和中国作家协会主办的优秀网络文学原创作品推介活动发布会上的发言中，对网络文学的创新提出过两条路径：一是写作模式创新，即尝试精品化创作转型升级，写作时做到"降速、减量、提质"，就是说，写作速度要降下来，文字的篇幅量要减下来，最终把质量提上去；二是内容创意的创新，他以自己的创作为例："我这次入选的《燃魂传》，其核心创意就做了微创新。《燃魂传》讲述了一个冒牌英雄的成长故事，本来'身份替换'是一个经典的文学母题，但我一反通常的替身模式，

[①] 作家专区：《谈谈网文的创新》，https://write.qq.com/portal/content?caid=5371424804631301&feedType=1，2022年2月25日查询。

反而让替身者成长为真英雄，原先被替换的真身却渐渐迷失自我，成为大反派。"① 这正是网络文学创新的经验之谈，对其他作家的创作有借鉴作用，对我们评价网络作家的创新力也有启发意义。

（二）突破陈规，创新"文学语法"

网络作家的创新通常都体现为敢于突破陈规旧制，并能推陈出新，创新属于自己的"文学语法"和写作技法，这里的"语法"和"技法"并非纯"技术性"的，而是包括文学内容与形式、思想与艺术等各个层面。例如，爱潜水的乌贼创作的《诡秘之主》引起阅读市场的巨大反响，成为年度头部之作，其成功的秘诀就在于他能够打破陈规，在类型小说的内容创意和表现手法上，走出了一条前人没有走过的新路，有网友这样评价：

> 设定庞大且新奇。时代参考维多利亚、气候参考英国+地中海，这两年在网文界逐渐普及的蒸汽朋克+克苏鲁+SCP。单拎出一两项来的话，能找出不少网文，但把这些东西糅在一起，还能如此顺理成章的，独一无二。
>
> 它本质上还是打怪升级，但比起过去黑铁青铜白银黄金、斗王斗宗斗圣斗帝之类的设定，不知强到哪里去了，因此战斗前的情报收集和战斗中的策略就成为重中之重。而不会像过去的小说那样，战斗纯粹拼属性和金手指。②

《诡秘之主》在连载时，成为起点中文网第一部均订超过10万的小说，胜过当年大火的《斗破苍穹》《凡人修仙传》，刷新了网站纪录，其原因就在于在套路化当道，吃老本流行的网文界，爱潜水的乌

---

① 管平潮：《创新是让网络文学行业繁荣兴旺的利器》，新华网，http://m.xinhuanet.com/book/2019-02/25/c_1210066083.htm。
② 知乎用户：《〈诡秘之主〉为什么这么火？》，知乎回答，https://www.zhihu.com/question/319268236，2022年2月27日查询。

贼突破了老套路，实现了艺术创新，作品设定的维多利亚时代、蒸汽朋克、22条超凡序列等，都令人耳目一新，其创新性的故事构架、人设和异于常人的技法，就是其成功的"密码"。

网络作家继承了许多传统的文学经验和创作技法，又创新了一些新的"文学语法"和创作技法，"打怪升级""废柴逆袭""金手指""玛丽苏""换地图""穿越""随身老爷爷""扮猪吃虎""开挂打脸"等，现在看来有些老套的技法，在它们刚刚出现时都属创新，只不过被人们反复使用后就显得老套、因袭和模式化了。一个有创造力的作家不会满足于已有的创作模式和技法，他需要不断超越他人也超越自己，走出艺术新路。军文大神丛林狼创作《最强兵王》《战神之王》等热血军旅小说时，创造性地将玄幻小说的"打怪升级"转换为英雄成长的"战力叙事"就是一种创新；卖报小郎君的《大奉打更人》能够成为2021年网络文坛的头部"爆款"，那是因为这种在传统男频叙事的基础上，开辟出升级流叙事套路之外的探案、搞笑、仙侠、政斗等"综元素"技法，创新性地跨越多种故事元素融合创新才是作者的制胜之道。我们看到，近年来最为火爆的网络小说如言归正传的《我师兄实在太稳健了》、志鸟村的《大医凌然》、老鹰吃小鸡的《万族之劫》、我会修空调的《我有一座冒险屋》、云中殿的《我真的不是气运之子》，以及新近大火的小说如天蚕土豆的《万相之王》、猫腻的《大道朝天》、辰东的《圣墟》、会说话的肘子的《夜的命名术》、跳舞的《稳住别浪》、黑山老鬼的《从红月开始》、天瑞说符的《我们生活在南京》等，无不是因为突破旧制，开启新声，在文学技法和故事创意上敢于"破圈"而赢得读者的喜爱和尊重。

二　传承优秀文化的精神血脉

（一）赓续传统与古今结合

网络文学并非从零开始，而是在传统基础上的创新。网络技术可以"无中生有"，网络文学却需要"技术联姻"和"精神传承"。"网络文学传承中华文学传统，网络创作秉持中华文化立场，网络作品蕴含传统文学精神，不仅是我们对网络文学的一种期待，也是许多优秀网络作品的一种内在品质和一些网络作家的艺术追求。"① 怎样才能在赓续传统中实现创新呢？如研究者说："网络文学的创新精神体现为兼收并蓄、自由开放的胸襟与气度。兼收并蓄是中华文化的优秀传统，在传统文化的基础上融入新质并进行'汉化'，成为文化创新的活力之源，这个文化传统基因在网络类型小说中得到很好的传承。"② 以想象写历史与以传奇写现实见长的著名网络大神作家猫腻，其作品堪称网络文学守正创新的典范。我们知道，中国道家思想是一种天人之学，"一生二、二生三、三生万物"是道家对于"道"的描述，事实上，道家思想不仅是一种世界观，还是蕴含着无穷智慧的方法论，在其背后可管窥到中国人的思想逻辑，即"三层"观。无论是沟天通地、人神不绝的天、地、人思想，还是中国古代祭天之坛分为天坛、地坛、祭神之坛的三重构造，都属于中国古代"三层"思想之列。猫腻创新性地将中国古代"三层"思想运用到自己《将夜》这一网络玄幻小说的故事架构与人物命运的塑造之中，在人物塑造、故事发展及人物命运的编排上，猫腻都是按照古代传统的"三层"思想来结构故事，在层层垫路、节节攀升的架构之上来讲述草根由弱致强的个人崛起史与思想觉醒史。

网络大神血红的《巫神纪》在对中华文化不断吸收的过程中，不断地超越传统、突破陈规，书写着新奇瑰丽的文学世界。小说的故事背景被设定在盘古开天辟地的上古时代，在此之前，血红为了增强小说的艺术真实，做了大量的文案准备工作，他几乎翻看了市面上能找到的中国古代历史以及神话传说的书籍，更是多遍细读《山海经》《封神演义》等小说，甚至专门去研究《道德经》等道家思想。血红所建构的远古世界虽然很大程度上是一种架空历史的想象叙事，但是血红对于历史、对于传统的态度还是认真严肃的，他不会刻意地为了

---

① 欧阳友权：《网络文学并非"从零开始"》，载《光明日报》2017年12月11日第16版。
② 江秀廷、周志雄：《守正创新　盛世气象——中国网络文学的文化价值》，《宁夏社会科学》2021年第4期。

追求故事的"爽"感而肆意地解构或戏说历史,他那架空于历史之上的远古世界正是他用来驰骋想象的自由场域。这是现代人与古代的对话,亦是现代文明与古代文明的对话。可以说,血红小说中的上古世界只是血红以一种知识考古学的方式对于人类的追踪与溯源,从而更好地思索人之存在、人之价值以及人之意义,在超越传统与突破常规中彰显了作为一位被华夏文化所哺育的赤子站在新的时代洪流下强大的文化自信。

另一网络大神辰东也很好地将传统文化与想象力进行了创造性融合。辰东的作品多以玄幻为主,着重从中国传统文化中汲取灵感与想象力,其作品《遮天》虽然是一部科技感十足的网络小说,但其中很多叙事元素能让读者窥见与传统文化之间的微妙联系。无论是小说中大气恢宏的开场还是血气方刚的人设,乃至小说中"九龙拉棺"的故事设计,都带有鲜明的中国古典仙侠小说的气质与上古神话的叙事风格。当带有上古神话色彩的"九龙拉棺"与外太空探测器发生"奇妙邂逅"时,现代科幻元素与中国传统文化相碰撞就迸发出了一个瑰丽神秘、光怪陆离的想象世界。

中华五千年文明博大精深而又源远流长,它是从古至今无数文艺创作者取之不尽、用之不竭的艺术富矿。网络文学想要获得健康有序的长久发展,同样离不开中华优秀传统文化的滋养,网络文学唯有以中华传统文化为艺术之源,创造性地将中华文化中的优秀文化因子与网络文学的叙事特点相融合,才可让古老的中华民族文化在新的历史节点焕发出新的生机与活力,例如"中国古典小说中,以诗词写人物命运的写法被网络小说借鉴运用,极大地增加了小说的文气,拓展了作品的意蕴,大量采用诗词是网络穿越小说中常用的'梗',是以一种新颖方式传播古典诗词"。[①] 也唯基于此,"网络文学在作品的文化意蕴、虚拟世界的想象力、人物形象的精气神、作品的类型风格等方面,表现出鲜明的中华文化立场和审美风范。那些优秀网络作家善于

[①] 周志雄:《网络文学如何传承中华文化》,《光明日报》2020年1月8日第16版。

从传统文化中汲取营养,将中华文化的精髓融于精彩的故事中,以艺术的方式传承中华优秀传统文化"①,才可笔肩担道义,更好地传承优秀中华文化的精神血脉。传承是为了创新,不是要回归古法,"弘扬传统文化不是为了复古,而是要贴近时代实现文学创新。网络文学秉持传承、弘扬传统文化的使命,是为了吸取前人的文化智慧,使其成为涵养网络文学创作的思想艺术源泉,使中华民族文化基因与当代文化、与现代社会相适应,与网络文学使命担当相一致。网络作家应该把继承优秀传统文化与弘扬时代精神结合起来,实现优秀传统文化在网络文学中的创造性转化、创新性发展"。②

(二)让"爽"文叙事深扎文化根脉

著名学者范伯群先生曾这样评价网络文学:"网络文学是我们今天的市民大众文学,特别是年轻人的市民大众文学……通俗文学过去曾有30年的断层,在改革开放以后,翻印大量的过去的小说,但新写的通俗文学往往质量不高。我们总想什么时候能再出现一个张恨水,再出现一个还珠楼主就好了。一直等到1990年代网络文学出现的时候,我们才看到这个苗头。现在'网而优则纸',网络小说写得好就可以印成书。接着又因'网优而触电',作品能热播于荧屏,比如《甄嬛传》。"③ 网络文学在很长一段时间内被认为是"不入流"的文学,甚至有人否认网络文学的文学性,而范先生的这番言论无疑是看到了网络文学与传统文化之间"剪不断、理还乱"的密切联系。范先生从中国现代文学史构成的角度,提出了中国现代文学史观应该是"知识精英文学与大众通俗文学双翼展翅翱翔"的"两个翅膀论",继而肯定了网络文学作为当代通俗文学的合理性与合法性地位。事实上,作为当代文学的一支劲旅,网络文学以其自身特有的艺术语法来传承、

---

① 周志雄:《网络文学如何传承中华文化》,《光明日报》2020年1月8日第16版。
② 欧阳友权:《传统是网络文学的"精神血脉"》,《光明日报》2020年1月8日第16版。
③ 范伯群:《中国古今市民大众文学的来龙去脉》,复旦大学古籍研究所和章培恒先生学术基金编写:《六合观风:从俗文学到域外文献》,上海文艺出版社2016年版,第47页。

赓续中华传统优秀文化的精神血脉，透过这一文学的发展能管窥到中国文学传统的流变。

　　网络文学作品浩瀚，品类众多，从大的方面说，一部分属于以"爽"为主的"小白文"，通俗易懂，文字浅白，故事性强，桥段密集，一般都按照"废柴逆袭""打怪升级"的模式推进故事，非常适合于消遣性阅读，因而拥有广泛的受众群体，网文界把我吃西红柿、天蚕土豆、唐家三少、辰东和梦入神机称为"中原五白"，他们既是写"爽文"的杰出代表，也说明他们的作品有着顶级人气。我吃西红柿的鸿蒙三部曲（《星辰变》《盘龙》《吞噬星空》），天蚕土豆的《斗破苍穹》《武动乾坤》《魔兽剑圣异界纵横》《大主宰》《元尊》《万相之王》，唐家三少的学院流系列、光之子系列、生肖守护神系列、斗罗大陆系列，辰东的《遮天》《完美世界》《圣墟》《长生界》《神墓》《不死不灭》，梦入神机的《佛本是道》《永生》《星河大帝》《点道为止》等，让他们在网络文学史上留下了很高的地位，堪称"小白文"的集大成者。另一类作家的创作更重视作品的文学性和思想性，原创性强，作品讲究品位，较为耐读，网文界的"四大文青"——烽火戏诸侯、烟雨江南、猫腻、愤怒的香蕉是他们的代表，代表着网络小说较高的文学成就。烽火戏诸侯的《雪中悍刀行》《剑来》，烟雨江南的《亵渎》《尘缘》，猫腻的《择天记》《庆余年》，愤怒的香蕉的《隐杀》《赘婿》，等等，堪称网络小说的力作。20世纪90年代网络文学发展初期，"文青文"的代表性作家是安妮宝贝，她创作的《告别薇安》《七月与安生》等用文学笔触描写青春校园题材，却能在作品中成功表达"成长"母题，让主人公体现出青春的躁动、懵懂和热血，赋予他们在一次次的背叛、分离、死别之中的成长阵痛，通过对"成长"母题的细腻拿捏，追问青春成长的人生价值，使得安妮宝贝作品在捕捉年轻人审美趣味的同时，又能带给读者对于人生意义的思考，让作品具有一定的思想深度。

　　我们看到，有的网络小说虽然带有很强的"外来文化"的影子，诸如日本动漫、欧日侦探小说以及英美奇幻电影等，并基于网络经验而生的游戏想象建构起自身庞大的虚构世界，但在其虚构的外表之下流淌着的仍然是中华文学传统的血脉。评书、明清小说、鸳鸯蝴蝶派等中国古典小说，以及以金庸古龙武侠小说、琼瑶言情小说为代表的港台通俗小说，其叙事手法以或穿越或异能或重生的变异方式，在历史小说、玄幻小说、官场小说、都市小说等多种网络类型小说中获得再生。《后宫·甄嬛传》中的"甄嬛体"就是对于中国古典语式的化用。关心则乱的网络小说《知否知否应是绿肥红瘦》，直接挪用婉约派词人李清照《如梦令》中的词句："昨夜雨疏风骤，浓睡不消残酒。试问卷帘人，却道海棠依旧。知否，知否？应是绿肥红瘦"，该小说整个故事气氛与人物命运也与李清照的这首"伤春惜时"词相呼相应，低语呢喃，婉转清伤，面对残花满地，最是寂寞温柔乡，极尽中国古典诗词之韵味。网络文学虽是当代文学中的一支新锐，但是其血液中依然流淌着中华文学传统的文化因子。著名学者汤哲声先生曾有言："中国现当代通俗文学就是中国的传统文学在新时期的延续。"① 如在《琅琊榜》这部历史小说中，以梅长苏为代表的多个主人公就是中国文化道义的艺术化身。"仁"作为儒家思想的核心内容，象征着最高的道德标准与道德境界，而《琅琊榜》的核心主题思想就是围绕着"仁义"展开，将孝悌、诚信、忠义等中华文化道义熔铸在一个个人物故事之中，梅长苏更是用自己的一生践行了什么是忠义的内涵与道德的高尚。

三 传承与创新——创作案例解读

评价网络作家的传承与创新需要从他们的作品出发，透过作品的思想与艺术实际，才能客观评判一个作家的传承与创新力。这里，我们试选择三部网络历史小说（含历史穿越、历史架空）进行这方面的解读。

一是《明朝那些事儿》。当年明月的《明朝那些事儿》是2006—

---

① 汤哲声：《如何评估：中国现当代通俗文学批评标准的建构和价值评析》，《学术月刊》2019年第4期。

2009年在天涯社区发布的网络小说，它以平实、生动的语言娓娓道出三百多年关于明朝的历史故事和人物形象，对明朝十六帝、其他王公权贵和一些小人物的命运进行全景展示，吸引了众多读者，出版的图书销量超千万。作者之所以能够将"明朝那些事儿"讲得如此生动有趣、引人入胜，其原因就在于他对于历史、对于文学传统的热爱与熟通。当年明月自幼就喜爱历史类的文化古籍或历史小说，单是《上下五千年》这本书，他就来来回回读了十余遍。在上中学时，当年明月更是将《资治通鉴》《二十四史》《古文观止》等大量大部头的历史著作熟谙于心。正是由于"诗外工夫"的知识积累与文化积淀，使得他在驾驭"明朝那些事儿"的时候轻松自如，让读者在其幽默的笔风中不知不觉完成了一次文化与历史的双重洗礼。作者对历史人物和事件的精准把握和生动描写，让原本在历史中陌生、模糊的人和事，在小说中都变得鲜活起来，从中能看出中国历史知识与古典文化对作者的浸染与熏陶。有网友评论说："读史可以省身，读史可以明志。《明朝那些事儿》这本书，它一部纯粹草根的作品，能激发广大读者对中华民族五千年历史文化的兴趣，在读史的过程中瞻仰先贤们的风采，领悟先贤们的道理。"[1] 评论家马季称这部小说是"网络化历史叙事"，他说："《明朝那些事儿》是一本以自己的观点讲述历史，并借用历史事件折射现实问题的故事集成。它的主线完全忠实于《明史》，从核心人物到重要事件，都是有影有形的，和所谓的戏说、大话又不一样。当年明月所以能够走红网络，原因在于他使用了现代读者能够接受的叙事方式，把那些已经既定的历史人物形象'激活'，也就是说，这部作品的创新性不是运用架空、重塑等表现手法，而是实现了叙述方式的转换——把重的历史变为轻的故事，把严肃的考据变为生动的讲述，体现出网络平台新的读写关系。"[2] 用生动的文学方式传承历史，

---

[1] 《〈明朝那些事儿〉，一种不一样的历史解读》，个人图书馆，http://www.360doc.com/content/19/0302/21/50120487_818675064.shtml，2022年2月28日查询。
[2] 马季：《话语方式转变中的网络写作——兼评网络小说十年十部佳作》，《文艺争鸣》2010年第19期。

"把重的历史变为轻的故事",体现的正是作者的历史传承意识和文学创新精神。

二是《回到明朝当王爷》。这是历史穿越小说的代表作,作者是历史小说扛鼎大神月关。这部小说的突破意义在于作者打破了网络历史小说惯用的穿越架空等固有写作模式,不再只是单纯地刻画描写主人公穿越历史,由现代观念与传统生活相冲突而发生的一系列啼笑皆非的"闹剧",而是加入了许多新的现代性要素。小说讲述现代保险公司职员郑少鹏一次不慎从缆车上掉下来而意外去世,于是来到了幽冥殿,但是由于地府牛鬼神差以及死神判官工作的各种失误,让郑少鹏阴差阳错的经过九次死亡成了九世善人,并穿越到了大明正德年间,成了一个躺在棺材中起死回生的穷秀才杨凌。他利用自己对于历史的"先见之明"以及令人咋舌的"知识储备",巧妙地帮助鸡鸣县令解决了一桩杀人案,自此之后杨凌开启了自己阴差阳错的一生,从误打误撞成了锦衣卫到莫名其妙地被朋党之争举荐成了太子侍读,再到最终帮助太子朱厚照登上了皇位,并肃清贪官稳固了皇权。至此,杨凌也从一个普通秀才成为大明王朝的异姓王爷,实现了其跌宕起伏而又波澜壮阔的传奇人生。在整个故事叙述中,月关另辟蹊径,将明朝当作现代生活来写。小说的开篇就极具感染力,故事的伊始是讲述幽冥殿内的牛头鬼差以及判官的一系列误操作,月关在讲述这个情节时并没有依照明朝抑或是古代历史小说对于幽冥界的常规叙述,换言之,月关并没有局限于某些史实,而是用按照现代社会中的职场办公模式对其进行了现代化的表达,牛头鬼差与判官处理死者信息时网络系统的关机、死机、自动重启等一连串令人匪夷所思、啼笑皆非的"神操作",无不让读者忍俊不禁、哄而笑之。月关的这种以历史写现实的手法,让读者极具代入感,仿佛大家读的不是明朝的历史,而是现实生活中切切实实发生的真实,读者一时间分不清让人觉得"荒唐"的究竟是月关笔下的"明朝",还是我们生活的现实?月关写小说的厉害之处就在于他很巧妙地将文学的思想性与娱乐性、历史的严肃性与通俗性很好地结合起来,让观众在欢笑之余还能对历史、当下、文明与进步有了不同的认知与感触。可以说,《回到明朝当王爷》这部小说已经充分展现出月关对于历史全貌、对于历史事件非凡的故事处理能力与结构的驾驭能力,月关的这种对于写历史小说"不正经"的方式,非但没有让观众产生"华而不实"之感,反而以一种反衬的方式让明朝那一段党内厮杀的黑暗历史变成了一部活生生的生活故事。不单单是小说中逗趣生活的语言,人物的活灵活现亦是给读者以耳目一新之感。正是由于《回到明朝当王爷》对于历史小说的创新与突破,该部小说也被称为月关的"封神之作",先后获得"起点2007年度最受欢迎作家金奖""2007年度十大网络原创作品第一名"并连续五个月蝉联起点月票榜首、2010年《回到明朝当王爷》入榜台湾图书借阅榜第二名、2011—2012年月关连续两届分别获得起点中文网金键盘奖年度作家和年度作品两项冠军、2013年月关获得由莫言颁发的中国移动手机阅读基地和阅读榜中榜网络文学新作奖及"全民奥斯卡"创新网络文学奖等一系列奖项。正因如此,月关在网文文学界被誉为"网络历史小说之王",外界更是将月关奉为"网络历史小说第一人",足以可见月关在网络历史小说创作领域的地位及影响力,继承传统又善于创新,就是作者的成功之道。

三是愤怒的香蕉的《赘婿》。这部历史架空小说讲述一个现代金融界巨头一不小心穿越到古代武朝,进入布商之家,成为一个最没地位的入赘女婿身体,靠自己的才智谋略,终而成就"家国天下"的故事。整个作品的创意构架是围绕"修身、齐家、治国、平天下"的传统观念和发展顺序来展开。作者续更很慢,但文笔老辣,叙事讲究,收放自如,气魄宏大却细节充盈,人物丰满,文学性很强,被视为"精心而苦更"之作。小说的前期着重书写武朝盛景,江宁晨风,男主宁毅一步步入宫为官,然后又反出朝廷,起兵讨贼,先后灭方腊,平梁山,抑粮价,御金兵……其顺序是:前两部写家事,三四部写江湖,五六七部写国事,此后写天下事,穿越者宁毅一路播下星星之火,在国破家亡的历史洪流中左冲右突,启蒙时代——"革新旧有之命,革新旧有之民"。《赘婿》的成功是传承文明、赓续传统又反思历史、创新旧制的产物。作品中不仅引用了大量的古典诗词、历史典故，出现了众多的历史人物，还化用传统文化的家国情怀作为人物命运的内核，在历史大视野中展现一个个鲜活人物的丰沛人生，让守正与创新的精神蕴含在绵密的故事叙述中，蕴含着爆发的力量。有评价者说："中国古典小说中，《红楼梦》写家宅，《水浒传》写江湖，《三国演义》写天下。《赘婿》则以超长的篇幅和极大的抱负'囊括'之。从家宅起笔，后破家入江湖，再进入庙堂。并超越'分久必合，合久必分'的陈旧史观，借革命历史小说的势能，探讨早熟的中华文明在穿越者的推动下是否有自我更新的可能……以八年之功'苦更'一部如此成就的'练笔之作'，足以让人对香蕉抱以'大师作家'之厚望。"[1] 2017 年，《赘婿1》获第二届网络文学双年奖，其颁奖词评价说："《赘婿1》集商城、军事、架空历史等网络文学元素于一身，以家国天下的宏观视野、从容细腻的文学笔调，娓娓道出宏阔时代里的生活细节和情感悸动。作者充分吸收了中国古典小说元素，也调动了西方现代文学资源，表现了对历史、对自身所处时代命运的深刻体察与思考，使这部作品的意义超越了网文本身，具有'经典潜质'。"[2] 可以说，《赘婿》以"身—家—国—天下"结构探索儒学传统之道，不但充分调动了中国古典小说宝藏，还继承了五四"新文学"以来的文学传统，以"网络人的身份"对历史、对当下进行深入的思考，使得《赘婿》成为网文中"集大成"之作。[3]

不可否认，中国悠久且灿烂的历史文化与文学传统为网络文学的创作提供了广阔的文学想象空间，我国网络文学的发展离不开中国优秀传统文化的滋养，同样，中国传统文化与文学传统亦需要网络文学的继承、发扬与创新，使其在新的时代节点焕发新的生机与活力。于网络文学创作者而言，创作出为时代铭记、为时代留痕的优秀文艺作

---

[1] 邵燕君、薛静主编：《中国网络文学二十年·典文集》，漓江出版社2019年版，第42页。
[2] 《第二届网络文学双年奖获奖名单出炉》，搜狐网，2017年11月6日，https://www.sohu.com/a/202722256_680597，2022年3月1日查询。
[3] 欧阳友权主编：《湖南网络作家群》，海豚出版社2019年版，第73页。

品，必须深情于脚下这块饱经沧桑的土地，既要在坚守传统中坚定文化自信，又要在激浊扬清中继承创新。这是一个网络作家创造力的体现，也是我们评价网络作家时一个不容忽视的重要维度。

第三节 网络作家的影响力评价

评价网络作家的落脚点是要看一个作家的影响力大小，而影响力大小是一种效果评价，也是一种综合评价，往往带有结论性质。比如，我们要评价唐家三少，一是要看他一系列作品，如《斗罗大陆》《绝世唐门》《天珠变》《冰火魔厨》《生肖守护神》《善良的死神》《光之子》等；二是要看他获得过哪些荣誉，如登上的各种网络文学榜单，当选北京市作协副主席，中国作协主席团成员等；三是看其作品的市场影响力和在读者中受欢迎的程度，如连续五次成为网络作家富豪榜榜首，多次登上年度小说热搜，成为十大玄幻作家、百强大神作家、百位行业人物，连续成为起点年度白金作家，众多作品成为超级IP被改编为视听产品，出版的小说、漫画等发行量惊人等。我们要评价唐家三少的影响力，需基于（不限于）上述的所有信息而得出自己的判断。可见网络作家的评价是一种综合评价，总体印象评价，甚至是一种口碑评价，正如我们称李白为"诗仙"、称杜甫为"诗圣"一样，虽为综合印象却口口相传，真实客观，纵然是有些模糊，但心底却又是了了分明的。

我们说网络作家的影响力评价是一种模糊评价、综合性评价，但并不意味着难以置喙、不可辨析；相反，我们依然可以从对象出发，选择特定的维度对其进行有针对性的分析和判断。一般而言，网络文学的影响力评价应该包含文学影响力、文化影响力、读者影响力、媒体影响力、社会影响力和产业影响力等六大维度，而就网络作家的影响力评价来说，我们拟选择文学影响力、市场影响力和社会认同影响力等几个关联性更强的评价维度来阐释。

一 文学影响力及其表现

网络作家是网文作品的创作者,其影响力集中体现在其作品的影响力上。从价值引领角度而言,网络作品实际上是网络作家自身的价值取向以及审美趣味的表现,其整体的价值偏好不仅影响着网络文学本身的创作生态,也深度介入了现实生活环境,影响读者的价值取向和日常生活,从而无形之中塑造着大众的审美趣味、精神生活以及文化价值观。在当下的历史和文化语境中,网络作家的文学影响力主要表现为艺术审美影响以及人文价值影响两方面。

(一)艺术审美影响

评价一个作家首先是看他的作品,看他作品的文学价值即艺术审美影响。例如,网文大神萧鼎是玄幻小说代表性人物,人们评价萧鼎时首先就要谈及他的小说《诛仙》,网友评价该作品是"后金庸时代武侠圣经",由此才奠定了萧鼎在网文界的地位,而萧鼎的影响中首先就有艺术审美影响。有文章评价说:"《诛仙》的特别之处在于,它把奇幻与爱情,暴力与温婉,残酷与仁义,正直与邪恶等水乳交融般地糅合在一起。它借鉴并吸收了黄易小说的神秘,李凉小说的搞笑,温瑞安小说的恐怖,金庸小说的细腻,形成了独特的风格。"[①] 另有评论说:"《诛仙》是一部东方玄幻仙侠小说,作家以道家文化'天地不仁,以万物为刍狗'为基本立意,采用蕴含东方文化神韵的故事架构,在人物描写、氛围酝酿和语言表达上吸收和化用《山海经》等古代文化典籍元素,并受到《蜀山奇侠传》《鹿鼎记》等现代武侠仙侠小说影响,得其神韵,并将其融入作品血脉,使作品有着对传统文化的独到理解和艺术阐释。"[②]《诛仙》所产生的影响主要就是艺术审美影响力,其实也就是作家萧鼎的艺术审美创造力的体现。

---

① 胡燕:《奇幻怪诞 至情至性——评玄幻武侠小说〈诛仙〉》,《当代文坛》2006 年第 5 期。
② 欧阳友权:《传统是网络文学的"精神血脉"》,《光明日报》2020 年 1 月 8 日第 16 版。

除要有传统作家的艺术审美能力外，网络作家的创作还须体现其自身的文学特殊性。

首先是注重大众审美。我们知道，网络文学作品一般具有极强的易读性，在一定程度上决定了网络作家所传达的审美趣味是大众的、通俗的。网络文学创作实际上是大众写作的集中表现，网络时代开创了全民写作的可能性。相较传统文学的创作者，网络作家的门槛较低，这也就导致网络创作群体数量庞大且大多是普通年轻人，他们来源于草根社会，站在自身的角度展开艺术创作，本身就是从大众本位进行创作，他们所表达的必然是大众化的审美趣味。网络作家创作的动力源泉依旧是其日常审美经验，主要来源于日常生活中所获得的物质和精神的文化生活经验。网络作家借网络这一开放的空间，有意无意地记录当代社会生活中的审美经验，抒发审美情感，或表达美好幻想，并将个人的、地方性的审美经验与读者进行交流、互动与分享。与此同时，网络作家创作坚持以读者为中心、以大众为服务对象，在一定程度上促进了网络文学审美立场平视化趋势的形成。网络平台提供了即时讨论与批评的可能性，评价主体由具有权威性的机构或个人变成读者这一巨大的群体。加上网络文学商业化模式的影响，网络作家为了获得订阅与打赏，也必须顾及读者的阅读体验。于是，与传统的纯文学相比，作为大众文化生产的网络创作少了些高高在上的倨傲，多了些平视审美的亲和力。网络文本不仅是作者的表达，也是大众的声音，网络作家和读者形成良性的对话关系，平等的沟通关系和深层次的共鸣关系，促进了审美价值平视化、平民化倾向。

其次，更侧重个人化的自由审美。与传统作家相比，网络作家大多是业余写作，他们缺少严格的专业训练，同时也少了些观念束缚和文学限制，加剧了自由性、私人化的创作趋势。大多网络作家创作源动力是个人情感的抒发，或是乌托邦世界幻想的私人行为。他们的创作很少使用宏大叙事，而是更多关注人内在欲望的释放，专注人的情感体验，特别是那些玄幻小说，塑造的多是虚拟的"欲望空间"和"幻想世界"，满足的是自己的心理欲求和精神需要，甚至形成了一套全民"疗伤""逃避"机制。同时，网络创作的匿名性特征也让作者的创作更为自由，这有利于自由地书写自己的故事，自由地进行文学实践。如萧潜在《飘邈之旅》中讲述了主角遭人背叛，心灰意冷之时遇到神秘人物傅山相助的故事。傅山不仅让主角重获青春，将其改造为英俊潇洒的年轻人，还带他穿越星空，开启飘邈之旅。无论是遭遇逆境时遇贵人相助，还是青春永驻，容貌迤逦，这是每个人都会有的幻想，而萧潜就自由地将人们的这种幻想转化为小说中的虚拟现实。在一定意义上，网络作者实现了人在现实生活中的无法可为之事，修正了社会人在生活中的某种缺憾。网络作家创作的网络诗歌和散文则具有更强烈的私人化特征，如飞莫鱼然的散文诗《观水浒有感》，实际上是诗人阅读《水浒传》后的读后感，其体现的便是私人化创作的审美特色。

最后，偏好娱乐化审美。网络作家源于大众，其审美趣味与读者的阅读需求有极大的重合，对审美娱乐化偏好的形成产生了一定的影响。网络作家在作品中会刻意放大与调动读者的感官，让读者在短时间内产生直接而强烈的情感波动，从而获得一种"爽感"，这也许就是网络作家为了获得读者订阅与打赏的生存法则之一。网络文学中的"爽文"类型正是娱乐化审美产物。爽文中的"升级文"的主角往往出生卑微，却逆天改命，经过自己努力或贵人相助而步步升级，成就不凡人生。这样的人设就是为了满足普通人的成功梦想，而表达方式则是"爽"，即愉悦、快乐和心满意足，这几乎是所有网络作家最基本的创作技法，也是所有大众文学的一大特点。为了娱乐化的爽感审美，网络创作形成一个个的套路，以便让作家的想象能够满足大众读者的期待，那些大名鼎鼎的网文大神（如唐家三少、天蚕土豆、我吃西红柿、辰东、梦入神机、血红、忘语、耳根等），就是这样打造出来的。有网友从天蚕土豆的《斗破苍穹》《武动乾坤》《大主宰》《元尊》等小说中，总结出玄幻小说的娱乐化爽文的十大套路：

（一）有一个终极 BOSS，主角的成长就是围绕打败这个最终 BOSS；

（二）永远能越阶杀人，肉体超群；

（三）主角不管是穷困草根还是世家二代都会有一个先天缺陷（或是遭人冷落，或是遭人白眼）；

（四）小说前五章里一定有一个天大的奇遇；

（五）这个世界里一定要有某种能够快速提高属性的异物；

（六）一定要有一个和主角天然亲和的灵兽；

（七）主角一定会被众多女子喜欢，并痴情一生、非他不嫁，互相之间也会和睦相处，不会争风吃醋；

（八）万年不变的比武大会、拍卖大会；

（九）丰富的支线任务；

（十）读者的心理学。

对最后一条他解释说：

不管是种种奇遇、越阶杀人，还是收获灵兽驭龙而行，更或是美女环绕周围，其实都是我们作为读者想看到的，也是我们喜欢意淫的。扩展一点来说，为什么最开始主人公一定要先天缺陷或者遭人白眼？这其中就要涉及心理学里的屌丝心理学，屌丝是什么？是那些在生活中活的不如意、阶级相对较低的人。他们渴望什么？当然渴望心理的慰藉。[①]

这样的文学创意完全是为了满足读者娱乐消遣的需要，是"爽感"最受期待的套路，它们能适应特定读者群的审美心理结构，满足他们在虚拟世界的文学"白日梦"。

类似的作品在"升级文"中有充分体现，如野白菜的《逆天升

---

① 卓一行：《天蚕土豆写小说的十大套路模板，学会了你也能当作家》，个人图书馆，http://www.360doc.com/content/20/0924/21/70001778_937441043.shtml，2022年3月2日查询。

级》就讲述了主角意外得到"全能升级器",拥有了逆改天命的能力,最终改变自己的人生以及命运的故事。"升级文"满足了现代人希望人生道路顺风顺水的美好愿望,同时也创造了一个与现实不同的乌托邦幻境,消解了读者在现实生活中的负面情绪,实现了读者改变人生与世界的幻想。从另一方面说,这些爽文更像是现代人的情绪调节器,让读者在阅读体验中获得现实生活难以获得的爽感与成就感。邵燕君将"以爽为本"的网络文学定义为以网络为媒介的新消遣文学,并认为其具有"自由享受"和"自由创作"的积极面向。[①] 但不可否认的是,这样商业化的创作模式在一定程度上消解了传统文学创作的深层力量与情感体验,文学的诗性力量与崇高精神被网络文学的娱乐性消解,导致部分网络文学低俗化、缺乏深层次的内涵,沦为流水线上的同质产物。因而不少人批判网络文学缺乏文学的本体精神,缺乏对人终极价值的追问以及对现实社会的反思。因此,网络创作者应该反思文学的批判性力量以及社会功能,更加重视审美创作的人文社会功能。

(二)人文价值影响

评价网络作家的影响力要考辨其人文价值立场,以及他作品中蕴含的人文价值内涵。

所谓人文(humanitas),中国古代是指礼乐教化,现代社会指人类文化、人类文明,以及由此呈现的人的文化、教养、教育。在文学艺术中,人文价值表现为尊重人和人性,表现人的情感,维护人的尊严。人文价值或人文精神,说到底就是"以人为本"的价值理念。文学的核心价值之一便是人文价值,网络作家的影响力也需要通过人文价值的高度来体现,评价一个网络作家是否具有人文精神或人文情怀,就需要看他的作品中是否具有人文价值——对人、对人性、对人心、对人的价值和尊严、对人之为人的本性有没有深刻的理解和精彩的表

[①] 邵燕君:《以媒介为变革契机的"爱欲生产力"的解放——对中国网络文学发展动因的再认识》,《文艺研究》2020年第10期。

达。对于文学来说，人文价值具有普适性，无论是现实题材、历史题材，还是幻想题材或其他题材，任何类型的作品都必须以"人"为中心，都必须蕴含人文精神，体现人文价值。例如，《诛仙》是一部玄幻、奇幻、魔幻题材的小说，但该作品的核心不在"玄""幻"，也不在"魔"，而在人，是借"玄""幻""魔"来写人，正如有评论文章所言：

> 《诛仙》独特魅力在于，作者结合时代流行元素与现代人的心理、性格，将普通人的成长经历、爱恨情怀揉捏到中国传统文化和"玄幻"的框架中去，使读者在获得阅读快感的同时，也在字里行间找寻到当代人成长的轨迹。小说文本所展现的对于中国传统"侠"之内涵的新阐释、对于"情"的纷繁描写、以及对于传统文化意蕴的承载，是小说的重要内蕴，也体现了小说整体的精神特征。①

《诛仙》创造了一个中国小说史上绝无仅有的主人公形象。身具佛、道、魔三家武功。武器是至凶之物摄魂棒和噬血珠。张小凡作为一个普通农民少年，踏上了修真之旅，在青云山感受到了亲情与友情带来的温暖，然而摄魂棒的出现却颠覆了他的人生，一步步走上魔化的道路，激发了他人性恶的一面。魔道中的疯狂与杀戮，地位与占有，伟业与幻想，如同人性欲望的根源，其赤裸裸的黑暗吸引着人走向堕落。然而，当兽神来袭、鬼王挑战世间正道时，他内心本有的善良与责任却被激发了，执剑一击，护佑人间。②

《诛仙》对主人公张小凡的精心刻画，在意义赋予上表现的就是一种人文精神，体现的是人文价值，也是作者人文情怀的艺术寄寓。

网络作家有效改造与发展了中国传统文化与价值取向。中华民族五千多年文明历史所孕育的优秀传统文化是网络作家创作的源泉，网

---

① 李昀男：《侠·情·传统：〈诛仙〉的三个关键词》，《重庆三峡学院学报》2012年第4期。
② 小说先生：《这部06年的作品被新浪誉为后金庸时代武侠圣经，玄幻武侠代表作》，简书，https://www.jianshu.com/p/26824ed3e713，2022年3月2日查询。

络作家不断从中华民族的优秀传统文化中汲取养分，在继承中求发展，在借鉴学习中求创新。仍以萧鼎的《诛仙》为例，就有评论者说："《诛仙》把传统文化融入到小说文本，这是非专业作家对'玄幻'小说创作的有益的实践和探索，在同类的作品中，《诛仙》显现了自己的个性特征。作者萧鼎经常在小说中引经据典，《山海经》《道德经》《金刚经》《坛经》《晋书·纪瞻传》《周易复卦象传注》等作品的内涵或风物在小说中均有体现，如《诛仙》第一部第二十章《魔踪》中的'空桑山'出自《山海经》第四卷《东山经》；《天书》中的修行之法则是作者参考《道德经》《金刚经》《坛经》《晋书·纪瞻传》《周易复卦象传注》等书。从小说自身来说，传统文化在小说中的再想象与价值判断不是错位的关系，而是把传统文化意蕴内化在文本中，小说的主旨从传统文化的道德伦理中衍生，诛仙剑的传说对于小说的题旨来说本身就是一个隐喻。"①

事实上，许多网络作家在创作时都会大量借用与化用中国古代神话、典籍、历史故事或市井小说中的形象，延续与发展古典通俗小说的创作题材。《三生三世十里桃花》中出现了《山海经》中记载的毕方鸟，《九州缥缈录》和《九州·海上牧云记》取材于中国古代的神话传说中的夸父、鲛人、羽人等形象，这些作品"借助神话制造兼具情感认同和传统权威双重功能的文本幻像"②，唤醒了读者作为中国人的历史记忆与民族记忆。部分网络作家在创作之时借鉴《红楼梦》《水浒传》等章回体小说的样式，让人耳目一新。据研究，玄幻小说的源头不只有西方奇幻小说以及现代时空观念的影响，中国玄幻小说的网络作家离不开《楚辞》、魏晋南北朝志怪小说、唐传奇、明道神魔小说的助力。中国古代的幻想文学为网络作家提供了丰富的素材，网络作家创作的本质与中国传统文化中的通俗文学部分一脉相承。作家通过将中国传统价值观念与当下的价值观结合，成功建构着具有中

---

① 李昫男：《侠·情·传统：〈诛仙〉的三个关键词》，《重庆三峡学院学报》2012 年第 4 期。
② 黄悦：《论当代网络文学对中国神话的创造性转化》，《西北民族研究》2019 年第 4 期。

国特色的人文价值。今何在的《悟空传》取材于《西游记》,弘扬了"我命由我不由天"的革命精神,猫腻的《将夜》不仅基于传统的天道和人道观念讲述了一段可歌可泣、可笑可爱的草根崛起史,还表现了"宁可永劫受沉沦,不从诸圣求解脱"的人定胜天、花开彼岸天的成长、奋斗的历史。许多这样优秀的网络作家取材于其民族历史与民族记忆,将中国传统人文价值观念与当代的文化背景结合起来,塑造了新时代的人文价值理念。诚然,当下网络作家创作还需进一步抓住时代的核心与本质,深入讨论以人为本的核心价值,发出对人终极价值的思考与追问,"开启艺术民主、表征生命自由、重塑人文信仰"①,做到艺术性与人文性兼备,经典化与深刻化兼具。

二　市场影响力及其效益

网络文学是文化资本网络营销的经济附加值,一个网络作家的影响力首先体现为他的市场绩效体量。作为市场经济的文学表达,网络文学必须通过有创造力的作家创作更多"适销对路"的作品吸引读者、赢得市场,这种文学才能生存,资本才能盈利,创作者才会有影响力。因而,评价一个网络作家就不得不评判他由读者消费而产生的市场影响力。

其一,网络作家影响力源自作品消费的市场加持。

我们知道,网络作家大多都出身草根,业余为文,后来以爽感作品在"赛博江湖"浪得大名。他们这个由"写手"而成"作家"之"名",不是由评论家加封,也不是来自官方机构认证,而完全是来自读者的口碑,是粉丝心甘情愿地用真金白银(订阅、打赏、月票、盟主)"赞"出来的,读者认可、市场检验、消费认同才是网络作家影响力的"铁门槛"。比如,第一批白金大神血红"一战成名",是因为他是我国网络作家中第一个年稿酬(2004年)过百万的作家;起点中文网每年发布"白金作家"名单,入选这个顶尖大神的标准就是看他

---

① 欧阳友权:《网络文学批判的五个焦点问题》,《社会科学家》2018年第10期。

们在年度内作品的消费市场表现；阅文集团每年举办"阅文原创文学风云盛典"活动，所发布的年度作家榜单均是以"市场号召力"为基本尺度的；"橙瓜网"曾连续举办"网文之王""五大至尊""十二主神""百强大神"①评选活动，其最重要的入选标准说到底还是市场标准——读者认可度和市场盈利能力。网传 2021 年最具影响力的网络作家，排行榜前十的是：唐家三少、天蚕土豆、卖报小郎君、烽火戏诸侯、老鹰吃小鸡、爱潜水的乌贼、辰东、蝴蝶蓝、耳根、会说话的肘子等②，其依据也主要是基于他们的"吸睛"和"吸金"能力。

自 2003 年"VIP 付费阅读"模式建立后，网络文学逐步形成了一个庞大的娱乐产业。网络作家作为这一产业链中的内容生产者，在整个产业中起着"压舱石"的作用。有研究者说，在网络写作这种以文化和技术为本质特征的数字劳动模式中，随着网络文学产业链的不断完善，网络作家从最初爱好文学的"文艺青年"演变成为典型意义上的"数字劳工"③，成为以网络为中介的劳动生产过程中的一部分。随着网络作家这一群体的数量不断增加，在众多文学网站平台的注册网文作者已经超 2000 万人，其中签约作者数十万人，形成了一个庞大的

---

① 例如，2018 年第三届"橙瓜网络文学奖"的名单如下。名人堂：唐家三少、天蚕土豆。网文之王：我吃西红柿。五大至尊：耳根、蝴蝶蓝、梦入神机、忘语、烽火戏诸侯。十二主神：月关、烟雨江南、骷髅精灵、妖夜、血红、跳舞、柳下挥、风凌天下、酒徒、骠骑、善良的蜜蜂、子与2。百强大神：猫腻、火星引力、净无痕、何常在、愤怒的香蕉、了了一生、爱潜水的乌贼、烈焰滔滔、流浪的军刀、傲天无痕、失落叶、天使奥斯卡、阿彩、三羊猪猪、纯情犀利哥、8难、方想、天下归元、飞圖天鱼、苍天白鹤、风圣大鹏、会说话的肘子、丛林狼、庚新、藤萍、刘阿八、乱世狂刀、白纸一箱、极品妖孽、雾外江山、我本纯洁、常书欣、管平潮、禹枫、尝谕、横扫天涯、最后的卫道者、知白、残殇、朽木可雕、发飙的蜗牛、林海听涛、善水、却却、逆苍天、果味喵、90后村长、鹅是老五、解语、玄雨、张君宝、牛凳、庄毕凡、覆手、梦里战天、纯银耳坠、浪漫烟灰、道圖门老九、大肚鱼、梁七号、梁不凡、无罪、我本疯狂、陈风笑、番茄、卷土、莫默、太一生水、宅猪、潘海根、仙人掌的花、夜神翼、雨魔、sky威天下、罗霸道、罗晓、蒙白、荆泽晓、心在流浪、陨落星辰、断刀天涯、洛城东、任怨、第一神、沧海明珠、厌笔萧生、鱼人二代、跃千愁、蚕茧里的牛、萧鼎、青子、郭怒、皇甫奇、步千帆、静夜寄思、苍穹双鹰、抚琴的人、MS芙子、十里剑神、青衫烟雨、更俗。搜狐网，https://www.sohu.com/a/232284083_99973985，2022 年 3 月 3 日查询。

② 野兽爱娱乐：《2021 年网络作家排行榜前十：最火的网络作家》，2022 年 1 月 18 日，网易，https://www.163.com/dy/article/GU14OJL105371TR6.html，2022 年 3 月 3 日查询。

③ 蒋淑媛、黄彬：《当"文艺青年"成为"数字劳工"：对网络作家异化劳动的反思》，《中国青年研究》2020 年第 12 期。

数字内容产品的生产群体。网络文学的受众，即消费者也达到4.61亿人（截至2021年6月），可见网络文学市场容量之大。网络作家的创作行为作为这一产业链中最初的、最原始的环节，对整个网络文学市场有着重要的影响，而一个网络作家的影响力，就源自其作品在消费市场的加持，这和传统作家影响力的认证方式是大不相同的。

其二，粉丝经济是"撬动"网络作家市场影响力的杠杆。

网络作家的创作直接影响网文市场的消费者，中国网络文学成熟的商业模式把创作者、消费者和经营者组成"利益共同体"，其中"粉丝"这一特殊群体是支撑网络作家生存的常量——需要有保底的粉丝常量，才能显示一个网络作家存在的价值；粉丝量的大小又是一个作家影响力大小的变量——粉丝越多，作家影响力越大，而粉丝的流失将意味着作家作品市场影响力的衰减。因而，无论是网络作家，还是文学网站平台，都希望拥有更大的粉丝群体来消解"粉丝焦虑"。在数字化媒体时代，粉丝的力量是巨大的，"网文粉丝可以左右市场并直接影响创作，粉丝量的大小直接影响作品点击量、推荐量、评论量、收藏量，还有如作家的百度指数、微博指数、微信指数、贴吧热度，还有豆瓣评分等等，也无不由粉丝多少来判定和掌控，它们都将直接影响作品的评价、作家的收入，关乎创作者的地位和声誉，也关乎网站的人气和体量"。[①]

由粉丝形成的粉丝经济是网络文学打造文创产业的基本力量。在网络文学的市场中，粉丝才是真正的消费群体，他们会为了喜爱的作者及其作品花钱订阅、打赏等。作者与粉丝间呈现出相互依赖，各取所需的关系，粉丝成为网络作者的社会拥趸，而作者则需要满足粉丝的阅读需求。经典的、"封神"的网络作家及网文作品必然拥有庞大的粉丝群体。粉丝也成为作品的二次传播者以及二次创作者。近年来，网络文学粉丝群体不断发展，他们形成了自己独有的粉丝文化。粉丝群体不仅会为了喜爱的作者作品投票、宣传、评论，增加该作品在市

---

① 欧阳友权：《网络文学的三大迷局及其打开方式》，《文艺争鸣》2020年第7期。

场的曝光度与知名度，还形成了作为粉丝的自觉规范。在网络文学IP开发这一大背景下，资本更加重视粉丝对作品的参与和讨论。对于火爆的作品，粉丝会通过原创歌曲、同人小说、视频剪辑等方式，参与作品IP化过程。网络作家的原创作品与粉丝的二次创作作品共同完成了市场中产品的传播以及变现过程。"网络文学的盈利模式也超越了阅读付费、实体书出版的固有路径，更多地转向了以组建粉丝社群、社交阅读、基于粉丝需求的IP矩阵式开发的文化生态系统。"[1] 网络作家的市场影响力取决于粉丝的多少，粉丝是"撬动"市场的杠杆，而粉丝经济就成为衡量一个网络作家影响力重要的市场标准。

其三，网络作家的个人收入是他们市场影响力的有力佐证。

网络作家的创作直接影响自身的经济收入，他必须考虑读者的喜好，千方百计满足他们的欣赏需求，因为读者就是他们的"衣食父母"，如果没有读者的订阅和打赏，他们的文学之路就会缺少利益驱动，就将失去经济来源，影响力也就无从谈起。早几年，《华西都市报》"封面新闻"等单位曾发布"网络作家富豪榜"，唐家三少连续六度霸榜。2018年发布的第12届榜单上，唐家三少以1.3亿元的年收入再登榜首，位居第二名的天蚕土豆高达1.05亿元紧追其后，其余16位分别是：无罪、月关、天使奥斯卡、骷髅精灵、跳舞、柳下挥、藤萍、何常在、水千丞、高楼大厦、鱼人二代、白姬绾、妖夜、小刀锋利、雨魔、犁天等[2]，榜单如图8-1。

从这个榜单可以看出，这些顶尖网文大神的年收入是很高的，即使是传统的畅销书作家也难以望其项背，而收入的标高也就是这些大神市场影响力的高度，尽管这个高度并不能与他们文学水平和作品的艺术价值画等号。事实上，在网络作家的个人收入方面，实际存在的"基尼系数"差异是很大的，参与网文写作的人总量有千万计，高收

---

[1] 蒋淑媛、黄彬：《当"文艺青年"成为"数字劳工"：对网络作家异化劳动的反思》，《中国青年研究》2020年第12期。
[2] 爆侃网文：《第12届网络作家榜发布，双巨头霸榜》，搜狐网，https://www.sohu.com/a/228006292_99971698，2022年3月3日查询。

第12届作家榜 网络作家榜

榜单出品：大星文化　作家榜阅读APP　华西都市报　封面新闻

排名	作家	籍贯	版税（￥）	年龄	经典代表作
☆	唐家三少	北京	13000万	37	《斗罗大陆》
☆	天蚕土豆	四川德阳	10500万	29	《元尊》
☆	无罪	江苏无锡	6000万	39	《流氓高手》
4	月关	辽宁沈阳	5000万	46	《大运河》
5	天使奥斯卡	江苏南京	4930万	42	《盛唐风华》
6	骷髅精灵	山东烟台	3900万	37	《斗战狂潮》
7	跳舞	江苏南京	3400万	37	《恶魔法则》
8	柳下挥	河南信阳	2600万	30	《天才医生》
9	藤萍	福建厦门	2500万	37	《中华异想集》
10	何常在	河北石家庄	2500万	42	《问鼎记》
11	水千丞	海南海口	2000万	31	《深渊游戏》
12	高楼大厦	山东淄博	2000万	38	《太初》
13	鱼人二代	黑龙江哈尔滨	1650万	35	《校花的贴身高手》
14	白姬绾	山东青岛	1600万	22	《蝶梦》
15	妖夜	湖南郴州	1500万	34	《不灭龙帝》
16	小刀锋利	黑龙江牡丹江	960万	35	《弑天刃》
17	雨魔	江苏南京	700万	36	《少年幻兽师》
18	犁天	江西上饶	660万	37	《三界独尊》

图 8-1　第 12 届作家榜

说明：图片来自网络。

人作家只是"收入金字塔"的塔尖，绝大多数网络创作者的收入并不高，有相当一部分新手或"扑街"作者仅靠网文写作可能难以糊口。

网络作家的个人收入主要来源于以下四个方面：一是平台补贴，这个十分有限，并且多是面对的入网新手，带有为创作人才补贴、培养、蓄势的意思；二是读者订阅和打赏，这是签约作家主要的收入来源，最能体现作品的价值和作家的市场影响力；三是网络小说纸介出版的版税收入，这个要看阅读市场状况，视作品的发行量来裁定收入；四是网络小说的版权转让和IP改编增值所形成的产业链延伸收入，这个既要看作为文学内容的线上影响力能否成为市场认可的"大IP"或"超级IP"（它决定着版权市场价位），又要看线下改编为影视、游戏、动漫、演艺、听书、周边等视听消费产品时能否"制作精良"，形成作品的品牌效应。如唐家三少能成为网络作家"首富"，其主要的收入来源就是其小说改编的漫画、动画和游戏，他的《斗罗大陆》一书，不仅出版为线下读物，还改编为漫画、动画、游戏，形成了一个庞大的斗罗宇宙。

随着网络文学平台运营商业化程度不断加深，资本力量进一步介入网络文学的版图，网络作家同样承担着这一商业模式带来的负面影响。作为劳动主体，网络作家为了获得更高的报酬，在一定程度上他不得不牺牲自身的主体性，让位于市场需求以及粉丝经济。无论是已经成为大神的作者，还是希望成名的作者，都希望通过讨好粉丝以及市场，从而保持或增加自己的收入。这样网络作家的劳动不再是自由自觉的生产活动，而是为了迎合资本与粉丝的机械性写作，网络作者最终成为"数字劳工"。另外，普通写手的生存空间与生存环境往往变得相对恶劣。面对资本主导的网文模式，流量与资本将会向大神作家靠拢，与之相对应普通写手将处在弱势地位，其话语权和生存空间难以得到保障。随着付费阅读市场的不断饱和，资本为了不让流量下滑，2020年网络平台推出免费阅读App，这一变化进一步打压了一般作者的生存空间。免费阅读带来的将会是"流量向头部作家集中，而大部分非头部作家的流量会越来越少；头部作家收入会增加，而非头部作家收入会越来越少"[①]。

三　作家影响力的社会认同

评价网络作家，除了作为"文学工作者"的评价外，还需要有社

---

① 欧阳友权主编：《网络文学年鉴（2020）》，新华出版社2021年版，第68页。

会认同评价。社会认同是一个"社会人"的族群评价，它对于新的社会身份的"网络作家"来说，是他们得到社会承认的一大标志。近年来，网络作家的社会身份逐步得到官方认可与肯定，这一群体开始从"无组织"走向"有组织"，从"体制外"进入"体制内"，成为我国社会主义先进文化的生产者和"文化强国"的建设者，其社会影响力和社会认同度得到相应提升。

（一）网络作家的社会认同度来源于媒体曝光度

"社会认同"的前提是"社会了解"，而要想得到社会了解就离不开媒体的公开报道即"曝光"，有了较多的媒体曝光度，就会提高该群体的知名度，这个群体或将成为社会热点，进入主流舆论，为全社会了解和接纳。我们看两个实例。

一是来自政府的"茅盾文学奖·网络文学新人奖"。该奖项隶属中国作协下辖的中华文学基金会，由其负责评选，两年一届，迄今已评选四届。例如，第四届更名为"茅盾新人奖·网络文学奖"。2021年12月20日公布的获奖名单是：王冬（蝴蝶蓝）、任禾（会说话的肘子）、陈徐（紫金陈）、刘勇（耳根）、段武明（卓牧闲）、蔡骏（蔡骏）、叶萍萍（藤萍）、朱乾（善水）、杨汉亮（横扫天涯）、程云峰（意千重）等，另有史鑫阳（沐清雨）等10人获提名奖。[①] 这个专门针对网络作家的奖项，其奖励对象为创作成绩特别优异，并具备进一步发展和提高潜质的青年网络作家，业内业外的关注度都很高，对提高网络作家的影响力具有较重的分量。

另一个是传媒公司的"中国网络文学作家影响力榜单"评选。在业内有较大影响的"艾媒咨询"近几年每年发布"中国网络文学作家影响力榜单TOP50"，分男频作家和女频作家各50名。2021年1月13日发布的2020年度的榜单中，男频作家排名前5的是：猫腻、爱潜水

[①] 《中华文学基金会第四届茅盾新人奖评奖办公室关于获奖名单公示的公告》，2021年12月20日，中国作家网，http://www.chinawriter.com.cn/n1/2021/1220/c403994-32312409.html，2022年3月4日查询。

的乌贼、老鹰吃小鸡、唐家三少和会说话的肘子；女频作家中，天下归元、吱吱、丁墨、囧囧有妖、Priest 稳居五甲。该榜单的评选标准是："根据对作品影响力、作品销售力、作品可读性、作品 IP 价值四个一级指标的考量，围绕作家的作品销售情况、网络及社会影响力、文学和商业贡献等维度"①，这些数据本身就是来自各类媒体，特别是网络媒体，再经过网络信息公司的传播、发酵，进一步增加的媒体曝光度，对提高上榜作家的影响力意义不可低估。

在这方面，国家主流媒体的作用更为巨大。比如，《人民日报》2014 年开辟了"网络文学再认识"专栏，《光明日报》的"文艺评论"版为网络文学评论提供园地，《中国社会科学报》《中华读书报》《文艺报》《中国艺术报》等全国性平面媒体均为网络文学理论评论张目，纷纷刊发网络文学的理论批评文章和网络作家作品的相关报道，中国作协和各省市作协举办的各种网络文学论坛等，增加了网络文学的曝光度，大大提升了网络作家的影响力，让网络作家经常处于主流媒体的视线中。2019 年国家新闻出版署和中国作协举办的"庆祝新中国成立 70 周年"主题网络文学作品评选活动，2020 年央视新闻联播报道 136 位网络作家在上海发出《提升网络文学创作质量倡议书》，2021 年上海发布建党百年百部网络作品等，经新华社、人民网、光明网、环球网客户端等主流媒体报道，让网络文学一时成为媒体报道的热点，对网络作家的社会认同产生了积极作用。

（二）网络作家的社会认同度基于其作品对社会的文学赋能

如果说，社会对网络文学的认可基于这种文学对社会的影响，那么，网络作家的社会认同，就要取决于其创作的作品对自己所生活的社会产生了怎样的作用，能积极地赋能社会，才能有效地干预社会、影响社会，于是社会语境才会接纳他，对一个网络作家产生认同。网

---

① 艾媒咨询：《2020 年中国网络文学作家影响力榜单解读报告》，2021 年 1 月 13 日，艾媒网，https://www.iimedia.cn/c400/76427.html，2022 年 3 月 4 日查询。

络作家与传统作家一样，是人类文明的传承者、践履者和创造者，是精神文化的生产者，"立文之道，惟字与义"①，为文不仅可以"载道"，还可以"铸魂"，可以聚人心、暖民心、强信心，对社会产生积极的、正面的影响，特别是对人的精神世界、对青少年"三观"的形成有着不可小觑的作用。一个网络作家在他的创作中"把有筋骨、有道德、有温度的东西表现出来，倡导健康文化风尚，摒弃畸形审美倾向，用思想深刻、清新质朴、刚健有力的优秀作品滋养人民的审美观价值观，使人民在精神生活上更加充盈起来"；因而他应该"把提高质量作为文艺作品的生命线，内容选材要严、思想开掘要深、艺术创造要精，不断提升作品的精神能量、文化内涵、艺术价值"，做到时刻"把个人的道德修养、社会形象与作品的社会效果统一起来，坚守艺术理想，追求德艺双馨，努力以高尚的操守和文质兼美的作品，为历史存正气、为世人弘美德、为自身留清名"②。中国作协网络文学中心的领导也对网络作家提出要求："要下大力气引导网络作家讲品位、讲格调、讲责任，自觉遵守法律、遵循公序良俗，自觉抵制拜金主义、享乐主义、极端个人主义，要通俗，但决不能庸俗、低俗、媚俗；要生活，但决不能成为不良风气的制造者、跟风者、鼓吹者；要效益，但决不能沾染铜臭气、当市场的奴隶；要流量，但决不能流量至上，要科学看待点击率、订阅量、粉丝量等量化指标，不以收入论英雄，不以名气论优劣。要引导网络文学网站加强行业自律，营造网络文学天朗气清、山清水秀的良好生态。"③

事实上，网络作家对社会的贡献正是他们得到社会认可、赢得社会评价的基本条件。比如，猫腻获得粉丝喜爱又得到评论家的好评，是因为他的小说蕴含着理想主义和人文精神，在艺术上擅长用小细节

---

① 刘勰：《文心雕龙·指瑕》。
② 习近平：《在中国文联十一大、中国作协十大开幕式上的讲话》，《光明日报》2021年12月15日第2版。
③ 何弘：《主动担当作为，推动网络文学高质量发展》，《文艺报》2022年2月9日，作者为中国作协网络文学中心副主任。

书写大场景，充满"文青"情怀；郭羽、刘波的《网络英雄传》系列受到评论界一致好评，是基于他们笔下的青年创业题材体现了我们社会充满进取的时代精神；骁骑校成为现代都市小说的领军人物，那是对他的《橙红年代》《匹夫的逆袭》《好人平安》等作品的认同，小说中"小人物打拼世界"的不屈与奋进给人以励志的激情；卓牧闲创作了《韩警官》《朝阳警事》等警察题材小说，用以小见大的现实主义佳作，传递了青年一代积极向上的价值观，以此赢得了自己的网络文学地位。再如，唐家三少担任全国政协委员、北京市作协副主席等一系列社会职务头衔，完全是凭着他的许多小说产生的广泛影响力，2017 年获得第一届"茅盾文学奖·网络文学新人奖"时，唐家三少的获奖评语是："唐家三少是加入中国作家协会的第一位网络作家。十多年来，他以时不我待、只争朝夕的敬业精神，'日均八千字，数年不断更'，创作了大量脍炙人口的小说，作品数千万字，读者数以亿计，在取得惊人经济效益的同时，也获得了较好的社会效益，享有'人气天王'等美誉。他的小说选材精当，构思精巧，语言简洁，价值观健康向上。其代表作《光之子》《斗罗大陆》《酒神》《唯我独仙》等，为开创玄幻文学的黄金时代作出了重大贡献。"另一位军旅作家骠骑的获奖评语是："他的作品强调民族气节，弘扬英雄气概，尊重战争规律，着力展现特殊环境下的人性特征，同时具有新时期战争观和十分强烈的大国军人意识。强化军事题材的文学表现力是骠骑取得创作成果的重要标志。"[①]

可见一个网络作家的社会认同度与他的作品对社会的贡献度、给予社会的文学赋能效果是成正比的。随着网络作家影响力的提升，其社会认可度和话语权也相应增加。当前，网络作家在中国作协等社会组织中的会员比例逐年增加，政府或民间组织网络作家的座谈会，以及各种官方以及非官方的网络文学年度榜单，都在证明网络作家的社会身份以及形象越来越得到社会认可。

---

① 《首届"茅盾文学奖·网络文学新人奖"获奖评语》，2017 年 12 月 19 日，中国作家网，http://www.chinawriter.com.cn/n1/2017/1219/c403994-29716042.html。

（三）网络作家的社会认同度离不开主流社会给予的"身份加冕"

网络作家是具有社会身份的网文作家，也是具有文学身份的社会成员。从一定意义上说，一个网络作家得到社会的承认主要是得到主流社会的承认，被主流社会意识形态接纳。要实现这一点，从网络作家方面说，就要做到像习近平总书记所要求的："增强文化自觉、坚定文化自信，以强烈的历史主动精神……坚持创造性转化、创新性发展，聚焦举旗帜、聚民心、育新人、兴文化、展形象的使命任务，在培根铸魂上展现新担当，在守正创新上实现新作为，在明德修身上焕发新风貌，用自强不息、厚德载物的文化创造，展示中国文艺新气象，铸就中华文化新辉煌"[①]；从社会语境方面看，主流社会也需要关注、关心、培养和爱护网络作家，给予他们以应有的社会地位或该有的荣誉身份，让他们获得"身份加冕"。现在，网络作家被划分为"新社会阶层"，属于自由择业的知识分子。近年来，网络作家越来越受到党和政府的关注与重视，将他们作为新社会阶层纳入统战工作对象，实际上是国家对网络作家影响力的肯定，也是对他们思想行为的一种规范。与此同时，国家还积极构建各种网络作家的交流平台、培训平台、推介展示平台以及诉求反馈平台，尽力保障网络作家的权益，提升作为新社会阶层的网络作家的创作积极性。

网络作家开始逐步进入主流社会的政治生活和社会生活。2018年，网络作家蒋胜男当选全国人大代表，唐家三少（张威）当选全国政协委员，静夜寄思（袁锐）当选重庆市人大代表，血红（刘炜）当选上海市人大代表，管平潮（张凤翔）当选浙江省政协委员，阿菩（林俊敏）当选广东省政协委员，晴了（段存东）当选贵州省政协委员，梦入鸿荒（寇广平）当选河北省政协委员，跳舞（陈彬）当选江苏省政协委员，我吃西红柿（朱洪志）当选江苏省政协委员，匪我思

[①] 习近平：《在中国文联十一大、中国作协十大开幕式上的讲话》，《光明日报》2021年12月15日第2版。

存（艾晶晶）当选湖北省政协委员，我本纯洁（蒋晓平）当选广西政协委员等。① 在2022年的全国两会上，全国政协委员、中国作协网络文学委员会主任陈崎嵘提出了"建立全国性网络作协组织""筹建网络文学博物馆""推进网络文学经典化"的建议；全国政协委员、中国作协副主席阎晶明提出了"激发网络文学IP生产力，讲好中国故事，加强出海扶持力度"的建议；全国人大代表、网络作家蒋胜男提出了"关于将网络文艺确定为专门文艺类别加快推动发展的建议"。还有许多网络作家以各种荣誉头衔进入主流社会，面对社会事务发声，对主流社会和公共事务表明自己的立场，产生了积极影响。2021年12月，在新组成的中国作协第十届全委会委员中，网络作家有17人入选②，创历史新高，表明在传统作家占主导的"中国文学"这个大系统中，网络作家的地位已呈上升趋势，这正是网络作家影响力社会认同的有力表征。

网络文学的快速发展成就了网络作家这一群体，新时代的历史使命需要网络作家成为文化强国的有生力量。同时这一新兴群体也需要得到社会的更多关心和尊重，为他们解决一些实际存在的困难。如何改善网络作家的生活境遇，优化他们的职业环境，给网络创作者提供更为自由的创作空间，以充分发挥他们的创作激情，让他们的责任与义务都能得到更充分的体现等，需要引起全社会的关注，也是我们评价网络作家影响力需要仔细审视的问题。

总之，社会责任与道德自律，文学创新与文化传承，以及由人文价值、艺术审美、读者消费的市场绩效和角色身份的社会认同等组成影响力评价，构成了网络作家评价的主要维度和基本标准。从评价对象实际出发，合理选择并正确使用这些标准，或将对客观评价网络作家有所助益。

---

① 欧阳友权主编：《网络文学年鉴（2020）》，新华出版社2021年版，第72页。
② 当选中国作协第十届全国委员会委员的17位网络作家是：于鹏程（风御九秋）、马伯庸、刘炜（血红）、刘勇（耳根）、李虎（天蚕土豆）、张威（唐家三少）、张戬（萧鼎）、陈彬（跳舞）、林俊敏（阿菩）、袁野（爱潜水的乌贼）、袁锐（静夜寄思）、崔浩（何常在）、蒋胜男、魏力军（月关）、艾晶晶（匪我思存）、云宏（子与2）、蔡俊等。

第九章 网络文学作品评价

网络文学评价的核心是作品和作家评价,而作品评价又是作家评价的基础,因为一个作家的文学地位是由其作品评价的结果和影响力来决定的,故而,网络文学作品的评价是整个网络文学评价的起点,是"基础中的基础"。网络文学作品的评价体系大抵可由两个核心标准和三个辅助性标准组成。两个核心标准是思想性标准、艺术性标准,三个辅助性标准含商业性标准、网生性标准和影响力标准。本章拟讨论两个核心标准和辅助性标准中的商业性标准,另外两个辅助性标准在后续讨论网络文学评价体系的维度选择中再做专门阐述。思想性评价标准,可以从社会历史层面、人文伦理层面和价值立场层面来把握;艺术性标准包括网民阅读的爽感体验、故事构架创意、作品类型创新、语言上的表现力和作品风格的个性化等因素组成;而网络作品的商业性评价标准是一种经济量化指标,由流量和市场绩效组成,主要是指网文作品的全网热度、在线订阅量和粉丝打赏数,以及线下 IP 版权产业链的"长度"与"宽度"等。把握好这几个评价维度,不仅可以找到网文作品与传统文学的价值通约性,庶几还能看出其作为"网络文学"的特殊性与评价的针对性。

第一节 评价网络文学作品的思想性标准

思想性评价是任何一种文学评价都不可或缺的环节,思想性评价标准是所有批评标准中最为重要的标准之一。与传统文学一样，网络文学生产是人类的一种有目的的创造活动，其作品是创作者"有为而作"的产物。正所谓"文章合为时而著，歌诗合为事而作"①，为时为事者，就是感物言志、有感而发，让文学有所作为，有益于社稷苍生。"一切有价值、有意义的文艺创作和学术研究，都应该反映现实、观照现实，都应该有利于解决现实问题、回答现实课题。"② 网络文学应承网络时代发展而得以产生与发展起来。尽管它可能是满足娱乐市场的"爽感"之需，存有种种套路化的浮躁和快餐阅读下的浅薄，但它解决了人们释放情感诉求和消遣爱欲的现实问题，依然要表现一定的思想内涵，正如白居易所言"诗者，根情、苗言、华声、实义"③，即任何网文作品都是在不自觉中自觉对人生、人性、人心、人伦的深刻揭示和独到表达，对真假、善恶、美丑的正确分野，常常蕴含正确的社会历史观和人文价值观。犹如《诗经》来源于老百姓日常生活，抒写老百姓的人生百态，关注社会现实生态，经历代诗教的强化，由民间崛起终而成为中华民族的审美文化精神，可见来自日常生活、为老百姓喜闻乐见的作品依然是有其思想性，依然需要有思想性评价标准予以评价的。

　　思想性评价是评价文学不可或缺的有效"抓手"。无论是传统文学还是网络文学，总是要反映特定的生活内容，总得体现创作者的思想倾向。诚然网络文学更注重娱乐性，如鲁迅先生所说的："一切作品，诚然大抵很致力于优美，要舞得'翩跹回翔'，唱得'宛转抑扬'"④，这是没有问题的，但网文作者纵使是描写身边的"小悲欢"或"小确幸"，也是自己创作意图表达，也需要有文学志向和情怀。

---

① 白居易:《与元九书》，夏传才:《中国古代文学理论名篇今译》第一册，南开大学出版社1985年版，第284页。
② 习近平:《一个国家、一个民族不能没有灵魂》，《求是》2019年第8期。
③ 白居易:《与元九书》，夏传才:《中国古代文学理论名篇今译》第一册，南开大学出版社1985年版，第277页。
④ 赵家璧:《中国新文学大系小说二集》（鲁迅编选），上海文艺出版社1980年版，《〈中国新文学大系〉小说二集序》，《鲁迅论文学》，第196—197页。

更何况，有许多网络文学作品都具有反映生活的深广度和真实度，有许多网络作家都有文学的担当感和历史责任感，有对公平正义的追寻和对精神世界的探寻等。网络文学不排斥思想性，网络语境只是提供"爽感"生产机制，其背后依然包裹着特定的历史观、人生观和价值立场。

一般而言，评价网络文学的思想性，可以从社会历史、人文伦理和主体价值立场等几个主要层面去把握。

一 在社会历史层面上，评价网络文学的思想性要看作品反映生活的深广度与真实度、创作者所承担的历史责任和文学的担当感

恩格斯在《致斐·拉萨尔》的信中曾提出"较大的思想深度和意识到的历史内容，同莎士比亚剧作的情节的生动性和丰富性的完美的融合"①，其中，"较大的思想深度""意识到的历史内容"即是在社会历史层面上评价网络文学社会历史价值的重要标准。车尔尼雪夫斯基认为"艺术来源于生活，却又高于生活"②。任何艺术的基础都是生活的馈赠，都要反映生活的真实性，并反映生活的深度和广度，而生活本身就是有内容、有苦乐、有意义和价值的；任何艺术都来源于生活积累和生命体验的再创造，而不是对生活简单的记载。有了生命体验和艺术再创造就会有主观判断，有思想倾向，有对于社会和历史的认知。鲁迅先生说："所写的事迹，大抵有一点见过或听到过的缘由，但决不全用这事实，只是采取一端，加以改造，或生发开去，到足以几乎完全发表我的意思为止。人物的模特儿也一样，没有专用过一个人，往往是嘴在浙江，脸在北京，衣服在山西，是一个拼凑起来的脚色"③，将众多不同的人物的突出的特点综合起来，然后进行创造，从而创造出全新的形象，这个形象就是有主观倾向、有价值判断的形象。

---

① 《马克思恩格斯选集》第4卷（下），人民出版社1972年版，第343页。
② ［俄］车尔尼雪夫斯基：《艺术与现实的审美关系》，周扬译，人民文学出版社2009年版，第100页。
③ 鲁迅：《鲁迅全集》第4卷，吉林大学出版社2009年版，第394页。

网络文学尽管用"以读者为中心"的后端规制替代了传统文学"以作者为中心"的前端倚重,但不仅没有改变车尔尼雪夫斯基和鲁迅先生的观点,而且是酣畅淋漓地把他们倡导的思想观念用更容易接受的方式呈现出来,现实生活依然是网络文学唯一的原型母体和支点,网络文学创造则用大众喜闻乐见的方式来表现生活以及生活中的思想内涵。

评价网络文学作品的思想性,首先要从社会历史层面上进行评价,它包括三个主要方面。

一是看一个作品反映社会生活的深广度和真实度。网络作家要善于从不同角度、不同层次上反映生活,不仅反映生活的表象,更要反映生活的本质、生活的本相,反映生活中那些打动人心、激励人性、令人警醒的东西。生活是文学创作的第一现场,网络作家需要有一双慧眼,善于从生活中发现文学,从文学中提炼意义,从而写出生活的深度和广度。"90后"青年网络作家本命红楼(张启晨)在谈到他创作《玉堂酱园》《信中书》的体会时说:

> 写作好比烹制阿胶,阿胶来之于驴,继承了驴的脾性,杂质丛生既倔且硬,想要处理得宜,不仅是灶台的工夫更要心性的加持,要有猛火急烧的大智大勇;要有小火慢炖的不疾不徐;要有水滴石穿的云心月性;要有当头棒喝的神来之笔;耐心、恒心、巧心、匠心缺一不可,次序、时机、经验、手段见招拆招。
>
> 周而复始循环往复的生活琐碎而又枯燥,芸芸众生日日夜夜分分秒秒早就不胜其烦,可最智慧的写作者总能抽丝剥茧顺藤摸瓜,驻足人生的第一现场,深扎生活的最前沿,热情而冷静,梦幻且现实,观察记录思考提炼,将街头巷尾渺渺人间书写得妙趣横生。[1]

生活是创作素材,作家是"烹饪师傅",只有技艺高超的师傅才

---

[1] 张启晨:《作者如厨,读者食之》,《青春》2021年第10期。

能写出具有生活深广度和真实度的好作品。

　　从社会历史层面评价网络文学的思想性，尤其适合评价现实题材的作品。现实题材写身边的人、眼前的事，具有"真相实录"的特点，评价这类作品不能只看创作者"写了什么"，还要看他"怎么写"，是否写出了生活的深度、广度和真实度。网络作家何常在是高产作家，也是"文青"作家，从《官神》《官运》到斩获众多大奖的《浩荡》，从写官场文到写商战文和改革文，既写出了生活的广度，作品也具有生活的深度和厚度。他在谈到自己的创作时说："在现实题材的创作中，网络文学是先锋军和生力军，起到了冲锋陷阵的作用。和一些作家认为现实就是苦难就是深刻不同的是，网络作家眼中的现实，是时代的飞速发展，是城市化的过程，是现代化的建设，而不是陈旧、保守、落后而沧桑的过去。他们和时代同呼吸共命运，没有无病呻吟的乡愁，没有回不去的故乡的愁绪，他们拥抱时代、热爱生活、活在当下，他们笔下的现实，自然是生动的、活泼的、鲜活的。"现实题材的魅力和优势就在于"深入生活记录时代，比如可以了解时代的变迁、书写改革开放的历史进程"。①

　　现实题材作品的深广度和真实度比较容易把握，玄幻、穿越、架空类作品是否也可以用这个尺度去衡量呢？回答也是肯定的，只是幻想类作品是对生活现象真实的曲折、变形的表达，写得好，同样可以深刻地反映生活的本质。月关的《回到明朝当王爷》在起点中文网连载时，引起很大反响，粉丝网友给作者建立了"月关吧"，"豆瓣读书"上更是好评如潮。网友@秋水为弦评价道："区别于一般的穿越小说中主角动不动就想用现代的技术和观念来改变一个时代的痴人说梦，《回明》是立足于那个时代的现实。以一己之力，带动越来越多的人，徐徐图之，纵是如此，也时常感到心有余而力不足，这更符合现实。更可贵的是主人公的信念，为天下苍生谋幸福、明知不可为而

---

① 何常在：《网络文学是现实题材创作的先锋军》，2021 年 4 月 12 日，澎湃新闻，https: //www.thepaper.cn/newsDetail_forward_12106962。

为之，虽千万人吾往矣的执著信念，尤为动人，这在一般的穿越小说中都是比较欠缺的，惟其如此，才显示出《回明》厚重的主题来。"① 另一网友@妙一统元发帖说："其实本文最大的亮点在于，将诸多对于中国历史多次的思考注入架空的历史中，例如耕牧之争、大陆扩张与海洋扩张、政治集团间的博弈、经济理论的运用甚至对于邪教和农民运动的思考，也借杨凌之手隐晦地阐述了作者的主张与见解。"② 网友的这些评价，正是从社会历史层面上对作品反映生活深广度与真实度的评价。

二是看作品能否坚持用正确历史观书写和评价历史，承担网络创作应有的历史责任。无论是写古代的历史，还是写现代历史甚或革命史，都需要有历史唯物主义的立场，不能曲解历史，而应该在尊重史实，以正确的"史观"来体现"史识"。陈崎嵘在评价蒋胜男的女频历史小说《天圣令》时写道：

> 作品体现了正确的唯物史观，在典型的历史环境中塑造了典型的历史人物。《天圣令》写的是宋代太宗、真宗、仁宗三代帝王的统治史，以及女主刘娥经历千辛万苦蜕变为宋朝执掌朝政的垂帘太后的故事。其中自然不乏社稷之争、朝野之争、宫斗之争。作家的高明与可敬之处不在于其感性细致、娓娓动听的叙述，而在于透过这些表面之争写出了宋代的社会矛盾和斗争，写出了底层百姓的民不聊生、揭竿而起，写出了国力衰弱、外敌环伺、山河破碎的惨景，写出了封建帝制本身固有的软弱与腐朽、弊端与不堪，写出了最高统治者的苦心孤诣与无能为力，好似一幅宋代封建社会的政治全景图，不仅勾勒出赵宋王朝的四梁八柱、通衢大道，而且还细致入微地刻画出了它的骨骼脏腑、肌理脉络。特

---

① 百度贴吧·"月关吧"，2008年12月23日，参见邵燕君、薛静主编《中国网络文学二十年·典文集》，漓江出版社2019年版，第188页。
② 豆瓣读书，2010年1月30日，参见邵燕君、薛静主编《中国网络文学二十年·典文集》，漓江出版社2019年版，第188页。

别是书中关于"澶渊之盟"的描述，真实、客观、多角度地描写了宋辽双方在综合国力、军力、民力、帝王和将士心理诸方面的状况，加上彼时自然环境条件的特殊性，揭示出"澶渊之盟"的必然性、可行性、可信性，使读者看到了偶然中的必然，体认到这是宋辽双方社会经济军事发展到一定阶段的必然产物，同时又是双方执政者心理博弈的最终结果，使得作品具备了史家的识见，经得起人们的追问和史实的检验。作者掌握了马克思主义唯物史观并按照其要义进行历史题材创作，在以"穿越""架空""金手指""异能"为常态的网络文学界，这样的创作态度和创作实绩尤为难得。①

作者对《天圣令》思想内容的评价，就是从正确的历史观出发所做的作品思想性的价值判断。

三是要看作品的担当感，即评价网络文学作品是否具有文学担当、文化担当、社会担当和时代担当。古代儒家强调"修身、齐家、治国、平天下"是一种担当，曹丕《典论·论文》提出"盖文章乃经国之大业，不朽之盛事"、白居易在《寄唐生》中说"惟歌生民病，愿得天子知"、梁启超提出"小说救国"等也是一种担当的文学主张。网络文学既然也是一种文学，自然也要有在思想内容和作品倾向上的担当感。2021年10月16日，《求是》杂志2021年第20期刊发中共中国作家协会党组署名文章《新时代文学要牢记"国之大者"》，其核心内容是："以历史方位标注文学坐标""以人民立场彰显文学力量""以文化自信铸就精神根基""以创新创造建设文化强国""以使命担当推动文学繁荣"等，也就是倡导一种文学担当——为社会担当、为时代担当，为广大人民群众担当。网络作家步枪（李泽民）的小说《大国战隼》入选中国网络文学影响力榜后在接受采访时说："我一直

---

① 陈崎嵘：《网络文学历史题材书写的新高度——简评蒋胜男新作〈天圣令〉》，《文艺报》2021年12月22日第8版。

认为，我们写书的要有一颗教人向上、向善的心，要立足于正确的价值观来搞创作，一本书出来，也许影响的是数以十万计的读者，尤其是年轻的读者，他们更需要整个社会给予思想体系方面的正确引导。"① 网络作家有了这样的观念和情怀，其创作的作品就会有担当，就可能具备社会历史层面的思想性，我们的评价就是要发现和评判其富有担当感的思想内涵。

我们知道，网络文学是源自草根写手的自由狂欢，"我手写我心"，"自由、平等、非功利、真实"是许多网络作者的创作动机和作品本色，创作的内容多侧重于抒发年轻人的青春叛逆和爱情的苦闷感伤。被资本席卷的商业化道路时期的网络文学是类型化、模式化的集体狂欢；百度贴吧、新浪微博、作者书评区的讨论空间与写作者、阅读者的互动平台，导致了作者与读者进行着一定程度的互动性写作；玄幻、仙侠、盗墓、穿越等非现实题材从这一时期开始大行其道。然而，超现实题材依然是现实的反映，只不过是现实的翻转。如愤怒的香蕉的《赘婿》设定一位现代金融大亨穿越到武朝（宋代）的架空世界，成为江陵布商之家优游度日的赘婿，然后由商贾家园到朝廷庙堂再到治国平天下成为一代枭雄，将中国的历史之轮从宋代推衍到近代，把"天下兴亡"落实到"匹夫之责"。非现实题材的作品摆脱了时空限制，体现出非凡的想象力，给网络文学带来一种奇特而新鲜的气质，备受读者追捧。近年来，现实题材的作品开始探进生活的每个角落，贴近现实生活丰富性的创作越来越多，许多网络作家主动介入社会，真切感受生活，在广度和深度两个方向对接现实生活场域。《大江东去》《繁花》《致我们终将逝去的青春》《传国功匠》等 25 部作品，获"庆祝新中国成立 70 周年"优秀网络文学原创作品推介，这其中现实题材就有 10 部。现实题材网络创作的"富矿"，如都市生活类题材的《挚野》（丁墨），改革开放现实题材的《浩荡》（何常在）、《商

---

① 步枪、王金芝：《步枪访谈：对军事现实题材的初心与恒心》，《扬子江网文评论》2021年10月18日。

藏》（庹政），行业类型现实题材的《大医凌然》（志鸟村）等都很成功。《大国重工》通过描绘重工业的繁荣发展全景图来谱写国家富强壮丽的史诗，《大江东去》通过国营企业骨干、村办企业带头人、个体户、海归创业派的多维视角，展现改革开放历程中人民当家作主、开创美好生活……事实上，写自己的生活，写身边的人，已经成为网络文学现实题材的重要选项，热情拥抱生活，敏感体察生活，让感动成为创作必备的情感心理，而这些作品最终的落脚点都是在社会历史的层面上写出了生活的深度、广度和真实度，体现出一定的历史责任和担当意识。

二 在人文伦理层面上，思想性评价要看一个作品是否写出了人性的丰富性，能否悲悯苍生，同情弱者，或者有没有对人的精神世界的深入探寻

文学是人学，是人的心性之学，也是人的伦理道义之学，评价文学，无论是传统文学还是网络文学，都需要评价其在人文方面的思想性价值，这是文学的本性和作家的人文知识分子身份与责任所决定的。莫言在东京做过一次名为《哪些人是有罪的》演讲，其中他说道：

文学家大多也是爱财富逐名利的，但文学却是批判富人、歌颂穷人的。当然文学中批判的富人是为富不仁、或通过不正当手段致富的富人，文学中歌颂的穷人也是虽然穷但不失人格尊严的穷人。我们只要稍加回忆，便能想出许许多多的文学中的典型人物，作家在塑造他们的性格时，除了给予生死的考验和爱恨情仇的考验之外，经常使用的手段，那就是把富贵当成试金石，对人物进行考验，经过了富贵诱惑的自然是真君子，经不住富贵诱惑的便堕落成小人、奴才、叛徒或是帮凶……

我们要用我们的作品告诉那些有一千条裙子，一万双鞋子的女人们，她们是有罪的；我们要用我们的作品告诉那些有十几辆豪华轿车的男人们，他们是有罪的；我们要告诉那些置买了私人飞机私人游艇的人，他们是有罪的，尽管在这个世界上有了钱就可以为所欲为，但他们的为所欲为是对人类的犯罪，即便他们的钱是用合法的手段挣来的。

我们要用我们的文学作品告诉那些暴发户们、投机者们、掠夺者们、骗子们、小丑们、贪官们、污吏们，大家都在一条船上，如果船沉了，无论你身穿名牌、遍体珠宝，还是衣衫褴褛不名一文，结局都是一样的……

我们要通过文学作品告诉人们，在资本、贪欲、权势刺激下的科学的病态发展，已经使人类生活丧失了许多情趣且充满了危机。……当人类把地球折腾得不适合居住时，那时什么国家、民族、股票，都变得毫无意义，当然，文学也毫无意义。①

莫言这个很有名的有关文学功能和文学家责任的演讲，是对人性中的贪婪、对人性复杂性的深刻揭示，充满了人文关怀，也是对人文伦理本性的极富现实针对性的阐释。梁漱溟说过，"中国是伦理本位的社会"。②《乐记》明言提出："乐者，通伦理者也。"孔子在为仁治学时强调"天何言哉？四是行焉，百物生焉。天何言哉？"③ 主张"知其不可而为之""下学而上达""学以致其道"④，"志于道，据于德，依于仁"⑤，"兴于诗，立于礼，成于乐"。⑥ 可见，"文以载道"是中国的传统，人文伦理为文学守正创新的立身之本。康德认为人性是人文伦理的核心，人类的本质不仅是自由，而且受道德约束，我们的道德承诺使我们自由。马克思认为"人的类特性恰恰就是自由自觉的活

---

① 莫言在日本的演讲：《哪些人是有罪的》，搜狐网，https：//www.sohu.com/a/294393552_99991909。
② 赖志凌：《中国传统社会关系的伦理特质及其当代困境——梁漱溟社会结构理论研究之一》，《南昌大学学报》2005年第6期。
③ 孔子：《论语全书》，思履译注，中国华侨出版社2013年版，第247页。
④ 孔子：《论语全书》，思履译注，中国华侨出版社2013年版，第265页。
⑤ 孔子：《论语全书》，思履译注，中国华侨出版社2013年版，第100页。
⑥ 孔子：《论语全书》，思履译注，中国华侨出版社2013年版，第121页。

动""人的本质……是一切社会关系的总和"。① 这是人文伦理的深刻揭示。文学是人学,"诗的效用的终极,在于给我们以纯洁的平和的高尚的不悖于人性的愉快"。②"在于为人类提供从伦理角度认识社会和生活的道德范例,为人类的物质生活和精神生活提供道德警示,为人类的自我完善提供道德经验。"③ 因此,张扬人性,伦理和谐是文学伦理的核心。文学的人文伦理价值判断是评价文学的基础,也是我们评价网络文学思想性的基础。

网络文学是数字媒介影响下文学转型的重要标志,但在人文伦理上依然需要继承传统的文学伦理观念,要有对人的尊重,对世道人心的把握和对人性丰富性的发掘与表现,乃至在对人性、人类命运特别是人的精神世界的探寻,需要有寓教于乐与文以载道、人文关怀和美学追求的统一。擅长写都市小人物题材的网络大神作家骁骑校在谈道自己的创作时说:

《匹夫的逆袭》里有几个关于蓝浣溪的情节,都特别有泪点。比如刘汉东出狱之后回到铁渣街,下着雨,蓝浣溪从洗头房里跑出来,拿了一把小花伞,两人在街中心抱头痛哭。再比如蓝浣溪高考,坏人把她锁在了宿舍里,不让她参加高考,她就费尽心机赤着脚走去考场,没有饭吃,饿到休克要喝雨水。虽然我是作者,但是每次再去看这个角色,看她的高考,她离开近江那天在机场的送别,她后面的报恩,总是会有一种热泪盈眶的感觉。刘汉东还好点,他的武力值也比较高,但是蓝浣溪作为社会的最底层,她遇到这些事情的时候,虽然有恩人相助,但还是要靠自己去奋斗。我觉得其实蓝浣溪是这本书里一个非常重要的人物,也更代

---

① 马克思、恩格斯:《马克思恩格斯文集(第1卷)》,人民出版社2009年版,第505页。
② 马玉红:《梁实秋伦理的文学之阐释》,"第二届中国伦理学青年论坛"暨"首届中国伦理学十大杰出青年学者颁奖大会"论文集,2012年。
③ 聂珍钊:《文学伦理学批评导论》,北京大学出版社2014年版,第14页。

表了一种匹夫的逆袭精神。①

晓骑校的小说擅长写都市小人物的打拼、成长、不屈不挠和冲破艰难险阻的逆袭，从《橙红年代》里的刘子光、《匹夫的逆袭》中的刘汉东，到《昆仑侠》里的刘昆仑、《好人平安》里的傅平安、《长乐里·盛世如我愿》里的赵殿元等，无不是来自都市街道里弄的社会底层人物，他们靠了自己拼搏努力，冲出逆境，打拼出不一样的人生，其中充满了悲悯苍生的情怀和同情弱者、抗争命运的自强精神，这是晓骑校作品的特色，也是我们评价晓骑校作品不可忽视的评价维度。

网络文学的现实题材创作一般都是平视现实，以平民化书写表现原生态生活，以日常生活的回归来确立自己世俗人情的精神立场，使文学的审美对象出现泛化倾向。网络空间的自由机制给予网络文学作者以极大的话语权，使得他们的精神与心灵摆脱种种束缚，可以张扬个性，舒展自我，实现与丰富人性；同时，以平等、非功利性、真实性遥寄生命之希望，释放个人之能量，全面启动和自由迸发生命之质素，全面敞开和尽情舒展人之性灵，在自由的光辉中消解心之繁难和活之局限。网络空间的自由机制让网络文学作者无论写自己还是评论别人，都敢于表露出自己爱憎情感，显示嬉笑怒骂的本色欲望和质朴率真的真情实感。网文读者也不再像传统文学那样是被动阅读，而是主动接受。在网站、手机 App、贴吧等浏览、点击、跟帖，发表评论，同时完成接受与创作的双向互动。其心理"自由"指向，一定程度上解放了生活的焦虑。创作主体的情感的"代入"，能引起读者们的情感共鸣，进而满足读者审美经验的期待视野。

悲悯苍生，同情弱者是网络文学人类伦理的思想表征，是文学伦理对人性表达的深化。"文学正是因为具有悲悯精神并把这一精神作为它的基本属性之一，它才被称为文学，也才能够成为一种必要的、人类几乎离不开的意识形态的……悲悯精神与悲悯情怀，是文学的基

---

① 晓骑校、李炜：《"最现实"的晓骑校》，《青春》2021 年第 11 期。

本精神和基本情怀。"① 网络文学遵循快乐性原则，裸露内心、毫不掩饰人性的弱点和本能的欲望，但在悲天悯人的同时，常常用金手指、扮猪吃虎、能力升级等方式，赋予小人物以"屌丝逆袭"之路，这正是一种人文伦理的表达方式。《将夜》主人公宁缺，作为一个典型"废柴"人物，他每天生活在仇恨的阴影中，但他从不绝望，从不气馁，而是敢与天争命，最终实现了从蝼蚁到英雄的转变。废柴英雄情结中隐含的拼搏与坚韧，正是人性丰富性的表现。《铁骨金魂》主人公朱彦夫，出身贫农，其经历的军史、奋斗史，均扎根基层，兢兢业业，是甘当"螺丝钉"的"凡人英雄"。清风暖的《穿越永乐田园》中的女主姚瑾嫁给了丧妻有女的农夫，但她没有自暴自弃、怨天尤人，也没有对窘迫家庭不屑一顾、等闲视之，而是孝敬公婆，将继女视如己出，对男主尊重支持，夫妻恩爱有加。从某种角度看，网络文学消解人生苦难的描写，旗帜鲜明地将大爱和悲悯情怀认定为是文学存在的理由，把"自由、平等、宽容、共享"当成了文学生存的文化背景，日渐重视人的生命及其价值，这种关注人心、人情和人性形态，是网络文学作为文学的价值所在，是网络文学思想性的艺术表达。

三 在价值立场层面上，要考辨网文作品对真善美与假恶丑的分野和对社会公平正义的追寻

文学主要解决人类的精神价值表达与建构问题，作家是人类灵魂的工程师。文学要走进人的灵魂，就要有正确的价值立场，对人类社会、对人生和人性、对人类生活中的真善美与假恶丑给予正确的认知、判断、揭示和评价，在这个价值立场上，无论是创作玄幻仙侠、历史架空还是现实题材作品，都是不可或缺的，于是，评价网络文学的思想性时，就离不开价值立场的评价维度。郭羽、刘波的小说《网络英雄传Ⅰ：艾尔斯巨岩之约》发表后，评论家白烨评价说："这部作品，

---

① 曹文轩：《为人类提供良好的人性基础——在美国西雅图华盛顿大学的主旨演讲》，《名作欣赏》2018年第10期。

它真正的价值在什么地方？这部小说书写了我们这个传奇的时代，书写了这个时代的新人形象。我觉得郭天宇就是这个时代有筋骨、有道德、有温度的人物。这个人物可能是这部作品非常大的价值所在。"①这便是从价值立场上对网络小说所做的客观评价。评论家梁鸿鹰认为，这部小说中的几位主人公从学校毕业进入社会，面对的是人和技术的关系，人和金钱的关系，人和商业模式的关系，他们需要靠技术、靠商业模式来征服这个世界。他说："《网络英雄传Ⅰ：艾尔斯巨岩之约》这部作品，它事无巨细地反映了我们在互联网时代所做的这些事情的来龙去脉和它的走向。我认为，它最核心的一个元素就是'我不相信'，我不相信这个事做不成。依靠科技，依靠商业模式，依靠雄心，我一定能实现我的目标。所以，这部小说传达的价值观非常好，让人不颓废和不消沉，永远积极向上。"②从人物形象分析入手，评判作品的社会和人文价值，是把握一个作品思想性的重要路径。

　　有评价者说："网络文学是非常有趣、非常生动、非常富有人性，而且确实是在幻想王国里更加自由翱翔的那样一种文学形态。"③它用"日常生活的全面回归"，竖立起"守护世俗人性"的精神价值立场。网络文学没有放弃或回避文学的价值立场，而是用自己特有的那双"内在眼睛"，对敏感的社会事件、现象和思想形成自身的价值判断，给予最起码的人文关怀。从这个意义讲，网络文学本身就是一种立场的表达，是一种无意识、潜意识和自觉意识的自主表达，于是，对真善美与假恶丑的分野和对公平正义的追寻成为网络文学价值立场的关键标准。譬如：玄幻"废材流"小说类型因其独特的"人物设定"而成为网络小说的典型类型。它常常通过"废材"主人公、情欲对象、以及敌人、中间人物等陪衬人物形象塑造来表达真善美与假恶丑的价

---

　　① 孙溢青主编：《创造我们这个时代的英雄——〈网络英雄传Ⅰ：艾尔斯巨岩之约〉评论集》，江苏凤凰文艺出版社2019年版，第12页。
　　② 孙溢青主编：《创造我们这个时代的英雄——〈网络英雄传Ⅰ：艾尔斯巨岩之约〉评论集》，江苏凤凰文艺出版社2019年版，第34页。
　　③ 《网络文学：一种新的文学在崛起——"起点四作家作品研讨会"发言摘要》，《文艺报》2009年7月30日第1版。

值立场。"废材"主人公通常身份低贱、资质特殊，具有"有原则""有底线"坚韧、知耻等标签，以其悲惨的遭遇感受人间冷暖，以其神奇的崛起感受世间的假恶丑与真善美。如《斗破苍穹》主角萧炎遭遇退婚时说的"三十年河西三十年河东，莫欺少年穷"，以及"犯我者加倍还之"的个人英雄主义特质，十分震撼人心。《诛仙》主角张小凡、《搜神记》主角拓拔野、《星辰变》主角秦羽等，他们均以一种"隐忍"的性格，挣扎于生活的边缘，以坚忍不拔的努力，最终达到绝顶之境，完成人生的超然。《斗破苍穹》公主萧薰儿温婉动人，清纯可爱，在主角萧炎"天才"变"废柴"的光景里，不离不弃，与男主一起闯荡大陆，历尽艰难，几经生死，帮助主角萧炎恢复血脉之力，收服净莲妖火，成为男主奋起的有力支撑者。女神云韵，高贵典雅、美丽知性，因宗门被萧炎所灭而两者情感变得复杂，但深明大义，萧炎大战魂族，带部加入天府联盟，助力与魂族大战时，能带领所部加入天府联盟，助力对抗魂族。《武动乾坤》中的林琅天是一个反派的敌人形象，他有能力、有毅力、有野心，就像打不死的小强，不断制造麻烦，不择手段地让主人公陷入绝境，实际上这样的角色正促成了废材主角修炼的逆袭。《斗破苍穹》的药尘，曾经是叱咤风云的顶级炼药师，但因逆徒和魂殿的算计将灵魂依附在萧炎的戒指里，将萧炎领入了炼丹师的行列，这样的中间人充当了交代背景、铺垫和仲裁的角色，使主人公以一种扮猪吃虎的姿态与对手周旋，以之让读者获取期待中的满足。网络文学就是以这样的价值立场，以世俗化的文学形式表达了特定的价值诉求和理想愿景。创作了《妖神记》《星武神诀》《万界神主》等小说的网络作家发飙的蜗牛，在回答"什么是创作的根基"问题时说：

> 无论是现实，还是虚幻的题材，只要能够塑造出一些活生生的、性格鲜明的人，讲述人类的真实情感，讲述真善美的故事，那就是优秀的作品。
>
> 一部文艺作品，不应当过多地展示人性的丑恶，而更应该让人

看到真善美的东西。讲述人性丑恶的一些东西，很容易有话题性，很容易博眼球，但是也毁坏了整个创作的根基。讲一讲家国情怀，多写写在灰暗之中相互扶持的故事，体现友情、亲情、爱情，体现人性的光辉。无论哪种题材，如果都是凶恶、暴力、黑暗，就是一部差劲的作品，如果讲述真善美，教会人生活的勇气，讲述美好的亲情、友情、爱情，就有可能成为一部优秀的作品。我们应习惯以辩证法，去看待一个问题，题材没有好坏。作为创作者，要有自己的坚持，自己的底线，去共同维护好我们的创作环境。

面对不公的事情，我们会正义感爆棚，保护弱小。这也是很多文艺作品里面，正义永远都能打败邪恶的原因。对家人、朋友、爱人，我们要有爱。对于困难，我们要有自己的坚持和努力。①

以爱，以悲悯，以真善美的立场去讲述美好的亲情、友情、爱情，用正义感去鞭挞凶恶、暴力和黑暗，就能彰显网络作品的人文伦理价值，也就是我们要倡导、要评价的思想性。美国伦理学家约翰·罗尔斯（John Rawls）认为"在秩序良好的社会里，即所有公民之平等的基本权利、自由和公平的机会都得到了保证的社会里，最不利者是指拥有最低期望的收入阶层"。②衡量社会是否公平正义的一个重要标准就是看"这个社会处于权力、经济或文化底层群体的尊严是否能够得到应有的尊重"③。许多网络作品都关注社会公平公正问题，追寻公平正义。事实上，不管是超现实题材还是现实题材的网文作品，都应该具有底层关注和社会批判精神，关注民瘼、民生和民权。这样的作品在网络上很多，如《谍影风云》的主人公宁志桓所遭遇的困境是先天的劣势：自身缺乏足够的政治资源，不得不在官场上依附于他人，结

---

① 发飙的蜗牛：《什么是创作的根基》，腾讯网，https://new.qq.com/omn/20211223/20211223A0581N00.html，2021年12月23日查询。
② ［美］约翰·罗尔斯：《作为公平的正义——正义新论》，姚大志译，上海三联书店2002年版，第95页。
③ 王晖：《公平与正义的文学思考》，《文艺报》2007年4月12日第2版。

果因"跟错了人"而穷途末路，而穿越到了政局动荡的民国时期，获得黄埔军校出身、军统特务等身份而左右逢源，依靠自己对"历史的先知"，铸就了自己帮助新中国诞生并走向现代化的重要功臣的身份。《覆汉》中的穿越者公孙大娘，穿越前她面临现代都市青年普遍具有的生存困境和回乡结婚团聚的压力，穿越后嫁入公孙氏，生子公孙珣后寡居。接着她创办了"安利号"商铺，但女性的身份导致公孙大娘天然地绝缘于政治领域之外，阻挡了她成为民族领袖，也阻碍了"安利号"在这个历史时空的发展。《诡秘之主》以远古太阳神构建神秘学体系，利用非凡特性的物质构建了一个高低等级序列，但被尊为远古太阳神的穿越者最后众叛亲离，富集非凡特性的身体被自己的从神们分食，并取代他成为这个世界的众神。《诡秘之主》书写现代社会对周瑞明的个体压抑，从公务员无所作为到举办荒诞的互联网键盘侠的转运仪式，使他的穿越获得灰雾空间具有极高的位格，实现以下克上，不至于任人宰割，其中包含了令人回味的追寻公平正义的价值立场。

总之，在价值立场层面，网络文学思想性的评价就是要坚持正确的世界观、价值观和人生观。如研究者所言："思想性评价应该能帮助读者树立正确的世界观——对世界的科学认知和正确理解；价值观——正确判断社会的善恶是非和权衡事物对错和重要程度，追求正义与光明，信仰崇高与良知，有对于真、善、美等社会基础性原则或要素的正向感受；人生观——对于人生目标的正确认知，明确自己想要成为什么样的人，懂得人生的意义，懂得如何在社会安身立命，从而对自我产生激励与肯定。这样的观念正是一个伟大作家和伟大作品需要具备的，应该成为网文评价体系中思想性的重要内涵。"[①]

第二节 评判网络文学作品的艺术性标准

评价网络文学作品的艺术性标准，首先是网民阅读的爽感体验，

---

① 欧阳友权、游兴莹：《网络文学思想性评价的标准及语境》，《中南大学学报》（社会科学版）2022年第2期。

在此基础上，还有作品架构的创新创意、代入性的情感共鸣、拓新性的作品类型、语言上的艺术表现力和个性化的作品风格等，这些要素之间相互依存又相互激励，共同架构起网文价值评价的艺术性标准。

一　网民阅读的爽感体验

在网络文学领域，读者的满意度是检验一个作品的"黄金"标准。读者在阅读网文作品时获得的个人体验的愉悦和快乐，就是网文阅读的"爽感"，它是决定文学网民能否走进一个作品的前提。"爽"表明了读者价值取向和情感结构的心理满足，即读者"个人得到充分尊重，个性得到充分自由和解放"①。在网文读者眼中，网文作品能否让他"爽"起来，不管是"舒爽""虐爽"，还是"笑点""泪点"，都是他们所期待的，都将成为吸引眼球的理由。正是因为"爽"，网络文学才形成了读者与作者、读者与读者、读者与网文平台的"文学共同体"，产生作品的"马太效应"。因而，爽感体验便成为衡量网络文学作品艺术性的基础性标准。

"以爽为本"是网络文学的大众文化底色决定的。在网文读者眼中，传统文学是以"纯文学"为主打的精英文学，而网络文学是以通俗化为特色的大众文学，尽管网络文学也能"精英"，也有"纯"的一面，但占比不高，不是主流。精英文学讲究深刻和精致，大众文学则主要倚重快乐和轻松，不需"宏大叙事"，不讲究"致广大而尽精微"，只需要"孤独的狂欢"，"杀时间"找乐；不像传统文学那样"文为苍生而书，字为道义而鸣"，倒希望像古代闲士那样"残书几卷消闲日，秃笔一支伴晚年"。我们知道，当代社会生活节奏加快，紧张的工作环境，忙碌却单调同质的生活方式，加上巨大的生存竞争压力，使很多年轻人十分渴望一种放松自己、自由惬意的精神消遣。于是，从网络文学作品中追求"爽感"便成为读者释放压力和消遣娱乐

---

① 朱丽：《人的全面自由发展与个性解放：社会和谐进步的标志》，《黑龙江社会科学》2005年第2期。

的最佳选择。网文以"爽感"竞合市场，读者以"爽感"选择作品，适"爽"者生，无"爽"则死。那些"开金手指""能力升级""扮猪吃虎""卧薪尝胆""玛丽苏""打怪升级换地图"等情节设置和人设，便有了巨大的市场需求，能满足读者"爽感"欲望的网文就成了"热文"与"爆文"。因此，读者或潜在读者的欲望和对欲望的满足，便构成了网络文学的生存法则，"爽感"也成为网络文学的"第一美学"。爽感与快感有关，是一种更直接、更强烈的快感，而快感是美感的先导，因而爽感可以经快感而达至美感，是艺术美感的先导者和"引路人"。有研究者对网络文学快感、美感与人的精神需求的关系做过这样的分析：

> 快感与美感的追求是人类创造文明的发动机。人们需要在文艺作品中寻求、汲取快感与美感体验，是因为特别渴望而现实生活中又无法达成、或者要付出昂贵代价才能达成的欲求，在虚拟的"生活"中，在故事情境中，可以通过各种欲求得逞的情感体验，获得快感，补偿失衡的生命情感形态。文学的快感与美感体验功能，长期以来被人们忽视乃至蔑视，但是在为大众服务的网络文学中，人类的各种快感与美感的需求态势都得到了呼应，创造了独特的快感美感模式的作品受到热烈追捧，快感奖赏机制与美感诱导策略在主人公行为中的体现过程，就是故事情节的常规构造过程，连续性的快感体验主导着作品的内在情感波动，形成作品的节奏与气质。……
>
> 比如穿越历史小说翘楚，《庆余年》《回到明朝当王爷》《极品家丁》《1911新中华》等等，演绎当代人穿越到过去时空，因为知识领先，"洞悉"历史趋势，迅速取得人生成功，改变历史进程，以基本愿望得到满足为主要故事情节构成，创造了历史情境中的愿望与意志得以实现的快感模式。把现实生活中的人生痛苦、创伤体验变形置换为一种愿望不断满足、走向人生高峰的愉悦体验。

面向女性读者的宫斗小说，为女性读者提供丰富的情感体验过程，欲望得到艺术化释放，利用白日梦的心理机制，平滑舒缓欲望与现实的紧张关系，女性日常生活中的压力、挫败感，通过宫斗剧情中各种女性战争——斗嘴与阴谋，置换为不断得胜的愉悦体验，伤悲与痛快交集的宫斗剧情就成为女性受众迷恋的愉悦情景模式。①

"爽感"不是文学原罪，拥有阅读爽感也不是对网络文学的"矮化"。相反，它可能是对一种艺术本色的认知。"爽感"追捧，可以说是纯粹意义上的欲望满足，也可以说"又是一种积极的、主动的自我辩护逻辑"。其实，读者"对'爽'的追求并非是浅薄的、没文化的行为，而是人类追求快乐本能的自觉行为，是一种有目的的'属人'的行为"。传统社会精神慰藉基因通过网络文学精心设计的各类"爽点"，让读者沉浸在网文主角诸如卧薪尝胆、能力升级、开金手指、扮猪吃虎等主线情节中，通过强弱转换、畅快宣泄、物质占有等组合路径演化，激发读者成就感与优越感，满足读者内心的期望与幻想。②有人在研究霸道总裁文中发现，合适的"迷幻剂"，紧跟潮流，了解新知，又充满乐趣，其创造的是一个女性可完全独自享有并专注于其个人需求、渴望和愉悦的时间或空间。③读者深知，那些所谓的"虐"和"渣"都是一种情感调剂，过程的曲折仅仅是为危机解除之后的"甜"服务，某种程度上主角所经历的苦难越深重，"HE"之后的"爽感"也会随之越强烈，只是此处的"爽"并非"舒爽"，而多为"虐爽"或"酸爽"。因而从广义上而言，"爽"可以理解为读者获得满足后产生的一种心理快感，它形成的过程既可以是直接的，也可以是间接的、曲折的；它的形态多样，既可以是愉悦式满足，又

---

① 康桥：《网络文学的快感和美感》，《文学报》2014 年 6 月 5 日第 24 版。
② 李中正：《网络文学"爽感"生成体系构建与"爽点"量化研究》，《粤港澳大湾区文学评论》2021 年第 5 期。
③ 柯倩婷：《霸道总裁文的文化构型与读者接受》，《妇女研究论丛》2021 年第 2 期。

可以是焦虑性释放等。在网文平台的实际内容生产中,"爽"不仅是一种表现形式,还成为文学内容的一部分,是衡量网络文学艺术性的重要尺度。

二 故事构架的创意性

对于叙事性作品特别是对网络小说而言,评价它需要看作者对故事构架的创意能力,因为大凡好的小说,都有不落窠臼的故事创意。我们知道,网络小说以类型化的故事形态存在于网络空间。有研究者统计,网络小说有十几个大类,如玄幻、奇幻、武侠、仙侠、修真、穿越、历史、架空、都市、言情、军事、体育等,它们多以题材、写法、套路为区隔,细分起来有上百种小说类型。每一类网络小说,都有自己的创意方式和故事特点,有自身特定的叙事语法和套路模式,而"套路是对一种流行类型文核心快感模式的总结,是一套最容易导向成功的成规惯例和写作攻略",类型套路是一种"集群体智慧的文学发明"[①]。强调叙事表达的网络文学,更强调故事构架的创意。生动鲜活、曲折新奇的故事情节,能给读者带来强大的吸引力,让人产生新奇别致、欲罢不能的阅读感受。因而,故事架构的新奇创意是网络文学作品艺术性的一个重要条件。例如,西幻类型小说《诡秘之主》是2020年5月完结的一部现象级网络小说,受到无数粉丝追捧,其故事创意是这样的:

> 小说主人公周明瑞意外穿越到一个异世界,变成一个离奇自杀的人——克莱恩·莫雷蒂。克莱恩因身体原主生前的诡异经历而牵扯进了这个世界的超自然事件当中,并因此结识了非凡势力。为守护家人,克莱恩选择成为非凡者,并利用自己神秘的金手指"灰雾"组建起名为塔罗会的团体。随着剧情发展,克莱恩陆续

---

① 邵燕君:《序言:网络文学的"断代史"与"传统网文"的经典化》,邵燕君、薛静主编:《中国网络文学二十年·典文集》,漓江出版社2019年版,第9—10页。

接触到更多的非凡者和非凡势力,渐渐了解了正神教会与各种隐秘组织背后的种种内幕。随着主角的成长,周明瑞探索到了这个世界的真实——这个世界就是无数年后的地球,而自己所谓的"穿越"也是被"天尊"安排的结果。后来得知,这个世界正被诸多"旧日"所觊觎,在数十年后便会迎来毁灭。为了保护地球,保护所珍爱的一切,周明瑞在与众多敌人的斗智斗勇中晋升"旧日",成为"诡秘之主"。①

这个小说故事创意之新奇、人设类型之别致,在网络小说中都是一种前所未有的原创,具有独一无二性,即使是传统的西幻小说,也很少见到过这样精彩的故事创意。有评论说:"这是一部顶尖的通俗小说,它刷新了许多人对网络小说的认识。"② 新奇的故事创意是《诡秘之主》获得巨大成功的一个重要原因,也是我们评价它需要把握的一个艺术特征。

网络文学续更不辍、日积月累的写作方式,造就了背景顺次增加的写作套路和背景多元拼接的写作风格,使每一类型故事的叙事语法固化成自身的特定模式。譬如,网络玄幻小说,都是以情节为中心的叙事结构,以第三人称为叙事视角,以"能力升级"为核心,普通人在异时空里,通过"金手指"不断演化,由弱变强,由凡人变英雄,以成功助推成长。在玄幻小说发展到高峰时期,不同作家的创作风格也逐步定型,形成了玄幻小说的不同阵营:如以唐家三少、我吃西红柿、天蚕土豆、辰东、梦入神机等网称"中原五白"为代表的"老白文"阵营,还有如猫腻、愤怒的香蕉、烽火戏诸侯、烟雨江南组成的"四大文青"阵营。前者的作品文字浅显,通俗易懂,故事套路明显,特别受到普通读者特别是青少年喜爱;后者则更讲究文学性表达,故事创意新中求异,富于变化,文学味儿相对较浓。"白文"创作并非

---

① 参见赵明《网络小说〈诡秘之主〉的死亡书写研究》,硕士学位论文,中南大学,2021 年。
② 虞婧:《〈诡秘之主〉:一个愚者的旅程》,2020 年 6 月 30 日,中国文学网,http://www.chinawriter.com.cn/n1/2020/0630/c404024-31765475.html。

没有变化，但变化出的无非是新的套路，唐家三少赓续了中国神话故事传统，在奇幻叙事中解构中国传统神话，建立了新时代的奇幻神话，如《生肖守护神》；或套用魏晋六朝志怪叙事，有效改变了"志怪"形象和作用，以全新的叙事时空区分现实空间，如《惟我独仙》；或者融合西方的"第二空间"，开创"类现实性"叙事时空，如《斗罗大陆》等。正因为唐家三少对玄幻小说故事构架不断推陈出新，终于成为网络玄幻文学标志性白金作家。

除了玄幻类故事创意外，还有众多网络作家都在自己的题材领域创造了各类新奇别致的故事架构，如蝴蝶蓝的《全职高手》，失落叶的《网游之天下无双》等，借鉴网络游戏的打怪模式，直接设定小说的故事场景、道具属性、人物技能。网络游戏的风靡不仅直接催生新的小说类型，同时其他类型网络小说的创作也从中汲取创作技巧，现在，基于网游的"破圈"故事创意，已拓展到了奇幻、武侠、仙侠、修真、都市、言情、历史、游戏、灵异、军事、科幻等各种类型作品中。

网络小说故事创意多种多样，各逞其能。例如都市言情小说，固化形式是以"情爱"为核心，选择非聚焦型和内聚焦型叙事视角，描述公司职场或都市校园青年男女的恋爱和婚姻经历，采用主题并置叙事方式，设置偶遇、误解、冲突等结构故事，最终完成考验，完成恋爱关系或嫁娶生子的固定模式。如《华胥引》《怨气撞铃》是知名度较高的单元剧结构的网络言情小说，是该模式的代表作品。另有言情的不同写法，如丁墨的《如果蜗牛有爱情》《他来了，请闭眼》写的是"悬疑+爱情"，叶非夜《高冷男神住隔壁》《国民老公带回家》《时光和你都很美》等长于描写"腹诽+甜宠"式的爱情，等等。不同的言情套路在不断试错中不断改进、日渐成型，被读者所接受、所肯定、所喜爱，于是就有了"今言""古言"等众多言情故事创意的千姿百态。

一种类型只有通过不断自我更新，才能保持活力，才会拥有更长久的生命力。如网络历史小说中，架空历史即是对史实型历史小说的超越、穿越、重生的出现更是对固有套路的突破，而赘婿流、废柴流的生成，一改主人公绝对拼搏励志、积极正面的形象设定，为读者带来陌生化的阅读体验。同时，"破圈"是另一种打破叙事成规的有效方式。某一类型的网络小说吸收其他类型的质素，有效整合后便会带来很多新意，这种兼类叙事的写作策略能够有效扩大读者群体，如网络军事小说里加入武侠、言情元素，就能为冰冷、残酷的战争增添一抹温情。"破圈"也可以在横向借鉴的基础上进行创新，像同人小说、网游小说、轻小说等二次元类小说，是传统通俗文学里没有的，但能够从欧美、日本文学和文化中找到根源。这些也都是在网络文学艺术性评价中不可忽视的内容。

三 情感共鸣的代入感

文学讲究以情动人，网络文学也不例外，靠情感激发、情绪感染把读者代入作品情境，让他们"动情"，以此形成文学的感染力和艺术审美的魅力，这正是网络作品的爽感必然达到的效果。就此，评论家康桥将其称为"快感奖赏机制"，他撰文说：

> 网络文学追求读者对作品主人公及其故事情境的代入感，调动人类的一种本能——读者渴望把自己认同的故事主人公的历程融合为自身的体验，或者把人物当做是情感欲望对象，与主人公一起为实现人生愿望而行动，一起经受挫折考验，直至达成目标，如此，作者、主人公、读者就构成了三位一体的愿望——情感共同体。网络文学价值观传导始终与快感实现进程相互缠绕，读者对主人公愿望实现的快感奖赏机制，产生了上瘾——心理依赖的情形，读者吸收主人公的情感倾向与价值观，向往、靠近主人公的人格表现，事物能否带来快感影响着人类的好坏判断，这是人类价值观的最隐秘最坚固的根基，读者接受与依赖一种快感模式，就会认同其合理性，就可能外化为行为模式，因此价值观批评应该是以作品快感奖赏机制的体察分析为前提，否则会成为飘浮于

作品上空的思想标签。①

可见情感的代入是为了形成"情感共同体",达成人类价值观的认同,从而让"价值观批评"为网络文学批评奠定基础。柳宗元提出"文以明道",这个"道"就是要表达的思想,但文学不能直接去抽象地表达思想,而需要由"情"入"理",让读者在情感代入中产生志同道合的共鸣,继而把读者"代入"到作品的角色和情境中。因此,情感共鸣的"代入"是文学艺术价值的艺术表征。在这方面,网络文学比传统文学、"纯文学"更具有先天优势。作者网民化,写手们多出身"草根",有相同或者相似的生活经验,网文创作者深知读者期待什么、喜爱什么。同时,网络媒介给予读者充分参与、主动介入的自由,可以用跟帖、"本章说"等方式参与评论,让作品理解和情感共鸣产生沉浸感和深度交流性。因此,能否将读者代入作者的情感中,引起读者的情感共鸣,是衡量网络文学作品艺术价值一条最常见的评价标准。

"亲民性"故事中的人物形象设定,是产生情感代入感的艺术之魂。不管是幻想题材还是现实题材作品,网络小说中的人设往往都平凡却个性鲜明,主角大多拥有不畏艰难、初心不改、坚毅不屈、不达目的不罢休的精神,很容易形成"代入"效应。如网络玄幻小说"废材流"的主人公设定,要么是边缘化的平民出身或者贱民出身(如《武动乾坤》主人公林动),要么是不得志的贵族少主(如《斗破苍穹》中的萧炎),他们都有"身份低贱""资质特殊"的标签。先天的弱势地位营造出的危机感,具有天然的"代入"优势,使读者感同身受,粉丝一旦被"代入"主人公的情绪中,在为其鸣不平的同时,也会期待主人公奋发图强,成功逆袭。《绝世武神》中资质平庸的林枫,《星辰变》中先天无法修行的秦羽,都和《斗破苍穹》天才变废才的主人公萧炎一样,都因"废柴逆袭"或逆境翻身而引起读者广泛的共鸣。

---

① 康桥:《网络文学的快感和美感》,《文学报》2014年6月5日第24版。

另外,"情绪性"的故事情景情节设定是情感共鸣代入感的"肌肉"。正如评论者所言:"成功的网络小说情节诡异绮丽、节奏感极强,叙述的故事内容跌宕起伏、曲折离奇、充满想象力,为了吸引读者不惜天马行空。"① 营造"代入感"是网络文学故事情景情节设定的普遍策略,"以什么样的故事背景与场景来让读者产生一种身临其境的感觉,完全沉浸与融入作者所构造的世界中,并跟随作者构造的故事情节而产生情绪上的种种变化,或高兴,或悲伤,或紧张,等等"②。设置这样的情境,让读者随着情节的发展沉浸其中,这就是情感代入的常见方式。

"世俗性"语言表达是情绪共鸣代入感的"血液"。网络作家可以结合读者关心的最新热点,读者关心的话题,读者喜爱的网络流行语、流行的"梗"等,把这些风格性的元素添加到作品中,就会带给读者亲切感和熟悉感。如"三十年河西三十年河东,莫欺少年穷"。《斗破苍穹》弱小的主人公萧炎面对退婚时这句"犯我者加倍还之"的陈词,使读者兴奋,产生认同和共鸣,这样的情感代入有语言之功,也是价值观认同的表现。

四 作品类型的拓新性

类型化是"模式",创作中运用某种模式不等于因循守旧,但艺术永远追求新创,让特定类型、特定模式在传承中创新,才会有艺术的进步,才能带来网络文学的创新性发展。"与诗歌、散文、戏剧等体式相对稳定的文类相比,网络文学的类型化主要是指网络小说的类型化。"③ 类型文学特别是幻想类网络文学,最早发端于东西方文化中共有的神话传说和民间叙事,以及现代武侠小说,其故事场景、人物

---

① 刘鸣筝、付娆:《网络小说内容类型特征与读者偏好关系初探》,《文艺争鸣》2021年第8期。
② 王祥:《网络文学的基本原理》,中国作家网,http://www.chinawriter.com.cn/2014/2014-07-12/210948.html,2021年12月19日查询。
③ 常方舟:《网络文学类型化问题研究》,《上海文化》2018年第6期。

设定、审美趣味均承袭于古老的传统，如西方的吸血鬼故事，东方的狐仙故事，金庸、梁羽生的武侠小说，等等，叙事形态虽然经历千变万化，但仍然保留了故事原型的精神内核①。在技术与资本共舞的网络语境中，消费终端决定了网络文学的类型化。为了满足读者的消遣心理，激发消费者消费欲望，各大文学网站基本都是按类型化来进行网络文学分类。2008年成立的盛大文学是类型文学最早的倡导者和践行者，它把网络文学分成奇幻、玄幻、武侠、仙侠、言情、都市、历史、军事、游戏、竞技、科幻、悬疑、灵异、同人、图文、剧本、短篇、博客及其他等19个类别②。之后网络小说类型继续细化，出现了许多子类、亚子类的类型小说。类型化实即标签化。标签化成为网络文学类型化的主要表征。标签化的好处是方便读者能够快速根据自己的偏好检索到适合的作品，同时也便于网文作品短时间聚集人气，甚至成为大流量头部之作。但是，技术与资本合谋导致的网络文学类型化膨胀，导致了"模式化掣肘"，阻碍文学创新力的充分释放，最终窒息了网络文学的生命活力。技术演进让类型化凝聚了"向心力"，造成类型化写作惯例化、模式化，继而生产出大量同质化作品。大量同一类型的网文，一方面在一定时期内带来网络文学的流行与畅销，为作者和网站平台赢得商业利润，但同时也给读者带来审美疲劳和拒绝类型化网文作品的理由。事实上，网络文学充分发掘技术与资本的优势，化腐朽为神奇，不断推陈出新，把类型化创作推到一定高度，探索出了前所未有的文学套路，这是文学的进步，但类型化创作的陈陈相因又会妨碍文学创新，让自己走向过犹不及的反面，这是在评价类型化网络文学作品价值时需要注意的。

在类型化小说风起云涌但模式化套路日渐被读者冷落的背景下，只有不断突破旧制、实现类型"破圈"的拓新之作，才有可能取得"艺术"和"市场"的双赢。比如，2021年走向网络前台的头部小说，

---

① 马季：《网络文学叙事辨析》，《文艺报》2021年11月26日第6版。
② 欧阳友权主编：《网络文学词典》，世界图书出版公司2014年版，第30页。

无不实现了类型拓新。卖报小郎君的《大奉打更人》2020 年 12 月 3 日在起点中文网连载后，引起热烈反响，成为年度爆款作品，获得起点中文网最快达成十万均订、起点仙侠第一本十万均订、起点高订纪录创造者三项纪录。我们细读小说会发现，该作品虽然也属类型小说，却是"类型破圈"的产物，小说中有儒、有道、有佛、有妖、有术士、有穿越（男主许七安幽幽醒来，发现自己身处牢狱之中，三日后将流放边陲……），但它的故事架构、人设、桥段、细节、语言表达均不落俗套，超越了任何一种类型小说。作者巧妙地将俗世朝堂背景、仙侠修炼与百家文化结合起来，设计了一个个精妙的案件作为引线，一步步展现出了一个波澜壮阔的古代架空世界，引起了探案与仙侠相结合的创作风潮，为仙侠题材的创作开辟了新的方向。在 2021 年 6 月举办的第六届阅文原创 IP 盛典中，《大奉打更人》一举拿下"年度最佳作品""年度男频人气十强""年度东方幻想题材作品""年度影视改编期待作品"四项称号。中国社会科学院文学所研究员陈定家认为，"《大奉打更人》是一部植根传统文化的锐意创新之作，作品在穷极仙侠小说万千瑰丽想象的同时，将探案故事的种种奇思妙想发挥到了极致，在题材跨界融合与艺术手法创新方面取得突破性进展"。[①] 其他几部年度爆款作品如会说话的肘子的《夜的命名术》、老鹰吃小鸡的《万族之劫》、言归正传的《我师兄实在太稳健了》、爱潜水的乌贼的《长夜余火》、云中殿的《我真的不是气运之子》、叶非夜《我的房分你一半》、一路烦花的《大神你人设崩了》等，无不是以类型拓新、作品出彩而在数以百万计的年度原创小说中崭露头角，成为出类拔萃的网文力作。

我们知道，自痞子蔡的《第一次的亲密接触》开启校园言情小说新风以来，类型化写作就不断地开疆拓土，衍生繁殖。唐家三少让主角打怪成神，天蚕土豆创造了主角废柴逆天，我吃西红柿则打造出极

---

① 魏沛娜：《阅文平台上的网文作品，哪些会出圈成为高人气 IP?》，2021 年 6 月 23 日，搜狐网，https://www.sohu.com/a/473637025_100082659，2021 年 12 月 25 日查询。

限修炼、升级成功的主角光环①。中华杨的《中华再起》开创了"架空历史"模式，奠定了"男频"的网络穿越历史小说基础；月关的《回到明朝做王爷》等开启了解构和重构历史的狂欢；《宰执天下》在故事构架上创新，主人公韩冈虽摆脱不了宫廷内斗的游戏规则，但他果断抓住一切能打破陈规陋习的机会，实现科技兴国的人生抱负；《梦回大清》与《步步惊心》的"穿越+言情+宫斗"模式开启穿越言情小说的潮流；萧鼎的《诛仙》、"我吃西红柿"的《盘龙》开创了玄幻奇幻类小说新流派；《鬼吹灯》、《盗墓笔记》让盗墓小说红极一时；而愤怒的香蕉的《赘婿》则引发"赘婿流"跟风不断，乃至"同人小说""女尊小说""游戏小说""异世大陆""仙魔世界"等新类型小说不断产生。仅就穿越小说来看，"男性向"穿越小说的基本模式是：穿越+改革+兴邦，看似荒诞的构想，却折射出现代青年对民族与国家的反思。"女性向"穿越小说的基本模式"穿越+言情+宫斗"，在与历史人物的谈情说爱中思考"历史是如何发生的"宏大叙事，如蒋胜男的《芈月传》《燕云台》《天圣令》等。类型各异，艺术有别，不可等量齐观，但如果我们从更大的文学时空去观察近年来的类型小说，由于阅读者对无限制复制与临摹实有的类型套路设定疲倦感越来越强，许多原有的套路已经不再具有吸引力，读者已经不买账了，产生了审美疲劳。于是，创作者就需要有"陌生化""破圈性""跨界秀"等突破陈规的锐气，需要有求新、求奇、求异的思维方式和表现形式。

在玄幻、仙侠、修真、架空等幻想类创作一波一波悉数尝试以后，从2015年开始，关注现实、反映时代的现实题材创作开始升温，诞生了一些更具人间"烟火气"的网文新类，出现了诸如齐橙的《工业霸主》《材料帝国》、志鸟村的《大医凌然》、真熊初墨的《手术直播间》、雕师傅的《匠神》这样的技术流网文类型。这些文学新类的出现并非只是在题材选择和文体格局上给网络文学带来新的气象，更重要的

---

① 欧阳友权：《网络文学价值的三个维度》，《江海学刊》2020年第3期。

是文类创新为网络文学作品创造了新艺术审美价值，给未来网文发展探索了新的可能，这是我们在评价网络文学作品时尤其需要注意的。

五 语言的艺术表现力

文学是语言的艺术，文学作品的语言表达最能体现一个作家的文学基本功，文学语言的艺术表现力是作品艺术性的基本保证。网络文学也不例外，考察一个网文作品的艺术性首先也要看它的语言表现力。文学语言是对日常语言的艺术加工，生动形象的描绘性是它的突出特征。与传统文学相比，网络文学的语言表达更加通俗易懂，也更为简洁快意，贴近生活、简练随性是网络语言的本色。请看丁墨《乌云遇皎月》开头的一段话：

> 我叫谭皎，是一个网络作家，笔名七珠，专写带点悬疑色彩的爱情故事。不才赚了点钱，有点小名气，更有大把空闲的时间。不写书时，就喜欢到处走。不过我都是报旅行团，选择安逸省心的旅程。跟我那几个喜欢徒步走天下的朋友，真正的文艺青年，思想觉悟上还有差距。
>
> 我记得那天天很晴，蓝天白云，河水清澈。"滇美人"号于上午出发，慢慢驶入青山环抱的河谷中。大概因为是新开发线路，知名度不高，价格又不便宜，所以船上客人并不多。
>
> ——丁墨《乌云遇皎月》第一章 谭皎

丁墨属于"文青式"网络作家，她的语言表达在网络作家中是比较讲究的，即使这样，我们从这段话中也能看出，网语的表达句式简短，用词通俗，读起来轻松随意，不管是写人还是纪事状物，都采用了白描手法，让人感觉到非常质朴而具有表意的亲和力。

网络文学语言通俗简练、质朴自然的特点，能给读者带来一种不疾不徐，娓娓道来的舒适感，而这样的表达并非都是"小白文"，在通俗简练的同时，也能表现出语言的个性化、风格化，给人以丰富的想象力。请看爱潜水的乌贼新作《长夜余火》中的一段话：

> 第495层C区，外墙灰绿，布满各种涂鸦的活动中心，六七位女孩表情或振奋或期待或紧张地走了进去。
>
> 她们衣服式样简单，配色单调，以蓝、黑、白、绿为主，但个个容貌精致，青春正好。
>
> 看了眼整个楼层唯一的液晶显示屏，领头那位女孩忍不住低声说道：
>
> "不知道公司会给我分配什么样的丈夫？"
>
> "主要是性格怎么样。"她的旁边，穿绿色上衣、蓝色长裤的女孩咬了下嘴唇道。
>
> 作为基因改良药物普及的第二代，她们并不担心自己未来丈夫的长相和身高，反正都在水准以上。
>
> 领头那个女孩瞥了自己同伴一眼：
>
> "你忘记了，参加统一婚配的除了我们这个年纪的人，还有妻子已经过世的那些，他们有的都四五十岁了，没经过胚胎阶段的基因改良，有很多缺陷。"
>
> 为了保证有足够的新生儿，她们所在的这个公司规定："凡年满20岁或高等教育毕业，又未自由婚配者，由公司统一安排配偶，不接受者由'秩序督导部'统一处罚。第一次违反，降低能源配给，扣除相应贡献点，第二次违反，放逐出公司，在灰土自生自灭。"
>
> ——爱潜水的乌贼《长夜余火》第一章 统一分配

这段话貌似平实简洁、通俗易懂，但在直白描述的背后会让读者产生好奇与惊异：这是一家什么样的公司？她们又是一群什么样的女性？怎么会有如此怪异的习俗和规定？所描述的穿着、形象、对话都会引起读者的注意和反思，为后续故事的展开形成铺垫。

还有，网文作品对网络流行语的运用，往往能带来戏谑诙谐和全息化效果。"随着网络时代的到来，在网络的虚拟空间里，网民们用以表达思想、情感的方式也与电视生活中人们的表达习惯产生了很大的差异，于是挖空心思'创造出'令人感到新奇的'网语'。"网络流行语的身影越来越多，互联网特有的衍生物也随之出现在语言中。《宫斗也疯狂：老姑她又来了》中由后宫中众嫔妃组成了"您的小可爱集体出没"群："握草""新人求带""艾特"等人物的语言充满了现代感，口语化特征明显，烙上了深刻的互联网的烙印，可以拉近与年轻读者的距离。同时，拟人手法的出现（用"不甘寂寞"形容鸽子），可以增加语言的诙谐感，"让读者入眼而心领神会，过目便心意相通"①。近年来，网络言情小说常出现的是符号化脸谱中的语气脸谱。《我听到你有十分甜》中"施茶茶没说谎，她真的是去网恋奔现了"，这里的"网恋奔现"是一个生造词，是网络、恋爱、奔赴和现实几个词语的缩略形式，指的是从虚拟的网络恋爱走向现实恋爱。还有如"花了一个多小时填写了几百条调查兴趣爱好的表格之后，施茶茶在第三天，就得到了博主分配的声控男朋友"，这句话里面的"博主"和"声控"属于词语借用，"博主"特指的是在微博上发布话题或者信息的人，"声控"原本指的是通过声音来控制开关，网络流行用语中的"声控"指的是对一个人的喜欢取决于是否喜欢此人的声音，在该小说中强调的则是施茶茶以声音作为选择男朋友的首要条件。有部小说叫《面基等于见光死》，"面基""见光死"属于典型的网语，这个以网络流行用语作为标题，是用来形容从网恋走向现实几乎都是以失败而告终，这正是网络语言的常见形态。

还有被称作"火星文"的网络语言，如果使用得当，也能增加语言的表现力，包括中英文字母、标点、符号、拼音、图标（图片）和文字等多种组合所形成的独特却被众多网民喜爱的语言形式。聊天室里经常能出现"恐龙""美眉""霉女""青蛙""囧男""东东""屌丝""高富帅"等网络语言，还有BBS中常用的"隔壁""楼上""楼

---

① 聂庆璞：《网络叙事学》，中国文联出版社2004年版，第200页。

下""楼主""潜水""灌水"等词汇,以及如:果酱—过奖、稀饭—喜欢、斑竹(或板猪)—版主、腐竹—服主、群猪—群主等谐音词等,也是许多网络文学作品的常用词。更有一些新造的缩略词,如"喜大普奔"——喜闻乐见、大快人心、普天同庆、奔走相告这四个成语的缩略用法;"人艰不拆"——人生已经如此艰难,就不要拆穿了吧等;又双叒叕——强调之前经常出现的某一事物再次出现或经常发生的某一事件再次发生或表示某事物变化更替相当频繁;还有YYDS——"永远的神"的缩写,常被粉丝用来赞赏自己的"爱豆";等等。这些词如果使用得恰到好处,将会产生出人意料的艺术奇效。

在网络科幻小说中,常常会出现一些技术化、科幻性的词汇。在表达上,"制造不和谐的效果的主要基础是读者或者会理解所写内容,或者会创造意义来弥补缺失的信息。这两个技巧对科幻十分关键,而且它们是交叉叠加的,科幻主要依赖词汇、结构和一套深深嵌入这种文类的共同思想的演化"[1]。事实上,能否制造语言上的认知疏离也是众多读者判断一部科幻小说是否是硬科幻小说的标准。网络科幻小说的全息化语言更能引起读者的共鸣和代入感。全息式的语言透视实现了网络文学的"语像"写作,跟随作者的笔触,读者仿佛身临其境,实时的观看一场场似乎发生在眼前的故事。在这里,视像化的语言让阅读不仅成为一种心灵的享受,更是一场视觉的盛宴,网络文学评价需要从作品实际出发,从语言词汇选择、语言表达方式、语言风格呈现、语言表意的新颖度和适恰度等方面,给予艺术性评价。

六 作品风格的个性化

风格即人,文学风格是作家的创作个性、文学才情、性格气质在作品内容和形式中的艺术呈现。只有优秀的作品才会有风格呈现,同样,也只有有才情、有独特个性的作家才能创作出有风格的作品。网

---

[1] [英]爱德华·詹姆斯、法拉·门德尔松:《剑桥科幻文学史》,穆从军译,百花文艺出版社2018年版,第40页。

络文学也是一样，大凡有口碑、有才情、有个性的网文作品，都会有自己的文学风格，因而，评价网络文学作品的艺术性，风格化的个性呈现是一个重要的评价标准。我们看看《赘婿》中的一段描写：

> 大概是将自己当成了真正老实木讷的男人，每天坐在一起吃饭，挑起话题的也总是她，交流信息，活跃一下气氛，宁毅也就随口敷衍两句，他在商场打滚那么多年，也早已养成了随口说话都不会让人觉得是在敷衍的本领，比苏檀儿段数要高得多，于是每次在一起吃饭，宁毅都会想起电影《史密斯夫妇》里的两人。
>
> 吃完饭，如果下雨，大家多半在各自的房间里，苏檀儿看书，偶尔随手弹弹琴，做做女红刺绣，他就单纯是看书写字，要不就发呆，偶尔找张纸做做以前常做的商盘推演，为股市做假设之类的，随后又觉得没意思——除非有急事，苏檀儿也会坐了马车出去。若是天气好，宁毅基本是出去闲逛的，苏檀儿也会去城里的店铺作坊，两人分道扬镳。
>
> ——愤怒的香蕉《赘婿》第一部　江宁晨风　第二章　诗与棋

《赘婿》被视为可与优秀的纯文学相比肩的"写情怀"的小说，作者不仅是写故事、写人物，而且能写心理、写境界、写人物胸襟，自然就具有文学风格的个性化呈现。从这段话可以看出的端倪是：作者以收敛的笔触写出了男主宁毅（现代银行家穿越到古代武朝做了上门女婿）与妻子苏檀儿（富家千金）之间微妙的关系，以及二人的不同身份与个性。他们虽为夫妻，此时却都在虚与委蛇，各自暗藏心机，读者能从他们不同语言、神情中体察到二人微妙的关系和不同的城府与性格。话说三分，伏脉千里，为日后二人关系的变化特别是宁毅后来一步步崭露头角、谋而后动，既埋下伏笔又露出引线，让人产生诸多联想……小说的风格就是这样形成的。再看骁骑校《好人平安》中的一段话：

傅平安撕下今天的日历，露出一个大大的黑体13，日历牌上方是2008，戊子年，甲寅月，癸未日，下面是宜入学，习艺，忌开光，入市，本来中学要到二十二号才开学，但是身为高三毕业生，正月初七开学天经地义。

八仙桌上的座钟开始鸣响，现在是夜里十一点整，傅平安奔到阳台眺望对面楼宇，一片黑暗中只有寥寥几盏灯，其中一盏就在自家的正对面，虽然窗帘紧闭，但傅平安知道那是一个女生的书房兼卧室，每到这个时间就会关灯休息，今天也不例外，准时熄灯了。

——骁骑校《好人平安》第一章　二月十三

骁骑校是创作现代都市题材的高手，他的作品语言平易练达，故事张弛有致，笔下的小人物总是从倒霉开始，却能不屈不挠冲出逆境，最终为自己打下一片生存天地。这段话以白描手法描写主人公的时空环境，从大的时代背景到小的生存空间，乃至与对面女同学的微妙关系等，都写得平静如常，呈现出一种不事修饰、深水静流的艺术风格。

再看痞子蔡《第一次的亲密接触》中的风格化表达：

没有云的天空还是天空，而没有天空的云，却不再是云。
下雨时，不要只注意我脸上的水滴，要看到我不变的笑容。
人想飞，但不代表人想变成鸟。
我可以很快寄出我的思念，却无法依附于掉落在键盘上的泪珠。
天冷，思念一个人，于是不冷。
我是平凡的人，我也是特别的人，所以我是特别平凡的人。

——摘自痞子蔡《第一次的亲密接触》

作为汉语网络文学第一部产生广泛影响的长篇言情小说（比它更早的《风姿物语》是一部长篇玄幻小说），是"网民写网络爱情供网友看"的作品，其风格也是网络化的——轻松、幽默，还带点生活化的哲理和"后现代"式的叛逆，很适合年轻人的口味。

有观点认为，网络小说的类型化导致同质化、模式化和套路化，不可能有风格的个性化。其实，网络文学作品类型化的出现，本身就是风格个性化的一种创新，"无套路，无网文"。"类型小说的套路叙事，是网络创作艺术适配创新性的价值选择。"① 一种类型使用久了，被不断重复，就变成了模式和套路，无疑会出现个性化的丧失。不过，很快就会出现类型"破圈"——打破原有类型，创造新的类型和新的套路，又会出现新的风格、新的个性化风格，网络文学的进步就是在这样周而复始的过程中逐步推进的。唐家三少、血红、猫腻、丛林狼、丁墨、爱潜水的乌贼、会说话的肘子、愤怒的香蕉、志鸟村等许多网络大神或白金作家，都是以个性化的风格走上网络文坛的，他们的风格套路有的被模仿，有的被超越，于是，网络文学就有了竞争与活力。

正如刘勰在《文心雕龙》中所言："夫情动而言形，理发而文见，盖沿隐以至显，因内而符外者也。然才有庸儁，气有刚柔，学有浅深，习有雅郑，并情性所铄，陶染所凝，是以笔区云谲，文苑波诡者矣。"② 在生活和创作实践中所养成的相对稳定的个人气质、人格情操、审美理想、艺术志趣、创造才能和写作习惯构筑起的是一个他人所无、己所独有的艺术世界。作者通过故事桥段、场景设定、人物塑造、语言表达等，创作出体现自己个性的作品，这个作品就会是蕴含作者个性化风格的作品，我们的网络文学批评抓住其风格特点做出艺术分析，就能让自己的批评达成客观性与审美性的统一。

第三节　网络作品商业性评价标准

商业性评价是网络文学与传统文学在评价维度上的一个最显著的

---

① 欧阳友权：《网络文学价值的三个维度》，《江海学刊》2020年第3期。
② 刘勰：《文心雕龙·体性》。

区别，商业（或产业）标准是网络文学所独有的评价标准。文学是有商业性的传统文学特别是传统的通俗文学商业性也很明显，但远不如网络文学这样更强调商业性评价对于文学评价的重要性。因为网络文学本身是市场经济的产物，是文化资本投资网络传媒领域实现保值增值的文化衍生物，如果没有商业模式经营和盈利，网络文学就难以生存和壮大。因而，网络文学是一种新兴的文创产业，商业性或产业性是它的基本属性之一，商业性评价标准也就成为评价网络文学的基本尺度之一。

技术与资本推进了网络文学商业化。20世纪网络文学刚走进中国时，有了商业因子却没有成型的商业模式，那时的网络文学还处于"文青"和"文青文"自嗨阶段，完全是凭着兴趣爱好打理文学网站，凭着文学情怀从事网络文学创作。1997年美籍华人朱威廉投资百万美元在上海创建"榕树下"网站时，基本就是凭着爱好和情怀"烧钱"，该网站1998年春开始公司化运营，一度风头无两，但不到几年，就因为没找到合适的盈利模式而入不敷出，不得不低价转让给贝塔斯曼公司，后来又被再度转让给欢乐传媒。2003年，起点中文网创立的"VIP付费阅读"模式，成为网络文学革命性变革的标志性事件，也是网络文学发展的分水岭。随之，"中国的网络文学便迅速走出低谷，以'马鞍形'上扬态势持续高走，并催生出类型化超长小说的爆发式增长，打造了世界上独一无二的网络文创产业"。[①] 网络文学借助了资本与技术的双重力量，实现规模化与产业化发展，打造了以作品的内容创意生产、作品IP生产和IP衍生生产为层递演化内核的网络文学全产业链商业形态，以及以作品内容创意生产、作品IP消费和IP衍生产品消费的层递演化为内核的全产业链和产业集群。

商业法则与市场规律导致了"平台正在吞食整个世界"[②]，"弯曲"

[①] 欧阳友权：《网络文学评价体系的"树状"结构》，《当代文坛》2021年第6期。
[②] ［美］杰奥夫雷·G.帕克等：《平台革命：改变世界的商业模式》，志鹏译，机械工业出版社2017年版，第63页。

了原本垂直的价值链条,形成了网站平台"一网打尽"网络文学生产、传播、消费、IP 分发乃至改编制作的全媒体商业过程。2020 年,我国有 500 余家网站聚拢两千余万网络文学注册作者,签约作者近百万,全网储藏网络原创作品约 2800 万部,新增签约作品 200 万部,用户规模达 4.67 亿,付费 App 用户规模 2.19 亿,免费 App 用户规模 1.44 亿①。尽管"利润为王"的商业法则极有可能消解了"艺术性、审美理想、超越精神、终极关怀等文学艺术价值"②,但"技术为王"的自然法则,强化了创作者、平台编辑、读者和评论者为网文作品的文化艺术价值进行"文创自由体"的狂欢。

"依托阅读消费市场成长起来的网络文学,需要通过更多的消费群体、更大的市场覆盖面,才能生存与发展,它的人文情怀和艺术审美在这一过程中才能实现——网络文学的商业化运营不仅介入社会的经济生活,同时还切入人们的文化生活,走进人的精神世界。"③ 从这个意义上讲,网络文学商业性推动了文化艺术价值层阶递增,网络文学用户日益增长的审美情趣也推进了网络文学商业性的层阶递增。点击率、追更、爆文等成为商业性与文学性表征。普通用户演变为粉丝,订阅、追更、打赏、社交媒介交流、用户评论等粉丝行为叠加,而粉丝的热忱又不断强化用户(粉丝)黏性,为网文 IP 转化植入了用户拥趸和文学艺术价值再造基础。于是,版权授予方和版权被授予方、作品 IP 生产者和消费者、衍生产品的消费者,共同推动衍生分布长度和衍生分布影响力的增长,加速了信息对称传递和知识裂变性衍生,再一次推进"新奇"与"满意"层次递增性演化,把网络文学商业性和文学性的共生演化推上新的巅峰。因此,网络文学的商业性可表现为:作品的全网热度、在线订阅量和粉丝打赏数、线下 IP 版权产业链的"长度"(指 IP 改编次数)与"宽度"(改编作品盈利)。

---

① 《2020 年中国网络文学蓝皮书》。中国作家网,http://www.chinawriter.com.cn/n1/2021/0602/c404023-32119854.html,2021 年 12 月 19 日查询。
② 单小曦:《使命与钳制:中国网络文学发展境况思考》,《探索与争鸣》2021 年第 10 期。
③ 欧阳友权:《网络文学评价的三个悖论》,《中国社会科学报》2021 年 9 月 17 日第 4 版。

一 作品的全网热度

作品的全网热度是一种网络流量和影响力标准,它是网文作品商业性传媒信息量评价。全网热度由网络平台的推荐行为、读者阅读行为、读者与创造者互动行为、读者与读者或潜在读者分享行为、读者推荐行为、民间评论行为和学院派评论行为、网络文学评奖与排行榜行为等为关键构件,利用它们的共生演化来形成"热文"或者"爆文",以推进网络文学商业化评估的过程。罗杰斯(E. M. Rogers)的创新扩散S-曲线理论[①]为之提供强有说服力的佐证。罗杰斯认为,先进性、兼容性、复杂性、易用性、显示性等五因素影响着新技术传播普及速度;创新事物扩散历经获知、说服、决策、实施与确认5个阶段。按照罗杰斯理论,网络文学创造者本身、网络文学平台与创作者共谋,根据创作者亲身经历或者读者偏好,创作出内容创意新颖独特且与目标用户的价值观、过去经验和需要相匹配、内容创意认知简单,能快速为目标用户了解的作品,以此说服平台编辑,再经平台编辑或者把关人在平台首页用多种排行榜进行推荐,这样就可以形成平台推荐热度。这一推荐热度减少了潜在读者的信息不对称性,使潜在读者获知网文作品相关信息,说服潜在读者成为网文读者。同时,因互联网平台基于市场技术搭建作品创作者与目标用户的沟通交流机制,可以产生网络互动热度。网络互动热度又将带来读者满意度、忠诚度、信任度,把普通读者变成热忱粉丝,以此便可增加用户黏性。在网络文学线上消费市场,读者除了订阅与打赏外,还会主动通过微博、贴吧、朋友圈等与自己周边的亲朋好友进行分享。思想与思想带来的碰撞,无论是分歧还是认同,都将产生分享热度,增加潜在读者转化的可能性。在分享的同时,读者或粉丝将不断推荐网文的"病毒式传播"。读者的推荐热度上来,自然产生众口铄金的效果,遵循从众心理,就会形成新一轮的阅读潮,继而带动民间评论热度和学院派评论

[①] [美]埃弗雷特·M. 罗杰斯:《创新的扩散》,辛欣译,中央编译出版社2002年版。

热的产生。两大评论热度加上来自民间、官方和企业的三大排行榜热度，自然就会产生阅读的风向标，催生新一轮的阅读热、资深粉丝潮和IP授权开发与衍生热。因此，网文作品的全网热度，必将带来网文作品的传播普及速度，因而，一个作品的全网热度即是该作品商业价值的试金石和商业价值变现的风向标。

例如，2021年8月5日，阅文大神作家卖报小郎君封神之作《大奉打更人》完结：

> 该故事以探案为开篇，融入仙侠元素，用了一年多时间和370万字篇幅，为读者展现了一个波澜壮阔的新世界——故事主角许七安从身陷大牢，凭一己之力勘破税银案；到楚州屠城案，不畏强权、不计得失，为三十八万枉死百姓申冤。一个性格坚毅、充满智慧，面对困难毫不退缩，勇于反抗压迫，心怀天下的侠者形象跃然纸上。作品以推理入仙侠，巧妙地将俗世朝堂背景，百家文化与仙侠修炼结合起来。[①]

作为一部兼具仙侠与探案元素的超人气网文，自2020年12月3日首更以来，《大奉打更人》创造"起点中文网最快达成十万均订、起点仙侠第一本十万均订、起点高订纪录创造者"三项纪录，成为阅文又一现象级作品。在第六届阅文原创IP盛典中，《大奉打更人》一举囊括了"年度最佳作品""年度男频人气十强""年度东方幻想题材作品""年度影视改编期待作品"四项殊荣，其全网热度为网文界瞩目。《大奉打更人》完结，但好故事的生命力还会在IP的商业开发上持续延伸，有声、动漫、影视等多种形式的IP改编正趁着小说的全网热度如火如荼地展开。

网络平台推荐热度，制约了网文"面世"商业性之旅开启和"面

[①] 张聪：《年度男频网文影视化之路开启，〈大奉打更人〉要追〈庆余年〉的热度？》，2021年12月17日，搜狐网，https://www.sohu.com/a/509258221_120099884。

世"后的商业性增值拓展。有研究表明，网络文学平台主要关注的是作品类型（49.73%）、各类排行榜（28.72%）、作者专区（11.7%）；网文用户更重视类型选择和习惯榜单选择①。所以平台推荐至关重要，它是网文作品内容扩散的关键一步，平台编辑或把关人认可度，决定了互联网平台推荐度。如平台官网和 App 首页，通常进行编辑推荐、本周强推、新书推荐、新人·新书榜、最近更新、作品分类推荐等栏目，以及各类排行榜推荐。网络文学平台线上推荐形成网文推荐热度，引发读者和潜在消费者的关注。网络文学平台也可以利用线下广告与二维码，设计小故事，精准匹配网文目标用户群和消费场景，如七猫在 2019 年末春运返乡的绿皮火车上策划了"回家列车"项目广告，引导用户下载 App，开启内容引流②。还有，与视频平台合作开放微短剧，用优质内容的曝光，以流量反哺作品，也将有助于视频网站粉丝转化为网文作品粉丝。如米读与快手合作推出的《权宠刁妃》微短剧，达到了超 6 亿的全网播放量。另外，开启微博等社会媒体拉新引流，利用社交媒体的互动，推进潜在消费者的转化，也将影响网文消费群体的商业性消费选择，进而影响网文商业化开拓。

读者阅读热度、读者与创作者互动热度和读者间互动分享、推荐热度，影响着网文商业性的时空拓展。点击率、阅读量被理解为该作家作品在网络文学中是否受欢迎③。线上持续"追更""打赏"的阅读体验，丈量着读者的阅读热度，初始表征网络文学的作品的商业价值。而民间评论、媒介批评与学院派评论、评奖活动的热度将加速网络文学作品商业性价值增值与衍生。民间批评主要来自网民，是来自生命体验的本能情感表达。不管是网文后面读者评论的跟帖，还是在 QQ

---

① 晋瑶：《基于用户需求分析的网络文学网站信息组织优化研究》，硕士学位论文，东北师范大学，2021 年。

② 胡凯：《番茄"迷茫"：免费网文遭遇拉新瓶颈，抖音用户还能"洗"多久？》，娱乐资本论微博，https：//card.weibo.com/article/m/show/id/2309404622923330617715，2021 年 12 月 19 日查询。

③ 田淑晶：《现代社会文学经典化的参与力量及其价值分区》，《中国文学批评》2021 年第 3 期。

空间、博客、微博等里面发表评论或跟帖，容易受到网民欢迎，引发民间评论热度，助推产生热忱粉丝与"网红"文，为网文商业性增值，尤其为 IP 衍生提供坚实基础。传媒批评通常以简短且直击关键场景与要害的评论来吸引读者的眼球，影响潜在读者阅读欲望。学院派批评针对文本自身的价值与深度，尤其文本内容的文学、美学力量和人文伦理，以及原创者思想和文本缺陷来展开，其所引发的不仅是网文本身的意义，还有对网文社会地位的肯定，有利于增强作品的传播效度与力度，为网络文学作品商业性价值增值与衍生提供天然的张力。来自政府、企业、民间的各类排行榜与评奖活动，可以为优秀网络文学作品提供经典性、流行性的入场路径，还将炒热慧眼识珠的网文，为进一步商业化提供资质与人气。

网络平台推荐热度、读者阅读热度、读者与创造者互动热度、读者与读者或者潜在读者分享热度、读者推荐热度、民间评论热度和学院派评论热度、网络文学评奖与排行榜热度、推进网络平台热度（包括把关人推荐与官网或 App 首页推荐）、内容热度（优质内容微短剧视频平台曝光热度）、广告热度（小故事线下广告与品牌影视综艺广告曝光热度）和媒介热度（包括学院派媒体热度和微博等社交媒体的热度）等，构成了网文作品的全网热度。同时，网文作品的全网热度只是衡量该作品是否存在商业价值，以便检测其流量效应，吸引消费者为之买单。从某种意义上讲，全网热度评价的是潜在网文消费者和普通消费者转化为现实的网文消费者或粉丝的程度，是对网文作品商业性价值的初步评估。同时，网文作品的全网热度与互联网平台推荐热度、内容热度、广告热度、媒体热度呈现非线性函数关系，且有一个临界点和饱和点，其目的只在于拓展网文作品内容创意的消费市场容量，提高其商业化程度。

二　在线订阅量和粉丝打赏数

在线订阅量和粉丝打赏数是评判网络文学作品商业性的刚性标准，因为它可以用具体数字指标来衡量。不管是付费订阅量还是免费订阅量，都是读者（消费者）或用户对网文作品消费行为的反应。粉丝打赏数直接反映了粉丝对某一网文作品的喜爱度与信任感，能增强作品与读者黏性，提升作品的曝光度，最终提高网文作品的分享效率与消费指数，为网文作品商业性价值实现提供坚实的消费人群与效益。因此，在线订阅数量和粉丝打赏数，最终体现的是供求关系，是网文作品商业性的情绪演化逻辑进程的表征。这种情绪演化在全网热度强化下，不断为网文作品提供文学——人文分享效率，在增加订阅量和打赏数中实现商业化。比如，《大奉打更人》均订超 14 万①，作为一部现象级作品，创造了足够让它自傲的纪录。

供求关系和读写关系显示出网络文学同时具有商业性和文学性两个特征，两者之间如果是共生关系，网络文学就会在不断创新的过程中产生新的美学价值。读写关系，是网文作者和网文作品用户通过网文搭建的思想碰撞、美学欣赏的互动关系。网文作品用户跟纸质书籍读者不同，用户在阅读网文作品的时候，把自己的阅读的感受和喜怒哀乐直接写在网上，与作者、其他用户形成互动，推动网文作品里面的人物与故事情节不断丰富与完美。同时，用户也会在自己自媒体或社交网站进行分享与推荐。供求关系，是指互联网平台根据用户精神需求提供网文作品，形成作者、互联网平台和用户的买卖关系或者交易关系，是网文作品的商业性价值表征。之所以形成供求关系，是因为网文作品的全网热度发酵，网文作品的文学价值与艺术价值吻合网文作品用户的精神需要，被说服与确认成为网文作品用户。在追更或阅读过程中，加深了自己需要的认知，于是便由普通读者转换成粉丝。粉丝热忱推动网文作品商业性价值不断攀升，形成粉丝经济效应。可见，读写关系导致了作者与用户共同推动作品的文学性价值与艺术性价值从最初创意走向深度的创造，同时也提升了作品的商业价值，加深了供求关系的演化共生。线上阅读数量或订阅数量、追更或收藏量、

---

① 参见《〈大奉打更人〉正式完结，均订达成 14 万，创起点有史以来最高记录》，搜狐网，https://www.sohu.com/a/481941222_120540125，2021 年 12 月 28 日查询。

评分、月推荐、月票、粉丝打赏数、粉丝榜、人气榜等就是网文作品商业性价值的演化情绪表征。

网文作品的全网热度，把互联网用户（网民），由潜在用户转化为作品的现实用户。同时，通过本章说、在线评论向作者和其他网民传递自己的想法，促使用户逐渐转化为粉丝。按照皮门特尔（Pimentel）和雷诺兹（Reynolds）提出的粉丝热忱理论，粉丝收藏与陈列、分享、愿意牺牲、创造性努力，将实现网文作品价值传递或者转移、创造与再创造，以及网文价值的增值等。同时，粉丝除了在互联网平台网文作品页面上进行分享，还会在微博、网络直播等媒体上，与自己的同事、同学、朋友，甚至亲戚进行互动，交流自己的看法与意见，使这些潜在用户逐渐转化为现实用户，现实用户转化为粉丝，增加网文作品的线上阅读数量、广告和订阅量，以及粉丝打赏数，网文作品商业性价值就在读写关系和供求关系实现过程中，达成一个作品的商业绩效。

在我国，付费和免费的网络文学平台官网和手机App均有自己商业性价值的衡量机制。如七猫网站首页或手机App上，设有网文作品的人气数量、评分及评分参与人数、追更人数、每日热搜人数、作品更新数量、网文作品在线阅读数量、页尾章尾广告，还有粉丝榜、打赏数量、分享、互动功能等。起点中文网与App首页有网文作品的订阅量、月票、收藏数、阅读指数、追更人数，网文作品有荣誉徽章（如万人追捧、首订过万、众星捧月、百盟争霸、一字千金）、粉丝等级、打赏数量、红包、收藏、评分及其人数、互动功能等。网络文学互联网平台对网文作品的量化数据，反映出这样的逻辑：网文作品的潜在用户转化为现实用户数量，将直接影响网文作品线上阅读数量或订阅量；网文作品现实用户转化为网文作品粉丝，将影响网文消费的粉丝热忱，粉丝热忱最终影响着打赏数。每日热搜人数、人气数量与在线阅读人次，则说明潜在用户到现实用户转化效率，在线阅读人次与追更人数说明网文作品现实用户向网文作品粉丝转化效率，收藏数量、月票、评分及其参与人数、互动功能、分享综合等，说明的是粉

447

丝热忱度。

因此，潜在用户转化率（热忱度）、现实用户转化率（热忱度）、粉丝热忱度、作品订阅数量、粉丝打赏数等五个关键指标来确定，它们决定了网文作品的用户热忱度，而作品的用户热忱度也因此成为评估与权衡网文作品商业性价值的内在标准。

三 线下IP版权产业链的"长度"与"宽度"

网文IP版权产业链的"长度"与"宽度"是网络文学线下产业的衡量标准，是网文行业产业链的市场延伸。其中，所谓"长度"是指作品IP版权转让的数量和频次，一个作品版权转让（亦称"IP分发"）的次数越多，其产业链就会越长，所产生的"甘蔗效应"就能创造更多的商业价值，当然作品的影响力也就会越大，传播也会更广；而"宽度"则是指IP改编作品的市场反应、商业绩效，一个作品比如影视改编作品的收视率、上座率，游戏改编作品的玩家人数（用户），出版纸质书的发行量，还有听书的用户人数和频次，当然还有动漫、演艺、周边产品等，这每一个改编作品的消费人群越多、市场价值越大，其"宽度"就越"宽"，商业增值的绩效就越好。因而，网络文学线下版权产业链既要追求"长度"，又需要追求"宽度"，目的就是实现商业利益的最大化。例如，网络小说《杜拉拉升职记》作为大网文IP，已陆续改编为电影、电视剧、话剧、广播剧、音乐剧、出版畅销书等，形成了长长的产业链，其商业价值得到了充分开发，实现了作品传播与经济效益的双丰收。电影《杜拉拉升职记》上映至下线总票房破亿，导演兼主演徐静蕾由此成为"亿元导演俱乐部"的新成员，单个改编作品的商业收益就体现了IP产业链节点的"宽度"。

线下IP版权通过构建完整产业链把网络文学作品商业性价值推向更广阔的升值空间。开发品种品类的盈利程度，决定了网文作品商业性开掘的深度，即IP开发品种品类消费效率带来的盈利程度，它直接影响网文商业性价值的效率实现。

IP版权分发是一座商业富矿。网文IP的商业开发分为不同阶段和层次。在网文IP1.0时期以内容积累为主，是商业化萌芽开启阶段，如盛大文学出售50部小说影视改编权即属此类。网文IP2.0阶段，出现网文改编的音影游联动，全产业链渗透。在2015年前后，出现文化资本抢购网文IP的情况，精品IP的授权费高达数百万、上千万元，制作方也投资重金打造作品，如阅文集团曾以5000万元成功打造《择天记》动画。到了网文IP3.0阶段，IP改编一方面向多版权、全媒体渗透，另一方面注重改编作品的品质，向"宽度"要效益，《延禧攻略》《庆余年》《赘婿》的成功改编是其代表。如2019年全网top50剧集中，网文IP改编剧集为32部，版权收入占网络文学行业收入的28.9%。此时，网络文学从单纯的个人兴趣写作、分享发展到商业性文学网站，已发展到集团化、专业化的以版权交易为核心的网络文化产业链生产。

　　网文IP核心要素主要有内容创意，粉丝黏性积累、衍生体现价值，其中内容创意是核心。网文作品的内容创意是网络作家独特创造，也是作者与用户互动共创的成果。"本章说"、"书友圈"、"用户评论"和"社交媒介交流"等，从故事情节、社会价值和题材等方面推动网文内容创意的演化，再造网文作品价值。因而，网文作品的内容创意不仅寄托作者的理想，而且凝聚了更广泛的用户原生情感，是"社会创意"的爆发，也是"人民创意"的积累，既与生活同行，也与时代共振，而IP改编的产业链正好构建了高效的市场检验、内容筛选机制。在这个过程中，粉丝的情感承诺和非凡追求，如积极的口碑、愿意支付溢价、购买意向、参与到价值创造，强化了粉丝黏性积累。同时，在付费模式用户增长触摸到天花板的情况下，免费模式促进了网文用户的增长，助推了粉丝黏性提升。粉丝鲜明的属性及行为特征，为网文作品IP改编成各种形态衍生品提供一定的用户基础和转化率依据，从而放大了网络文学作品及其衍生品的作用，产生较高的经济附加值。首先，原网文作品粉丝贡献了网文作品IP改编的初始用户群。据《中国网络文学IP价值研究报告2015》调查显示：90%的粉丝愿意为网文作品IP周边产品买单，超50%的粉丝为端游、页游和手游买单，支持网文IP影视再开发（如游戏，有45.1%会玩、48.5%可能会玩；动画，62.7%会看，33.3%可能会看）。其次，受粉丝推荐等影响，衍生品泛用户转化为衍生品付费用户。如上述报告调查显示：64.1%玩家玩过网文作品IP改编的游戏。因此，网文作品原生粉丝迁移转化率正影响网文作品IP改编，及其带来的社会经济效益。

  网文作品IP改编提升IP价值，有利于IP进行更长线的塑造。亿万之众的粉丝打通娱乐产业与互联网边界，构建了游戏改编、动漫改编、影视及舞台剧改编、周边、音频、线下活动、繁体版权和海外版权、简体出版等泛娱乐产业生态系统。网文作品IP改编的频率与次数，关联着网文作品IP泛娱乐产业生态系统能量流动与物质循环。IP改编是网文作品的价值重塑与再造，改编的频率与次数越快越多，说明IP能量输入在泛娱乐产业生态系统里产生几何级数的演化。同时，IP能量的传递与获取，不会像传统生态系统那样递减，而是成递进式增加。如天下霸唱的《鬼吹灯》2006年4月起点中文连载，2007年9月线下出版，出版收入280万元；2007年黑白版漫画，2009年彩色版漫画；2015年9月《九层妖塔》上映，票房6.8亿元；12月《寻龙诀》电影上映，票房16.8亿元，《鬼吹灯3D》游戏2016年4月上线，上线3个月，注册人数超300万，流水超8000万；2016年12月《鬼吹灯之精绝古城》网络周播剧开播，24小时播放量1.7亿，上映16天播放量11亿，剧情过半，超16亿。再如，猫腻的《择天记》2014年5月开始连载，至2018年累计全网点击量数亿，获得342万总推荐，509万收藏；2015年5月上映网播剧，大受网民欢迎；2015年7月上映动画，第1集突破1500万点击；2017年上映电视剧，预告片30万次微博转发和上千万次播放；2017年手游上线。《择天记》全产业链开发被业内人士称作"最漂亮的一张IP成绩单"。正因为网文作品IP的深度开发，以及粉丝热诚催生衍生品粉丝的层层叠加，网文作品的版权收入占比已经由2015年的0.1%上升到2019年的29.8%。

  总之，网文作品IP就是在这样一种授权与被授权、改编与再改编、附加价值挖掘与再挖掘中，实现价值创造、传递和获取的。这是一个多赢的局面：网络作家通过 IP 价值转移（授权）和参与改编 IP 价值再造来获取版权费与参与福利；互联网平台（网站与手机 App）通过授权获取版权改编费；被授权方获取改编权和发行权，支付 IP 改编费和版权费，发行改编产品，获取粉丝支付衍生产品使用费用。网文作品 IP 原著粉和 IP 衍生新粉，通过"用户评论"、社交媒介等参与 IP 衍生产品价值的创造与再造，并通过自己的购买行动实现网文 IP 衍生产品价值及其附加值。IP 原著粉和 IP 衍生新粉向衍生品迁移转化率影响着网文作品 IP 衍生品开发深度与广度，IP 衍生分布长度（IP 改编的频率与次数）影响着 IP 版权授权方网络文学作者和平台变现能力，IP 衍生分布宽度（每个 IP 改编初次盈利与持续衍生盈利）决定了授权方和被授权方获利能力。它们共同决定网文作品 IP 转发热度，它们都将成为检验一个网络文学作品 IP 商业性评价的量化标准。

第十章 文学网站平台评价[①]

继网络作家作品之后，文学网站平台是网络文学评价的又一重要对象。网站平台是作品的生发地和承载体，文学网站在网络文学发展中起着至关重要的支撑作用。据站长之家（Chinaz.com）统计，截至2021年12月19日，中文网站共有57672家，其中小说阅读网站共有1140家。[②] 另有统计表明，截至2021年6月，网络文学用户规模达4.61亿人，日均活跃用户约为757.75万人，网络文学作者累计超过2130万人，网络文学作品累计达到2905.9万部。[③] 显然，在"流量为王""读者至上""全民读屏"时代，文学网站已成为亿万读者重要的文学阅读阵地，也只有这样的"超级平台"，方能满足大众的文学阅读需求。

正因为这种"超级"属性，文学网站所营造的文学活动场变得十分复杂，作品、作家、编辑、读者、文化经纪人、企业家交织一体，各方利益展开博弈，导致网络文学市场呈现出前所未有的复杂性与变化性。2015年9月14日，中共中央办公厅、国务院办公厅印发了《关于推动国有文化企业把社会效益放在首位、实现社会效益和经济

[①] 评价对象说明：文学网站/平台类型多样，标准难以统一，根据主营业务构成，分为专业性文学网站/平台、非专业性文学网站/平台（如门户网站的文学频道、论坛、博客等网站文学阅读平台）；根据原创程度，分为原创型文学网站/平台、集成型文学网站/平台和综合性文学网站/平台。本章评价对象以原创型文学网站为主，部分问题关注到移动阅读平台。

[②] 站长之家：https://top.chinaz.com/all/index.html，2021年12月22日查询。

[③] 数据来源于中国音像与数字出版协会发布的《2020中国网络文学发展报告》。

效益相统一的指导意见》(后文简称《意见》),深刻阐释了社会效益优先,以及社会效益与经济效益统一,对于网络文化企业发展的重要性。那么,社会效益、经济效益之于文学网站又意味着什么?评价一个文学网站,该如何权衡这两个看似对立的维度?怎样实现社会效益与经济效益的"双效合一"?最终建立的综合评价体系能否回应网络文学市场中出现的问题,并为之提供解决方案?一连串的问题提醒我们:探讨文学网站平台的评价体系,首先就需要廓清社会效益、经济效益的深刻内涵,准确理解二者之间关系,只有这样才有可能建构文学网站平台的评价体系。

第一节 社会效益评价:以培育"好作品"为逻辑靶向

一 社会效益评价的基本内容

社会效益是指对社会的发展进步,对物质文明和精神文明建设所起的积极作用或产生的有益效果。文学网站的社会效益,即文学网站平台通过对网络文学作品的收揽、传播与经营,对社会的文明进步、对时代核心价值观建构、对人民利益和社会公益所做的贡献及其积极影响。按照2017年6月14日国家新闻出版广电总局发布的《网络文学出版服务单位社会效益评估试行办法》(以下称《试行办法》)的相关规定,"网络文学出版服务单位社会效益是指本单位的网络文学出版活动对社会产生的良好影响或有益效果。实施网络文学出版服务单位社会效益评估,目的是提高作品内容质量,规范市场秩序,优化发展环境,引导网络文学出版服务单位把出版优秀作品作为中心环节,不断推出思想性、艺术性和可读性有机统一的优秀作品,更好地满足人民精神文化需求"。[①]

2017年6月26日,国家新闻出版广电总局针对《试行办法》,又

[①] 国家新闻出版广电总局:《网络文学出版服务单位社会效益评估试行办法》,2017年6月14日发布,国家广播电视总局官网,http://www.nrta.gov.cn/art/2017/7/4/art_114_34304.html。

出台了《网络文学出版服务单位社会效益试行评估指标和计分标准》，设置文学网站社会效益评价的三级指标体系，将出版质量、传播能力、内容创新、制度建设、社会和文化影响等5项内容设为一级评估指标，具体分值是：出版质量45分，传播能力15分，内容创新10分，制度建设30分，社会和文化影响30分。然后对一级指标做了进一步细化，并为每项细化的内容分别设立了计分标准。这样就构建起了一个包含5个一级指标，22个二级指标，77个三级指标的完整的评估体系。具体内容及计分细则如下。①

（一）出版质量

包括文学网站传播的内容是否符合出版导向要求，是否坚持以人民为中心的创作导向，弘扬社会主义核心价值观，思想格调、审美情趣、艺术水准健康向上，具有价值引导、精神引领、审美启迪等方面的积极作用及编校质量、资源管理方面的要求。

表10-1　　　　　　　　　出版质量评估指标

序号	一级指标	二级指标	计分标准
1	出版质量（45分）	价值引领和思想格调（30分）	1. 坚持社会主义先进文化前进方向，弘扬社会主义核心价值观，注重作品价值引导、精神引领、审美启迪等方面的作用，大力出版主旋律、正能量作品，全年未发现有错误导向问题的作品，计30分
2			2. 无明显违规内容，但缺乏积极措施引导内容创作，主旋律不高昂、正能量不突出，弘扬社会主义核心价值观的作品比例低，视情况扣10—20分
3			3. 无明显违规内容，但以人民为中心的创作出版导向不明显，存在娱乐至上、低俗猎奇现象，价值引领作用弱，视情况扣10—20分
4			4. 漠视公序良俗、道德规范，混淆审美，作品存在违背正确人生观、价值观、伦理观、道德观问题的，视情况扣10—20分

---

① 资料来源：国家新闻出版广电总局《网络文学出版服务单位社会效益试行评估指标和计分标准》，搜狐网，https://www.sohu.com/a/152497718_680597，2021年12月1日查询。

续表

序号	一级指标	二级指标	计分标准
5	出版质量（45分）	价值引领和思想格调（30分）	5. 出版思想消极、格调不高的作品，被读者投诉或举报、社会影响不好的，扣1分/部
6			6. 把关意识不强，出版内容低俗、价值取向有问题的作品，被专家或媒体评论批评，扣2分/部
7			7. 对涉及党史、军史、国史等题材作品缺乏把握能力，歪曲历史，戏说史实，亵渎经典，主观臆造成分多，引起社会不良反响的，扣3—5分/部
8			8. 因导向偏差，被出版行政主管部门开展的网络文学出版服务单位作品阅评点名批评，扣3分/部
9			9. 作品违反《出版管理条例》《网络出版服务管理规定》等法律法规相关规定，被行政管理部门处罚，扣5—8分/部
10			10. 出现严重政治差错，社会影响恶劣，实行一票否决，整体评估为不合格
11		文学价值和文化传承（10分）	1. 积极出版思想性、艺术性和可读性有机统一的精品佳作，传承和弘扬中华优秀传统文化，作品整体具有较高文学水平和艺术价值，较好地满足人民群众精神文化需求，计10分
12			2. 无明显违规内容，但缺乏积极措施引导精品创作，忽视作品艺术追求和文学坚守，较多作品文学水平低、艺术价值差，视情况扣5—10分
13			3. 无明显违规内容，但缺乏措施传承发扬中华优秀传统文化，漠视中华文化立场及中华审美风范，视情况扣5—10分
14			4. 内容粗制滥造，立意苍白，语言粗俗，被读者投诉举报或被媒体、专家批评，扣1分/部
15			5. 因艺术品质低下，被出版行政主管部门开展的网络文学出版服务单位作品阅评点名批评或被专家、媒体公开评论批评，扣2分/部
16		编校质量（3分）	1. 作品封面、插图等设计明显不符合作品思想内容或存在差错，扣1分
17			2. 文字使用不规范，不符合《出版物汉字使用管理规定》等相关规定，扣2分
18			3. 编校差错严重，超过《图书质量管理规定》图书差错率标准3倍，扣3分
19		资源管理（2分）	内容资源管理混乱，作品链接、作者署名、后台管理等存在较多差错或不足，扣2分

（二）传播能力

结合网络文学发展实际，考核文学网站平台是否积极宣传推广优秀原创作品，不断改进传播手段、投送方法，提高优秀作品投送时效性和用户满意度，扩大优秀网络文学作品的覆盖范围。主要包括平台首页和栏目建设、排行榜设置、投送效能、评论引导等指标，见表10-2。

表10-2　　　　　　　　传播能力评估指标

序号	一级指标	二级指标	计分标准
1	传播能力 （15分）	平台首页和栏目建设（5分）	1. 未重视对践行社会主义核心价值观、弘扬真善美、传播正能量作品的重点推介，扣3—5分
2			2. 刻意迎合市场需求，平台首页或栏目设置存在唯点击率倾向，扣5分
3			3. 在平台首页或重点栏目推介缺乏文学内涵与艺术审美的作品，扣2分/部
4			4. 在平台首页或重点栏目推介导向有严重问题的作品，实行一票否决，整体评估为不合格
5		排行榜设置（5分）	1. 忽视排行榜编辑把关，缺乏有效措施发挥排行榜示范导向作用，扣3分
6			2. 刻意迎合市场需求，排行榜设置存在唯点击率倾向，扣5分
7		投送效能（3分）	1. 对主旋律、正能量作品缺乏宣传推广，技术、手段落后，扣1分
8			2. 虚假宣传、夸大宣传，以不诚信手段等误导读书，诱导消费，扣2分
9			3. 追求市场轰动效应，策划不当宣传方法，引起社会不良反响，扣3分
10		评论引导（2分）	对网站评论区管理不善，忽视评论引导作用，不实事求是，不能坚持人民评价、专家评价和市场检验的统一评价标准，误导读者或社会舆论，扣2分

（三）内容创新

考核文学网站平台是否具有创新精神，重视并采取措施扭转内容雷同、抄袭模仿、千篇一律等同质化倾向，在题材、体裁、形式上有创新，在观念、内容、风格上有特色，积极发布具有个性化、创造性的作品，主要包括丰富性和多样化、创造性和个性化等指标，见表10-3。

表10-3　　　　　　　　内容创新评估指标

序号	一级指标	二级指标	计分标准
1	内容创新（10分）	丰富性和多样化（5分）	1. 不注重内容丰富性、主题多样化，整体作品题材单一，主题单调，结构失衡，扣2分
2			2. 较多作品内容雷同、抄袭模仿、千篇一律，同质化现象较普遍，扣5分
3		创造性和个性化（5分）	1. 原创能力不够，作品体裁、形式、风格、叙事方式等缺少特色，扣2分
4			2. 创新精神不足，观念陈旧、手段落后，缺乏积极措施激发和调动作者创作活力，扣3分
5			3. 片面追求作品点击率，存在机械化生产、快餐式消费倾向，扣5分

（四）制度建设

考核文学网站平台的规章制度、内部机制建设和执行情况，队伍专业素质、结构及人才培养情况等，包括编辑责任制度、作者和读者服务制度、作品管理及质量控制制度、版权管理制度、队伍建设和人才培养机制、经营管理制度、党建和思想政治工作等指标，见表10-4。

表10-4　　　　　　　　制度建设评估指标

序号	一级指标	二级指标	计分标准
1	制度建设（30分）	编辑责任制度（5分）	1. 建立较完备制度，但执行不力或编校人员数量不能保障日常工作，扣2分
2			2. 关键岗位缺失，制度不健全，内容把关不严，扣3—5分
3			3. 未建立编辑责任制度，扣5分
4		作者和读者服务制度（4分）	1. 建立较完备作者、读者服务制度，但未严格执行，扣2分
5			2. 作者服务制度不健全，作者实名注册、个人信息保护等关键措施缺失，导致损害作者权益，扣3—4分
6			3. 读者服务制度不健全，对读者反馈、合理要求不响应，导致损害读者权益，扣2—3分
7			4. 未建立作者、读者服务制度，扣5分

续表

序号	一级指标	二级指标	计分标准
8	制度建设（30分）	作品管理及质量控制制度（5分）	1. 建立较完备制度，但执行不力，扣2分
9			2. 制度不健全，致使内容质量低下，扣3—5分
10			3. 未建立作品管理及质量控制制度，扣5分
11		版权管理制度（4分）	1. 建立较完备制度，但执行不力，扣2分
12			2. 制度不健全，不能保护作者、消费者合法权益，扣3分
13			3. 制度存在缺失，因抄袭、侵权盗版等行为在社会上引起负面评价，扣4分
14			4. 未建立版权管理制度，扣4分
15		队伍建设和人才培养机制（4分）	1. 不重视队伍建设，人才结构不合理，扣1分
16			2. 不重视人才培养，编辑等相关岗位人员不具备相关资质或全年未参加相关岗位培训，关键岗位人员不胜任工作未能及时调整，扣3分
17			3. 人员存在违反职业道德、职业精神问题，社会影响恶劣，扣1分/人次
18			4. 队伍管理混乱，人员出现违法违纪现象，扣2分/人次
19			5. 缺乏队伍建设和人才的有效措施、相关机制，扣4分
20		经营管理制度（4分）	1. 建立较完备制度，但执行不力，扣1分
21			2. 制度不健全，违反行业规范或市场规则，不能诚信经营，在社会引起负面效应，扣1分/次
22			3. 经营管理混乱，被相关管理部门处罚，扣2分/次
23		党建和思想政治工作（4分）	1. 不重视党建工作，党组织机构不健全，未正常开展党组织活动，扣4分
24			2. 编辑等关键岗位党员不能发挥先锋作用，扣3分
25			3. 未采取有效措施加强员工思想教育，企业精神缺失，发展理念不足，扣2分
26			4. 不重视员工思想动态和利益诉求，不能很好地解决员工思想或实际问题，扣1分
27			5. 违反政治纪律和政治规矩等重大问题，实行一票否决，整体评估为不合格

（五）社会和文化影响

综合专家评价、读者口碑、市场反响，考核文学网站平台在出版优秀作品方面取得的突出成果和社会影响，包括荣誉奖项、社会评价、文化影响、国际影响和公益服务等，见表10-5。

表 10-5　　　　　　　　社会和文化影响评估指标

序号	一级指标	二级指标	计分标准
1	社会和文化影响（30分）	荣誉奖项（7分）	1. 作品获得省市级奖项、扶持或地区推介等，加1分/部
2			2. 作品获得国家级奖项、扶持或全国性推介等，加2分/部
3			3. 单位或单位员工获得省市级奖项、奖励等，加1分/人（次）
4			4. 单位或单位员工获得国家级奖项、奖励等，加2分/人（次）
5			5. 上述加分最高累计7分
6		社会评价（7分）	1. 作品被中央媒体或专业权威媒体宣传报道，影响积极正面，效果突出，加2分/部
7			2. 作品被专家研究或评论，在学界产生一定影响，或被第三方专业机构重点研讨和传播，具有积极正面作用，加2分/部
8			3. 作品读者关注度高，收藏量超过5000，影响积极正面，加1分/部
9			4. 单位或单位员工被中央媒体或专业权威媒体作为正面典型宣传报道，效果突出，加2分/人（次）
10			5. 上述加分最高累计7分
11		文化影响（7分）	1. 作品版权转化出版图书，受到读者喜爱，加1分/部
12			2. 作品版权改编影视剧、游戏等，在社会公众中产生积极影响，加2分/部
13			3. 上述加分最高累计7分
14		国际影响（7分）	1. 作品签订版权输出合同，或被国外研究者评论、译介，在世界舞台讲述中国故事、传播中国声音、阐发中国精神，产生良好影响，加1分/部
15			2. 上述加分最高累计7分
16		公益服务（2分）	积极参与社会捐赠，参与全民阅读、农家书屋建设等，视效果及影响加1—2分

值得注意的是，出版质量、传播能力、内容创新、制度建设四项一级指标为基本分部分，合计为100分，在具体评价中可根据实际情况按计分标准扣减，但不超过各项指标最高赋值；社会和文化影响为加分项，合计30分，根据实际情况按计分标准加分，但不超过各项指标最高赋值，评估最低分为0分。文件还明确规定："对社会效益评估结果为不合格的网络文学出版服务单位，属地省级出版行政主管部门要进行通报批评，及时约谈其负责人，同时取消其当年参与各类评优、

评奖资格。连续两年社会效益评估不合格的网络文学出版服务单位，由国家新闻出版广电总局通报批评，约谈其负责人并提出整改要求。存在违法违规行为的，依据《出版管理条例》《网络出版服务管理规定》等法律法规进行处罚。社会效益评估结果连续两年为优秀的，在评先树优、作品推介、对外交流及相关出版基金和专项资金等方面予以优先支持。"其中，网络文学网站发表作品出现严重政治差错、社会影响恶劣的，社会效益评估实行"一票否决"，其评估结果为不合格。①

二 社会效益评价的逻辑靶向：培育"好作品"

作为文艺生产单位，文学网站绕不开"以作品为重心""用作品说话"的深层逻辑。文学网站"把社会效益放在首位"就是要向"好作品"要社会效益，也就是要把孵化优秀的网络文学作品、传播先进的思想文化价值观放在最重要的位置。可见，文学网站社会效益的实现首先是建立在"好作品"逻辑之上。

什么样的作品才是好作品呢？"优秀作品并不拘于一格、不形于一态、不定于一尊，既要有阳春白雪、也要有下里巴人，既要顶天立地、也要铺天盖地。只要有正能量、有感染力，能够温润心灵、启迪心智，传得开、留得下，为人民群众所喜爱，这就是优秀作品。"② 这里隐含了"好作品"的四个维度：思想性、艺术性、创新性和影响力。它们是评价作品的维度，也是文学网站平台社会效益所追求的目标。遵循四维"好作品"培育的目标逻辑，文学网站社会效益的目标评价可从思想把关力、艺术涵养力、创新引领力、价值传播力四个方面展开。③

---

① 参见国家新闻出版广电总局《网络文学出版服务单位社会效益试行评估指标和计分标准》，2017名6月27日颁布，搜狐网，https://www.sohu.com/a/152497718_680597，2022年2月10日查询。

② 习近平：《在文艺工作座谈会上的讲话》，《人民日报》2015年10月15日第2版。

③ 这里提出的思想把关力、艺术涵养力、创新引领力、价值传播力四个指标，可以看作对《网络文学出版服务单位社会效益评估试行办法》提出的出版质量（价值引领和思想格调、文学价值和文化传承、编校质量）、内容创新、传播能力、社会和文化影响等社会效益评价维度的实践应用。

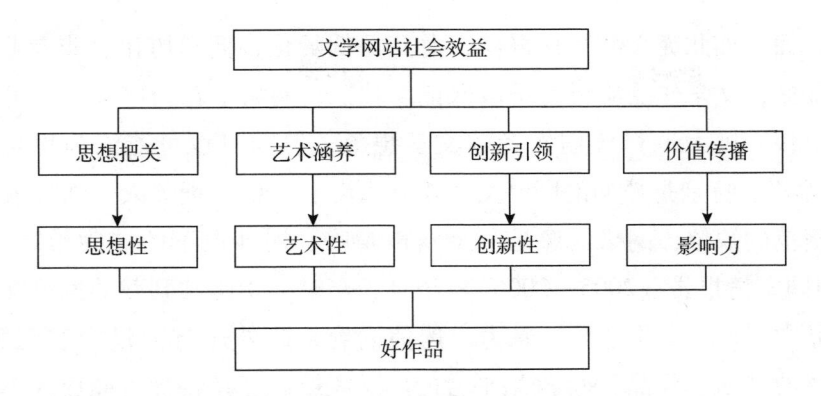

```
                    ┌─────────────────────┐
                    │   文学网站社会效益   │
                    └──────────┬──────────┘
         ┌────────────┬────────┼────────┬────────────┐
    ┌────┴───┐   ┌────┴───┐   ┌┴──────┐   ┌────┴───┐
    │思想把关│   │艺术涵养│   │创新引领│   │价值传播│
    └────┬───┘   └────┬───┘   └───┬───┘   └────┬───┘
    ┌────┴───┐   ┌────┴───┐   ┌───┴───┐   ┌────┴───┐
    │ 思想性 │   │ 艺术性 │   │ 创新性│   │ 影响力 │
    └────┬───┘   └────┬───┘   └───┬───┘   └────┬───┘
         └────────────┴────┬──────┴────────────┘
                      ┌────┴────┐
                      │  好作品 │
                      └─────────┘
```

图10-1 文学网站社会效益评价逻辑目标导示

（一）网站社会效益评价的"生命线"：赋能作品思想把关力

思想把关力指的是文学网站在引导创作者坚守思想底线，传播先进价值观念，治理网络文学创作中的错误导向和不良风气，构建良好创作生态等方面所表现出的能力，其目的指向于提升网络文学的思想格调和价值追求。

思想性是文学作品的"生命线"。拥有了思想，文学作品才能对读者发挥潜移默化、春风化雨般的作用。当然，思想有正确与错误、进步与落后、高尚与低俗之分。无论是传统文学还是网络文学领域，宣扬正确、进步、高尚思想，摈弃错误、落后、低俗思想，都是作品创作和批评应恪守的基本原则。相比于传统文学，网络文学作品的思想格调和价值引领似乎更加复杂，也更为引人关注。

文学网站平台落实思想把关力需要认识到自身作为文学媒介和传播载体的"双刃性"。其一，网站平台开放降低了文学创作者的准入门槛，可能为准文学或非文学敞开门户。传统文学用对学识、阅历、素养的高标准、高要求将普通人拒之门外，互联网则来者不拒，为成千上万的普通人营造了出入自由的写作环境。《2020中国网络文学发展报告》显示，我国网络文学作者数量累计已突破2130万人。[1] 然

---

[1] 数据来源于中国音像与数字出版协会发布的《2020中国网络文学发展报告》，腾讯网，https://new.qq.com/rain/a/20211011A03OE700，2021年12月1日查询。

而，面对如此庞大的写作群体，尤其是低龄化、低学历化、非专业化的加剧，文学作品质量便难以保证。其二，网站平台为广大用户开放话语权，极大地释放创作者的文学想象，但同时也可能沦为思想的"旋涡"。特别是早期的网络文学作品，由于信息"把关人"机制和平台规范的缺位，网络就像是一个众声喧哗、泥沙俱下的"闹市"。据《中国文情报告（2005—2006）》记录，当时文学网站刊载的网络文学作品中，1/3 涉及色情、暴力、迷信内容，此外还有大量内容无聊、低俗的"灰色作品"①。网站平台的广泛联结和互动特性可能成为不良思想传播的"推手"，产生网络信息传播的"瓦釜效应"：真正有价值的信息难以获得应有的关注，一些无价值的甚至是负面影响的信息却被人津津乐道。② 网络上越是不健康的、出格的、低俗的东西，越容易受到青睐，越容易形成传播"黑洞"。如果网站平台只为文本创造"红利"，却忽视作品的社会效果，不参与引导和治理，就等于自掘坟墓。网站平台有责任构建良好的创作生态，引导网络文学创作坚守思想底线，有意识地引导创作者传播有正面价值的思想。如同思想性是网络文学作品的"生命线"，思想把关力就是文学网站社会效益评价的"基准线"。文学网站失去了思想把关的"利器"，其他一切便会成为无稽之谈。

（二）网站社会效益评价的"元规则"：增强作品艺术涵养力

艺术涵养力指的是文学网站在营造艺术培养氛围、提升创作者艺术造诣、提高作品艺术性等方面所表现出的能力，其目的指向于提升网络文学出版质量。

与传统文学创作相似，网络文学创作最大的难点不在锚定主题，也不在甄选素材，而在如何通过艺术化处理将主题"形象化"、将素材"审美化"，让作品产生打动人心的感染力量，即通过提高作品艺

---

① 灰色作品指的是介于正常作品（白）和问题作品（黑）之间的不合理但又客观存在的作品。参见白烨《中国文情报告（2005—2006）》，社会科学文献出版社 2006 年版，第 129 页。
② 杜骏飞：《"瓦釜效应"：一个关于媒介生态的假说》，《现代传播》2018 年第 4 期。

术性而增强作品的"文学性"问题,这事关网站社会效益的"元规则"——让网络文学成为"文学"。

网络文学作品的艺术性至少包含了四个维度:艺术真实性、审美高度、文本精当性和文学网站管理系统优化评价可依此展开。

一是扶持、培育有真实情怀作品的能力。尼葛洛庞帝在《数字化生存》一书中讲到,"数字技术构造的供现实社会的人生存和活动的空间,虽说是虚拟的,但却是真实的,非想象的,是一种'真实'的虚拟空间"。[①] 这种"真实的虚拟"指向网络文学艺术真实性的一个关键标准——"要有真实的情怀"。赛博空间里的文学创作允许超脱现实地实现对社会生活本质的揭示,然而,网络文学说到底还是一种"文学",要求符合或映射现实生活内在逻辑。譬如在网络科幻小说里,我们常常读到隐身人、外星人入侵、时光旅行、神食、异度空间等现实中不存在的物种和事件,显然这是超脱现实的虚拟存在。表面上看,作家们的种种奇思妙想脱离了现实社会的科学轨道,但实际上又隐含了内蕴真实的一面是创作者"真实情怀"的体现,网站编辑有责任引导网络作家表达自己的最真实的情怀。

二是提高网络文学审美品格的能力。新媒介社会出现审美的多元化,但多元化不是要抹去审美高度而是要提升艺术审美的高度,谨防审美向下,导致审丑、审俗、审怪甚至审恶,避免打着"大众化、通俗化"的幌子,生产那些平庸化、低俗化、异端化的作品,而应该"在赛博自由与文学担当、市场开放与艺术坚守之间找到平衡点"[②]。文学网站搭建的平民创作与便捷发表机制,绝不应该成为网络文学艺术平庸、内容低俗、观念异端的"通行证"和"保护符"。

三是确立网文创作中的文本精当性,探寻网文审美的适恰性与多种可能性。网络文学以"爽"为本,"爽"是一种感觉的舒适,自有

---

① [美] 尼葛洛庞蒂:《数字化生存》,胡泳、范海燕译,电子工业出版社 2017 年版,第 38 页。

② 吴钧:《本体·价值·批评:作为学科的网络文学》,《湘潭大学学报》(哲学社会科学版) 2020 年第 5 期。

其合理性，如果能够赋予"爽"以有意义、有价值的内容，就实现了内容与形式的融合，就具有文本的精当性。传统文学有其相对严格的文学表达系统，比如对语言、结构、情节、细节等文学要件的掌控，对想象、虚构、夸张等文学技巧的运用等，形成了约定俗成的艺术规范。网络文学创作相对自由，加之有的写手生活积累不多，文学素养不足，创作态度随意，难免会降低或忽视文学化的表达，造成作品文学精当性的欠缺，文学网站需要引导作者提升文学表达能力，以更多的精品力作来体现文学网站的艺术涵养力。

四是优化文学管理系统的能力。我们知道，传统文学出版须经过专业编辑"三审三校"程序，有时甚至还会增加审读次数，请资深专家把关内容，以确保图书质量。文学网站的作品把关则由技术筛查和人工审读完成，先通过技术手段将含有敏感词、违禁词、涉嫌抄袭的作品标记、屏蔽，再提交人工系统进一步审读。由于网文作品篇多量大，逐一审校工作量大且成本很高，因而网站编校容易出现"重技术、轻编辑"现象，影响了数字出版的作品质量。2017年，北京市新闻出版广电局对网络文学推优作品开展了编校质量检查，结果发现，有相当一部分作品中出现了文字运用错误、标点符号使用错误、版面格式错误、注水等问题。[①] 2016年广电总局发布的《网络出版服务管理规定》要求，从事网络出版服务的单位，"除法定代表人和主要负责人外，须有适应网络出版服务范围需要的8名以上具有国家新闻出版广电总局认可的出版及相关专业技术职业资格的专职编辑出版人员，其中具有中级以上职业资格的人员不得少于3名"。这是针对网站编审人员资质提出的具体要求，应当成为文学网站编辑队伍建设的基本标准。

（三）网站社会效益评价的"动力源"：助推作品创新引领力

创新引领力指的是文学网站在发掘作品新类，拓展创作空间，

[①] 韩曙明：《提高网络文学编校质量的思考》，《出版广角》2018年第6期。

鼓励突破套路叙事，尤其是创意、题材、叙事技法上表现出的"破圈"能力，这是网站社会效益评价的"动力源"。创新引领就是守正创新或推陈出新，网络文学要回应网络生活，理解网络原住民的生活体验、精神追求和价值认同，并在他们所重构的新世界知识谱系里寻找共通性、拓展可能性，这就需要创作者时刻保持创新精神。应该说，创新原本就是网络文学与生俱来的特质，① 文学网站则是文学创作创新的"蓄力池"，其常规的做法体现在引领题材创新和叙事创新上。

首先是引领题材创新。自《第一次的亲密接触》《悟空传》等网络小说开山伊始，网络文学题材开掘就从未间断。今天，我国网络小说类型化发展日渐成熟，粗略就能列举出玄幻、武侠、仙侠、奇幻、科幻、都市、言情、历史、军事、游戏、体育、职场、科幻、二次元等数十种。类型化引发了网络文学爆发式增长，同时也带来创作的"同质化"问题。以"萧潜"的《飘邈之旅》为例。2002年《飘邈之旅》在台湾"鲜网"连载并出版，2003年进入大陆网络。这部作品构建了一个庞大且完整的仙侠世界，开创性地化用了道家文化里的"修真"概念，从这里读者第一次了解到元婴、渡劫、法宝、界、仙人、灵石、法宝、符咒、佛宗、音攻、黑魔界、散仙、仙人、天劫、灵鬼界、仙器、魔尊、古修神等许多修真界社会里的事物、观念或设定，堪称奇幻修真小说之鼻祖。但在"飘渺热"之后，接踵而至的是《飘邈神之旅》（百世经纶）、《缥缈游》（桓宇）、《飘渺神域》《飘渺天域》（油炸蜢）、《飘渺无极》（神情忧郁）、《飘邈之旅续》（木飞机）、《飘邈拾遗》（llssll）、《飘渺之旅·众界起源》（梦回江湖）、《飘渺战天录》（飘渺清风）、《飘渺之旅前传之元木篇》（七支笔）、《飘渺神之冥神之旅》（末一）、《飘渺之旅之再续前缘》（ptx11）、《飘渺之傅山传奇》（作羽清尘）、《飘渺之旅——飘渺之梦》（真悟）……大有"将飘渺进行到底"之意。其中虽有优秀之作，但大部分都落入

---

① 刘晓闻：《网络文学迎来繁荣发展新契机》，《文艺报》2016年12月12日第1版。

相似的套路，没有新意可言。直到今天，这种"蹭爆款"的创作倾向依然存在。一旦有一部作品爆红，就会有许多人跟风、模仿甚至抄袭出相似作品。比如2020年《赘婿》（愤怒的香蕉）、《我是首富继承人》（做梦无罪）、《都市君临天下》（一枝轩）三大网络小说火爆全网后，就引发了一轮"赘婿文""暴富文""战神文"跟风创作热。近几年来，网络文学题材创新出现了明显的转向，反映现实生活和时代变革的现实题材，日渐成为网络文学的主流类型。据《2020中国网络文学蓝皮书》统计，2020年各大文学网站发布的年度新作品中，现实题材作品已占到60%以上。阿耐的《欢乐颂》《大江东去》《都挺好》，齐橙的《大国重工》，志鸟村的《大医凌然》，卓牧闲的《朝阳警事》……这些现实题材优秀之作是网络作家的原创，也与文学网站倡导并帮助创作者拓展创作空间、以创新引领创作的努力分不开。

其次是引领叙事创新。网络类型化创作主要是"套路叙事"，而套路即叙事惯例、攻略、模式，不同的套路形塑和创生不同类型，又依附和统一于不同类型。正因为如此，即便是形成了成熟的"套路"，也需要不断创新。例如，绍兴籍网络作家"莲青漪"所著的《狼毫小笔》提供了一个较好的样本：一方面，作品打破了单一的时空设定、固化的世界架构和通用的叙事模式，创新性地将历史与现实、山水与玄幻、穿越与神化完美糅合在一起，为读者营造了一个充满新鲜感、意外感的复杂故事空间；另一方面，小说以绍兴市平水镇宋家店、云门寺、兰亭、会稽湖等地为背景，巧妙地将古代绍兴深厚的历史文化、民间风情、人文掌故融于故事情节中，通篇流淌着绍兴传统文化的清泉，为读者搭建了一个有人文温度、有文化厚度的纯净精神世界。卖报小郎君的《大奉打更人》在传统男频叙事的基础上，跨越多种故事元素融合创新，开辟出升级流叙事套路之外的探案、搞笑、仙侠、政斗等"综元素"文学形态，其叙事创新引发热烈反响，成为网文圈"现象级"大作。跳舞的《稳住别浪》写都市异能，主线是让一位地下王者重生到20年前完成一个个匪夷所思的任务，却并不局限于"王者重生""战神回家"的老套路,而是着力写出男主"浪"出人生的多种可能性以及人性的丰富性和复杂性。沉筱之的《青云台》把言情+悬疑、科幻、权谋、武侠、职场等新元素融合创新,托载古意与情致,一举破开古言窄化格局,呈现言情故事的多维镜像和人性光影的斑驳摇曳……这些作品均得到发布网站的"头部"推送,体现了网站平台的创新引领力。

(四)网站社会效益评价的"助推器":提升作品价值传播力

价值传播力指的是文学网站在提高优秀作品传播广度和深度、增强读者阅读体验和消费质量、促进作品海外传播和价值接受等方面所表现出的助推能力,其目的指向于提升网络文学作品的社会和文化影响力。文学网站既是汇纳作品的载体,又是传播作品的渠道,把网络文学作品,特别是那些精品力作传播出去,不仅是文学网站平台的职能,也是网站社会效益评价的一个重要指标,因为只有通过网站平台的助推,文学作品才能产生影响力,作品的价值才能得到实现。

评价文学网站的价值传播力,可从增强读者体验、提高社会影响、促进海外传播三个方面进行。

增强读者体验方面,可通过点击阅读量、付费粉丝数、粉丝打赏数、月票和盟主数、阅读分享、贴吧话题数、评论互动、本章说、抄书评情况等指标进行考察。相比阅读本身,越来越多的用户开始注重阅读消费体验,以阅读为中心的表达、分享、互动、社交意愿越来越明显。以阅文平台的"本章说"评论功能区为例,2020年评论数累计近亿条,超过100部作品的评论数超过100万条,其中最高的是《诡秘之主》达1200万条。[①] 值得注意的是,有影响广度的作品不一定有影响深度,有影响深度的作品则必定有影响广度。从

---

① 数据来源:中国社会科学院发布的《2020年度中国网络文学发展报告》,腾讯网,https://xw.qq.com/amphtml/20210322A0DWU500,2021年12月2日查询。

读者体验的角度看，真正有影响力的作品一定是广度和深度兼具的作品。

在提高社会影响方面，一是作品在各类评选活动中的上榜、获奖表现。如国家新闻出版总署和中国作家协会举办的"年度优秀网络文学原创作品推介活动"、中国作家协会设立的"中国网络小说排行榜""中国网络文学影响力榜"、中华文学基金会设立的"茅盾新人奖·网络文学奖"、浙江省网络作家协会等设立的"网络文学双年奖"、上海作协的"天马文学奖"、江苏的网络文学"金键盘奖"，成都的网络文学"金熊猫奖"、橙瓜网设立的"橙瓜网络文学奖"等。二是主流媒体曝光情况。一直以来，网络文学都是主流媒体关注的焦点，《人民日报》、《光明日报》、《中国社会科学报》、《中华读书报》、《文艺报》、《中国文化报》、《文学报》等各类媒体中所呈现出的网络文学信息，往往是比较客观的。三是学界关注度。一部作品若能引发学界从学理的深度上集中研讨，无疑也是其社会影响力的重要表现。

促进海外传播方面，主要体现在传播半径延伸的广度、阅读深度、本土化解读与二次创作、价值接受等方面。截至 2020 年，中国共向海外输出网文作品 10000 余部。其中，实体书授权超 4000 部，上线翻译作品 3000 余部。网站订阅和阅读 App 用户 1 亿多，覆盖世界大部分国家和地区。[①] 这些体现的是域外阅读广度。阅读深度指的是海外读者在阅读时获得的沉浸感。在原有地域文化和经验的遮蔽下，中国网络文学作家建构的故事世界是否能将价值的普适部分有效地传递出去，引起海外读者的情感共鸣，使他们产生 amazing（令人惊奇的）、crazy（狂热的）、wonderful（精彩的）、enjoy（享受）的快感，是网络文学作品应该达到的第一层境界。由浅及深，第二层境界是引发本土化解读与二次创作。文化差异是影响海外读者阅读深度的主要因素，但并

---

① 瞭望：《中国网文出海 20 年的得与失》，瞭望官方账号，2022 年 1 月 24 日，https：//view.inews.qq.com/a/20220124A01Y4N00。

非难以逾越的鸿沟。以《斗破苍穹》（天蚕土豆）为例，作品中呈现的核心词汇——"气"，是中华传统文化里的概念，显然海外读者接受起来会比较困难。于是便有译者从本土经验出发，①将"气"转译为西方语言世界里的"力量"，把"斗气者"称为"炼金术师"，这种做法虽然会稀释中国传统文化的内涵，却不失为加快读者接受和理解的有效方式。海外传播的最高境界是用中国文化的价值精髓映照读者生活现实。据报道，2014年，美国小伙卡扎德因为失恋苦闷而浸淫于毒品，后因为接触到的中国玄幻小说《盘龙》（我吃西红柿）而对生活有了新的认识，也因此戒掉了可卡因。②

作为"幕后推手"，文学网站必须坚定一点，那就是真正优质的网络文学作品不应该被埋没。让优质作品曝露于读者大众视野、让优秀思想焕发价值活力，是文学网站社会效益的重要体现。然而事实并不理想。主要原因有两点。第一，网络文学作品海量，绝大部分作品被少数作品自然而然地淹没。中国音像与数字出版协会发布的《2020中国网络文学发展报告》显示，到2020年，我国网络文学作品累计达到2905.9万部③，如此大的作品体量，客观上讲，作品被埋没是一种常态。第二，文学网站的作品推介机制未必是向真正优质的作品倾斜，大部分文学网站在"置顶"或推介作品"打榜"时，遵循的不是艺术追求下的"价值最优""质量最优"逻辑，而是商业驱动下的"字数为上""流量至上"逻辑。因此，在对文学网站社会效益评价时，要加入一个重要的指标，就是有没有制定"遗珠打捞计划"，即设计面向少数被淹没的、真正符合"思想性、艺术性、创新性"质量标准的

---

① 网络文学的翻译力量主要来源于三个方面。一是专门的翻译网站。当前，国外专注于翻译中国网络文学的网站数以百计，其中以"武侠世界"最具代表性。武侠世界（www.wuxiaworld.com）创办于2016年，翻译代表作有《盘龙》《星辰变》《天涯明月刀》等。二是中国文学网站的海外业务布局，如起点国际。三是网络志愿翻译小组。近年来，在三种力量的共同努力下，中国网络文学漂洋过海，形成中国文化海外传播大观，有人甚至将中国网络文学与好莱坞电影、日本动漫、韩国电视剧并称为"世界四大文化现象"。参见王蔚、宋豪新《网络文学出海会成为中国的"新文化现象"吗》，《人民日报》2017年3月28日第23版。
② 周冰：《更新海外读者对中国文化的认知》，《光明日报》2020年3月18日第16版。
③ 中国作协网络文学中心《2020中国网络文学蓝皮书》公布的数据为"约2800万"。

考察指标，比如作者自荐、同行推荐、专家推荐、资深读者推荐，最重要的是编辑人工"打捞"与推介。网络文学发展至今，已经越过了规模发展、挤占市场的阶段，当前缺乏的不是作品，而是好作品。文学网站坚持把社会效益放在首位，不应该是简单的作品规模化思维，而是要以培育"好作品"为实践指向，用"好作品"影响读者、影响社会。

第二节 经济效益评价：以建构"价值网"为绩效目标

一 经济效益评价的基本内容

文学网站平台属于市场经济主体，须独立经营，自负盈亏，按市场规律和企业体制管理和运营，其经济效益的基础指标与一般企业特别是文化企业并无二致，这主要包括以下四个方面。

（一）资产质量

一个企业的资产，分为固定资产、流动资产、投资资产和其他资产（含无形资产、递延资产）等，每一类资产又可细分为若干项目。抛开别的资产不论，对于文学网站来说，它最大的资产是无形资产，即艺术资产和智力资产。艺术资产是指作品，与物质生产企业的资产配比不同，文学网站的固定资产主要不是机器设备，而是文学作品的艺术内容，即储藏于网站的原创作品。以最大的文学网站起点中文网为例，截至2022年2月18日，起点网储藏有原创小说2185904部[①]，这是一笔宝贵的精神财富，也是起点网最大的固定资产（作为IP又可以是流动资产）或艺术资产。智力资产亦即人力资产，指的网络文学作家，无论是白金作家、大神作家，还是签约作家甚至"扑街"写

---

① 起点中文网的2185904部小说中，玄幻类721722部，奇幻类159241部，武侠类45378部，仙侠类236460部，都市类374244部，现实类43492部，军事类20623部，历史类77225部，游戏类108311部，体育类9109部，科幻类157333部，诸天无限类52280部，悬疑类66996部，轻小说113490部。见起点网主页 https://www.qidian.com/。

手,他们都是创造作品的智力资产,可以让网站上的好作品生生不息。网络作家是无形资产,也是流动资产——文学网站总是不断有创作新手加入,又不断有网络作家推出,一个优秀的文学网站就应该有对网络作家的吸引力和强大的作家迭代更新能力。作为网站管理者,就是要尽可能地吸引更多作家入站、签约,培养更多的年轻作家,并提供各种条件发挥每一个作家的文学创造力,以实现智力资产的效益最大化。我们对网站平台做经济效益评价时,必须关注该网站艺术资产和智力资产的质量。

(二)经营状况

就一般企业而言,其经营状况包括六项内容:

一是产品销售率,它反映的是产品生产实现销售的程度;

二是资金利税率,它反映的是企业资金运用的经济效益;

三是成本利润率,它反映了单位生产投入所带来的利润额,即降低成本的经济效益;

四是净产值率,它可以反映企业物化劳动消耗的经济效益;

五是全员劳动生产率,它能反映活劳动的使用效益;

六是流动资金周转率,它可以反映流动资金的周转速度和使用效率。①

对于文学网站平台而言,其经营状况主要是在线上经营和版权分发两条线上展开。我国文学网站的线上经营大都采用的是"起点模式",即通过 VIP 付费阅读来扩大作品订阅消费量,并据此开发出粉丝月票、盟主、打赏等营销方式。如 2021 年晋江文学城付费订阅标准是:部分 VIP 作品更新完结后经筛选会被收录到完结包月库中,即 VIP 作品阅读权限高于完结包月库作品,包月又分为"3 元 5 本"和"15 元通读"两种。每千字阅读收费价格如下:

---

① 百度关键词查询:经济效益指标,https://baike.baidu.com/item/经济效益指标/12748945?fr=aladdin,查询时间:2022 年 1 月 6 日。

表 10-6

等级	消费用户	普通用户	初级 VIP 用户	高级 VIP 用户
升级条件	在晋江网注册或登录的用户	单笔充值 3000 晋江币/15 天累计消费 1500 晋江币	单笔充值 10000 晋江币/30 天累计消费 3000 晋江币	365 天内累计消费 120000 晋江币
普通章节价格	5 分/千字	5 分/千字	4 分/千字	3 分/千字
最新章节价格	10 分/千字	5 分/千字	4 分/千字	3 分/千字
VIP 和霸王票折扣	无	无	有机会获打折卡	有机会获打折卡

版权分发也称 IP 转让或作品改编，即网站把优秀的网络作品（主要是小说）投向版权市场，以 IP 作品的多媒体、全版权转让盈利，以此形成网络文学的产业链和产业集群，创造泛娱乐文创产业。这些年，大量有市场影响力的影视剧、游戏、动漫、演艺、畅销书、听书以及周边产品，其内容都是来自网络小说。2015 年被称作 "IP 元年"，由此出现的 "网文 IP 热" 至今热度不减，以至于形成了文学网站经营上的 "下游倚重" 趋势，这是在评估网站平台的经营状况时必须纳入评价视野的。

（三）盈利能力

盈利能力也称 "获利能力"，按照 MBA 智库百科的解释，"就是企业资金增值的能力，通常表现为企业收益数额的大小与水平的高低"，主要包括营业利润率、成本费用利润率、盈余现金保障倍数、总资产报酬率、净资产收益率和资本收益率等，如果是上市公司，还包括每股收益、每股股利、市盈率、每股净资产等。[①] 按照国家相关规定，凡是上市公司都必须定期发布财报，对社会公布公司的盈利情况。例如，阅文集团公布的 2021 年中期业绩报告显示，阅文 2021 年上半年营收同比增长 33.2% 至 43.4 亿元。净利润 10.83 亿元，去年同

---

① MBA 智库百科：获利能力，https://wiki.mbalib.com/wiki/盈利能力，2022 年 2 月 19 日查询。

期亏损32.96亿元，扭亏为盈。经调整后的净利润达到6.65亿元，同比增长30倍。① 如果对文学网站平台做经济效益的基础指标评价，就需要看它的盈利能力如何，因为这一能力可以用具体数据来检验，故而它是刚性的，也是有效和可靠的。以下《企业盈利能力五大指标》可以参考表10-7。

表10-7　　　　　　　　　企业盈利能力的五大指标②

收益性指标

收益性比率	计算公式
1. 资产报酬率	净利润/资产总额
2. 所有者权益报酬率	净利润/所有者权益
3. 毛利率	销售毛利/净销售收入
4. 销售利润率	利润总额/净销售收入
5. 净利润率	净利润率/净销售收入
6. 成本费用利润率	（净收益+利息费用+所得税）/成本费用总额
7. 每股利润	（净利润-优先股股利）/普通股发行在外平均数
8. 每股股利	支付普通股的现金股利/普通股发行在外平均数
9. 股利发放率	每股股利/每股利润
10. 股利报酬率	（净利润-优先股股利）/平均普通股权益
11. 市盈率	普通股每股市场价格/普通股每股利润

流动性指标

流动性比率	计算公式
1. 存货周转率	销货成本/平均存货
2. 应收账款周转率	赊销收入净额/应收账款平均额
3. 流动资产周转率	销售收入/流动资产平均额

---

① 此次发布的数据还显示：具体业务方面，阅文集团上半年版权运营及其他收入同比增长124.5%至18.0亿元；其中，来自版权运营的收入同比增长129.8%，达17.4亿元。在线阅读业务实现收入25.4亿元，同比增长3.4%，MAU达2.3亿。阅文平台平均每月付费用户数930万，每名付费用户平均每月收入同比增加6.7%至36.4元。截至6月30日，阅文平台上积累了940万作家，作品总数达到1450万部，上半年新增字数超过180亿。见《阅文集团2021年上半年业绩，净利润10.83亿》，搜狐网，2021年8月17日，https://www.sohu.com/a/483966139_131976。

② 百度文库：《企业五大经济效益指标》，https://wenku.baidu.com/view/830194d880eb6294dd886c1a.html，查询时间：2022年1月6日。

续表

流动性比率	计算公式
4. 固定资产周转率	销售收入/固定资产净值
5. 总资产周转率	销售收入/资产总额

安全性指标

安全性比率	计算公式
1. 流动比率	流动资产/流动负债
2. 速动比率	速动资产/流动负债
3. 负债比率	负债总额/资产总额
4. 权益乘数	资产总额/股东权益
5. 负债与股东权益乘数	负债总额/股东权益
6. 利息保障倍数	（税前利润＋利息费用）/利息费用

成长性指标

成长性比率	计算公式
1. 销售收入增长率	本期销售收入/前期销售收入
2. 税前利润增长率	本期税前利润/前期税前利润
3. 固定资产增长率	本期固定资产/前期固定资产
4. 人员增长率	本期职工人数/前期职工人数
5. 产品成本降低率	本期产品成本/前期产品成本

生产性指标

生产性比率	计算公式
1. 人均销售收入	销售收入/平均职工人数
2. 人均净利润	净利润/平均职工人数
3. 人均资产总额	总资产/平均职工人数
4. 人均工资	工资总额/平均职工人数

（四）增长潜力

增长潜力是指一个企业或某种投资在特定时间段内可能产生额外回报前景的预判，也是经济效益评价的一个基础指标。一般而言，经济增长潜力由两个基本要素所决定，一个是生产要素的数量和品质，二是总要素的生产力水平如何，能否有助于增加市场份额并使公司在同行中以更突出的方式来经营业务。

仍以阅文集团为例,看看它的生产要素和总要素水平会给它带来怎样的增长潜力。从行业内部要素看,阅文集团有国内网站平台最优秀、最丰富的文学内容,已储藏1450万部网络小说,覆盖200多种内容品类(内容优势);拥有最为强大的文学创造力——有超过900万网络作家(创作人才优势),聚集在阅文旗下的起点中文网、创世中文网、云起书院、起点女生网、红袖添香、起点读书、红袖读书、起点国际(Webnovel)、晋江(阅文有50%股权)等众多平台勤耕不辍(平台优势),还有QQ阅读、华文天下、天方听书等,让阅文作品触达数亿用户(消费市场优势),并且与颇具盛名的影视制作公司新丽传媒等业界品牌合作(IP分发制作优势),更有微信读书、QQ浏览器等腾讯的渠道助力(流量优势),也就是说,阅文已形成了最优秀的小说内容+最大的流量支撑+最牛的电视剧制作公司的组合。作为一家网络文学的上市公司,阅文集团已经是国内网络文学名副其实的行业霸主,有着其他同类公司(如同为上市公司的中文在线、掌阅)无可比拟的"龙头"地位。再从文学生产力水平看,阅文旗下网站的作品,不仅数量最多,总体质量也比较高,在近年来各类网络文学榜单中,几乎都有阅文作家作品的身影,并且通常都占较大比例,如艾媒咨询发布的《2019年中国网络文学作家影响力榜》TOP5榜单中,阅文的男作家竟然占96%,女作家98%,可见他们的头部作品是所有网站平台中最多的。在2020年的同一榜单中,排名前5的男频作家(猫腻、爱潜水的乌贼、老鹰吃小鸡、唐家三少、会说话的肘子),位列前5的女频作家(天下归元、吱吱、丁墨、囧囧有妖、Priest)[1],均来自阅文集团。从行业发展的宏观走向看,我国当下的网络文学呈现出三大趋势:其一,网络文学向移动阅读和多终端拓展,已广泛融入大众的社交生活,出现社交共读、粉丝社群、粉丝共创的趋势;其二,

---

[1] 《2020年中国网络文学作家影响力榜单》,艾媒网,https://www.iimedia.cn/c400/76427.html,2021年1月13日发布。

网络文学融入休闲娱乐，泛娱乐开发呈纵横双向拓展、"下游倚重"之势明显，产业链越来越长，已延伸至世界五大洲和"一带一路"40多个国家和地区；其三，网络文学开始融入主流文化，日渐向传统文学、经典作品靠拢，"网络文学"不仅成为网络时代的文学标签，而且已经是未来时代"文学"的标志。由此可见，无论是评判整个网络文学前景，还是评价类似阅文集团这样的文学网站平台的社会效益，都有十足的理由和丰富的信息对其增长潜力抱以乐观的立场。

二 经济效益评价的目标指向：建构"价值网"

作为文化经营单位，文学网站不得不关注"经济效益"问题，这是由市场经济的本质所决定的。尽管马克思的"异化"理论、卢卡奇的"物化"理论，以及法兰克福学派对发达工业社会的种种文化批判，警醒我们要时刻防备资本社会的商品经济对人的自由本质的摧残，但人类社会的发展不是仅靠理想就可推进的，经济发展才是社会进步的最大动力和重要标志，也是人的自由本质的社会化体现。任何文化企业都必须遵循市场经济的规则来运营，都必须获得经济效益才能生存，文学网站是由文化资本投资、按市场规律运营的公司，必须创造利润、获得经济效益才能运营，并从事生产和扩大再生产。

伴随改革开放，我国文化建设从计划经济体制中走出来，迈向市场经济时代，无疑是一次"自由"的飞跃。2002年党的十六大报告对文化产业和文化事业的区分、2003年全国文化体制改革试点工作的开启及后来的步步深化，更将我国文化建设带入了"文化事业"和"文化产业"的二元发展格局。需要理解的是，"二元"发展并不是目标和本质的分化，而是思路多元化。市场主导、面向多元文化需求的经营性文化产业与政府主导、面向基本文化需求的公益性文化事业没有本质的差别，都是为了弘扬优秀文化、满足人们的文化需求，两者殊途同归、互为补充。实践证明，"以产带文"逻辑下诞生的文化产品也并非一无是处，面向多元文化需求的创新与生产无疑也是对时代

"当下性"的一种回应。可见，关注"经济效益"与社会文化发展是不冲突的。

既然经济效益不得不谈，那么，我们从何种视野来探讨这个问题？"竞争战略之父"迈克尔·波特（Michael E. Porter）在《竞争优势》（1985）中提出"价值链"（Value Chain）概念为此提供了一种理论视角。波特认为，"每一个企业都是在设计、生产、销售、发送和辅助其产品的过程中进行种种活动的集合体"[①]，这些活动串联在一起就是"价值链"。这一观点给我们的启示是：关注经济效益，就要最大范围地关注每一个能够创造价值、传递价值的环节，网络文学也是一种价值存在，包括经济价值和人文审美价值。

进入信息时代，信息技术的发展拓展了企业获得竞争优势的新领域，信息创造和利用已经贯穿整个价值链，成为最核心的环节，而在波特的价值链理论中，信息只是影响价值产生的辅助因素，显然它存在明显的局限性。在数字化技术时代，信息改变了企业竞争的动力学系统，因此，Jeffery F. Rayport 和 John J. Sviokla 提出了"虚拟价值链"（Virtual Value Chain）概念，认为信息时代的企业竞争都要面对两个世界，一个是由实物构成的现实世界，一个是由信息构成的虚拟世界，尤其是新生的后者出现时，企业应该将更多的注意力放在如何利用数字资产生产和创造价值上。[②]

实物价值链和虚拟价值链的区别在于，实物价值链是线性的、环环相扣的，虚拟价值链则是非线性的、多维交织的。随着互联网的出现，特别是移动互联网如影随形般进入人们的生活，价值链的"非线性""多维交织"特点越发显著，有学者认为"链"的概念已无法用来概括企业的价值构成和相互关系，便产生了"价值网"（Value Web）一说。所谓价值网，就是将企业看成一张由多个价值节点交织而成的"网"，该"网"上的每一个节点都十分活跃，因此这张"网"经常因为价值

---

① ［美］迈克尔·波特：《竞争优势》，陈丽芳译，中信出版社2014年版，第201页。
② Jeffery F. Rayport, John J. Sviokla, "Exploiting the Virtual Value Chain", *Harvard Bussiness Review*, Sep-Dec, 1995, pp. 75–99.

节点的扩列、减少而拉扯、收缩、变形，但是节点之间又相互牵制、相互影响，所以不管这张"网"变成什么形状，它们依然能保持整体性，它们的终极目的仍是为了建构一张更大的"价值网"。[1]

"价值网"鼓励各节点创新，却又能牢牢将它们统一起来，大大提升了创新的有效性，这便是建构"价值网"的优势所在。文学网站不妨以建构"价值网"为实践指向，探索提升经济效益的有效模式。前文提到，网络文学活动的利益相关者众多，包括网络作家、网站用户、图书读者、文学网站（股东）、IP交易方、债权人、网站编辑等内部员工、行业协会、相关政府部门、相关媒体、一般网络公众等多个复杂群体，根据不同群体对经济价值创造的贡献程度，用一张"价值网"示意如下：

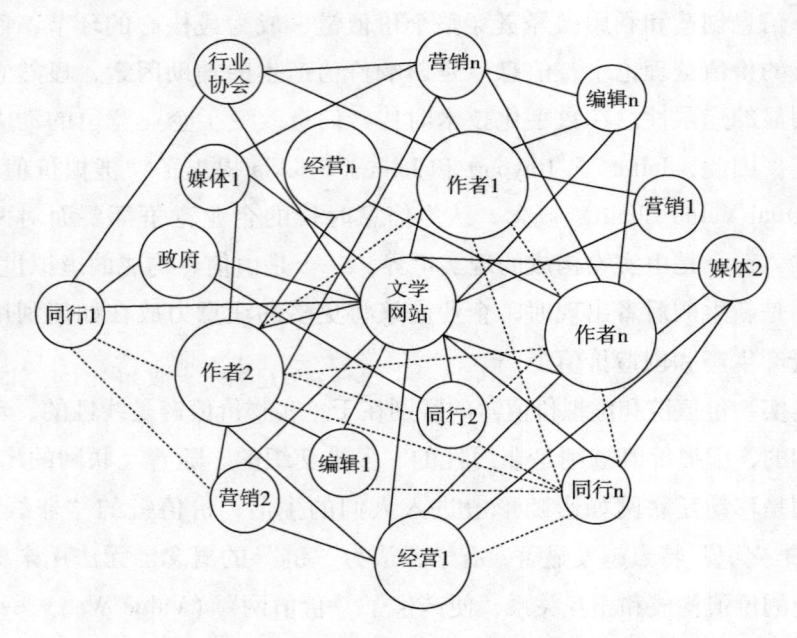

图 10-2 网络文学"价值网"示意图[2]

---

[1] 参见迟晓英、宣国良《价值链研究发展综述》，《外国经济与管理》2000年第1期。
[2] 此图为自制。图意说明：在网络文学活动中，有多个主体参与价值创造，主体之间相互关联交织、相互影响促进。实线表示确定的关系，虚线则表示可能的关系。

文学网站平台经济效益的目标，就是要打造出一张遵循经济规律又能助推网络文学健康发展的"价值网"，评价网站平台的经济效益也应该将其放到"价值网"中来进行。基于"价值网"中经营、作者、编辑、读者四类重要节点，我们对文学网站经济效益的实现做以下探讨。

（一）经营——盈利模式

文学网站盈利模式主要有付费阅读、月票打赏、网络广告、无线增值业务、会员增值业务、IP交易等。我国文学网站盈利模式的基础是"VIP付费阅读"，是由起点中文网2003年建立起来的。正是这一模式的普遍推广让众多网站开启了商业化经营之途，打造出世界网络文学的"中国时代"。由付费阅读延伸出月票、打赏等线上营销和IP分发、全媒体版权文创的产业链经营，让文学网站平台的盈利模式不断完善。在多种盈利模式中，这里我们侧重聚焦IP交易问题。

"IP"是Intellectual Propert的缩写，即知识产权。有人曾用一个公式表达出了IP的内涵和IP打造的要义，即"IP＝标签化×内容力×持续积累势能"。[①] 标签化指的是能够唤起人们联想和识别你我的能力，即具有广泛受众基础或流量的符号。内容力指的是故事化的空间和价值输出的能力。持续积累势能关系的是IP经营问题，IP打造不是一劳永逸的事，它是一个循序渐进的过程。拥有广泛受众，只是基础，IP转化只是一次建构，后续还需要二次建构、多次建构，这样才能持续发挥出IP的价值效应。那么怎么实现二次和多次建构？一个比较多见的做法，就是跨界合作，比如网络文学与电影跨界、电影与游戏跨界、游戏与文创产品跨界，通过跨界合作建构更为宏大的故事世界。

网络文学是"IP改编"概念的原发地。最早的网络文学改编出现

---

① 引自简书App内容原创作者"祝福"，https：//www.jianshu.com/p/b7ccda53f588/。

在页游、端游、手游领域，一些"半路出家"的游戏公司常常借助网络文学（特别是仙侠、玄幻题材）中的设定来设计游戏的背景和玩法。2011年，一部改编自仙侠修真小说《凡人修仙传》（忘语）的游戏创造了30万人同时在线的火爆场景。① 同期网络文学改编的网游还有《星辰变》《佣兵天下》《诛仙》《飘渺之旅 OL》《兽血沸腾》《鹿鼎记》《仙剑神曲 OL》《鬼吹灯外传》《鬼吹灯 OL》《恶魔法则》《神墓》《天元》等，2011年堪称网文 IP 改编的游戏元年。

2011年也是网络文学 IP 电视剧改编的发端之年，这一年迎来了两部现象级作品。一部是《步步惊心》（桐华），该作品不仅在国内收视率稳居第一、在韩国人气电视剧评选中获评海外剧第一，而且掀起了一股宫廷穿越剧改编热。另一部是改编自网络小说《后宫·甄嬛传》（流潋紫）的76集电视剧《甄嬛传》，这一鸿篇巨制将网络文学 IP 电视剧改编热推向了另一个高潮。2015年，网络文学 IP 电视剧改编市场集中爆发，涌现了《花千骨》（fresh 果果）、《琅琊榜》（海宴）、《何以笙箫默》（顾漫）、《盗墓笔记》（南派三叔）、《无心法师》（尼罗）、《芈月传》（蒋胜男）、《太子妃升职记》（鲜橙）、《云中歌》（桐华）……自此，"IP"成为广大投资者的必争之地。

经过几年的发展，我国网络文学 IP 改编市场日渐成熟。根据中国经济信息社发布的《新华文化产业 IP 指数报告（2021）》，在电影、网络连续剧、移动游戏、网络文学、网络动画（不含儿童动画）、网络漫画六大领域中，IP 综合表现 TOP50 中，网络文学 IP 所占比例最高，达到了40%（见表10-8）。② 理论上讲，任何一部网络文学作品，甚至作品中的某个形象、某个故事，比如《诡秘之主》中的220种能力、33个地图、69个阵营，都有成为 IP 的潜能。

---

① 数据转引自网易游戏的报道《网络小说改编网游扎堆2011各方新作伺机待发》，https://www.163.com/game/article/70D2GA6100314K8F.html，2021年12月21日查询。

② 该报告对 IP 综合表现的评价从用户参与、口碑评价、IP 开发、跨文化拓展四个维度展开。参见金辉《新华·文化产业 IP 指数在京发布》，http://www.jjckb.cn/2021-06/02/c_139984778.htm，2020-06-02/2021-12-31。

表10-8　　　　2019—2020年IP综合表现TOP20

排名	IP名称	原生类型	作者	排名	IP名称	原生类型	作者
1	斗罗大陆	网络文学	唐家三少	11	和平精英	游戏	腾讯光子工作室
2	流浪地球	传统文学	刘慈欣	12	武庚纪	漫画	郑健和、邓志辉
3	庆余年	网络文学	猫腻	13	少年的你①	电影	曾国祥
4	知否知否应是绿肥红瘦	网络文学	关心则乱	14	八佰	电影	管虎（导演）
5	魔道祖师	网络文学	墨香铜臭	15	诡秘之主	网络文学	爱潜水的乌贼
6	一人之下	网络漫画	米二	16	万界仙踪②	漫画	踏雪动漫
7	王者荣耀	游戏	腾讯天美工作室	17	我和我的祖国	电影	陈凯歌（总导演）
8	都挺好	网络文学	阿耐	18	妖神记	网络文学	发飙的蜗牛
9	我叫白小飞	网络漫画	七度鱼	19	某天成为公主	韩国漫画	Plutus; spoon
10	哪吒之魔童降世	动画电影	饺子（导演）	20	元尊	网络文学	天蚕土豆

注：参照《新华文化产业IP指数报告（2021）》补充制作。

那么，IP交易链是如何形成的？我们以阅文集团为例。③ 阅文集团的IP业务结构的完善，得益于2018年发生的两个事件：一个是向国内顶尖动画技术与内容孵化平台Kaca Entertainment（上海咔咖文化传播有限公司，简称Kaca）注资5000万；一个是全资收购深耕影视内容制作的"新丽传媒"④。目前，阅文集团形成的IP交易链包括四

---

① 电影《少年的你》由玖月晞的网络小说《少年的你，如此美丽》改编而来，但真正产生IP效益是始于电影而不是小说。
② 漫画《万界仙踪》由发飙的蜗牛同名网络小说改编而来，但真正产生IP效益是始于漫画而不是小说。
③ 阅文集团旗下拥有起点中文网、起点女生网、创世中文网、红袖添香、小说阅读网、云起书院、潇湘书院、言情小说吧、昆仑中文网、九天中文网十大原创文学网站，QQ阅读、天方听书网、阅文悦读、起点读书四大数字阅听平台。无论是网络文学原创份额，还是数字阅读市场份额，阅文集团都是中国网络文学界当之无愧的头部企业。
④ Kaca制作了《无畏魔女》《崩坏星河》《狐妖小红娘TVC》《QQfamily》等作品，参与制作《功夫熊猫3》《驯龙记TV》《丁丁历险记》《CHUGGINGTON》《郑和1405》《洛克王国3》《赛尔号2》《变形金刚5》等作品。新丽传媒完成出品的影视剧目近70部，被收购以来的代表作有电视剧《斗破苍穹》《如懿传》《庆余年》《流金岁月》《赘婿》《斗罗大陆》等，电影《诛仙》《金刚川》《我和我的父辈》等。

个部分，分别是IP建构、IP确权、IP运营和IP维权。

IP建构指IP的挖掘、制作、代理，依托以顶尖技术加速IP价值放大的内容聚合平台和以精品创作加速IP价值转化的内容输出平台，阅文集团目前已形成IP建构闭环。IP确权含确权、检测、管理，其中确权是最为重要的一环。常见的做法是根据不同内容、标识，先制定保护方案，再进入法律确权流程，做好备案、注册工作，最后进入许可贸易，如有二次或多次开发创作，须进行多轮确权。以"网络小说→电视剧→电影→动漫→衍生品"IP开发链为例，每一次创作改编，开始前都要进行版权备案，完成时进行备案保护，同时还要充分尽可能全面地延伸到与该作品有关的上下游产业，如玩具、音像制品、图书、纪念品、邮票、日用品、服饰、海报等。IP运营指的是IP的分发、销售，主要涉及知识产权的变现过程。还有一个重要的环节是IP维权。网络文学是IP侵权与维权活动的高发区，早在2015年，阅文集团就发起了行业"正版联盟"。据统计，2016年至2019年，阅文集团总结投诉下架第三方侵权盗版应用4364起，下架侵权盗版链接2644万条。尽管如此，盗版侵权行为仍然此起彼伏。2020年6月，阅文集团发布关于进一步扩大网络文学正版联盟的公告，宣称"阅文平台作品和整个网络文学行业仍然受到侵权盗版乱象的严重损害"，其中移动端盗版损失同比上升达到10.4%，因此将"不计代价、长期不懈地开展维权行动"，并承诺将"承担作家所有维权成本"[①]，可见保护IP版权对网站经济效益和"价值网"构建是至关重要的。

（二）作者——服务体系

说到底，文学性网站属于文化服务企业——一方面是汇聚网络作家、收纳网文作品的"洼地"，另一方面又是传播、推介和经营文学作品的平台。2017年，原国家新闻出版广电总局出台的《网络文学出

---

① 参见"新浪科技"百家号文章《阅文集团发"正版联盟"公告 承担作家所有维权成本》，https://baijiahao.baidu.com/s?id=1668624162500952932&wfr=spider&for=pc，2021年12月21日查询。

版服务单位社会效益评估试行办法》重申作者权益，将作者服务制度列为文学网站社会效益的重要考核内容。诚然，关注作者群体，彰显人文关怀，是文学网站社会效益的重要体现，而我们要强调的是，文学网站应该清醒地认识到，它们与网络作者之间其实是互利双赢的关系。单纯强调作者服务制度的社会效益面，短期内可以看见效果，但从长远眼光看，将其列入经济效益范围来探讨，更能引起文学网站的重视。换句话说，建立作者服务制度，其实就是"双效统一"的实现路径。

以解决问题为导向，在充分了解文学网站发展现实和作者服务工作难点痛点的基础上，我们提出一个由三大层次、九大内容构成的网络文学作者服务内容体系（如图10-3）。

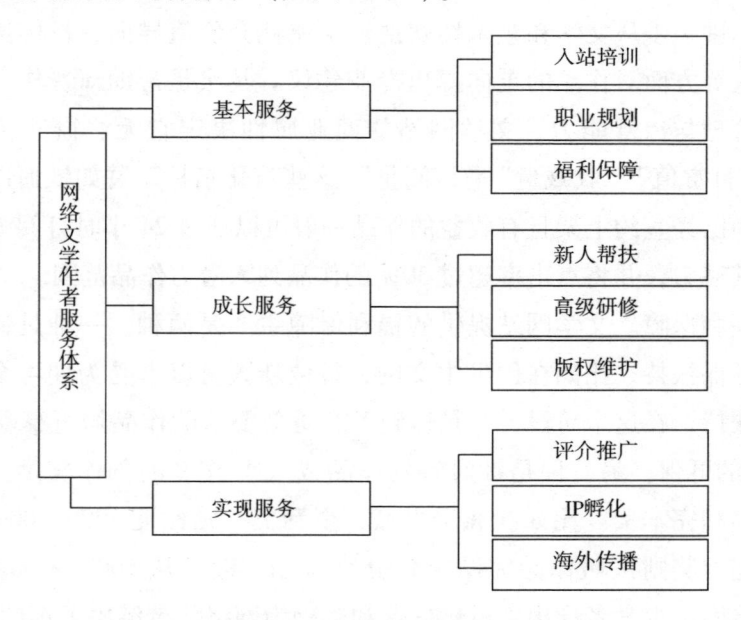

图10-3 网络文学作者服务体系

一是基本服务。为网络作者提供基本服务，保障网络作者基本权益，激发网络作者的创作热情，是文学网站作者服务制度建设的基本要求，具体如下。

入站培训。培训内容应包括网络创作技术流程、网民行为规范两个板块。目前各大文学网站均有针对新入驻作者定期开展有关网络创作技术流程方面的培训，比如潇湘书院开创的新人学院、凤凰书城开办的凤凰作者训练营，主要通过QQ群语音、微信群语音、YY语音等方式，集中对新晋作者进行作品创立、发布、签约以及网络创作基本技巧等内容的科普。

职业规划。主要针对作品走向、自我管理与运营两个方面。一般来说，凡是新进站并申请签约的作品，都必须提供详细大纲和部分正文，由网站编辑评估审核，决定是否发布以及进一步与作者商谈。以红袖添香为例，该站要求长篇小说须提供前四章内容，编辑审核通过后，从第五章开始作者方可进行更新发布。如果从作者的长远发展看，各网站应组建高水平编辑团队、聘请专业评审，在完成基本审核任务之外，进一步从文学和艺术性塑造、主流社会价值导向、目标读者市场定位等方面对作品的走向提出专业建议。其次是帮助新晋作者提高自我管理与运营能力。文学网站的商业属性决定它无法摒弃"点击率""打赏值""收藏量""订阅量"这些量化指标，譬如铁血网，他们认为已经签约上架且有收益的作品一般可以通过24小时订阅人数来反映其潜力，并将点击率超过30%的作品列入潜力作品范围。

福利保障。文学网站提供的福利保障主要是两种。一种是针对新人的低保扶持，比如在创世中文网，每位新人可以享受为期4个月的创作扶持，在这个阶段，凡是达到VIP更新要求的作品均可享受1500元/月的低保。另一种是针对签约作品或入V作者的创作奖励，包括全勤奖和完本奖。比如在凤凰书城，全勤奖奖励额度300—1000元不等，完本奖则按照作品完结字数分级奖励，额度从1000—3000元不等。然而不少学者指出，虽然低保和奖励为网络作者解决了短期之忧，却引发了投机、"灌水"等诸多不良创作现象，[①] 这也是造成我国网络文学"有高原、无高峰"的原因之一。可见，当前以字数、篇幅为标

---

① 参见欧阳友权《新媒体文学：现状、问题与动向》，《湘潭大学学报》（哲学社会科学版）2012年第6期；郝婷、杨蕾磊《我国网络文学作家成长制度研究——基于37家网络文学平台的调研》，《科技与出版》2018年第11期。

准的福利保障制度仍存在一定的弊端。建立"以作者为中心"的福利保障制度并非要降低标准、放任发展，而是要提高标准、设立门槛，增加作品收藏量、订阅量以及网站编辑评分等多维评判标准。此外，还可以制定一些附加的、特色性的保障计划，比如为签约作家提供身心健康咨询服务、人身意外险团购优惠；对优秀作者采取兼职工资化、代缴五险一金制度等。

二是成长服务。网络时代，人人都能成为写手，但不是人人都能成为作家。为有潜力的作者制订成长计划，使其得到全面发展的机会，文学网站才能培养出优秀作家、培育出文学精品。具体包括以下三个方面。

首先，新人帮扶。如文学网站成立新人成长基金，用于搭建帮扶平台，促进新人快速成长。一方面整合站内优秀作者资源，实现新老作者传帮带，譬如，基于作品题材对作者进行定向分类建组，由组内经验丰富者向新人答疑解惑，并定期举办经验分享会；另一方面，邀请学界或业界专家开展专题讲座，提升新人的创作视野。此外，还可开辟新人交流专区，鼓励新人之间经验交流和信息共享，同时也可满足他们的社交需求。

其次，高级研修。高级研修致力于文学素养形成与创作技巧提升，针对性强、专业度高，如由中国作协、各省市作协、高校、网络文学企业等单位组织或指导开办的网络文学作家高级培训、研修，主要面向创作经验比较丰富且具有一定读者基础的作者。文学网站应做好两方面服务工作。一是站内遴选，以自愿申报为主、建议申报为辅，做好前期宣传，确保遴选流程清晰；组成专家顾问团队，建立明确的评审体系，确保遴选标准科学；及时公示遴选结果，接受同行复议，确保最符合条件的作者入选。二是推荐新秀，因为高阶研修班有学员数量限制，因此，网站在保证入选者水平的同时，可调动自身社会资源，积极向主办方推荐，帮助他们最终入选研修班。

最后，版权维护。网络文学是盗版侵权发生的"重灾区"，文学网站应从提高作者自我保护意识、充分使用法律和技术保护手段、主动打击盗版侵权行为等方面开展版权保护工作。第一，要开展版权保护专题培训，向新入站作者普及版权保护的重要性、盗版侵权行为表现、盗版侵权的法律后果、版权自我保护方式、法律维权处理流程等重要知识和信息。第二，技术保护与法律维权并用。技术方面，国际上多推行DRM（Digital Rights Management）技术模式，其中，加密技术、数字水印技术、存储控制技术在网络文学行业应用最为广泛。然而，在恶性链接、搜索、复制面前，简单的防复制、防采集是远远不够的[1]。一旦发生盗版侵权现象，还需通过网站法务部门进行处理，法务部门依据国家知识产权保护法律条例，帮助作者维权，必要时走法律程序起诉。第三，要主动打击盗版侵权行为，建立定期排查机制，通过技术和人工手段发现侵权隐患；调动庞大的用户资源，设置举报奖，激励用户参与版权环境维护；多网站组成版权保护联盟，建立黑名单，共同打击盗版侵权行为，共建良好的网络文学版权生态。

三是价值实现服务。价值实现服务属于最高层次服务，目的在于帮助优秀作者通过正确的方式实现自我价值，促进优秀作者蜕变为大神作家、白金作家甚至大师作家。具体表现为以下三个方面。

首先，评介推广。为提高知名度和影响力，可专门针对有潜力的优秀作者和优秀作品进行评价、介绍、包装、推广、宣传等一系列活动，常见方式有召开作品研讨会、参加作品推介会、线上平台包装推广等。组织专家和媒体召开作品研讨会，不仅是对作品思想内容、艺术形式、审美价值、社会意义的经验总结，更是作者向业内、媒体、公众展示作品、推介自我的绝佳机会。网站可在主页推出"编辑推荐""本周强推""热门作品""新书推荐""完本精品""最近完本""大神俱乐部""新人·签约新书榜""月票榜""畅销榜""阅读指数榜""作品上架分类"等[2]。除了开辟网站专栏，文学网站还可充分利用社交媒体资源、自媒体资源、各种阅读App，以及其他合作网站的全网资源，为本站优秀作者作品提供多平台展示机会。

其次，IP孵化。近年来，网络文学IP持续发热，但真正的优质

---

[1] 刘晓兰：《网络文学版权保护问题研究》，《现代出版》2011年第5期。
[2] 这些栏目是"起点中文网"主页上的分类，https：//www.qidian.com/，2022年2月10日查询。

IP、超级 IP 占比并不高。文学网站可成立 IP 孵化运营中心，从建构、运营、改编等环节积极探索 IP 孵化模式，促进优秀作品的价值转化和长线发展。与传统文学不同，网络文学是在线创作、实时更新，优秀的网络文学作品往往是边创作边聚集人气，以此形成庞大的读者粉丝群。因此，网络文学作品实际上在创作阶段就已经开始进行 IP 建构。IP 运营是文学网站锁定具有优质 IP 潜质的作品后，根据其目标用户属性，对其人物形象、故事创意、情节桥段、文化内涵等进行充分发掘和多媒介呈现，并进行更大力度、更广范围宣传的推广活动。IP 运营的目的在于巩固已有粉丝群，同时吸引新的粉丝关注，因此 IP 运营也相当于 IP 的二次建构。形成稳定的粉丝社群后，便可开始寻求资本合作，探索最合理的 IP 转化方式，一般包括图书出版、影视化改编、动漫改编、游戏改编、舞台演艺、周边开发等。根据其市场反响，还可进行二次转化、三次转化，形成完整的 IP 产业链和产业集群。

最后，海外传播。作为中华文化"走出去"的重要方式，中国的"网文出海"备受世界关注。一部成功"走出去"的作品，无疑也是网络作者自我价值的充分体现。文学网站应在三个方面为网文出海提供服务。其一，政策指导服务。准确把握国家对网络文学海外传播作品的管理与扶持政策，包括题材要求、备案流程、版权保护、立项扶持等，为网络作者提供全面政策咨询服务。其二，专业翻译服务。中国文学作品常常因为翻译问题而在国外受到传播阻滞，致使许多外国读者无法通过作品深入理解中国文化。文学网站可寻求第三方机构，建立长期合作关系，为作者提供专业翻译服务，从源头上解决问题。其三，提供自主平台服务。当前，中国网络文学海外传播的渠道主要有两种：一种是海外翻译网站，一种是本土翻译平台。[①] 可以预见，

---

① 影响力较大的海外翻译网站有：以东南亚中心的书声 Bar、Hui3r；以北美为中心的 Wuxiaworld、Gravity Tale、Volare Novels、Novel Updates——Directory of Asian Translated Novels、LNMTL；俄语平台 Rulate；法语平台 Fyctia、Wattpad、L'Empire des novels。本土翻译平台主要以起点中文网上线的起点国际为代表，起点国际以英语为主，也涉及泰语、韩语、日语和越南语等多种语言。参见邵燕君、吉云飞、肖映萱《媒介革命视野下的中国网络文学海外传播》，《文艺理论与批评》2018 年第 2 期。

搭建自主平台将是未来网络文学海外传播渠道建设的重要趋势。

(三) 编辑——关怀制度

鲁迅文学院原院长张健曾指出,"网络文学编辑的素质和水平直接关乎整个网络文学的发展、兴盛与繁荣"。① 然而,长期以来,编辑在网络文学产业价值链中是一种边缘、近似"透明"的存在。其中有两个表现。一是编辑队伍数量偏少,在庞大的网络作者面前显得微乎其微。2017 年,本课题组曾对阅文集团麾下网站、晋江文学城、中文在线 17k、纵横中文网、蔷薇书院、天涯社区、铁血网、红薯中文网等 19 家原创文学网站做过一次问卷调查,结果显示,编辑人员共 596 人,含内容编辑 398 人、营销编辑 198 人,其中红袖添香、言情小说吧、红薯中文网、长江中文网、潇湘书院内容编辑不足 10 人,营销编辑则普遍少于 10 人。② 二是得不到足够的成长关怀。编辑工作繁重、琐碎,甚至有时需要一人身兼多职,要求有一定的抗压能力。以下是某网络文学企业发布的一条招聘文学编辑的岗位职责:

1. 负责分析网络文学作品发展趋势,制定签约方向,挖掘优质作品,沟通作者完成签约流程,跟进后续内容质量;

2. 负责签约作者与作品的日常维护,保持与作者的良好沟通,负责作品的催稿、更新、推荐、上架等事务;

3. 对网络文学有较大的阅读量,对当下热门题材有较为深入的了解,对网络文学未来的发展方向有一定预判能力,能根据市场需求,对作者进行针对有效的指导,使其作品的效益最大化;

4. 关注作品数据变化,跟踪作品推广效果,分析反馈与策略调整;

---

① 《鲁迅文学院网络文学编辑培训班开班》,中国文学网,http://www.chinawriter.com.cn/news/2010/2010 - 07 - 19/87771.html,2010 - 07 - 19/2021 - 12 - 31。

② 欧阳友权、吴钊:《我国文学网站社会效益评价研究》,《人文杂志》2017 年第 2 期。

5. 及时有效地完成公司与相关领导给予的其他工作需求。①

从这里可以看出，一个文学编辑除了要挖掘优质作品、把关作品质量，还要做好与作者的联系、作品的日常维护工作，甚至要附带负责作品推广、对接商务市场（有些网站没有内容编辑与营销编辑之分，统称编辑）。此时，如果给予不到应有的薪酬、专技提升及晋升机会，企业可能就会面临人员短缺和人才流失危机。出于长远考虑，网络文学企业应给予编辑人员更多的关怀。第一，扩大编辑队伍规模，提高编辑、作者配比，区分岗位职责，避免一人身兼多职，提高职业归属感。第二，建立编辑专业考级评级体系，将专业考评意见纳入编辑人员晋升的重要考察维度，让考核机制更加公平、公正。第三，创造专业技能培训机会，梯队式提高编辑人员专业素养。目前，中国作协、各省市作协、相关高校、网络文学企业等，组织或指导开办的面向网络文学作者的高级培训班、研修班遍地开花，而面向编辑的培训活动相对较少。从媒体渠道了解到，国家新闻出版署、中国作家协会、鲁迅文学院等，都主办过网络文学编辑培训，但规模不大，也没有成系列，效果不够明显。效果更为明显的反而是地方赛道的培训活动。我们看到，2019年6月南京市新闻出版局针对辖区13家网络文学企业的100多名编辑审核人员大面积开展了业务培训，培训后学员们一致表示，从业那么多年，第一次感觉编辑这个群体受到重视，今后他们将进一步增强社会责任意识，更好地挖掘优质题材、引导优质作品创作。

（四）读者——黏性机制

读者黏性体现的是读者与作家作品之间的关系。蒋述卓、林俊敏讨论过网络小说读者的三种具有消费意义的行为——打赏、催更、盗猎，② 这三种行为就是读者与作者强黏性的直接表现。当然，这三种

---

① 掌阅文学编辑团队的招聘广告，2021年7月20日，https://www.bilibili.com/read/cv12237133，2021年12月17日查询。

② 蒋述卓、林俊敏：《网络小说读者的三种消费行为》，《小说评论》2018年第6期。

行为也有强度上的差别，打赏是一种消费上的冲动，虽然它是读者为表达与作者建立"亲密"关系的意愿而发出的邀约与奉献，但是有较大的随机性、偶然性；催更是读者长期关注某部作品并抱有强烈阅读期待，却遭遇作者拖更、断更、弃更时的情绪表达，是读者与作者"亲密"关系的象征；盗猎是读者根据自身的生活经验和意图，有选择地挪用或重组小说文本中的某些内容、情节、符号来表达某种立场、观念和价值的行为。很明显，它是读者细读作品后所产生的内化式互动行为，因此在三者之中是黏性最强的，"同人创作"即是盗猎的表现形式。三者之外，读者还表现出点击、收藏、付费、评论、热话、应援等不同黏度的阅读消费行为。

从文学网站和阅读平台出发，增强读者黏性的做法有二。

第一是建立读者画像。流量变现时代，平台必须躬身入局，深刻挖掘读者数据，做最了解读者的人。精确的读者画像可以使产品服务对象更聚焦，产品追求更卓越、更极致。凡是企图面向所有用户开发产品的，最终无一不走向消亡。纵观一些成功的案例，首先他们的目标用户都非常清晰，比如豆瓣，十多年来，专注文艺事业，为文艺青年们量身定制信息资讯、讨论专区，形成了极强的用户黏性。文学网站和数字阅读终端对读者数据的挖掘主要有两种方式。一种是性别阅读属性区分。以阅文集团为例，旗下十家原创文学网站中，起点女生网、潇湘书院、红袖添香、言情小说吧都有明显的性别属性。而在QQ阅读、起点读书等移动阅读端，新用户进驻时都被提醒选择"男生"或"女生"，男生主要涉及玄幻、武侠、都市、历史、军事等类型，女生则主要涉及言情、校园、古风、穿书等类型。那么，用户的阅读属性仅仅只有性别属性吗？很明显，仅仅从性别阅读属性上识别读者群体是远远不够的。所谓读者画像，是通过对目标读者群体特征的全方位勾勒，形成对目标读者群体阅读属性、阅读诉求与阅读期待的整体性判断，最大化挖掘有价值的信息，进而指导阅读产品或服务的内容设计与模式创新的方法过程。所以，除了性别阅读属性，还有题材偏好、情感取向、社交需求等更多方面的数据需要平台去发掘。

另一种是借助大数据技术"猜你喜欢",即算法识别。如果说性别阅读属性区分是前置性画像,那么算法识别就是一种实时性画像——实时地收集读者在网站或平台的浏览、阅读数据,实时进行关联处理,"猜测"读者的个人喜好,完成个性化推荐。算法推荐为人们快速获取自己喜欢的内容提供了便利,目前在业界已经得到了广泛应用,如短视频平台(抖音)、影视视频平台(如芒果TV)、新闻咨询平台(如今日头条)、数字音乐平台(如网易云音乐)等。然而,因为过度依赖算法技术,"失算"现象也在所难免,这将无端增添人们的困扰,比如经常会听到有人抱怨"一不小心点击了某些内容,结果平台就不停地推送类似内容"。如果用户当时的自我评估是客观的,那么算法推荐的内容应当也是客观的,但是实际情况并非如此,大多数用户在形成黏性前的消费行为都是冲动的、浅表的,此时利用算法技术强制提高用户黏度,效果不言而喻。因此,依靠算法技术捕捉读者画像,一定要关注到读者数据的动态适恰性,并且要重视对补充文本和数据的挖掘,比如评论区的读者互动。

第二是优化会员机制。付费会员可以等同于高黏度的读者群体。自2003年起点中文网首创VIP付费订阅模式至今,网络文学用近20年时间培养了两代人的深度阅读习惯,同时也培养了一大批为内容付费的读者。时至当下,我们应该看到,付费阅读用户增长的人口红利期早已过去,与此同时,近几年来通过网赚模式和渠道投放快速获得用户的免费阅读App(如七猫、米读、番茄)的出现,对阅文集团的付费模式造成了很大冲击。

不妨从权利保值和成长体系两个方面优化会员机制。文学网站和阅读平台常因"阉割"会员权利、制造付费陷阱而遭到用户质疑和诟病。譬如,与网络视听平台的"超前点播"[①]增值服务相似,一些阅

[①] 超前点播是视频网站推出的一项增值服务,即在会员的基础上再付费,可以提前解锁剧集内容。第一部试水超前点播模式的是电视剧《陈情令》。2021年8月26日,上海市消保委针对腾讯视频在电视剧《扫黑风暴》的超前点播中规定"必须按顺序解锁剧集"一事,质疑其涉嫌捆绑销售。2021年10月4日,爱奇艺、腾讯视频和优酷视频平台宣布取消超前点播。

读平台也企图激发网络文学读者的"超前点读"需求,这种方式极易放大读者的不满情绪,从而导致会员流失。一位资深读者在晋江论坛留言道:"文学网站吸引读者的方式很多,例如限免、2元文包、书单推荐、每月福利等等,我最认可的是包月模式","然而,晋江如今的包月模式完全是一个摆设,包月库的作品长年不变,优质小说也极少,更别说热文了,这种包月库能吸引谁?"① 可见,读者是极为敏感的,一个完善的会员机制,首先要确保会员的基本权利不受侵犯。其次也要考虑建立会员成长体系。可以借鉴视频网站经验,加入开通/续费成长值、阅读成长值、任务成长值等积分环节,以留住旧用户、拉取新用户。

第三节　建立文学"双效合一"综合评价模型

一　建立的前提:"社会效益优先"与"双效合一"

文学网站评价有两个刚性指标,一是把社会效益放在首位,二是"双效合一",即经济效益与社会效益相统一。为此,中共中央办公厅、国务院办公厅专门出台的《意见》明确提出:"文化企业提供精神产品,传播思想信息,担负文化传承使命,必须始终坚持把社会效益放在首位、实现社会效益和经济效益相统一。"②《意见》虽然是针对"国有文化企业"的制定,但其基本原则对社会资本结构的网络文学企业也是适用的,各级政府对文学网站平台的管理也遵循的是这一文件精神。

这两个刚性的评价指标涉及一个问题的两个方面。

首先,社会效益优先是"双效合一"的前提。"社会效益优先"的原则是由网络文学作为文化产品的"精神与经济"二重性所决定

---

① 文本来源于晋江论坛,https://bbs.jjwxc.net/showmsg.php?board=22&boardpagemsg=1&id=187929&real=sourcecode。

② 中共中央办公厅、国务院办公厅:《关于推动国有文化企业把社会效益放在首位、实现社会效益和经济效益相统一的指导意见》,《人民日报》2015年9月15日第6版。

的。任何文化产品都具有精神、思想、情感、价值属性，同时又具有商品经济、市场交换、物质利益、绩效度量的属性。一方面，需要有生产创造、市场运作、产业管理规范和追求经济效益等一系列特征，同时又需要把人类的思想、观念、认识和价值取向凝聚在产品内容中。"文化生产具备巨大的经济能量，具有影响民族文化心理和整个社会关系的力量。文化产业性质是意识形态性的最佳载体和传播工具。任何一种价值观念和道德信仰的形成，都是通过文化产品和有效传播途径，来潜移默化地被社会成员接受的。文化产业的规模、速度和效率以及产品的多样性，决定了文化意识形态传播力度、幅度和效率。"① 这一点与物质产品的属性大相径庭，物质产品只有使用价值，没有精神价值；只有物质功能，没有思想倾向。你消费一个面包，补充了身体能量，消化完就完事，但若是看了一场电影或阅读一部网络小说，虽然不能当饭吃，却能化作"精神食粮"长久留存在心底，那些精彩的故事、生动的细节、打动心灵的人物形象或矛盾冲突等，对你的精神世界、情感体验、价值取向都将产生长久的影响。网络文学的读者主要是青少年群体，他们的世界观、人生观、价值观尚未定型，对新生事物十分好奇而敏感，网络文学所蕴含的思想情感、价值取向，无形中会影响他们对世界的认知、对事物的判断，干预他们的心灵和情感，直至影响他们的未来人生。所以，无论是文学网站平台，还是网文作家，都必须把社会效益放在首位，注重作品的社会效果，决不能什么好卖钱就发表传播什么，唯利是图，放弃社会责任。正如《意见》所要求的：文化企业："要进一步增强责任感、紧迫感和使命感，深化改革、创新发展，确保文化企业始终坚持正确文化立场，推出更多思想性艺术性观赏性俱佳的文化产品，提供更多有意义有品位有市场的文化服务，切实发挥文化引领风尚、教育人民、服务社会、推动发展的作用。"② 国家新闻出版广电总局出台的《网络文学出版服务单

---

① 成赫：《谈文化生产的"二重性"》，《戏剧之家》（上半月）2010年第11期。
② 中共中央办公厅、国务院办公厅：《关于推动国有文化企业把社会效益放在首位、实现社会效益和经济效益相统一的指导意见》，《人民日报》2015年9月15日第6版。

位社会效益评估试行办法》规定："网络文学出版服务单位社会效益是指本单位的网络文学出版活动对社会产生的良好影响或有益效果。实施网络文学出版服务单位社会效益评估，目的是提高作品内容质量，规范市场秩序，优化发展环境，引导网络文学出版服务单位把出版优秀作品作为中心环节，不断推出思想性、艺术性和可读性有机统一的优秀作品，更好地满足人民精神文化需求。"[1] 这正是我们在对文学网站平台进行社会效益评估的目的和初衷。

其次，"熵增"平衡中的"双效合一"。"熵"本是物理学上的一个概念，是热力学中表征物质状态的一种参量，其物理意义是度量某种体系的混乱程度，即根据热力学第二定律，一个自发反应的过程总是呈不可逆性的状态——在一个孤立系统中，体系与环境没有能量交换，于是体系便会自发地向混乱度增大的方向变化，从而使整个系统的熵值增大，而熵越高的系统，就越难精确描述其微观状态，此即熵增原理。我们借用"熵增"概念来解读文学网站经济效益与社会效益的"双效合一"，是想揭示二者之间既矛盾对立又互融统一的运行状态——经济效益与社会效益统一是一种理想的平衡状态，但二者之间的不统一或不平衡（熵增）是常态，在各种变量的刺激下随时随地都可能出现。此时，就需要有外在的因素（物理学上是能量和物质，人文社会科学是指观念、引导调适、政策法规等）的干预来阻止"熵增"，规制运营，促进"非平衡态"不断走向平衡，最终趋于所期待的理想状态——"双效合一"。

要阻止"熵增"，追求系统平衡，就需要找到"双效合一"的调适因素。从行业结构看，能干预经济效益与社会效益融合统一的促动因素主要有三。

一是政策法规规制。近年来党和政府陆续出台的一系列领导讲话、政策法规，如习近平在《文艺工作座谈会上的讲话》《中共中央关于繁荣发展社会主义文艺的意见》、国家新闻出版广电总局《关于推动

---

[1] 国家新闻出版广电总局：《网络文学出版服务单位社会效益评估试行办法》2017年6月14日发布，国家广播电视总局官网，http：//www.nrta.gov.cn/art/2017/7/4/art_114_34304.html，2021年12月21日查询。

网络文学健康发展的指导意见》、中国作家协会《关于进一步加强文学工作者职业道德建设的意见》、中宣部《关于开展文娱领域综合治理工作的通知》、国家新闻出版署《关于进一步加强网络文学出版管理的通知》、中宣部等五部委《关于加强新时代文艺评论工作的指导意见》等，还有近年来实施的"净网行动""剑网行动""扫黄打非"等，对于网文平台来说，其目的就是"进一步加强网络文学出版管理，规范网络文学行业秩序，引导网络文学出版单位始终坚持正确出版导向、坚持把社会效益放在首位、坚持高质量发展、努力以精品奉献人民，推动网络文学繁荣健康发展"①，它们对于阻止文学网站系统内部"熵增"趋向，矫正网络文学发展中忽视社会效益弊端，能起到防范、止损、调适、引导的积极作用。

二是网站主动担责。文学网站平台作为联结创作与市场的枢纽，在内容把关和经营理念上如何作为非常关键。国家新闻出版署的文件中说的"有的企业社会责任感缺失、把关机制不健全、主体责任落实不到位，片面追求经济效益"②，正中问题的要害。国新办网络法治局局长华清在回答记者提问时表示，网站平台要通过"四个强化"——强化响应落实、强化自查自纠、强化执法震慑、强化总结提升，进一步压实网站平台的主体责任③。2021年4月23日，在中国作协召开的全国网络文学重点网站联席会议上，40余家重点网络文学网站发出《提升网络文学编审质量倡议书》，"呼吁全国网络文学网站增强政治意识、精品意识，强化行业自律，提高编审水平，尊重作家权益，推动网络文学高质量发展"。④

---

① 国家新闻出版署：《关于进一步加强网络文学出版管理的通知》，国家新闻出版署网站，http://www.cac.gov.cn/2020-06/18/c_1594027630041470.htm。
② 国家新闻出版署：《关于进一步加强网络文学出版管理的通知》，国家新闻出版署网站，http://www.cac.gov.cn/2020-06/18/c_1594027630041470.htm。
③ 国务院新闻办：《"四个强化"压实网站平台主体责任》，2021年5月9日，国务院新闻办网站，http://www.scio.gov.cn/xwfbh/xwbfbh/wqfbh/44687/45453/zy45457/Document/1703569/1703569.htm。
④ 《提升网络文学编审质量倡议书》，中国作家网，2021年4月26日，http://www.chinawriter.com.cn/n1/2021/0426/c404023-32088409.html。

三是引导网文作家自律。社会效益优先说到底还是看作品质量，而作品质量要靠网络作家的创作立场、文学观念、艺术水准，并通过作品效果来体现。实现社会效益优先前提下的"双效合一"，除了作家能力和水准这个条件外，关键要看作家的立场、观念和创作动机。如果一个网络作家有一定社会责任感，"三观"端正，对文学有信仰，对创作有追求，他就会注意自己作品的艺术品质和社会效果，不会去写低俗、媚俗、庸俗的东西；如果一个写手名利心太重，责任心淡薄，甚至唯利是图，他的作品就可能出现导向偏差，创作一些格调不高、品质低下，甚至靠淫秽色情、血腥暴力等内容吸引眼球、刺激感官的东西。烽火戏诸侯就曾说："文学创作可以挣钱，但是一部文学作品的真正不朽，永远是在经济利益之外的，是在无数读者的精神世界，宛如响起杏花叫卖声，好像掀起阵阵惊涛骇浪，是'小小情事，凄婉欲绝'，是'鸟花猿子，纷纷荡漾'，更是天青月白，出门横江一笑。"他的创作不是为了钱，而是"为文脉续香火"。① 2020年12月29日，来自全国各地的136位知名网络作家，共同起草了《提升网络文学创作质量倡议书》，向全国网络作家发出六条倡议②，呼吁全国网络作家承担时代责任，传承中华文脉，创作出更多高质量精品力作。这正是这些知名网络作家社会责任感和文学尊严感的体现，网络文学的"双效合一"就是在这个过程中实现的。

二 建立的依据：政策·理论·实践

要实现经济效益与社会效益的统一，建构起"双效合一"的评价体系，其依据含政策、理论和实践等方面。

---

① 只恒文：《烽火戏诸侯：构建"雪中行"的小说世界》，《中国青年报》2022年1月25日第1版。

② 《提升网络文学创作质量倡议书》的六条建议是：（1）坚持正确的创作导向，弘扬社会主义核心价值观，抵制"低俗、庸俗、媚俗"；（2）加大现实题材创作力度，塑造新时代的新人物；（3）勇挑时代重担，传承中华文脉；（4）强化创新精神，反对跟风写作；（5）不以点击量论英雄，倡导"降速、减量、提质"，推动精品化创作；（6）推进网文出海，讲好中国故事。见只恒文《136位网络作家发出〈提升网络文学创作质量倡议书〉》，中国作家网，http://www.chinawriter.com.cn/n1/2020/1229/c40402331983299.html？isappinstalled=0。

(一) 政策依据: 以《意见》为指导

2015年,中共中央办公厅、国务院办公厅印发了《关于推动国有文化企业把社会效益放在首位、实现社会效益和经济效益相统一的指导意见》(简称《意见》),明确了完善企业内部运行机制、推动企业做强做优做大、完善资产监管运营机制和评价考核机制、健全企业干部人才管理制度、加强企业党的建设和思想政治工作等七大工作任务,提出了"当两个效益发生矛盾时,经济效益服从社会效益""越是深化改革、创新发展,越要把社会效益放在首位""正确处理文化的意识形态属性与产业属性的关系""把加强党的领导与完善公司治理统一起来""尊重企业法人主体地位和自主经营权,强化政策引导,严格依法监管,注重道德调节"等总体要求,以及"充分考虑不同类型国有文化企业的功能作用,明确社会效益指标考核权重应占50%以上""确保社会效益可量化、可核查""科学合理设置反映市场接受程度的经济考核指标"等具体要求。①

强调"把社会效益放在首位"是我国文化体制改革进入深水区的重要标志。在政府放管和鼓励创新政策之下,难免有一些网文企业滋长不良风气,造成文化产品鱼龙混杂,有伤风化之作时有所见。网络文学创作门槛低,"吸金""吸粉"能力强,对于每一位写手、每一家文学网站都充满极大的诱惑,因而唯点击率论、唯收入论等不良价值导向也屡见不鲜。要肃清这些现象,就必须从思想根源上予以纠偏。正如习近平总书记在文艺工作座谈会上所强调的,"文艺不能当市场的奴隶,不要沾满了铜臭气"。② 因此,在社会效益和经济效益之间,社会效益必须摆在首位,当二者发生冲突时,经济效益应该让位于社会效益,这不仅是国有文化企业的基本要求,也是所有文化企业的基本要求。

---

① 参见中共中央办公厅、国务院办公厅《关于推动国有文化企业把社会效益放在首位、实现社会效益和经济效益相统一的指导意见》,《人民日报》2015年9月15日第6版。
② 习近平:《在文艺工作座谈会上的讲话》,《人民日报》2015年10月15日第2版。

"社会效益和经济效益相统一"("双效合一")是最具中国特色的表述之一,其表层逻辑是强调社会效益,并不是忽视经济效益,反对唯点击率、唯收视率、唯票房论、唯流量论,也不是不需要点击率、收视率、票房、流量。深层逻辑则是个人利益与国家利益的统一、个人目标和社会公共目标的统一,以及近期目标与长远目标的统一。作为文化生产单位,文学网站必须坚持把社会效益摆在首位;作为文化市场主体,文学网站又无法放弃拓展市场、创新经营。因此,如何实现"双效合一"便成为每一家文学网站不可回避的问题。

(二)理论依据:跨学科理论支撑

建立文学网站评价标准是一项横跨文学、文化、管理、经济、公共政策等多个学科的研究课题。可参考的理论众多,其中最重要的有利益相关者理论、"污染"博弈论、总体社会影响力理论等。

其一,利益相关者理论。关于"利益相关者"的论述最早可追溯至1929年通用电器公司一位经理的就职演说。[①] 正式使用这一词语的是战略管理鼻祖——美国经济学家伊戈尔·安索夫(Igor Ansoff),他认为,"制定企业目标须综合平衡考虑企业的诸多利益相关者之间相互冲突的索取权,可能包括管理人员、工人、股东、供应商以及顾客"。[②] 第一次为"利益相关者"做出系统定义的是美国经济学家弗里曼(Freeman)。1984年,弗里曼在《战略管理:利益相关者方法》一书中提出,利益相关者是"那些能够影响企业目标实现,或者能够被企业实现目标的过程影响的任何个人和群体"。[③] 弗里曼进一步拓展了利益相关者的范畴,认为不仅包括影响企业目标制定的个人和群体,如股东、债权人、雇员、消费者、供应商等交易伙伴,还包括企业在

---

① 刘俊海:《政府干预市场经济要法治化》,《特区理论与实践》1999年第2期。
② 转引自贾生华、陈宏辉《利益相关者的界定方法述评》,《外国经济与管理》2002年第5期。
③ [美]弗里曼:《战略管理:利益相关者方法》,王彦华、梁豪译,上海译文出版社2006年版,第123页。

实现目标进程中影响的个人和群体，如社区（居民）、政府部门、媒体、环保主义者等压力集体。这意味着利益相关者研究已经从"影响"范式转向了"参与"范式。换言之，企业所追求的，不应该只是某些主体（如股东）的利益，而是由所有"参与者"构成的利益相关者集团的整体利益。基于这一理论，我们认为，建立文学网站评价标准，关涉对象应包括网络作家、网站用户、图书读者、文学网站（股东）、债权人、网站编辑等内部员工、行业协会、相关政府部门、相关媒体、一般网络公众等有可能参与网络文学活动的复杂群体。

其二，"污染"博弈论。根据"看不见的手"原理，所有市场主体都会从自身利益出发而置环境于不顾，以此达到增加财富的目的。即使有少数企业愿意考虑他者利益，主动增加环保设备、投资治理环境污染，而其他企业仍然无动于衷，也很难实现"纳什均衡"①。这样盲目发展必将导致"公地悲剧"②的发生。只有当政府采取措施加强管制时，企业被迫选择低污染策略组合，这种情况才能得到解决。而在低污染策略组合下，不仅企业可以获得与高污染策略组合同等的利润，环境状况也发生了好转。这就是环境污染中企业与政府之间的博弈问题。网络空间中的"污染"博弈问题同样存在，其中网络文学领域表现十分突出。尽管网络文学活动的利益相关者众多，但参与整个"污染"博弈过程的只有政府和文学网站两个"局中人"。他们分别在是否规制和如何规制、是否污染和如何治污上作出抉择和决策，并通过多次动态博弈达到相对均衡。该理论有两点启示，一是关系到网络

---

① "纳什均衡"（Nash equilibrium），又称为非合作博弈均衡，是博弈论中的一个概念，以约翰·纳什命名。它是指满足下面性质的策略组合：任何一位玩家在此策略组合下单方面改变自己的策略（其他玩家策略不变）都不会提高自身的收益。

② "公地悲剧"，也称公共资源悲剧、哈定悲剧，指过度开发公共资源（非排他性但具有竞争性的部分公共物品）会导致市场失灵。哈定（G. Hadin）举了这样一个具体事例：一群牧民面对向他们开放的草地，每一个牧民都想多养一头牛，因为多养一头牛增加的收益大于其购养成本，是合算的，但是因平均草量下降，可能使整个牧区的牛的单位收益下降。每个牧民都可能多增加一头牛，草地将可能被过度放牧，从而不能满足牛的食量，致使所有牧民的牛均饿死。这就是公共资源的悲剧。要避免这种悲剧，就需要建立起一套价值观或者一个中心化的权力机构，这种权力机构可以通过牧牛成本控制数量或采取其他办法控制数量。参见知乎，https：//zhuanlan.zhihu.com/p/21463807，2022年2月10日查询。

空间纯净度的网络文学作品质量、传播方式、激励制度等问题是公共性问题。构筑清朗纯净的网络空间，需要所有文学网站共同努力。二是过分强调社会效益或经济效益都是不可取的。政府和文学网站都是理性人，政府关注社会福利最大化，即社会效益；文学网站关注利润最大化，即经济效益；由此决定双方必将在两种效益平衡下做出相应的决策行为。

其三，总体社会影响力理论（TSI，Total Societal Impact）。TSI 是全球著名的美国企业管理咨询公司波士顿（BCG）在"Total Societal Impact：A New Lens for Strategy"报告中提出的一种企业战略模式，[①]是对企业社会责任模式的全新升级。因此严格意义上讲，它不是一个成熟的理论，但它代表着一种新的发展趋势，对于本研究具有重要的启发意义。TSI 与社会责任模式的区别在于：社会责任是指企业管理在道德上的基本要求，履行社会责任完全是企业出于义务的自愿行为，与其整体业务发展、战略布局的关联不大；而总体社会影响力是指包括产品、服务、运营、核心能力和各种活动在内的企业行为所创造的整体社会效益，它融入了企业业务发展和价值创造，所以说是一种全新的战略视角。TSI 带来两点启示：一是要制定清晰的目标与评估方式，明确社会、环境、商业以及其他潜在效益的具体衡量指标，设定阶段性目标并进行年度回顾；二是要引导利益相关者积极参与。内部员工清晰地理解 TSI 目标、内涵及个人角色，外部投资者及时汇报 TSI 的活动和影响并保持沟通，政府理解当地核心发展议题并设定具体的 TSI，同时让所有利益相关者看到企业高管参与 TSI，是 TSI 推进的具体方向。文学网站/平台要走出坚实的步伐，不妨借鉴 TSI 视角看待发展，利用自己的核心业务优势，在追求经济效益的同时积极创造社会效益。

（三）实践依据：以相关行业的做法为参考

《意见》出台后，中宣部、文化和旅游部、国家广播电视总局等相

[①] Rich Lesser et al.，"Total Societal Impact：A New Lens for Strategy"，https://www.bcg.com/publications/2017/total–societal–impact–new–lens–strategy，2021 年 10 月 12 日查询。

关国家文化主管部门相继制定了《新华书店社会效益评价考核办法》(2016)、《网络文学出版服务单位社会效益评估试行办法》(2017)、《图书出版单位社会效益评价考核试行办法》(2018)、《国有文艺院团社会效益考核试行办法》(2019)、《期刊出版单位社会效益考核试行办法》(2019)、《国有影视企业社会效益考核试行办法》(2019),为构建文学网站/平台综合评价体系提供了实践参考。具体考核内容设置如表10-9:

表10-9　　　　　相关办法中社会效益考核内容设置

考核对象	一级指标	二级指标
新华书店	制度建设	党的领导/企业制度
	发行导向	内容导向/守法诚信
	社会责任	公共服务/公益职责
	传播影响	传播能力/社会影响
网络文学出版服务单位	出版质量	价值引领和思想格调/文学价值和文化传承/编校质量/资源管理
	传播能力	平台首页和栏目建设/排行榜设置/投送效能/评论引导
	内容创新	丰富性和多样化/创造性和个性化
	制度建设	编辑责任制度/作者和读者服务制度/作品管理及质量控制制度/版权管理制度/队伍建设和人才培养机制/经营管理制度/党建和思想政治工作
	社会和文化影响	荣誉奖项/社会评价/文化影响/国际影响/公益服务
图书出版单位	出版质量	出版导向、出版物的科学性和知识性水平、编校印装质量
	文化和社会影响	重点项目、奖项荣誉、社会评价、国际影响
	产品结构和专业特色	产品结构、选题规划、品牌特色
	内部制度和队伍建设	内部机制、规章制度建设和执行、党风廉政建设、队伍建设
国有文艺院团	创作	艺术创作导向、创作机制、年度作品、创作奖项
	演出	演出场次、观众人次、观看满意度
	普及	艺术知识和艺术鉴赏普及活动、艺术培训、艺术传播推广
国有影视企业	作品创作生产	电影出品数量/电视剧、动画片、纪录片出品数量/其他广播电视节目、网络视听节目出品数量
	受众反应和社会影响	传播情况/宣传报道/获奖情况/社会责任履行情况/受众满意度
	内部制度和队伍建设	坚持党的领导/编委会制度建设/绩效考核制度建设/财务管理和社会责任报告/人力资源制度建设

目前来看，我国文化企业在社会效益评估方面实践颇丰，相比之下，"双效合一"框架下的综合评估却少有探及，仅2016年12月中央文化体制改革和发展工作领导小组办公室出台的《关于加强中央文化企业负责人社会效益和经济效益综合考核的意见（试行）》可供参考：社会效益方面，该文件严格遵从了《意见》中关于社会效益的考核要求；经济效益方面，将考核指标分为"基本指标"和"分类指标"，基本指标包括利润总额、净资产收益率两个指标，分类指标则由企业根据自身发展提出，主管部门针对企业管理"短板"，结合企业规模、发展阶段、经营管理水平以及可持续发展要求等因素确定，这些均可为网络文学企业效益评价做参考。

三　建立的原则：科学·完整·可实现

一是内涵科学可解释原则。

科学的评价体系应能准确解释被评价对象发展的影响因素、动力机制、模式路径、战略布局等内涵和规律性问题。文学网站平台评价体系至少要体现两点。第一，综合性。虽说文学网站平台要坚持把社会效益放在首位，但是其根本任务仍是从事网络文学生产与服务，本质属性仍是营利性机构。因此，评价体系除了应体现"把社会效益摆在首位"外，"双效合一"的评价内容也必不可少。第二，过程性。所谓过程性，是指社会效益和经济效益的实现过程，反映在具体实践中，指的就是管理机制。管理机制就是最能体现"双效合一"的维度，许多研究将它独立于社会效益和经济效益之外讨论，是不可取的。简单地用不低于51%比重来限定社会效益，也是不可取的，因为社会效益主要是"质"的指标，靠一定的"量"的权衡做参考，并不单是靠"量"的计算就可以得出准确结论的。

二是体系完整性原则。

保持体系完整性就是要把研究对象看作由多个子系统、多种要素相互依赖、相互制约而形成的有机整体。基于内涵可解释原则，基本可以确定文学网站平台综合评价体系有两个维度（一级指标）：社会效益和经济效益。其中管理机制嵌入两大效益之中，作为实现"双效合一"的辅助指标存在（或着重反映"双效合一"），由此共同构成完整的评价体系。并且，还可将各个子目标放置于整体系统中去权衡和决策，以系统整体优化发展为总目标，统领各个子目标协调发展。

三是测度可实现原则。

在保持评价体系结构完整的基础上，指标设计应充分考虑测度所需数据的可获得性或可转化获得性。新鲜、完整、准确的数据资料是测度结果科学性的重要保证。对于文学网站平台而言，经济效益尚且可以通过量化指标进行评价，作为"软约束"的社会效益内容却往往难以量化。因此，在社会效益评价中常出现以下误区：其一，空泛化、虚无化。理论上无所不包，实践中却无法对应。社会效益不是空泛意义上的概念，评价社会效益绝不应成为文字间的游戏，而要落到实处，要让软约束"硬化"。其二，简单化、形式化。对社会效益内容把握不全面，简单地将其对应于个别指标，比如一个奖项、一个荣誉，以致实践也停留在某些形象工程，应付了事。可见，实现社会效益的科学测度既是重点，又是难点。这种"测度"有时可能不易精确计算，难以量化，但可以从实际效果和性质分析中达到品质定性上的测度，完成社会效果的可实现评估。

四 评价指标体系设计与指数生成

已有研究中，常见的定量评价方法有多目标决策法、因子评价法、模糊综合评价法、层次分析法等。多目标决策法用于对多个相互矛盾的目标进行科学、合理的优选，以在各个目标和各种限制之间求得均衡，实现多目标的最优化；因子评价法可消除重复指标，有效减少评价指标的维度，通过提取主要成分分析样本之间的强弱优劣，但要求所有数据不能掺杂主观评价；模糊综合评价法适用于解决模糊的、难以量化的问题，适合各种非确定性问题的解决；层次分析法将总目标或问题层层分解，形成一个多层次、多因素的分析结构模型，根据次级对上级的重要程度，确定各级因素的权重，次级因素综合表现反映上级指标水平。这种层次分析法将定量与定性研究结合起来，将难以全部量化处理的决策问题化为多层次、单目标问题，最后进行简单的数学运算便可获得决策结果，操作方便、易于理解、结果清晰，因此本研究选择层次分析法进行量化分析。

根据前文对文学网站两大效益及其"双效合一"的内涵、要义的阐释和梳理，我们大抵可以勾画出文学网站评价内容示意图，如图10-4：

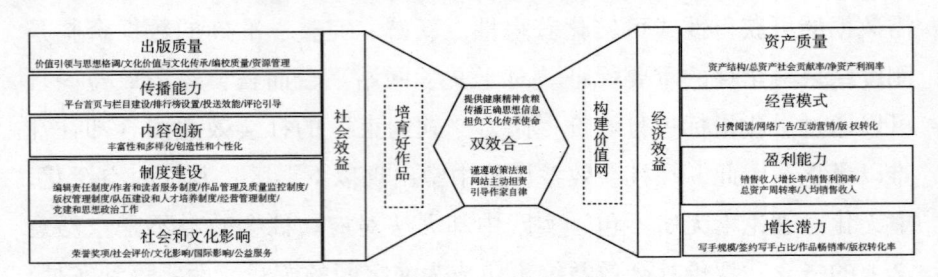

图 10-4　文学网站综合效益评价内容构成

（一）多层级指标体系开发与权重确立

首先是建立层次结构模型。根据决策目标、决策准则（因素）、决策对象之间的相互关系，一般可将指标体系分为总指标、一级指标、二级指标、三级指标。总指标为最高层，即决策目标或要解决的问题。中间层为准则层（或因素），对于相邻两层，上一层为目标层，下一层为准则层（或因素）。最低层为决策的具体方案。

依据上述内容框架，征求多位专家修改意见后，本书最终开发出一个包含2个一级指标、9个二级指标、35个三级指标的多层级指标体系。各级指标及相关说明见表10-10。

表 10-10　　　　　文学网站综合效益评价指标体系

一级指标	二级指标	三级指标	指标说明
社会效益 S	出版质量 S1	价值引领与思想格调 S11	坚持以人民为中心的创作导向，弘扬主旋律、正能量
		文化价值与文化传承 S12	作品思想性、艺术性、可读性有机统一

续表

一级指标	二级指标	三级指标	指标说明
社会效益 S	出版质量 S1	编校质量 S13	作品封面和插图设计、文字使用规范性、差错率
		资源管理 S14	作品链接、署名、后台管理
	传播能力 S2	平台首页与栏目建设 S21	重点推介以作品思想、质量为标准，无唯点击率倾向
		排行榜设置 S22	示范导向作用发挥程度，无唯点击率倾向
		投送效能 S23	技术、手段、虚假宣传、过度追求市场轰动效应
		评论引导 S24	评论区管理、治理
	内容创新 S3	丰富性和多样化 S31	新类型题材、现实题材比重
		创造性和个性化 S32	贴近网络原住民的叙事创新
	制度建设 S4	作者服务制度 S41	入站培训、职业规划、福利保障、新人帮扶、高级研修、版权维护、评介推广、IP孵化、海外传播等服务
		读者服务制度 S42	优化会员机制、大数据分析为读者提供动态服务
		编辑服务制度 S43	编辑责任、编辑评级晋升制度、编辑人员培训等
		作品管理制度 S44	质量监控、版权管理
		党建和思想政治工作 S45	党组织机构建设、活动组织、员工思想教育效果
	社会和文化影响 S5	荣誉奖项 S51	作品获奖、员工获奖
		社会评价 S52	媒体报道、学界关注
		文化影响 S53	影视、游戏改编作品市场喜爱度
		国际影响 S54	海外版权转化、国外研究者评价、译介
		公益服务 S55	参与全民阅读、农家书屋建设及其他捐赠活动

续表

一级指标	二级指标	三级指标	指标说明
经济效益 E	资产质量 E1	资产结构 E11	艺术资产和智力资产比重
		总资产社会贡献率 E12	（税金总额＋利息支出）/资产总额
		净资产利润率 E13	利润总额/（资产总额－负债总额）
	经营模式 E2	付费阅读 E21	付费用户比重
		网络广告 E22	广告收入
		互动营销 E23	粉丝月票、盟主、打赏等营销手段
		版权转化 E24	版权转化年总值
	盈利能力 E3	销售收入增长率 E31	成长性
		销售利润率 E32	收益性
		总资产周转率 E33	流动性
		人均销售收入 E34	生产性
	增长潜力 E4	写手规模 E41	生产要素数量
		签约写手占比 E42	生产要素品质
		作品畅销率 E43	总要素生产力水平
		版权转化率 E44	

其次是获取权重计算所需的数据。该项数据通过德尔菲法获得，本次调查的专家共12人，包括主管部门领导2人、学者4人、智库专家2人、文学网站/平台管理层2人、网络作家2人。调查的主要内容是次级指标对上级指标的影响比重。

得到专家结果后，通过构建成对比较矩阵计算权重。为更为科学地确定矩阵数据，本文采用了改良版的 Saaty 标度法对数据结果进行赋值，[①] 再运用 MATLAB 计算出最大特征向值 λ_{max}、最大特征向值对应的特征向量 V、标准化后的特征向量 W，并进行一致性检验（CR＜0.1），检验通过后即可得到最终权重值（见表 10 – 11）。

（二）指数合成

本体系包含多个维度、层级和指标，为了更清晰简单地获得计算

[①] 汪浩、马达：《层次分析标度评价与新标度方法》，《系统工程理论与实践》1993 年第 5 期。

表 10-11　文学网站综合效益评价指标权重

一级指标		二级指标		三级指标		一级指标		二级指标		三级指标	
S	0.66	S1	0.26	S11	0.51	E	0.34	E1	0.21	E11	0.31
				S12	0.16					E12	0.43
				S13	0.22					E13	0.26
				S14	0.11					E21	0.33
		S2	0.23	S21	0.34			E2	0.27	E22	0.12
				S22	0.13					E23	0.24
				S23	0.20					E24	0.31
				S24	0.33					E31	0.37
		S3	0.08	S31	0.63			E3	0.32	E32	0.25
				S32	0.37					E33	0.21
		S4	0.26	S41	0.27					E34	0.17
				S42	0.25			E4	0.20	E41	0.18
				S43	0.14					E42	0.21
				S44	0.17					E43	0.28
				S45	0.17					E44	0.31
		S5	0.17	S51	0.31						
				S52	0.25						
				S53	0.21						
				S54	0.13						
				S55	0.10						

结果并展开更有效的分析，可以先将社会效益指数、经济效益指数看作独立指数进行计算，然后再进行合成，获得最终结果。以社会效益指数为例，计算方法见式1。

$$f(S) = \sum \omega_i \omega_j X_j \quad （式1）$$

其中，$i = 1, 2, 3, 4, 5$，表示二级指标测算维度；$j = 1, 2, \cdots, n_i$，表示具体二级指标测算维度下的三级指标，n_i 表示 i 维度下包含的指标个数；

$f(S)$ 为社会效益指数评价结果；ω_i 为二级指标权重；ω_j 为三级指标权重；X_j 为三级指标得分系数。

进而可得文学网站综合效益评价指数计算方法如式2。

$$f = \omega_S f(S) + \omega_E f(E) \qquad (式2)$$

其中，ω_S、ω_E 分别为社会效益、经济效益一级指标的权重；$f(E)$ 为创意经济效益指数评价结果。

事实上，社会效益和经济效益并不是两个孤立的部分，甚至某些指标可能同时指向两种效益。从指标设计和权重分配可以看出，我们所建构的评价体系，是在遵循"社会效益优先"和"两个效益相统一"原则的基础上，将两大效益进行了全面、细致的指标分解，用较为科学的方法对各项指标进行赋权。值得说明的两点是，其一，由于社会效益评价仍难以获取客观、量化的数据指标，因此需依托专家评委的打分来实现，这就存在比较大的主观性；其二，由于打分数据、财务数据及其他数据，由此在指数公式使用前需进行无量纲化。一言以蔽之，文学网站平台评价是一项复杂、系统的工作，也是一项意义重大、刻不容缓的工作，需要在理论探讨与评价实践中不断探索和完善。

后　记

本书是我所主持的国家社科基金重大项目"我国网络文学评价体系的理论与实践研究"（项目批准号：16ZDA193）结项成果"网络文学评价研究丛书"的第一部，也是四部书稿中字数最多、分量更重的一部。2021年底即已完成书稿，因国家社科基金项目成果需待成果鉴定达标后才允许公开出版，而重大项目成果鉴定不啻是一场"战役"，从材料准备、成果查重检测、前期发表成果（60多篇论文、三部著作）逐一扫描、进系统上传，还有开支明细、资金决算、财务审计等等一应要求操作下来，其艰难烦琐不足与外人道，直到2022年11月会议评审鉴定完毕，前前后后忙乎了半年多。其间有两点感慨颇深：一是国家项目必须严格遵循国家标准，做学问来不得半点马虎；二是项目研究最难的不是研究本身，而是按项目要求必须完成那些表格、材料、检查、系统填报，以及经费报账等"诗外功夫"，因为这些自己最不擅长，所以繁难。好在，这一切都过去了！

"文章千古事，得失寸心知。"杜甫的这两句感言道出的不仅是"纸寿千年"的慎重，兴许还蕴含老托尔斯泰所说的那种"蘸血写作"的真诚。作为从事网络文学理论评论工作的一员老兵，著述、主编的网络文学理论著作已有数十部，而本书撰写可能是最富挑战性的一次。原因在于网络文学评价体系构建是一个全新的领域和浩繁的工程，其论题的重要性自不待言，而要凭一个人的绵薄之力建构这样一个"理论大厦"几乎是不可能完成的任务。好在个人的努力不过是积沙成塔或集腋成裘中的那个"积"与"集"的过程叙事，已做的工作只是起点而非终点，这本小书作为"卑微者的财富"和"求索者的补偿"，如能为后起学人提供"接着说"的思考前端，也就于愿欣慰了。

书稿即将付梓，要感激的人是不可忘怀的。在项目竞标时，我们团队的曾繁亭教授、禹建湘教授、聂庆璞副教授、纪海龙副教授，中国社会科学院的陈定家教授、安徽大学的周志雄教授、中国作协网络文学研究院的马季研究员等，他们为项目申报积极建言献策，或参与标书撰写。在项目研究过程中，我的几个优秀弟子参与了部分文稿撰写或资料整理，他们分别是：贺予飞博士（第二章）、吴英文教授（第四章）、刘新少博士后（第八章）、刘纯博士（第九章）、吴钊博士（第十章）等。他们付出的智慧与辛劳已凝聚在这本小书的字里行间，并化作心底深深的铭记与感怀！

中国社会科学出版社的郭晓鸿女士几年前就对我的这个重大项目成果结下"出书之盟"，作为一家大社的主任和资深编辑，她多次为我和我的团队出版成果甘做"嫁衣"，体现了长远的学术眼光和很高的编辑水准，在此深致谢忱！

当我写下最后的那个句号，此时却化作重重的"！"，感叹号的上面那一竖是孤勇者的身影，下面那个圆点则是我此时沉沉的内心——恰逢三年疫情突然放开，许多亲朋故旧中招倒下，焦虑与沉重完全冲淡了完稿时的那点小喜悦。唯愿凛冬散尽，星月长明，山河无恙，百姓康宁，默默祈祷心中的春天早日到来！

谨此为记。

欧阳友权

2022 年 12 月 20 日于三亚海滨